▲스탕달(1783~1842) 본명 마리 앙리 벨(Marie Henri Beyle)

▶스탕달의 명패 1812년 12월 나폴레옹군이 러시아에서 퇴각 당
시 스탕달이 머물렀던 빌뉴스의 집에 부착되어 있는 명패

▼드라마 〈적과 흑〉 1997년. 프랑스·이탈리아·독일에서 상영

SIAME NAME 1812 m. GRUODI
TRAUKIANTIS NAPOLEONO ARMIJAI
BUVO APSISTOJES
PRANCŪZŲ RAŠYTOJAS
STENDALIS
(1783 - 1842)

DANS CETTE MAISON
STENDHAL
ÉCRIVAIN FRANÇAIS
(1783-1842)
FIT ÉTAPE EN DÉCEMBRE 1812
LORS DU PASSAGE
DE L'ARMÉE NAPOLÉONIENNE

▲밀라노의 두오모 광장
하얀 대리석으로 만들어지고 무수한 작은 첨탑으로 장식된 이 화려하고도 경쾌한 대성당은 1800년에 처음 밀라노에 머무른 스탕달의 마음을 사로잡았으며, 이후 밀라노의 상징으로서 《로마·나폴리·피렌체》(1817)를 비롯한 그의 많은 작품에 등장하게 되었다.

◀발포 사건이 일어났던 교회
《적과 흑》의 주인공 쥘리앵의 모델이 된 앙투안 베르테는 1827년 7월 22일, 미사가 한창일 때 레날 부인의 모델인 미슈 부인을 총으로 쐈다. 사진 속 교회는 부인의 남편이자 훗날 브랑그 마을의 촌장이 된 루이 미슈가 47년에 신축한 것이다.

발자크(1799~1850) **기념상** 로댕. 1892~97. 파리, 로댕박물관
스탕달은 제2의 걸작 장편 《파르마 수도원》(1839)으로 '글의 행마다 숭고함이 폭발하고 있다는' 발자크의 칭송을 받았다.

스탕달 무덤 파리 몽마르트르 묘지. 그는 생전에 이탈리아어로 '앙리 벨, 밀라노 사람, 살았노라, 썼노라, 사랑했노라'라는 묘비명을 유서로 마련해 두었다. 그런데 실제로 묘비명에는 '썼노라, 사랑했노라, 살았노라'로 새겨져 있다.

〈춤추는 스탕달〉 작가 친구 알프레드 드 뮈세가 폴생트 에스프리의 여관에서 춤추는 스탕달의 인상적인 모습을 데
생으로 그렸다.

THE RED
AND THE BLACK

by Marie–Henri Beyle (Stendhal)

Translated by C. K. Scott-Moncrieff

Introduction by Hamilton Basso

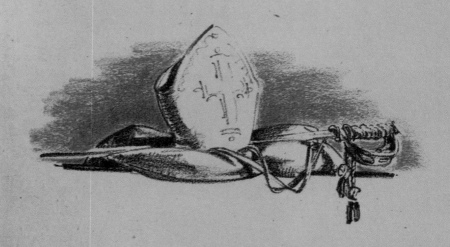

Illustrated by Rafaello Busoni

THE HERITAGE PRESS
New York

《적과 흑》 뉴욕판. 1947.

❧(1)❧

A SMALL TOWN

Put thousands together less bad, but the cage less gay.

HOBBES

THE small town of Verrières may be regarded as one of the most attractive in the Franche-Comté. Its white houses with their high pitched roofs of red tiles are spread over the slope of a hill, the slightest contours of which are indicated by clumps of sturdy chestnuts. The Doubs runs some hundreds of feet below its fortifications, built in times past by the Spaniards, and now in ruins.

Verrières is sheltered on the north by a high mountain, a spur of the Jura. The jagged peaks of the Verra put on a mantle of snow in the first cold days of October. A torrent which comes tearing down from the mountain passes through Verrières before emptying its waters into the Doubs, and supplies power to a great number of sawmills; this is an extremely simple industry, and

3

《적과 흑》 도입부(3쪽) 뉴욕판. 1947.

《적과 흑》 삽화(201쪽) 라파엘로 부소니 그림. 1947.

세계문학전집015
Stendhal
LE ROUGE ET LE NOIR

적과 흑

스탕달/서정철 옮김

동서문화사

디자인 : 동서랑 미술팀/일러스트 : E. 뒤푸르

적과 흑
차례

펴내면서

이 작품이 발표되려는 무렵 칠월의 대사건$\binom{1830년의}{7월 혁명}$이 일어나, 상상력의 유희에 대한 사람들의 인식이 좋지 않게 되었다. 이 원고는 1827년에 쓰인 것으로 보아도 무방하다.

주요인물

쥘리앵 소렐 주인공. 가난한 목재상의 아들. 타고난 용모와 지성으로써
　상류계급과 부호에 도전하나, 강렬한 자아(自我)로 인하여 단두대의 이
　슬로 사라진다

레날 베리에르의 시장

레날 부인 레날의 아내. 쥘리앵을 알게 되자 애정과 신앙의 딜레마에서
　허덕인다

엘리자 레날 부인의 하녀

푸케 쥘리앵의 젊은 친구인 목재상

셸랑 사제 베리에르의 노사제(老司祭). 라몰 후작과 삼십 년 된 친구로
　서 쥘리앵에게 신학을 가르친다

발르노 베리에르의 빈민수용소장. 레날의 정적(政敵)으로서 레날이 실각
　한 뒤 시장이 된다

피라르 사제 브장송 신학교의 교장

드 라몰 후작 파리의 대귀족. 쥘리앵을 비서로 채용한다

마틸드 라몰 후작의 아름다운 딸. 쥘리앵의 아이를 잉태한다

노르베르 백작 라몰 후작의 아들

크루아즈누아 후작 마틸드의 약혼자

제1권

진실, 가혹한 진실

당통

제1장
조그만 도시

그나마 괜찮은 무리들을 수천 명 사이에 몰아넣어 본들, 우리 속은 음산해질 뿐이다.

홉스

베리에르라는 작은 도시는 프랑슈콩테 지방에서도 가장 아름다운 도시의 하나로 손꼽힌다. 뾰족한 붉은 기와지붕을 인 하얀 집들이 언덕 비탈에 쭉 펼쳐져 있고, 여기저기 우람하게 솟은 밤나무숲은 언덕의 섬세한 곡선까지 뚜렷이 드러내고 있다. 시의 성벽은 옛날 에스파냐 사람들이 쌓은 것으로[*1] 지금은 폐허가 되었는데, 그 수백 피트(^{1피트는 약}_{0.3미터.}) 아래를 두강이 흐르고 있다.

베리에르 북쪽은 높은 산으로 둘러싸여 있는데, 그것은 쥐라산맥의 한 지맥(支脈)이다. 톱니 같은 베라산의 봉우리들은 매년 10월에 추위가 닥칠 무렵부터 이미 눈에 덮인다. 그 산에서 쏟아지는 급류는 베리에르를 가로질러 두강으로 흘러 들어가는데, 그 물은 수많은 제재소에 동력을 공급해 주고 있다.

이 같은 단순한 산업이 도시민보다 농민에 가까운 이곳 주민들 대부분에게 어느 정도 안정된 생활을 보장해주고 있다. 그러나 이 조그만 도시가 부유해진 것은 제재업 때문이 아니다. 나폴레옹이 몰락한 뒤, 베리에르의 모든 집들이 현관을 새로 단장할 만큼 모두들 살림이 넉넉해진 것은 '뮐루즈 산(産)'[*2] 염색천을 제조한 덕택이다.

이 도시에 들어선 사람은 무시무시하게 보이는 기계의 요란한 소리에 놀란다. 급류의 힘으로 돌아가는 물레방아가 들어올리는 스무 개의 무거운 쇠

---

*1 프랑슈콩테(Franche-Comté)는 본디 합스부르크 왕가의 에스파냐 영토였으나 1678년, 프랑스에 통합되었다.

*2 염색천의 명산지로서 유명하다.

공이가 떨어지면서 길거리 포석(鋪石)을 들썩거려 놓는다. 그 쇠공이 하나하나가 매일 수천 개의 못을 만들어 내는 것이다. 발랄하고 아리따운 처녀들이 그 거대한 쇠공이 아래로 재빨리 쇳조각을 들이밀면 그것은 순식간에 못으로 변해 버린다. 참으로 거칠기 짝이 없는 이 작업은, 스위스와 프랑스의 경계인 이 산간에 처음 발을 들여놓은 여행자들을 깜짝 놀라게 하는 것들 중 하나다. 베리에르를 찾은 여행자가, 큰길을 걷는 사람들의 귀까지 멍멍하게 만드는 저 굉장한 못공장이 누구 것이냐고 물으면, 그곳 주민들은 느릿한 시골사투리로 대답한다.

"저것 말입니까? 저거야 시장님 거지요."

두강 기슭에서 언덕 마루턱까지 올라가는 베리에르의 큰길에서 여행자가 잠시 발길을 멈추면 분명 주요인물인 듯한 훌륭한 남성이 바쁘게 지나가는 모습을 볼 수 있을 것이다.

그를 보면 모두 재빨리 모자를 벗고 인사를 한다. 그는 어중간한 백발에 회색 옷을 입고 있으며, 훈장도 여러 개 달고 있다. 이마가 넓고 매부리코지만 전체적으로 볼 때 그런대로 균형 잡힌 용모다. 언뜻 보기에는 시장(市長)다운 위엄과 함께 쉰 살에 가까운 중년 남자에게서만 느껴지는 매력도 지니고 있는 듯하다. 하지만 파리에서 온 여행자라면 그가 어쩐지 편협스럽고 약간 우둔해 보이는 자만심이 강하고 거만한 남자임을 알고 곧 역겨워할 것이다. 결국 그의 재능이란, 빌려준 돈은 꼬박꼬박 받아내면서 돈 갚을 때는 질질 끄는 것뿐이라는 사실을 알게 된다.

베리에르 시장 레날이란 이런 인물이었다.

그는 묵직한 걸음걸이로 길을 가로질러 시청 안으로 들어가 여행자들 앞에서 사라진다. 그러나 여행자가 다시 산책을 계속하여 백 걸음쯤 나아가면, 외관상 꽤 호화로운 저택과, 그 저택을 둘러싼 쇠울타리 너머로 훌륭한 정원이 보일 것이다. 건너편에는 부르고뉴 지방의 언덕으로 이루어진 지평선이 펼쳐져 보는 이의 눈을 즐겁게 해준다. 그 경치는, 치사한 금전 문제의 악취가 물씬 풍기는 주변 공기에 슬슬 숨이 막히던 여행자로 하여금 그것을 잠시 잊게 해준다.

여행자는 그 집이 레날의 자택임을 알게 된다. 베리에르 시장이 요즈음 이렇듯 굉장한 석조 건물을 새로 짓고 있는 것도, 그 굉장한 못공장에서 벌어

들인 수입 덕분이다. 소문에 의하면 그의 가문은 에스파냐계 전통 있는 집안으로, 루이 14세가 이곳을 정복하기 훨씬 전부터 이 지방에 살았다고 한다.

1815년 이후 그는 실업가라는 신분을 부끄러워하게 되었는데, 이유인즉슨 1815년의 왕정복고 덕분에 베리에르 시장이 됐기 때문이다.*¹ 그 훌륭한 정원은 여러 층의 테라스를 이루면서는 두강 기슭까지 내려가는데, 그것도 못 제조업에서 레날 시장이 발휘한 수완의 성과이다.

라이프치히, 프랑크푸르트, 뉘른베르크 등 독일의 공업 도시를 둘러싸고 있는 그림같이 아름다운 정원을 프랑스에서는 찾아볼 수 없다. 프랑슈콩테에서는 축대를 많이 쌓으면 쌓을수록, 즉 돌을 쌓아 자기 토지를 둘러싼 만큼 이웃 사람들로부터 존경을 받는다. 레날 시장의 정원도 축대투성이인데, 그가 터무니없이 비싼 값으로 조금씩 땅을 사 모아서 만든 것이라 더욱 감탄의 대상이 되고 있다. 예를 들면, 베리에르시에 들어서는 사람은 두강 기슭의 묘한 장소에 서 있는 제재소에 눈길이 가게 마련인데, '소렐'이라는 이름을 굵직하게 쓴 간판이 지붕 위에 보이는 그 제재소만 하더라도 6년 전까지는 지금 레날 시장 정원의 네 번째 테라스가 증설된 자리에 있었다.

항상 거만한 시장도 완고한 고집쟁이 목재상 소렐 노인을 상대할 때는, 여간 애를 먹은 게 아니었다. 그 제재소를 다른 곳으로 옮기기 위해 노인에게 루이 금화를 듬뿍 집어 주어야 했다. 제재소의 동력원이 되는 공용 하천(公用河川)은 레날 시장이 파리의 관청과 잘 통하기 때문에, 물줄기를 돌릴 수 있었다. 이 혜택은 182×년 총선거 결과*² 그에게 주어진 것이다.

그는 소렐에게 1아르팡에 4아르팡 꼴로 예전 대지에서 100보 가량 아래쪽에 있는 두강 기슭의 토지를 주었다. 더구나 새 장소가 전나무 목재를 거래하는 데 훨씬 유리한데도 소렐 영감님(부자가 된 그를 모두들 이렇게 불렀다)은 레날 시장의 급한 마음과 토지 소유욕을 교묘히 이용하여 6000프랑의 돈을 우려냈다.

이 거래가 이 지방의 양식 있는 사람들에게 이러쿵저러쿵 비판을 받은 건

---

*1 왕정복고 시대, 시장은 선거로 선출되지 않고 왕당파 정부에 의해 직접 지명되었다. 근본부터가 왕당파인 레날 씨는 자유주의자들이 주류를 이루는 공업에서 성공을 거둔 것을 수치스러워한다.

*2 1824년의 총선거에서 과격왕당파가 승리를 거두었다.

사실이다. 어느 날—4년 전 어느 일요일—레날 씨는 시장답게 정장(正裝)을 하고 교회에서 돌아오다가 멀리 소렐 영감의 모습을 보았다. 영감은 세 아들에 둘러싸여서 시장을 바라보며 엷게 웃었다. 그 웃음을 보고 시장은 그제야 자기의 불찰을 깨달았다. 그 뒤에 그는 좀더 유리하게 거래할 수도 있었다고 이를 갈고 있다.

베리에르에서 사람들의 존경을 받기 위해서는 축대를 많이 쌓는 것도 좋지만, 그때 무엇보다 주의할 점은, 매년 봄이면 쥐라산맥을 넘어 파리로 가는 석공들이 이탈리아에서 가져오는 설계도 따위를 채택해서는 절대로 안 된다는 것이다. 그런 신식을 따르다가는 그 경솔한 건축주는 평생 '머리가 돈 사람'이라는 낙인이 찍히고, 프랑슈콩테 지방의 여론을 좌우하는 현명하고 온건한 인사들로부터 영원히 버림받는다.

사실상, 이 현명한 인사들은 그리 달갑지 않은 독재를 이 지방에서 펼치고 있다. 파리라는 이름의 대공화국에서 생활하던 사람들이 소도시 생활을 견뎌내지 못하는 것도 바로 이 '전제'라는 불쾌한 한마디 때문이다. 여론의 독재(그게 무슨 놈의 여론인가!)는 아메리카합중국에서나 프랑스의 소도시에서나 모두 어리석은 행동이다.

제2장

시장(市長)

권세! 그것이 대단하단 말이오? 어리석은 자가 존경하고, 아이들이 감탄하며, 부자들이 부러워하고, 현자들은 경멸하는 것을……

바르나브

　레날 시장에게 행정관으로서 명성을 얻을 수 있는 절호의 기회를 준 것은, 두강 기슭에서 100보 가량 언덕을 따라 뻗어 있는 공공 산책길에 대규모 축대를 쌓을 필요가 생긴 일이었다.

　무엇보다 입지가 좋아서 그곳 전망은 프랑스에서 가장 아름답기로 손꼽히지만, 해마다 봄철만 되면 빗물이 산책로에 흘러들어 도랑과 웅덩이를 만드는 통에 통행하기가 불편했다. 이런 불편을 모두가 뼈저리게 느끼자 레날 시장은 이 기회를 이용해 행정관으로서 영원한 명성을 얻어야겠다고 생각했다. 그래서 그는 높이 20피트, 길이 30~40투아즈(미터법 이전에 길이 단위, 1투아즈(toise)는 약 2m.) 가량의 축대를 쌓았다.

　그 축대 위에 흉벽을 쌓기 위해 레날 시장은 세 번이나 파리에 다녀와야 했다. 2대 전 내상이 베리에르의 산책길 개축에 절대 반대를 표명했기 때문인데, 그 흉벽은 이제 4피트 높이로 완성되어 있었다. 더구나 요즈음에는 마치 역대 각료들에게 도전이라도 하듯이 거기에 포석까지 깔려 있다.

　전날 밤에 즐겼던 파리 무도회를 회상하면서 푸른빛이 서린 아름다운 잿빛 돌에 기대어, 나는 몇 번이나 두강 골짜기를 내려다보았던가? 멀리 강 왼쪽으로는 대여섯 개의 골짜기가 구불구불 이어져 있고, 그 밑을 흐르는 가느다란 물줄기가 눈에 뚜렷하게 보인다. 그 물줄기들은 폭포에서 폭포로 이어지면서 떨어져 두강으로 흘러든다. 이런 산지의 햇살은 타는 듯 뜨겁다. 해가 바로 머리 위에서 내리쬘 때, 그 테라스에서 여행자의 몽상을 고이 지켜 주는 것은 무성하게 자란 플라타너스 그늘이다. 그 나무들이 빨리 자라 푸르스름한 아름다운 녹음을 짓게 된 것도, 레날 시장이 거대한 축대 건너편에다 파헤친 흙을 쌓은 덕분이다. 왜냐하면 그가 시의회의 반대를 무릅쓰고 산책길의 폭을 6피트나 확장했기 때문인데(비록 그는 과격왕당파고 나는 자유주의자이지만, 이 일만은 그에게 찬사를 보낸다), 바로 그 때문에 시장과 베리에르 빈민수용소의 훌륭한 소장인 발르노 씨에 의하면 그 테라스는 생 제르망 앙 레^{(파리가 멀리 보이는}^{역대 프랑스왕국의 성.})의 테라스와 견주어도 손색이 없는 것이 되었다.

나로서는 그 '충성 산책길'—이 공식 명칭을 대리석판에 새긴 곳만도 스무 군데 이상이다. 그 덕분에 레날 시장은 훈장을 하나 더 탔다—에 대해서 불평할 점이라고는 한 가지뿐이다. 내가 비난하고 싶은 것은, 무성한 플라타너스의 가지를 짧게 쳐내는 당국의 야만적인 처사다. 나무 윗부분을 뚝 잘라 키를 낮추고 가지들을 둥글둥글하게 다듬어서 마치 채소 같은 꼴로 만드는 것보다는, 영국에서 볼 수 있는 당당한 모습으로 가꾸는 것이 낫지 않겠는가. 그러나 시장의 의지는 절대적이고 시의 모든 나무는 일 년에 두 번씩 사정없이 손질된다. 시의 자유주의자들은, 물론 과장된 표현이긴 하지만, 그렇게 쳐낸 가지를 마슬롱 보좌신부가 얼마가 되든지 인수해 주게 된 뒤부터 고용 정원사들이 한층 더 무자비하게 가위질을 하게 됐다고 한다.

그 젊은 보좌신부는 셸랑 신부 및 부근의 몇몇 사제들의 감시역으로서, 몇 년 전에 브장송에서 파견되어 왔다.

베리에르에 은거중이던 이탈리아 원정군의 한 늙은 군의관—시장의 주장에 의하면 그는 자코뱅^{(과격}^{혁명파)}인 동시에 보나파르트파^{(황제}^{파)}였다 한다—이 언젠가 아름다운 나무들을 정기적으로 난폭하게 쳐내는 데 대해 시장에게 항의한 일이 있었다.

"나는 나무 그늘을 좋아합니다." 레날 시장은 레종도뇌르^{(나폴레옹이 창설한}^{수훈(受動) 제도)} 훈장을 단 군의관을 상대로 얘기하는 데 적당한 위엄 갖춘 말투로 대답했다. "그러니까 아름다운 그늘을 만들기 위해서 내 나무들을 손질하는 것입니다. 그것 말고는 나무의 용도가 없다고 생각하니까요. 하기야 실용적인 저 호두나무처럼 좋은 수입이 된다면 이야기는 달라지지만."

'수입이 된다.'—이것이야말로 베리에르에서는 만사를 결정하는 중대한 표현이다. 이 한마디 말로 항시 주민들 대부분의 머릿속에 들어 있는 생각이 요약된다.

'수입이 된다'는 말이 여러분의 눈에 그처럼 아름답게 비친 이 소도시에서 만사를 결정하는 기준이 된다. 이 지방을 처음 방문하는 타향 사람은 도시를 빙 둘러싼 시원스럽고 깊은 골짜기의 아름다움에 넋을 잃고, 이곳 주민들은 미(美)에 대한 감수성이 풍부하리라 생각한다. 사실 그들은 자기 고장의 아름다움을 늘 얘기하고 있다. 그들이 그 아름다움을 중요시하고 있다는 점을 부정할 수는 없다. 그러나 그것은 아름다운 경치가 다른 지방 사람들을 불러들인 결과, 그들이 뿌리는 돈으로 여관 주인이 부자가 되고, 입시세(入市稅)라는 명목으로 시에도 수입을 가져다주기 때문이다.

어느 맑게 갠 가을날, 레날 씨는 아내와 팔짱을 끼고 충성 산책길을 거닐고 있었다. 위엄 있는 남편의 말에 귀를 기울이면서도 레날 부인의 눈은 불안한 듯 어린 세 아들의 거동을 좇고 있었다. 열한 살쯤 되어 보이는 맏아들은 툭하면 축대 흙벽에 기어오르려 했다. 그럴 때마다 상냥한 목소리가 아돌프의 이름을 부르기 때문에 아이는 그 야심찬 도전을 단념하곤 했다. 레날 부인은 서른 살쯤 되었지만 여전히 아름다움을 유지하고 있다.

"그 파리에서 왔다는 작자, 아마 나중에 후회할걸." 레날 시장은 불쾌한 기색으로 말했다. 그의 뺨은 평소보다 창백해 보였다. "나에게도 궁중에 친구가 없는 것도 아니고 말이야……"

나는 지금부터 200페이지에 걸쳐 시골 얘기를 할 계획이긴 하나, 느려터진 시골 사람들의 대화와 그윽한 배려로 독자 여러분을 번거롭게 할 생각은 없다.

베리에르 시장이 그처럼 불쾌하게 생각하는 파리 작자란 바로 아페르 씨*를 말한다. 그는 이틀 전에 무슨 수단을 이용했는지 베리에르 감옥과 빈민수용소뿐 아니라, 시장과 이 지방의 주된 지주(地主)들이 무보수로 경영하고 있는 자선 병원의 내부까지 교묘하게 들어간 것이다.

레날 부인은 조심스럽게 말했다.

"하지만 파리에서 온 그분이 어떤 행동을 하든 당신에게 무슨 해가 되죠? 당신은 정말로 가난한 사람들을 위해 성심성의껏 일하고 계시잖아요."

---

* 당시 저명한 인도주의 운동가.

"그자가 나타난 것은 단지 추문을 퍼뜨리기 위해서요. 머잖아 자유주의 신문에 기사가 실릴 테지."

"당신은 그런 신문 안 보시잖아요?"

"읽지는 않지만, 그런 과격파의 기사는 소문이 된단 말이오. 그런 소문에 마음이 심란해지면 선행을 베푸는 데 방해가 되거든.* 나는 그 사제에 대해서는 절대 그냥 둘 수 없소."

---

* 실제로 있었던 이야기다.

제3장
가난한 이들의 행복

덕이 높고 술책을 쓰지 않는 사제는 한 마을의 구세주이다.

플뢰리

여든 살이라는 고령에도 불구하고 산의 상쾌하고 신선한 공기 덕에 강철 같은 건강과 의지를 지닌 베리에르의 사제는, 감옥, 자선 병원, 그리고 빈민 수용소까지 언제라도 자유롭게 방문할 수 있는 특권을 지녔다는 것을 미리 알아 두어야 한다. 파리에서 사제에게 보내는 소개장을 들고 찾아온 아페르 씨가 이 흥미진진한 작은 도시에 도착한 것은, 알맞게도 아침 6시였다. 즉시 그는 사제관을 방문했다.

귀족원 의원으로 이 지방에서 가장 부유한 대지주인 라몰 후작이 보내 온 추천장을 읽고 셸랑 신부는 깊은 생각에 잠겼다.

'나는 나이도 있고 지방 사람들의 호감도 사고 있다.' 그는 중얼거렸다.

'그들도 설마 엉뚱한 짓은 못할 게야.'

그는 곧 파리에서 온 신사 쪽으로 몸을 돌렸다. 그 눈에는 나이에 맞지 않는, 다소의 위험은 아랑곳하지 않고 훌륭한 일을 하는 기쁨이 불꽃처럼 숭고하게 빛나고 있었다.

"자, 나와 함께 갑시다. 하지만 간수나, 특히 빈민수용소의 감시인 앞에서는, 당신이 본 광경에 대해 비판하는 듯한 의견을 말해서는 안 됩니다."

아페르 씨는 상대가 고귀한 마음의 소유자임을 깨달았다. 이 존경할 만한 사제를 따라 그는 감옥과 병원과 빈민수용소를 시찰하고 많은 질문을 했는데, 아무리 이상한 대답을 들어도 결코 비난하는 기색을 내비치지는 않았다.

시찰은 몇 시간 동안 계속되었다. 사제는 점심 식사에 그를 초대했으나 아페르 씨는 편지를 써야 한다며 사양했다. 그는 그토록 너그러운 사람을 위험한 일에 더 이상 끌어들이고 싶지 않았다. 3시 무렵 두 사람은 빈민수용소 시찰을 끝내기 위해 나가서 다시 한 번 감옥으로 돌아갔다. 키가 6피트나 되는, 거인 같은 간수가 안짱다리로 문 앞에 버티고 서 있었다. 그 추한 얼굴은 두려움으로 긴장되어 있었다.

"아, 사제님." 그는 사제의 얼굴을 보자마자 입을 열었다. "함께 계시는 분은 아페르 씨 아니십니까?"

"그런데?"

"실은 어제부터 엄명이 내렸습니다. 지사님이 보낸 헌병이, 아마도 밤새도록 말을 달려온 듯합니다만, 아페르 씨를 감옥에 들여보내면 안 된다는 명령을 가지고 왔습니다."

"느와르 군. 나와 함께 오신 이 여행객은 아페르 씨가 틀림없네. 그리고 자네는 내가 언제든지 필요한 사람을 데리고 감옥에 출입할 수 있는 특권이 있다는 걸 잘 알고 있겠지?"

"알고 있습니다, 신부님." 간수는 몽둥이로 얻어맞을까 봐 겁이 나서 억지로 말을 듣는 불도그처럼 고개를 푹 숙이고 힘없는 목소리로 말했다. "하지만 신부님. 저는 처자가 있습니다. 만일 밀고라도 당하면 목이 달아납니다. 이 직업을 잃으면 먹고살 방도가 없습니다."

"직업을 잃고 싶지 않은 건 나도 마찬가지야." 사람 좋은 사제의 목소리는 점점 커져 갔다.

"마찬가지라고요!" 간수는 큰소리로 말을 받았다. "신부님께서 800프랑의 연금을 받는다는 건 누구나 다 아는 사실입니다. 게다가 좋은 토지까지……"

이는 사실이다. 이것이 이틀 전부터 이 작은 도시 베리에르에서 온통 화제가 되고 과장되어 사람들의 온갖 증오심을 불러일으키고 있었다. 그리고 바로 이때도 레날 시장과 부인 사이에서 이 문제로 사소한 말다툼이 있었다. 이틀 전 아침 레날 씨는 빈민수용소장 발르노 씨와 함께 사제를 방문하여 강한 유감의 뜻을 표명했다. 아무런 배경도 없는 셸랑 신부에게는 그들의 말이 한 마디 한 마디 그의 가슴에 와 닿았다.

"알겠소! 그러면 나는 여든 살이나 먹어서 이 지방에서 해임되는 세 번째 사제가 되는 셈이군요. 이 도시에 온 지 56년, 주민들은 대부분 내가 세례를 주었지요. 내가 이곳에 처음 왔을 때는, 도시라기보다는 작은 시골 마을 정도의 거리였지. 나는 매일처럼 젊은 사람들의 결혼에 입회하고 있지만, 그들의 할아버지, 할머니들도 옛날 내 앞에서 백년가약을 맺었소. 베리에르는 내 가정과도 같은 곳이라오. 그러나 다른 데서 오신 손님을 만나고, 나는 이렇게 생각했소. 파리에서 온 이분은 어쩌면 자유주의자일지도 모른다. 요즘은 그런 사람들이 얼마든지 있으니까. 하지만 이 사람이 이 지방의 가난한 사람과 죄수들에게 도대체 어떤 해를 준단 말입니까?"

레날 씨는 물론이고 빈민수용소장 발르노 씨까지 사제에게 격렬한 비난을 퍼붓기 시작했다. 늙은 사제는 마침내 떨리는 목소리로 외쳤다.

"좋소! 그렇게까지 말씀하신다면 사제 자리에서 물러나겠소. 그러나 이 도시를 떠나지는 않겠소. 아시다시피 48년 전에 나는 연수 800프랑의 토지를 상속받았소. 그 수입으로 살아가겠소. 나는 지위를 이용해서 재산을 모으는 짓 따윈 하지 않았소. 그렇기 때문에 사제직을 잃는다는 얘기를 들어도 겁나지 않소."

레날 시장은 내외간에 금슬이 좋은 편이었다. 그러나 부인이 "그 파리에서 온 분이 죄수들에게 어떤 피해를 주나요?" 하고 조심스레 묻자 그는 대답할 말이 없어 하마터면 화를 낼 뻔했다. 바로 그때 부인이 비명을 질렀다. 둘째 아이가 막 축대 흙벽에 올라서서 달리기 시작한 참이었다. 흙벽 바깥쪽은 포도밭이고 지면까지는 20피트나 되었다. 소리치면 아이가 놀라서 오히려 떨어질까 봐 부인은 이름도 부르지 못하고 있었다. 이윽고 아이는 자기의 용감한 행동에 우쭐해져 어머니를 돌아보더니, 어머니의 새파래진 얼굴을 보자 산책로에 뛰어내려 달려왔다. 아이는 호되게 야단맞았다.

이 작은 사건이 화제를 바꾸었다.

"제재소 집 아들 소렐을 우리 집에 데려다 놓아야겠소." 레날 시장은 말했다. "아이들도 이젠 우리 힘으론 감당하기 어려우니 소렐에게 맡깁시다. 아직 젊고, 사제지망생에 지나지 않지만 라틴어를 잘하는 모양이니 아이들의 학력도 키워 줄 것이오. 셀랑 사제도 착실한 사람이라 합디다. 급료는 1년에 300프랑 주고, 식비도 우리가 부담합시다. 사실 그의 사상에는 약간 의문을 품고 있소. 왜냐하면 그는 사촌이라면서 소렐의 집에 얹혀 있던 그 레종도뇌르 훈장을 탄 늙은 군의관의 총애를 받았으니까. 그러나 그자는 틀림없이 자유주의자들의 정탐꾼이었을 거요. 산간지대의 공기가 천식에 좋아 왔다고는 하지만, 뚜렷한 증거는 없거든. 이탈리아까지 보나파르테*의 모든 원정에 따라다녔던 작자요. 게다가 소문으로는 국민투표 때 반대표를 던진 것 같더군. 그런 자유주의자가 소렐의 아들에게 라틴어를 가르치고, 또 자기가 가져온 그 많은 책을 다 주었단 말이오. 물론 나는 그 제재소 집 아들을 우리 아이들에게 붙여 줄 생각은 전혀 없었소. 그런데 사제가, 그러니까 사제와 틀어진 계기가 된 그 소동이 있기 꼭 하루 전에, 소렐이 신학교에 들어가기 위해서 3년 전부터 신학을 배우고 있다고 내게 말해 주었소. 그렇다면 그 애는 자유주의자가 아니고 라틴어 학생인 거지. 또 이 아이디어에는 그 밖에도 여러 좋은 점이 있어."

레날 시장은 교활한 눈빛으로 아내를 보면서 말을 이었다.

"발르노란 자는 사륜마차를 끌 훌륭한 노르망디종 말을 두 필 샀다고 으스대지만, 아직 아이들에게 가정교사를 붙여 주지는 않았거든."

"그분이 그 사람을 가로챌지도 모르겠군요."

"그럼 당신은 내 생각에 찬성이란 말이지? 자, 그럼 결정됐소!"

레날 시장은 부인의 멋진 지적에 감사의 미소를 지으면서 말했다.

"어머나, 너무 빨리 결정하시는 것 아니에요?"

"난 과감한 게 좋아. 사제에게도 그 점을 느끼도록 해주었지. 숨길 일도 아니지만, 이 도시에서 우리는 자유주의자들에게 에워싸여 있소. 포목상들조차 모두 우리를 시기하고 있지. 그건 분명한 사실이오. 그중에는 벼락부자도 여럿 있지, 그래, 바로 그런 자들에게 이 레날의 아들들이 가정교사와 함께 산책하는 모습을 보여줘야지. 그러면 그들도 깜짝 놀랄 거야. 내 할아버님도 어릴 때 가정교사가 있었다고 늘 말씀하셨소. 비용은 100에퀴(300프랑) 정도 들겠지만 그쯤은 우리의 체면을 유지하기 위해서라면 불가피할 거요."

이 성급한 결정을 듣고 레날 부인은 깊은 생각에 잠겼다. 부인은 키가 크고 늘씬하여 이 산간지대 사람들이 늘 말하듯이 이 지방에서 제일가는 미인이었다. 언제나 겸손하고 언동은 활기찼다. 파리 사람들이 보면 순진하고 발

---

* 나폴레옹을 혐오하는 귀족계급이, 보나파르트가 이탈리아 출신의 외국인임을 강조해서 쓰던 멸시적인 호칭.

랄한 그 아름다움과 순수한 매력을 육감적이라고 느꼈을지도 모른다. 그러나 부인은 자기가 그만큼 남자들의 이목을 끈다는 사실을 알면 아마 부끄러워했을 것이다. 부인은 멋을 부리거나 뽐내지 않았다. 돈 많은 빈민수용소장 발르노 씨가 그녀에게 접근하려다 뜻을 이루지 못했다는 소문도 나돌았다. 이런 평판은 부인의 정절을 한층 빛나게 했다. 왜냐하면 발르노 씨는 혈색이 좋고 검은 수염을 멋지게 기른 건강한 체격의 남자로서, 그 지방에서는 미남자로 통하는, 거칠고 배짱 좋고 떠들썩한 무리 중 한 사람이었기 때문이다.

무척 내성적이고 언제나 조용한 레날 부인은, 특히 발르노 씨의 늘 부산스러운 거동과 큰 목소리를 싫어했다. 그녀는 베리에르시의 시민들이 즐겁게 여기는 일에 관심이 없었기 때문에, 저 여자는 자기 가문을 내세워 으스댄다는 소문이 돌았다. 부인 자신은 전혀 그런 마음이 없었지만, 사람들이 차차 자기 가문과 사이가 벌어지자 오히려 기뻐했다. 분명히 말한다면 남편에게 애교도 부릴 줄 몰라 파리나 브장송제(製)의 예쁜 모자를 사 달라고 할 기회를 늘 놓치기 때문에, 부인은 시내 상류계급 부인들에게 바보 취급을 받고 있었다. 그러나 그녀는 단지 홀로 자기 집의 아름다운 정원을 마음 내키는 대로 거닐 수만 있으면 그 이상 바랄 것이 없었다.

세상물정 모르는 그녀는 남편을 비판하거나 남편을 지겨워하는 마음은 단 한 번도 가지지 않았다. 마음속으로는 확실히 그렇게 생각하고 있었던 건 아니지만, 자신들만큼 정이 두터운 부부는 또 없다 여겼다. 특히 그녀는 아이들 장래를 걱정할 때의 남편을 가장 좋아했다. 레날 씨는 장남은 군인, 차남은 법관, 셋째 아들은 성직자로 만들 작정이었다. 요컨대 그녀는 자기 남편이, 자기가 알고 있는 어떤 남자보다 훨씬 뛰어나다고 생각하고 있었다.

그러한 부인의 판단은 당연한 것이었다. 베리에르 시장은 숙부에게서 들은 대여섯 가지 재담 덕분에 재치가 있고, 특히 취미가 고상하다는 평판을 얻고 있었다. 숙부인 노(老) 레날 대위는 대혁명 전에 오를레앙 공(公)이 이끄는 보병 연대에 속해 있었고 파리에 나가면 공의 살롱에 드나들 수 있었다. 그 살롱에서 그는 몽테송 부인, 유명한 드 장리스 부인, 팔레루아얄의 개축자 뒤크레스트 같은 사람들을 만나곤 했다. 레날 시장이 얘기하는 일화에는 바로 이러한 인물들이 차례로 등장했다. 다만 지금 세상에는 적당하지 않은 화제여서 레날 씨에게는 약간 부담이 되었고, 얼마 전부터는 오를레앙 집안에 대한 얘기는 여간한 일이 없는 한 화제에 올리지 않고 있었다. 그러나 그는 금전에 관해 얘기할 때를 빼놓고는 매우 예의바른 시장님이었으므로, 베리에르에서 으뜸가는 귀족적인 인물로 통하는 것도 당연한 일이었다.

제4장
아버지와 아들

이러한 결과는 나로 인함인가?

마키아벨리

　'우리 마누라는 아주 영리하단 말이야!' 베리에르 시장은 다음 날 아침 6시에 소렐 영감의 제재소 쪽으로 내려가며 생각했다. '남편의 위엄을 지키기 위해서 말은 그렇게 했지만, 사실 라틴어 실력이 뛰어나다는 소렐의 아들 녀석을 빨리 우리가 데려오지 않으면, 발 빠른 그 수용소장이 나와 같은 생각을 해서 가로챌지도 모른다는 것까지는 생각지 못했거든. 그렇게 돼 봐. 얼마나 거들먹거리면서 가정교사 얘기를 할지⋯⋯그건 그렇고, 그 가정교사는 우리 집에서 수탄(soutane : 성직자가 입는 통상복)을 입고 지내는 건가?'

　이런저런 생각에 빠져 걷고 있는데, 문득 멀리서 키가 6피트나 되는 사나이가 이른 아침부터 두강의 배 끄는 길 위에 재목을 늘어놓고 정신없이 치수를 재고 있는 모습이 보였다. 그 사나이는 시장이 다가오는 것을 보자 거북한 표정을 지었다. 재목이 길을 막고 있었고 그것은 규칙 위반이었기 때문이다.

　소렐 영감은—그가 바로 그 노인이었다—아들 쥘리앵에 대해 레날 시장으로부터 상상도 못한 제의를 받자 몹시 놀라기도 하고 또 그 이상으로 기뻐했다. 그러나 상대의 얘기를 듣고 있는 그의 표정은 별 관심이 없는 듯 음울하고 무뚝뚝한 기색이었다. 그것은 바로 빈틈없는 이 산간지방 주민들이 교활한 속셈을 감추기 위해 익힌 재주였다. 에스파냐 통치시대에 굴종을 강요받았던 그들에게는 아직도 이집트의 농노(農奴)와 같은 표정이 남아 있었다.

　소렐 영감의 대답은 그가 알고 있는 존경을 표시하는 온갖 형식적인 어구들을 늘어놓는 것뿐이었다. 그의 용모가 선천적으로 지니고 있는 위선, 나아가서는 거의 사기꾼 같은 풍모를 한층 뚜렷이 느끼게 하는 꾸민 듯한 미소를 지으면서 그런 공허한 말을 되풀이하는 동안에도, 이 늙은 농부는 머리를 부지런히 굴리며, 대체 왜 이 지체 높은 양반이 변변치 않은 자기 아들을 집에 데려다 둘 마음을 먹었는가 그 이유를 찾고 있었다. 그는 아들 쥘리앵이 영 못마땅했다. 그런데 그 쥘리앵을 위해 레날 시장은 한 해에 300프랑이란 뜻밖의 봉급을 주겠다고 할 뿐 아니라, 식사와 의복까지 제공하겠다는 것이다. 이 의복에 대해서는 소렐 영감이 즉흥적으로 말해 본 것인데도, 레날 시장은 그것까지 승낙했다.

이 요구를 들었을 때 시장은 놀랐다. '이만큼 좋은 요청을 들었으면 분명히 뛸 듯이 기뻐해야 할 텐데, 그러지 않는 것을 보면 다른 데서도 이런 제의를 받았음이 분명하다. 발르노 말고는 없어.'

레날 시장은 소렐을 졸라 그 자리에서 결판지으려 했지만 허사였다. 교활한 늙은 목재상은 완강히 버티었다. 아들과 의논해 봐야겠다고 했다. 마치 이 시골에서는 돈 있는 아버지가 무일푼인 아들의 의견을 묻는 것이 형식적인 일만은 아니라는 투였다.

제재소는 냇가에 위치한 헛간 같은 건물이었다. 지붕은 네 개의 굵은 나무 기둥 위에 엇갈려 얹은 재목이 떠받치고 있었다. 이 건물 한복판에서 8~10피트 되는 높이에 한 개의 톱이 아래위로 움직이는 것이 보이고, 아주 간단한 기계장치가 재목을 이 톱 쪽으로 밀고 간다. 톱을 아래위로 움직이고, 재목을 톱 쪽으로 보내는 이 두 가지 공정을 처리하는 것은 물의 흐름으로 돌아가는 물레방아였다. 톱이 재목을 켜면 판자가 완성된다.

제재소로 다가가면서 소렐 영감은 그 벼락 같은 목소리로 쥘리앵을 불렀으나 대답이 없었다. 거인 같은 쥘리앵의 형들이 큰 도끼를 휘둘러 전나무 줄기를 가른 뒤 톱이 있는 곳으로 가져가는 모습이 보일 뿐이었다. 그들이 재목에 그어 놓은 검은 줄에서 한 치도 빗나가지 않게 하려고 열심히 도끼를 내려칠 때마다 나뭇조각이 튀었다. 아버지의 목소리도 귀에 들어오지 않는 듯했다. 아버지는 제재소 안으로 걸음을 옮겼다. 들어가서 쥘리앵이 있어야 할 톱 옆을 보았으나 없었다. 그 톱에서 대여섯 피트 위에 있는 대들보에 승마 자세로 걸터앉아 있는 쥘리앵을 발견했다. 기계의 움직임을 감시하기는

커녕 책을 읽고 있었다. 소렐 영감에겐 이보다 더 화나는 일은 없었다. 그는 쥘리앵이 형들과는 달리 힘든 일은 할 수 없는 허약한 몸인 것은 참아 넘길 수 있었으나, 이 책벌레 짓만은 도저히 그냥 넘길 수가 없었다. 그 자신은 글을 읽을 줄 몰랐다.

쥘리앵을 두세 번 불러 보았지만 헛일이었다. 시끄러운 톱 소리 때문이라기보다는 읽고 있는 책에 정신이 팔려서 그는 아버지의 무서운 목소리를 듣지 못한 것이다. 참다못한 아버지는 늙은이답지 않게 가뿐한 동작으로 막 톱날이 들어가려는 나무 위에 올라서더니, 거기서 지붕을 떠받치고 있는 대들보 위로 옮겨 갔다. 거친 일격에 쥘리앵의 손에 있던 책이 냇물로 날아갔다. 이어서 손바닥으로 따귀를 호되게 얻어맞은 쥘리앵은 몸의 균형을 잃고 하마터면 12~5피트 아래서 움직이고 있는 기계의 지레 사이에 떨어져 몸이 두 동강날 뻔했으나, 아버지의 왼손이 그를 거머잡았다.

"이 게으른 놈아! 톱날을 지켜야지, 그따위 변변찮은 책이나 읽고 있으면 다냐? 그렇게 읽고 싶으면 밤에 사제 집에나 놀러 가서 읽으란 말이다. 그러면 내가 잔소리할 필요도 없잖아!"

쥘리앵은 얻어맞은 충격에 머리가 멍했지만, 피투성이 얼굴로 톱 옆의 제자리로 돌아갔다. 눈물이 글썽거린 것은 얻어맞은 아픔 때문이 아니라 자기가 무척 좋아하는 책을 잃었기 때문이었다.

"내려와, 이놈아. 할 얘기가 있다."

기계 소리로 이번에도 아버지의 명령이 들리지 않았다. 먼저 뛰어내린 아버지는, 다시 기계 위로 기어 올라가기가 귀찮아서 호두를 따는 긴 장대를 들고 와서 아들의 어깨를 때렸다. 쥘리앵이 아래로 내려오기가 무섭게 소렐 영감은 그를 떠밀며 급히 집 쪽으로 향했다. '대체 나를 어쩔 셈이지?' 쥘리앵은 겁이 났다. 지나가면서 그는 자기 책이 떨어진 냇물을 원망스러운 듯 바라보았다. 그 책은 많은 책 중에서도 가장 아끼는 《세인트헬레나 회상록》*이었다.

쥘리앵은 뺨이 빨갛게 부어오른 채 눈을 내리깔고 있었다. 언뜻 보기에도 연약해 보이는 열여덟이나 열아홉 살 가량의 이 자그마한 청년은, 균형이 제

---

* 나폴레옹이 유형된 섬에서 측근인 라스카즈 백작에게 쓰게 한 기록, 1823년 간행.

대로 잡히지 않았으나 매부리코에 섬세한 얼굴이었다. 조용히 있을 때는 사려와 정열을 띠고 있던 검은 눈동자가 지금은 처절한 증오로 불타고 있었다. 짙은 밤색인 앞머리가 이마를 덮어 인상이 날카로워 보였고, 화가 났을 때는 아주 심술궂게 보였다. 수많은 인간의 얼굴 생김새 중에서도 이만큼 두드러진 특징을 나타내는 얼굴은 드물 것이다. 날씬하게 균형 잡힌 몸매는 강함보다는 경쾌함을 풍겼다. 어릴 때부터 침통한 생각에 잠기는 듯한 모습과 창백한 얼굴을 보고, 아버지는 이 아이는 금방 죽을 것이며 산다 한들 집안의 골칫거리가 될 거라 생각했다. 식구들의 따돌림을 받은 그는 아버지와 형들을 미워했다. 일요일 같은 날, 광장에 나가 놀 때도 노상 매만 맞았다.

그의 미모에 반한 처녀들이 그에게 정다운 말을 걸게 된 것도 1년이 채 못 된다. 약골이라고 하여 여러 사람으로부터 멸시당해 온 쥘리앵은 플라타너스 문제를 가지고 시장과 담판지은 그 늙은 군의관을 진심으로 존경했다.

군의관은 가끔 소렐 영감에게 아들의 일당까지 지불해 주고 그에게 라틴어와 역사, 즉 자기가 체험한 1796년 이탈리아 원정의 역사를 가르쳐 주었다. 숨을 거둘 때, 그는 쥘리앵에게 자기의 레종도뇌르 훈장과 전직 나폴레옹군 사관으로서 받던 연금(年金)의 미수금, 그리고 삼사십 권의 책을 물려주었다. 그 책 중에서도 가장 귀중한 책이, 시장의 권력으로 물줄기를 바꾼 '공용 하천'에 떨어져 버린 것이다.

집 안에 들어서자마자 쥘리앵은 아버지의 우악스러운 손이 어깨를 움켜잡는 것을 느꼈다. 다시 몇 대 얻어맞을 각오를 하고 그는 떨었다.

"바른 대로 대라!"

아이들이 장난감 납병정을 돌리듯이 한 손으로 아들을 획 돌려세우며, 아버지는 거친 목소리로 외쳤다. 눈물이 그렁그렁한 쥘리앵의 검고 큰 눈은, 자기의 마음속까지 꿰뚫어 보는 듯한 늙은 목재상의 교활하고 조그만 잿빛 눈을 마주보았다.

제5장
흥정

시간을 끌어 사태를 바로잡는다.

엔니우스

"자아, 바른 대로 대답해라, 이 책벌레 놈아! 어떻게 레날 부인과 알게 됐냐? 언제 얘기를 주고받았느냐 말이다!"

"얘기라뇨, 한 번도 없어요. 성당에서 본 것뿐인걸요."

"뚫어져라 봤지? 뻔뻔스러운 놈 같으니!"

"아녜요! 아버지도 아시다시피 나는 성당에서는 하느님밖에 보지 않아요."

이렇게 덧붙이는 쥘리앵의 말투에는 다소 위선적인 기미가 있었다. 또 따 귀를 맞지 않기 위해서는 이것이 제일이라고 생각한 모양이다.

"좌우간 반드시 무슨 까닭이 있을 거다." 아버지는 심술궂게 대꾸하고 잠시 입을 다물었다가 다시 이었다. "네놈에게는 무엇을 물은들 소용없겠지, 엉큼한 놈아. 어쨌든 이제야 네놈을 쫓아내 버릴 수 있겠군. 네놈이 없어지면 우리 제재소도 훨씬 잘 돌아갈 거다. 사제님인지 뭔지 모르지만 잘 구워 삶았구나. 좋은 자리를 구해 주셨으니 당장 가서 짐을 꾸려 가지고 오너라, 레날 시장한테 데려다 줄 테니까. 그 집 아이들의 가정교사가 되는 거다."

"보수는요?"

"먹여 주고 입혀 주고 300프랑이란다."

"머슴 같은 건 되기 싫어요."

"바보자식, 누가 너더러 머슴이 되라더냐? 내가 자식을 머슴살이 시킬 줄 아느냐?"

"그렇지만, 나는 누구와 식사하나요?" 이 질문에는 소렐 영감도 말문이 막혔다. 떠드는 동안에 말실수를 한 듯한 느낌이 들었다. 그는 짜증이 발칵

났다. 먹보, 식충이라고 욕을 실컷 퍼붓고는 쥘리앵을 남겨 두고 다른 아들들과 의논하러 갔다.

쥘리앵은 그들이 제각각 도끼 자루를 짚고 서서 의논하는 것을 보았다. 한참 그들을 바라보았으나 무슨 말을 하고 있는지 알 수가 없어, 쥘리앵은 몰래 제재소 저쪽의 톱 뒤로 돌아가 앉았다. 그는 자기의 운명을 확 바꿔 놓을 이 뜻밖의 사건에 대해 곰곰이 생각하려 했지만, 공연히 마음이 들뜨기만 했다. 그는 오로지 레날 시장의 아름다운 저택에서 볼 수 있을 이것저것을 상상하는 것이 고작이었다.

'하지만 하인들과 함께 식사를 할 바에야 차라리 깨끗이 거절하는 편이 낫다.' 그는 속으로 다짐했다. '아버지는 강제로 보내려 하겠지. 그럴 바엔 죽는 편이 낫다. 저금은 15프랑 8수 정도 있으니까 오늘 밤에 도망치자. 헌병에게 들킬 걱정이 없는 샛길을 따라서 이틀만 가면 브장송에 도착할 수 있겠지. 그곳에서 군대에 입대하거나 정 안 되면 스위스에라도 가자. 그러나 그렇게 되면 입신출세의 희망은 사라진다. 야심도 버려야 한다. 모든 것이 자유로운 사제직과도 영영 이별이다.'

하인들과 함께하는 식사를 그토록 싫어하는 것은 본디 쥘리앵답지 않았다. 그는 출세를 위해서라면 더 괴로운 일도 했으리라. 그는 루소의 《참회록》에서 그러한 혐오를 배웠다. 《참회록》은 그의 상상력을 도와 상류사회를 꿈꾸게 한 유일한 나침반이었다. 이 책 이외에 나폴레옹군의 《전황보고서(戰況報告書)》과 《세인트헬레나 회상록》이 쥘리앵의 성전(聖典)이었다. 그는 이 3권의 책을 위해서는 목숨도 내놓았을 것이다. 그 밖에는 어떤 책도 믿지 않았다. 늙은 군의관의 말을 듣고서, 다른 책은 모두 허위투성이이며 사기꾼들이 오로지 입신출세를 위해서 쓴 것이라고 그는 생각했다.

정열적인 마음과 아울러 쥘리앵은 자주 어리석음과 직결되기도 하는 놀랄만한 기억력을 가지고 있었다. 자기의 장래가 셸랑 사제에게 달려 있음을 잘 알고 있었기에, 셸랑 사제의 환심을 사려고 라틴어 《신약성서》를 깡그리 외고 있었다. 그는 또한 메스트르 씨*의 《교황론(敎皇論)》도 암기했다. 그러나 그 어느 쪽도 믿지는 않았다.

---

* 조제프 드 메스트르, 대혁명의 정신을 부정하는 반동적인 교황지상주의자.

마치 약속이라도 한 듯 소렐과 그의 아들은 그날 온종일 서로 한마디도 나누지 않았다. 해질녘에 쥘리앵은 사제의 집으로 신학을 배우러 갔으나, 아버지가 받은 해괴한 요청에 대해서 얘기하는 것은 경솔한 짓이라 생각했다. '어쩌면 함정일지도 몰라. 그러니 모르는 척하자.'

다음 날 아침 일찍 레날 시장은 소렐 영감을 부르러 보냈다. 소렐은 한두 시간 느지막하게 와서는 문간에서부터 수다스럽게 인사말과 온갖 변명을 늘어놓고 굽실거렸다. 그리고 이리저리 알아본 끝에 아들이 주인 내외와 함께 식사를 하며, 다만 손님을 접대하는 날은 아이들과 함께 다른 방에서 식사를 하게 된다는 것을 알았다. 시장이 자기 아들을 초조하게 탐내는 모습을 보면서 점점 더 조건을 내세우고 싶으면서도 한편으로 의구심과 놀라움을 아직 지우지 못한 소렐 영감은, 자기 아들이 거처할 방을 보여 달라 했다. 그곳은 아주 산뜻하게 치장된 커다란 방이었으며, 벌써 세 아이들의 침대가 안에 옮겨져 있었다.

이 광경은 늙은 농부에게는 한 줄기 빛이었다. 그는 이내 마음을 푹 놓고 아들이 입을 옷을 보여 달라 졸랐다. 레날 시장은 서랍을 열고 100프랑을 꺼냈다.

"이 돈을 가지고 아드님더러 뒤랑 양복점에 가서 검은 양복을 맞추어 입게 하시오."

"그 애가 댁에서 나올 때에도 그 검은 양복은 그냥 그 애가 가져도 되나요?" 늙은 농부는 정중한 말투를 완전히 잊고 이렇게 말했다.

"물론이지."

"그러면 좋습니다" 하고 소렐 영감은 느릿느릿하게 말했다. "이제 한 가지만 더 결정하면 되겠군요. 자식 놈에게 주실 액수 말입니다."

"뭐라고!" 레날 시장은 화가 나서 외쳤다. "어제 결정난 얘기 아니오! 300프랑을 주겠소. 그만하면 족해. 아니 오히려 너무 과한 액수지."

"시장님께선 틀림없이 그렇게 말씀하셨습니다만, 그것은 시장님이 정한 액수죠." 소렐 영감은 한층 더 느리게 말했다. 그리고 나서 프랑슈콩테 지방의 농부를 잘 모르는 사람이면 놀랄 것이 분명한 임기응변을 발휘해 레날 시장을 빤히 쳐다보며 덧붙였다. "좀더 좋은 자리가 있어서 말입니다."

이 말을 듣자 시장의 얼굴빛이 확 변했다. 이윽고 평정을 되찾기는 했으나, 한마디 빈틈도 없는 회담을 두 시간이나 끈 결과, 결국 농부의 교활함이 부자의 교활함을 제압했다. 뭐니 뭐니 해도 부자는 살기 위해서 교활한 재주를 부릴 필요가 없는 것이다. 이리하여 쥘리앵의 새 생활을 규정하는 많은 사항들이 결정됐다. 그의 급료는 400프랑으로 정해지고, 매달 초하룻날 선불하기로 결정되었다.

"좋소. 한 달에 35프랑씩 주기로 하지" 하고 레날 시장은 말했다.

"돈이 많으시고 너그러우신 시장님이시라, 잔돈을 셀 필요 없는 36프랑까지는 주시겠죠"* 하고 영감은 간사하게 말했다.

"좋소! 이제 이 애긴 그만하자고."

이번만은 시장도 분에 못 이겨 딱 잘라 말했다. 영감은 더 밀고 나가다가는 위태롭다고 생각했다. 이번엔 레날 시장이 공세를 취할 차례였다. 소렐 영감은 아들 대신 첫 달 봉급 36프랑을 받으려고 애썼으나, 레날 시장은 절대로 주려 하지 않았다. 시장은 이번 흥정에서 자기가 한 역할을 아내에게 말해 줘야 한다는 데 생각이 미친 것이다.

"아까 준 100프랑, 이리 내놔요." 레날 시장은 못마땅한 듯 말했다. "뒤랑은 내게 빚이 있으니까 내가 아드님을 데리고 가서 검은 옷을 맞춰 주지."

상대의 강한 반격에 소렐도 다시 조심스러워져 공손한 말을 늘어놓았는데, 그것은 장장 15분에 달했다. 이윽고 그 이상은 우려낼 길이 없다는 것을 분명히 깨닫고 그는 물러났다. 마지막 인사는 다음과 같은 말로 맺어졌다.

"아들 놈을 곧 성으로 보내겠습니다요."

이곳 주민들은 시장의 비위를 맞추려 할 때 그의 집을 성이라고 부르곤 했다.

제재소로 돌아간 소렐 영감은 아들을 찾았으나 보이지 않았다. 무슨 일이 벌어질지 모른다는 불안감에 쥘리앵은 밤중에 집을 빠져나갔던 것이다. 그는 책과 레종도뇌르 훈장을 안전한 장소에 숨겨 두려고 했다. 그래서 베리에르를 굽어보는 높은 산에 사는 친구, 푸케라는 젊은 목재상의 집에 그것을 죄다 옮겨 놓았다.

"이 쓸모없는 게으름뱅이야!" 그가 다시 돌아왔을 때 아버지가 소리쳤다.

---

* 급료를 6프랑 은화로 지불할 것을 고려한 제안.

"네놈에게는 여러 해 동안 외상으로 밥을 먹여줬는데, 대체 언제쯤 정신 차려서 밥값을 갚을 참이냐! 네 누더기나 꾸려 가지고 어서 시장 집으로 꺼져 버려!"

쥘리앵은 얻어맞지 않았다는 사실에 놀라면서 재빨리 집을 나왔다. 그러나 무서운 아버지의 눈길에서 벗어나자 곧 걸음을 늦추었다. 성당에 잠시 들렀다 가는 편이 자기의 위선(僞善)에 도움이 되겠다고 생각했기 때문이다.

이 말을 듣고 독자 여러분은 놀랄까? 위선이란 이 무서운 말에 도달할 때까지 시골 청년은 긴 영혼의 방황을 겪어야 했다.

그가 아직 어릴 적에 이탈리아에서 귀환한 제6연대 용기병(龍騎兵)의 일원이 하얗고 긴 외투를 입고 길고 검은 깃털이 달린 투구를 쓰고, 자기 집 창살에 말을 매는 것을 본 후로 그는 군인 생활을 미칠 듯이 동경하게 되었다. 그 후에도 늙은 군의관이 들려주는 로디교(橋)와 아르콜, 리볼리*1 등의 전투담에 매혹되었다. 그는 이 노인이 자기의 레종도뇌르 훈장을 바라보는 그 타는 듯한 눈길에 감동했다.

그런데 쥘리앵이 열네 살 때, 베리에르 같은 작은 도시에 과분할 만큼 훌륭한 성당이 서게 되었다. 특히 대리석 기둥 네 개의 장관에 쥘리앵의 가슴은 뛰었다. 그 기둥은 이 지방의 치안판사와, 수도회(修道會)*2의 밀정이라는 소문이 있었던 브장송에서 파견된 젊은 보좌신부와의 사이에 심한 반목을 일으키는 원인이 되어 이곳에서는 유명해졌다. 판사는 지위가 위태로워졌다. 적어도 마을 사람들은 그렇게 믿었다. 거의 2주일마다 브장송에 가서 주교(主教)를 만난다는 신부와 그는 감히 충돌을 일으키지 않았는가.

그러는 동안에 가족이 많은 치안판사는 자주 공평치 못한 판결을 내리게 되었다. 〈입헌 신문〉*3을 구독하는 사람들에 대해서만 그랬다. 보수파가 승리한 셈이다. 물론 그들은 기껏해야 3~5프랑 가량의 벌금만 내면 되었다. 그런데 이 몇 푼 안 되는 벌금을, 쥘리앵의 이름을 지어 준 못공장 주인이 물게 됐다. 그는 화가 머리끝까지 치밀어서 외쳤다. "어쩌면 이렇게 변했단

---

*1 모두 나폴레옹군이 오스트리아군을 격파했던 전쟁터.

*2 1801년에 결성된 성처녀수도회는 왕정복고 시대 과격왕당파와 예수회의 본거지가 되어 정치·교육에 은연한 영향력을 미쳤다.

*3 반(反)체제, 자유주의 신문.

말인가! 그 판사는 20년 이상이나 청렴결백한 사람으로 소문났었는데!"

쥘리앵 편인 군의관은 이미 세상을 떠나고 없었다.

쥘리앵은 갑자기 나폴레옹에 대해 말하지 않게 됐다. 그는 성직자가 되겠다고 말을 꺼냈다. 이때부터 그가 언제나 아버지의 제재소 안에서 사제에게 빌려 온 라틴어 성서를 열심히 암기하는 모습을 볼 수 있었다. 사람 좋은 사제는 쥘리앵의 빠른 흡수력에 놀랐고, 그에게 신학을 가르치기 위해 밤을 새웠다. 쥘리앵은 그의 앞에서 경건한 감정만 나타냈다. 살결이 희고 온순하여 마치 계집아이 같은 얼굴을 한 청년이, 입신출세를 위해서는 죽음의 위험이라도 무릅쓰겠다는 모진 결심을 가슴속에 품고 있었으리라고 그 누가 알았겠는가?

쥘리앵이 생각하는 입신출세란 우선 베리에르를 떠나는 것을 의미했다. 그는 고향을 증오했다. 고향에서는 무엇 하나 상상력의 날개를 펼 수 있는 것이 없었다.

어릴 때부터 그는 곧잘 혼자서 흥분할 때가 많았다. 그럴 때 그는 언젠가 자기도 파리의 아름다운 부인들 앞에 소개되어 멋진 거동으로 그들의 이목을 끌 수 있으리라는 달콤한 공상에 잠기곤 했다. 보나파르트도 가난했을 때 저 아름다운 보아르네 부인(나중의 조제핀 황후)의 사랑을 얻었는데, 나라고 그러한 사랑을 받지 말란 법이 어디 있는가. 몇 해 전부터 쥘리앵은 이름도 돈도 없는 한낱 중위였던 보나파르트가 칼 하나로 세상의 주인이 되었다는 것을 거의 한시도 잊은 적이 없었다. 그 생각은 현재 그에 닥친 커다란 불행을 잊게 해주고 위안을 주었으며, 또 즐거운 일이 있을 때는 그 즐거움을 배로 느끼게 해주었다.

쥘리앵은 성당의 건립과 치안판사의 판결을 보고 문득 깨달았다. 그는 몇 주일 동안 온통 그 깨달음에만 정신이 쏠렸다. 열정적인 정신은 문득 떠오른 생각을 오직 자신만의 깨달음이라고 여겨 거기에 흠뻑 빠질 때도 있게 마련이다.

'보나파르트의 명성이 세상에 퍼진 것은 마침 프랑스가 외적의 침입에 떨고 있을 때였다. 그렇기 때문에 무공(武功)이 필요했고, 그로 인해 유명세에 올랐다. 오늘날에는 겨우 마흔 살밖에 안 된 신부가 10만 프랑의 봉급을 받기도 한다. 나폴레옹군의 유명한 사단장보다 3배나 더 많은 봉급이다. 그런 신부에게는 보좌해주는 사람들도 있다. 그 치안판사는 또 어떤가. 그처럼 똑똑하고 지금까지 그토록이나 정직했던 그가, 더구나 그만큼 나이를 먹었으면서도 서른이 될까 말까 한 애송이 보좌신부의 비위를 거스를까 두려워 불명예스런 판결을 내리고 있지 않는가. 어떻게 해서든 신부가 되자!'

이런 새로운 신념 속에 한창 빠져 있을 때, 딱 한 번—쥘리앵이 신학을 배우기 시작한 지 2년 뒤—그의 가슴속에 불타고 있던 격정이 갑자기 폭발하여 드러나 버린 적이 있었다. 셀랑 사제 댁에서 개최된 성직자들의 만찬회 석상에서였는데, 그 선량한 사제가 쥘리앵을 신동(神童)으로 소개한 자리에서 그는 저도 모르게 나폴레옹을 열렬히 예찬해 버린 것이다. 그 후 그는 전나무 재목을 운반하다가 팔을 삐었다는 핑계로 자기 오른팔을 가슴에 매달고, 두 달이나 그 부자유스러운 자세를 풀지 않았다. 이러한 체벌을 스스로 가하고 나서야 겨우 그는 자기를 용서할 수 있었다. 그런 열아홉 살 난 청년이—보기에는 나약해서 기껏해야 열일곱 살로밖에 보이지 않았지만—조그만 보퉁이를 겨드랑이에 끼고 지금 베리에르의 장려한 성당에 들어가고 있었다.

성당 안은 어두컴컴했고 인기척도 없었다. 무슨 행사라도 열렸는지 창문은 모두 검붉은 천으로 덮여 있었다. 때문에 햇빛이 비쳐 들자 그곳에는 무척 장중하고도 종교적 느낌을 주는 눈부신 빛이 들어찼다. 쥘리앵은 몸을 부르르 떨었다. 성당 안에 혼자인 그는 가장 훌륭해 보이는 자리에 가서 앉았다. 그 자리에는 레날 가의 문장(紋章)이 붙어 있었다.

쥘리앵은 기도대 위에 인쇄된 종이가 마치 읽어 달라는 듯이 놓여 있는 것을 발견했다. 다음과 같이 씌어 있었다.

'××일, 브장송에서 처형된 루이 장렐의 사형 및 그 임종의 전말'

종이는 찢어져 있었다. 뒷면을 보니 한 줄의 첫 마디만 눈에 들어왔다. 그 것은 '제일보(第一步)'라는 말이었다.

'누가 이런 종이를 여기다 두었을까?' 쥘리앵은 생각했다. 그리고 한숨을 내쉬며 중얼거렸다. '불쌍한 놈이구나. 이 자의 성과 내 성은 마지막 자가 같잖아.' 그는 종잇조각을 구겨 버렸다.

성당을 나올 때 쥘리앵은 성수반(聖水盤) 옆에 피가 고여 있는 것을 보았다. 그러나 실은 그곳에 뿌려진 성수(聖水)가 창을 가린 붉은 커튼을 반사해서 피처럼 붉게 보였던 것이다.

쥘리앵은 순간 무서워했던 자신이 창피했다.

'넌 겁쟁이란 말인가! 무기를 들어라!'

이 말은 노 군의관의 전투담에 늘 나오던 것으로 쥘리앵에게는 영웅적으로 들렸다. 그는 일어나서 재빠르게 레날 시장 집을 향했다.

그런 단호한 결심은 했으나 막상 그 집을 가까이에서 보자니 기가 죽었다. 철책조차 어마어마했다. 이제 그는 그 안으로 들어가야 했다.

저택에서 마음의 평정을 잃고 있었던 것은 쥘리앵 한 사람만이 아니었다. 극도로 내성적인 레날 부인은, 직무 때문이라고는 하지만 오늘부터 낯선 남자가 늘 자기와 아이들 사이에 있을 것을 생각하니 여간 걱정되는 것이 아니었다. 지금까지 자기 침실에 있던 아이들의 조그마한 침대가 가정교사의 방으로 옮겨지는 것을 보고 부인은 통곡했다. 하다못해 막내아들 스타니슬라스 그자비에의 침대만이라도 자기 침실로 다시 옮겨 달라고 남편에게 애원해 보았으나 거절당했다.

레날 부인의 여자다운 섬세한 마음은 극단적으로 예민해졌다. 그녀는 아주 불쾌한 가정교사를 상상하고 있었다. 머리에 빗질도 제대로 하지 않은 거칠고 천한 사나이가 한결같이 아이들을 꾸짖기만 한다. 그는 단순히 라틴어를 좀 안다는 것뿐, 그런 야만적인 말을 구실로 아이들을 때릴지도 모른다.

제6장
권태

나는 이제 알 수 없다. 내가 누군지, 그리고 무엇을 하고 있는지를.

모차르트 〈피가로〉

레날 부인은 남자들이 보이지 않을 때의 자연스러운 활기와 우아한 맵시로, 살롱의 유리문을 열고 정원으로 나왔다. 그때 문득 문 앞에 젊은 농부가 서 있는 모습이 보였다. 아직 앳된 얼굴은 매우 창백했으며 막 울음을 그친 듯한 모습이었다. 흰 와이셔츠를 입고 산뜻한 보라색 라티네(ratine) 연사 ^(싼고 두꺼운 모직물) 겉옷을 옆에 끼고 있었다.

이 청년의 살결이 너무나 새하얀 데다가 눈매가 아주 온순해서, 낭만적인 레날 부인은 처음엔 한 소녀가 남장을 하고 시장에게 무언가를 청원하러 온 것이라 여겼다. 청년은 가엾게도 문 앞에 우두커니 선 채 벨에 손도 뻗지 못하는 눈치였다. 그 불쌍한 모습에 부인은 연민을 느꼈다. 그녀는 가정교사가 온다는 바람에 침울했던 기분마저 잠시 잊고 그곳으로 다가갔다. 쥘리앵은 문을 향해 서 있었기 때문에 부인이 자기에게 다가오는 줄 몰랐다. 귓전에서 다정한 목소리가 들렸을 때 그는 자기도 모르게 움찔했다.

"총각, 무슨 볼일로 왔지?"

돌아다본 쥘리앵은 너무나도 상냥한 레날 부인의 시선에 약간이나마 두려움을 잊었다. 그리고 그 아름다움에 놀라 모든 것을 잊어버렸다. 무엇을 하러 왔는지조차 잊었다. 레날 부인은 같은 질문을 되풀이했다.

"부인, 저는 가정교사로서 찾아왔습니다."

그는 간신히 이렇게 대답하고, 눈물을 글썽거리고 있던 것이 부끄러워 자꾸 눈을 문질렀다.

레날 부인은 당황했다. 두 사람은 아주 가까이에서 서로의 눈동자를 바라보았다. 지금까지 쥘리앵은 이처럼 훌륭한 옷차림을 한, 더구나 이렇듯 눈부시게 아름다운 흰 살결을 가진 부인으로부터 다정한 말을 들은 적이 없었다. 레날 부인은 처음엔 그토록 창백하더니 지금은 완전히 장밋빛이 된 젊은 농부의 두 뺨에 반짝이는 굵은 눈물방울을 바라다보다가 이윽고 어린 소녀처럼 명랑하게 웃기 시작했다. 자기 자신이 우습기 짝이 없었다. 즐겁고 또 즐거워서 어쩔 줄 몰랐다. 거칠고 꾀죄죄한 신학생이 와서 아이들을 꾸짖고 채찍으로 때릴 것이라 생각했는데, 바로 이 젊은이가 가정교사라니!

"그런데…… 저어……"

부인은 드디어 입을 열었다. "선생님은 라틴어를 아세요?"

이 '선생님'이라는 말에 무척이나 놀란 쥘리앵은 잠깐 생각에 빠졌다가 주저주저 대답했다. "예, 부인."

레날 부인은 너무나 기뻐서 자기도 모르게 이런 부탁까지 했다.

"아이들을 심하게 꾸짖지는 않으시겠죠?"

"제가 말입니까? 왜 꾸짖어야 합니까?"

그는 놀라서 되물었다.

"그렇죠? 선생님."

부인은 잠시 입을 다물고 있다가 점점 벅차오르는 감격에 겨워 말했다.

"선생님은 아이들을 정답게 대해 주시겠죠? 약속해 주시겠어요?"

이런 훌륭한 옷차림을 한 귀부인이 진심으로 자기를 거듭해서 선생님이라고 불러 주리라고는 쥘리앵은 꿈에도 생각지 못했다. 그가 청년다운 공상을 할 때에도, 아름다운 군복을 입기 전에는 젊은 귀부인들은 누구도 자기에게 말을 걸어 주지는 않으리라고 생각했다. 레날 부인은 부인대로 쥘리앵의 아름다운 살결, 크고 검은 눈, 그리고 그 사랑스러운 머리칼—오는 길에 광장의 분수대에서 머리를 식히려고 축였기 때문에 평상시보다 훨씬 곱슬곱슬해져 있었다—에 완전히 넋을 잃고 있었다. 아이들에게 엄하고 무섭게 대하는 추잡한 인물이리라 상상하고 자신이 그토록 두려워했던 가정교사가, 소녀처럼 수줍어하는 모습을 보고 부인은 이만저만 기쁜 것이 아니었다. 늘 평온하게 살아가던 레날 부인에게는 조금 전까지 품었던 불안과 지금 당장 처해 있는 현실의 선명한 대조(對照), 그 자체가 하나의 큰 사건이었다. 그래도 어찌어찌 뜻밖의 상황에 당황했던 마음을 진정시킨 부인은, 자기가 거의 와이

셔츠 하나만 걸친 젊은이와 이렇게 바싹 붙어서 문 앞에 서 있는 것을 깨닫고 깜짝 놀랐다.

"선생님, 안으로 들어가요." 부인은 다소 민망한 듯 말했다.

인생에서 지금처럼 순수한 유쾌함을 맛보며 깊이 감동한 일이 레날 부인에겐 일찍이 없었다. 그토록 심하게 두려워했는데 이처럼 귀여운 사람이 나타난 경험도 없었다. 이렇게 되면 우리 사랑하는 아이들이 꾀죄죄하고 화만 내는 신학생의 손에 잡힐 염려는 없는 것이다.

현관 안으로 들어가자 부인은 조심조심 뒤따라오는 쥘리앵을 돌아봤다. 너무나 아름다운 집을 보고 놀라고 있는 그의 모습이 레날 부인의 눈에 한층 더 귀엽게 보였다. 부인은 자기 눈을 믿을 수가 없었다. 아니, 애초에 가정교사란 보통 검은 옷을 입지 않는가.

"그런데 정말인가요, 선생님? 라틴어를 하실 수 있다는 것은?" 부인은 다시 걸음을 멈추고 물었다. 혹시 뭐가 잘못된 것이 아닐까 하는 생각에 몹시 걱정되었다. 그만큼 믿을 수 없을 정도로 즐거웠던 것이다.

이 질문에 쥘리앵은 자존심이 상해서 15분쯤 전부터 품어 왔던 황홀감도 날아가 버렸다.

"할 수 있습니다, 부인." 그는 되도록 냉정한 태도를 보이면서 대답했다. "저는 사제님만큼 라틴어를 할 수 있습니다. 사제님은 때때로 제가 더 잘한다는 말씀도 하셨습니다."

레날 부인은 쥘리앵이 무척 시무룩해졌음을 눈치챘다. 그는 두어 걸음 떨어진 곳에 멈춰 서 있었다. 그녀는 그 앞으로 다가가서 나지막한 목소리로 말했다.

"저어, 처음엔 공부를 잘하지 못하더라도, 아이들을 안 때리시겠죠?"

아름다운 부인의 이토록 다정한, 거의 애원하다시피 하는 말투에 쥘리앵은 라틴어 학자로서의 체면 따위 깨끗이 잊어버렸다. 부인의 얼굴은 그의 얼굴과 가까웠다. 그는 가난한 시골뜨기의 혼을 쏙 빼는 여자의 여름옷 향내를 맡을 수 있었다. 얼굴이 새빨개진 그는 한숨을 쉬고 다 꺼져 가는 목소리로 말했다.

"조금도 걱정하실 것 없습니다. 부인. 뭐든지 시키시는 대로 하겠습니다."

아이들에 대한 불안이 완전히 사라지자 그제야 레날 부인은 쥘리앵의 빼

어난 용모를 바로 볼 수 있었다. 여성적이라고 해도 과언이 아닐 그 미모와 어쩔 줄 몰라 하는 그 모습은, 극도로 내성적인 부인이 보기에는 조금도 우스꽝스럽지 않았다. 대개 미남에게는 필요 불가결한 요소로 여겨지는 남성적인 풍모는 오히려 그녀에겐 두려움만 안겨 주었다.

"몇 살이세요?"

"곧 열아홉이 됩니다."

"우리 큰아이는 열한 살이에요." 부인은 마음을 푹 놓고 말했다. "당신과는 친구라 해도 괜찮을 정도네요. 말로 타이르면 알아들을 거예요. 언젠가 한 번 아빠가 때리려고 했더니 일주일이나 앓아 누웠어요. 정말로 살짝 손만 댔을 뿐인데."

'나와는 천지 차이군' 하고 쥘리앵은 생각했다. '어제도 아버지는 나를 때렸는데. 부자들은 행복하구나!'

이미 레날 부인은 이 가정교사의 세세한 마음의 변화도 간파할 수 있게 되었다. 그 우울한 낯빛을 보고 풀이 죽었다 오해한 그녀는 그의 기운을 돋우어 주어야겠다고 생각했다.

"이름이 뭐예요?"

부인은 쥘리앵이 매혹될 만큼 달콤하고 상냥스런 어조로 물었다. 다만 그녀가 왜 그리 상냥하게 대해 주는지 쥘리앵은 알 수 없었다.

"쥘리앵 소렐이라고 합니다. 난생 처음으로 남의 집에 왔기 때문에 떨리기만 합니다. 부디 잘 도와주십시오. 당분간은 너그러이 용서받아야 할 일이 한두 가지가 아닐 것입니다. 저는 한 번도 학교에 다닌 적이 없습니다. 그럴 만한 돈이 없었지요. 저는 친척인 레종도뇌르 훈장을 받은 군의관과 셸랑 신부님 외에는 누구와도 얘기를 한 적이 없습니다. 신부님은 저에 대해서 잘 말씀해 주실 것입니다. 형님들은 언제나 저를 때리기만 했습니다. 형님들이 저에 대해서 나쁘게 말하더라도 믿지 말아 주십시오. 제가 더러 실수를 하더라도 용서해 주시기 바랍니다. 일부러 그러는 것은 절대로 아니니까요."

길게 얘기를 하는 동안 쥘리앵은 떨리는 마음을 가라앉히고 부인을 찬찬히 바라보았다. 흠잡을 데 없는 우아한 아름다움이란 선천적인 데다가 본인이 그 아름다움을 의식하지 못할 때 한층 더 효과를 나타내는 법이다. 쥘리앵이 가령 여성의 아름다움을 잘 볼 줄 안다 하더라도, 부인은 절대로 스무 살을 넘지 않았다고 단언했을 것이다. 그는 불쑥 부인의 손에 키스하고 싶다는 대담한 생각을 품었다. 이내 자기의 생각이 무서워졌으나, 다음 순간 그는 생각했다.

'내게 도움이 될 행동이지 않은가. 이제 막 제재소에서 빼내 온 하찮은 노동자에게 이 아름다운 부인이 품고 있을지도 모를 경멸을 덜기 위한 행동을 실천에 옮기지 않는다면, 겁쟁이도 그런 겁쟁이가 없겠지.'

아마 쥘리앵은 지난 반 년 동안 일요일마다 젊은 처녀들이 입에 담던 '미청년'이란 말에 어느 정도 힘을 얻었는지도 모른다. 이렇게 그가 마음속으로 끊임없이 갈등하는 동안 레날 부인은 아이들을 처음 대할 때 어떤 태도를 취해야 하는가 두어 가지 주의를 주었다. 자기 마음을 억누르려다가 쥘리앵의 안색은 다시 창백해졌다. 바짝 긴장된 말투로 그는 말했다.

"부인, 무슨 일이 있더라도 아이들을 때리지는 않겠습니다. 하느님께 맹세합니다."

이렇게 말하면서 그는 대담하게도 레날 부인의 손을 잡아 자기 입술로 가져갔다. 부인은 이 행동에 깜짝 놀랐다. 생각해 보면 괘씸한 일이었다. 무척 더웠으므로 부인은 숄로 팔을 가렸을 뿐이었는데 쥘리앵이 손을 잡아 입술로 가져가자 맨팔이 그냥 드러나 버린 것이다. 잠시 후 그녀는 자신을 책망했다. 바로 화를 냈어야 했다고 후회했다.

말소리를 들은 레날 시장이 서재에서 나왔다. 그는 시청에서 주례를 설 때처럼 엄숙하고 온정이 넘치는 말투로 쥘리앵에게 말했다.

"아이들을 만나기 전에 내가 꼭 해 둘 얘기가 있네."

쥘리앵을 방 안으로 청해 들인 시장은 두 사람만 남겨 놓고 나가려는 부인을 붙잡았다. 문을 닫고 나서 레날 시장은 엄숙한 태도로 의자에 앉았다.

"신부님은 군을 훌륭한 청년이라고 말씀하시더군. 이 집에서는 모든 사람들이 군을 정중하게 대우해 줄 것이고, 만약 내가 자네에게 만족한다면 다소나마 군의 자립에도 힘이 돼 줄 생각이네. 한 가지 부탁하네만 앞으로 가족이나 친구들은 만나지 말아 주게. 그들의 언동은 아무래도 품격이란 면에서 우리 아이들에게는 맞지 않으니까. 자, 여기 첫 달 봉급 36프랑일세. 다만이 중에서 한 푼도 부친에게 주지 않겠다고 분명히 약속해 주게."

레날 시장은 소렐 영감이 여간 알미운 게 아니었다. 이번 일에서 영감이 자기보다 한 수 위였기 때문이다.

"자, 선생, 내가 명령해 놨으니 우리 집에서는 누구나 군을 선생이라고 부를 거야. 머지않아 선생도 상류 가정 생활에 감사해하겠지. 그런데 선생, 아이들에게 그 보통 옷차림은 보이지 않는 게 좋겠네."

여기까지 말한 레날 시장은 부인을 돌아보고 물었다.

"하인들이 선생의 모습을 보았소?"

"아뇨, 여보." 레날 부인은 깊이 생각에 잠긴 얼굴로 대답했다.

"다행이로군, 이걸 입게."

어안이 벙벙해진 쥘리앵에게 자기의 프록코트를 넘겨주면서 시장은 말했다.

"자, 뒤랑네 양복점으로 가세."

한 시간도 더 지나 레날 시장이 검은 옷으로 완전히 몸을 감싼 신임 가정교사를 데리고 돌아와 보니, 부인은 그 자리에 그냥 앉아 있었다. 쥘리앵의 모습을 보자 그녀는 마음이 안정되는 듯했고 그를 관찰하는 동안에 공포감도 점점 엷어졌다. 쥘리앵은 부인을 전혀 의식하지 않았다. 이 순간 그는 운명이라든가 인간에 대해 늘 품어 온 불신감과는 동떨어진 아이의 마음이었다. 세 시간 전 성당에서 떨고 있을 때로부터 이미 몇 해나 지난 듯한 기분이었다. 쥘리앵은 레날 부인의 싸늘한 표정을 깨닫고 자기가 대담하게 손에 키스했기 때문에 화가 나 있는 것이라 생각했다. 그러나 지금까지 입었던 옷과는 전혀 다른 새 옷의 감촉을 느끼며 자긍심이 생긴 그는 완전히 들떠 있었고, 더구나 그 기쁨을 감추려다 보니 행동이 어딘가 어색하고도 방정맞아 보였다. 레날 부인은 어이없다는 얼굴로 쥘리앵을 바라보고 있었다.

"좀 점잖아야 하네, 아이들이나 하인들에게 존경받으려면." 레날 시장이 말했다.

"새 옷을 입으니 거북해서 그럽니다. 워낙 시골뜨기라서 평복밖에는 입어 보지 못했으니까요. 허락해 주신다면 제 방으로 물러가고 싶습니다."

"이번에 들여놓은 저 사람, 어떻게 생각하오?" 레날 시장이 부인에게 물었다.

필경 자기 자신도 깨닫지 못한 거의 본능적인 반응으로 레날 부인은 자기의 속마음을 남편에게 숨겼다.

"당신처럼 좋아할 수 없어요. 그 농부의 아들, 너무 친절히 해 주면 건방

져져서 한 달이 차기도 전에 내보내야 할지도 몰라요."

"그럼 내보내면 그만이지 뭐. 손해래 봤자 기껏해야 백 프랑 정도고, 그때 쯤 되면 온 베리에르 사람들은 레날 시장의 아이들에게 가정교사가 딸려 있다는 것을 모두 알 테니까. 내보낼 경우에는 물론 좀전에 양복점에서 맞춘 검은 양복은 뺏어야지. 그가 가질 수 있는 것은 기성복 집에서 사 입혀 가지고 온 옷뿐이야."

쥘리앵이 자기 방에서 보낸 시간은 레날 부인에게는 순간이었다. 가정교사가 왔다는 소식을 듣자 아이들은 어머니에게 수없이 질문했다. 드디어 쥘리앵이 모습을 나타냈다. 아까와는 전혀 다른 사람 같았다. 위엄이 있다는 표현만으로는 부족할 정도로 그는 위엄 바로 그 자체였다. 아이들에게 소개되자 그는 레날 시장조차 놀랄 만큼 훌륭한 태도로 얘기했다. 그는 이런 말로 인사를 끝맺었다.

"여러분, 나는 여러분에게 라틴어를 가르치기 위하여 왔습니다. 암송이란 어떤 것인지 여러분도 알고 있겠죠? 여기 성서가 있는데……"라고 쥘리앵은 검게 장정한 32절 판의 작은 책을 보이면서 말했다.

"이것은 특히 우리 주 예수 그리스도의 얘기, 흔히들 《신약》이라고 말하는 부분입니다. 앞으로 여러분에게 가끔식 암송시킬 예정인데, 우선 내가 먼저 암송해 보겠어요."

맏아들 아돌프가 책을 건네받았다.

"아무 데나 펼쳐서 어느 구절이라도 좋으니 첫마디만 불러 봐요. 그러면 내가 우리 모든 사람의 올바른 길을 가르치는 이 거룩한 책을 멈추라 할 때까지 암송해 볼 테니까."

아돌프가 책을 펼쳐서 첫마디를 읽었다. 그러자 쥘리앵은 프랑스어라도 지껄이듯 그 페이지 전부를 술술 외어 버렸다. 레날 시장은 흐뭇한 듯 부인을 돌아보았다. 아이들은 양친이 놀라는 것을 보고 눈을 크게 떴다. 하인 하나가 살롱의 문 앞에 나타났다. 쥘리앵은 계속 라틴어를 외고 있었다. 하인은 꼼짝도 않고 서 있더니 이윽고 사라졌다. 잠시 후 부인의 하녀와 찬모가 문가에 나타났다. 그 동안 아돌프는 벌써 여덟 군데나 책을 펼쳤으나 쥘리앵은 여전히 거침없이 암송을 계속하고 있었다.

"어머, 하느님! 정말 귀여운 사제님이셔라!"

마음씨 착하고 신앙심 깊은 찬모가 저도 모르게 큰 소리로 말했다.

레날 시장의 자존심이 꿈틀거리기 시작했다. 가정교사의 능력을 시험하는 일은 제쳐 두고 무엇이든 라틴어 문구를 생각해 내려고 열심히 기억을 더듬었다. 겨우 호라티우스의 시구 하나가 입 밖으로 튀어나왔다. 쥘리앵은 성서에 나오는 라틴어밖에 몰랐다. 쥘리앵은 인상을 찌푸리며 대답했다.

"신을 섬기는 성직은 그러한 이교도 시인의 작품을 읽는 것을 금하고 있습니다."

레날 시장은 호라티우스의 시구를 몇 구절 인용했다. 아이들에게 호라티우스에 대한 설명도 해 주었다. 그러나 쥘리앵에게 감탄한 아이들은 아버지 말에 거의 귀도 기울이지 않았다. 그들은 줄곧 쥘리앵만을 쳐다보고 있었다.

하인들이 여전히 문 앞에 있었으므로 쥘리앵은 좀더 시험받아야겠다고 판단했다. 그래서 가장 나이 어린 아이에게 말했다.

"스타니슬라스 그자비에 군, 어디든지 좋으니 성서의 한 구절을 지적해 봐요."

어린 스타니슬라스가 우쭐해져서 한 구절의 첫마디를 겨우 읽자, 쥘리앵은 그 페이지 전부를 암송해 버렸다. 마치 레날 시장의 승리를 완전무결하게 해 주려는 듯이, 쥘리앵이 한참 암송하고 있을 때 노르망디종 명마를 소유한 발르노 씨와 군수 샤르코 드 모지롱 씨가 찾아왔다. 이때부터 쥘리앵은 '선생'이라는 칭호를 획득했다. 하인들조차 그렇게 부르지 않을 수 없게 되었다.

그날 밤, 온 베리에르 사람들이 이 놀라운 신동을 보기 위해 레날 시장의 집에 몰려들었다. 쥘리앵은 누구에게나 서먹서먹하고 우울한 태도로 대했다.

그의 명성은 순식간에 온 시내에 번졌기 때문에, 며칠도 안 되어 레날 시장은 누구에게 쥘리앵을 빼앗겨 버리지나 않을까 두려워서 그한테 2년간의 계약서에 서명해 주지 않겠느냐고 요청했다.

쥘리앵은 쌀쌀맞게 대답했다.

"용서해 주십시오. 만약 댁에서 그만두게 하실 의향이 있으시면 저는 언제든지 물러가야 합니다. 댁에는 아무 의무도 없고 저만 구속당하는 그런 계약서는 불공평합니다. 사양하겠습니다."

이렇듯 쥘리앵이 요령 있게 처신했기 때문에, 이 집에 들어와서 한 달도 되기 전에 레날 시장까지 그를 존경하게 되었다. 사제는 레날 시장이나 발르노 씨와는 사이가 안 좋았으므로 쥘리앵이 전에 나폴레옹에 심취했었다는 말을 할 사람은 아무도 없었다. 쥘리앵은 나폴레옹을 언급할 때는 반드시 노골적으로 혐오의 표정을 띠었다.

제7장
친화력

그들은 마음을 상처 입히지 않고서는 무엇도 느낄 수 없다.

어느 근대인

아이들은 쥘리앵을 존경하고 있었지만 쥘리앵은 조금도 아이들을 사랑하지 않았다. 그의 마음은 다른 곳에 쏠려 있었다. 꼬마들이 무슨 짓을 하든 그는 조금도 개의치 않았다. 냉정하고 공정하고 차갑긴 했으나 그가 온 후로 권태로웠던 집안 공기가 일소되어 버렸기 때문에 집안 사람들의 사랑을 받게 된 쥘리앵은 그야말로 좋은 가정교사였던 셈이다. 그러나 그는 자기를 맞이해 준 상류사회에 증오와 혐오만을 느꼈다. 맞아들여졌다고 해도 사실 식탁의 말석을 얻었을 뿐이므로 점점 더 증오와 혐오의 감정을 품게 된 것이리라. 가끔 호화스러운 만찬회가 열리곤 했는데, 그런 자리에서 주위의 모든 사람에 대해 솟구치는 증오의 감정을 누르는 것이 가장 고통스러웠다. 특히 성(聖) 루이 축제일에 레날 시장 집에서 발르노 씨가 좌담을 틀어쥐고 혼자 떠들어 댔을 때 쥘리앵은 하마터면 본심을 드러낼 뻔했다. 아이들을 살펴보겠다는 핑계를 대고 그는 정원으로 나갔다.

'저놈은 결백하고 정직하다는 것을 뭣 때문에 그렇게 칭찬하는 거지!' 쥘리앵은 속으로 외쳤다.

'마치 그것이 단 하나의 미덕인 것처럼! 빈민 구제 사업에 손을 댄 후로 재산을 두 배, 세 배로 불린 자식에게 잘도 그처럼 경의를 표하는군! 야비하기 짝이 없는 아첨이다! 그 자식은 고아 구제 자금의 일부까지도 떼먹었을 거다! 그 불쌍한 아이들, 그 비참한 생활을 생각하면 다른 빈민의 경우보다 더더욱 손대지 말아야 할 게 아닌가! 아아! 짐승 같은 자식! 개자식! 나도 아버지에게 미움받고 형제에게 미움받고 집안에서 미움을 받아 고아나

다름없는 신세다!'

성 루이 축제일 며칠 전이었다. 쥘리앵은 '충성 산책길'을 한눈에 내려다볼 수 있는 벨베데르라는 조그만 숲 속에서 홀로 기도서를 암송하면서 거닐고 있었다. 그때 아무도 없는 오솔길 저편에서 걸어오는 두 형을 보았으나 피할 수가 없었다.

동생이 입은 훌륭한 검은 옷, 아주 산뜻한 모습, 그리고 자기들을 진심으로 경멸하는 듯한 태도를 보자, 난폭한 노동자들은 심한 질투심에 못 이겨 쥘리앵이 피투성이가 되어 기절할 때까지 그를 두들겨 패고는 가 버렸다. 발르노 씨, 군수와 함께 산책을 나온 레날 부인은 우연히 그 조그만 숲에 이르렀다. 부인은 땅에 쓰러져 있는 쥘리앵을 보고 그가 죽었다고 생각했다. 그때 그녀가 어찌나 당황했던지 발르노 씨는 질투를 느꼈을 정도다.

발르노 씨의 근심은 성급한 것이었다. 쥘리앵은 레날 부인을 무척 아름답다고 생각하고는 있었지만, 그 미모 때문에 오히려 부인을 미워하고 있었다. 그 미모야말로 하마터면 자신의 출세길을 막아 버릴 뻔한 첫 번째 암초였기 때문이다. 부인을 만난 첫날 그녀의 손에 입을 맞춘 그 흥분했던 때를 잊으려고, 그는 될 수 있는 한 부인과 말을 하지 않으려고 노력했다.

레날 부인의 하녀 엘리자는 당연하게도 이 젊은 가정교사를 사랑하게 됐다. 엘리자는 부인에게 곧잘 그에 관한 이야기를 하곤 했다. 엘리자가 그를 짝사랑하는 바람에 쥘리앵은 한 하인의 원망을 사게 됐다. 어느 날 쥘리앵은 그 하인이 엘리자에게 하는 말을 엿들었다.

"너는 그 꾀죄죄한 선생이 이 집에 오고 나서는 나와 도통 말도 하지 않는구나."

그런 욕은 쥘리앵에게는 전혀 들어맞지 않았지만, 미소년의 본능으로 그는 한층 더 자기 몸맵시에 정신을 쏟게 되었다. 한편 그에 대한 발르노 씨의 증오도 더 심해졌다. 그와 같은 치장은 풋내기 신학도에겐 어울리지 않는다고 공공연하게 비난했다. 법의는 아니었지만, 쥘리앵은 언제나 성직자 같은 복장을 하고 있었다.

레날 부인은 쥘리앵이 전보다도 훨씬 자주 엘리자와 얘기를 나누고 있다는 것을 알았다. 쥘리앵의 옷이 너무 부족해서 그렇다는 사실도 깨달았다. 몇 안 되는 속옷은 자주 세탁해야 했는데, 그런 사소한 용건 때문에 쥘리앵에게 엘리자가 필요했던 것이다. 상상조차 못한 쥘리앵의 가난에 레날 부인은 충격을 받았다. 사 주고 싶은 생각은 간절했지만 차마 그럴 용기가 없었다. 이 마음의 갈등은 쥘리앵이 그녀에게 준 최초의 고통이었다. 그때까지 그녀에게 쥘리앵이란 이름은 순수하고 지적인 기쁨을 의미했다.

쥘리앵의 가난을 생각할 때마다 안절부절못하게 된 레날 부인은 그에게 속옷을 선사하자고 남편에게 의논했다.

"바보 같은 소리 작작 하오! 무슨 소리요. 우리가 만족하고, 또 우리 뜻에 맞도록 일도 열심히 해 주는 사람에게 선물을 주다니! 그 사람이 꾀를 부릴 때 일 좀 잘하라고 선물하는 거면 또 몰라도."

레날 부인은 이러한 남편의 사고방식을 부끄럽게 여겼다. 쥘리앵이 오기 전이었다면 아마 그러한 생각은 하지 않았을 것이다. 부인은 젊은 신학도가 아주 간소하면서도 몹시 깨끗한 몸치장을 하고 있는 것을 보고 늘 이렇게 생각했다.

'가엾어라, 저 애는 어떻게 해 나가고 있을까?'

부인은 쥘리앵의 가난함을 불쾌하게 생각하기는커녕 동정하게 되었다.

레날 부인은 누구라도 만난 지 첫 반 달 동안은 바보라 생각하기 쉬운 시골 여자 같은 사람이었다. 인생 경험도 없고 남들과 재미있게 얘기를 나누려 하지도 않았다. 선천적으로 섬세하고 고상해서, 속된 무리들 속에 끼어 있음에도 누구나에게 주어지는 행복을 추구하는 본능 때문에 대개 그러한 무리들이 하는 짓에 별로 관심을 두지 않았다.

만일 그녀는 교육을 받았더라면 그녀는 자연미와 생기 있는 재질 때문에 남의 눈에 띄었을지도 모른다. 하지만 부잣집 상속녀라는 신분 때문에, 예수 성심회(聖心會)를 열렬히 믿고 반(反) 예수회 프랑스인들을 아주 미워하는 수녀들 사이에서 자라날 수밖에 없었다. 레날 부인은 분별이 있었으므로 수도원에서 배운 것을 도리에 어긋난다고 여겨 곧 깨끗이 잊었다. 그러나 그 빈자리를 메울 만한 것이 하나도 없어 결국 무지하게 돼 버린 셈이다.

큰 부잣집 상속녀로서 어려서부터 애지중지 귀염을 받아 왔고, 또 본디 열렬한 신앙심을 품고 있던 그녀는, 매우 내성적인 생활 태도가 몸에 배게 되었다. 겉보기에는 나무랄 데가 없을 만큼 온순하고 전혀 자기를 내세우지 않았으므로 베리에르의 남편들은 아내들에게 이 부인을 본받으라고 일렀고,

그것이 또 레날 시장의 자랑거리였지만, 사실 그녀의 마음은 보통 높은 교만함에 지배되고 있었다. 교만하기로 유명한 왕비조차도, 얼핏 보아 온순하고 신중한 이 부인이 남편의 언동에 기울이는 주의에 비하면 훨씬 더 많은 주의를 귀족들에게 기울인다고 할 수 있을 것이다. 레날 부인은 사실상 쥘리앵이 들어오기 전에는 아이들 말고는 그 무엇에도 관심이 없었다. 아이들의 사소한 병, 고통, 순수한 기쁨, 그런 것만이 브장송의 수도원에서 하느님을 찬송한 경험밖에 없는 그녀의 모든 감정을 사로잡고 있었다.

누구에게도 말한 적은 없지만, 아이 가운데 누가 갑자기 열이라도 나는 날에는 마치 그 아이가 죽기라도 하는 듯 충격을 받았다. 결혼 당초 몇 년 동안은 혼자 가슴속에만 담아둘 수가 없어서 이러한 괴로움을 남편에게 털어놓기도 했다. 그러나 그럴 때면 반드시 무신경한 비웃음이나 어깨를 으쓱거리는 동작으로 경멸당했으며, 더구나 그런 후에는 으레 여성의 어리석음에 대한 시시한 속담을 들어야 했다. 특히 아이들 병에 대해서 걱정할 때 그런 농담을 들으면 부인의 가슴은 도려지는 듯 아팠다. 그녀는 청춘 시절을 보낸 예수회 수도원에서 늘 받았던 감미롭고 낮간지러운 아첨 대신 그러한 대우를 받고 있었다.

그 괴로움이 그녀에게 깨달음을 주었다. 본디 자존심이 강한 그녀는 그러한 번민을 친한 데르빌르 부인에게도 털어놓지 못한 채, 세상 남자들은 모두 자기 남편이나 발르노 씨나 군수 샤르코 드 모지롱 씨 같을 것이라 생각했다. 거친 태도라든가, 금전, 지위, 훈장 등과 관계없는 모든 것에 대한 철저한 무감각, 그리고 자기에게 이롭지 못한 모든 논증에 대한 맹목적인 증오. 이러한 것은 장화를 신거나 중절모자를 쓰는 것처럼 남성에게는 자연스런 일이라고 생각했다.

레날 부인은 이런 돈밖에 모르는 인간들 틈에 끼여서 살아야 했으나, 몇 해가 지나도 익숙해지지 않았다.

시골뜨기 청년 쥘리앵이 성공한 이유가 바로 여기에 있다. 이 고결하고 품위 있는 청년을 동정하는 가운데 레날 부인은 새로운 것에 대한 매력적이고 감미로운 기쁨을 발견했다. 쥘리앵의 심각한 무지(無知)도 결국 하나의 애교처럼 보여서 곧 그것을 너그럽게 볼 수 있게 되었고, 좋지 못한 태도도 자기 손으로 고쳐 줄 수 있었으니 탓할 생각은 조금도 없었다. 극히 평범한 애기, 이를테면 길을 건너다가 급히 달려온 농부의 짐수레에 깔려 죽었다는 불쌍한 개의 얘기에 관해서도 그의 의견에는 귀를 기울일 가치가 있었다. 그 가엾은 얘기를 들었을 때 남편은 여느 때처럼 너털웃음을 터뜨렸지만, 쥘리앵이 예쁘게 휜 검고 아름다운 눈썹을 찡그리는 것을 그녀는 놓치지 않았다. 너그러운 마음, 고상한 기품, 인간다움은 이 젊은 성직자에게서만 찾아볼 수 있다는 생각이 들었다. 부인은 쥘리앵에 대해서만 전폭적인 공감을 느꼈고, 그러한 미덕이 날 때부터 고상한 사람들의 마음속에 불러일으키는 찬탄조차 느꼈다.

파리였더라면 레날 부인에 대한 쥘리앵의 위치는 곧 단순해졌을 것이다. 파리에서 연애란 소설이 낳은 자식과 다름없었으니까. 젊은 가정교사와 수줍은 부인은 서너 권의 소설이나 짐나즈 극장에서 상연되는 작품의 대사 속에서도 자기들의 입장을 발견할 수 있었을 것이다. 소설은 그들에게 역할을 부여하고 모방할 본보기를 보여 줄 것이다. 그리고 설령 아무런 즐거움을 느끼지 못하더라도, 쥘리앵은 조만간 상을 찌푸리면서라도 허영심 때문에 그 본보기를 따르게 되었을 것이다.

아베롱이나 피레네의 작은 도시였더라면 워낙 뜨거운 지방이라 아주 사소한 일이 결정적인 계기가 되었을지도 모른다. 그런데 이 음울한 잿빛 하늘 아래서는, 예민한 나머지 돈으로 얻을 수 있는 향락을 맛보기 위해 야심가가 된 한 가난한 청년이, 아이들에게만 정신이 팔려 소설 따위에서 본보기를 찾으려고는 꿈에도 생각지 않는 정숙한 30세 유부녀와 날마다 얼굴을 맞대고 있을 뿐이다. 시골에서는 매사가 서서히 진행된다. 뭐든 느릿느릿 이루어진다. 이것이 자연스러운 흐름이다.

레날 부인은 젊은 가정교사의 가난을 생각하고 가슴이 아파 눈물을 흘리는 일이 가끔 있었다. 어느 날 쥘리앵은 애절하게 울고 있는 부인을 발견했다.

"아니, 부인, 무슨 안 좋은 일이라도 있으십니까?"

"아니, 아무 일도 없어요. 아이들을 불러 주세요. 함께 산책이나 합시다."

부인은 쥘리앵의 팔을 잡았다. 이상하게 여겨질 만큼 가까이 그에게 기대었다. 부인이 쥘리앵을 그토록 친근하게 부른 것도 이때가 처음이었다.

산책이 끝날 무렵 쥘리앵은 부인의 볼이 발갛게 상기돼 있음을 깨달았다. 부인은 걸음을 늦추면서 쥘리앵 쪽은 보지도 않고 말했다.

"이미 들으셨는진 모르지만, 나는 브장송에 살고 계시는 아주 부유한 백모님의 유일한 상속인이랍니다. 그래서 백모님은 언제나 선물을 보내 주곤 하세요…… 아이들도 공부를 잘하게 되었고…… 정말 놀랄 만큼 말이에요…… 그래서 감사의 표시로, 얼마 안 되지만 받아 주셨으면 해요. 기껏해야 오륙 루이예요. 속옷이나 사세요…… 하지만……" 여기서 부인은 더한층 얼굴을 붉히더니 입을 다물고 말았다.

"무슨 말씀이십니까, 부인?" 쥘리앵이 재촉했다.

"이 일을, 주인에겐 말씀하지 말아 주세요."

부인은 고개를 폭 숙인 채 덧붙였다.

"부인, 저는 가난한 인간입니다. 그러나 비열한 인간은 아닙니다."

쥘리앵은 걸음을 멈추고 분노로 이글거리는 눈으로 쏘아보며 가슴을 한껏 펴고 말했다. "좀 잘못 생각하신 것 같습니다. 무슨 일이든 저의 금전 문제를 레날 시장님께 숨긴다면, 저는 하인보다도 못한 인간이 되고 맙니다."

레날 부인은 너무 놀라 말문이 막혔다. 쥘리앵은 말을 이었다.

"댁에 들어온 후 시장님께선 지금까지 다섯 번에 걸쳐 36프랑씩 주셨습니다. 저는 언제든지 제 금전 출납부를 레날 시장님께 보여 드릴 수가 있습니다. 아니 다른 누구에게라도, 저를 미워하는 발르노 씨에게라도 보여 드릴 수가 있습니다."

쥘리앵의 격한 말투에 레날 부인은 하얗게 질려서 그저 떨기만 했다. 서로가 더 이상 적당한 화제를 발견하지 못한 채 산책은 끝났다. 자존심이 강한 쥘리앵은 레날 부인을 더욱 사랑할 수 없게 되었다. 부인은 오히려 쥘리앵에게 질책을 당한 뒤로 쥘리앵을 존경하게 되었고 또 찬미했다. 본의는 아니지만 쥘리앵을 모욕한 데 대한 보상을 해야겠다는 마음에 그녀는 아주 친절하게 그를 배려했다. 이 새로운 방법 덕분에 레날 부인은 1주일 동안 행복했다. 그 결과 쥘리앵의 분노도 어느 정도 사그라졌으나, 그로서는 거기에서 부인의 개인적인 호의를 발견하기란 상상조차 할 수 없는 일이었다.

'부자들이란 다 이렇다. 남을 모욕하고서도 나중에 속이 뻔히 들여다보이는 위로를 하면 모든 것이 보상된다고 생각하고 있는 거다!'

레날 부인은 늘 그 일로 머릿속이 꽉 차 있었고 또 고지식할 만큼 정직한 사람이었다. 그래서 절대로 입 밖에 내지 않으리라고 마음먹고 있었지만, 쥘리앵에게 선물을 주려고 했다가 거절당한 경위를 무심코 남편에게 털어놓고 말았다.

"뭐라고!" 레날 시장은 펄쩍 뛰었다. "하인 따위에게 그렇게 거절당하고 그대로 참았단 말이오?"

레날 부인이 '하인'이라는 말에 반발하자 레날 시장은 대답했다.

"잘 들어 봐요. 나는 돌아가신 콩데 공작의 말을 인용했을 뿐이오. 대공께선 새 부인에게 시종들을 인사시킬 때 이렇게 말씀하셨소. '이자들은 모두 우리 하인이다.' 브장발의 《회상록》에 나오는 이 구절을 내가 읽어 주지 않았소. 그 책은 신분의 차이를 깨닫는 데 있어서 아주 중요하오. 귀족이 아닌데도 이 집에 살면서 급료를 타고 있는 자들은 모두 당신의 하인이란 말이오. 그래, 쥘리앵에게 몇 마디 해 주고 100프랑을 줘야지."

"아, 여보!" 레날 부인은 몸을 떨면서 말했다. "하다못해 다른 하인들 없는 데서 말씀해 주세요."

"음, 하긴. 다른 하인들이 샘을 낼지도 모르니까. 그래야겠군." 남편은 속으로 몇 푼이나 주면 될까 생각하면서 나가 버렸다.

레날 부인은 너무 괴로워 거의 정신을 잃듯 의자에 쓰러졌다. '저이는 쥘리앵을 모욕할 거야. 모두 내 탓이야!' 부인은 남편이 역겨워 두 손으로 얼굴을 가렸다. 이제 절대로 비밀을 털어놓지 않겠다고 굳게 다짐했다.

그 뒤 쥘리앵과 마주쳤을 때 레날 부인은 오들오들 떨고 있었다. 가슴이 죄어서 한마디 말도 할 수가 없었다. 어쩔 줄 몰라 하다가 그녀는 쥘리앵의 두 손을 꼭 쥐었다. 겨우 말을 꺼냈다.

"저어, 당신, 주인 때문에 기분이 상하진 않으셨어요?"

"기분이 상할 리가 있습니까. 100프랑이나 받았는데."

쥘리앵은 씁쓸한 미소를 띠면서 대답했다.

레날 부인은 주저하는 듯 그를 쳐다보더니 이윽고, "팔 좀 빌려 주세요" 하고 쥘리앵이 일찍이 본 일이 없는 결연한 태도로 말했다.

부인은 대담하게도 자유주의자라는 무서운 소문이 난 베리에르의 책방에 당당히 찾아갔다. 책방에서 그녀는 아이들에게 줄 10루이(20프랑) 어치 책을 골랐다. 사실 그 책들은 모두 쥘리앵이 탐내고 있는 것임을 그녀는 잘 알고 있었다. 그녀는 그 자리에서 아이들에게 줄 책에 각각 이름을 쓰게 했다. 레날 부인이 이렇듯 용감한 방법으로 쥘리앵에게 보상을 하게 됐다며 기뻐하는 동안, 쥘리앵은 책방에 진열된 어마어마한 책에 눈이 휘둥그레져 있었다. 지금까지 이런 수상쩍은 장소에 출입한 적이 없었으므로 가슴이 두근두근 뛰었다. 레날 부인의 속마음을 알지도 못하고, 젊은 신학생의 신분으로 어떻게 하면 이곳에 진열된 책들 중 몇 권이라도 구할 수 있을까 하는 생각만 하고 있었다. 마침내 그는 생각해 냈다. 잘만 하면 아이들 작문 교재로, 이 지방 출신의 유명한 귀족들 얘기를 쓴 책을 사 줘야겠다고 레날 시장을 설득할 수 있을지 모른다. 한 달 동안 온갖 수단을 쓴 끝에 쥘리앵의 계획은 성공했다. 여세를 몰아서 얼마 뒤 그는 레날 시장과 얘기를 나누고 있을 때 대담하게 한 가지 제안을 했다. 그것은 귀족인 시장으로서 용납할 수 없는 일이었다. 즉 어느 자유주의자의 주머니를 채워 주는 제안으로, 그 책방의 예약 구독자가 되는 것이었다. 레날 시장도, 맏아들이 사관학교에 입학할 경우 그곳에서 화제에 오를 몇 권의 책을 미리 확인해 두는 편이 현명한 일이라는 데는 이의가 없었다. 그러나 시장은 결코 그 이상으로 적극적인 태도는 보이지 않았다. 떳떳치 못한 사정이 있는 것 같았으나 쥘리앵으로선 짐작할 수 없었다.

어느 날 쥘리앵은 시장에게 말했다.

"전부터 생각하고 있었습니다. 시장님 같은 훌륭한 귀족의 존함이 그런 책방의 하찮은 장부에 오른다는 것은, 매우 마땅치 못한 일이라는 생각이 듭니다."

레날 시장의 표정이 밝아졌다. 쥘리앵은 더욱 겸손한 말투로 계속했다.

"저 같은 하잘것없는 신학생도 그렇습니다. 만약 책방의 장부에 제 이름이 올라 있는 것을 들킨다면 분명 불명예한 일이겠지요. 자유주의자들은 제가 불순한 책을 주문했다고 누명을 씌울지도 모르고, 더구나 제 이름 밑에 제멋대로 그런 책 이름을 써 넣을지도 모르지 않습니까?"

쥘리앵은 일부러 말을 슬쩍 돌려보았다.

시장의 얼굴에 다시금 난처하고 불쾌한 표정이 떠오르는 것을 보고 쥘리앵은 입을 다물었다. '이젠 내 뜻대로 다룰 수 있다!' 하고 그는 생각했다.

며칠 뒤 레날 시장이 있는 앞에서 맏아들이 〈코티디엔〉(일일신문)*지에

---

* 과격왕당파의 신문.

광고가 난 책에 대해서 쥘리앵에게 물었다. 젊은 가정교사는 말했다.

"자코뱅파에게 꼬투리 잡힐 일 없이 제가 아돌프 군에게 대답할 수 있도록, 집에서 가장 신분이 낮은 사람의 이름으로 책방에 구독 예약을 신청하는 것도 한 가지 방법이라고 생각합니다만⋯⋯"

"나쁘지 않은 생각이군." 매우 기쁜 듯이 레날 시장이 말했다.

"하지만 분명히 해 둘 것이 있습니다." 쥘리앵은 오랫동안 바라던 일이 성취되기 직전인 사람들에게서 더러 볼 수 있는 엄숙하고도 침통해 보이는 표정을 지으며 덧붙였다. "그 하인에게 소설에는 절대 손을 대지 말도록 일러둘 필요가 있다고 생각합니다. 그런 위험한 책이 일단 집에 들어오면, 부인의 하녀들은 물론 하인들까지도 타락시킬지 모르니까요."

"정치 팸플릿도 위험하다는 걸 잊어서는 안 돼."

레날 시장은 거만한 태도로 덧붙였다. 아이들의 가정교사가 생각해 낸 멋진 절충안에 대한 감탄을 숨기고 싶었기 때문이다.

이렇듯이 쥘리앵의 생활은 자질구레한 협상의 연속으로 이루어져 있었다. 그리고 그런 협상의 성공 여부는 레날 부인이 보여 주는 분명한 호의보다 훨씬 중요했다. 그가 마음만 먹었다면 그런 호의를 쉽게 읽을 수 있었을 텐데도.

쥘리앵이 지금까지 유지해 온 정신 상태는 베리에르 시장 댁에 들어온 후에도 변화가 없었다. 이곳에서도 아버지의 제재소에 있을 때와 같이 그는 함께 생활하는 인간들을 진심으로 경멸하고, 또 그들로부터 미움을 사고 있었다. 군수나 발르노 씨 또는 그 밖의 이 집 친지들이 가까이에서 일어난 일에 대해 주고받는 말을 매일 듣고 있노라니, 쥘리앵은 그들의 생각이 얼마나 공상적인지 알 수 있었다. 쥘리앵에게 훌륭해 보인 행위는 틀림없이 주위 사람들의 비난을 샀다. 그가 속으로 내뱉는 말은 늘 똑같았다. '짐승 같은 것들, 바보 같은 작자들!' 그런데 얄궂은 것은 그가 그처럼 오만스러우면서도 여러 사람들이 주고받는 얘기를 전혀 알아듣지 못할 때가 많다는 사실이었다.

지금까지 그가 마음을 터놓고 얘기를 나눈 상대는 그 늙은 군의관뿐이었는데, 워낙 지식이 없는 군의관이라 그의 이야기는 보나파르트의 이탈리아 원정과 외과 의학에 관한 것뿐이었다. 소년은 용감하게도 가장 고통스러운 외과 수술에 대해 자세히 듣는 것을 좋아했다. 그때마다 쥘리앵은 생각했다.

'나 같으면 눈썹 하나 까딱하지 않았을 거야.'

어느 날 레날 부인이 처음으로 아이들의 교육과 관계없는 주제로 쥘리앵과 애기를 나누어 보려고 했을 때, 그는 곧 외과 수술에 관한 애기를 꺼냈다. 부인은 새파랗게 질려서 그만두라고 부탁했다.

쥘리앵은 그 외에는 아무것도 아는 것이 없었다. 때문에 레날 부인과 한지붕 밑에 살면서도 두 사람만 있게 되면 묘한 침묵에 휩싸이고 마는 것이었다. 살롱에 있을 때 쥘리앵이 아무리 겸손한 자세를 취하더라도 집을 방문한 모든 손님보다 자기가 더 똑똑하다고 우월감에 젖어 있음을 부인은 놓치지 않았다. 그런데 잠깐 동안이라도 그와 단둘이 있게 되면 상대가 어쩔 줄 몰라 하는 것을 대뜸 알 수 있었다. 부인은 그것이 마음에 걸렸다. 여자의 본능으로 그가 절대 연모의 마음 때문에 그러는 것이 아니라는 사실을 눈치채고 있었기 때문이다.

늙은 군의관이 체험한 상류사회의 이야기들을 듣고 쥘리앵은 상류사회에 대해서 묘한 관념을 가지게 된 듯, 여자와 단둘이 있을 때 애기가 끊어지면 마치 침묵이 자기 책임인 양 굴욕을 느끼는 것이었다. 그런 굴욕감은 마주 앉아 애기할 때 더욱 심했다. 그의 머릿속은 남자가 여자와 단둘이 있을 때 어떤 말을 해야 하는가에 대해서 매우 과장된, 완전히 에스파냐적인 생각으로 가득 차서, 그런 난처한 상황에서도 엉뚱한 화제만 떠올랐다. 분명 마음은 들떠 있음에도 굴욕적인 침묵에서 벗어날 수 없었다. 그러므로 레날 부인이나 아이들과 오랫동안 산책할 때면 그는 비참한 심적 고통으로 표정이 늘 딱딱해졌다. 그는 그런 자신을 매우 경멸했다. 그냥 조용히 있어도 될 텐데 굳이 말을 꺼낼라치면 그만 엉뚱하고 우스꽝스러운 말이 튀어나왔다. 더욱 딱하게도 그는 자신의 바보스러움을 의식하고, 더구나 그것을 과장해서 생각했다. 그러나 그가 전혀 깨닫지 못한 것이 하나 있었다. 그것은 그의 눈이 짓는 표정이었다. 그의 눈은 참으로 아름다웠고 그의 뜨거운 열정을 잘 드러내고 있었으므로, 뛰어난 배우처럼 때로는 전혀 의미가 없는 대사에도 매혹적인 의미를 부여하곤 했다. 레날 부인은 쥘리앵이 자기와 단둘이 있을 때 좀 멋있는 말을 하는 것은, 뜻밖의 일에 정신이 팔려서 멋지게 말해야겠다는 생각을 깜빡할 때뿐임을 깨달았다. 집을 방문하는 손님들이 새롭고 빛나는 사상으로 그녀를 놀라게 한 적은 전혀 없었으므로, 그녀는 더할 나위 없는 감흥으로 쥘리앵의 번뜩이는 재치를 즐겼다.

　나폴레옹 실각 이후 무릇 우미한 느낌이 드는 풍속은 지방에선 사정없이 추방되었다. 사람들은 일자리를 잃을까 봐 전전긍긍했다. 간사한 무리들은 수도회에 의지했고, 위선은 자유주의자들 사이에서도 보기 좋게 만연했다. 세상은 점점 짙은 우울 속에 잠겨 들고, 독서와 농사 이외에 아무런 즐거움도 남아 있지 않았다.

　레날 부인은 신앙심이 깊은 백모의 막대한 재산을 상속받을 신분으로 열여섯 살 때 훌륭한 귀족과 결혼했다. 그녀는 일찍이 사랑다운 것을 경험한 적도 없고 본 적도 없었다. 그저 발르노 씨가 접근했을 때 그녀의 고해 신부인 셀랑 사제가 연애 이야기를 조금 해 주었을 뿐이다. 더구나 그때 사제는 연애라는 것을 아주 천한 형태로 설명해 주었기 때문에, 그녀는 연애를 무섭도록 방탕한 짓이라 여기게 되었다. 더러 눈에 띄어서 읽어 본 몇 편 안 되는 소설 속에 나오는 연애는 하나의 예외이며 부자연스러운 연애라고 생각했다. 이러한 무지 덕분에 레날 부인은 다시없는 행복감에 젖어서 줄곧 쥘리앵만 생각하고 있으면서도 전혀 죄책감을 품지 않았다.

제8장
작은 사건

그리하여 한숨은 숨기려 하면 더 깊어지고, 훔쳐보는 눈길은 은밀하기에 더
달콤하며, 부끄럼이 없어도 뺨은 불처럼 타오른다.

《돈 후안》제1편 74절

그녀의 타고난 성격과 현재 느끼고 있는 행복감에서 우러난 레날 부인의
천사 같은 부드러움도 때로는 약간 흐려지곤 했다. 바로 그녀가 하녀 엘리자
를 생각할 때였다. 최근 유산을 상속받게 된 이 처녀는 셸랑 사제에게 고해
하러 갔을 때 쥘리앵과 결혼하고 싶다고 고백했다. 사제는 사랑하는 제자의
행복을 진심으로 기뻐했으나, 쥘리앵이 엘리자의 청혼을 받아들일 수 없다
고 단호히 거절했을 때는 정말 깜짝 놀랐다.

"네 마음속에 일어나고 있는 변화에 주의하거라." 사제는 미간을 찌푸리면
서 말했다. "이런 뜻밖의 재산도 물리치는 마음이 천직(天職) 의식에서 오
는 것이라면, 나도 네가 택한 길을 축복해 주마. 내가 베리에르의 사제가 된
지도 56년이 넘었다. 그러나 곧 면직될 것 같구나. 나로서는 무척 괴로운 일
이지만, 그래도 나는 한 해에 800프랑의 수입을 얻겠지. 이렇게 자질구레한
일까지 얘기해 주는 것도 네가 성직에 취임한 뒤 엉뚱한 잘못을 저지를까 걱
정이 돼서 그런단다. 세도가들에게 아첨하려고 생각했다가는 틀림없이 네
영혼은 나락에 떨어지고 말 게다. 너는 출세할 수 있을는지도 모르지. 그러
나 출세하기 위해서는 가난한 자를 괴롭히고, 군수, 시장 등 유력한 자에게
아부하여 그들의 야망에 따라 움직여야 할 거야. 그러한 것을 세상에서는 처
세술이라고 하는데, 속인이라면 그래도 구원의 여지는 있을 게다. 그러나 우
리 성직자는 이 세상에서 행복을 얻든가, 아니면 천국에서 행복을 얻든가,
둘 중 하나를 선택해야 하지. 그 중간은 존재하지 않아. 잘 생각해 보고, 사

흘 뒤 다시 와서 확실한 대답을 해 다오. 애석하게도 네 마음속 깊은 곳에는 무언가 시키면 열정이 숨어 있는 것만 같구나. 그 열정 속에 성직자에게 필요한 절도라든가 현세의 이익을 따지지 않는 태도는 엿보이지 않는다. 재질로 볼 때 너는 대단한 인물이 되겠지. 하지만 이런 내 말을 용서해 주렴……" 하고, 선량한 사제는 눈물을 글썽이면서 말을 이었다. "성직에 취임했을 때 네 자신이 과연 구원을 받을지 나는 걱정스러워 견딜 수가 없구나."

쥘리앵은 부끄러워하면서도 감동했다. 난생 처음 남에게 사랑받고 있다는 것을 깨달았다. 그는 감격해서 울었고, 그 눈물을 감추기 위해 베리에르시 위쪽의 큰 숲 속으로 들어갔다.

'왜 나는 이렇게 생겨 먹었을까?' 이윽고 쥘리앵은 스스로에게 물었다. '나는 저 선량한 셸랑 신부를 위해서라면 몇 번이라도 목숨을 내놓을 작정이다. 그런데 방금 그분은 내가 단순한 바보임을 완벽히 증명하셨지. 제일 먼저 속여야만 할 사람은 그분인데, 그분은 내 속을 환히 들여다보고 계셨구나. 그분이 말한 숨어 있는 열정이란 바로 출세하겠다는 나의 야심이다. 그분은 나를 성직에 취임할 자격이 없는 자로 보셨겠지. 난 50루이의 연수(年收)를 미련없이 포기함으로써 내가 신앙심과 천직에 얼마나 충실한가를 증명할 생각이었는데……'

쥘리앵은 계속 생각했다.

'이제부터는 내 스스로 확실하게 단련한 성격만 믿자. 아아, 내가 눈물을 흘리면서 기쁨을 느낄 때가 있다니! 바보에 불과하다는 것을 알려 준 그분을 좋아하다니, 정말 꿈에도 생각지 못했다.'

사흘 뒤 쥘리앵은 첫날에 준비했어야 할 훌륭한 구실을 발견했다. 그 구실이란 상대의 명예를 손상시키는 것이었지만 아무러든 어떤가. 그는 사제를 찾아가, 제삼자에게 상처를 입히기 때문에 자세히 설명할 수는 없으나 사정이 있어서 그 청혼은 처음부터 마음에 들지 않았노라고 머뭇거리는 투로 고백했다.

이 말은 엘리자의 행실을 비난하는 것이었다. 셸랑 신부는 제자의 태도 속에서, 젊은 성직자를 움직이는 정열과는 전혀 다른 극히 세속적인 정열을 발견했다.

"너는 천성에 맞지 않는 성직자가 되느니, 교양 있는 시골 신사로서 사람들에게 존경받도록 해라."

사제는 쥘리앵에게 이런 말까지 했다.

쥘리앵은 이 새로운 훈계에도 요령 있게 대답했다. 적어도 말만은 번지르
르했다. 신앙심이 두터운 청년 신학생이 쓸 만한 말이 술술 흘러나왔다. 그
러나 그 말투와, 눈 속에 빛나는 숨길 수 없는 정열의 불꽃이 셀랑 신부를
불안케 했다.

쥘리앵의 장래에 대해 너무 비관할 필요는 없다. 어쨌든 그는 교활하고 용
의주도하기 짝이 없는 위선에 찬 말을 혼자 힘으로 정확하게 지어내지 않는
가. 그의 나이로 볼 때 상당한 것이다. 워낙 시골뜨기들 틈에서 살아왔기 때
문에 말투나 태도는 어쩔 수 없다. 쥘리앵에게는 이렇다 할 본보기가 없었
다. 그러나 그 뒤 의젓한 신사들을 상대하자, 순식간에 그의 태도와 말투는
마치 딴 사람인 양 훌륭해졌다.

레날 부인은 자기 하녀가 재산을 물려받았는데도 좀처럼 행복해 보이지
않자 이상히 여겼다. 부인은 하녀가 자주 사제를 찾아갔다가는 눈물을 글썽
이며 돌아오는 것을 보았다. 드디어 엘리자는 부인에게 결혼 얘기를 꺼냈다.

레날 부인은 자기가 병이 난 줄 알았다. 열이 올라서 밤에도 잠을 이룰 수
없었다. 엘리자와 쥘리앵이 안 보이면 사는 것 같지 않았다. 떠오르는 것은
오직 그들, 두 사람이 가정을 이루어 행복하게 사는 모습뿐이었다. 50루이
의 연수로 살아가야 하는 조그만 집에서의 가난한 살림도 부인의 눈에는 화
려한 색채로 떠올랐다. 쥘리앵이라면 틀림없이 베리에르에서 20리 가량 떨
어진 군청 소재지 브레에서 변호사 일을 시작할 수 있을 것이다. 그리되면
쥘리앵을 가끔 만날 수 있을지도 모른다.

레날 부인은 자기가 정말로 미쳐 버리지나 않을까 생각했다. 남편에게도
그렇게 말했고 기어이 병이 나고 말았다. 그날 밤 부인은 음식을 날라 온 하
녀가 울고 있는 것을 보았다. 좀전에 엘리자가 너무 미워서 쌀쌀맞게 대했던
것이다. 부인은 이내 사과했다. 엘리자는 점점 더 심하게 울면서 만약 레날
부인이 허락한다면 자기의 불행한 신세를 숨김없이 얘기하겠다고 말했다.

"말해 보아라." 레날 부인은 대답했다.

"그럼 말씀드리겠습니다. 그이는 제가 싫답니다. 못된 사람들이 제 욕을
한 것이 틀림없어요. 그것을 그이는 곧이듣고 있습니다."

"누가 너를 싫다고 하느냐?" 레날 부인은 숨이 멎을 듯한 기분으로 물었다.

"어머, 마님. 쥘리앵이지 누구겠습니까." 하녀는 훌쩍이면서 대답했다.

"신부님도 그이의 마음을 돌릴 수가 없었습니다. 상대가 훌륭한 아가씨라면 하녀라고 해서 거절할 수는 없다고 신부님도 생각하고 계시거든요. 쥘리앵의 아버님도 한낱 목재상이고, 그이만 하더라도 여기 들어오기까지 어떻게 살아왔습니까."

레날 부인은 이미 얘기를 듣고 있지 않았다. 너무나 기뻐 이성을 잃을 지경이었다. 쥘리앵이 생각을 돌이킬 여지도 없어 보일 만큼 단호하게 거절하더냐 하고 몇 번이나 물으며 확인한 뒤에 부인은 그녀에게 말했다.

"내가 한 번 더 힘을 써 보마. 쥘리앵에게 말해 보겠어."

다음 날 아침을 먹은 뒤 레날 부인은 한 시간에 걸쳐서 연적(戀敵)인 엘리자를 변호하고, 쥘리앵이 엘리자의 청혼과 재산을 계속 거절하는 것을 확인하고는 크나큰 기쁨을 맛보았다.

얘기를 하는 동안 쥘리앵도 차차 어색한 답변에서 벗어나 레날 부인의 분별 있는 비난에 영리한 대답을 하게 되었다. 레날 부인은 며칠 동안 깊은 절망감에 빠져 있었던 만큼 마음속에 들끓는 행복의 거센 물결을 억제할 수가 없었다. 부인은 정신이 아찔해졌다. 그러다 겨우 이성을 되찾고 자기 방에 들어가서 사람들을 물렸다. 그저 머릿속이 멍했다.

'내가 쥘리앵을 사랑하고 있는 것일까?'

마침내 부인은 스스로에게 물었다.

이러한 발견은 다른 때 같았으면 그녀를 커다란 동요와 양심의 가책 속에 밀어 넣었겠지만, 지금 그녀는 마치 남의 일을 보듯 기묘한 느낌밖에 들지 않았다. 조금 전 경험에 지친 부인의 마음에는 이미 정열을 느낄 만한 한 조각 감수성조차 남아 있지 않았다.

레날 부인은 일을 해야겠다고 생각하면서도 그만 깊이 잠들고 말았다. 눈을 떴을 때 상상했던 만큼의 두려움은 없었다. 너무 행복해서 매사를 부정적으로 생각할 수가 없었다. 이 선량한 시골 여인은 천성이 순진무구해서, 억지로 자기 영혼을 채찍질해 새로운 감정이나 불행을 조금이라도 느끼려 해 본 적이 한 번도 없었다. 쥘리앵이 들어오기 전까지는 파리에서 멀리 떨어진 가정의 현모양처로서 산더미 같은 일에 쫓기고 있었으므로, 그녀의 연애에

대한 생각은 우리들이 복권에 대해 생각하는 것과 조금도 다를 바 없었다. 거기에는 어차피 속게 마련이다, 어리석은 자들이 쫓는 행복이다 하는 생각이었다.

점심 식사를 알리는 종이 울렸다. 아이들을 데리고 오는 쥘리앵의 목소리를 듣고 레날 부인의 얼굴이 붉어졌다. 사랑을 알게 되면서 좀 영리해진 부인은 두통이 심해서 얼굴이 빨개졌다며 변명했다.

"여자란 모두 이렇지. 여자라는 기계는 언제든지 어딘가 고장이 나거든."

레날 시장은 천박한 너털웃음을 터뜨리며 말했다. 이런 농담에는 익숙해져 있었지만, 그 말투가 레날 부인의 기분을 상하게 했다. 그녀는 불쾌감을 잊으려고 쥘리앵의 얼굴을 바라보았다. 그가 세상에서 손꼽히는 추남이었더라도 이 순간 레날 부인에겐 무척 마음에 들었을 것이다.

궁정 사람들의 관습을 흉내내기에 급급한 레날 시장은 따뜻한 봄철이 되자 즉시 베르지의 별장으로 옮겨 갔다. 베르지는 가브리엘의 슬픈 사랑 얘기*로 유명해진 마을이다. 한 폭의 그림 같은 낡은 고딕식 성당의 폐허에서 수백 걸음 떨어진 곳에 레날 시장 소유인 옛 성관(城館)이 있었다. 네 개의 탑이 서 있고, 튈르리 궁전 정원을 본떠서 만든 정원에는 여기저기 회양목 산울타리가 있고 한 해에 두 번씩 손질하는 마로니에 산책길이 나 있었다. 그 옆엔 사과나무가 심긴 과수원이 산책장이 되어 있었다. 과수원 끝에는 우람한 호두나무가 여남은 그루 서 있었는데, 높이가 80피트는 돼 보였다.

부인이 멋진 호두나무를 보고 감탄할 때마다 레날 시장은 투덜거렸다.

"이 쓸데없는 호두나무 덕분에 나는 한 그루당 반 아르팡씩이나 수확을 날리고 있소. 나무 그늘에서는 밀이 자라지 않으니까."

전원의 경치는 레날 부인에게는 새로웠다. 그녀는 자기를 잊을 만큼 감탄해 버렸다. 온몸을 뒤흔드는 고양된 감정은 그녀에게 재치와 결단력을 주었다. 베르지에 와서부터 이틀 뒤 레날 시장이 시청 일 때문에 시내로 돌아가자, 부인은 곧 자기 비용으로 인부를 고용했다. 쥘리앵의 제의에 따라 과수원을 지나 커다란 호두나무 아래로 통하는 자갈길을 만든다면, 아이들이 아침부터 신발을 이슬에 적시지 않고도 산책할 수 있을 것이라는 생각에서였

---

* 중세의 서사시 《베르지의 임시 성주 부인》의 여주인공.

다. 이 생각을 떠올리고부터 스물네 시간 이내에 계획은 실행으로 옮겨졌다. 레날 부인은 쥘리앵과 함께 인부들을 지휘하면서 하루 내내 즐겁게 보냈다.

베리에르 시장은 시내에서 돌아와 완성된 오솔길을 보고 놀랐다. 시장이 돌아오는 바람에 레날 부인도 놀랐다. 그녀는 남편의 존재를 깨끗이 잊고 있었던 것이다. 그로부터 두 달 동안 레날 시장은 자기와 의논조차 하지 않고 그런 중대한 수리 공사를 해 버리다니 간이 커도 분수가 있는 법이라고 노상 투덜거렸고, 그럴 때마다 상을 찌푸렸다. 그러나 그 공사는 레날 부인의 돈으로 한 것이어서 그 사실이 겨우 그의 마음을 가라앉혔다.

부인은 아이들과 함께 과수원을 뛰어다니거나 나비를 쫓으면서 나날을 보냈다. 얇은 무명으로 큰 자루를 만들어 가엾은 '인시류(鱗翅類)'를 잡아 댔다. 이런 낯선 명칭은 쥘리앵이 레날 부인에게 가르쳐 주었다. 부인이 브장송에서 고다르 씨의 훌륭한 책을 가져왔고, 쥘리앵이 그녀에게 그 곤충의 기묘한 습성을 설명해 주었다.

나비는 쥘리앵이 만든 커다란 마분지 표본상자 속에 가차없이 차례차례 핀으로 고정되었다.

그리고 겨우 레날 부인과 쥘리앵 사이에 화젯거리가 생겨 이제 그는 침묵의 순간이 주는 견딜 수 없는 고통에 괴로워하지 않아도 되었다.

화제는 언제나 쓸데없는 것들이었지만 두 사람은 끊임없이, 더구나 아주 열심히 얘기를 나누었다. 이 활기차고 바쁘고 즐거운 생활은 그들 마음에 들었지만, 일에 쫓기게 된 엘리자만은 그렇지 않았다.

"사육제날 베리에르에서 무도회가 열릴 때에도 마님이 이렇게 치장에 정성을 들인 적은 없었어. 요샌 하루에도 두세 번씩 옷을 갈아입으시는걸."

우리야 누구에게든 아첨할 필요가 없으므로 확실히 말해 두겠는데, 레날 부인이 고운 피부를 가졌고 또 팔이나 가슴을 대담하게 노출시키는 의상을 맞춘 것은 사실이다. 부인은 몸매가 늘씬하여 그러한 옷이 반해 버릴 만큼 잘 어울렸다.

만찬에 초대되어 베리에르에서 베르지에 온 사람들은 한결같이 말했다.

"이야, 부인께서 이처럼 젊어 보이신 적은 없었습니다."(이 지방의 독특한 말투이다.)

좀처럼 믿기 어렵겠지만, 이상하게도 레날 부인이 몸차림에 그토록 정신을 빼앗겼는데도 거기엔 이렇다 할 직접적인 의도는 없었다. 그녀로서는 그러는 것이 즐거웠을 뿐 별다른 생각은 없었다. 그녀는 아이들이나 쥘리앵과 함께 나비를 쫓는 시간 외에는 오로지 엘리자와 함께 옷 만들기에 정신을 쏟았다. 단 한 번 베리에르에 간 것도 뮐루즈에서 새로 들어온 여름옷을 사고 싶었기 때문이다.

베르지에 돌아올 때 그녀는 친척인 젊은 부인을 데리고 왔다. 결혼한 뒤 그녀는 옛날 성심 수녀원의 동창생이었던 데르빌르 부인과 어느새 아주 친해져 있었다.

데르빌르 부인은 사촌동생의 생각이 엉뚱하기 짝이 없다면서 곧잘 웃었다. "나 혼자서는 상상도 못 할 일이야" 하고 데르빌르 부인은 말했다. 만일 파리였더라면 그런 엉뚱한 생각이 기지(機知)로 통했을지 모르지만, 레날 부인은 남편과 함께 있을 때는 그런 생각이 바보처럼 느껴져서 부끄러웠다. 그러나 데르빌르 부인이 곁에 있으면 용기가 솟았다. 처음엔 조심조심 말을 꺼냈지만 여자 둘이서 오래 있으면 레날 부인의 머리도 활발하게 움직여, 조용하고 긴 오전 한때가 순식간에 지나가 버리고, 두 사람은 항시 티 없이 명랑해졌다. 이번 방문으로 분별력이 뛰어난 데르빌르 부인은 사촌이 좀 차분해지고, 전에 없이 행복스러운 표정을 짓는 것을 발견했다.

한편 쥘리앵은 시골에 온 이래, 완전히 어린 소년으로 돌아가 나비를 쫓으면서 아이들 못지않게 즐거워했다. 그는 그 온갖 속박과 흥정 투성이 생활에서 벗어나 남의 눈이 미치지 않는 곳에서 매우 아름다운 산에 에워싸여 홀로 지낼 수 있었다. 더구나 본능적으로 레날 부인을 어려워하지 않게 된 그는 그 나이에 알맞은 가장 강력한 삶의 환희에 취해 있었다.

데르빌르 부인이 왔을 때 쥘리앵은 그녀와 친해질 수 있겠다는 느낌이 들었다. 곧 그는 이번에 닦은 호두나무 그늘의 산책길 끝에 있는 전망 좋은 장소로 그들을 안내했다. 실제로 그곳 경치는 스위스나 이탈리아의 호숫가에서만 구경할 수 있는 훌륭한 절경과 비교해도 전혀 뒤떨어지지 않았다. 거기서 몇 걸음 안 되는 곳에서 시작되는 가파른 비탈을 올라가면, 이내 떡갈나무로 둘러싸인 낭떠러지 위로 나가게 된다. 거기 올라서면 시냇물 위에 올라선 기분이었다. 쥘리앵은 행복하고 자유롭고, 아니 더 나아가 마치 왕이 된 듯한 기분으로 두 부인을 그 가파른 낭떠러지 위로 안내하여 두 사람이 더없는 장관(壯觀)에 감탄하는 모양을 즐겼다.

"모차르트의 음악을 듣는 기분예요" 하고 데르빌르 부인은 말했다.

질투심 많은 형들과 난폭하고 늘 불만스런 아버지의 존재 때문에 쥘리앵은 베리에르 교외의 아름다운 시골 풍경을 만끽할 수 없었다. 그러나 베르지에는 그런 쓰라린 추억이 하나도 배어 있지 않았다. 난생 처음으로 그는 주위에서 적의 모습을 보지 않을 수 있었다. 레날 시장은 곧잘 시내로 나갔는데, 그럴 때 쥘리앵은 대담하게도 몰래 독서를 시도했다. 밤중에 눕혀 놓은 꽃병 속에 램프를 숨길 정도로 주의하면서 독서를 하기로 했지만 곧 그만두고 실컷 자게 됐다. 그리고 낮에 아이들을 가르치는 틈틈이 그는 자기 행동의 유일한 규범이며 열광의 대상인 책을 들고 바위 그늘로 왔다. 실의에 빠졌을 때에도 그곳에서는 기쁨과 도취와 위안을 얻을 수 있었다.

나폴레옹이 여자에 대해서 말한 몇 가지 의견, 그가 세상을 다스릴 때 유행했던 소설의 가치에 대한 두서너 가지 논의 등을 읽고, 쥘리앵은 그와 같은 또래의 청년이라면 누구나 벌써 알고 있을 일을 처음으로 조금 알게 됐다.

무더위가 닥쳤다. 집에서 몇 걸음 떨어지지 않은 커다란 보리수 그늘에서 저녁 바람을 쐬는 것이 일과가 됐다. 그 근처는 어둠이 짙었다. 어느 날 밤 쥘리앵은 신이 나서 얘기를 계속했다. 젊은 부인들 앞에서 멋지게 이야기하는 즐거움에 그는 흠뻑 도취되어 있었다. 그는 동작까지 취하며 설명하다 레날 부인의 손을 건드렸다. 부인의 손은 정원에 놓인 페인트칠을 한 나무의자 등받이에 얹혀 있었다.

부인의 손이 번개같이 물러났다. 쥘리앵은 손이 스치더라도 상대가 손을 거두지 않도록 하는 것이 자기의 의무라 생각했다. 그래야 할 의무가 있고, 만약 실패한다면 웃음거리가 됨은 물론이고 열등감의 포로가 되리라 생각하자 그의 기쁨은 순식간에 사라져 버렸다.

제9장
전원의 하룻밤

게랑 씨의 〈디도〉, 그 매력적인 스케치!

슈트롬베크

이튿날 레날 부인을 만났을 때 쥘리앵의 눈빛이 이상했다. 마치 싸울 기세로 부인을 쏘아보았다. 전날 밤과는 전혀 다른 그 시선에 부인은 깜짝 놀랐다. 자기는 다정하게 대해 주었다고 생각하는데 그가 화가 난 모양이었다. 그의 눈에서 시선을 뗄 수 없었다.

데르빌 부인이 함께 있었기 때문에 쥘리앵은 별 말 없이 자기 생각에 더 깊이 파고들 수 있었다. 그날 낮에 그가 할 일이라곤 영혼을 단련시켜 주는 그 성전을 읽어 자기를 강하게 만드는 것뿐이었다.

아이들의 공부는 일찌감치 끝내 버렸다. 그러고는 레날 부인의 모습을 보자 자기 명예를 위해서 해야 할 일이 다시 생각났다. 오늘 밤에는 무슨 일이 있어도 부인의 손을 자기 손안에 꼭 쥐어 빼지 못하도록 해야겠다고 결심했다.

해가 떨어지고 결정적인 순간이 다가옴에 따라 쥘리앵의 심장은 야릇하게 고동쳤다. 밤이 되었다. 오늘 밤은 어둠이 한층 짙게 깔릴 것 같아 보이자 안심한 그는 가슴을 짓누르던 무거운 짐이 사라져 버린 듯했다. 밤하늘에는 후텁지근한 바람에 밀려 커다란 구름덩어리가 무겁게 흐르고 있어서 곧 폭풍이 닥칠 것만 같았다. 두 부인은 여자들끼리 늦게까지 산책을 했다. 그날 밤 두 사람의 거동 하나하나가 쥘리앵에게는 야릇하게 느껴졌다. 두 사람은 그런 날씨를 즐기고 있었다. 그들처럼 감성적인 영혼을 가진 사람들은 이러한 날씨로 사랑하는 기쁨이 커진다고 느끼는 모양이다.

이윽고 세 사람은 의자에 앉았다. 레날 부인은 쥘리앵 곁에, 데르빌 부인은 친구 곁에 자리를 잡았다. 쥘리앵은 이제부터 결행하려는 일로 머릿속

이 꽉 차 아무 말도 못하고 있었다. 얘기가 자연 뜸해졌다.

'처음으로 결투할 때에도 역시 이렇게 비참할 만큼 떨릴까?' 쥘리앵은 생각했다. 본디 자기 자신이나 남이나 믿지 못하는 성격이었으므로, 아무래도 자기의 마음 상태를 들여다보지 않고는 견딜 수 없었다.

너무나 괴로워서 차라리 어떤 위험도 이보다는 낫겠다는 생각조차 들었다. 급한 볼일이 생겨 레날 부인이 집으로 돌아가 이 마당에서 사라져 주었으면 하고 얼마나 바랐는지 모른다. 감정을 필사적으로 억누르다 보니 목소리까지 이상해져 버렸다. 이윽고 레날 부인의 목소리도 떨리기 시작했지만 쥘리앵은 전혀 깨닫지 못했다. 의무감과 주저의 갈등이 주는 고통이 너무 심해서 자기 이외는 무엇도 돌볼 여유가 없었던 것이다. 성관의 큰 시계가 방금 9시 45분을 알렸다. 쥘리앵은 여전히 아무것도 못하고 있었다. 마음 약한 자기에게 화가 나서 쥘리앵은 생각했다.

'10시 종이 치는 순간에 결행하자. 오늘 밤만 되면 결행한다고 하루 내내 결심하지 않았던가? 그러지 못하면 방에 가서 총으로 머리를 쏴야지.'

쥘리앵이 기대와 불안에 차서 너무 흥분한 나머지 거의 자기 자신을 잊을 정도가 된 마지막 순간에, 머리 위의 큰 시계가 10시를 고하기 시작했다. 운명의 종소리가 하나하나 그의 가슴에 울려 육체적인 충격을 불러일으켰다.

10시를 알리는 마지막 종소리가 채 사그라지기 전에 쥘리앵은 마침내 쑥 손을 뻗어 레날 부인의 손을 잡았다. 부인은 흠칫 놀라 손을 거두었다. 쥘리앵은 자기가 무슨 행동을 하고 있는지 의식도 못한 채 다시 그 손을 잡았다. 무척 흥분하고 있었다고는 하나, 그는 자기가 잡은 손이 얼음처럼 싸늘한 데 놀랐다. 그는 부들부들 떨리는 손에 힘을 주어 그 손을 꼭 쥐었다. 부인은 어떻게 해서든지 손을 빼려고 안간힘을 썼으나 결국 그 손은 그에게 맡겨졌다.

그의 마음은 환희로 넘쳤다. 레날 부인을 사랑하기 때문이 아니라 엄청난 괴로움이 끝났기 때문이다. 그는 데르빌르 부인이 눈치채지 못하도록 무슨 말인가 지껄여야 한다고 생각했다. 그러자 크고 생기에 찬 목소리가 나왔다. 반대로 레날 부인의 목소리에는 마음의 동요가 여실히 서려 있었으므로, 데르빌르 부인은 그녀가 몸이 안 좋은 줄 알고 집으로 돌아가자고 권했다. 쥘리앵은 위험을 느꼈다.

'만약 이대로 레날 부인이 살롱으로 돌아가면 나는 다시 낮에 종일 괴로웠던 그 상태로 되돌아가야 한다. 이렇게 잠깐 동안 손을 잡은 것만으로는 승리했다고 확신할 수 없어.'

데르빌르 부인이 살롱으로 돌아가지 않겠냐고 다시 권했을 때, 쥘리앵은 자기에게 맡겨진 손을 꽉 쥐었다.

레날 부인은 자리에서 몸을 일으키려다가 다시 앉으면서 꺼져 들어가는 목소리로 말했다.

"나 정말 기분이 안 좋긴 해. 그래도 바람을 쐬는 편이 훨씬 나을 것 같아."

이 한마디로 쥘리앵의 행복은 확실해졌다. 그의 기쁨은 절정에 달했다. 그는 속마음을 숨기는 것도 잊고 떠들어 댔다. 듣고 있는 두 여자에게는 더 없이 붙임성 있는 인간으로 보였다. 그러나 갑자기 솟아오른 그 웅변에는 아직도 얼마간 자신감이 모자랐다. 폭풍의 전조처럼 드세진 바람을 견딜 수 없어 데르빌르 부인이 혼자 살롱으로 돌아가려 하지나 않을는지 여간 걱정스럽지 않았던 것이다. 그렇게 되면 레날 부인과 단둘이 마주 앉게 된다. 좀전에는 거의 우연히 행동을 일으키기에 충분한 맹목적인 용기가 솟았지만, 이제는 아주 간단한 말조차 레날 부인에게 할 수 없을 것 같은 느낌이 들었다. 부인이 가볍게 꾸짖어도 큰 상처를 입을 것만 같았고, 막 쟁취한 승리도 헛되이 될 것만 같았다.

데르빌르 부인은 쥘리앵을 어린애처럼 어색하고 싱거운 사람이라고 생각해 왔으나, 다행하게도 이날 밤은 쥘리앵의 감동적이고도 열렬한 웅변이 그녀 마음에 들었다. 레날 부인은 쥘리앵에게 손을 맡긴 채 멍하니 있었다. 다만 살아 있다는 기분이 들었다. 그 지방 전설에 의하면 폭군 샤를르가 심었다는 그 커다란 보리수 아래서 지낸 몇 시간은 그녀에겐 그야말로 행복의 시작이었다. 보리수의 무성한 잎을 훑고 지나가는 바람 소리, 잎에 드문드문 떨어지기 시작한 빗방울 소리를 그녀는 꿈결처럼 듣고 있었다. 이윽고 쥘리앵은 전혀 깨닫지 못했지만 그를 충분히 안심시키고도 남을 만한 일이 일어났다. 바람에 넘어진 발치의 꽃병을 일으키려는 데르빌르 부인을 돕기 위해 레날 부인이 일어섰을 때 자연히 두 사람의 손은 떨어졌지만, 다시 앉자마자 그녀는 이미 약속이나 한 듯 아무런 주저 없이 그에게 손을 돌려줬던 것이다.

벌써 12시가 지났다. 슬슬 정원을 떠날 때가 되었다. 그들은 헤어져 자기 방으로 돌아갔다. 사랑한다는 행복에 도취된 레날 부인은 세상사에 너무 무지했기 때문에 도무지 자기를 책망할 줄 몰랐다. 넘치는 행복이 그녀의 잠을 방해했다. 쥘리앵은 정신없이 잠이 들었다. 소심함과 자존심이 온종일 그의 마음속에서 싸웠기 때문에 그는 지칠 대로 지쳐 있었던 것이다.

다음 날 아침 쥘리앵은 5시에 일어났다. 레날 부인이 알았다면 가슴 아파했겠지만, 그는 부인 생각은 전혀 염두에도 없었다. 그는 자기의 의무, 그것도 영웅적인 의무를 다한 것이다. 이렇게 생각하니 그의 마음에 행복감이 넘쳐흘렀다. 그는 문을 잠근 채 방 안에 틀어박혀 새로운 기쁨으로 숭배하는 영웅의 무용담을 읽었다.

점심을 알리는 종이 울렸을 때도 그는 나폴레옹군의 《전황보고서》를 읽느라고 전날 밤의 승리조차 깨끗이 잊고 있었다. 살롱으로 내려가면서 그는 가볍게 속으로 중얼거렸다.

'그 여자에게 사랑한다고 말해 줘야겠지.'

정이 담뿍 담긴 부인의 눈길을 기대했던 쥘리앵은 그 대신 레날 시장의 험악한 얼굴을 발견했다. 두 시간 전에 베리에르에서 돌아온 시장은 오전 내내 아이들을 내팽개쳐 둔 쥘리앵에게 노골적으로 불만을 표시했다. 화를 내고, 더구나 화풀이를 해도 좋다고 생각할 때의 그 거만한 사나이의 몰골만큼 추악한 것은 없었다.

가시 돋친 남편의 말 한 마디 한 마디가 레날 부인의 가슴을 찔렀다. 쥘리앵은 아침부터 독서를 통해 몇 시간 동안 눈앞에 펼쳐졌던 웅대한 사건에 정신을 빼앗겨, 아직도 깊은 도취에 빠져 헤매고 있었기 때문에 처음엔 레날 시장이 퍼붓는 가시 돋친 말조차도 거의 흘려들을 정도였다. 마침내 그는 아주 무뚝뚝하게 대답했다.

"몸이 찌부드드해서요."

그 대답은 베리에르 시장보다 훨씬 참을성 많은 사람이라도 화를 낼 만한 말투였다. 시장은 당장에 쥘리앵을 내쫓으며 한마디 퍼부을 생각을 했다. 그러나 성급하면 손해 본다는 평소의 좌우명이 생각나서 간신히 화를 억눌렀다.

이윽고 시장은 생각을 고쳤다. '이 풋내기 놈이! 이제 조금 유명해졌으니 발르노 놈이 빼갈지도 모르고, 엘리자와 결혼할지도 모른다. 그 어느 쪽이든 이놈은 속으로 나를 비웃겠지.'

이렇듯 현명한 반성을 하긴 했지만, 역시 레날 시장의 불만은 한 무더기 더러운 욕설이 되어 폭발하고 말았다. 쥘리앵도 슬슬 화가 나기 시작했다. 레날 부인은 금방이라도 울음을 터뜨릴 것 같았다. 점심 식사가 끝나기가 무섭게 부인은 산책을 하고 싶으니 팔을 잡게 해 달라고 쥘리앵에게 부탁했다. 부인은 정답게 그에게 몸을 기대 왔다.

레날 부인이 무슨 말을 해도 쥘리앵은 나직이 이렇게만 대답했다.

"부자란 저런 족속입니다!"

레날 시장은 바로 곁에서 걷고 있었다. 그를 보자 쥘리앵은 분노가 확 치밀었다. 문득 레날 부인이 유난히 자기 팔에 기대고 있는 것을 깨달았다. 그 태도가 견딜 수 없어 그녀를 난폭하게 밀며 팔을 빼냈다.

다행히 이 두 번째 무례는 레날 시장의 눈에 띄지 않았다. 그것을 목격한 사람은 데르빌르 부인뿐이었다. 레날 부인은 눈물이 글썽해졌다. 이때 레날 시장은 지름길을 통해 과수원을 가로질러 지나가려던 시골 소녀에게 돌을 던지고 있었다.

데르빌르 부인이 얼른 속삭였다.

"쥘리앵 씨, 제발 참으세요. 누구나 기분이 언짢을 때는 있는 법이에요."

쥘리앵은 한없이 모멸에 찬 오만한 눈길로 싸늘하게 데르빌르 부인을 쏘아보았다.

쥘리앵의 눈초리에 데르빌르 부인은 놀랐지만, 그 눈초리의 진정한 의미를 알아챘다면 아마 더욱더 놀랐을 것이다. 그 눈초리에는 잔인하기 짝이 없는 복수심이 숨겨져 있었기 때문이다. 필시 이러한 굴욕의 순간이 로베스피에르 같은 잔인한 사람을 태어나게 했을 것이다.

"쥘리앵의 성격은 어쩌면 저리 거칠지? 왠지 무서운데" 하고 데르빌르 부인이 친구에게 속삭였다.

"화를 낼 만도 하지 뭐." 레날 부인이 대답했다. "그이 덕으로 아이들의 실력이 나아진 걸 보면 정말 놀라운데, 하루 아침쯤 그냥 놔두었다고 야단칠 건 없잖아. 정말 남자란 가혹해."

레날 부인은 난생 처음으로 남편에게 복수하고 싶은 야릇한 기분이 들었다. 부자에 대한 쥘리앵의 심한 증오는 당장이라도 폭발할 듯한 기세였다. 그러나 다행히 레날 시장은 정원사를 불러서 과수원을 가로지르는 지름길을 가시덩굴로 막는 작업을 시작했다.

산책이 계속되는 동안 쥘리앵은 끊임없이 상냥한 말을 들었으나 한마디도 대답하지 않았다. 레날 시장이 사라지자 두 부인은 양쪽에서 지쳤다며 그의 팔을 잡았다.

어쩔 줄 몰라 얼굴을 붉힌 채 곤혹스런 표정을 띠고 있는 두 부인 사이에서 쥘리앵은 거만스럽고 창백한 얼굴에 침울하고 결연한 표정을 짓고 있었기 때문에 그들은 기묘한 대조를 이루었다. 그는 이 여자들을 경멸하고 모든 애정을 경멸했다.

'나 원 참! 내가 학교를 마치려면 1년에 500프랑만 있으면 되는데, 그 돈이 없단 말인가! 그 돈만 있어도 이런 여자는 상대도 안 할 텐데!'

이런 험악한 생각으로 머리가 꽉 차 있었기 때문에 두 사람의 친절한 말도 제대로 귀에 들어오지 않았다. 가끔 귓속에 파고드는 말도 모두 무의미하고 바보스럽고 요컨대 계집애 같은 말처럼 들려 불쾌하기 짝이 없었다.

대화가 끊어지지 않도록 얘기를 질질 끌면서 어떻게든 대화의 활기를 유지하려고 하는 동안에 레날 부인은 무심코, 남편이 베리에르에서 돌아온 것은 소작인한테서 옥수숫대를 샀기 때문이라 말했다(이 지방에서는 침대에 까는 매트리스에 옥수숫대를 넣는다).

부인은 얘기를 계속했다. "주인은 이리 오지는 않을 거예요. 정원사와 하인들을 데리고 매트리스 속을 넣을 테니까요. 아침 나절에 2층 침대를 다 바꿔 넣었으니까, 이제 3층 것을 바꿀 거예요."

쥘리앵의 얼굴빛이 변했다. 그는 심상치 않은 기색으로 레날 부인을 바라보다가 갑자기 총총히 부인을 한쪽으로 끌고 갔다. 데르빌르 부인은 그들만 가게 내버려 두었다.

"제발 도와주십시오" 하고 쥘리앵은 레날 부인에게 말했다. "도와주실 수 있는 분은 부인뿐입니다. 아시다시피 하인은 저를 몹시 미워하고 있습니다. 부인, 사실 저는 초상화를 한 장 가지고 있는데, 그것을 침대 매트리스 속에 감춰 두었습니다."

이 말을 듣고 이번엔 레날 부인이 파랗게 질렸다.

"지금 제 방에 출입할 수 있는 사람은 부인뿐입니다. 시치미를 떼고 창문에서 제일 가까운 침대 구석에 손을 넣어 보십시오. 검고 매끈한 마분지 상자가 있을 것입니다."

"그 속에 초상화가 들어 있어요?" 레날 부인은 힘이 빠져 버린 몸을 가까스로 버티고 서서 말했다. 쥘리앵은 부인의 겁먹은 모습을 눈치채고 그 틈을 타 말했다.

"또 하나 부탁이 있습니다. 제발 그 초상화를 보지 말아 주십시오. 저의 비밀입니다."

"비밀이군요." 꺼져 드는 목소리로 부인은 되풀이했다.

그녀가 재산을 내세우고 금전상의 이득만 염두에 두는 인간들 틈에서 자라났다고는 하나, 사랑은 벌써 부인의 가슴속에 고결한 아량을 심어 주고 있었다. 무참히 마음의 상처를 입었으면서도 레날 부인은, 한없이 헌신적인 태도로 부탁받은 일을 어김없이 완수하기 위한 요점을 쥘리앵에게 물었다. 부인은 멀어지면서 다시 확인했다.

"그러니까 조그맣고 동그란 상자지요, 마분지로 만든 검고 매끌매끌한……"

"예, 부인." 대답하는 쥘리앵의 얼굴에는 위험을 앞에 둔 인간의 긴장된 표정이 엿보였다.

저택 3층으로 올라가는 부인은 죽음을 향해 가는 사람처럼 창백했다. 난처하게도 곧 기절할 것만 같았다. 그러나 쥘리앵을 위한 일이라고 생각하니 용기가 솟았다.

'무슨 일이 있어도 그 상자를 빼내야지.' 총총히 계단을 오르면서 부인은 다짐했다.

하인과 얘기를 나누는 남편의 목소리가 마침 쥘리앵의 방에서 들려왔다. 다행히 두 사람은 아이들 방 쪽으로 건너갔다. 그녀는 매트리스를 들어올리고 그 속으로 손을 넣었다. 너무 세게 쑤셔 넣는 바람에 손가락의 살갗이 벗겨졌다. 다른 때 같으면 조그만 아픔에도 민감했을 텐데 이번엔 상처가 난 줄도 몰랐다. 거의 동시에 마분지 상자의 매끄러운 감촉을 느꼈기 때문이다. 그녀는 상자를 쥐고 방에서 나왔다.

남편에게 들킬 걱정이 사라지자, 그 상자에 대한 혐오감이 고개를 쳐들어 정말로 정신이 아찔해졌다.

'역시 쥘리앵은 연인이 있구나, 이 상자 속에 그 여자의 초상이 들어 있는 거야!'

옆방 의자에 가서 앉은 레날 부인은 질투가 부르는 무시무시한 고통으로 난도질당했다. 이때도 그녀가 세상 일에 어두운 것이 도움이 됐다. 놀라움이 고통을 덜어준 것이다. 쥘리앵이 나타나더니 고맙다는 인사말 한마디 없이 상자를 가로채어 자기 방에 뛰어 들어가 불을 질러서 태워 버렸다. 그 얼굴은 창백하게 질렸고 매우 지쳐 보였다. 방금 벗어난 위험을 그는 너무 과장하여 생각하고 있었던 것이다.

고개를 도리질 하면서 그는 속으로 중얼거렸다.

'나폴레옹의 초상화! 항상 왕위 찬탈자(簒奪者)를 몹시 증오하는 말만 하고 있는 내가 이런 것을 감춰 둔 줄 알아 봐라! 특히 레날 시장에게 들키면 큰일난다. 열렬한 왕당파인 데다가 그렇게 나한테 화나 있는 판인데! 게다가 경솔하기 짝이 없게도, 초상화 뒤 흰 판지에 내 손으로 몇 줄 써넣기까지 했으니! 그것을 보면 내가 그를 보통 이상으로 숭배한다는 사실이야 금방 알 수 있지. 그 열렬한 찬미의 잠꼬대에는 날짜까지 일일이 적혀 있단 말이야! 심지어 엊그제 것도 있다.'

'내 명성은 당장 떨어지고 순식간에 모든 것이 끝장났을 테지!' 상자가 타는 모습을 바라보면서 쥘리앵은 생각했다. '그런데 그 명성이야말로 나의 전 재산이란 말이다! 그 힘으로 살아갈 도리밖에는 없다…… 아, 이 무슨 비참한 삶이란 말인가!'

한 시간 가량 지나자 피로와 자기 연민의 감정 때문에 그는 감상적(感傷的)이 돼 버렸다. 레날 부인을 만나 그녀의 손을 잡고 전에 없던 진실된 마음으로 키스를 했다. 부인은 너무나 기뻐 얼굴을 붉히기는 했지만, 동시에 질투의 분노가 치밀어 쥘리앵을 밀쳐 냈다. 조금 전에 레날 씨에게 모욕을 받아 자존심이 상했던 쥘리앵은 그녀의 이 행동에 순간적으로 분별을 잃었다. 레날 부인 역시 한낱 돈 많은 여자에 불과하다고 생각한 그는 멸시하듯 그녀의 손을 놓고 그 자리에서 떠났다. 그는 생각에 잠기면서 마당을 거닐었다. 이윽고 입가에 쓸쓸한 미소가 떠올랐다.

'이렇게 유유히 산책할 만큼 내가 자기 시간을 마음대로 쓸 수 있는 신분이던가! 아이들은 돌보지도 않고 있군. 이래서는 레날 시장의 잔소리를 자청하는 꼴이나 다름없고 또 변명 한마디 못하겠어.'

그는 아이들 방으로 달려갔다.

그가 특히 귀여워하는 막내의 어리광이 그의 쑤시는 듯한 가슴의 아픔을 어느 정도 부드럽게 해 주었다.

'이 아이는 아직 나를 경멸하지 않는다' 하고 쥘리앵은 생각했다. 그러나 이런 식으로 고통을 잊는 것은 자기 마음이 약하기 때문이라며 곧 자신을 질책했다.

'이 아이들은 나를 좋아하지만 이는 어제 산 사냥개를 귀여워하는 것과 마찬가지이다!'

제10장
큰 마음 작은 재산

> 그러나 정열은 그를 감싸는 어둠 때문에 숨기려야 숨길 수 없다. 마치 새까
> 만 하늘이 거센 폭풍을 예고하듯이.
>
> 《돈 후안》 제1편 73절

레날 시장은 성관 방을 샅샅이 돌아본 뒤에 옥수숫대 자루를 둘러멘 하인
들을 거느리고 아이들 방으로 돌아왔다. 레날 시장이 갑자기 들이닥친 순간
쥘리앵의 인내심의 그릇에서 물이 넘쳐흘렀다.

평소보다 한층 더 핏기가 가신 음울한 얼굴로 쥘리앵은 레날 시장에게 덤
벼들듯이 다가갔다. 레날 시장은 걸음을 멈추고 하인들 쪽을 보았다.

"시장님은 다른 가정교사를 두어도 이만큼 아이들의 공부가 진척되었을
것이라고 생각하십니까?"

레날 시장이 대답할 틈도 없이 쥘리앵은 말을 계속했다.

"그렇지 않다고 생각하신다면, 어째서 제가 아이들을 돌보지 않는다고 그
렇게 비난하실 수 있습니까?"

레날 시장은 깜짝 놀랐으나 겨우 정신을 차리고, 이 시골뜨기 풋내기의 불
손한 태도로 보아 그가 더 좋은 청을 받고는 자기 집에서 나가려 하는 것이
라고 판단했다. 지껄이는 동안에 쥘리앵의 분노는 더욱 세차게 끓어올라 그
는 그만 이런 말까지 해 버렸다.

"당신에게 신세를 지지 않아도 얼마든지 살아갈 수 있습니다!"

"이런, 선생이 그렇게까지 흥분하다니, 이거 정말 난처한데."

레날 시장은 약간 더듬거리며 말했다. 그 곁에서 하인들이 매트리스를 손
질하고 있다.

"그런 말씀 듣고 싶지 않습니다." 쥘리앵은 발끈하여 쏘아붙였다. "한번

생각해 보십시오. 저에게 얼마나 심한 욕설을 퍼부으셨는가. 더욱이 부인들 앞에서!"

레날 시장은 쥘리앵이 무엇을 요구하는지 너무나 뻔하다고 생각했다. 그래서 내적 갈등이 살을 저미듯이 심했다. 쥘리앵은 격분한 나머지 미친 사람처럼 그만 이렇게 외쳤다.

"댁에서 나가도 갈 곳은 있습니다!"

이 말을 듣자, 발르노 집에 들어가서 사는 쥘리앵의 모습이 떠올랐다.

"알았소!" 드디어 레날 시장은 한숨을 쉬면서 말했다. 무척 고통스런 수술을 받기 위해 외과 의사를 부를 때 같은 표정이었다.

"선생의 요구를 받아들이지. 내일 모레부터, 그러니까 내달부터 한 달에 50프랑씩 주겠소."

쥘리앵은 웃음을 터뜨릴 뻔했다. 어이가 없어서 말도 안 나왔다. 분노도 완전히 사라져 버렸다.

'정말이지 바닥까지 떨어진 짐승 같은 놈이구나. 이것이 이런 야비한 자들이 할 수 있는 최대의 사죄겠지.'

입을 딱 벌린 채 언쟁을 듣고 있던 아이들은 마당으로 달려가, 쥘리앵 선생님이 굉장히 화를 냈는데 앞으로는 매달 50프랑을 받게 됐다고 어머니께 알렸다.

쥘리앵은 평소와 같이 아이들을 따라 나가면서 레날 시장을 거들떠보지도 않고 사라졌다. 뒤에 남은 레날 시장은 여간 속이 타는 게 아니었다.

'발르노 때문에 168프랑이나 손해를 보았구나. 고아원의 지급품을 놈이 청부받는 문제를 논의할 때 따끔한 말을 해 줘야지!'

잠시 후 쥘리앵이 다시 레날 시장 앞에 나타났다.

"신앙상의 문제로 셸랑 신부님을 뵈어야 할 일이 있어서 몇 시간 외출하고 싶습니다."

"아, 좋아, 쥘리앵 군." 레날 시장은 억지로 웃음을 띠면서 말했.

"하루 종일 있다 와도 좋네. 필요하다면 내일까지 있다 와도 괜찮아. 베리에르에 가려거든 정원사의 말을 타고 가게나."

'이놈, 발르노에게 결과를 알리러 가는구나' 하고 레날 시장은 속으로 생각했다.

'나한테 확실한 약속은 하지 않았지만, 젊은 녀석이니 머리를 식힐 시간은 줘야지.'

쥘리앵은 부랴부랴 성관에서 나와 베리에르로 가는 길목에 있는 큰 숲 속으로 올라갔다. 곧장 셸랑 사제의 집으로 갈 생각은 없었다. 무리를 해서까지 거기서 다시 위선적인 장면을 연출할 마음은 없었다. 먼저 자기 마음속을 뚜렷이 살펴 가슴을 술렁이게 하는 온갖 감정을 검토할 필요를 느꼈다.

'나는 이겼다.' 숲 속으로 들어가 남의 눈에서 벗어났다고 생각한 순간 그는 중얼거렸다. '그래, 이겼다!'

이렇게 말해 보니 자기의 처지가 매우 유리하게 여겨져서 겨우 마음의 안정을 되찾을 수 있었다.

'이제 한 달에 50프랑을 받게 되었군. 레날 시장도 꽤 떨렸던 모양이지. 하지만 왜?'

상대는 더 바랄 것 없는 신분을 지닌 세도가다. 한 시간 전에는 몹시 화를 냈던 그가 지금은 떠는 이유가 무엇일까? 그것을 생각하는 동안 쥘리앵의 마음은 활짝 밝아졌다. 한순간 그는 지금 거닐고 있는 숲의 멋진 아름다움에 마음을 홀딱 뺏길 뻔했다. 산비탈 가까운 숲 속 한가운데 자리 잡은 거대한 벌거숭이 바위들은 그 옛날 산에서 굴러떨어진 것이다. 큰 너도밤나무가 이 바위들과 같은 높이로 길가에 솟아 있어서, 서 있기도 힘들 만큼 뜨거운 햇볕이 쨍쨍 내리쬐는 길 위에 시원한 그늘을 드리우고 있었다.

쥘리앵은 큰 바위 그늘에서 한숨 돌린 뒤 다시 오르기 시작했다. 양치기들만 지나다니는 희미한 오솔길을 더듬어 이윽고 그는 거대한 바위 꼭대기에 우뚝 올라섰다. 그곳은 모든 인간에게서 동떨어진 곳이었다. 현재 자기 육체가 놓여 있는 위치는 그에게 미소를 자아냈다. 그것은 그가 정신 면에서 도달하려고 열망하는 위치를 여실히 상징해 주었기 때문이다. 이 높은 산의 맑은 공기는 그의 마음을 활짝 피게 했고 나아가 기쁨마저 안겨 주었다. 베리에르 시장은 지금까지 늘 이 세상의 모든 부자, 모든 오만스러운 인간의 표본으로서 쥘리앵의 눈에 비쳤다. 하지만 그로서는 좀전까지 마음을 들볶던 그 증오가 그토록 강렬했음에도 결코 개인적인 증오는 아니었던 듯한 기분이 들었다. 만약 이 길로 레날 시장과 헤어져 버린다면 쥘리앵은 불과 1주일 만에 그도 그의 집도 개도 아이들도 가족 전체도 깨끗이 잊어버릴 것 같았다.

'왜 그렇게 되었는지는 모르겠지만, 나는 그에게 어이없을 만큼 큰 희생을 치르게 한 셈이다. 늘어난 봉급이 1년에 50에퀴가 넘으니까! 그 직전에는 다시없는 위험을 무사히 넘겼지. 그러고 보니 하루에 두 번 승리한 셈이군. 두 번째 승리는 그리 대단치도 않지만, 왜 그렇게 됐는지 그 수수께끼를 풀지 않으면 안 된다. 그러나 그런 귀찮은 추리는 내일로 미루자.'

쥘리앵은 바위 위에 서서 8월의 태양에 불타고 있는 하늘을 쳐다보았다. 바위 아래 들판에서 매미가 울고 있었다. 매미 소리가 멎자 그의 주위는 정적에 싸였다. 바위 아래로 200피트에 걸친 평야가 내려다보였다. 머리 위의 커다란 바위에서 날아오른 매 같은 새가 가끔 천천히 큰 원을 그리는 것이 눈에 띄었다. 쥘리앵의 눈은 기계적으로 그 새의 뒤를 따랐다. 그 유연하고 힘찬 비약은 그의 마음을 감동시켰다. 그 힘이 부럽고, 그 고독이 부러웠다.

나폴레옹의 운명이 그러했으리라. 언제쯤에야 그것이 그의 운명이 될 것인가.

제11장
어느 날 밤

줄리아의 쌀쌀함에는 정이 있었다. 그 조그만 손은 부드럽게 떨면서 남자의 손을 빠져나가더니 주저하듯이 살짝 쥐었다. 너무나 정다우며 은밀하고 또 은밀한 동작이라 그게 현실이었는지 의심을 품을 정도였다.

《돈 후안》 제1편 71절

여하튼 쥘리앵은 베리에르에 모습을 보일 필요가 있었다. 사제의 집에서 나올 때 운 좋게 발르노 씨를 만났다. 쥘리앵은 곧 자기 급료가 올랐다고 말했다.

베르지에 돌아와서도 쥘리앵은 해가 져 버릴 때까지 정원에 나가지 않았다. 그의 마음은 이날 하루 동안에 경험한 온갖 흥분으로 지쳐 있었던 것이다. '그 부인들에게 무슨 얘기를 해 줘야 할까?' 그는 두 부인을 떠올리자 불안해졌다. 그는 자기가 지금 생각하는 일이, 평소에 여자들의 관심을 사로잡는 사소한 일과 같은 수준임을 깨닫지 못했다. 쥘리앵은 데르빌르 부인에게도, 또 레날 부인에게도 수수께끼 같은 인물이었으며, 그 역시 두 부인의 말을 반쯤밖에 이해할 수 없었다. 그것은 이 젊은 야심가의 마음을 뒤흔들고 있는 정열적 충동의 힘, 굳이 말하자면 그 충동의 위대함이 낳은 결과였다. 이 색다른 인간의 마음속에는 거의 매일같이 폭풍우가 휘몰아치고 있었다.

그날 밤 정원으로 나갈 때 쥘리앵은 아름다운 두 부인의 이야기를 제대로 들어 보기로 했다. 두 부인은 쥘리앵을 기다리고 있었다. 그는 언제나 그렇듯 레날 부인 곁에 앉았다. 이윽고 어둠이 깊어졌다. 쥘리앵은 아까부터 자기 바로 곁의 의자 등받이에 하얀 손이 얹혀 있는 것을 보았기 때문에 그 손을 잡으려고 했다. 부인은 약간 망설이다가 결국은 불쾌한 듯이 그 손을 치웠다. 쥘리앵도 그러려니 하고는 명랑하게 대화를 계속하려고 했디. 그때 레날 시장이 다가오는 발소리가 들렸다.

쥘리앵의 귀에는 아직도 아침나절의 욕설이 남아 있었다.

'갖은 행복을 만끽하고 있는 이자를 비웃어 주려면, 바로 그가 보는 앞에서 부인의 손을 쥐어 주는 것도 한 방법이 아닐까? 좋아, 어디 해 보자. 이자에게 그처럼 모욕당하지 않았는가!'

이런 생각을 품은 순간부터, 하기야 본디 그의 성격에는 침착성이 부족했지만, 어느덧 마음의 평정이 사라져 버렸다. 다른 생각은 전혀 할 수 없었고 오로지 레날 부인이 자기에게 손을 내맡겨 주기만 바랐다.

레날 시장은 정치 얘기를 하면서 분개하고 있었다. 베리에르의 몇몇 실업가들이 드디어 자기보다 부자가 되어 다음 선거 때 자기에게 대항하려 한다는 것이었다. 데르빌르 부인은 시장의 말에 귀를 기울이고 있었다. 쥘리앵은 그 너절한 이야기에 짜증이 나서 자기 의자를 레날 부인의 의자에 갖다 붙였다. 어둠이 모든 동작을 감싸 주었다. 큰맘 먹고 부인의 옷소매 밖으로 드러난 아름다운 팔 곁으로 손을 가져갔다. 가슴이 두근거려 제정신이 아니었다. 그 아름다운 팔에 볼을 갖다 대고 대담하게도 팔에 입술을 눌렀다.

레날 부인은 부르르 떨었다. 남편이 눈앞에 있다. 급히 쥘리앵에게 손을 맡기면서 그를 조금 밀어냈다. 레날 시장이 비천한 평민들과 자코뱅파를 욕하고 있는 동안 쥘리앵은 자기에게 맡겨진 손에 열렬한(적어도 레날 부인에게는 그렇게 여겨졌다) 키스를 퍼부었다. 그러나 가엾게도 그녀는 그날 낮에, 자기도 모르는 새 마음을 뺏겨 버린 이 사나이가 다른 여자를 사랑하고 있다는 증거를 보고 만 것이다! 쥘리앵이 외출하고 없는 동안 줄곧 그녀는 견딜 수 없는 비참한 심정에 사로잡혀 고민하고 또 고민했다.

'세상에, 내가 그 사람을 사랑하다니, 연정을 품다니! 남편 있는 내가 다른 남자를 사랑하다니! 하지만 한시도 쥘리앵을 잊을 수 없는 이 마음, 이렇게 무섭고 미칠 것 같은 마음은 남편에게는 여태껏 느껴 본 적이 없어. 하지만 쥘리앵은 결국 나를 존경하는 아이에 지나지 않아! 이 미칠 것 같은 마음은 곧 사라지겠지. 그래, 게다가 내가 그 청년에게 어떤 마음을 품든 남편에게는 아무 상관도 없는 일이야! 그이에겐 내가 쥘리앵과 나누는 공상 같은 얘기는 따분하기 짝이 없을 거야. 그이는 일만 생각하고 있으니까. 내가 쥘리앵을 상대한다고 해서 그이에게 해가 될 리 없어.'

그녀의 소박하고 순수한 마음은 그때까지 경험한 적이 없는 정열에 사로잡혀 혼란을 일으키고 있었지만 그 순결함은 위선으로 조금도 상처를 입고 있지 않았다. 물론 판단을 잘못하긴 했지만 그녀는 그 잘못을 깨닫지 못하고 있었다. 그러나 도덕적 본능은 역시 공포를 느끼고 있었다. 쥘리앵이 정원에 나타났을 때 부인은 바로 이러한 심적 갈등에 괴로워하고 있었다.

쥘리앵의 목소리가 들렸는가 싶더니 어느새 그는 옆에 와서 앉아 있었다. 부인의 마음은 지난 2주일 동안 그녀를 매혹했다기보다 오히려 놀라게 했던 상쾌한 행복감에 취했다. 부인에겐 만사가 모두 뜻밖일 뿐이었다. 그러나 얼마 후 부인은 정신을 차렸다.

'그러고 보니 쥘리앵이 옆에 있기만 하면 나는 이 사람의 나쁜 점은 깨끗이 잊어버리잖아?'

이렇게 생각하니 두려워졌다. 쥘리앵에게 맡긴 손을 거두어들인 것은 바로 이 순간이었다.

이제까지 한 번도 받아 보지 못한 정열적인 키스를 받고 레날 부인은 쥘리앵에게 다른 연인이 있을지도 모른다는 생각을 점점 하지 않게 되었다. 얼마 뒤엔 쥘리앵이 나쁘다는 생각도 하지 않게 되었다. 의심에서 생겨난 가슴 저미는 고통이 사라지고, 꿈에도 생각지 못한 행복이 눈앞에 닥치자 그녀는 황홀함과 미칠 듯한 즐거움에 사로잡혔다. 그날 밤은 벼락부자가 된 실업가들의 생각을 떨치지 못하는 베리에르 시장 외에는 모두 즐거웠다. 쥘리앵도 자기의 시커먼 야심이나 실현하기 어려운 온갖 계획을 깨끗이 잊고 있었다. 난생 처음 그는 아름다움의 힘에 끌려가고 있었다. 그의 성격과는 전혀 무관한 막연하고 감미로운 몽상에 젖어 자신을 잊고, 더없이 아름답고 사랑스러운 손을 꼭 쥔 채 산들거리는 밤바람에 나부끼는 보리수잎의 소리와 멀리 두강가 물레방앗간에서 들려오는 개 짖는 소리에 넋을 잃고 있었다.

그러나 그 감동은 쾌감이지 결코 정열은 아니었다. 방으로 돌아왔을 때 그는 이미 단 하나의 행복인 애독서를 펼치는 즐거움만 생각하고 있었다. 20대에는 바깥 세계에 대한 관념, 그 세계에서 이룩할 수 있는 성공에 대한 생각이 모든 것을 앞지르는 법이다.

그러나 이윽고 쥘리앵은 책을 놓았다. 나폴레옹의 승리에 대한 생각을 계속하는 동안에 그는 자기의 승리 속에도 무엇인가 새로운 것이 있음을 깨달았다.

'그렇지, 나는 확실히 승리를 거두었다. 그러나 이 기세를 이용하지 못하면 다 소용없어. 그 거만한 귀족이 후퇴를 노리는 동안 그의 콧대를 꺾어 줘야 해. 그래야 완전한 나폴레옹이 될 수 있지. 친구 푸케를 만나러 가기 위해 사흘 동안 휴가를 얻어야겠다. 허락하지 않으면 계약을 파기하겠다고 말해야지. 아마 허락하지 않고는 못 배길걸.'

레날 부인은 잠을 이룰 수가 없었다. 그때까지 자신은 죽어 있었던 것이나 다름없다는 생각이 들었다. 쥘리앵이 자기 손에 타는 듯한 키스를 퍼부었을 때의 행복감이 아무래도 머리에서 사라지지 않았다.

문득 '간통'이라는 무서운 말이 떠올랐다. 관능의 사랑이 문란하고 음탕하게 타락함으로써 얼마나 끔찍한 꼴이 될까 하는 온갖 상상이 한꺼번에 뇌리를 스쳐 지나갔다. 그런 생각은 그녀가 그리던 상냥하고 성스런 쥘리앵의 이미지와, 그를 사랑하는 기쁨을 동시에 흐리게 했다. 미래가 무서운 빛깔을 띠고 부인의 눈에 비쳤다. 자꾸만 자기가 경멸받아 마땅한 여자라는 생각이 들었다.

견디기 힘든 시간이었다. 그녀의 영혼은 미지의 세계에서 헤매고 있었다. 전날 밤에는 난생 처음 느끼는 행복을 맛보았는데, 지금은 갑자기 비참한 불행 속에 떨어진 것이다. 이런 괴로움이 있으리라고는 상상조차 못했고 그 괴로움에 지금은 이성까지 흐려지고 있었다. 한순간, 쥘리앵이 좋아질 것 같아서 두렵다고 남편에게 고백해 버릴까 하고 생각했다. 하지만 그러면 쥘리앵이 한 짓을 밝히지 않을 수 없었으리라. 다행히 그녀는 결혼 전날 밤 숙모로부터 들은 결혼 생활에 대한 교훈을 문득 생각해 냈다. 주인인 남편에게 속마음을 고백한다는 것이 얼마나 위험한가에 관한 교훈이었다. 너무나 괴로워진 그녀는 두 손을 꼭 잡았다.

부인은 서로 모순되고 한결같이 고통에 찬 여러 가지 상념에 멋대로 휘둘리고 있었다. 어떤 때는 상대에게서 사랑을 못 받고 있는 것이 아닐까 불안해지고, 어떤 때는 무서운 죄의식에 시달렸다. 내일이라도 당장 간통의 죄상을 알리는 게시판이 베리에르 광장에 세워지고, 자신은 그곳 처형장에 올라서서 구경거리가 될 것 같은 느낌이 들었다.

레날 부인은 인생 경험이 전혀 없었다. 완전히 제정신이고 이성이 충분히 활동하고 있을 때라도, 신의 눈으로 볼 때는 모두가 죄인이라는 관점에서의 죄인과 대중 앞에서 소란스러운 지탄을 받는 죄인 사이에 그녀는 아무 차이도 느끼지 못했을 것이다.

간통죄에 반드시 따라올—그녀는 그렇게 생각했다—온갖 불명예에 대한 무서움이 약간 가시고, 지금까지처럼 아무 가책 없이 쥘리앵과 생활하는 즐거움을 상상하자 부인은 그가 다른 여인을 사랑하고 있다는 무서운 사실을 상기했다. 초상화를 빼앗길까 봐 두려웠던 것일까? 아니면 그것이 남의 눈에 띄면 여자의 입장이 위태로워질까 걱정했던 것일까? 그때 쥘리앵의 창백했던 얼굴이 지금도 생생하게 떠오른다. 그처럼 침착하고 기품 있는 얼굴에서 공포의 표정을 발견한 것은 그때가 처음이었다. 부인에 관해서나 아이들에 관해서 그가 그처럼 마음의 동요를 보인 적은 한 번도 없었다. 이 새로운 고뇌로 부인의 불행은 사람의 마음이 견딜 수 있는 한계까지 격화되었다. 레날 부인은 저도 모르게 소리를 질렀다. 그 소리에 하녀가 잠을 깼다. 갑자기 침대 곁의 불이 켜졌다. 엘리자의 얼굴이 보였다.

"너냐, 그이가 사랑하는 사람이?"

부인은 자기를 잊고 소리쳤다.

하녀는 여주인의 무섭도록 흐트러진 모습을 보고 깜짝 놀라는 바람에 다행히 이 묘한 말엔 조금도 개의치 않았다. 레날 부인은 곧 자기의 경솔을 깨닫고 말했다.

"열이 있는 것 같구나. 그러니 내 곁에 있어 다오."

자기를 억제하느라고 완전히 정신이 든 부인은 아까처럼 비참한 기분은 아니었다. 열에 들뜬 상태에서 잃어버렸던 이성을 이제 되찾은 것이다. 하녀가 쳐다보는 시선을 피하기 위해 부인은 신문을 읽어 달라고 부탁했다. 〈일일신문〉의 기사를 읽는 엘리자의 단조로운 목소리를 들으면서 레날 부인은, 다시 쥘리앵을 만날 때는 아주 냉담한 태도로 대하겠다는 기특한 결심을 했다.

제12장
여행

파리에서는 멋쟁이를 볼 수 있고, 시골에서는 기개 있는 인물을 만날 수 있을지 모른다.

시에예스

다음 날 아침 5시, 레날 부인이 아직 모습을 나타내기 전에 쥘리앵은 레날 시장으로부터 사흘 동안의 휴가를 얻었다. 쥘리앵은 뜻밖에도 다시 한 번 부인을 만나고 싶어졌다. 그 아름다운 손이 떠올랐기 때문이다. 정원으로 나가 보았지만 레날 부인은 좀처럼 나타나지 않았다. 그러나 만약 쥘리앵이 그녀를 사랑하고 있었다면, 2층의 반쯤 열린 덧문 뒤 창에 이마를 대고 있는 부인의 모습을 발견했을 터이다. 부인은 쥘리앵을 바라보고 있었다. 전날 밤의 결심에도 불구하고 부인은 끝내 정원으로 나가고 말았다. 언제나 창백한 부인의 얼굴빛이 벌써 빨갛게 상기되어 있다. 이 순진한 여인은 확실히 흥분하고 있었다. 답답한 기분과 더 나아가서는 분노로, 평소 부인의 그 천사 같은 얼굴에 넘치는 매력을 주던, 인생의 비속한 이해타산을 다 초월한 듯한 깊고 고요한 표정이 지금은 싹 바뀌어 있었다.

쥘리앵은 급히 부인 쪽으로 걸어갔다. 재빨리 걸치고 나온 숄 밖으로 내다보이는 아름다운 팔을 쥘리앵은 넋을 잃고 바라보았다. 간밤의 흥분으로 모든 자극에 더욱 민감해진 살결은 아침의 상쾌한 바람을 받아 한층 더 빛나는 듯했다. 그 사람의 마음을 끄는 겸허한 아름다움, 더욱이 하층계급에서는 볼 수 없는 갖가지 깊은 사려에 찬 아름다움을 보고 있는 동안에 쥘리앵은 그때까지 전혀 깨닫지 못했던 그녀 영혼의 다른 면을 보는 듯했다. 뚫어질 듯 바라보는 눈에 비치는 그 아름다움에 홀려 버린 쥘리앵은, 부인이 상냥하게 맞이해 주겠지 하고 기대했던 것은 깨끗이 잊고 있었다. 그렇기에 부인이 애써 냉담한 태도를 취하는 것을 보자 쥘리앵의 놀람은 한층 더 컸다. 그 냉담한 태도에서는 자기를 본디 위치로 돌아가게 하려는 부인의 의도가 엿보이는 듯했다.

기쁨의 미소가 그의 입가에서 사라졌다. 자기가 사회에서 어떤 지위를 차지하고 있는가, 특히 엄청난 재산을 상속받을 이 귀족 출신 여자의 입장에서 볼 때 어떤 지위에 있는가 새삼 깨달은 것이다. 순식간에 그의 얼굴은 오만스러움과 자기 자신에 대한 분노로 가득 차게 되었다. 이런 굴욕적인 대접을 받기 위해 출발을 한 시간 이상이나 늦추었다고 생각하니 분해서 견딜 수가 없었다.

'남에게 화를 내다니, 그것은 바보들이나 하는 짓이다. 돌이 떨어지는 것은 다만 돌이 무겁기 때문이다. 나는 언제까지 어린애로 남을 참인가? 단지 돈을 받는다는 이유만으로 그들에게 나의 혼을 팔아넘기는 엄청난 습관을 언제부터 몸에 익혔는가? 그들에게, 그리고 나 스스로에게 존경받으려면 처신을 제대로 해야 한다. 가난해서 그들의 돈을 받고 있을지라도 내 마음은 그들의 무례함이 미치지 못하는 경지에 있으므로, 그들의 시시한 경멸이니 호의니 하는 것 따위에 절대로 좌우되지 않음을 그들에게 확실히 알려 줘야 한다……'

이러한 감정이 젊은 가정교사의 마음속에 솟아오르고 있는 동안에 변하기 쉬운 그의 얼굴엔 차차 자존심이 상한 험악한 표정이 나타나기 시작했다. 레날 부인은 그것을 보고 당황했다. 그를 대할 때 정숙하고 싸늘한 태도를 보일 작정이었는데 지금은 아주 걱정스러운 표정을 띠게 되었다. 방금 자기가 본 쥘리앵의 급격한 변화에 놀랐기 때문이다. 서로의 건강이라든가 그날 날씨에 대해서 매일 주고받는 의미 없는 이야기가 끝나자 두 사람은 할 말이 없어졌다. 쥘리앵은 정열 따위로 판단력이 흐려지는 일이 전혀 없었으므로, 자신이 그녀와의 사이 같은 것은 별로 중요시하고 있지 않다는 것을 레날 부인에게 확실히 보여 줄 방법을 이내 생각해 냈다. 이제부터 떠날 짤막한 여행에 대해선 한마디도 하지 않은 채 그는 인사만 남기고 곧 출발해 버렸다.

전날 밤은 그처럼 정다웠던 쥘리앵의 눈매 속에 침울하고도 거만한 표정이 서려 있는 것을 보고 당황한 레날 부인이 떠나가는 그의 뒷모습을 멍하니 보고 있는데, 큰아이가 안마당 쪽에서 달려 나와 키스하며 말했다.

"우리는 이제 맘껏 놀아도 돼요. 쥘리앵 선생님은 여행을 떠나셨거든요."

이 말을 들은 레날 부인은 심장이 얼어붙는 것만 같았다. 정숙하기 때문에 부인은 불행했다. 마음이 약하기 때문에 더욱 불행했다.

이 새로운 사건이 그녀의 마음을 완전히 사로잡고 말았다. 무서운 하룻밤을 넘긴 덕으로 얻을 수 있었던 분별 있는 결심도 어디론가 사라지고 말았다. 이제 문제는 소중한 연인의 매력에 저항하는 것이 아니었다. 연인을 영원히 잃어버리느냐 마느냐가 문제였다.

아침 식사를 하러 가야만 했다. 그녀의 괴로움을 부채질하듯 레날 시장과 데르빌르 부인은 쥘리앵이 떠난 일만 화제로 삼고 있었다. 레날 시장은 쥘리앵이 휴가를 달라고 했을 때의 단호한 말투에서 심상치 않은 무언가를 느꼈다고 했다.

"그 시골뜨기 풋내기 녀석, 그놈을 어떤 자가 좋은 조건으로 꾀어내고 있는 모양이오. 그러나 그자가 설사 발르노 씨라 하더라도 600프랑이라는 말을 들으면 망설이지 않을 수 없을 거요. 1년에 그만큼 내지 않으면 안 되게 됐으니까. 필시 어제는 베리에르에 갔다가 한 사흘 동안 생각할 여유를 달라는 소릴 들었겠지. 그래서 오늘 아침 내가 확답하라고 독촉하면 곤란하니까 선생은 슬쩍 산길로 떠나 버린 거야. 무례하기 짝이 없는 노동자 같으니라고. 그런 녀석을 이토록 애먹으면서 상대해야 하다니! 정말 한심한 노릇이오."

레날 부인은 속으로 생각했다.

'자기가 쥘리앵에게 얼마나 상처를 입혔는지 모르는 저이조차 쥘리앵이 우리 집에서 나갈 거라고 생각하고 있잖아. 그러니 나는 어떻게 생각해야 하지? 아아! 이제 모든 것이 끝났구나!'

실컷 울고 싶기도 하고 데르빌르 부인에게 여러 가지 질문을 받는 것도 피하고 싶어서 그녀는 두통이 심하다는 핑계로 방에 올라가 자리에 누웠다.

"여자란 늘 이렇단 말이야. 복잡한 기계는 항상 어딘가 고장이 나거든."

레날 시장은 이런 말로 빈정거리며 나가 버렸다.

우연한 운명으로 무서운 정열의 포로가 된 레날 부인이 잔혹한 괴로움에 빠져서 몸부림치고 있을 때, 쥘리앵은 산의 경치 중에서도 가장 아름다운 풍경에 폭 감싸여 즐겁게 길을 재촉하고 있었다. 그는 베르지 북쪽의 높다란 산등성이를 넘어가야만 했다. 그가 더듬는 오솔길은 넓은 너도밤나무숲을 천천히 오르면서 두강의 북쪽으로 이어지는 높은 산 비탈을 따라 한없이 꾸불꾸불 뻗어 나가 있었다. 이윽고 시야가 넓어지자 두강 남쪽을 가로막은 나지막한 언덕 너머로 부르고뉴와 보졸레의 기름진 평야가 눈에 들어왔다. 이 젊은 야심가는 이런 아름다움에는 무감각했음에도 가끔 걸음을 멈추어 그 광활하고 웅장한 경치를 바라보지 않을 수 없었다.

드디어 그는 높은 산마루에 이르렀다. 친구인 젊은 목재상 푸케가 사는 쓸쓸한 골짜기로 가려면, 산마루 가까이를 지나는 이 지름길을 통과해야 했다. 쥘리앵은 친구와도 또 다른 어떤 사람과도 당장 만나고픈 생각이 없었다. 이 높은 산마루 바위 그늘에 맹금처럼 몸을 숨기고 있으면 누가 다가오더라도 멀리서 알아볼 수 있었다. 그는 거의 수직으로 깎아지른 듯한 바위 비탈에 있는 조그만 동굴을 발견했다. 그는 달려가서 잽싸게 그 은신처에 몸을 숨겼다.

"여기면 아무도 나를 방해할 수 없다."

쥘리앵은 기쁨으로 눈을 반짝이며 중얼거렸다. 문득, 자기 생각을 글로 쓰는 즐거움에 빠지고 싶은 생각이 들었다. 그것은 다른 장소에서라면 위험하기 짝이 없는 시도였다. 네모진 돌이 책상 대용이 됐다. 펜은 힘차게 달렸다. 주변이 눈에 들어오지 않았다. 겨우 정신을 차려 보니 태양이 보졸레의 아득한 산 너머로 넘어가고 있는 참이었다.

"여기서 밤을 새워도 괜찮겠지. 빵도 있으니까. 그리고 나는 자유다!"

이 멋있는 말의 효과에 그는 가슴이 뛰었다. 위선자인 그는 푸케의 집에서도 자유로울 수는 없었다. 쥘리앵은 동굴 속에서 턱을 괴고 공상과 자유의 즐거움에 도취하여 일찍이 맛보지 못한 행복에 푹 젖었다. 황혼빛이 서서히 사라져 가는 것을 멍하니 바라보았다. 이 무한히 퍼진 어둠 속에서 어느 순간부터 그의 마음은 언젠가 파리에서 만나게 될 사람들을 정신없이 그려 보고 있었다. 우선 마음속에 떠오르는 것은 시골에서 볼 수 있는 어떤 여자보다도 훨씬 아름답고 훨씬 재치 있는 한 여성의 모습이었다. 그는 그녀를 진심으로 사랑하고 그도 사랑을 받으리라. 만약 잠시 동안이나마 그녀 곁을 떠나야 한다면 그것은 영광을 손에 넣어 그녀로부터 전보다도 더 많은 사랑을 받기 위해서일 것이다.

파리 사교계의 서글픈 현실 속에서 자란 청년이라면, 비록 쥘리앵만한 상상력을 지녔더라도 공상의 날개가 그쯤에 이르면 싸늘한 자조 때문에 몽상에서 깨어났음이 분명하다. '위대한 행위'도 그것을 이룩하려는 소망과 함께 사라져 버리고, '여자 곁을 떠나면 그녀가 하루에 두세 번 바람을 피울 줄 알아라'는 유명한 교훈에 그 자리를 양보했을 것이다. 이 시골뜨기 청년은 오직 좋은 기회만 주어진다면 가장 빛나는 영웅적 행위를 해낼 수 있으리라 믿고 있었다.

그러는 동안에 해는 이미 져서 주위는 깊은 어둠에 감싸였다. 푸케가 사는 쓸쓸한 오두막까지 내려가려면 아직도 20리 길을 가야 했다. 그 작은 동굴을 떠나기 전에 쥘리앵은 불을 피워 글을 모조리 불살라 버렸다.

밤 1시에 문을 두드렸으므로 친구는 깜짝 놀랐다. 푸케는 한창 장부 정리를 하고 있는 중이었다. 이 청년은 키가 크고 볼품없는 사나이로 우악스러워 보이는 얼굴에 유난히 코가 컸지만, 그 무뚝뚝한 외관 밑에는 사람 좋은 성품이 숨어 있었다.

"레날 시장과 다툰 모양이군. 이런 시간에 갑자기 나타난 것을 보니."

쥘리앵은 적당히 간추려서 어제 있었던 사건을 들려주었다. 푸케가 말했다.

"나와 함께 지내지 않을래? 자네는 레날 시장, 발르노 씨, 군수 모지롱 씨, 셸랑 신부 등과는 잘 아는 사이니까 그런 사람들이 얼마나 교활한가 충분히 알고 있잖나. 말하자면 자네는 경매시장에서 일하기에 알맞는 자격을 가지고 있는 셈이야. 자넨 산수에 나보다 훨씬 뛰어나니까 장부를 부탁하겠어. 내 장사는 수지맞는다구. 그런데 모든 일을 나 혼자서 할 수도 없는 노릇이고, 동업자를 구하자고 해도 나쁜 놈을 만났다가는 끝장나는 판이라 좋은 벌이가 있는데도 늘 손을 못대고 있어. 바로 한 달 전만 해도, 생타망에 사는 미쇼라는 자에게 6000프랑을 벌게 해 줬지. 6년 동안이나 낯짝도 못 봤는데 퐁타를리에 장터에서 우연히 만났단 말이야. 자네도 그 6000프랑을, 아니 적어도 3000프랑은 벌었을 거야. 만약 그날 자네와 짝이었더라면 그 숲의 벌채 권리에 틀림없이 입찰했을 테고, 다른 사람들도 결국은 나에게 양보하지 않을 수가 없었을 거야. 그러니 나와 같이 일하자고."

이 요청은 쥘리앵을 불쾌하게 만들었다. 자신의 뜨거운 야망에 찬물을 끼

없었기 때문이다. 푸케는 독신이었으므로 두 친구는 호메로스의 희곡에 나오는 영웅들처럼 손수 밤참을 만들었는데, 그 밤참을 먹는 동안에도 푸케는 쥘리앵에게 장부를 보이며 목재 장사로 얼마나 많이 벌 수 있는가 설명했다. 푸케는 쥘리앵의 지성과 성격을 아주 높이 평가하고 있었다.

겨우 전나무 판자로 만든 조그만 방에 혼자 있게 되자, 쥘리앵은 생각에 잠겼다.

'분명히 여기 있으면 몇 천 프랑의 돈을 벌 수 있을 것이고, 또 그때그때 프랑스의 지배적 추세에 따라 유리한 조건으로 군인이든 성직자든 될 수 있을 것이다. 그때까지 몇 푼이라도 저금해 놓는다면 사소한 장애는 전부 물리칠 수도 있겠지. 그리고 이 산속에서 고독하게 사노라면 사교계 녀석들이 열을 올리는 주제에 대한 나의 무지(無知)를 그리 통감하지 않아도 된다. 하지만 푸케는 결혼을 단념하고 있으면서도 한편으로는 고독하기 때문에 불행하다고 늘 말하고 있지 않은가. 장사에 집어넣을 밑천도 없는 나한테 동업하자고 하는 것은 평생 함께 있어 줄 동료가 필요하기 때문이다. 틀림없이 그럴 거야.'

"친구를 배반할 참이야?"

쥘리앵은 화가 나서 외쳤다. 위선을 가장하고, 모든 동정심을 깔아뭉개는 것만이 평생 자기를 지키는 수단이라고 생각하고 있던 쥘리앵도, 이때만은 자기를 좋아해 주는 사람에게 조금이라도 불성실하게 대할 생각을 하니 견딜 수가 없었다.

그러나 곧 쥘리앵은 마음이 밝아졌다. 거절할 핑계를 발견한 것이다.

'뭐? 이 내가 칠팔 년 동안이나 허송세월을 한다고! 그러면 스물여덟 살이나 돼 버리잖아. 보나파르트는 그 나이에 위대한 일을 이룩하지 않았나! 재목 장사를 하느라고 돌아다니며 보잘것없는 소악당들과 어울려 그늘에 묻힌 채 몇 푼 저금을 해 보았자, 그때 내가 이름을 떨치는 데 필요한 성스러운 정열을 계속 유지할 수 있을는지 누가 장담할 수 있겠어!'

다음 날 아침 쥘리앵은 아주 침착하게 거절했다. 사람 좋은 푸케는 공동 경영의 일은 이미 결정된 것이라 생각하고 있었는데, 쥘리앵이 자기는 하느님을 섬기는 일을 천직으로 생각하므로 그 이야기를 받아들일 수가 없다고 말하자 그만 어안이 벙벙해지고 말았다.

"이봐, 내 얘기 이해했나? 나는 자네와 동업하겠다는 거야. 1년에 4000프랑 나눠 줄 수도 있어. 그래도 레날 시장 집으로 돌아갈 생각이야? 그는 자네 따윈 신발 바닥의 진흙 같이 생각하는 자란 말이야. 200루이만 있어 봐. 자네가 신학교에 들어가는 데에 이러쿵저러쿵할 놈이 어디 있나! 좀더 솔깃한 얘기를 해 줄까? 자네가 이 부근에서 제일가는 사제직에 앉을 수 있도록 내가 힘써 줄게. 사실은…… (여기에서 푸케는 목소리를 푹 낮추었다.) 내가 ×××씨, ×××씨 댁에 장작을 대 주고 있어. 일등품 떡갈나무 중에서도 아주 좋은 놈을 대 주고 값은 잡목 값을 받고 있단 말이야. 하지만 이렇게 좋은 투자는 다시 없을 거야."

그러나 그 무엇도 쥘리앵의 천직 의식을 이겨 낼 수는 없었다. 푸케는 마지막에는 친구의 머리가 좀 돌지 않았나 하고 생각했다.

사흘째 되는 날 이른 아침, 쥘리앵은 친구와 작별하고 그 높은 산의 바위에서 하루를 보냈다. 전에 찾았던 조그만 동굴에도 들어가 보았지만 이미 마음은 흔들리고 있었다. 친구의 청이 마음의 평안을 뺏은 것이다. 헤라클레스는 악덕과 미덕 사이에서 선택을 강요당했는데, 쥘리앵은 일신상의 안락이 보장되는 평범한 행복과 청춘의 영웅적인 꿈 사이에 끼여 있었다. '역시 나는 참된 신념이 없는 인간인 모양이야'라고 쥘리앵은 생각했다. 그것은 가장 괴로운 의혹이었다.

'나는 큰 인물이 될 그릇이 못 돼. 빵을 벌기 위해 8년을 허비한다면, 뛰어난 일을 하기 위한 숭고한 정력을 잃어버리지나 않을까 걱정하는 형편이니까.'

제13장
레이스로 짠 양말

소설, 그것은 길을 따라 지니고 다니는 거울이다.

생 레알

그림처럼 아름다운 베르지의 옛 성당의 폐허가 눈에 들어왔을 때, 쥘리앵은 지난 사흘 동안 단 한 번도 레날 부인을 생각한 적이 없다는 사실을 깨달았다.

'저번에 떠날 때 그 여자는 우리 사이에 드높은 벽이 있다는 것을 뼈저리게 느끼게 해 줬다. 나를 마치 노동자의 아들같이 대하면서 아마 그 전날 밤에 손을 맡긴 것을 후회하고 있음을 분명히 알리고 싶었던 모양이지. 그런데 참으로 아름다워, 그 손은! 정말 미칠 것 같은 매력이야. 더구나 그 기품 있는 눈길이란!'

푸케와 함께 돈을 벌 수도 있다고 생각하니 쥘리앵은 얼마간 속 편하게 매사를 생각할 수 있었다. 그전에는 공연히 짜증을 내거나 세상 사람들이 보기에 자기가 얼마나 가난하고 비천한 출신인가를 뼈저리게 느꼈기 때문에 사고방식이 이지러져 있었는데, 그런 생각이 아주 엷어진 것이다. 높은 곳 위에 올라선 듯이 지독한 가난도 안락한 생활도(쥘리앵은 아직도 이것을 '유복(裕福)'이라고 불렀다) 넓은 시야로 내려다 볼 수 있게 됐다. 물론 쥘리앵은 자기 위치를 철학자의 입장에서 판단할 수는 없었지만, 산으로 잠시 여행을 갔다 온 후로 자기가 변했다고 느낄 만큼 깊은 통찰력을 지니게 되었다.

레날 부인이 자꾸 캐물었기 때문에 여행에 대한 얘기를 약간 했는데, 그 말을 들을 때 부인이 몹시 불안해하는 것을 보고 쥘리앵은 놀랐다.

푸케도 전에는 결혼할 마음이 있어서 이를 시도했다가 몇 번인가 실연당한 경험이 있었다. 그에 관한 긴 고백담이 두 친구 사이에서 주된 화제가 되었다. 아주 손쉽게 행복을 거머쥐었다고 생각했는데, 알고 보니 사랑받고 있는 것은 자기 한 사람만이 아니었다고 푸케는 말했다. 이러한 얘기에 쥘리앵은 그저 놀랄 뿐이었으며 모르고 있던 일을 많이 배웠다. 공상과 경계심으로 가득 찬 그의 고독한 생활은 그에게 눈뜰 기회조차 주지 않았던 것이다.

쥘리앵이 여행하는 동안 레날 부인의 생활은 견딜 수 없는 고뇌의 연속이었다. 그녀는 정말로 병이 나고 말았다.

데르빌르 부인은 쥘리앵이 돌아온 것을 보고 레날 부인에게 말했다.

"몸도 불편하니까 오늘 밤은 정원에 나가지 말자. 습기 찬 공기로 몸이 더 나빠질 테니까."

데르빌르 부인은 몸치장에 너무 관심이 없다고 항상 레날 시장에게 잔소리를 듣는 사촌이 레이스로 짠 양말을 신고 파리에서 주문해 온 조그만 예쁜 구두까지 신고 있는 것을 보고 놀랐다. 지난 사흘 동안 레날 부인의 단 한 가지 즐거움은, 한창 유행하고 있는 산뜻한 천을 끊어서 엘리자에게 주어 급히 여름옷을 만들게 하는 것이었다. 쥘리앵이 돌아오자 그녀는 옷이 완성되기가 무섭게 입었다. 데르빌르 부인은 이젠 의심할 여지가 없다고 생각했다.

'이 친구가 사랑을 하고 있구나, 가엾어라!'

사촌의 기이한 병도 이제 이해가 갔다.

그녀는 레날 부인이 쥘리앵과 얘기하고 있는 것을 곁눈질로 보았다. 부인의 빨갛던 얼굴이 차차 창백해져 갔다. 젊은 가정교사의 눈을 들여다보는 그 눈매에는 불안한 빛이 낱낱이 서려 있었다. 레날 부인은 쥘리앵이 언제 그의 생각을 털어놓을까, 당장 이 집을 나갈지 아니면 남아 있을지를 언제쯤 밝힐까 하고 안절부절못했다. 쥘리앵은 전혀 그런 말을 할 눈치를 보이지 않았다. 그러한 생각은 처음부터 하지도 않았던 것이다. 말할까 말까 고민을 거듭하다가 마침내 레날 부인은 용기를 내어 물었다. 그 떨리는 목소리에는 그를 사랑하는 마음이 남김없이 드러나 있었다.

"우리 아이들을 버리고 다른 곳으로 가실 생각이세요?"

쥘리앵은 레날 부인의 불안한 목소리와 그 시선에 가슴이 뭉클해졌다.

'이 여자는 나를 사랑하고 있구나. 하지만 이는 일시적으로 마음이 약해진 탓이겠지. 그녀의 자존심이 그런 마음을 용서할 리 없어. 내가 집을 나갈 걱정이 없어져 버리면 곧 오만스러운 태도를 되찾게 될 거야.'

서로의 입장을 순식간에 파악한 쥘리앵은 머뭇거리는 투로 대답했다.

"그처럼 귀엽고 좋은 가문에서 자란 아이들과 헤어지기는 정말 가슴 아픕니다만 헤어지지 않으면 안 될지도 모르겠습니다. 내 자신에 대한 의무가 있으니까요."

'좋은 가문'이라는 말(이것은 쥘리앵이 최근에 익힌 귀족계급의 용어 가운데 하나다)을 하면서 그는 격렬한 반감에 몸이 떨렸다.

'이 여자가 볼 때 나의 가문은 정말 좋지 않겠지.'

레날 부인은 그의 말을 들으면서 그 재기(才氣)와 미모에 홀려 있었으나 그가 집을 나갈지도 모른다고 하는 바람에 가슴이 미어지는 듯했다. 쥘리앵이 없는 동안 만찬에 초대받아 베르지를 방문한 베리에르의 친구들은 남편이 운 좋게 찾아낸 이 천재 청년을 모두 앞 다투어 칭찬했다. 그들은 아이들의 향상된 학력을 알고 칭찬한 것이 아니라 그가 성서를 통째로, 더구나 라틴어로 암기하고 있다는 사실 때문에 감탄한 것이다. 아마 그 칭찬은 한 세기는 계속될 듯했다.

누구와도 얘기를 나누지 않는 쥘리앵은 그러한 사정을 전혀 몰랐다. 레날 부인이 조금이라도 냉정한 판단을 할 수 있었더라면 그가 얻은 명성에 대해서 칭찬 한마디쯤은 해 주었을 것이고, 그랬더라면 쥘리앵도 자존심을 회복해 부인에게 다정하고 친절한 태도를 보여 주었을는지도 모른다. 새로 해 입은 부인의 옷이 그의 눈에 아주 매력적으로 보인 참이라 더욱 그랬다. 레날 부인은 자기의 아름다운 옷이 퍽 마음에 들었고, 쥘리앵이 그 옷에 대해서 한마디 해 준 것이 이만저만 기쁜 게 아니었기 때문에 정원을 한 바퀴 돌고 싶다고 말했다. 그러나 이내 더 이상 걸을 기운이 없다고 말했다. 쥘리앵의 팔에 기대었지만, 힘이 솟기는커녕 그 팔에 닿자 완전히 힘이 빠지고 말았다.

어느새 밤이 됐다. 앉자마자 쥘리앵은 전부터 얻은 특권을 행사하여 부인의 아름다운 팔에 입을 가져가며 그 손을 잡았다. 이때 그는 푸케가 애인들에게 했던 대담한 짓만 생각했을 뿐으로 레날 부인을 생각하고 있지는 않았다. 좋은 가문이란 말이 아직도 그의 가슴을 무겁게 짓누르고 있었다. 부인 쪽도 손을 꼬옥 쥐어 주었지만 조금도 기쁘지 않았다. 그날 밤 레날 부인은 확실하게 자기 마음속을 드러내 보였지만 쥘리앵은 좋아하기는커녕 감사하는 마음조차 보이지 않았고, 부인의 아름다움에도, 우아함에도, 그리고 싱싱함에도 아무런 감동을 느끼지 못했다.

마음을 깨끗이 가지며 모든 증오의 감정을 버리는 것, 어쩌면 이것이 젊음을 오래 유지하는 비결이리라. 아름다운 여자는 대개 그 얼굴부터 늙는 법이다.

그날 밤 내내 쥘리앵은 시무룩했다. 그때까지는 운명이나 사회에 대해서만 분노를 느꼈는데, 푸케가 안락한 생활을 할 수 있는 천한 방법을 제시한 뒤로 자기 자신에 대해서도 분노를 느꼈던 것이다. 자신에 대한 생각으로 머릿속이 복잡해진 쥘리앵은 부인들에게 가끔 한두 마디 하긴 했지만 이윽고 자기도 모르게 레날 부인의 손을 놓아 버렸다. 그와 같은 태도에 가엾은 레날 부인은 속이 뒤집히는 듯했다. 그 행동에 자기의 앞날이 뚜렷이 암시되어 있는 것처럼 느껴졌기 때문이다.

쥘리앵의 애정에 확신을 갖고 있었다면 아마 부인의 정절(貞節)은 쥘리앵에게 대항할 힘을 얻었을 것이다. 영원히 그를 잃어버리지나 않을까 하는 두려움에 휩싸인 나머지 정열에 못 이긴 그녀는 의자 등에 무심히 얹혀 있는 쥘리앵의 손을 다시 잡았다. 손을 잡히자 젊은 야심가의 마음은 퍼뜩 눈을 떴다. 식사 때 자기가 아이들과 함께 맨 끝자리에 앉아 있노라면 어엿한 보호자처럼 미소를 머금고 자기를 바라다보는 그 거만스러운 귀족들 모두에게 이 모습을 보여 주고 싶다는 생각이 떠올랐다.

'이 여자는 이제 나를 경멸할 수 없을 테지. 그렇다면 나도 이 여자의 아름다움을 느낄 수 있겠군. 이 여자를 내 것으로 만드는 것은 나의 의무야.'

푸케의 솔직한 고백담을 듣기 전이었다면 아마 이러한 생각은 그의 머릿속에 떠오르지 않았을 것이다.

갑자기 이렇게 결심하고 나니 이만저만 유쾌한 것이 아니었다. '이 두 여자 중 어느 하나를 내 것으로 만들어야지.' 생각해 보니 데르빌르 부인을 유혹하고 싶은 마음이 더 강했다. 그녀가 더 매력이 있어서가 아니라, 그녀는 항상 학식면에서 존경받고 있는 가정교사로서의 자기만 보았을 뿐 레날 부인을 처음 만났을 때처럼 나사천 겉옷을 겨드랑이에 낀 제재소 직공의 꼴은 보지 않았기 때문이다.

그런데 사실 레날 부인이 마음에 담고 있는 가장 사랑스러운 쥘리앵의 모습은, 온 얼굴을 빨갛게 붉힌 채 문 앞에 서서 초인종조차 누르지 못하고 망설이고 있던 바로 그 젊은 직공의 모습이었다.

곰곰이 자신의 처지를 검토하는 동안 쥘리앵은 데르빌르 부인을 정복하겠다는 생각을 버리는 편이 낫다는 것을 깨달았다. 레날 부인이 자기에게 보이는 호의를 그녀가 눈치채고 있는 것 같았기 때문이다. 아무래도 레날 부인에게 전념하는 수밖에 없었다. 쥘리앵은 스스로에게 물었다.

'나는 이 여성의 성격을 얼마만큼이나 알고 있는 것일까? 아는 거라곤 다음과 같은 사실뿐이다. 여행 전에는 내가 손을 잡자 저쪽에서 손을 뺐는데, 이번에는 내가 손을 빼니까 저쪽에서 손을 쥐어 왔다. 저쪽으로부터 받은 경멸을 고스란히 돌려주기에 다시없는 기회로군. 지금까지 몇 사람이나 정부(情夫)를 만든 여자인지 알 게 뭔가! 나를 사랑할 마음이 생긴 것도 밀회하기 쉽다는 이유 때문만인지도 모르지.'

슬프게도 이것이야말로 지나친 문명이 낳은 불행이다! 얼마간 교육을 받은 청년은 스무 살에 벌써 마음의 여유를 잃고 만다. 마음에 여유가 없으면 연애라는 것은 단순히 번거로운 의무에 지나지 않는다.

쥘리앵의 하찮은 허영심은 계속 뻗어나갔다.

'그래, 아무래도 이 여자를 내 것으로 만들어야겠어. 그러면 장차 출세했을 때, 왜 가정교사 같은 비천한 직업을 가졌느냐고 추궁받아도 사랑 때문에 전락했노라고 해명할 수 있을 테니까.'

쥘리앵은 일단 레날 부인의 손을 놓았다가 다시 꼭 쥐었다. 한밤중이 다 되어 모두 살롱으로 돌아갈 때 레날 부인이 조그만 소리로 그에게 물었다.

"우리 집에서 나갈 작정인가요? 아주 떠나시는 거예요?"

쥘리앵은 한숨을 쉬면서 대답했다.

"나가야만 할 것 같습니다. 부인을 진심으로 사랑하고 있기 때문입니다. 이것은 잘못입니다. 더구나 이 얼마나 큰 잘못입니까, 성직을 희망하는 젊은 이에게는!"

레날 부인은 그의 팔에 기댔다. 너무 바짝 기대서 자기 뺨에 쥘리앵의 뺨의 온기를 느낄 수 있을 정도였다.

두 사람은 그날 서로 전혀 다른 밤을 보냈다. 레날 부인은 강렬한 기쁨에 젖어 있었다. 일찍 사랑을 경험한 바람둥이 아가씨는 사랑의 번뇌에 곧 익숙해지고, 참된 사랑을 알 나이가 되어서는 신선한 매력을 느끼지 못하게 된다. 레날 부인은 소설을 읽은 일이 없으므로 현재 느끼는 행복 하나하나의 색채가 모두 새롭기만 했다. 아무리 우울한 현실이나 미래의 불안한 모습도 그녀의 마음을 얼어붙게 할 수는 없었다. 10년 후에도 자기는 지금처럼 행복할 것이라고 생각했다. 며칠 전까지만 해도 여자의 정조라든가 남편에게 철석같이 맹세했던 정절을 생각하면 안절부절못했는데, 지금은 그런 것조차 떠오르기가 무섭게 귀찮은 손님처럼 쫓아 버렸다. 레날 부인은 이렇게 생각했다.

'쥘리앵에게 아무것도 허락하지 말아야지. 앞으로 지난 한 달처럼 살아가자. 그렇게 계속 친구로 지낼 거야.'

제14장
영국 가위

열여섯 소녀는 장밋빛 얼굴임에도 연지를 발랐다.

폴리도리

쥘리앵은 푸케의 제의 때문에 완전히 행복을 빼앗긴 꼴이 되었다. 마음의 혼란이 좀처럼 사라지지 않았다.

'서글픈 일이구나! 내게는 굳센 기질이 없는 모양이다. 나폴레옹의 군대에 입대했더라도 변변찮은 병사나 되었을 거야. 그러나 하여간 이 집 부인과 조금 불장난이라도 하고 있으면 당분간 마음이 후련해지겠지.'

그에게는 퍽 다행한 일이었지만 이러한 하찮은 불장난에서도 그의 마음은 불손한 말투와는 걸맞지 않았다. 레날 부인이 너무나 아름다운 옷을 입고 있어서 무서웠다. 그의 눈에는 그 옷이 파리의 최첨단을 달리는 것처럼 보였다. 그의 타고난 자존심은 모든 일을 우연이나 순간적인 생각에 맡겨둘 수는 없었다. 푸케의 고백담과 성서에서 읽은 연애에 관한 약간의 지식을 토대로 그는 면밀한 계획을 세웠다. 스스로는 몰랐으나 도무지 마음이 안정되지 않아 그 계획을 일부러 종이에 적었다.

다음 날 아침, 살롱에서 아주 잠깐 동안 단둘이 남게 되자 레날 부인이 물었다.

"쥘리앵이라는 이름 말고 다른 이름은 없어요?"

듣는 사람이 아주 기뻐할 질문이었지만 우리 주인공은 대답할 말을 찾지 못했다. 이러한 사태는 계획에 포함되어 있지 않았다. 만일 작전을 짜는 따위의 어리석은 짓만 하지 않았더라면 쥘리앵의 날카로운 두뇌는 훌륭히 작동했을 테고 기습을 받았을 때 더욱 날카로워졌을지도 모른다.

그의 반응은 졸렬했다. 그리고 그는 그 졸렬함을 스스로 과장해서 생각했다. 레날 부인은 그것을 나무랄 마음이 금방 사라졌다. 그 모습에서 귀여운 순진함을 보았기 때문이다. 다들 재기 넘친다고 칭찬하고 있긴 하지만, 부인이 보기에 쥘리앵의 태도에는 늘 순진함이 부족한 느낌이었다. 데르빌르 부인은 가끔 이런 말을 했다.

"그 젊은 선생, 아무래도 조심해야 할 것 같아. 언제나 생각에 잠겨 있고 항상 계산해서 움직이는 듯하거든. 뱃속이 시커먼 사람이야."

쥘리앵은 레날 부인에게 대답하지 못한 자기의 실수에 몹시 굴욕을 느끼고 있었다.

'내가 이 실패를 메우지 않고 가만 있겠는가.'

그래서 모두 다른 방으로 옮기는 기회를 이용하여 레날 부인에게 키스해야겠다고 생각했다. 그것이 마치 의무처럼 느껴졌다.

그에게도 그녀에게도 그 이상 당돌하고 불쾌한 일은 없었다. 그리고 그 이상 경솔한 일도 없었다. 하마터면 들킬 뻔했다. 레날 부인은 그가 돌았다고 생각했다. 그녀는 두려움도 느꼈지만, 그보다도 화가 났다. 그 어처구니없는 행동은 부인에게 발르노 씨를 생각나게 했다.

'대체 어떻게 될까, 이 사람과 단둘이 있다면?'

그녀의 정조 관념이 되살아났다. 사랑이 빛을 잃었기 때문이다.

이런 일이 있은 뒤 그녀는 항상 아이 하나를 곁에 두었다.

그날 온종일 쥘리앵은 심란했다. 그는 서툰 대로 유혹 작전을 실행에 옮기려고 애썼다. 그가 레날 부인을 바라볼 때마다 그 눈에는 '왜?'라는 질문이 서려 있었다. 하지만 그도 바보는 아니었으므로 자기가 지금 좋은 인상을 주지 못하고 있다는 것과 이래서는 부인의 마음을 사로잡을 수 없음을 알아차렸다.

레날 부인은 그가 몹시 서툴면서도 그처럼 대담한 짓을 하는 데에 그저 놀랐다. 하지만 '영리한 사람이 사랑 때문에 수줍어진 거야!' 하고 생각하니 그녀의 기쁨은 무엇에도 비길 수 없었다.

'그렇지만 그이가 다른 여자로부터 한 번도 사랑을 받은 적이 없다니, 그럴 리 없어!'

점심 식사가 끝나고 살롱에 돌아가 있을 때 브레 군수인 샤르코 드 모지롱 씨가 레날 부인을 방문했다. 그녀는 상당히 높다란 자수대(刺繡臺)에 앉아 일을 하고 있었다. 데르빌르 부인은 그 곁에 있었다. 이런 상황이고 환한 대낮임에도 우리의 주인공은 한쪽 발을 뻗어 레날 부인의 예쁜 발끝을 누를 좋은 기회가 왔다고 생각했다. 부인의 레이스로 짠 양말과 멋진 파리제 구두가 호색한인 군수의 시선을 끌고 있었는데도.

레날 부인은 질겁했다. 가위도 털실뭉치도 바늘도 한꺼번에 떨어뜨려 버렸다. 덕분에 쥘리앵의 동작은 떨어지는 가위를 받으려다가 실수한 것으로 보이게 됐다. 다행히 그 영국제 작은 가위가 부러져 버렸기 때문에 레날 부인은 쥘리앵이 좀더 가까이에 있어 주었더라면 좋았을걸 하고 계속 애석해하는 척했다.

"떨어지는 것을 나보다 먼저 보셨죠? 제대로 받아 주셨더라면 좋았을 텐데. 받기는커녕 너무 서두르는 바람에 나를 호되게 차기만 하셨잖아요."

이렇게 군수는 속일 수 있었으나, 데르빌르 부인은 속지 않았다. '이 미소년은 정말 바보 같은 짓을 하고 있어!'라고 그녀는 생각했다. 시골 도시의 예의는 이런 과실을 절대로 관대하게 봐주지 않는다. 레날 부인은 기회를 보아 쥘리앵에게 말했다.

"경솔한 짓은 하지 말아 주세요. 명령이에요."

쥘리앵은 자신의 서툰 행동을 깨닫고 기분이 언짢아졌다. '명령이에요'라는 말에 화를 낼까 말까 오랫동안 고민했다. 어리석게도 그는 이렇게 생각했다.

'아이들의 교육에 관한 문제라면 나에게 "명령이에요"라고 해도 좋겠지만, 그녀가 나의 사랑에 호응하는 이상 우리 입장은 대등하지 않은가. 대등하지 않으면 사랑은 성립되지 않는다……'

그래서 열심히 '대등'에 관한 상투 문구를 생각해 내려고 했다. 그는 며칠 전 데르빌르 부인에게서 배운 코르네유의 시구를 되풀이하는 동안 점점 화가 났다.

　　　……사랑은 대등을 낳지만 애써 구하지는 않는다.

지금까지 애인 하나 사귀어 본 적 없는 주제에 돈 후안의 역할을 해내겠다고 생각한 쥘리앵은 이날 온종일 구제 불능의 바보였다. 머리에 떠오른 생각중에서 타당했던 것은 한 가지뿐이었다. 즉 밤이 되면 다시 정원으로 나가 어둠 속에서 부인 곁에 앉아야 한다고 생각하니 두려워졌다는 것이다. 그래서 사제를 만나러 베리에르에 다녀올 것을 레날 시장에게 허락받은 뒤 저녁 식사를 끝내고 집을 나가서 밤중까지 돌아오지 않았다.

베리에르에 가 보니 셸랑 사제는 마침 이사를 하는 중이었다. 드디어 그가 면직되고 보좌신부 마슬롱이 후임이 되어 있었다. 쥘리앵은 사제의 심부름을 하면서 푸케에게 편지를 쓰리라 마음먹었다. 성직자가 되는 것이야말로 거역할 수 없는 천명이라고 생각하고 있었기 때문에 처음엔 친절한 제의를 받아들일 마음이 없었으나, 지금 이 같은 부정의 실례를 눈앞에서 보니 아예 성직에 오르지 않는 편이 오히려 스스로를 위해 좋을 것 같다고 써 보낼 생각을 했다.

쥘리앵은 베리에르 사제의 면직이라는 사건을 이용하여, 만약 자기 마음속에서 꼴사납게도 분별이 영웅주의를 이겼을 경우 장삿길로 되돌아갈 수 있도록 도피처를 만들어 두는 자신의 빈틈없는 처신에 스스로 우쭐해졌다.

제15장
닭 울음소리

라틴어로는 사랑을 아모르(*amor*)라고 한다. 그러므로 죽음(*la mort*)은 사랑에서 비롯되는 것. 그에 앞서는 것은 마음을 짓밟는 번뇌, 비탄, 눈물, 함정, 대죄, 그리고 회한……

사랑의 격언시

쥘리앵은 아무 근거도 없이 자기의 교묘한 수완을 굳게 믿고 있었는데, 만약 그것이 사실이라면 자기가 베리에르에 다녀옴으로써 얻을 수 있었던 효과에 이튿날 이만저만 신이 나지 않았을 터이다. 그 외출이 그의 실수를 씻어 흘려보내 준 것이다. 이날도 그는 여전히 시무룩해 있었지만 저녁때 묘한 생각이 떠올라 겁도 없이 그것을 레날 부인에게 전했다.

정원에 나가서 앉자마자 주위가 캄캄해지기도 전에 쥘리앵은 과감하게도 레날 부인의 귓전에 입을 바싹 갖다 대며 속삭였다.

"부인, 오늘 밤 2시에 방으로 찾아뵙겠습니다. 꼭 드릴 말씀이 있습니다."

일단 그렇게 말해 놓고는 행여나 부인이 승낙할까 여간 떨리는 게 아니었다. 유혹자 역할이 너무 힘에 겨워서, 그럴 수만 있다면 사흘 동안 자기 방에 틀어박혀 부인들과 얼굴을 마주치지 않고 지내고 싶었다. 어제의 건방진 행동으로 이제까지의 좋은 인상이 무너져 버렸음을 그는 잘 알고 있었다. 이제는 별 다른 도리가 없었다.

쥘리앵의 뻔뻔스럽고 너무도 황당한 제안에 레날 부인은 정말로 화가 나서 대답했다. 쥘리앵이 느끼기에는 그 짧은 대답 속에 경멸의 뜻이 담겨 있는 듯했다. 작은 목소리로 대답했지만, 그 대답 중에서 "별꼴이야"라는 말을 쥘리앵은 확실히 들을 수 있었다. 쥘리앵은 아이들에게 해 둘 얘기가 있다는 핑계로 일단 아이들 방에 갔다가 돌아와서는 레날 부인과는 멀리 떨어진 데르빌르 부인 곁에 앉았다. 이로써 스스로 부인의 손을 잡을 수 없도록 한 것이다. 대화는 딱딱하기 짝이 없었는데, 쥘리앵은 그럭저럭 대화를 잘 해냈지만 이따금 침묵에 빠진 채 필사적으로 생각에 몰두했다.

'3일 전 이 여자가 내비친 나에 대한 확실한 애정을 다시 확인할 수 있는 무슨 좋은 방법이 없을까?'

쥘리앵은 스스로 자초한 거의 절망적인 사태에 몹시 당혹했다. 하긴 일이 잘 풀렸더라도 골머리를 앓았겠지만.

한밤중이 되어 모두 헤어졌을 때, 쥘리앵은 이 상황을 비관하여 데르빌르 부인이 자기를 경멸하고 있는 것은 물론이고 레날 부인 역시 그러하리라고 생각했다.

몹시 기분이 상한 그는 심한 굴욕감으로 잠을 이룰 수 없었다. 모든 책략과 계획을 포기하고 그저 어린아이처럼 하루하루의 행복에 만족하면서 레날 부인과 평온하게 살아가고 싶은 기분은 도저히 들지 않았다.

많은 궁리 끝에 훌륭한 작전이 떠올라도 이내 모두 어리석게만 여겨졌다. 한마디로 그는 몹시 비참한 기분이었다. 그때 성관의 큰 시계가 2시를 쳤다.

그 소리에 마치 닭 울음소리를 듣고 일어나는 베드로와 같이 벌떡 일어났다. 그는 자기가 지금 몹시 괴로운 처지에 놓여 있음을 깨달았다. 그 황당한 청을 해 놓고선 그 뒤에는 생각조차 하지 않았다. 그처럼 매정하게 거절당하지 않았는가!

'2시에 부인 방으로 간다고 했단 말이야' 하고 몸을 일으키면서 쥘리앵은 생각했다.

'나는 세상도 예의도 모르는 비천한 농민의 자식일 뿐일 테지. 데르빌르 부인이 그렇게 말하기도 했고. 그러나 결코 겁쟁이는 되지 않을 테다!'

쥘리앵이 자기 용기를 칭찬한 것도 무리는 아니었다. 그처럼 괴로운 짐을 스스로에게 지운 적이 없었으므로, 자기 방문을 열었을 때 무릎의 힘이 빠지고 몸이 덜덜 떨려 벽에 기대지 않고는 견딜 수 없을 정도였다.

그는 신발을 신고 있지 않았다. 레날 시장의 방문에 귀를 갖다 대니, 코고는 소리가 또렷이 들려왔다. 그는 낙담하고 말았다. 이젠 부인 방에 가지 않아도 될 핑계가 없어져 버렸다. 그러나 대체 부인 방에 가서 무슨 짓을 한다는 말인가? 아무 계획도 없었고, 있었다 한들 이렇게 심란해서는 도저히 실행할 수가 없었을 것이다.

드디어 그는 죽음으로 향하는 것보다 더 괴로워하면서 레날 부인의 방으로 가는 좁다란 복도에 이르렀다. 떨리는 손으로 문을 열면서 몹시 큰 소리를 냈다.

방 안은 밝았고 벽난로 위에는 조그만 램프가 켜져 있었다. 이 또한 예상 외의 부아가 치미는 상황이었다. 그가 들어오는 것을 보고 레날 부인은 얼른 침대에서 뛰어내렸다. "나쁜 사람!" 부인은 외쳤다. 잠시 옥신각신했다. 쥘리앵은 어설픈 작전을 잊고 본디 역할로 돌아갔다. 이렇게 매력적인 여자의 마음을 잡을 수 없다면 그보다 더한 불행은 없다고 생각했다. 꾸지람을 받을지언정 그는 부인의 발아래 몸을 던져 그 무릎에 키스했다. 그 뒤 부인이 너무 심하게 꾸짖는 바람에 그는 그만 울고 말았다.

몇 시간 뒤 쥘리앵은 레날 부인의 방에서 나왔다. 소설 투를 빌린다면 '그는 모든 소망을 이루었다'고 할 수 있었다. 사실 그는 부인의 연심을 일으키고 또 그녀의 눈부신 매력에 순수히 감동했기 때문에 성공을 거두었던 것이지, 그 서툰 책략을 아무리 휘두른들 그리 되지는 않았을 것이다.

그러나 묘한 자존심에 사로잡힌 쥘리앵은 가장 감미로운 순간에조차 여전히 여자를 정복하는 데 익숙한 사나이의 역할을 연기하려 했다. 즉 그의 고집은 스스로 자기의 사랑스러운 매력을 짓밟은 셈이었다. 자기에게 푹 빠진 상대가 후회하면서도 점점 더 사랑에 빠지는 모습에는 신경도 쓰지 않은 채 오직 눈앞의 의무에만 정신을 뺏기고 있었다. 자기가 본보기로 삼는 이상(理想)의 모델에서 벗어나면, 무서운 후회에 빠지고 평생 웃음거리가 되리라는 두려움도 있었다. 한마디로 쥘리앵이 비범한 남자라는 사실이 그로 하여금 눈앞의 행복을 깨닫지 못하게 했다. 이미 고운 살결을 가진 열여섯 살 소녀가 무도회에 간다면서 어리석게도 연지를 바르는 것과 같았다.

쥘리앵이 나타나자, 처음에는 겁에 질렸던 부인은 이윽고 견딜 수 없는 불안에 사로잡혔다. 그러나 쥘리앵의 눈물과 절망이 그녀의 마음을 크게 뒤흔들어 놓았다.

이미 무엇 하나 거부할 것이 없어진 뒤에도 그녀는 분노를 진정시키지 못해 쥘리앵을 밀치는가 했더니 금세 그의 품속에 파고들었다. 무의식적인 행동이었다. 자기는 분명 지옥에 떨어질 것이라 생각했고, 쥘리앵에게 열렬한

애무를 퍼부음으로써 지옥의 환영을 쫓아 버리려 했다. 요컨대 그것을 즐길 줄만 알았더라면, 우리 주인공의 행복은 완전무결한 것이 되었을 터이다. 더구나 그를 유혹한 여인은 그에게 불타오르는 애정을 품고 있었다. 쥘리앵이 나간 뒤에도 부인은 이성을 잃을 정도의 황홀감에 몸부림치며 회한과의 싸움에 괴로워했다.

'뭐야! 행복해진다든가 사랑받는다든가 하는 것이 겨우 이런 거야?'

방에 돌아온 쥘리앵의 머릿속에 제일 먼저 떠오른 생각이었다. 그는 지금 오랫동안 애타게 바라던 것을 손에 넣었을 때에 누구나가 그렇듯 놀라움과 불안에 찬 당혹감을 느끼고 있었다. 마음은 갈망에 익숙해졌는데 이제 그 대상은 사라졌고, 그 마음은 아직 추억을 간직하지는 않고 있었다. 열병식에서 돌아온 병사처럼 쥘리앵은 자기 행동을 낱낱이 떠올리고 있었다.

'나는 내 의무를 빠짐없이 다했는가? 내 역할을 완벽히 연기했는가?'

대체 그가 말하는 역할이란 무엇일까? 바로 여인 앞에서 항시 멋들어지게 행동하는 사나이의 역할이다.

제16장
그 다음 날

그는 여자와 입을 맞추면서 한 손으로 그 여자의 흐트러진 머리칼을 뒤로 넘겨 주었다.

《돈 후안》 제1편 170절

쥘리앵의 명예를 위해서는 아주 다행스럽게도, 레날 부인은 너무나 흥분하고 놀라서 한순간에 자기에게 이 세상 자체가 된 사나이의 어리석음을 깨닫지 못했다.

부인은 날이 밝아 오는 것을 보고 자기 방에서 나가도록 쥘리앵을 재촉하며 말했다.

"어쩌면 좋아, 그이가 무슨 소리라도 들었다면 나는 끝이에요."

쥘리앵은 재치 있는 말을 생각할 여유가 있었으므로 이런 말을 떠올렸다.

"목숨이 아깝습니까?"

"네, 지금은 몹시 아까워요! 하지만 당신과의 만남은 결코 후회하지 않아요."

쥘리앵은 굳이 날이 새기를 기다려서 위험을 무릅쓰고 돌아가는 것이야말로 위엄 있는 행동이라 생각했다.

경험 풍부한 사나이처럼 보이고 싶다는 어리석은 생각으로 그는 아주 자질구레한 행동에까지 끊임없이 신경을 쓰고 있었는데, 그 덕분에 한 가지 성공을 거두기는 했다. 점심때 다시 레날 부인과 마주한 순간 그의 태도는 신중함의 걸작이라 할 만했다.

레날 부인은 그를 보면 얼굴이 새빨개져 고개조차 못 드는 지경인데도 그에게서 눈을 떼면 미칠 것만 같았다. 자기의 동요를 알고 숨기려고 하면 할수록 오히려 동요는 더 심해졌다. 쥘리앵은 단 한 번 고개를 들어 부인을 보앉을 뿐이다. 레날 부인도 처음에는 그의 신중함에 감탄했으나 이윽고 쥘리 앵이 다시는 자기를 보지 않는다는 것을 깨닫고 불안해졌다.

'벌써 내게 정이 떨어진 것일까? 하기야 확실히 나는 나이를 너무 먹었어. 10살이나 위인걸.'

식당에서 정원으로 나갈 때 부인은 쥘리앵의 손을 잡았다. 특별한 애정 표현에 놀란 쥘리앵은 타오르는 눈으로 그녀를 바라보았다. 사실 점심 식사 때 부인이 너무나 아름답게 보였기 때문에, 고개는 들지 않았어도 그는 식사하는 동안 내내 부인의 매력을 하나하나 머릿속에 떠올리고 있었다. 그의 뜨거운 응시가 레날 부인의 마음을 안심케 했다. 여전히 불안하기는 했으나 그 불안 덕에 남편에 대한 양심의 가책은 완전히 잊게 되었다.

점심을 먹는 동안 남편은 아무것도 눈치채지 못했으나 데르빌르 부인은 달랐다. 그녀는 곧 레날 부인이 유혹에 질 판이라고 생각했다. 친구를 걱정하는 마음에 데르빌르 부인은 그날 온종일 자기 사촌에게 닥친 위험을 넌지시 소름끼치도록 묘사해 보였다.

레날 부인은 빨리 쥘리앵과 단둘이 있고 싶었다. 아직도 자기를 사랑하는지 묻고 싶었기 때문이다. 평소에는 얌전하기만 했던 그녀도 이때만은 사촌에게 몇 번이고 방해된다는 말을 하려다 간신히 억눌렀다.

그날 저녁 정원에 나가자, 데르빌르 부인은 보란 듯이 레날 부인과 쥘리앵 사이에 앉아 버렸다. 레날 부인은 쥘리앵의 손을 잡고 그 손에 입맞춤하는 것만을 상상하며 기뻐했는데, 그에게 한마디 말조차 건넬 수 없게 되었다.

생각대로 되지 않자 레날 부인은 불안해짐과 동시에 후회를 느끼며 괴로워했다. 어젯밤 자기 방에 찾아온 쥘리앵의 무모함을 호되게 나무랐기 때문에 오늘 밤엔 그가 안 올지도 모른다고 생각하자 몹시 초조해졌다. 부인은 일찍 정원을 뒤로하고 자기 방에 틀어박혔다. 그러나 기다림에 지쳐 쥘리앵의 방까지 달려가 방문에 귀를 기울였다. 불안이 쌓이고 온몸이 달아올랐지만 차마 안으로 들어갈 수는 없었다. 그러한 행동은 시골에서는 화제를 불러일으킬 정도로 파렴치한 행위라 생각했다.

하인들도 아직 다 잠들지는 않았다. 조심해야 했기 때문에 결국 자기 방으로 돌아왔다. 두 시간의 기다림은 마치 두 세기에 걸친 괴로움처럼 느껴졌다.

그러나 쥘리앵은 자기가 의무라고 부르는 것에 대해서는 아주 충실했으므로 결정한 일은 하나하나 빈틈없이 실행했다.

1시가 되자 그는 살그머니 방에서 나가 주인이 깊은 잠에 빠져든 것을 확인한 후 레날 부인의 방에 나타났다. 그날은 애인을 상대로 전날 밤 이상의 행복을 맛볼 수 있었다. 자기가 연출해야 할 역할을 별로 의식하지 않았기 때문이다. 확실히 보고 귀 기울여 들었다. 레날 부인이 자기 나이를 신경 쓰는 것이 그에게 안도감을 주기도 했다.

"후유, 나는 당신보다 열 살이나 위라고요! 내가 당신의 사랑을 받을 리 없어요!"

부인은 몇 번이나 되풀이했다. 그 사실로 머릿속이 꽉 차 있었기 때문이다.

쥘리앵은 부인이 그렇게 슬퍼하는 까닭을 알 수 없었다. 그러나 그 슬픔이 거짓 없는 진실임을 깨닫자 자신이 웃음거리가 되지는 않을까 하는 걱정은 싹 사라져 버렸다.

비천한 태생 탓에 연인이기는 하나 머슴으로 보이는 것이 아닐까 하는 어리석은 생각도 사라졌다. 쥘리앵이 열중해 있는 모습을 보자 내성적인 연인도 차차 마음을 놓고 어느 정도 행복해져서 상대에 대한 판단력을 되찾았다. 다행하게도 그날 밤 쥘리앵은 어제처럼 어색하게 행동하지는 않았다. 전날 밤 그는 그런 어색한 태도 때문에 밀회를 성공시키기는 했으나 거기에서 쾌락을 얻지는 못했다. 만약 쥘리앵이 어느 역할을 연기하기에 급급하다는 것을 부인이 깨달았다면, 그녀는 행복이라는 것을 영영 느끼지 못하게 되었으리라. 그녀는 그것을, 두 사람의 나이가 어울리지 않는 데에서 오는 슬픈 결과로만 생각했을 터이기 때문이다.

레날 부인은 연애론 따위는 신경조차 쓰지 않았으나, 지방에서는 연애가 화제가 될 경우 나이 차이는 재산 차이 다음으로 웃음거리가 되곤 했다.

며칠 사이에 쥘리앵은 나이다운 정열을 되찾아 정신없이 사랑을 하게 되었다.

'확실히 부인은 천사 같은 마음의 소유자야. 게다가 그처럼 아름다운 여자는 또 없지.'

주어진 역할을 연기해야 한다는 생각은 거의 사라지고 없었다. 기분이 내키면 자기가 품고 있는 온갖 불안을 모조리 고백해 버리기도 했다. 그 탓에 부인의 연심은 정점에 이르렀다.

'아, 이 사람의 마음을 사로잡은 연적은 처음부터 없었던 거야!'

그리 생각하자 레날 부인은 너무나 기뻤다. 용기를 내어 그가 그처럼 소중하게 간직하던 초상화에 대해서 물어보자 쥘리앵은 그것은 남자의 초상화라고 말했다.

스스로를 돌아볼 만한 이성이 남아 있을 때에도 레날 부인은 '내가 이 정도로 행복해지다니, 더욱이 나는 이런 행복이 있는 줄은 꿈에도 몰랐어'라 생각하며 경악스러워할 뿐이었다.

'아아, 만약 10년 전에 쥘리앵을 만났더라면 나도 아름답다는 소리를 들었을 텐데!'

쥘리앵은 그녀의 생각과는 전혀 다른 심정이었다. 그는 사랑이라기보다는 야심을, 여인을 소유한다는 기쁨을 품고 있었다. 더구나 이토록 불행하고 남들에게 경멸받는 남자가 이렇게나 고상하고 아름다운 여인을 얻은 것이다. 쥘리앵이 적극적으로 사랑을 표현하고 그녀의 매력적인 모습에 넋을 잃자, 부인은 이제야 나이 차이에 대해 조금이나마 안심하게 되었다. 하지만 좀더 개화된 지방의 30대 여인이라면 이미 훤히 꿰뚫고 있을 세상 물정을 부인이 조금이나마 알고 있었다면, 호기심과 자존심의 만족에만 의지하는 사랑이 언제까지고 지속되지는 않으리라는 걱정을 했을 것이다.

야심을 망각했을 때 쥘리앵은 부인의 모자와 옷까지도 홀린 듯이 바라보았다. 그는 싫증을 모르고 그 향기를 맡는 즐거움에 빠졌다. 거울이 달린 부인의 옷장을 열어 보고서는 안에 걸려 있는 옷들의 아름다움과 그 멋진 정돈 상태에 몇 시간이나 감탄하곤 했다. 부인은 그에게 기대어 그 모습을 바라보고 있었다. 쥘리앵은 보석류나 장신구, 즉 결혼식 전날 약혼자가 상자 가득히 보내오는 물건들을 들여다보고 있었다.

'이 사람과 결혼할 수도 있었다!' 하고 레날 부인은 몇 번이나 생각했다.

'얼마나 정열적인 사람인지! 이 사람과 함께라면 얼마나 멋진 생활을 보낼 수 있었을까!'

쥘리앵은 여자의 무기가 되는 이 엄청난 도구들을 이제껏 이렇게 가까이에서 본 적은 없었다.

'파리에 가더라도 이 이상 아름다운 것은 찾아보기 힘들겠지.'

이렇게 생각하자 그는 완전한 행복감에 취했다. 연인이 진심으로 그를 사모하고 그에게 정신없이 빠져 주는 바람에 쓸데없는 이론 따위는 깨끗이 잊을 수 있었다. 실은 그 때문에 처음엔 우스울 만큼 어색하게 굴었지만 말이다. 위선이 몸에 밴 쥘리앵이었지만, 자기를 열렬히 사랑해 주는 이 귀부인에게는 세상의 도리에 대한 자신의 무지를 고백하며 즐거워하기도 했다. 연인의 높은 신분 덕분에 자기 신분도 높아지는 기분이 들었다. 레날 부인 또한 그런 자질구레한 사항들을 누구나가 인정하는 이 훌륭한 청년에게 가르침으로써 더없이 감미로운 정신적 쾌락을 느꼈다. 심지어 군수와 발르노 씨조차 그를 칭찬하지 않고는 못 견딜 정도였다. 그래서 레날 부인은 그 두 사람을 전처럼 어리석은 사람으로 보지 않게 되었다. 그러나 데르빌르 부인만은 도저히 그를 칭찬할 마음이 생기지 않았다. 상황을 파악했을 때는 이미 늦었고, 글자 그대로 이성을 잃은 여인에게 분별있는 충고를 해 보았자 성가셔할 뿐이라는 것을 깨달은 그녀는 곧 말없이 베르지를 떠나버렸다. 주위에서도 굳이 그 이유를 물으려 하지 않았다. 레날 부인은 눈물을 글썽이기는 했으나 이윽고 자기 행복이 오히려 더 불어난 것처럼 여겼다. 데르빌르 부인이 떠나자 거의 온종일 연인과 마주 앉아 있을 수 있게 되었기 때문이다.

쥘리앵도 너무 오래 혼자 있노라면 반드시 푸케의 제안이 떠올라 마음이 산란해지므로 더욱더 연인과의 즐거운 대화에 정신을 쏟았다. 남을 사랑한 적도 없고 사랑받은 적도 없는 쥘리앵은 이러한 새 생활이 갓 시작되었을 땐 솔직한 태도를 취하는 것이 몹시 즐거워 그때까지 자기 생활의 본질을 이루던 야심조차 레날 부인에게 털어놓자는 생각까지 했을 정도였다. 푸케의 제안에 왠지 모르게 마음이 끌려 이에 대해 부인과 의논하려고도 했다. 그러나 마침 조그만 사건이 일어나서 그의 그러한 솔직함은 모조리 사라지고 말았다.

제17장
수석 부시장

오, 어쩌면 이 사랑의 봄은 이리도 변하기 쉬운 4월 햇살과 비슷한지, 방금
태양의 아름다움이 넘치는가 하면 어느덧 구름이 모든 것을 가리고 만다.

《베로나의 두 신사》—셰익스피어 작

어느 날 저녁 해가 질 무렵, 쥘리앵은 과수원 깊숙이 사람들의 눈을 피해서
연인 곁에 앉아 몽상에 잠겨 있었다.

'이런 즐거운 순간이 언제까지 계속될까?'

사회적 지위는 얻기가 어렵다고 생각하니 수심이 가득해졌고 가난뱅이 소
년 시절을 끝내고 갓 시작된 청년기를 좀먹는 이 큰 불행을 한탄했다. 쥘리앵
은 큰 소리로 외쳤다.

"그렇습니다. 틀림없이 나폴레옹은 프랑스 청년을 위해서 하느님이 파견
한 인물이었습니다! 그 누가 그를 대신할 수 있겠습니까? 나보다 유복해서
그럭저럭 고등교육을 받을 돈은 있다 할지라도 스무 살이 되어 누군가를 매
수해서 출세할 만한 자금은 없는 불행한 사람들은 아무리 버둥거려 봤자, 나
폴레옹이 없는 지금은 별다른 도리가 없습니다."

쥘리앵은 깊은 한숨을 내쉬며 말을 이었다.

"이 숙명적인 나폴레옹의 추억에 사로잡혀 있는 이상 우리가 무슨 짓을
한들 결코 행복해질 수는 없습니다."

문득 그는 레날 부인이 인상을 찌푸린 것을 깨달았다. 부인은 경멸하는 듯
싸늘한 표정을 띠고 있었다. 그런 사고는 천박한 하인들이나 하는 것으로 여
겨졌기 때문이다. 스스로 큰 부자라 생각하며 자라온 만큼 쥘리앵 또한 그럴
거라고 생각했다. 그녀는 쥘리앵을 자기 목숨보다 더 사랑하고 금전 따위는
전혀 개의치 않았다.

줠리앵이 그런 부인의 마음을 알 리가 없었다. 부인이 인상을 찌푸리는 바람에 제정신으로 돌아왔다. 그는 재치 있게 얼른 태도를 바꿔 가까운 풀밭에 앉아 있는 귀부인에게, 지금 한 말은 재목상을 하는 친구 집에 놀러갔을 때 들은 이야기라고 교묘히 둘러댔다. 그리고 무신론자가 생각할 만한 말이라고 덧붙였다.

"어머, 그래요? 그렇다면 그런 사람들과는 이제 만나지 말아 주세요."

이렇게 말하는 레날 부인의 말투에는 아직도 어느 정도 싸늘한 기가 서려 있었다. 한없이 다정한 애정 표현 대신 갑자기 나타난 싸늘한 태도의 여운이었다.

부인의 눈살을 찌푸리게 했다는 것보다도 자신의 경솔함에 대한 후회가, 줠리앵이 푹 빠져 있던 환상에 처음으로 금이 가게 했다.

'이 여자는 착하고 다정하고 나에게 한결같은 애정을 쏟아 주지만 적진에서 자란 여자야. 훌륭한 교육을 받았으면서도 세상을 뚫고 나갈 재력은 없는 양심적인 인간, 그러한 무리야말로 적에게는 가장 두려운 계층임이 분명해. 가령 우리가 대등한 무기를 쥐고 싸운다면 귀족들은 어떻게 될까! 가령 내가 베리에르의 시장이 됐다고 하자, 정직하고 성실한 시장이겠지. 하긴 레날 시장도 그 나름대로 성실하지만. 나 같으면 그 보좌신부나 발르노 씨를 포함하여 그들의 나쁜 짓을 깨끗이 쓸어 버릴 텐데! 그러면 베리에르에는 정의가 가득해질 것이다. 그들의 능력으로는 나를 결코 방해할 수 없어. 그들은 언제나 암중모색하고 있지 않은가.'

이날 줠리앵의 행복은 영속적인 것이 될 뻔했다. 그런데 우리 주인공에겐 솔직해질 용기가 없었다. 즉시 전투를 일으킬 용기가 필요했던 것이다. 레날 부인이 줠리앵의 말에 놀란 것은, 지나치게 많은 교육을 받은 하층계급의 청년들이 있기 때문에 다시 로베스피에르 같은 자가 나타날 우려가 있다고 사교계 사람들에게서 늘 들어왔기 때문이다. 레날 부인의 싸늘한 태도는 잠시 그대로 이어졌고 줠리앵 또한 그를 뼈저리게 느낄 수 있었다. 그러나 사실 그것은 언짢은 화제로 기분이 상한 자신이 줠리앵에게 간접적으로나마 불쾌한 말을 해 버리지 않았을까 하는 걱정에서 나온 태도였다. 귀찮은 인간들이 없어 마음 편할 때에는 그처럼 맑았던 고운 얼굴이 지금은 마음속의 괴로움을 고스란히 나타내고 있었다.

줄리앙은 이제 한가하게 몽상에 잠겨 있을 수만은 없었다. 연심이 잦아들고 마음이 보다 냉정해지자 레날 부인과 만나기 위해 그녀의 방에 찾아간다는 것은 경솔하다는 생각이 들었다. 부인이 자기 방에 오는 편이 좋을 듯했다. 그녀는 종종걸음으로 걷다가 하인들에게 들키더라도 얼마든지 둘러댈 수 있을 터이다.

그런데 여기에도 역시 불편한 점이 있었다. 줄리앙은 신학생 신분으로 책방에 주문할 수 없는 책을 푸케에게 보내 달라 부탁하고 있었다. 책을 읽을 수 있는 시간은 밤뿐이었다. 그럴 때 부인이 찾아와서 독서를 방해받기는 싫었을 뿐더러, 과수원에서 사소한 사건이 일어나기 전날 밤만 하더라도 부인이 올지도 모른다는 생각을 했더라면 책 따위는 읽고 있지 못했을 것이다.

레날 부인의 도움으로 그는 책을 이해하는 방법이 완전히 달라졌다. 그는 여러 가지 자질구레한 사항을 대담하게도 그녀에게 질문했다. 아무리 선천적인 재능을 타고났더라도 사교계와 동떨어져 자란 청년은 그에 대한 지식이 없어서 이해력이 부족했던 것이다.

세상 물정을 모르는 여인에게 연애 교육을 받은 것은 행운이었다. 덕분에 줄리앙은 현대 사회 그대로의 모습을 볼 수 있었다. 그의 정신은 지난날의 사회 모습, 가령 2천 년 전이라든가 또는 바로 60년 전, 즉 볼테르와 루이 15세 시대의 사회 얘기들로 방해받지 않아도 되었다. 무엇보다도 반가운 것은 눈을 가리던 베일이 벗겨지고 이제야 베리에르에서 일어나는 일들을 이해할 수 있게 된 것이다.

우선 눈앞에 떠오른 사건은, 2년 전부터 브장송의 지사(知事)를 상대로 계획되어 온 복잡하기 짝이 없는 음모였다. 그 음모의 배후는 파리에서 온 몇 통의 편지였는데 모두 거물들의 친서였다. 목적은 이 지방에서 가장 독실한 신자인 드 무아로 씨를 베리에르시의 차석 부시장이 아닌 수석 부시장 자리에 앉히는 것이었다.

경쟁 상대는 공장을 경영하는 부호였는데 그는 별수 없이 차석의 자리에 만족해야 할 것이다.

줄리앙은 이 지방 상류사회 유지들이 레날 시장 댁의 만찬회에 참석했을 때 그가 무심코 들은 간접적인 말의 의미를 비로소 이해했다. 특권계급 무리들은 수석 부시장의 인선에 상당한 관심을 보였는데 그 밖의 시민들, 특히 자유주의자들은 그런 일에 대해서는 전혀 생각지 않았다. 이 일이 중대한 문제가 된 까닭은, 모두들 잘 알다시피 베리에르의 대로가 왕도(王道)*¹로 지정되는 바람에 이 길을 동쪽으로 아홉 자 이상이나 넓혀야만 했던 것이다.

그런데 이 경우 무아로 씨는 자기 집을 세 채나 철거해야 했다. 그렇지만 만약 그가 수석 부시장이 되고 이어 레날 시장이 국회의원이 된 뒤 그의 후임 시장이 된다면, 분명 그는 국도 쪽으로 비어져 나온 집은 조금만 수리를 하는 것으로 봐줄 터이며 앞으로 백 년쯤은 그 상태가 유지될 수 있을 것이다. 무아로 씨의 깊은 신앙심과 성실함은 정평이 나 있었지만 워낙 자식이 많은 사람이라, 모두가 그라면 사정을 이해해 주리라 생각했다. 철거해야 하는 집들 가운데 아홉 채는 베리에르에서도 손꼽히는 재산가들의 집이었던 것이다.

쥘리앵이 볼 때 이 음모 사건은 퐁트누아 전쟁*²의 역사보다도 더 중대하게 여겨졌다. 이 전투 이름은 푸케가 부쳐 준 책 가운데 한 권에서 읽은 것이다. 쥘리앵이 밤에 사제 댁에 다니게 된 후 5년 동안 이해할 수 없는 일들이 너무 많았다. 그러나 근신과 겸허야말로 신학생의 첫째 미덕이라 질문을 늘 삼가고 있었다.

어느 날 레날 부인은 남편의 하인을 불러 심부름을 시켰다. 그 사나이는 쥘리앵과 앙숙이었다.

"그렇지만 마님, 오늘은 이달 마지막 금요일입니다."

그는 묘한 얼굴로 대답했다.

"갔다 와요" 하고 레날 부인은 말했다.

쥘리앵이 물었다.

"옳아, 저 녀석 옛날엔 성당이었던 건초 가게에 가는군요. 요즈음은 다시 성당 비슷하게 되어 있다지요. 그런데 대체 무슨 일로 가는 거죠? 난 도저히 모르겠습니다."

"굉장히 유익한 모임이라 하네요. 동시에 꽤나 특이해요. 여자는 들어갈 수 없고, 또 내가 듣기로 그곳에서는 누구든지 서로 '자네, 나' 하고 말을 놓

---

*1 왕정하의 국도.

*2 루이 15세가 이끄는 프랑스군이 벨기에의 퐁트누아에서 영국·오스트리아군을 격파.

는대요. 가령 아까 그 하인이 그곳에서 발르노 씨를 만난다면 말이죠, 그처럼 오만한 바보 나리가 하인에게 자네, 나 하고 불려도 화내지 않고 같은 말투로 대답한다나요. 거기서 어떤 일을 하고 있는지 궁금하시다면 모지롱 씨나 발르노 씨에게 자세히 물어봐서 알려 드리죠. 우리들은 하인 한 사람당 20프랑씩 내고 있어요. 장차 목이 잘리지 않기 위해서 말이에요."*

시간이 화살처럼 흘러갔다. 연인의 매력을 생각하면 쥘리앵의 위험한 야심도 어디론가 사라진다. 서로 반대 진영에 속해 있으므로 부인에게 그녀가 싫어할 화제나 까다로운 얘기를 꺼내지 않도록 조심해야 했지만, 그녀에게서 받는 즐거움도 영향력도 모르는 사이에 커져 갔다.

눈치 빠른 아이들이 옆에 있으면 냉정하고 점잖은 얘기밖에 할 수 없었다. 그럴 때 쥘리앵은 더없이 순종적인 태도로 사랑의 빛이 가득 찬 시선을 부인에게 보내면서, 세상사를 설명해 주는 그녀의 말에 귀를 기울였다. 가끔 도로 공사와 납품(納品)에 관해서 교묘한 사기가 자행되고 있다는 얘기를 하다가 레날 부인이 갑자기 혼란에 빠져 이상한 말을 할 때도 있었다. 쥘리앵은 부득이 그녀를 나무라지 않을 수 없었는데, 그러면 그녀는 자기 아이들에게 하듯 익숙하게 쥘리앵의 머리를 쓰다듬거나 했다. 그것은 이따금 그녀가 쥘리앵을 자기 자식처럼 사랑하고 있는 듯한 착각에 빠지기 때문이었다. 언제나 쥘리앵이 물어보는 내용은 상류사회에선 열다섯 살이면 누구나 다 알고 있는 간단한 것들이었다. 그런 산더미 같은 질문에 그녀는 꼬박꼬박 답해 줘야 했다. 그런가 하면 바로 그 뒤에 쥘리앵이 마치 선생처럼 생각되어 감탄해 버릴 때도 있었다. 그의 재간에 두려움마저 느껴질 정도였다. 날이 갈수록 이 젊은 신학생 속에 미래의 큰 인물의 모습이 뚜렷이 나타나는 느낌이 들었다. 쥘리앵이 교황이 된 모습이라든가, 리슐리외 같은 재상이 된 모습이 떠오르기도 했다. 부인은 쥘리앵에게 말했다.

"당신이 화려하게 출세할 때까지 내가 살아 있을까? 큰 인물에게는 지위라는 것이 잘 마련되어 있어요. 궁정도 종교계도 큰 인물을 필요로 하고 있는걸요."

---

* 이는 수도회 산하에서 활동하는 비밀결사의 암시이다. 평등한 결사라는 외관에 기초하여 자유파의 동향을 정탐하는 사명을 띠고 있었다.

제18장
국왕의 베리에르 행차

여러분은 영혼도 없고 피도 이미 통하지 않는 천민의 시체처럼 그 자리에 버림받은 가치밖에 없을까요?

성 클레망 예배당 주교의 설교

9월 3일 밤 10시, 헌병 한 명이 베리에르의 대로를 말로 달려 올라와 온 시민들의 잠을 깨웠다. ×××국왕 폐하가 다음 일요일 이곳에 행차한다는 소식을 가져온 것이다. 그날은 화요일이었다. 지사는 의장대의 조직을 허가, 즉 요청했다. 가능한 한 화려하게 마중해야 했다. 베르지로 급사가 파견되었다. 레날 시장은 그날 밤 안으로 달려와 온 시내가 들끓고 있는 것을 보았다. 사람들은 모두 기대에 부풀었다. 가장 한가한 사람들은 국왕이 도착하는 장면을 구경하기 위해 발코니 예약을 하는 형편이었다.

누가 의장대 지휘를 할 것인가? 레날 시장은 집을 철거하는 문제 때문에 누구보다도 무아로 씨가 지휘를 맡아야 한다고 즉시 판단했다. 그것이 수석 부시장 자리에 앉을 자격이 될 수도 있다. 무아로 씨의 깊은 신앙에 대해서는 불평할 사람이 없었고, 그 누구의 신앙심도 그와 비교될 수는 없었다. 그런데 그는 단 한 번도 말을 타 본 적이 없었다. 나이가 서른여섯 살임에도, 겁쟁이라 말에서 떨어지는 것도 두렵고 남의 웃음거리가 되는 것도 두려운 그런 사나이였다.

시장은 새벽 5시에 무아로 씨를 불렀다.

"아시겠소, 나는 당신의 의견을 듣고 싶소. 이것은 이 도시의 유력한 인사들이 천거하는 자리에 당신이 이미 취임했다는 가정하에서 하는 말이오. 난처하게도 우리 시에서는 공업이 성행하여 자유주의자들이 백만장자가 되어 권력을 잡으려고 노리고 있소. 그들은 이를 위해선 수단과 방법을 가리지 않을 것이오. 우리들은 국왕 폐하를 위하여, 왕정을 위하여, 아니 무엇보다도 우선 우리들의 신성한 종교를 위하여 생각해야 하오. 그래서 하는 말인데, 의장대의 지휘를 대체 누구에게 맡겨야 하겠소?"

말을 타기는 무서웠지만 무아로 씨는 끝내 순교자가 되는 셈치고 그 임무를 받아들였다.

"훌륭하게 임무를 다하겠습니다."

그는 시장에게 말했다. 7년 전 왕자가 이곳을 지날 때 입었던 제복을 손질할 시간은 있었다.

7시에 레날 부인이 쥘리앵과 아이들을 데리고 베르지에서 돌아와 보니, 살롱은 여러 당파의 연합을 주장하는 자유주의파 부인들로 꽉 차 있었다. 모두들 자기 남편이 의장대에 낄 수 있도록 시장에게 말해 달라고 레날 부인에게 부탁하러 온 것이었다. 만약 자기 남편이 뽑히지 않는다면 너무 비탄한 나머지 파멸하리라 말하는 부인도 있었다. 레날 부인은 바로 모든 사람들을 돌려보냈다. 매우 어수선한 풍경이었다.

쥘리앵은 부인이 안절부절못하면서도 그 까닭을 말해 주지 않는 데 놀라기도 하고, 또 그 이상으로 화가 나기도 했다. 그는 씁쓸한 심정으로 중얼거렸다.

'예상은 했지만, 왕을 자기 집에 모시는 것이 기뻐서 연애 따위는 안중에도 없나 보군. 이 큰 소동에 정신이 나가 버린 모양이야. 지금은 특권계급 의식을 발휘하느라 정신이 없으니, 나를 사랑하는 일은 한숨 돌린 다음으로 미뤄 둘 작정이겠지.'

얄궂게도 이러한 일로 쥘리앵의 연심(戀心)은 오히려 더욱 불탔다.

실내 장식을 하는 직공들이 자주 드나들기 시작했다. 쥘리앵은 어떻게든 부인에게 얘기를 걸려고 오랫동안 기회를 노렸으나 허사였다. 부인이 쥘리앵의 방에서 옷을 한 벌 가지고 나가려는 것을 겨우 붙잡았다. 단 두 사람뿐이었다. 말을 걸려 했으나 부인은 곧 나가 버렸다.

'저런 여자를 좋아하다니, 나도 이만저만한 바보가 아니군. 야심 때문에 제 남편처럼 미쳐 버린 게야.'

사실 그녀의 마음은 남편 이상으로 들떠 있었다. 쥘리앵을 화나게 할까 봐 한 번도 고백하지는 않았으나, 단 하루만이라도 쥘리앵의 음침한 검은 옷을 벗기고 싶다는 것이 그녀의 간절한 소망이었다. 그녀처럼 순진한 여자로서는 놀란 만큼 신통한 방법으로, 그녀는 무아로 씨와 군수 모지롱 씨를 차례로 설득해 쥘리앵이 의장대원에 임명되도록 손을 썼다. 그것도 부자인 공장주의 아들 대여섯 명을 젖혀 놓고 쥘리앵을 뽑게 했다. 탈락된 청년들 중 적어도 두 사람은 독실한 신자였다. 발르노 씨는 자기의 사륜마차를 시에서 으뜸가는 미인들에게 빌려 줘 그 노르망디산 명마를 자랑할 작정이었으나, 하필이면 가장 꺼리는 쥘리앵에게 그중 한 마리를 빌려 줄 약속을 하게 되었다. 한편 의장대원으로 뽑힌 사람들은 자기 옷이든 빌려 온 옷이든 한 사람 빠짐없이 대령의 견장이 달린 훌륭한 하늘빛 제복을 가지고 있었다. 7년 전에도 화려함으로 사람들의 이목을 끈 옷들이었다. 레날 부인은 새 옷을 맞춰 주고 싶었다. 하지만 브장송에 사람을 보내어 제복, 칼, 제모 등 의장대원의 차림을 모두 갖추기에는 나흘밖에 여유가 없었다. 우스운 얘기지만, 레날 부인은 쥘리앵의 옷을 베리에르에서 맞출 순 없다고 생각했다. 그녀는 쥘리앵뿐 아니라 온 시민들을 깜짝 놀래 주고 싶었던 것이다.

의장대 편성과 민심 장악을 마친 뒤 시장은 성대한 종교의식 준비에 착수했다. 국왕이 베리에르를 방문하는 차에, 시에서 10리 가량 떨어진 브레르오에 있는 유명한 성 클레망의 성골(聖骨)을 참배하고 싶어한 것이다. 성직자들을 많이 모아야 했는데, 그것이 가장 어려운 문제였다. 신임 사제 마슬롱 신부는 무슨 일이 있더라도 셀랑 사제의 참석을 막고 싶어했다. 그것은 너무나 옹졸한 생각이라고 레날 시장이 아무리 설득한들 마슬롱 씨는 좀처럼 고집을 꺾으려 하지 않았다. 조상 대대로 오랫동안 이 지방의 영주였던 라몰 후작이 국왕의 수행원으로 지명되어 있었는데, 후작은 셀랑 사제와 30년 동안 친분을 맺어 온 사이였다. 베리에르에 오면 반드시 셀랑 사제의 소식을 물을 테고, 그 결과 그가 괄시를 당하고 있다는 사실을 알면 자기의 경호대원들을 이끌고 늙은 사제의 은둔처인 오막살이를 찾아갈지 모른다. 이 얼마나 체면을 구기는 일인가.

"그 사람이 우리 성직자들 사이에 끼게 되면 저는 이 도시에서나 브장송에서나 체면이 구겨지고 맙니다. 게다가 그는 장세니스트란 말입니다. 싫습니다!" 하고 마슬롱 신부는 말했다.* 그러자 레날 시장이 대꾸했다.

---

* 셀랑은 엄하게 자기를 규율하는 장세니즘 신봉자인데 비해 마슬롱은 현세의 권력과 결탁하는 예수회에 속했다.

"신부님이 뭐라고 말씀하시든 나는 베리에르의 시정(市政)에 관해서는 라몰 후작의 모욕을 받고 싶지 않소. 신부님은 후작이 어떤 사람인지 잘 모르실 게요. 그는 궁중에서는 점잖고 신중한 사람이지만, 이런 시골에 오면 짓궂은 야유로 남을 조롱하거나 난처하게 만들 궁리만 합니다. 그저 장난삼아 자유주의자들 앞에서 우리에게 창피를 줄지도 모를 일이오."

사흘간의 교섭 끝에 토요일에서 일요일로 넘어가는 한밤에야 마슬롱 신부의 자존심도 시장의 위구심 앞에 굴복했다. 강한 위구심을 품은 시장이 열변을 토하며 그를 설득했기 때문이다. 마슬롱 신부는 마지못해서 셸랑 사제에게, 노령이지만 건강에 지장이 없으시면 브레르오에서 열리는 성골 참배식에 참석해 주십사 하는 공손한 편지를 써야 했다. 셸랑 사제는 쥘리앵을 보좌신부 자격으로 동반할 테니 그 앞으로도 초청장을 띄워 달라 요구하면서 이 초청을 승낙했다.

일요일에는 동이 틀 무렵부터 가까운 산간 마을에서 나온 수천 명의 농민들로 베리에르의 길이란 길은 꽉 메워졌다. 날씨는 더없이 맑았다. 드디어 오후 3시가 되자 군중들이 웅성대기 시작했다. 베리에르의 20리 밖에 있는 바위산 꼭대기에서 커다란 봉화가 올랐기 때문이다. 그것은 국왕이 현 안에 들어왔다는 신호였다.

이내 여러 곳에 매달린 종들이 일제히 울리고, 시 소유의 낡은 에스파냐 대포가 연속으로 발사되며 이 기념할 만한 사건에 대한 시민의 기쁨을 알렸다. 시민 대부분은 지붕 위에 올라가 있었다. 여자들은 모조리 발코니로 몰려나왔다. 의장대가 행진하기 시작했다. 사람들은 화려한 제복을 보고 넋을 잃었고 그 속의 자기 가족과 친구들을 가리키기도 했다. 모두 무아로 씨의 겁먹은 모습을 보고 웃었다. 떨리는 손으로 자꾸 안장을 움켜쥐려고 했기 때문이다. 그러나 사실 군중은 한 사람에게 정신이 팔려 다른 것은 신경도 쓰지 않았다. 아홉째 줄 맨 앞에 선 기수(騎手)는 눈부실 만큼 늘씬한 미소년이었는데, 처음에는 그가 누구인지 아무도 알아보지 못했다. 이윽고 어떤 자는 분개한 나머지 소리를 질렀고 어떤 자는 놀란 나머지 입을 다물기도 했는데, 모두 충격을 받은 모양이었다. 발르노 씨의 노르망디산 말 위에 올라앉은 그 젊은이가 목재상의 막내아들 소렐이라는 것을 알았기 때문이다. 하나같이 시장을 비난하는 목소리가 나왔고, 특히 부르주아 계층의 자유주의

자들이 법석을 떨었다. 대체 어찌 된 노릇인가! 고작해야 법의를 걸친 목공의 자식이 아닌가. 아무리 자기 아이들의 가정교사라고 하더라도 돈 많은 공장주 아무개 씨의 아들들을 젖혀 놓고 뻔뻔스럽게 저런 자를 의장대원에 임명하다니!

"신사 여러분이 저 애송이에게 단단히 창피를 주었으면 좋겠어요! 출신도 비천한 주제에 건방지군요."

어떤 은행가 부인이 말했다. 옆에 서 있던 사나이가 맞장구를 쳤다.

"놈은 아주 음흉한 자식입니다. 사벨까지 차고 있으니까, 대원들도 조심하지 않으면 얼굴을 긁히고 말걸요."

귀족들은 좀더 위험한 말을 주고받았다. 귀부인들은 이런 터무니없는 무례를 시장이 과연 단독으로 저질렀는지 미심쩍어하고 있었다. 시장이 비천한 태생을 경멸한다는 것은 모두가 인정하는 사실이었기 때문이다.

이러한 물의를 일으키는 장본인 쥘리앵은 누구보다도 행복한 기분이었다. 본디 대담한 그는 이 도시의 어느 청년보다도 말을 잘 탔다. 여자들의 시선을 느끼고, 자기가 화제에 올라 있음을 깨달았다.

새 것이라 그의 견장은 한층 더 빛났다. 그가 탄 말은 연방 앞발을 쳐들었다. 그는 환희의 절정에 있었다.

그는 한없이 행복했다. 옛 성벽 곁을 통과할 때 갑자기 대포 소리가 울려 말이 열 밖으로 튀어나갔다. 다행히 말에서 떨어지지는 않았으나, 그 순간 그는 영웅이라도 된 듯한 기분이었다. 나폴레옹의 부관으로서 포병대에 발사 명령이라도 내리고 있는 듯했다.

또 한 사람, 그보다 더 행복한 사람이 있었다. 처음에 그녀는 시청 창문 너머로 쥘리앵이 통과하는 모습을 바라보았다. 그러다가 재빨리 마차를 타고 우회하여 마침 그들을 따라잡았을 때, 쥘리앵의 말이 열 밖으로 튀어나가는 것을 보고 가슴이 철렁했다. 그 후 다시 전속력으로 마차를 몰아 다른 성문을 지나 국왕이 통과할 예정인 길목에 나갔다. 그리하여 의장대가 당당히 일으키는 흙먼지를 뒤집어쓰면서 의장대 바로 뒤에서 따라갈 수 있었다. 시장이 국왕을 맞는 환영사를 끝내자 1만 명 군중이 '국왕 폐하 만세!'를 외쳤다. 한 시간 뒤 모든 축사를 듣고 난 국왕이 시내로 들어가려 할 때, 그 조그만 대포가 다시 연거푸 울리기 시작했다. 그런데 이때 조그만 사건이 일어났다. 그것은 라이프치히나 몽미라유*¹의 싸움터에서 솜씨를 자랑한 포수들의 신변에 일어난 일이 아니라, 장차 수석 부시장이 될 무아로 씨에게 일어난 사건이었다. 그의 말이 한길의 진창 속에 주인을 살포시 떨어뜨린 것이다. 큰 소동이 벌어졌다. 국왕의 마차가 지나갈 수 있도록 그를 진창 속에서 끌어내야만 했기 때문이다.

국왕은 그날 진홍색 장막을 둘러친 장려한 새 성당에 들렀다. 점심을 들고 곧 다시 마차를 타고는 유명한 성 클레망의 성골을 참배하러 갈 예정이었다. 국왕이 성당에 들어가자마자 쥘리앵은 레날 시장 댁으로 말을 몰았다. 도착하자 한숨을 내쉬면서 화려한 하늘빛 제복을 벗고 사벨과 견장을 떼고는 늘 입는 낡고 검은 옷으로 갈아입었다. 다시 말을 타고 곧 아름다운 언덕 위에 있는 브레르오에 도착했다. '열광에 들떠서 이렇게 많은 군중이 모였구나' 하고 쥘리앵은 생각했다.

'베리에르에서는 몸을 움직일 공간조차 없었고, 이 낡은 수도원 주위만도 사람이 1만 명 이상은 모여 있다.'

이 수도원은 대혁명 때 파괴되어 반쯤 폐허로 변했지만, 왕정복고(王政復古) 이래 훌륭히 수리되어 기적이라는 말까지 나고 있을 정도였다. 쥘리앵이 셀랑 사제 앞으로 다가가자 사제는 그를 몹시 나무라고 나서 법의와 그 위에 입을 하얀 제복을 주었다. 쥘리앵은 재빨리 갈아입고 아그드*²의 젊은 주교에게로 가는 셀랑 사제를 뒤따랐다. 주교는 라몰 후작의 조카로, 국왕에게 성골(遺骨)을 참배시킬 역할을 맡고 있었다. 그런데 그 주교가 보이지 않았다.

성직자들은 초조해하기 시작했다. 그들은 낡은 수도원의 어둑한 고딕식 회랑에서 지휘자를 기다리고 있었다. 스물네 명의 사제가 소집되었는데, 그것은 1789년 대혁명 이전에 스물네 명으로 조직되었던 브레르오의 성직자회를 본뜬 것이었다. 사제들은 45분 동안이나 주교가 너무 젊은 것을 개탄하며 기다리다가, 사제장을 주교에게 보내어 곧 국왕께서 도착할 예정이니 속히 나와 달라고 부탁하기로 합의했다. 가장 나이가 많다고 해서 셀랑 사제가

---

*1 모두 1814년 나폴레옹의 전쟁터.

*2 남프랑스 몽펠리에 남서쪽의 지방도시.

성직자 회장으로 추대되었다. 그는 쥘리앵에게 화가 나기는 했으나, 그래도 따라오라고 손짓해 주었다. 쥘리앵은 하얀 제복이 너무 잘 어울렸다. 성직자만의 독특한 치장술 덕분에 쥘리앵의 아름다운 곱슬머리는 깨끗이 빗질 되어 있었다. 그러나 그는 부주의하게도 법의의 기다란 자락 아래로 의장대원용 박차(拍車)를 내비치는 바람에 셸랑 사제를 더욱 화나게 만들고 말았다.

주교를 찾아가자 화려한 제복을 입은 키가 큰 시종들이 나왔다. 그러나 그들은 늙은 사제에게 똑바로 대꾸조차 하지 않고 그저 주교님을 면회할 수 없다고만 할 뿐이었다. 유서 깊은 브레르오 성직자회의 회장 자격으로서 자신은 언제나 제례식의 집행자인 주교를 만날 특권이 있다고 설명했으나 콧방귀만 뀔 뿐이었다.

자존심이 강한 쥘리앵은 시종들의 무례한 태도에 울컥했다. 그는 그 낡은 수도원의 수많은 방들을 두루 돌아다니면서 닥치는 대로 문이란 문은 다 밀어 보았다. 그러자 조그만 문이 한 개 열렸다. 그곳에는 검은 옷을 입고 황금 목걸이를 한 주교의 시종들이 꽉 차 있었다. 쥘리앵의 황급한 거동을 본 그들은 그가 주교의 부름을 받은 것이라 생각하고 통과시켰다. 몇 걸음 걸어 들어가니 아주 컴컴한 고딕식 큰 방이 나타났다. 넓은 방은 바닥이 검은 떡갈나무로 덮여 있었다. 위가 뾰족한 아치형 창문들은 하나만 남겨 놓고 모두 벽돌로 막혀 있었다. 거친 벽돌 공사가 숨김없이 드러나 오래된 훌륭한 마룻바닥과 한심한 대조를 이루고 있었다. 그 넓은 방은 샤를르 호담공(豪膽公) 샤를이 어떤 속죄를 하기 위해 1470년 무렵에 세운 것으로, 부르고뉴 지방의 고적을 좋아하는 사람들 사이에서는 아주 유명했다. 넓은 방 양쪽의 벽을 따라, 성직자들이 앉는 호사스럽게 조각을 한 나무 의자가 나란히 놓여 있었다. 그곳에는 형형색색의 목각으로 '묵시록'의 온갖 신비스러운 정경이 표현되어 있었다.

이 쓸쓸하고도 장엄한 풍경은 벌거숭이 벽돌과 흰 초벽 때문에 망쳐진 바람에 더더욱 쥘리앵의 가슴을 울렸다. 그는 말없이 멈춰 섰다. 넓은 방의 반대편 끝, 단 하나 빛이 비치는 창 가까이에 마호가니로 만든 큰 이동식 거울이 놓여 있었다. 보랏빛 옷에 흰 레이스가 달린 제복을 입고, 모자를 쓰지 않은 젊은 남자가 거울에서 세 걸음쯤 떨어져 서 있었다. 이런 곳에 거울이 있는 것이 신기했지만 아마 시내에서 운반해 왔으리라. 쥘리앵은 젊은 남자가 안절부절못하고 있는 것을 깨달았다. 그는 오른손을 들고 거울을 향해 엄숙히 축복을 주고 있었다. 쥘리앵은 생각했다.

'이게 무슨 상황이지? 젊은 사제가 의식의 연습이라도 하고 있나? 필시 주교의 비서겠지…… 시종들처럼 무례한 놈이겠지만…… 알 게 뭐야, 한 번 부딪쳐 볼 수밖에.'

그는 단 하나뿐인 창 쪽으로 시선을 고정해 그 젊은 남자를 바라보면서 큰 방을 천천히 가로질러 갔다. 젊은 남자는 느릿느릿한 동작으로 끊임없이 몇 번이고 축복을 되풀이하고 있었다.

가까이 감에 따라 젊은 남자의 화난 표정이 뚜렷해졌다. 레이스가 달린 제복이 너무나 호화로워 쥘리앵은 무의식중에 거울 몇 걸음 앞에서 우뚝 섰다.

'말을 건네자. 그것이 나의 의무다.'

쥘리앵은 다짐했다. 그러나 큰 방의 훌륭함에 압도된 데다 싸늘한 응대를 받을지 모른다 생각하니 썩 내키지 않았다.

젊은 남자는 거울에 비친 쥘리앵의 모습을 보고 돌아보더니 이제까지의 굳은 인상을 풀고 아주 다정스러운 말투로 입을 열었다.

"아이고! 이제야 다 고쳤소?"

쥘리앵은 어안이 벙벙했다. 젊은 남자가 돌아보았을 때 그 가슴에는 주교의 십자가가 걸려 있었다. 이 남자가 바로 아그드의 주교였다. 쥘리앵은 생각했다.

'이렇게 젊다니! 기껏해야 나보다 예닐곱 살 위잖아!'

그는 자기가 박차를 차고 있는 것이 부끄러웠다. 쥘리앵은 조심스럽게 말했다.

"주교님, 저는 성직자회 회장 셸랑 사제님의 심부름으로 왔습니다."

"아, 그렇습니까! 아주 훌륭한 분이라고 들었습니다."

주교의 공손한 태도에 쥘리앵은 점점 더 감탄했다.

"이거 실례했습니다. 당신이 주교관(主敎冠)을 가지고 오셨다고만 생각했습니다. 파리에서 포장이 잘못되어 관 위쪽의 은장식이 몹시 상해 버렸어요. 보기 흉할 정도입니다."

그리고 젊은 주교는 침울하게 말을 이었다.

"그런데 아직도 가져오지 않아요!"

"주교님, 허락하신다면 제가 관을 찾아오겠습니다."

쥘리앵의 아름다운 눈이 효과를 거두었다.

"부탁합니다" 하고 주교는 정중히 부탁했다.

"지금 바로 필요해요. 성직자회 여러분들을 기다리게 하기도 죄송하고……"

쥘리앵이 큰 방 한가운데까지 와서 돌아보니 주교는 다시 축복의 동작을 되풀이하고 있었다.

'왜 저럴까? 분명 이제부터 행할 의식에 필요한 종교상의 준비겠지.'

시종들이 있는 작은 방에 들어가니 문제의 주교관이 거기에 있었다. 시종들은 쥘리앵의 위압적인 눈초리에 눌려서 그에게 주교관을 넘겨주었다.

쥘리앵은 관을 들고 가는 것이 자랑스러웠다. 큰 방을 가로질러 갈 때에도 경건하게 관을 받들고 천천히 걸음을 옮겼다. 주교는 거울 앞에 앉아 있었는데, 피로한 것 같았지만 가끔 오른손을 들어 여전히 축복을 내리는 시늉을 하고 있었다. 관을 쓸 때 쥘리앵이 도와주었다. 주교는 머리를 흔들어 보고 나서 만족스러운 듯이 말했다.

"음, 이 정도면 벗겨질 염려는 없겠지요. 좀 비켜 주십사 하는데."

주교는 빠른 걸음으로 방 한가운데로 가더니, 거울을 향해 느릿느릿 걸음을 옮겨 놓으면서 다시 화난 듯한 표정을 지으며 엄숙하게 축복을 내리는 동작을 반복하기 시작했다.

쥘리앵은 놀라서 그 자리에 우두커니 서 있었다. 까닭을 어렴풋이 알 듯도 했지만 확신할 수 없었다. 주교가 문득 동작을 멈추더니 쥘리앵을 보았다. 그 얼굴에서 엄숙한 표정이 사라졌다.

"어떻습니까? 관이 제대로 올려졌나요?"

"완벽합니다, 주교님."

"너무 뒤로 삐딱하게 쓰지 않았습니까? 그러면 얼빠져 보이지요. 하기야 장교의 군모처럼 눈 위에 푹 눌러쓸 수도 없지만."

"제가 보기에는 완벽합니다만."

"국왕께서는 높은 성직자들을 늘 보아 오셨고, 그분들은 모두 위엄을 갖춘 분들일 테죠. 나는 안 그래도 나이가 젊으니 너무 가볍게 보이고 싶지 않습니다."

이렇게 말하고 주교는 다시금 축복을 내리면서 발걸음을 옮겼다.

'확실해. 주교님은 축복을 내리는 연습을 하고 있었던 거야.'

겨우 확신하게 된 쥘리앵은 속으로 중얼거렸다.

잠시 후 주교가 입을 열었다.

"준비가 다 됐습니다. 사제님과 성직자회 여러분들에게 그리 전해 주시기 바랍니다."

이윽고 셸랑 신부는 가장 나이 많은 사제 두 사람을 거느리고 훌륭히 조각된 큰 문을 통해서 넓은 방 안으로 들어섰다. 쥘리앵은 이 문이 있는 줄은 미처 몰랐다. 그런데 이번에 그는 직분상 맨 뒤에 서게 되었으므로, 주교의 모습은 문간에 모여 웅성대는 사제들의 어깨 너머로 보일 뿐이었다.

주교는 천천히 큰 방을 가로질렀다. 주교가 문지방 가까이 나오자 사제들은 행렬을 지었다. 한순간 약간 혼란이 있었지만 이윽고 행렬은 시편을 낭송하면서 움직이기 시작했다. 주교는 셸랑 사제와 아주 나이가 많은 사제 사이에 끼어 맨 뒤쪽에서 걸어갔다. 쥘리앵은 셸랑 사제의 수행원으로서 어느 결엔가 주교 가까이 다가가 있었다. 일동은 브레르오 수도원의 긴 복도를 걸어갔다. 바깥은 눈부신 햇빛이 내리쬐고 있었으나 복도는 어둑하고 습기가 많았다. 드디어 회랑의 기둥들이 즐비하게 서 있는 곳에 이르렀다. 쥘리앵은 이 웅장하고 화려한 의식에 눈이 부실 지경이었다. 젊은 주교에게 자극받은 야심, 그의 섬세한 배려와 정중한 태도에 점점 마음을 빼앗겼다. 그 정중한 태도는 기분 좋을 때 레날 시장이 보이는 정중함과는 전혀 달랐다.

'상류계급의 사회로 올라갈수록 매력적인 태도와 접하게 되는구나.'

일행이 옆쪽으로 난 입구를 통해 성당으로 들어가려 할 때였다. 갑자기 요란한 소리가 오래된 둥근 천장에 울렸다. 쥘리앵은 천장이 내려앉는 줄만 알았다. 그 조그만 대포가 다시 울린 것이다. 말 여덟 마리가 끄는 마차가 막 도착한 참이었다. 도착하자마자 라이프치히의 용사들은 즉시 포탄을 장전하고 1분에 다섯 발씩이나 발사하기 시작했는데, 마치 프러시아군이 눈앞에 있는 듯한 기세였다.

그러나 그 굉장한 포성도 이제는 쥘리앵의 관심을 끌지 못했다. 나폴레옹도 군대의 영광도 이미 그의 염두에 없었다.

'저렇게 젊은데, 아그드의 주교라! 그런데 아그드가 어디지? 수입은 얼마

나 될까? 아마 이삼십만 프랑은 될 거야.'

주교의 시종들이 호화로운 천개(天蓋)를 받들고 나타났다. 셸랑 사제도 그 자루 하나를 쥐었는데, 실제로 그것을 받쳐 든 사람은 쥘리앵이었다. 주교가 천개 아래로 들어갔다. 그는 감쪽같이 노인이 되어 있었다. 우리 주인공은 감탄을 억누를 수 없었다.

'수완만 좋으면 못할 것이 없구나.'

국왕이 들어왔다. 쥘리앵은 운 좋게도 아주 가까이서 그 얼굴을 볼 수 있었다. 주교는 감동한 표정으로 인사하며 국왕을 맞이했는데, 국왕 앞에서 극히 정중하게 송구해하는 말투를 어느 정도 섞어 쓰는 것을 잊지 않았다.

브레르오의 의식에 대한 묘사를 여기서 줄줄 늘어놓지는 않겠다. 그 의식은 2주일에 걸쳐 현내(縣內)의 모든 신문에 기삿거리를 제공했으니 말이다. 쥘리앵은 주교의 연설로 국왕이 샤를르 호담공의 후예라는 사실을 알았다.

후일담이라면, 이 의식의 회계검사를 명받은 것은 쥘리앵이었다. 조카를 주교 자리에 앉힐 정도의 라몰 후작이었으므로 그는 조카를 위해 비용 일체를 부담했다. 브레르오의 의식을 치르는 데만도 3800프랑의 경비가 들었다.

주교의 강화가 있고 국왕의 답례가 끝나자, 국왕은 천개 아래로 들어가서 아주 경건한 태도로 제단 앞 방석에 무릎을 꿇었다. 제단 주위는 성직자의 자리였으며 바닥보다 두 단 높았다. 쥘리앵은 그 아랫단의 셸랑 사제 발치에 앉아 있었다. 그 모습은 마치 로마의 시스티나 성당에서 추기경 곁에 앉아 옷자락을 들어 주는 사람과 흡사했다. 사은(謝恩)의 송가 '테 데움(주여, 찬양하리로다)'이 울려 퍼지고, 향 연기가 피어오르며, 소총과 대포가 연이어 발사되었다. 군중은 행복과 신앙에 취했다. 이러한 하루는 자코뱅파의 신문이 백 호(號)에 걸쳐서 쌓아 올린 성과를 한 번에 분쇄할 만했다.

쥘리앵은 모든 것을 잊고 기도드리고 있는 국왕으로부터 여섯 걸음 떨어진 곳에 있었다. 그때 비로소 재기가 넘쳐흐르는 눈매를 가진 한 작달막한 사나이가 눈에 띄었다. 거의 수를 놓지 않은 옷을 입고 있었다. 그러나 그 간소한 옷 위에 푸른색 코르동 블루*를 달았고, 다른 귀족들보다 국왕 가까이에서 시중을 들고 있었다. 다른 귀족들의 옷은 쥘리앵이 보기엔 금빛 자수

---

* 성령기사단의 푸른색 훈장. 프랑스 귀족사회 최고의 영예.

가 덕지덕지해서 천이 보이지 않을 정도였다. 곧 그 작달막한 사람이 바로 라몰 후작이라는 것을 알았다. 오만하고 불손한 느낌을 주는 인물이라고 쥘리앵은 생각했다.

'이 후작은 그 잘생긴 주교처럼 상냥하진 않을 듯하군. 정말 성직이란 인간을 착하고 현명하게 만드는구나! 그나저나 국왕께서는 성골을 참배하러 오셨다는데, 성골 따위는 어디에도 없잖아. 성 클레망을 어디에 모셔 놨을까?'

옆에 앉아 있던 성가대원 소년이, 숭고한 유골은 건물 위쪽 등명당(燈明堂)*에 안치되어 있다고 가르쳐 주었다.

'등명당이 무엇일까?'

그러나 쥘리앵은 이 말의 설명까지 부탁하지는 않았다. 그는 주위에 더욱 관심을 쏟았다.

대개 국왕이 참배할 때는 성직자회원이 주교를 수행하지 않는 것이 관례이다. 그러나 등명당으로 갈 때 아그드의 주교는 셀랑 사제를 불렀다. 쥘리앵은 용기를 내어 그 뒤를 따랐다.

긴 계단을 다 올라가자 작은 문이 나왔는데, 그 테두리는 금빛을 칠한 매우 호화로운 고딕식이었다. 마치 바로 전날 칠한 듯 깨끗했다.

문 앞에는 베리에르에서도 손꼽히는 명문가 소녀 스물네 명이 일제히 꿇어앉아 있었다. 문을 열기 전에 주교는 한결같이 아름다운 소녀들 중앙에 무릎을 꿇고 앉았다. 주교가 낭랑한 목소리로 기도를 계속하는 동안, 소녀들은 주교의 아름다운 레이스, 우아한 태도, 아주 젊고 다정스러운 얼굴을 황홀한 듯이 뚫어져라 쳐다보았다. 그 광경을 보고 우리 주인공은 이성(理性)의 마지막 한 조각까지 날아가 버릴 정도로 넋을 잃었다. 이 순간 같으면, 그는 저 '종교재판'조차 진심으로 지지해서 싸웠을 것이다. 갑자기 문이 열렸다. 조그만 예배당은 밝혀진 촛불로 마치 타오르고 있는 듯했다. 제단 위에는 초가 천 자루 이상이나 여덟 줄로 늘어서 있었고, 그 줄 사이마다 꽃다발이 놓여 있었다. 질좋은 향(香)의 그윽한 향기가 소용돌이치면서 예배당 문밖으로 흘러나왔다. 새로 금빛을 칠한 예배당은 아주 작았지만 천장은 몹시 높았

---

* 관 주위에 수많은 촛불을 켜 놓은 안치소. 여기서는 촛불에 둘러싸인 예배당을 뜻한다.

다. 제단 위에 세워져 있는 높이 열여섯 자가 넘는 큰 초가 쥘리앵의 눈길을 끌었다. 소녀들은 저도 모르게 감탄사를 연발했다. 예배당의 좁은 입구 안에 들어가는 것이 허락된 자는 스물네 명의 소녀들, 두 사람의 사제, 그리고 쥘리앵뿐이었다.

이윽고 국왕이 라몰 후작과 시종장만을 거느리고 나타났다. 근위병들도 밖에서 무릎 꿇고 받들어총 자세를 취하고 있었다.

국왕은 기도대 앞에 무릎을 꿇는다기보다는 숫제 몸을 던졌다. 금빛 문에 몸을 딱 붙이고 있던 쥘리앵은 이때 비로소 한 소녀의 드러난 팔 아래로 성 클레망의 아름다운 상(像)을 엿볼 수 있었다. 로마 병사 복장을 한 그 젊은 이의 상은 제단 아래에 안치되어 있었다. 목에 커다란 상처가 있어 그곳에서 피가 흘러나오고 있는 듯했다. 작가의 역량 이상의 작품이었다. 상의 두 눈은 임종을 고하면서도 온화함을 가득 담은 채 살짝 감겨 있었다. 기르다 만 수염이 아름다운 입매를 장식했고, 반쯤 다문 입은 아직도 기도하고 있는 듯했다. 이 상을 보고 쥘리앵의 곁에 있던 소녀가 뜨거운 눈물을 흘리기 시작했다. 그 눈물방울 하나가 쥘리앵의 손에 떨어졌다.

사방 백 리 안에 있는 마을에서 울리는 아득한 종소리 이외에 이 깊은 정적을 깨뜨리는 것은 아무것도 없었다. 그런 와중에 아그드의 주교가 짧은 기도를 올리고는 이어 국왕에게 발언의 허락을 청했다. 주교는 아주 감동적인 짧은 강화를 간결한 말로 맺었는데, 그래서 오히려 효과가 더 컸다.

"젊은 신도 여러분, 여러분은 지상에서 가장 위대한 국왕 한 분이 전능하시고 거룩하신 하느님의 종 앞에 무릎 꿇는 것을 보셨습니다. 이 일을 절대로 잊지 마십시오. 아직도 피가 흘러나오는 성 클레망의 상처를 보면 알 수 있듯이, 이들 하느님의 종들은 지상에서는 힘이 약하여 박해 받고 살해당했습니다. 그러나 그분들은 천국에서 승리를 얻었습니다. 아시겠지요. 젊은 신도 여러분, 여러분은 언제까지나 오늘의 이 날을 잊지 마시고, 믿음이 없는 마음을 미워해야 합니다. 이렇듯 위대하시고, 이렇듯 거룩하시고, 더구나 이렇듯 자비로우신 하느님 앞에 여러분은 영원한 충성을 약속하셔야 합니다."

말을 마치고 주교는 위엄 있게 일어섰다.

"약속하시겠지요?"

주교는 영감에 사로잡힌 듯이 한 손을 내밀면서 말했다.

"약속합니다."

소녀들은 눈물을 흘리면서 입을 모아 대답했다.

"거룩하신 하느님의 이름으로, 나는 여러분의 약속을 받겠습니다."

낭랑한 주교의 음성과 함께 식은 끝났다.

국왕도 눈물을 흘리고 있었다. 쥘리앵이 정신을 차리고, 로마에서 부르고뉴 집안의 필립 선량공(善良公)에게 보내졌다는 그 성자의 유골은 어디 있느냐고 물을 수 있게 된 것은 훨씬 뒤의 일이었다. 그 성골은 밀랍으로 만든 저 아름다운 상 속에 안치되어 있다는 대답이 돌아왔다.

국왕은 예배당까지 따라온 소녀들에게 '믿지 않는 마음을 미워하고, 영원히 하느님을 찬미하리'라는 글자가 수놓인 빨간 리본을 달 것을 허락했다.

라몰 후작은 군중에게 만 병의 포도주를 베풀었다. 그날 밤 베리에르의 자유주의자들은 축하 등불을 왕당파보다 백배나 더 찬란하게 밝혀도 좋을 이유가 있었다. 국왕이 출발에 앞서 친히 무아로 씨를 문병했기 때문이다.

제19장
생각은 괴로움의 씨앗

날마다 일어나는 일의 기묘함이 사랑의 참된 불행을 감춰 준다.

바르나브

평소에 놓여 있던 가구를 라몰 후작이 머물렀던 방으로 다시 옮기던 중 쥘리앵은 종이쪽지 하나를 발견했다. 빳빳한 종이를 네모로 접은 것이었다. 겉면 아래쪽을 보니 '프랑스 귀족원 위원, 왕실 기사…… 라몰 후작 각하'라고 씌어 있었다. 마치 찬모가 쓰기라도 한 듯 큼직하게 서툰 글씨로 쓴 청원서였다.

  후작 각하
  저는 태어난 후 줄곧 하느님의 가르침을 지켜 온 자입니다. 생각만 해도 몸서리가 나는 그 93년, 리용이 포위당했을 때도 그곳에 머물러 포탄 세례를 받았습니다. 영성체는 꼭 하고 있으며 일요일마다 반드시 교구(敎區)의 성당 미사에 참례하고 있습니다. 끔찍하고 저주스런 93년에조차 단한 번도 부활절에서 맡은 의무를 저버린 일이 없었습니다. 혁명 전에는 저도 사람을 거느리고 있었습니다. 하녀들에게 매주 금요일이면 정진식(精進食)을 만들게 합니다. 저는 베리에르에서 많은 사람의 존경을 받고 있는데 이것도 당연하다는 어리석은 생각이 듭니다. 제례 행렬 때는 사제님, 시장님과 나란히 천개 아래를 걷고, 대제(大祭)때는 제가 헌납한 큰 초를 받들고 행진합니다. 위에서 말씀드린 사실의 증명서는 파리의 재무성에 비치되어 있을 것입니다. 부디 후작 각하께서 깊이 배려하시어 제가 베리에르 증권거래소장 직을 얻도록 도와주셨으면 합니다. 현 거래소장은 중병으로 신음하고 있을 뿐만 아니라 선거 때 부정을 저지른 사실도 있고 해서, 머지않아 어떤 형태로든 그 자리가 빌 것이 틀림없습니다……

드 숄랭

이 청원서의 여백에는 '드 무아로'라고 서명한 부언이 적혀 있었는데 그것은 다음과 같이 시작되고 있었다.

'본 청원자인 선량한 인물에 대해서는 어제(단어도 틀려 있었다) 말씀드렸습니다만……'

'이거 봐라, 그 얼간이 숄랭까지도 내가 나아갈 길을 가르쳐 주고 있지 않는가' 하고 쥘리앵은 깊이 생각했다.

국왕이 베리에르를 다녀간 뒤 일주일간은 수많은 유언비어와 어처구니없는 억측과 우스꽝스러운 쑥덕공론 등이 끊임없이 떠돌았고, 국왕, 아그드의 주교, 라몰 후작, 만 병의 포도주, 딱하게도 낙마한 무아로 씨의 일(그는 훈장을 타 낼 목적으로 낙마한 후 한 달 동안이나 집에 틀어박혀 있었다) 등등이 차례로 화제에 올랐다. 그러나 마지막까지 화젯거리가 된 것은 목재상의 아들 쥘리앵 소렐을 의장대원으로 발탁한 당찮은 처사였다. 이 점에 관해서는 아침저녁으로 카페에서 목이 쉬도록 평등을 주장하는, 돈 많은 사라사 제조업자의 말에 귀를 기울여야 한다. 그 오만한 레날 부인이 이 황당한 사건의 주모자다. 까닭은? 그 소렐이란 애송이 신학도의 예쁜 눈과 빛나는 뺨을 보면 더 말하지 않아도 잘 알 것이 아닌가.

베르지로 돌아온 지 얼마 안 되어 막내둥이 스타니슬라스 그자비에가 열을 내며 앓았다. 레날 부인은 갑자기 무서운 후회에 휩싸였다. 자기 사랑에 대해 진심으로 자책감을 느낀 것은 이때가 처음이었다. 자기가 얼마나 큰 과오를 범했는가 마치 기적처럼 갑자기 깨달았다. 신앙심이 그토록 깊은데도, 그때까지는 자기의 죄가 하느님이 보시기에 얼마나 클지 조금도 생각지 않았던 것이다.

그 옛날 성심 수녀원에 있을 때 열렬하게 하느님을 사랑한 그녀인 만큼, 지금 같은 처지에 놓이고 보니 두려워하는 마음이 그에 못지않게 강하게 일어났다. 그 공포에 이성적(理性的)인 요소가 전혀 들어 있지 않아 내심의 갈등을 한층 더 견디기 어려웠다. 어떤 이치를 가지고 그녀를 설득하려 해도 그것이 그녀의 마음을 진정시키기는커녕 오히려 들끓게 할 뿐이라는 사실을 쥘리앵은 깨달았다. 그녀에게는 그 말이 지옥의 소리처럼 들렸던 것이다. 그러나 쥘리앵 자신도 어린 스타니슬라스를 깊이 사랑하고 있었기 때문에, 그 아이의 병에 대해 얘기를 주고받는 일이 점점 늘었다. 병은 갈수록 악화됐다. 그렇게 되니 후회는 사라질 줄 몰랐고, 그녀는 잠도 이룰 수 없게 되었다. 답답한 침묵을 도통 깨려고 하지 않았다. 입을 열어 버리면 자기의 죄를 하느님이나 다른 사람에게 고백하게 될 것 같았다. 두 사람만 있게 되면 쥘리앵은 늘 이런 말을 했다.

"제발 부탁이니 다른 사람에게는 말하지 말아 주십시오. 고민은 저에게만 고백해 주시기 바랍니다. 만약 지금도 저를 사랑하신다면 아무 말씀도 말아 주세요. 남에게 얘기한다고 가여운 스타니슬라스의 열이 내려가는 것은 아니니까요."

그러나 아무리 달래 봐도 효과가 없었다. 쥘리앵은 몰랐지만, 레날 부인은 질투심이 강한 하느님의 분노를 진정시키기 위해서는 쥘리앵을 미워하든가 아이를 죽음에 내주든가 어느 한쪽을 택해야 할 것이라 생각하고 있었다. 부인이 그처럼 비참한 기분에 사로잡힌 것은 연인을 도저히 미워할 수 없었기 때문이다.

어느 날 그녀는 쥘리앵에게 말했다.

"내 곁을 떠나 주세요. 제발 부탁이니 이 집에서 나가 주세요. 당신이 이 집에 계시면 이 애는 죽어요. 하느님이 벌을 내리신 거예요."

그녀는 목소리를 낮추어서 덧붙였다.

"하느님에겐 실수가 없어요. 나는 올바른 재판을 고맙게 여겨요. 이렇게 무서운 죄를 짓고도 후회하지 않고 살고 있었으니! 그것이 하느님에게 버림받았다는 첫 번째 증거였어요. 나는 이중으로 벌을 받아 마땅해요."

쥘리앵은 큰 감동을 받았다. 그 말에 위선이나 과장이 없었기 때문이다.

'이 사람은 나를 사랑함으로써 아이를 죽이게 된다 생각하고 있다. 그런데 측은하게도 아이보다 나를 더 사랑하고 있구나. 그래, 분명하다. 그러기에 죽도록 후회하고 있는 거야. 이것이야말로 숭고한 애정이구나. 그런데 나는 대체 무엇으로 이러한 사랑을 불러일으킬 수 있었을까? 가난하고 가문도 나쁘고 무엇 하나 아는 것도 없는 데다가 자주 무례한 짓까지 하는 내가!'

어느 날 밤 아이의 병이 더 심해졌다. 새벽 2시께 레날 시장이 문병하러 왔다. 아이는 온 얼굴이 빨개지고 열에 들떠서 아버지도 알아보지 못했다. 갑자기 레날 부인이 남편의 발치에 꿇어 엎드렸다. 쥘리앵은 부인이 모든 사실을 고백하여 영원히 돌이킬 수 없는 파국에 빠지려 하고 있음을 눈치챘다.

다행하게도 레날 시장은 아내의 기이한 행동을 귀찮다고 여길 뿐이었다.

"그만 자라고! 자요!" 하고, 레날 시장은 나가려 했다.

"아니요, 말씀드릴 것이 있어요."

남편 앞에 꿇어앉은 부인이 그를 붙들고는 외쳤다.

"진실을 들으세요. 이 아이는 내가 죽이고 있는 거나 다름없어요. 이 아이에게 생명을 준 내가 지금은 뺏으려 하고 있는 거예요. 천벌이에요. 하느님이 보시기에 나는 살인자와 다름없어요. 나는 스스로 나의 파멸을 불러 내 자신에게 치욕을 주어야 해요. 그만한 희생을 치르면 하느님의 노여움도 풀리실 거예요."

레날 시장이 상상력이 풍부했다면 이것만으로도 진실을 눈치챘을 것이다. 그러나 그는 자기 무릎에 매달리는 아내의 손을 뿌리치고 큰 소리로 다음과 같이 말했을 뿐이었다.

"소설 같은 생각이로군! 그런 것은 모두 소설 같은 생각이오! 쥘리앵 군, 새벽에 의사를 불러오도록 하게."

그리고 그는 침실로 돌아가 버렸다. 레날 부인은 반쯤 정신을 잃고 맥없이 무릎을 꿇고 말았는데, 쥘리앵이 부축해 일으키려 하자 몸을 떨며 뿌리쳤다.

쥘리앵은 그저 놀랍기만 했다.

'이것이 간통이라는 것인가! 그 사기꾼 같은 사제들…… 그들의 말이 옳다니, 그런 어처구니없는 일이 있을 수 있을까? 그처럼 많은 죄를 짓고 있는 놈들이 진정한 죄가 무엇인지 알 수 있다고? 괴상한 이야기가 아닌가!
……'

레날 시장이 방으로 돌아간 뒤 약 20분 동안 쥘리앵은 사랑하는 여자의 모습을 지켜보았다. 그녀는 아이가 쓰는 조그만 침대에 머리를 박은 채 꼼짝도 하지 않았고 거의 의식조차 없어 보였다.

'남보다 뛰어난 영혼을 지닌 한 여자가 불행의 구렁텅이에 빠져 있다. 그것도 다 나를 알아 버렸기 때문에.'

쥘리앵은 생각에 잠겼다.

'시간은 자꾸 흐른다. 이 사람을 위해서 무슨 일을 해 줄 수 있을까? 결단을 내려야 해. 이제 난 어찌 되든 상관없어. 세상 놈들이나 그 시시한 체면 따위가 다 뭐란 말인가! 이 사람을 위해서 무엇을 해 주면 좋을까? …… 헤어지는 것이 좋을까? 그러나 헤어지면 이 사람을 견딜 수 없는 고뇌 속에 홀로 버려두는 꼴이 되지 않겠는가. 그 허수아비 같은 남편은 도움이 되기는커녕 이 사람을 해치기만 할 테지. 그렇게 무신경하니 나중에는 무슨 지독한 말을 할지 몰라. 그러면 이 사람은 정신이 나가서 창밖으로 몸을 던지겠지. 이대로 방치하면 이 사람은 남편에게 모조리 고백할 거야. 그렇게 되면 큰일이다. 이 사람에게 아무리 유산이 들어오게 되어 있더라도 그자는 필시 한바탕 소란을 피우겠지. 이 사람 성격으로 볼 때 그 망할 놈의 사제 마슬롱에게까지 전부 고백해 버릴지도 모른다! 안 그래도 마슬롱은 여섯 살짜리 막내둥이의 병을 핑계 삼아 이 집에 눌러앉아 있는데, 대체 뱃속에 무슨 시커먼 생각이 들어 있는 건지. 한창 괴로워하는 중이고 신을 두려워하는 중이니 이 사람은 그 남자가 어떤 자인지 깨끗이 잊고 그가 사제라는 사실만 생각할 것이 틀림없어.'

"저리 가요!"

갑자기 눈을 뜬 레날 부인이 말했다. 그러자 쥘리앵은 대답했다.

"어떻게 하면 당신에게 가장 도움이 되겠습니까? 그것을 알 수 있다면 목숨 따위 몇 번이든 버리겠습니다. 이렇게까지 당신을 사랑한 적은 지금까지 한 번도 없습니다. 아니, 이제 비로소 당신을 참으로 사랑할 수 있게 됐다고 하는 편이 맞습니다. 당신 곁을 떠나게 된다면 대체 저는 어떻게 살까요? 더구나 저 때문에 당신께서 괴로워하고 계시는 것을 뻔히 알면서! 아니, 저의 괴로움 따위 상관없습니다. 물론 떠나겠습니다. 당신에게 도움이 된다면. 그러나 만약 제가 떠나 당신을 지켜 드리는 사람이 없어지고, 늘 당신과 남편 사이에 끼어 있던 제가 없어진다면 당신은 남편에게 모든 것을 고백하고 말 테지요. 그렇게 되면 당신은 파멸할 뿐입니다. 생각해 보십시오, 남편은 당신 얼굴에 흙칠을 하고 내쫓을 것이 분명합니다. 온 베리에르 사람과 온 브장송 사람들이 그 스캔들로 떠들썩할 것입니다. 당신만 나쁜 사람이 되고, 평생 그 오명을 씻을 길이 없게 됩니다."

"그것이 내가 바라는 일이에요!" 하고 부인은 일어서면서 외쳤다.

"나는 얼마든지 고통을 받겠어요. 차라리 그게 나아요."

"그러나 그 무시무시한 스캔들 때문에 남편까지 불행해집니다!"

"그래도 나는 나를 모욕해야 해요. 진창 속에 뛰어들어야 해요. 그러면 이 아이가 살아날지도 몰라요. 모두에게 나의 수치를 털어놓겠어요. 그래야 사람들 앞에서 회개하는 것이 되겠죠. 어리석은 내 생각으로는 그것이 하느님에게 바치는 가장 큰 희생이라고 여겨져요. 그렇지 않을까요? 그만큼 내 몸을 욕보이면 하느님도 굽어보셔서 이 아이를 살려 주실지 몰라요. 달리 좀더 괴로워할 수 있는 희생이 있으면 가르쳐 주세요. 당장 그것을 실행하겠어요."

"저도 벌을 나누어 받도록 해 주십시오. 저도 죄인입니다. 트라피스트 수도원에 들어갈까요? 그 엄격한 생활 속에 뛰어들면 하느님의 분노도 누그러지실지 모릅니다. 아아! ……정말로 할 수만 있다면, 스타니슬라스 대신 내가 병을 앓고 싶구나……"

"당신도 이 아이를 사랑하시는군요."

레날 부인은 일어서서 쥘리앵의 품에 몸을 던졌다.

그러더니 동시에 그녀는 겁먹은 듯이 쥘리앵을 떼밀었다.

"나는 당신을 믿어요! 믿겠어요!"

다시 무릎을 꿇고 앉아 그녀는 말을 이었다.

"당신은 내 유일한 친구예요! 당신이 스타니슬라스의 아버지였더라면 얼마나 좋았을까! 그러면 당신 아들보다 당신을 더 사랑한들 무서운 죄가 되진 않았을 텐데……"

"이대로 곁에 머무르게 해 주실 순 없겠습니까. 앞으로는 누님으로서 당신을 사랑하겠습니다. 그것만이 올바른 속죄 방법이겠지요. 그러면 하느님의 노여움도 가라앉을지 모릅니다."

"그러면 나는……"

부인은 몸을 일으켜 쥘리앵의 얼굴을 두 손으로 잡고는 그 얼굴을 들여다보면서 외쳤다.

"그러면 나는 당신을 동생처럼 사랑하게 되는 건가요? 당신을 동생처럼 사랑하다니, 나로선 힘들 거예요."

쥘리앵은 눈물을 흘리고 있었다. 그는 부인의 발아래 무릎을 꿇으면서 말했다.

"당신의 말씀대로 하겠습니다. 무슨 일이든지 당신의 말에 따르겠습니다. 이제 제가 할 수 있는 일은 그것뿐입니다. 눈앞이 캄캄해서 뭘 어찌 해야 좋을지 모르겠습니다. 만약 제가 곁을 떠난다면, 당신은 남편에게 무슨 말이든지 다 해 버릴 테지요. 당신은 파멸하고 남편께서도 마찬가지입니다. 그렇게 해서 세상의 웃음거리가 되면 결국 남편께서는 절대로 국회의원이 될 수 없습니다. 만약 제가 이대로 이곳에 남는다면 저 때문에 아드님이 죽는다고 당신께서는 생각하실 터이고, 그 고뇌로 당신은 죽을 만큼 고통을 당하실 겁니다. 제가 나가면 어떻게 될지 한번 시험해 보시지 않겠습니까? 괜찮으시다면 두 사람이 범한 죄를 나 혼자 지고 속죄하기 위해서 한 주일쯤 당신 곁을 떠나 제 자신에게 징벌을 내리겠습니다. 어느 곳이든 좋습니다. 당신이 원하시는 곳에 틀어박혀서 한 주일을 보내겠습니다. 이를테면 브레르오의 수도원이라도 좋습니다. 다만 제가 없는 동안 남편에게 아무 말씀도 하지 않겠다고 맹세해야 합니다. 아시겠습니까? 만약 당신이 고백하시면 저는 두 번 다시 돌아올 수 없습니다."

부인은 약속했고 곧 쥘리앵은 출발했다. 그러나 이틀만에 부인은 그를 돌아오게 했다.

"당신이 없으면 도저히 맹세를 지킬 수 없어요. 당신이 항상 곁에 있으면서 아무 말도 말라고 눈으로 꾸짖지 않으면, 나는 그이에게 말해 버릴 것만 같아요. 이렇게 무서운 삶이라니! 한 시간이 하루 같이 느껴져요."

드디어 하늘도 이 불행한 어머니를 가엾게 여겼다. 스타니슬라스가 조금씩 건강을 회복하게 된 것이다. 그러나 그녀가 밟고 있던 얇은 얼음은 이미 깨졌다. 그녀의 이성은 자기의 죄가 얼마나 큰지 너무나 잘 알아 버렸다. 이제 다시 마음의 평정을 되찾을 수는 없었다. 오로지 회한만이 마음속에 남았다. 그 회한은 이런 착실한 여자에게 맞는 형태로 그녀 마음속에 자리 잡았다. 그녀의 생활은 천국이자 지옥이 되었다. 쥘리앵의 모습이 보이지 않을 때는 지옥이고 그의 발아래 무릎을 꿇고 있을 때는 천국이었다.

"난 이제 환상은 품지 않아요."

온몸을 사랑에 맡기고 있는 순간에도 그녀는 말했다.

"나는 지옥에 떨어질 거예요. 이젠 돌이킬 수 없어요. 당신은 아직 젊고

내게 유혹당했을 뿐이니 하느님도 용서해 주시겠지만 나는 분명 지옥에 떨어질 거예요. 그것을 확신할 수 있는 표징이 있어요. 나는 무서워요. 지옥이 눈앞에 보이는데 무서워하지 않을 사람이 있을까요? 그래도 사실 후회 따윈 하고 있지 않아요. 다시 죄를 저질러야 한다면 또 이 죄를 범하고 말겠지요. 단지 이 세상에서 천벌이 내리지 않는다면, 그리고 아이들에게 천벌만 내리지 않는다면, 나는 그것으로 족해요."

그런가 하면 이런 말을 외칠 때도 있었다.

"하지만 사랑하는 쥘리앵. 하다못해 당신만은 행복하시겠죠? 내가 당신을 사랑하는 데 부족함은 없죠?"

남에 대한 불신감과 자존심 때문에 무엇보다도 희생적인 사랑을 요구하는 쥘리앵이지만, 이처럼 의심할 여지없는 희생적인 행위가 끊임없이 눈앞에 보이자 그도 마침내 항복하고 말았다. 그는 이제 진심으로 레날 부인을 사랑하게 되었다.

'이 사람은 귀족이고 나는 한낱 노동자 자식이다. 그러나 그런 것은 이제 아무래도 좋다. 나는 사랑받고 있다…… 나는 연인 역할을 명령받은 하인이 아니다.'

그러한 위구심이 사라져 버리자 쥘리앵은 몸을 불사를 것 같은 광란의 사랑 속으로 깊이 빠져 들어갔다.

레날 부인은 쥘리앵이 자기의 사랑을 의심하는 듯한 기미를 보이면 이렇게 말했다.

"하다못해 둘이 함께 있을 수 있는 잠깐만이라도 당신을 정말로 행복하게 해드리고 싶어요! 손 놓고 있을 수는 없어요. 내일이라도 나는 당신 곁을 떠나게 될지 모르는걸요. 만약 아이들이 나 대신 천벌이라도 받으면 아무리 당신만을 사랑하면서 살고자 해도 소용없겠죠. 아이들이 죽은 것은 내 죄 탓이 아니라고 생각하고 싶어도 모두 헛일일 것만 같아요. 그렇게 되면 난 도저히 살아갈 수 없어요. 아무리 살아 보려 발버둥친들 헛수고일 뿐, 나는 미쳐 버릴 거예요. ……아아! 스타니슬라스가 열병에 걸렸을 때, 당신은 그 아이 대신 앓겠다고 정말로 고마운 말씀을 하셨죠? 그 마음처럼 내가 당신의 죄를 대신 받을 수 있으면 얼마나 좋을까!"

이 커다란 정신적 위기가 쥘리앵과 연인 사이를 맺어 주는 감정의 성질을 변질시켰다. 이미 쥘리앵의 사랑은 단지 여자의 미모에만 혹하거나 그 여자를 자기 것으로 만들겠다는 자존심 차원의 것이 아니게 되었다.

그로부터 두 사람의 행복은 깊어졌고, 두 사람의 몸을 불사르는 사랑의 불길은 한층 더 세차게 타올랐다. 두 사람은 광적인 사랑의 환희에 도취했다. 남의 눈에는 그들의 행복이 전보다 더욱 크게 비쳤을지도 모른다. 그러나 두 사람의 사랑이 익기 시작할 무렵—그때 레날 부인은 쥘리앵이 자기를 진심으로 사랑하지 않는 것은 아닐까 하는 점만이 근심거리였다—에 느꼈던 그 즐겁고 평화로운 기분, 구름 한 점 없는 기쁨, 진정한 행복, 그런 것은 이제 다시는 느낄 수 없었다. 그들의 행복에는 때로 죄의 그림자가 따랐다.

더없이 행복스럽고 평화로워 보일 때라도, 레날 부인은 갑자기 떨리는 손으로 쥘리앵의 손을 잡고 이렇게 외쳤다.

"아아, 하느님! 두려워요! 지옥이 보여! 이 얼마나 무서운 가책일까? 하지만 당연한 대가겠죠."

그녀는 벽에 엉겨 붙은 담쟁이처럼 그에게 매달려 꼭 끌어안았다.

쥘리앵은 흥분한 부인의 마음을 진정시키려고 했으나 허사였다. 그녀는 쥘리앵의 손을 잡고 소나기 같은 키스를 퍼붓고는 다시 침울한 몽상 속으로 빠져 들었다.

'아아 지옥, 지옥도 내게는 과분한 은혜일지 몰라. 나는 아직도 이 세상에서 이이와 며칠을 보낼 수 있으니까. 그러나 아이들이 죽는다면 그건 생지옥이야…… 하지만 그런 희생을 치르지 않는 한 내 죄는 용서받을 수 없을지도 몰라. 아아…… 하느님! 그런 희생을 요구하실 뜻이라면, 아예 저의 죄를 용서하지 말아 주세요. 가련한 아이들은 무엇 하나 당신의 노여움을 살 일을 하지 않았습니다. 이 몸만이 죄인입니다. 남편도 아닌 남자를 사랑하고 있으니까요.'

그 뒤로 레날 부인은 안정을 되찾은 듯하였다. 그녀는 모든 것을 자기가 책임지기로 마음먹었다. 사랑하는 사람의 인생을 망치고 싶지 않았던 것이다.

이렇듯 사랑과 회한과 환락이 교차하는 가운데 두 사람에게 있어서 세월은 번개처럼 빨리 흘러갔다. 쥘리앵은 깊이 무언가를 생각하는 습관을 잃어버렸다.

하녀 엘리자는 사소한 소송 사건이 있어서 베리에르에 갔다가 발르노 씨를 만났다. 그리고 그가 쥘리앵에게 몹시 나쁜 감정을 품고 있음을 알았다. 자기도 그 가정교사를 원망하고 있었기 때문에 그녀는 발르노 씨에게 그에 관한 말을 했다.

"만약 사실을 말씀드렸다간 나는 망할지도 몰라요…… 주인님들이란 중대한 일이 일어나면 모두들 서로 손을 잡아 버리거든요…… 불쌍한 하인들은 무슨 비밀을 털어놓으면, 그 내용에 따라선 도저히 용서받지 못하죠……"

이런 상투적인 말이 나오자 호기심이 강한 발르노 씨는 참을 수가 없어서 바로 본론을 말하도록 그녀를 부추겼다. 그러자 그로서는 체면상 도저히 받아들일 수 없는 얘기가 튀어나왔다.

생각해 보면 이 지방에서 으뜸가는 미녀 레날 부인을 자기는 온갖 수단을 다하여 6년 동안이나 쫓아다녔는데, 이는 모두가 아는 사실이다. 그처럼 도도한 그녀가 좀처럼 상대해 주지 않아 자신은 몇 번이나 창피를 당했는지 모른다. 그런데 그 여자가 가정교사로 둔갑한 노동자의 자식 따위를 연인으로 삼았다는 것이다. 더군다나 빈민수용소장의 울화통에 최후의 일격이라도 가하듯 레날 부인은 그 연인을 열렬히 사랑하고 있다지 않는가. 하녀는 한숨을 쉬면서 덧붙였다.

"게다가 쥘리앵 씨는 아주 수월하게 해냈어요. 부인에 대해서 평소의 그 싸늘한 태도를 버리지도 않고요."

엘리자가 확신을 얻은 것은 시골 별장에 살게 된 뒤였지만, 그 정사는 훨씬 전부터 계속되어 오고 있었던 것 같다 했다.

그녀는 분해 견딜 수 없다는 듯 말을 이었다.

"전에 그 사람이 나와의 결혼을 거절한 것도 반드시 그 때문일 거예요. 그런 줄도 모르고 난 정말 바보처럼 부인과 의논하기도 하고, 부인더러 그 사람에게 얘기 좀 해 달라고 부탁하기도 했죠."

그날 저녁 레날 시장은 시내에서 오는 신문과 함께 한 통의 긴 익명 편지를 받았다. 편지에는 자기 집에서 일어나고 있는 사건이 아주 자세하게 씌어 있었다. 쥘리앵이 보는 가운데 레날 시장은 파르스름한 종이에 쓰인 편지를 읽으면서 안색이 점점 창백해지더니, 쥘리앵을 험악한 눈으로 노려보았다. 밤새 시장은 마음의 동요를 억누를 수 없는 모양이었다. 쥘리앵은 시장의 기분을 맞춰 주려고 부르고뉴 지방의 명문 계보에 대해서 설명해 달라고 부탁해 봤지만 헛수고였다.

제20장
익명 편지

사랑의 유희에서 너무 고삐를 늦추면 안 된다. 아무리 굳은 맹세라도 정열
의 불꽃 앞에서는 지푸라기나 같다.

《템페스트》-셰익스피어 작

한밤중이 되어 모두들 살롱에서 방으로 돌아갈 때 쥘리앵은 기회를 엿보
다 연인에게 말했다.

"오늘 밤에는 만나지 맙시다. 남편께서 눈치챘습니다. 한숨을 쉬면서 읽
고 있던 그 기다란 편지는 아마 익명의 밀고장인 것 같습니다."

쥘리앵이 문을 잠그고 방 안에 틀어박힌 것은 다행한 일이었다. 레날 부인
은 어리석게도 쥘리앵의 그런 말이 자기를 만나지 않기 위한 핑계에 지나지
않는다고 생각했다. 그녀는 완전히 이성을 잃고 여느 때와 같은 시간에 쥘리
앵의 방문 앞까지 갔다. 복도에서 나는 발소리를 들은 쥘리앵은 얼른 등불을
불어 껐다. 누군가가 열심히 문을 열려고 했다. 레날 부인일까? 질투에 미
친 남편일까?

다음 날 이른 새벽 쥘리앵 편인 식모가 한 권의 책을 가지고 왔다. 표지에
는 이탈리아어로 이렇게 씌어 있었다.

'Cuardate alla pagina 130(130페이지를 보라).'

쥘리앵은 그 무모함에 소름이 끼쳤다. 130페이지를 펴 보니 핀으로 꽂아
놓은 다음과 같은 편지가 있었다. 얼마나 정신없이 썼는지 철자가 엉망인 데
다 눈물자국도 나 있었다. 평소에 레날 부인의 글은 아주 정확했으므로, 이
하찮은 사실은 쥘리앵을 크게 감동시키며 어이없는 무모함도 다소 잊게 했
다.

간밤에는 안 만나 주셨죠? 당신의 마음을 속속들이 안 적은 한 번도 없지 않은가 하는 생각이 들 때가 가끔 있어요. 당신의 눈매가 무서워요. 나는 당신이 무서워요. 아아, 하느님! 당신은 한 번도 나를 사랑해 준 일이 없는 건 아닌가요? 만약 그렇다면 차라리 남편이 우리 사랑을 눈치채고 나를 아이들과 떼어 어딘가 시골 구석에 처박아 두었으면 좋겠어요. 아마 그것이 하느님의 뜻일지도 몰라요. 나는 곧 죽게 되겠지요. 당신이 피도 눈물도 없는 탓에.

나를 사랑하시지 않나요? 내가 미친 사람처럼 굴고 끊임없이 후회만 해서 싫어지셨나요? 야속한 분! 나를 파멸시키고 싶으시면 간단한 방법을 가르쳐 드리겠어요. 이 편지를 가지고 가서 온 베리에르 사람들에게 보여 주시면 돼요. 뭣하다면 발르노 씨에게만 보이셔도 돼요. 그 사람에게 말하세요. 내가 당신을 사랑하고 있다고. 아니, 그러면 내 사랑을 모독하는 것이 돼요. 내가 당신을 열렬히 사랑한다고 말해 주세요. 내 인생은 당신을 만난 날부터 시작된 것이나 다름없고, 처녀 시절 어떤 즐거운 꿈에 빠져 있을 때라도 당신 덕에 알게 된 이런 행복이 있으리라고는 상상도 못했으며, 나는 당신에게 생명뿐만이 아닌 영혼까지도 바치고 있다고 말해 주세요. 아시다시피 나는 그 이상의 것까지 당신에게 바치고 있어요.

그러나 그 사람이 과연 희생이란 것을 이해할 수 있을까요? 그 사람이 화가 나도록 이렇게 말해 주면 좋을 거예요. 나는 어떤 심술궂은 사람도 무서워하지 않는다고. 내가 이 세상에서 두려워하는 것은 이제 단 한 가지뿐, 그것은 나를 이 세상에 잡아 두고 있는 단 한 남자의 변심이라고 말이에요. 목숨을 잃거나 내 몸을 희생함으로써 아이들에 대한 걱정을 하지 않고 지낼 수 있다면 얼마나 행복할까요!

만약 익명 편지가 왔다면 그 역겨운 사람한테서 온 것이 분명해요. 큰 목소리로 승마술 운운하면서 우쭐대고 자기 자랑만 줄줄 늘어놓으면서 6년 동안이나 나를 괴롭힌 사람인걸요.

정말 익명 편지가 와 있어요? 짓궂은 분, 그 편지에 대해서 당신과 이야기하고 싶었는데. 하지만 역시 그렇게 하기를 잘하셨어요. 당신을 품에 안고 아마 이것이 마지막일지 모른다고 생각한다면, 지금 이렇게 혼자 있을 때처럼 침착하게 얘기를 할 수는 없었을 거예요. 이제 앞으로는 우리의 행복을 간단히 손에 넣을 수는 없겠지요. 그리되면 당신도 괴로우실까요? 그렇지, 푸케 씨가 무언가 재미있는 책을 부쳐 주지 않는 날에는 그럴지도 모르겠군요. 괴롭지만 결심했어요. 익명 편지가 왔거나 안 왔거나, 내일 나도 익명 편지를 받았다고 남편에게 말하겠어요. 그리고 당신에게 충분히 보상하고, 그럴듯한 핑계를 찾아 당장 당신을 부모님께 돌려보내야 한다고 말하겠어요.

아아, 슬프지만 우리는 반달, 어쩌면 한 달 동안 헤어져 있어야 해요! 자, 이게 내 앙갚음이에요. 당신도 나만큼 괴로우시겠죠! 하지만 그 익명 편지의 환난을 피할 수 있는 방법은 이것밖에 없어요. 남편이 그런 편지를 받은 것은 이번이 처음이 아니에요. 제 일에 관한 편지도요. 전 같으면 그 따위는 웃어넘겼을 텐데!

내 목적은 그 편지를 발르노 씨가 부쳤다고 남편이 믿게 만드는 거예요. 편지를 부친 것은 그 사람이 틀림없어요. 이 집에서 나가거든 반드시 베리에르에 가서 사세요. 어떻게든 남편이 반달 가량 그리로 돌아가서 머물게 하겠어요. 남편과 나 사이에 불화가 없다는 것을 어리석은 사람들에게 보여 주는 거예요. 베리에르에 가시면 모두와 친하게 지내세요. 자유주의자들과도. 부인들은 모두 당신을 칭찬하게 될 것이 분명해요.

발르노 씨와 싸우면 안 돼요. 언젠가 말씀하신 대로 그 사람에게 대든다든가 하진 마세요. 오히려 가능한 한 친절하게 대하세요. 중요한 일은 당신이 발르노 씨나 또는 다른 누군가의 집에 가정교사로 들어가 살게 될 것 같다고 베리에르 사람들이 생각하게 만드는 거예요.

그것만은 남편이 절대로 참지 못하는 일이에요. 만약 남편이 단념해 버린다 해도…… 할 수 없는 노릇이죠. 그래도 당신은 베리에르에 살고 있으니까 내가 가끔 만나러 갈 수도 있잖겠어요? 아이들이 당신을 따르니까 반드시 만나러 갈 거예요. 아아, 뭐가 뭔지 모르겠어요. 나는 아이들이 당신을 좋아하기 때문에 더욱 그 아이들을 사랑하게 되는 것 같아요. 정말 마음에 걸려서 견딜 수 없어요. 이러다가 앞으로 어떻게 될지? ……아, 그만 말이 빗나가고 말았군요…… 하여간 당신이 하셔야 할 일은 이제 아셨죠? 그 야비한 사람들에게도 온화하고 정중하게 대하세요. 절대로 경멸하는 태도를 취하지 마시길. 정말 누누이 부탁하겠어요. 그 사람들이 우리 운명을 좌우하게 되거든요. 당신에 관해서도 남편은 여론에 따를 거예요. 의심할 여지가 없어요.

익명 편지를 만드는 일은 당신이 하셔야 해요. 도구는 끈기와 가위예요. 책에서 뒤에 적은 말을 오려내어 내가 드리는 푸른 종이에 풀로 붙이세요. 이 종이는 발르노 씨에게 받은 거예요. 당신 방을 수색당할지도 모르니까 글자를 오려낸 책은 불살라 버리세요. 꼭 들어맞는 단어를 발견하지 못하면 끈기 있게 한 자, 한 자 붙여서 만드세요. 당신의 수고를 덜어 드리려고 익명 편지의 문장을 아주 짧게 썼어요. 아아, 하지만 당신이 이미 나를 사랑하고 있지 않으시다면. 생각만 해도 견딜 수 없지만, 그렇다면 아마 이 편지를 무척 지루하다 여기시겠죠!

익명 편지

부인

부인의 비밀은 모조리 드러났습니다. 숨기고 싶었던 사람들까지도 이미 편지를 통해 알게 되었습니다. 마지막 호의로써 권고합니다만, 그 노동자의 아들과 깨끗이 연을 끊으시오. 그것을 해낼 만한 분별을 부인께서 보인다면 주인 양반도 자신이 받은 경고가 거짓이라 여길 테고, 언제까지나 알지 못하고 지내실 것입니다. 내가 부인의 비밀을 쥐고 있다는 것을 잊지 마십시오. 안됐지만 이 일은 중대합니다. 이제 나한테 매달리는 수밖에 없을 것입니다.

이 편지의 문구(수용소장이 쓸 만한 문구죠?)를 다 붙이고 나면 곧 방에서 나와 주세요. 만나러 갈 테니까요.

나는 마을에 갔다가 근심 어린 얼굴로 돌아오겠어요. 사실 아주 근심스러운 심정이 되어 있을 거예요. 아아, 정말 내가 이 얼마나 대담한 짓을 하려 하고 있는지! 이게 다 당신이 익명 편지가 온 듯하다고 말씀하셨기 때문이에요. 하여간 무척 놀란 표정으로, 모르는 사람이 주더라면서 그 편지를 주인에게 주겠어요. 당신은 아이들을 데리고 숲길 쪽으로 산책하러 나가서 점심 시간까지 돌아오지 마세요.

바위 위에서 보면 비둘기 집의 탑이 보일 거예요. 일이 잘되면 탑에 흰 손수건을 내걸겠어요. 만약 잘되지 않으면 아무것도 내걸지 않겠어요.

산책을 떠나기 전에 어떻게든 한마디 나를 사랑한다고 말씀해 주시지 않겠어요? 매정한 분! 무슨 일이 일어나더라도 이것만은 믿어 주세요. 우리가 영영 헤어져야만 한다면 나는 하루도 더 살아 있지 않을 거예요. 아아! 정말로 나쁜 어머니지요! 하지만 이것은 다 무의미한 말이에요. 나의 귀여운 쥘리앵, 그 의미를 실감할 수가 없는걸요. 지금은 당신 생각만 할 뿐이에요. 당신에게 꾸중을 듣지 않기 위해 썼을 뿐이에요. 당신을 당장 잃어버릴지도 모를 판국에 무엇을 숨겨 봐도 소용없겠죠? 그래요, 당신이 지독한 여자라고 생각해도 좋아요! 그래도 진심으로 사랑하는 사람에게 거짓말을 하고 싶지는 않아요! 지금까지 너무나 많은 거짓말을 해 왔으니까요. 이젠 당신이 나를 사랑하지 않더라도 용서하겠어요. 이 편지를 다시 읽어 볼 여유가 없군요. 당신 품에 안겨서 지낸 행복한 나날을 생각하면 목숨 따위는 아깝지 않아요. 하지만 어쩌면 목숨보다 더 귀중한 것을 내놔야만 할지도 모르겠네요.

제21장
주인과의 대화

아아, 우리 여자는 나쁘지 않습니다. 여자의 약함이 나쁜 것입니다. 이렇게 태어났으니까 어쩔 수 없어요.

《십이야(十二夜)》—셰익스피어 작

한 시간이나 걸려서 단어를 주워 모으는 동안 쥘리앵은 어린아이처럼 즐거웠다. 방에서 나갔을 때 아이들과 그 어머니를 만났다. 어머니는 천연스럽고 태연하게 편지를 받았는데, 그 침착한 태도에 쥘리앵은 놀랐다.

"풀은 잘 말랐어요?" 하고 부인이 물었다.

'이것이 후회로 반쯤 미친 사람처럼 되었던 바로 그 여자일까? 이 여자는 이제 어떻게 하려는 것일까?'

그것을 묻기에는 쥘리앵의 자존심이 너무 강했다. 그러나 그가 이때만큼 부인을 대견스럽게 생각한 적은 아마 한 번도 없었을 것이다.

그녀는 여전히 침착한 태도로 말을 이었다.

"만일 이 일이 잘되지 않으면 나는 모든 것을 다 잃어요. 이것을 맡길 테니 어딘가 산속에 묻어 두세요. 형편에 따라서는 이것이 나의 전재산이 될지도 모르니까요."

그녀는 금과 다이아몬드를 가득 담은 유리 상자가 들어 있는 빨간 모로코 가죽 가방을 쥘리앵에게 주면서 말했다.

"자, 다녀오세요."

부인은 아이들에게 키스했다. 막내아들에게는 두 번이나 했다. 쥘리앵은 꼼짝도 않고 서 있었다. 부인은 쥘리앵 쪽은 돌아보지도 않고 종종걸음으로 사라졌다.

익명 편지를 본 다음부터 레날 시장의 기분은 참담했다. 1816년에 하마터면 결투를 벌일 뻔한 일은 있었지만, 그 뒤로 이처럼 마음이 들끓은 적은 없었다. 그때는 총을 맞을지도 모른다고 걱정했지만 그래도 지금처럼 비참한 느낌은 들지 않았다. 그는 여러 각도에서 편지를 검토해 보았다.

'이것은 여자의 필적이 아닐까? 그렇다면 이런 편지를 쓸 여자는 누굴까?'

베리에르에 있는 아는 여자들을 죄다 생각해 보았으나 누가 수상하다고 뚜렷이 단언할 수는 없었다.

'이 편지는 남자가 대필시킨 것이 아닐까? 그 남자가 누굴까?'

그것 역시 아리송했다. 그는 사귀고 있는 대부분의 남자들로부터 질시를 받았다. 그를 증오까지 하는 사람도 있었다.

'아내와 의논해 봐야겠다.'

여느 때 버릇으로 이렇게 중얼거리면서 그는 몸을 푹 파묻고 있던 안락의자에서 일어섰다.

그러나 일어서자마자 '어리석긴!' 하고 자기도 모르게 이마를 탁 치며 말했다.

'아내야말로 누구보다도 경계해야 할 사람이 아닌가. 지금 당장 그 사람은 내 적이다.'

이런 생각이 들자 화가 치밀어서 눈물이 핑돌았다.

시골에서는 메마른 감정이 처세술의 전부라지만, 그 당연한 결과로 현재 레날 시장이 가장 두려워해야 하는 사람은 가장 친한 친구 두 명이었다.

'그 두 사람 외에도 열 명쯤은 친구가 안 있겠나.'

그런 친구들을 한 사람 한 사람 머리에 그리면서 누가 얼마나 자기를 위로해 줄까 생각해 보았다. 그리고 결국 분개하며 외쳤다.

"이자도 저자도 다 틀렸어! 그 누구도 나의 이 고약한 재난을 알면 손뼉을 치면서 기뻐할 놈들뿐이다!"

그는 자기가 세상 사람들의 선망의 대상이라고 생각하고 있었는데, 근거가 없진 않았다. 시에 있는 커다란 본댁은 얼마 전 ×××국왕을 모셔서 후손에게까지 영광이 미치게 했을 뿐 아니라 베르지의 별장도 이번에 아주 훌륭하게 손질을 끝마쳤다. 건물 정면을 하얗게 칠하고 창문마다 훌륭한 초록빛 덧문을 달았다. 그 장려함을 생각하니 한순간 마음이 풀렸다. 사실 이 별장은 삼사십리 밖에서도 눈에 띌 정도였는데, 덕분에 피해를 입은 것은 이곳

별장들이다. 모두 성관이라고 불리고 있기는 하지만 세월이 흐르면서 초라한 잿빛으로 퇴색된 채 방치되어 있었기 때문이다.

레날 시장은 단 한 사람, 자기를 위하여 눈물 흘리고 동정해 줄 사람을 떠올렸다. 교구의 교회 이사(理事)로 있는 사람이었다. 그는 무슨 일에든 눈물을 잘 흘리는 어리석은 위인이었다. 그렇지만 의지할 수 있는 것은 그 사람뿐이었다.

"이런 불행이 또 있을까! 그야말로 완전한 외톨이로구나!"

울분을 억제할 수가 없어 시장은 외쳤다. 참으로 딱한 처지에 놓인 그는 자신의 신세를 한탄했다.

"이렇게도 어처구니없는 일이 있을까? 이렇게 딱한 처지가 됐는데 의논할 친구가 한 사람도 없다니, 이럴 수가 있나? 머리가 돌 지경이군. 분명히 그런 느낌이 든다. 아아, 팔코! 뒤크로!"

그는 괴로운 심정으로 부르짖었다. 소꿉동무인 두 친구 이름이었는데, 1814년 왕정복고 이후 그가 거만한 태도를 보이며 스스로 멀리해 버린 벗들이었다. 두 사람 모두 귀족이 아니었기 때문에 어릴 때부터의 대등한 관계를 고치려 한 것이다.

그중 한 사람인 팔코는 머리도 좋고 성품도 훌륭한 인물로 베리에르에서 종이 장사를 하고 있었는데, 현청 소재지에 있는 인쇄소를 사서 신문을 발행하려고 했다. 수도회는 그를 파산시킬 결의를 굳혔다. 신문은 발행 정지 처분을 받고 인쇄업자의 허가장도 몰수당했다. 이런 비참한 사정에 처했을 때, 팔코는 10년 만에 처음으로 레날 시장에게 편지를 보내왔다. 베리에르 시장은 이에 대해서 고대 로마인과 같이 사심 없는 회답을 해야 한다고 생각했다.

'영광스럽게도 국왕을 받드는 대신(大臣)이 자문을 구한다면 나는 이렇게 대답하겠네. 가차없이 시골의 모든 인쇄업자를 파산시킬 것, 담배업처럼 인쇄업을 국가의 전매사업으로 할 것······'

친구에게 보낸 이 회신은 그때 온 베리에르의 칭찬을 받았는데, 레날 시장은 그 글귀를 하나하나 회상하고 우울한 기분에 빠졌다.

'이처럼 신분도 좋고 재산도 있고 훈장도 탄 내가, 언젠가는 그 일을 후회하게 되리라고 누가 상상이나 했겠는가!'

이렇듯 어떤 때는 자기 자신에게, 어떤 때는 주위 사람들에게 몹시 화를 내면서 레날 시장은 견딜 수 없는 하룻밤을 밝혔다. 그러나 다행히도 아내의 행동을 감시하겠다는 생각은 끝내 떠오르지 않았다.

'나는 루이즈라는 그 여자와 정이 들어 버렸다. 그 여자는 내 일에 대해서 모르는 것이 없어. 가령 내일 다른 여자와 결혼할 수 있는 처지가 되더라도 그만한 여자는 찾아볼 수 없겠지.'

이런 생각이 들자 아내는 죄가 없다고 생각하고 싶어졌다. 그런 관점에서 보면 굳이 오기를 보일 필요도 없으니 자기로서도 훨씬 편하다. 이 세상에 억울한 죄를 뒤집어쓴 여자가 얼마나 많은가!

"무슨 소리!" 하고 그는 발작을 일으킨 사람처럼 걸어다니면서 외쳤다.

'어찌 내가 멍청이나 거지처럼, 아내가 정부와 한패가 되어 나를 바보로 만드는 데 잠자코 당하고만 있을 수 있단 말인가! 나의 어리석음을 온 베리에르 사람들이 비웃어도 상관없단 말인가? 저 샤르미에(^{이 지방에서 오쟁이진 남자}_{로 소문이 난 인간이다})에 대해서 사람들은 뭐라고 했던가? 그 이름이 나오면 누구나 비웃음을 띠지 않는가. 그는 훌륭한 변호사다. 그런데 그자의 능변(能辯)을 칭찬하는 사람이 한 사람이라도 있는가! 아, 샤르미에, 베르나르의 샤르미에 말이지, 하고 누구나 말하지 않는가. 그자의 이름이 나올 때는 그 낯에 흙칠을 한 정부의 이름까지 딸려 오지 않는가.'

한참 있다가 레날 시장은 다시 생각했다.

'다행히도 내게는 딸이 없다. 앞으로 내가 어떤 방법으로 어머니를 벌하든, 아이들을 결혼시키는 데는 아무런 지장도 없는 셈이야. 나는 그 애송이 녀석이 아내와 있는 현장을 잡아 두 사람 다 죽여 버릴 수도 있다. 그러면 이번 일은 비극적인 사건이 되어, 세상의 웃음거리가 되는 것만은 피할 수 있겠지.'

이 생각이 마음에 들어서 그는 세세한 사항을 검토했다.

'형법은 내게 유리해. 또 무슨 일이 일어나든 수도회와 친한 판사들이 나를 도와주겠지.'

그는 사냥칼을 살펴보았다. 날은 날카로웠다. 그러나 피를 보리라 생각하자 갑자기 무서워졌다.

'그 건방진 가정교사 놈을 실컷 두들겨서 내쫓아 버려도 되는데. 하지만 그런 짓을 하면 베리에르뿐만 아니라 온 현 안에 소문이 퍼지겠지! 팔코의 신문이 발행 정지가 된 뒤 그곳 편집장이 출옥했을 때, 나 때문에 녀석은 600프랑 수입의 일자리를 잃어버렸단 말이야. 그 삼류 문사가 뻔뻔스럽게 다시 브장송에 나타났다지. 녀석은 내가 고발할 수 없도록 교묘하게 내 욕설을 퍼뜨리고 다닐지도 모른다. 고발을 해…… 안 될 말이지! 놈은 뻔뻔스러운 녀석이라, 진실을 말했을 뿐이라고 교묘하게 둘러대어 자기 말이 진실인 양 세상 사람이 믿게 만들겠지. 나처럼 가문이 좋고, 신분에 어울리는 생활을 하고 있는 사람은 모든 평민으로부터 미움을 받게 마련이야. 어쩌면 저 끔찍한 파리 신문에 이름이 날지도 모르지. 얼마나 창피스러운 일인가! 레날이라는 유서 있는 가명(家名)이 조소의 구렁텅이에 빠지게 된다면…… 여행이라도 할 때는 가명(假名)을 써야 할지도 몰라. 맙소사! 나의 자랑이기도 하고 힘이기도 한 이 이름을 버려야 한단 말인가! 이 얼마나 비참한 얘기인가! 아내를 죽이지 않고 심한 창피를 주어 내쫓더라도 그 사람 백모가 브장송에 있으니까 그 재산을 몽땅 물려받겠지. 그리고 쥘리앵을 데리고 파리에 가서 살지도 모른다. 그 소문이 베리에르에 퍼지면 역시 나는 얼간이 남편이 되고 만다.'

불행한 사나이는 등불 빛이 흐려진 것을 보고 날이 밝아 오고 있음을 깨달았다. 신선한 공기라도 마시려고 정원에 나갔다. 이때쯤 그는 절대로 일을 악화시키지 않으리라 굳게 결심하고 있었다. 일을 크게 만들면 베리에르의 친구들에게 큰 기쁨을 안겨 줄 뿐이라는 생각이 앞선 것이다.

정원을 산책하고 있으니 마음이 좀 가라앉았다. "아니, 나는 절대로 아내와 헤어지지 않겠어" 하고 그는 큰 소리로 말했다.

"뭐니 뭐니 해도 나에게는 유익한 여자니까."

아내가 나가 버리면 집안이 어떻게 될 것인가 생각하니 소름이 끼쳤다. 집안 여자라고는 R…… 후작 부인뿐인데, 늙고 어리석고 심술궂기만 한 사람이었다.

한 가지 아주 분별 있는 해결책이 떠올랐으나 그것을 실행하려면 대단한 의지력이 필요했기 때문에 이 불쌍한 사나이의 약한 의지로 꿈도 못 꿀 일이었다.

'아내를 그냥 내 곁에 둔다고 해도 내 성질로 봐서 언젠가 아내의 일로 화가 나면 반드시 그 과오를 들추며 나무랄 것이 뻔해. 그 사람도 긍지가 높으니 싸움이 일겠지. 그 사람이 백모 재산을 상속받기 전에 그런 일이 일어날 것만 같다. 그렇게 되면 얼마나 세상의 비웃음을 살까! 하긴 그 사람은 아이들을 몹시 사랑하니까, 결국 모든 재산은 아이들에게로 돌아가게 되겠지. 그런데 나는 어떻게 될까? 베리에르의 웃음거리가 되지 않는가! 뭐야, 그까짓 마누라에게 보복조차 못하는 불쌍한 놈이구먼, 하고 사람들은 말하겠지. 의심 정도로 그쳐 두고 아무 증거도 잡지 않는 편이 현명하지 않을까? 그러면 나는 내 손을 스스로 묶어 버린 것과 다름없으니 나중에 그 사람을 비난하진 못할 테지.'

그러나 잠시 후 상처 입은 자존심이 다시 욱신거리기 시작해, 레날 시장은 베리에르의 '카지노'나 '귀족클럽'의 당구장에서 이야기가 꽃피는 상황을 모조리 생각해 보았다. 수다스러운 사나이가 승부 따위는 젖혀 놓고, 어느 오쟁이진 남편을 농담거리로 삼을 때 나오는 얘기들이다. 그러한 농담이 지금 그에게는 얼마나 잔인하게 여겨지는지!

'아아, 아내가 죽어 줬으면! 그러면 내가 웃음거리가 될 걱정은 하지 않아도 될 텐데. 그래서 홀아비 신세가 되면 반년쯤 파리에 나가 최상류 사교계에서 살 수도 있고!'

홀아비 생활을 그리면서 한순간 행복해지기는 했지만, 그 뒤 진상을 확인하는 방법에 대한 생각이 다시금 머릿속에 꽉 들어찼다. 한밤중에 모두들 잠이 든 뒤, 쥘리앵의 방문 앞에 겨를 살짝 뿌려 둘까? 다음 날 아침 날이 밝으면 발자국이 보이겠지.

"아니, 그런 방법은 아무 쓸모도 없어!"

그는 갑자기 화가 나서 외쳤다.

'그 약삭빠른 엘리자는 눈치챌 테고, 그러면 내가 질투하고 있다는 말이 금세 온 집안에 퍼질 것이다.'

'카지노'에서 들은 어떤 얘기에 의하면, 어느 남편은 아내와 정부의 방문에 봉인(封印)처럼 약간의 촛농으로 머리칼 한 가닥을 붙여 두었다가 몸소 불행을 확인했다고 했다.

몇 시간 동안이나 번민한 끝에 자기 운명을 확실히 하기 위해서는 결국 이 방법을 써야겠다고 생각하고 있을 때, 산책길 모퉁이에서 조금 전 그가 죽어 주기를 바랐던 상대인 아내와 딱 마주쳤다.

부인은 마을에서 막 돌아오는 참이었다. 베르지 교회에 미사를 드리러 갔던 것이다. 냉정한 철학자의 눈으로 본다면 도무지 믿어지지 않는 전설이지만 그녀가 믿는 바에 따르면, 오늘날 사용되고 있는 조그만 교회는 옛날 베르지 영주의 성관에 있던 예배당이었다고 한다. 레날 부인은 교회에서 기도하며 시간을 보낼 작정이었지만 교회에 있는 동안 어떤 생각이 그녀 머릿속에서 사라지지 않았다. 남편이 사냥을 하다가 실수인 척 쥘리앵을 죽이고, 그날 밤 쥘리앵의 심장을 자기에게 먹도록 강요하는 것이었다. 그녀는 생각했다.

'나의 운명은 주인이 내 얘기를 듣고 어떻게 생각하는가에 달려 있어. 이 운명의 15분이 지나면 얘기를 걸 기회는 두 번 다시 없을지도 몰라. 여하튼 그이는 이성으로 움직이는 현명한 사람이 아니야. 그러므로 보잘것없는 내 이성의 힘으로도 그 사람이 무엇을 할지, 무슨 말을 할지 예측할 수 있지 않을까. 어찌 됐든 그이가 우리 두 사람의 운명을 좌우한다. 그이는 그럴 힘이 있지. 그러나 그 운명은 나의 수완에, 노여움에 눈이 멀어 사물의 분간조차 못하게 된 그 변덕스러운 사람의 생각을 내가 어떻게 다루는가에 따라 달라질지도 몰라. 아아, 재능과 냉정이 필요한 지금, 어디서 그것을 얻을 수 있을까?'

정원에 들어서서 저 멀리 남편이 보였을 때, 그녀는 신기하게도 침착해질 수 있었다. 남편의 머리와 의복이 단정치 못한 걸 보니 그는 분명히 어젯밤 괴로움으로 잠을 자지 못한 모양이었다.

그녀는 남편에게 뜯어 보고 접은 편지 한 장을 내밀었다. 남편은 그것을 펴 보지도 않고 광기 어린 눈으로 아내를 쏘아보았다.

"읽어 보세요. 보기조차 더러운 것이지만. 공중사무소 뒤를 지나가는데, 어떤 인상 나쁜 남자가 당신과는 잘 아는 사이고 또 신세를 지고 있는 사람이라면서 이런 걸 주었어요. 한 가지 부탁이 있습니다. 당장 부모 곁으로 돌려보낼 수 없을까요, 쥘리앵 선생을?"

레날 부인은 얼른 마지막 말을 했다. 조금 성급한 발언이었지만, 언젠가는 해야 한다는 견딜 수 없는 기분에서 해방되고 싶었기 때문이다.

남편의 얼굴에 기쁨의 빛이 떠오르는 것을 보자 그녀도 기뻤다. 자기에게 못박힌 남편의 쏘는 듯한 눈초리를 보니 쥘리앵이 사태를 올바르게 꿰뚫어

보았음을 알 수 있었다. 재난이 현실로 드러났는데도 그녀는 낙담하기는커녕 이러한 생각을 했다.

'어쩌면 그리 예리할까! 정말 뛰어난 직감이야! 더구나 아무 경험도 없는 젊은 사람이. 머지않아 크게 출세할 거야! 아아, 그러나 출세하면 나 따위는 깨끗이 잊고 말겠지.'

가장 사랑하는 남자에게 감탄한다는 이 사소한 행위가 그녀의 불안을 완전히 흩날려 주었다.

그리고 스스로도 멋있게 해냈다고 생각했다.

'쥘리앵에게 떳떳해질 만큼은 했어.'

이렇게 생각하면서 그녀는 온몸에 번지는 달콤한 만족감에 도취했다.

레날 시장은 말실수를 할까 두려워 한마디 말도 없이 두 번째 익명 편지를 자세히 들여다보았다. 독자도 기억하겠지만 푸른 종이에 활자를 오려 붙인 그 편지다.

'적은 온갖 방법으로 나를 우롱하고 있다.'

지쳐 버린 레날 시장은 마음속으로 중얼거렸다.

'새로운 모욕이다. 이것도 검토해 봐야겠군. 그런데 여전히 아내에 관한 묘욕이잖아!'

하마터면 아내에게 야비한 욕설을 퍼부을 뻔했으나 브장송의 재산 상속을 생각하고 겨우 자신을 억눌렀다. 무엇인가에 화풀이를 하지 않고는 견딜 수 없어서 새 익명 편지를 움켜쥐고 성큼성큼 걷기 시작하였다. 하여간 아내 곁에서 떠나고 싶었던 것이다. 잠시 후 되돌아왔을 때는 아까보다 훨씬 마음이 가라앉아 있었다.

"어쨌든 결단을 내려서 쥘리앵을 내보내셔야 해요."

틈을 주지 않고 부인이 말했다.

"고작해야 목재상의 아들이잖아요. 돈만 좀 얹어 주면 보상은 되겠고, 또 그 사람은 학문이 있으니까 금방 새로운 일자리를 찾을 수 있을 거예요. 발르노 씨 집에도 군수 모지롱 씨 집에도 아이들이 있으니까. 그러니 그 사람에게 별로 가혹한 조치를 취했다고는 할 수 없을 거예요……"

"당신 말은 마치 여자의 어리석음을 까놓고 드러내는 거나 다름없군" 하고 레날 시장은 무서운 소리로 외쳤다.

"여자들이 무얼 알아! 당신들 여자는 도통 분별이 없다고. 그래 가지고 대체 무엇을 안단 말이야? 항상 게으르고 무관심하고, 어쩌다 한다는 게 기껏해야 나비나 쫓아다니는 일이고. 그렇게 아무짝에도 쓸모없으니, 우리들 남자 입장에서는 그런 인간을 부양한다는 것이 얼마나 힘든지……."

레날 부인은 남편이 떠드는 대로 내버려 두었다. 남편은 오랫동안 떠들었다. 이 지방의 말을 빌리자면, 그는 화풀이를 하고 있었던 것이다.

"여보" 하고 부인이 겨우 입을 열었다.

"나는 명예에 상처 입은 여자, 여자로서 가장 중요한 것을 다친 여자로서 말씀드리고 있는 거예요."

레날 부인의 냉정은 이 숨 막힐 듯한 대화를 계속하는 동안 조금도 허물어지지 않았다. 이 대화가 어떻게 낙착되는가에 따라 앞으로 쥘리앵과 한지붕 밑에서 살아갈 수 있을지 여부가 결정되는 것이다. 그녀는 분노가 앞을 가린 남편을 다루는 데 가장 적절하다고 생각되는 말을 찾았다. 남편이 아무리 모욕적인 말을 해도 아주 태연했다. 그런 말은 귀에 들어오지도 않았다. 그녀는 다만 쥘리앵을 생각하고 있었다.

'그 사람, 내가 한 일에 만족해 줄까?'

이윽고 부인이 입을 열었다.

"우리들은 그 사람에게 한껏 친절을 베풀었고 선물도 많이 주었어요. 하기야 그 평민의 아들에겐 죄가 없는지도 몰라요. 하지만 내가 난생 처음으로 이런 모욕을 당하는 것도 그 사람이 있기 때문이에요…… 여보, 저는 이 더러운 편지를 읽었을 때 결심했어요. 그 사람이 됐든 제가 됐든, 둘 중 어느 쪽은 이 집을 나가야겠다고요."

"아니, 그런 소동을 일으켜서 내 얼굴에 먹칠을 하고 당신까지도 창피를 당하겠단 말이오? 그래서는 베리에르 사람들을 일부러 기쁘게 해 주는 꼴밖에 되지 않소."

"그건 그럴지도 몰라요. 당신의 행정 수완으로 당신도, 가족도, 그리고 시 전체도 유복해졌지만 그것을 시기하는 무리들이 많으니까요…… 좋아요, 내가 쥘리앵에게 말하겠어요. 그 사람이 직접 당신에게 한 달 동안 휴가를 얻어서 산에 사는 장작장수네 집에라도 가 있도록 하겠어요. 목재상의 아들에게는 딱 어울리는 친구잖아요."

"경솔한 짓은 하지 마오" 하고 레날 시장은 제법 침착한 태도로 달랬다.

"어쨌든 당신은 그 사람과 이야기하지 말아요. 당신이라면 화를 낼 것이 뻔하고, 그러면 그 사람과 나 사이도 험악해질 테니까. 그 젊은 선생, 여간내기가 아니라 다루기 어렵잖소."

"그 사람 융통성이 없어요. 실력은 있을지라도, 당신도 잘 아시다시피 그 사람 영락없는 시골뜨기예요. 나는 그 사람이 엘리자와 결혼하기를 거절한 뒤부터 아무래도 호감을 가질 수 없었어요. 결혼하면 재산은 보증되는 셈 아니에요? 그런데 엘리자가 가끔 몰래 발르노 씨에게 간다는 핑계로 거절하지 뭐예요."

"아니, 뭐라고? 쥘리앵이 그런 말을 했소?"

레날 시장은 눈썹을 곤두세웠다.

"아뇨, 분명히 그렇게 말한 것은 아니에요. 그 사람이 내게 하는 말이란 언제나 자기는 천명으로 성직에 몸을 담지 않으면 안 된다는 말뿐이지만, 그런 하층 계급 사람들은 빵을 얻는 것이 제일가는 천명이 아닐까요? 어쨌건 엘리자가 살그머니 외출하는 것을 다 안다는 말투였어요."

"난 그조차 몰랐다!"

레날 시장은 다시 화를 내며 한마디 한마디에 힘을 주어 큰 소리로 외쳤다.

"내 집에서 내가 모르는 일이 일어나고 있었다니! 대체 엘리자와 발르노 사이에 무슨 일이 있었소?"

"어머, 여보, 이미 옛날 얘기예요" 하고 레날 부인은 웃으면서 대답했다.

"게다가 아마 불미스런 일은 아무것도 없었을 거예요. 온 베리에르 사람들이 당신의 좋은 친구 발르노 씨와 나 사이에 플라토닉한 연애 관계가 있다고 떠들어 대고, 발르노 씨도 그 소문에 꽤나 우쭐거리던 바로 그 무렵 얘기거든요."

"혹시나 하는 마음이 한 번은 들기도 했지."

화가 치솟는 듯 손으로 이마를 치며 레날 시장은 큰 소리로 말했다. 전부 처음 듣는 이야기였다.

"그런데 당신은 그 말을 해 주지 않았단 말이지?"

"그 수용소장이 얼마간 제 기분에 취해 있다는 이유로, 모처럼 다정하신

두 분 사이를 굳이 멀어지게 할 필요는 없지 않겠어요? 사교계 여자 가운데 그분에게서 아주 재치 있는 달콤한 사랑의 글 비슷한 편지를 안 받은 사람이 있을 줄 아세요?"

"그럼 당신도 받았단 말이오?"

"그분은 편지 쓰기를 아주 좋아하시니까요."

"그 편지를 당장 보여 주오. 명령이오."

레날 시장은 한껏 위엄 있게 몸을 쭉 폈다.

"어머, 그럴 순 없죠" 하고 부인은 태평스러울 정도로 평온하게 대답했다.

"언젠가 당신이 좀더 누그러지셨을 때 보여 드릴께요."

"지금 당장이라고 하지 않소!"

레날 시장은 미친 듯이 소리쳤다. 하지만 그러면서도 지난 12시간 동안의 상태에 비하면 훨씬 행복한 기분이었다.

레날 부인은 아주 진지한 태도로 말했다.

"맹세하시겠어요? 절대로 그 편지 일로 수용소장과 싸우시지 않겠다고."

"다투든 다투지 않든, 그자에게서 고아들을 뺏을 수는 있지."

화가 치민 시장은 말을 이었다.

"그러나 그 편지는 당장 보고 싶소. 그거 어디 있소?"

"내 책상 서랍에 있어요. 하지만 절대로 열쇠는 드리지 않겠어요."

"그까짓 것 부숴 버리면 되지!"

외치면서 그는 아내 방으로 달려갔다.

그리고 정말로 그는 쇠몽둥이로 나뭇결이 아름다운 값비싼 마호가니 책상을 부숴 버렸다. 그것은 파리에 주문해서 들여온 것으로, 시장은 그 위에 얼룩만 져도 곧잘 옷소매로 닦곤 했었다.

레날 부인은 비둘기 집으로 가는 120계단을 나는 듯이 달려 올라가 조그만 창의 쇠창살에 흰 손수건을 묶었다. 그녀는 지금 이 세상에서 가장 행복한 여자였다. 눈물이 그렁그렁 맺힌 눈으로 산의 숲을 바라다보았다.

'저 무성한 너도밤나무 아래서 쥘리앵은 틀림없이 이 반가운 신호를 기다리고 있을 거야.'

부인은 오랫동안 귀를 기울여 보았다. 단조로운 매미소리와 참새들의 지

저켬이 밉살스러웠다. 이 시끄러운 소리만 없으면 바위산 저 멀리에서 기쁨의 환성이 여기까지 들려올지도 모르는데. 그녀의 눈은 나뭇가지 끝들이 마치 초원처럼 평평하게 깔린 짙은 초록빛 넓은 비탈을 정신없이 살폈다. 그녀는 속이 타 울고 싶은 마음으로 중얼거렸다.

'그이는 무슨 신호 방법을 생각해 낼 만한 지혜도 없을까? 나와 똑같이 기뻐하고 있다는 것을 알리기 위한……'

남편이 찾아오지나 않을까 걱정이 될 때까지 그녀는 비둘기 집에서 내려오지 않았다.

돌아와 보니 남편은 미친 듯이 화를 내고 있었다. 그는 발르노 씨의 대수롭지 않은 편지 문구를 모조리 훑어보고 있었는데, 그것은 본디 그렇게 흥분하며 읽을 만한 내용이 아니었다.

남편이 버럭버럭 소리를 질러 대는 틈을 타 레날 부인은 입을 열었다.

"다시 말씀드리지만, 쥘리앵에게는 여행을 떠나게 하는 편이 좋겠어요. 아무리 라틴어를 잘하더라도 어차피 시골뜨기이고, 무례한 점도 많은 데다가 영리하지 못한 사람인걸요. 자기 딴에는 예의바른 인사랍시고 하는 것이겠지만, 매일 나에게 좋지 못한 아첨만 늘어놓아요. 소설이라도 읽고 그대로 죽 왼 것일테죠……"

"그자는 소설 따윈 절대로 읽지 않아" 하고 레날 시장은 소리쳤다.

"그것은 분명하다고. 한 집안의 주인이면서 내가 소경처럼 우리 집안 일을 모르고 있을 줄 아오?"

"그런가요? 그 어처구니없는 아첨도 어디선가 읽지 않았다면 스스로 생각해 낸 셈이군요. 그렇다면 더욱 좋지 않잖아요. 그런 투로 나에 관한 이야기를 온 베리에르 안에 떠들고 돌아다닐지도 모르잖아요…… 아니, 그렇게까지는 하지 않는다 하더라도……" 하고 레날 부인은 그야말로 무엇인가 새로운 것을 깨달은 듯한 투로 말했다.

"그런 식으로 엘리자 앞에서 떠들었을지도 몰라요. 그렇다면 발르노 씨 앞에서 떠든 거나 다름없지 뭐예요."

"아!" 하고 소리를 지르면서 레날 시장은 방이 흔들릴 만큼 힘껏 책상을 쳤다.

"활자로 된 익명 편지와 발르노의 편지는 같은 종이에 씌어 있어!"

'이제야 눈치챘구나!' 레날 부인은 생각했다. 그녀는 그 사실을 깨닫고서 깜짝 놀랐다는 표정을 지어 보였으나 무슨 말을 할 기분은 일어나지 않았으므로 그 자리를 떠나 살롱 안쪽의 긴 의자에 가 앉았다. 이미 승부는 난 것이나 다름없었다. 그 뒤에는 익명 편지를 썼다고 추측되는 자에게로 담판하러 달려가려는 남편을 만류하느라 여간 애먹은 게 아니었다.

"확실한 증거도 없는데 발르노 씨에게 싸움을 거는 것은 졸렬한 짓이에요. 왜 그것을 깨닫지 못하시죠? 당신이 사람들로부터 시기를 받는 까닭이 뭐라고 생각하세요? 당신에게는 수완이 있기 때문이 아니던가요? 시의 행정을 훌륭하게 처리하고 계시고, 저택은 고상한 취미로 가꿔 놓으셨고, 내 지참금도 있고, 게다가 무엇보다도 우리 백모님으로부터 상당한 유산을 상속받으리란 기대도 있잖아요? 뭐, 세상에서는 그 유산을 터무니없는 액수로 과장해서 생각하고 있습니다만, 하여간 이런저런 이유로 당신은 베리에르에서 으뜸가는 인물이 돼 버리셨잖아요?"

"내 가문을 빠뜨렸소."

레날 시장은 조금 미소를 띠어 보이면서 말했다. 재빨리 레날 부인은 말을 이었다.

"그야 당신은 이 지방에서 가장 신분이 높은 귀족 중 한 분이시죠. 만약에 국왕께서 아무런 방해도 받지 않고 좋은 집안을 제대로 대우해 주실 수 있는 세상이라면, 당신은 반드시 귀족원이든 어디든 들어가 계실 거예요. 그런 훌륭한 지위에 계시는 당신을 질시하는 세상 사람들에게 소문의 씨앗을 제공해 주실 참이세요? 익명 편지로 발르노 씨와 싸우신다는 것은 온 베리에르에, 아니 그뿐 아니라 브장송이나 이 지방 일대에, 그 대단한 레날 집안 사람이 그런 평민의 자식을 집 안에 잘못 끌어들였다가 가문에 먹칠을 해 버렸다고 광고하는 것과 다름없잖아요? 지금 꺼내 읽으신 편지가, 내가 발르노 씨의 불륜한 사랑에 응했다는 증거가 된다면 나를 죽이세요. 만일 그렇다면 나는 백번이라도 죽어 드리겠어요. 하지만 그분에게 화를 내신다는 것은 잘못이에요. 생각해 보세요, 이웃 사람들은 모두 당신의 출세를 시기하여 어떻게든 앙갚음할 구실을 찾으려 하고 있어요. 왜 1816년에 무슨 사건이었던가, 죄인 검거에 협력하신 적이 있었죠? 그 지붕을 타고 도망치던 사람만 하더라도……"

"당신은 나를 존경하지도 않을뿐더러 배려조차 하지 않는 듯하군."

그 사건을 상기하는 바람에 아주 기분이 언짢아진 레날 시장이 외쳤다.

"그리고 나는 귀족원 의원이 되지 못했소!"

레날 부인은 웃음을 띠면서 대답했다.

"저는 언젠가 당신보다 부자가 될 테고, 더구나 12년 동안이나 당신과 함께 살아온 사이잖아요. 제 의견을 말씀드릴 자격은 있다고 생각해요. 특히 오늘 같은 사건에 대해서는……"

여기서 아주 분함을 감추지 못하겠다는 표정으로 말을 이었다.

"만일 저보다 쥘리앵이 더 소중하다고 하신다면, 저는 백모님 곁에서 올 겨울을 나고 오겠어요."

이 한마디는 '효과 만점'이었다. 정중한 말을 쓰려고 노력하면서도 굳은 결의를 나타내고 있는 듯했기 때문이다. 이 말이 레날 시장을 결심케 했다. 그러나 시골의 습관으로 그는 계속 지껄여 대며 끌어댈 수 있는 이론은 다 끌어대 이야기를 되풀이했다. 부인은 그를 멋대로 떠들게 두었다. 남편의 말투가 아직 노기를 띠고 있었기 때문이다. 두 시간이나 쓸데없는 장광설을 늘어놓은 끝에, 하룻밤 내내 분노의 발작으로 괴로워했던 그는 마침내 기진맥진해서 조용해졌다. 그는 발르노 씨, 쥘리앵, 그리고 엘리자에 대해서까지 앞으로 취할 태도의 방침을 정했다.

이렇게 옥신각신하는 동안 레날 부인은 12년이나 함께 살아온 남자가 정말로 괴로워하고 있는 모습을 보고 한두 번 동정심이 일렁였다. 그러나 진짜 정열은 이기적인 것이다. 그녀는 어젯밤에 받은 익명 편지에 대해서 남편이 말을 꺼내기를 이제나저제나 기다렸으나 그 이야기는 나오지 않았다. 자기 운명을 쥐고 있는 그에게 남이 어떤 지혜를 불어넣었는지를 알아내지 못하는 한 레날 부인은 안심할 수가 없었다. 왜냐하면 시골에서는 남편이 여론의 지배자이기 때문이다. 우는 소리를 하는 남편들은 분명히 세상의 웃음거리가 되지만, 오늘날 프랑스에서는 그것이 차차 당연하게 받아들여지고 있다. 그러나 아내들은 남편으로부터 돈을 받지 못하면 별수 없이 일당 15수의 고용살이 하녀로 일하는 수밖에 없다. 더구나 엄한 집안에서는 그런 여자를 고용하지도 않는다.

하렘의 후궁도 열렬히 술탄을 사랑할 수는 있다. 그러나 술탄은 전능한지라 제아무리 여자가 정다운 농간을 부린들 그 권력을 뺏을 수는 없다. 주군(主君)의 복수는 가혹하고 피비린내가 난다. 그러나 또 군인처럼 단호하고 깨끗하다. 비수를 한 번 찌르면 모든 것은 끝난다. 19세기에는 남편이 아내를 살해하는 데 세상의 경멸이라는 비수를 사용한다. 어느 살롱에도 얼굴을 내밀지 못하도록 만들어 버리는 것이다.

자기 방에 돌아온 레날 부인은 새삼 자기가 얼마나 위험에 처했었는지 강하게 느꼈다. 방 안이 어지러이 흐트러져 있는 광경에 정신이 아찔해진 것이다. 예쁜 조그마한 상자의 자물쇠는 모조리 파괴되고, 바닥에 깐 무늬목까지 몇 장 뜯겨 있었다.

'난 그이에게 어떤 무시무시한 봉변을 당할지 몰랐던 거야! 그렇게 아끼던 채색 마룻바닥을 이렇게 엉망으로 만들어 놓은 것을 보면! 아이들이 젖은 신발을 신고 들어오기만 해도 얼굴을 붉히며 화를 냈는데 이제 아주 못쓰게 망가뜨려 놨구나!'

이 난폭한 행동의 흔적을 보자, 너무 간단히 승리를 거두는 바람에 한껏 가책을 느끼고 있던 기분도 당장에 가셔 버렸다.

점심 식사 종이 울리기 조금 전에 쥘리앵이 아이들을 데리고 돌아왔다. 식사가 끝나고 하인들이 물러가자, 레날 부인은 쥘리앵에게 무뚝뚝하게 말했다.

"두 주일 가량 베리에르에 가 있었으면 하고 전에 말씀하신 적이 있지요? 주인어른께서 휴가를 드려도 좋다고 말씀하셨어요. 언제든지 마음 내키는 대로 떠나세요. 그리고 아이들이 놀고만 있으면 안 되니까, 매일 작문을 부쳐 드릴 테니 고쳐 주도록 하세요."

"아니, 한 주일 이상은 안 돼."

레날 씨가 몹시 퉁명스럽게 덧붙였다.

쥘리앵은 레날 시장의 표정에서 깊은 번뇌에 싸인 사나이의 불안한 그림자를 보았다.

"저 사람은 아직 결심을 못한 모양이죠?"

아주 짧은 동안 살롱에 단둘이 있게 되었을 때 쥘리앵은 연인에게 말했다.

레날 부인은 아침부터 한 일을 짤막하게 설명해 주었다.

"자세한 말은 오늘 밤에 다시" 하고 웃으면서 그녀는 덧붙였다.

'여자란 간악하구나!' 하고 쥘리앵은 생각했다. 뭐가 좋아서, 또 어떤 본능으로 여자는 남자를 속이는 것일까?

"부인은 사랑 때문에 똑똑해지셨지만 동시에 분별력도 잃으신 모양이군요" 하고 쥘리앵은 얼마간 냉랭하게 말했다.

"오늘 부인의 활약에 아주 감탄했습니다만 오늘 밤에 만나자는 것은 무분별하시지 않습니까? 이 집에는 적이 가득합니다. 생각해 보십시오. 엘리자는 한없이 나를 증오하고 있습니다."

"당신이야말로 내게 너무 냉담하시잖아요? 엘리자의 증오와 비슷하게 말이에요."

"설령 냉담하게 굴더라도, 내 손으로 부인을 위험 속에 몰아넣은 이상 저는 당신을 구해 내야만 합니다. 만약 레날 씨가 엘리자와 얘기라도 하는 날에는 단 한마디로 모든 것이 드러날지 모릅니다. 주인께서 무기를 들고 내 방 가까이 숨어들지 말라는 법도 없습니다."

"어머! 용기가 없군요!"

레날 부인은 귀족의 딸다운 오만한 투로 말했다.

"나의 용기를 운운할 만큼 스스로 영락할 마음은 없습니다" 하고 쥘리앵은 싸늘하게 내뱉었다.

"그거야말로 야비합니다. 세상 사람들에겐 사실에 비추어서 판단케 하면 됩니다. 그러나……"

이렇게 말하면서 쥘리앵은 부인의 손을 잡고 말을 이었다.

"내가 얼마나 당신을 사모하고 있는지, 그리고 가슴 아픈 이별을 눈앞에 두고 이렇게 작별 인사를 할 수 있는 것을 얼마나 기쁘게 생각하고 있는지, 당신은 상상도 못하실 테죠."

제22장
1830년대 행동양식

말은 사상을 숨기기 위해서 인간에게 주어졌다.

말라그리다 신부

쥘리앵은 베리에르에 도착하자마자 자기가 레날 부인을 너무 가혹하게 대했다는 가책에 사로잡혔다.

'만약 레날 시장과 대결하는 동안에 그 사람이 마음이 약해져서 실패했더라면 나는 하찮은 여자라고 경멸했을 테지! 하지만 그 사람은 외교관 뺨칠 만큼 솜씨 있게 해냈는데 나는 오히려 패배한 적을 동정하고 있다. 아무래도 내게는 비루한 부르주아 근성이 있나 보군. 내 허영심이 상처를 입은 것도 다 레날 시장이 사나이기 때문이야! 영광스럽게도 나는 빛나는 남성 조합의 일원인 셈이지. 정말로 바보같군.'

면직당한 후 셀랑 사제가 사제관에서 쫓겨나자, 지방의 이름 있는 자유주의자들은 앞을 다투어 거처를 제공하려 했지만 늙은 사제는 모두 사양했다.

사제가 빌린 두 칸 방은 책으로 가득했다. 쥘리앵은 성직자란 어떤 사람인지를 베리에르 사람들에게 보여 주고 싶어서, 아버지에게 전나무 판자 열두 장을 가지러 가서 일부러 그것을 등에 짊어지고 시내의 한길을 걸어왔다. 옛 친구들에게 연장을 빌려 곧 책장 비슷한 것을 만들어 셀랑 사제의 책을 꽂았다. 늙은 사제는 너무나 기뻐 눈물을 흘리면서 말했다.

"나는 네가 속세의 허영에 물들어서 타락해 버린 줄만 알았다. 그때 의장대의 화려한 제복을 입은 탓에 많은 사람의 눈총을 받았지 않니. 하지만 이것으로 그때의 어리석은 짓이 보충된 셈이야."

레날 시장은 자기 집에서 기거하도록 미리 쥘리앵에게 말해 주었다. 이번 사건을 눈치챈 사람은 아무도 없었다. 그곳에 온 지 사흘 만에 쥘리앵은 아주 중요한 인물의 방문을 받았다. 그의 방까지 찾아온 사람은 군수 모지롱 씨였다. 거의 두 시간 동안 인간의 교활함, 공금 운용을 위임받고 있는 무리들의 부정행위, 이 가련한 프랑스가 직면하고 있는 온갖 위기 등에 대해서 따분하기 짝이 없는 수다와 과장된 한탄을 실컷 듣고 나서야 겨우 쥘리앵은 그가 방문한 목적을 어렴풋이 짐작할 수 있었다. 두 사람이 층계참에 왔을 때, 즉 반쯤 실업 상태에 빠진 불쌍한 가정교사가 장차 어느 현의 지사가 될 인물에게 어울리는 경의를 표하면서 그를 배웅하러 나왔을 때, 갑자기 군수는 쥘리앵의 처지에 관심을 보이면서 그가 금전 문제에 대해 담백하니 어쩌니 하고 칭찬을 시작했다. 마지막으로 모지롱 씨는 아주 자애로운 아버지처럼 쥘리앵을 껴안으면서, 레날 시장 곁을 떠나 역시 교육해야 할 아이가 몇 명 있는 어느 관리의 집으로 들어가는 것이 어떠냐고 권했다. 그러면 그 관리는, 필립 왕처럼 자식을 많이 가졌다는 것보다도 쥘리앵 씨 곁에 있을 수 있는 아이를 가졌다는 것을 하늘에 감사하리라는 이야기였다. 급료는 1년에 800프랑이고, 달마다 지불하는 것이 아니라—모지롱 씨 말에 의하면 그것은 귀족의 방식이 아니므로—1년에 네 번, 선불한다고 했다.

드디어 쥘리앵의 차례가 왔다. 한 시간 반 전부터 그는 겨우 따분함을 억누르면서 입을 열 기회만을 기다리고 있던 참이다. 그의 대답은 완벽했으며, 무엇보다도 우선 장황하여 마치 교황의 교서 같았다. 모든 것을 기대하게 하면서도 실은 무엇 하나 명확하게 말하고 있지 않았다. 그의 말에는 레날 시장에 대한 존경, 베리에르 시민 전체에 대한 경의, 그리고 명성 높은 군수에 대한 감사의 뜻이 담겨 있었다. 군수는 그가 자기보다도 한술 더 뜨는 교활한 자임을 알고 깜짝 놀라면서 확실한 대답을 끌어내려고 시도했지만 허사였다. 쥘리앵은 완전히 기분이 좋아져서 자기 재량을 시험할 수 있는 이 기회를 놓치지 않고 다른 말로 바꾸어 가며 똑같은 대답을 되풀이했다. 웅변가로 이름난 장관이, 회의가 끝날 무렵 겨우 활기가 돌기 시작하는 회의장에서 지겹도록 긴 웅변을 할 때도 그처럼 많은 말을, 그처럼 내용 없는 이야기를 늘어놓은 일은 없으리라. 모지롱 씨가 나가자마자 쥘리앵은 배를 움켜쥐고 껄껄 웃기 시작했다. 예수회 수사만큼이나 교활한 생각이 얼마든지 떠오르는 것을 기회로 그는 레날 시장에게 아홉 장이나 되는 편지를 써서 방금 들은 말을 하나하나 보고하는 동시에 공손하게 의견을 물었다.

'그런데 그 늙은 너구리는 누가 그런 요청을 하고 있는지 끝내 이름을 말하지 않았구나! 아마 발르노 씨겠지. 내가 베리에르에 쫓겨온 것을 보고 자기가 쓴 익명 편지가 효과를 거뒀다고 생각하고 있나 보지.'

편지를 띄우고 난 쥘리앵은 맑게 갠 가을날 새벽녘에 사냥감이 풍부한 초원에 나간 사냥꾼같이 만족감에 젖어 셀랑 사제에게 의논하러 갔다. 그런데 쥘리앵을 즐겁게 해 주려는 하늘의 배려인가, 선량한 노사제의 집에 도착하기 전에 발르노 씨와 딱 마주쳤다. 쥘리앵은 마음속의 번민을 그에게 감추려 하지 않았다. 자기 같은 불우한 청년은 신이 주신 천직에 몸과 마음을 바쳐야 하지만 이 속세에서는 천직이 전부가 아니다. 주님의 포도원에서 훌륭한 일을 하고, 더구나 박학(博學)한 수많은 동료들과 비교해서 부끄럽지 않을 정도의 인간이 되기 위해서는 아무래도 교육을 받아야 한다. 브장송의 신학교에 들어가 2년 동안 공부를 해야 하는데, 그러려면 많은 돈을 저금해야 한다. 저금을 하려면 600프랑의 연봉을 다달이 나눠 받아 써 버리는 것보다 800프랑을 1년에 네 번으로 나눠 받는 편이 훨씬 유리하다. 하지만 레날 시장의 아이들을 보살피게 된 것도 하늘의 뜻이고, 더구나 그 아이들에게 특별한 애착을 느끼게 되었다. 이는 그들을 버리고 다른 집 아이들을 가르친다는 것은 옳은 일이 아니라는 하늘의 계시가 아닐까? …… 운운.

제정(帝政) 시대의 기민한 행동 대신에 유행한 것이 이런 종류의 변설이었는데, 쥘리앵은 그런 점에서 이미 완벽한 경지에 도달해 있었으므로 나중에는 자기가 늘어놓는 말에 스스로 역겨움을 느낄 정도였다.

집에 돌아가는 길에 훌륭한 제복을 입은 발르노 씨의 하인을 만났다. 그날 오찬회의 초대장을 들고 온 시내를 찾아 헤맸다는 것이었다.

쥘리앵은 발르노 씨 집에는 한 번도 방문한 적이 없었다. 오히려 이삼 일 전만 하더라도 어떻게든 경찰에 끌려가지 않는 한도 내에서 그자를 몽둥이로 때려눕힐 방법은 없을까 하고 궁리하고 있었다. 오찬은 1시부터라고 씌어 있었지만 쥘리앵은 12시 반쯤 수용소장의 집무실로 찾아가는 것이 경의를 표하기에 적당한 방법이라고 생각했다. 가 보니 소장은 산더미처럼 쌓인 서류에 둘러싸여 한껏 거드름을 피우고 있었다. 시커멓고 짙은 구레나룻, 숱이 많은 머리칼, 머리에 비스듬히 얹힌 터키 모자, 커다란 파이프, 수놓인 슬리퍼, 가슴에 가로 세로로 늘어진 두꺼운 금줄 등등, 여자들에게 인기 높은 미남이라고 자부하고 있는 이 시골 유지의 차림새는 조금도 쥘리앵을 압도하지 못했다. 오히려 어떻게든 이 사나이를 몽둥이로 때려눕혀야겠다는 적개심을 불붙여 줄 뿐이었다.

발르노 부인을 소개해 달라고 부탁해 보았으나 화장하는 중이라 만날 수 없다는 대답이 돌아왔다. 그 대신 그는 영광스럽게도 수용소장께서 몸단장을 하시는 데 입회하게 되었다. 한참 후 발르노 부인 방에 안내되자, 부인은 눈물을 글썽거리면서 쥘리앵에게 아이들을 소개했다. 베리에르에서 으뜸가는 명사 부인 중 하나인 그녀는 오늘 영광의 연회석에 나간다고 해서 그 남자처럼 우악스럽게 생긴 얼굴에 연지까지 찍어 바르고 있었다. 연회에서 그녀는 한껏 과장된 모성애의 표정을 띠어 보였다.

쥘리앵은 레날 부인을 생각했다. 본디 의심이 많은 그는 선명한 대조에 의해서 환기되는 이런 종류의 추상으로만 마음이 움직였다. 그러나 일단 움직이면 눈물을 흘릴 만큼 감동하는 것이었다. 그런 마음은 수용소장의 집 안을 둘러보면서 점점 더 깊어졌다. 그는 저택 안을 안내받았다. 눈에 띄는 것은 모두 훌륭한 새것들이었으며 주인은 일일이 가구의 값까지도 일러 주었다. 그런데 쥘리앵은 거기서 무엇인가 야비한 것을 느꼈다. 왠지 공금 횡령의 냄새가 났다. 하인에 이르기까지 온 집안 사람들이 남에게 경멸받지 않으려고 애써 체면 차리고 있는 듯한 느낌이 들었다.

직접세관리(直接稅官吏), 간접세관리(間接稅官吏), 헌병장교, 그 외에 두세 명의 관리가 부인을 동반하고 나타났다. 이어서 몇몇 돈 많은 자유주의자들이 왔다. 식사 준비가 갖춰졌다고 알려 왔다. 이미 몹시 불쾌해진 쥘리앵은 문득 식당의 벽 너머에 불쌍한 수용자들이 있을 것이라는 생각이 떠올랐다. 그를 놀라게 하기 위해 발르노 씨가 보여 준 그 악취미의 사치품만 하더라도 필시 그들에게 배급되는 고기 값을 떼어서 사들인 것이 틀림없었다.

'이 순간에도 그들은 무척 배를 곯고 있겠지.'

그는 생각했다. 목이 메어 먹기는커녕 거의 말조차 할 수가 없었다. 15분쯤 지나자 사태는 점점 더 나빠졌다. 띄엄띄엄 어떤 유행가의 구절이 들려온 것이다. 그 노래는 솔직히 말해 좀 저속한 것이었다. 수용자 중 한 사람이 부르고 있는 모양이었다. 발르노 씨가 훌륭한 제복을 입은 하인 하나에게 눈짓을 했다. 하인이 모습을 감추자 곧 노랫소리는 들리지 않게 되었다. 마침 그때 하인이 초록빛 유리잔에 라인 포도주를 따라 쥘리앵에게 권했다. 발르노 부인이 그 포도주는 생산지에서 직접 주문해 왔는데 한 병에 9프랑이나 한다고 자랑했다. 쥘리앵은 초록빛 유리잔을 집어들면서 발르노 씨에게 말했다.

"이제 그 저속한 노래를 하지 않는군요."

"물론이지요" 하고 소장은 자랑스레 말했다.

"그 거지들을 떠들지 못하게 하라고 명령을 내렸으니까요."

이 말은 쥘리앵에게 너무나 강한 충격을 주었다. 그는 자기 신분에 알맞은 처세술을 몸에 익히고는 있었으나 마음은 그렇지 않았다. 그처럼 되풀이해서 위선을 연습해 온 터인데도 굵은 눈물이 뺨을 타고 흐르는 것을 느꼈다. 녹색 잔으로 눈물을 감추려고 했으나 도저히 그 라인의 명주(名酒)를 음미할 수는 없었다.

'노래를 중지시키다니! 무슨 짓인가! 그래도 너는 잠자코 보고만 있단 말인가!'

그는 자기 자신에게 말했다.

다행히 쥘리앵의 이 자리에 걸맞지 않은 감상을 눈치챈 사람은 아무도 없었다. 직접세관리가 왕당파 찬양 노래를 선창하기 시작한 것이다. 모두들 한목소리로 부르는 후렴의 시끄러운 음향을 들으면서 쥘리앵의 양심은 계속 중얼거렸다.

'이것이 네가 추구하는 더러운 영달(榮達)의 모습이다! 이런 무리들에게 에워싸여 있어야 비로소 너는 출세할 수 있다! 아마 2만 프랑쯤 수입이 있는 지위에 오를 수도 있겠지. 그런데 네가 게걸스럽게 고기를 먹는 동안 너는 불쌍한 빈민들의 노래를 금지하지 않으면 안 될 거야. 너는 비참한 그들의 양식을 가로챈 돈으로 손님에게 요리를 대접하게 될 거라고. 그 연회가 한창일 때 빈민들은 점점 더 불행해질 테지! 아아 나폴레옹! 싸움터에 몸을 던져 입신출세하던 당신의 시대는 얼마나 좋은 시대였던가! 비열하게도 불행한 자의 괴로움에 부채질을 하다니!'

솔직히 이런 심약한 독백을 하는 쥘리앵을 나는 별로 높이 평가하지 않는다. 그렇다면 차라리 그는, 한 나라의 한 체제를 변혁한다고 외치면서 스스로는 무엇 하나 쓴맛을 보기 싫어하는 건달 음모가들의 무리에나 끼는 것이 알맞다.

쥘리앵은 문득 자기 역할을 기억해 냈다. 이러한 상류사회 연회석에 초대된 것은 제멋대로 몽상에 빠지거나 잠자코 있기 위해서가 아니었다.

전에 사라사 피륙을 다루다가 은퇴하여 현재는 브장송 및 위제스 아카데미의 통신회원이 되어 있는 사람이 식탁 건너편 끝에서 쥘리앵에게 얘기를 걸어왔다. 신약성서 연구에서 놀라운 진보를 보이고 있다는 소문이 사실이냐고 물어온 것이다.

갑자기 좌중이 조용해졌다. 박식한 아카데미 통신회원의 손에 난데없이 라틴어로 된 한 권의 신약성서가 나타났다. 쥘리앵이 대답하자, 그는 이런저런 라틴어 구절을 짤막짤막하게 읽었다. 쥘리앵은 암송했다. 그의 기억력은 틀림이 없었고, 그 놀랄 만한 재주는 연회가 끝날 무렵의 시끄러운 활기 속에서 찬탄의 바람을 불러일으켰다. 쥘리앵은 즐비하게 늘어앉은 부인들의 상기된 얼굴을 바라보았다. 그 가운데 몇 사람은 상당한 미인이었다. 특히 노래를 잘하는 직접세관리의 부인이 아까부터 쥘리앵의 눈길을 끌었다. 그녀 쪽을 보면서 쥘리앵은 말했다.

"부인들 앞에서 장황하게 라틴어를 사용하는 것은 솔직히 부끄럽기 짝이 없습니다. 만약 뤼비뇨 씨(이것이 양아카데미 회원의 이름이었다)께서 어디든지 라틴어 문장을 한 구절만 읽어 주신다면, 그 다음을 라틴어 원문으로 대답하는 대신 프랑스어로 번역해서 들려 드리고 싶습니다만……"

이 두 번째 시도로 그의 영예는 절정에 달했다.

이 연회석상에는 돈 많은 자유주의자가 몇 명 있었는데, 모두 장학금을 받을 수 있는 자식을 가진 행복한 아버지로서 최근의 선교 활동 이후 왕당파로 개종한 인간들이었다. 그처럼 빈틈없는 정치성을 발휘하는 인간임에도 레날 시장은 결코 그들을 자택으로 초청한 적이 없었다. 그래서 그들은 쥘리앵에 대해서 소문으로만 들었고, 국왕이 행차하던 날 말에 탄 모습을 보았을 뿐이었다. 그들은 그를 칭찬하는 단계가 되자 누구보다도 떠들썩했다.

'이 바보들은 성서 구절을 듣는 것에 질리지도 않을까? 무엇 하나 이해하지도 못하는 주제에.'

쥘리앵은 생각했다. 그러나 그들은 질리기는커녕 성서의 장엄한 문체가 색다른 것이어서 더 재미있어했다. 모두들 웃었다. 결국 쥘리앵 쪽이 싫증이

나 버렸다.

6시가 되자 그는 엄숙한 표정을 짓고 일어났다. 리고리오의 새 신학의 한 장(章)을 다음 날 셀랑 사제 앞에서 암송하려면 예습을 해야 한다는 이유였다. "본디 제 직업은 남에게 성서를 암송시키거나 스스로 암송하거나 하는 것이니까요" 하고 쥘리앵은 웃으며 덧붙였다.

모두들 껄껄 웃고 또 감탄했다. 이런 것이 베리에르에서 통용되는 재치였다. 쥘리앵은 이미 자리를 뜨고 있었다. 모두들 예법을 잊고 따라서 일어섰다. 이것이 천재의 위광이라는 것이다. 발르노 부인은 그러고도 15분간이나 쥘리앵을 붙들고 놓지 않았다. 쥘리앵은 아이들이 교리문답을 암송하는 것을 들어 줘야 했다. 아이들은 웃음이 나올 만한 실수를 저질렀지만 알아차린 사람은 쥘리앵뿐이었다. 그 실수를 일일이 지적해 줄 마음도 나지 않았다. '종교의 기초 중의 기초도 모르는구나' 하고 생각했다. 겨우 인사를 마치고 이제 빠져나갈 수 있으려니 했는데 다시 라 퐁텐의 우화시(寓話詩)를 들어주어야만 했다.

쥘리앵은 발르노 부인에게 말했다.

"이 작가는 아주 부도덕합니다. 장 슈아르 님에 관한 우화시 같은 것은 이 세상에서 가장 존경해야 하는 것을 정면으로 우롱하고 있습니다. 뛰어난 주석자(註釋者)들은 다 그에게 심한 비난을 퍼붓고 있을 정돕니다."

쥘리앵은 그곳을 나오기 전에 너덧 집으로부터 초대를 받았다.

"이 청년은 우리 현의 명예다."

기분이 좋아진 손님들은 모두 입을 모아서 칭찬했다. 쥘리앵이 파리로 나가서 공부할 수 있도록 시에서 장학금을 지급하는 안건을 의결하자는 얘기까지 나왔다.

이런 즉흥적인 생각으로 식당이 들끓고 있는 동안 쥘리앵은 성큼성큼 정문까지 나와 버렸다.

"아아! 인간쓰레기들! 인간쓰레기들!"

신선한 공기를 들이마시면서 그는 서너 번 낮은 소리로 외쳤다.

레날 시장 집에서 아무리 정중한 대우를 받아도 그 뒤에 존재하는 경멸 섞인 비웃음과 오만스러운 우월감을 느끼고는 그토록 상처받던 쥘리앵이었지만, 지금 이 순간에는 아주 귀족적인 기분이 되어 있었다. 너무나 커다란 차이를 느꼈던 것이다. 그 자리를 떠나면서 그는 마음속으로 생각했다.

'가련한 빈민들의 돈을 빼돌리거나 노래를 중지시킨 일을 잊어버린다고 치자. 그러나 손님에게 포도주를 권하면서 한 병에 얼마라고 값을 말하는 짓 따위를 레날 시장이 한 번이라도 했던가? 게다가 그 발르노란 자는 입만 열면 자기 재산 이야기를 늘어놓으면서, 부인이 눈앞에 있으면 당신의 집이니 당신의 토지니 하고 말하지 않으면 얘기조차 하지 못하더란 말이야. 그 부인도 재산을 소유하는 기쁨에 남달리 집착하는 성질인 모양이지. 아까도 식사 중에 하인이 다리가 긴 유리잔을 깨자 한 세트를 못쓰게 만들었다면서 차마 눈 뜨고 볼 수 없을 만큼 꾸짖지 않았던가. 더구나 하인은 하인대로 무례하기 짝이 없는 대답을 했고. 대체 어떻게 생겨 먹은 인간들일까? 그들이 빼돌리는 돈을 반절 나누어 준다고 해도 그들과 함께 사는 것은 질색이다. 함께 살았다간 조만간 나는 내 본성을 드러낼 것이 뻔해. 그들에 대한 경멸감은 숨길 수가 없을 테니.'

그러나 쥘리앵은 레날 부인의 명령도 있고 해서 그런 종류의 연회석에 몇 번인가 얼굴을 내밀어야 했다. 그는 이미 총아가 된 셈이어서, 의장대 제복 일로 그를 탓하는 자는 더 이상 없었다. 오히려 그런 무모한 행동이야말로 그가 인기를 얻은 비결이라고 할 만했다. 이내 온 베리에르는 이 박식한 청년의 쟁탈을 둘러싸고 레날 시장이 이기느냐 수용소장이 이기느냐 하는 소문으로 들끓었다. 이 두 사람은 마슬롱 사제와 더불어 삼각 동맹을 형성하여 오랜 세월 이 시를 지배해 왔다. 모두들 시장을 질시했고 자유주의자들 간에도 불평이 이만저만이 아니었다. 그러나 시장은 귀족이었고, 남의 위에 설 만한 인물이었다. 그에 비해 발르노 씨는 아버지로부터 겨우 600프랑의 연금밖에 물려받지 못한 사나이였다. 지금은 노르망디산 말이니 금줄이니 파리에서 맞춘 옷이니 하면서 호화롭게 생활해 부러움을 받는 신분이 되어 있지만, 그가 젊었을 때 입었던 초라한 풋사과빛 옷은 모르는 사람이 없을 뿐 아니라 여러 사람들의 동정을 샀었다. 현재에 이르기까지 그는 많은 우여곡절을 거치지 않으면 안 되었던 것이다.

새로 사귄 많은 친지들 중에서 쥘리앵은 단 한 사람, 훌륭한 인물을 만났다고 생각했다. 측량사로 이름은 그로였는데 자코뱅파로 통했다. 쥘리앵은 스스로도 거짓이라고 생각하는 것 이외에는 절대로 입 밖에 내지 않으려고 속으로 맹세하고 있었으므로, 그로 씨에 대해서도 역시 경계하지 않을 순 없었다. 베르지에서는 커다란 작문 꾸러미를 여러 개 부쳐 왔다. 가능한 한 아버지를 만나러 가도록 권해 왔기 때문에 그는 별수 없이 그 우울한 요청에도 따랐다. 한마디로 그는 아주 교묘하게 세상 평판을 회복해 가고 있었다. 그러던 어느 날 아침, 갑자기 누가 손으로 두 눈을 가리는 바람에 그는 놀라서 눈을 떴다.

레날 부인이었다. 시에 나왔는데, 아이들이 함께 데리고 온 귀여운 집토끼에 정신이 팔려 있는 사이에 층계를 뛰어 올라와 한발 앞서서 쥘리앵의 방에 온 것이었다. 그 일순간은 달콤하기 짝이 없었다. 그러나 너무 짧은 시간이었다. 아이들이 선생님에게 보여 주려고 토끼를 데리고 들어왔을 때 레날 부인의 모습은 이미 사라지고 없었다. 쥘리앵은 상냥하게 그들을 맞았다. 토끼에 대해서까지도 그랬다. 어쩐지 가족과 재회한 느낌이었다. 그는 아이들에게 크나큰 애정을 느끼면서 그들과 즐겁게 이야기를 나눴다. 아이들의 다정한 목소리, 대수롭지 않은 거동에서 볼 수 있는 솔직함과 기품에 그는 눈이 둥그레졌다. 베리에르 사람들의 비속한 거동과 사물에 대한 불쾌한 사고방식 속에서 지내 온 쥘리앵은 그 더러운 모든 것에서 벗어나 머리를 식힐 필요를 느끼고 있는 참이었다. 눈에 띄는 것은 항상 실패하지 않을까 하는 공포심뿐이고, 항상 사치와 빈곤이 서로 쥐어뜯는 싸움뿐이었다. 연회에 초청받아 가면 그 집안 사람들은 구운 고기 한 점에 대해서까지, 본인에게는 창피가 되고 듣는 쪽에는 구역질이 나게 하는 집안 얘기를 태연하게 들려주었다.

"당신들 귀족이 자랑스러워하는 것도 당연합니다."

쥘리앵은 레날 부인에게 이렇게 말했다. 그리고 그는 참석한 여러 연회에 대해서 일일이 부인에게 얘기해 주었다.

"어머, 당신 인기가 대단해지셨네요!"

이렇게 말하고 나서 부인은 웃기 시작했다. 들어 보니, 발르노 부인은 쥘리앵을 맞이할 때 반드시 연지를 발라야만 한다고 생각하는 모양 같았기 때문이다.

"그분은 분명히 당신 마음을 끌려고 그러는 거예요."

아침 식사는 즐거웠다. 아이들과 함께 있는 것이 방해스럽게 생각되었지만, 사실 두 사람은 그 덕분에 더욱 행복했다. 가엾게도 아이들은 쥘리앵을 다시 만난 기쁨을 어떻게 표현해야 할지 모르는 모양이었다. 발르노네 아이들을 가르쳐 주면 수당을 200프랑 더 주겠다는 제안이 쥘리앵에게 들어왔단 얘기가, 하인들을 통해서 이미 아이들 귀에 들어가 있었던 것이다.

식사가 한창일 때였다. 큰 병을 앓고 난 후라 아직까지 얼굴에 화색이 돌지 않는 스타니슬라스 그자비에가 갑자기 자기 은식기나 지금 사용하고 있는 컵이 얼마쯤 하느냐고 어머니에게 물었다.

"어머나, 왜 그런 걸 묻니?"

"나, 이걸 팔아서 그 돈을 쥘리앵 선생님께 드리고 싶어요. 그러면 선생님이 계속 우리 집에 계셔도 얼간이라는 말은 듣지 않을 거 아녜요?"

쥘리앵은 눈물을 글썽거리면서 아이를 껴안았다. 어머니도 울기 시작했다. 쥘리앵은 스타니슬라스를 무릎에 안아 올리더니 '얼간이'라는 말을 써서는 안 돼, 그 말을 그런 의미로 사용하면 하인들 말투가 돼 버리니까, 하고 가르쳐 주었다. 그 모습에 레날 부인이 기뻐하는 것을 본 쥘리앵은 '얼간이'란 어떤 자인가 설명을 하고 나서, 알아듣기 쉬운 예를 들어 보였다. 아이들은 재미있어했다.

"알았어요. 그만 치즈를 입에서 떨어뜨려 간사한 여우에게 뺏긴 그 어리석은 까마귀 말이죠?" 하고 스타니슬라스가 말했다.

레날 부인은 기뻐서 어쩔 줄 몰라 아이에게 연방 키스를 퍼부어 댔는데, 그러다가 자연스레 쥘리앵에게 약간 몸을 기대게 되었다.

갑자기 문이 열렸다. 레날 시장이었다. 그 험악하고 불쾌한 듯한 표정은, 그가 나타나자마자 사라져 버린 좌중의 부드럽고 즐거웠던 공기와는 기묘한 대조를 이루었다. 레날 부인의 얼굴이 창백해졌다. 이미 부정할 도리가 없다는 생각이 들었다. 쥘리앵이 입을 열어 큰 소리로, 스타니슬라스가 은 컵을 팔겠다고 한 얘기를 시장에게 하기 시작했다. 쥘리앵은 그런 얘기가 상대의 마음에 들지 않으리라는 것을 잘 알고 있었다. 은, 곧 '돈'이라는 말을 듣기만 해도 레날 시장은 여느 때의 버릇대로 눈살을 찌푸렸다. "그 말이 나오면 반드시 내 지갑에서 돈이 나간단 말이야"라는 것이 그의 입버릇이었다.

그러나 지금은 금전만이 문제가 아니었다. 의혹이 깊어진 것이다. 자기가 없는 장소에서 가족이 아주 즐거워하고 있다는 것은, 남보다 훨씬 민감한 허영심에 지배되고 있는 이 사나이의 경우 간단히 수습될 문제가 아니었다. 쥘리앵이 아이들에게 새 말의 의미를 가르칠 때 아주 우아하고 기지에 찬 설명을 했다고 부인이 칭찬했다.

"아아, 알고 있소! 선생 때문에 아이들은 나를 싫어하게 되지. 선생이 나보다 몇 백 배나 아이들을 상냥하게 대해 주는 건 쉬운 일이야. 그러나 어쨌든 나는 이 집의 주인이란 말이오. 요즈음 세상에선 모든 자들이 짜기나 한 듯이 정통적인 권위를 눈엣가시로 여기는 경향이 있단 말이지. 프랑스도 한심한 나라가 돼 버렸어!"

레날 부인은 남편의 태도에 나타난 미묘한 기미에 개의치 않았다. 어쩌면 쥘리앵과 반나절은 같이 있을 수 있다는 생각이 들었기 때문이다. 시내에 나가서 사고 싶은 물건도 많고, 꼭 카바레(무대가 있는 레스토랑)에서 점심 식사를 하고 싶다고 우겼다. 남편이 무슨 말을 하든 무엇을 하든 완강하게 주장을 굽히지 않았다. 요즈음 신사 숙녀들이 무척 유쾌하게 입에 담는 카바레라는 말을 듣기만 하고도 아이들은 손뼉을 치며 좋아했다.

레날 시장은 아내가 제일 먼저 들른 양장점에서 그녀와 헤어져 두세 군데 방문해야 할 곳을 돌았다. 돌아왔을 때는 아침보다도 훨씬 불쾌해져 있었다. 시내가 온통 자기와 쥘리앵의 얘기로 수군대고 있음을 분명히 깨달았던 것이다. 그러나 세상에 떠도는 소문 중에서 그의 기분을 상하게 할 만한 얘기는 아직 아무도 비치지 않았다. 시장이 여기저기서 들은 얘기는 쥘리앵이 600프랑으로 레날 시장 집에 그냥 주저앉는가, 아니면 수용소장이 낸다는 800프랑을 받게 되겠는가 하는 얘기뿐이었다.

그런데 바로 그 수용소장은 사교 석상에서 레날 시장과 얼굴을 마주했을 때 아주 싸늘하게 대했다. 그 태도는 상당히 교묘했다. 대개 시골 사람들은 경솔한 행동은 취하지 않는다. 감정적으로 폭발하는 일이 좀처럼 없는 대신 폭발하는 날에는 철저하다.

발르노 씨는 파리에서 멀리 떨어진 지방 사람들이 말하는 이른바 '잘난 체'하는 부류에 속했다. 천성적으로 뻔뻔스럽고 무지한 인간이다. 1815년 이래 순풍에 돛을 단 듯한 그의 생활이 이 대단하신 성질을 더욱 조장해 주었다. 본디 그는 레날 시장의 지시 아래 베리에르를 지배하고 있었는데, 활동가란 점에서는 레날 시장보다 더했다. 그는 무슨 일에나 낯을 붉힐 줄 몰라

뭣에나 참견했고, 끊임없이 이곳저곳을 뛰어다니고, 편지를 쓰고 떠벌려 대고, 창피를 당해도 곧 잊어버렸으며 또 자기 주장이라는 것이 없었다. 그리하여 끝내는 성당 세력으로부터 시장과 맞먹는 신망을 얻기에 이르렀다. 발르노 씨의 방법이란 다음과 같았다. 그 지방의 식료품상에게는 "자네들 중에서 가장 바보 같은 놈 두 명을 보내 다오"라고 했고, 법률가에게는 "제일 무지한 놈 두 사람을 가르쳐 다오"라고 했으며, 의사에게는 "돌팔이 의사 두 사람을 지명해 다오"라고 말했다. 이렇게 여러 업계에서 가장 철면피한 무리들을 모아 놓고 그는 말하는 것이었다. "자, 함께 시(市)를 지배하자고."

이러한 무리들이 쓰는 방법은 레날 시장을 몹시 불쾌하게 만들었다. 그러나 뻔뻔스러운 발르노 씨는 무슨 일이 일어나든 상처를 입을 줄 몰랐다. 대중 앞에서 풋내기 마슬롱 신부에게 사정없이 비난받았을 때도 아주 태연했다.

그러나 이렇게 세력을 떨치고 있긴 하지만 발르노 씨도, 누가 봐도 확연한 약점을 언제 공격당할지 몰라 두려워하고 있었으므로 때때로 다소 오만한 태도를 보여 자신을 안심시킬 필요가 있었다. 아페르 씨가 찾아오자 그의 마음속에 온갖 불안이 솟았으나, 그 후로 그는 더욱 활발히 움직였고 브장송에는 세 번씩이나 다녀왔다. 역마차가 지날 때마다 몇 통이고 편지를 했다. 뿐만 아니라 저물녘에 그의 집에 찾아오는 정체 모를 사람들에게 편지를 부탁하는 일도 있었다. 노사제 셸랑을 해직한 것은 그로서는 실책이었는지도 모른다. 그런 보복 행위를 했기 때문에 명문의 신앙심 두터운 부인들 상당수에게 나쁜 인상을 주었던 것이다. 그러나 아무튼 이렇게 충실한 티를 보인 결과 그는 드디어 프릴레르 부주교의 세력하에 완전히 들어가, 여러 가지 기묘한 용건을 분부받게 되었다.

발르노 씨의 권모술수가 이런 단계에까지 이르러 있을 때 그 익명 편지를 쓸 생각이 났던 것이다. 그런데 성가시게도 그의 부인이 쥘리앵을 자기 집에 고용하자고 우기기 시작했다. 여자의 허영심은 그녀를 아주 열성적으로 만들었다.

사태가 이에 이르자 발르노 씨도 지난날의 친구인 레날 시장과 결전을 벌이지 않으면 안 되겠구나 하고 각오하고 있었다. 레날 시장은 반드시 심한 욕설을 퍼부어 대겠지만 대수로운 일은 아니다. 그러나 시장은 브장송은 물론 파리에라도 편지를 할지 모를 사나이다. 어느 장관의 사촌이라는 인물이 갑자기 베리에르에 나타나서 빈민수용소장의 직위를 뺏어 버리지 말란 법도 없다. 발르노 씨는 자유주의자들에게 접근해 볼까 하고도 생각했다. 쥘리앵이 성경을 암송해 보인 그 연회석에 몇몇 자유주의자들이 초대된 것도 그런 사정이 있었기 때문이다. 시장과 대립하게 되면 아마 그들에게서 강력한 지지를 얻을 수 있으리라. 그러나 선거가 언제 갑자기 실시될지 몰랐다. 수용소장의 직위와 적대 세력에 대한 투표가 양립하기 어렵다는 것은 너무나 명백했다.* 이러한 정략적인 내막을 완전히 꿰뚫어 보고 있던 레날 부인은 쥘리앵의 팔에 의지하여 한 집 한 집 가게를 기웃거리며 걸어다니는 동안 그러한 이야기를 들려주었다. 얘기에 정신이 팔려 두 사람은 어느새 '충성 산책길'까지 와 버렸는데, 두 사람이 그곳에서 보낸 몇 시간은 베르지에 있을 때와 거의 다름없는 조용한 한때였다.

그 동안 발르노 씨는 과거의 두목 격인 레날 시장에게 일부러 싸늘한 태도를 보임으로써 불가피한 싸움을 피해 보려고 노력하고 있었다. 그날은 이 방식이 성공을 거두었으나 시장의 불쾌함은 점점 더 쌓여 갔다.

카바레에 들어갈 때의 레날 시장처럼 비참한 심정이 된 사람도 없을 것이다. 그의 마음속에서는 금전에 집착하는 탐욕 및 옹졸함이 그의 허영심과 끊임없이 싸우고 있었다. 또 반대로 아이들이 그처럼 즐겁게 떠들어 댄 적도 없었다. 이 선명한 대조가 레날 시장의 화를 완전히 돋우어 놓고 말았다.

"아무래도 나는 집안에서 필요 없는 사람이 돼 버린 모양이군!"

들어가자마자 그는 한껏 무게 있는 말투로 이렇게 내뱉었다.

부인은 대답 대신 남편을 한쪽으로 끌고 가서, 아무래도 쥘리앵을 멀리해야 할 필요가 있다고 설복했다. 방금 행복한 몇 시간을 보낸 참이라, 반 달 전부터 생각하고 있던 행동 계획을 실행에 옮기기 위해 필요한 마음의 여유도 확고한 결심도 있었다. 가련한 베리에르 시장의 내적 동요에 최후의 일격을 가한 것은, 자기의 금전에 대한 집착이 공공연히 시중에서 웃음거리가 되고 있음을 깨달은 것이었다. 발르노 씨는 도둑놈다운 배짱으로 돈을 잘 썼

---

* 수용소장 직은 왕당파 정부에 의한 지명이고, 그 지위에 있으면서 자유파에 투표하는 것은 배신을 의미한다.

다. 그런데 시장은 성 요셉회, 성모 수도회, 성체 비적 수도회(聖體秘蹟修道會)를 위해서 최근 대여섯 번에 걸쳐 실시된 모금(募金) 때에도 화려하다기보다는 조용히 처신한 편이었다.

모금 담당 수도사가 만든 장부에는 기부금 액수에 따라서 베리에르 및 그가까운 시골 명사들의 이름이 실려 있었는데, 그 틈에 낀 레날 시장의 이름이 맨 밑에 오른 일도 한두 번이 아니었다. 그는 '나는 수입이 전혀 없으니까' 하고 말했지만 통하지 않았다. 성직자란 그런 일에 관해서는 절대로 농담이 통하지 않는다.

제23장
관리의 비애

1년 내내 우쭐대려면 때때로 15분의 고통은 꼭 참아야 한다.

카스티

그러나 여기서 잠시 이 하찮은 사나이가 하찮은 걱정을 하도록 내버려 두기로 하자. 그는 하인 근성을 가진 사나이가 필요했을 텐데, 왜 기개 있는 사나이를 자기 집에 고용해 들였을까? 19세기에는 권세를 쥔 귀족이 기개 있는 사나이를 만나면 그를 죽이든가 추방하든가 투옥하든가, 또는 그가 어리석게도 지나친 고통으로 죽어 버릴 만큼 모욕하는 것이 보통이었다. 지금 여기서 괴로워하고 있는 사람은 우연히도 기개 있는 사나이 쪽이 아니지만. 프랑스의 소도시든 또는 뉴욕처럼 선거제 정치 아래 있는 지방이든 간에, 어디서나 공통되는 커다란 불행은 세상에 레날 시장 같은 인물이 많이 존재한다는 사실을 망각할 수 없다는 점이다. 인구 2만 명의 도시에서는 그런 사람들이 여론을 만들며, 그 여론이라는 놈은 입헌 정치 아래 있는 지방에서는 두려워할 만하다. 여기에 고결하고 관대한 마음을 가진 사람이 있다고 하자. 여러분의 옛 벗이라고 해도 좋다. 그런데 그 사람이 천 리나 떨어진 지방에 살고 있으면, 그는 여러분이 살고 있는 도시의 여론에 따라 여러분을 판단할 수밖에 없다. 그런데 그 여론이라는 것은 우연히 귀족이고 부자고 온건파로 태어난 바보들의 손으로 만들어진다. 남보다 뛰어난 인물이야말로 불행하다!

점심 식사가 끝나자 곧 모두 베르지로 돌아갔다. 그러나 이틀 뒤에는 온 가족이 모두 베리에르에 돌아와서 다시 쥘리앵과 얼굴을 마주 대했다.

그로부터 한 시간도 지나기 전에 쥘리앵은 레날 부인이 자기에게 무엇인가 감추고 있다는 것을 눈치채고 몹시 놀랐다. 남편과 얘기를 나누고 있을 때도 쥘리앵이 나타나면 애기를 뚝 그치고, 마치 저쪽으로 가달라는 듯한 표정을 지었다. 쥘리앵도 상대에게 두 번 다시 그런 경고를 되풀이하게 만들지는 않았다. 그는 냉담하고 서먹한 태도를 취했다. 레날 부인도 그것을 깨달았으나 별로 이유를 캐물으려고는 하지 않았다. '내 후임자가 생겼나?' 하고 쥘리앵은 생각했다.

'바로 엊그제만 해도 그렇게 허물없이 대해 주었는데! 아무튼 귀족 부인들이 하는 짓이란 모두 이 모양이야. 마치 임금과 같다니까. 임금의 마음에 든 줄 알았던 대신이 집에 돌아와 보니 파면 통지서가 와 있더라는 식이다.'

쥘리앵은 자기가 가까이 가는 순간 갑자기 중단되는 대화 속에서 베리에르시의 재산인 어떤 큰 저택이 화제가 되고 있음을 알았다. 낡기는 했지만 아주 넓어서 사용하기 편한 저택인데, 성당 맞은편에 위치했고 도시에서도 으뜸가는 상가에 있었다.

'그 집과 새로 생긴 애인 사이에 어떤 관계가 있을까?'

쥘리앵은 거듭 자문했다. 우울한 기분이 들어서 프랑수아 1세가 지은 멋진 시구를 몇 번이나 읊었다. 레날 부인에게 배운 지 한 달도 채 안 되는 시구라 새 시같은 느낌이 들었다. 그 무렵 그녀는 몇 번이나 맹세하고 애무를 거듭하면서 이런 시는 모두 거짓이라고 분명하게 말해 주었는데!

변하기 쉬운 것은 여자의 마음
그것을 믿는 마음 가련하여라.

레날 시장은 역마차를 타고 브장송으로 떠났다. 이 여행을 하기로 결심하기까지 두 시간이 걸렸는데, 레날 시장은 몹시 번뇌하고 있는 듯했다. 돌아오자 시장은 잿빛 종이로 싼 큰 꾸러미를 테이블 위에 내던졌다.

"자, 이것이 그 어처구니없는 용건이오."

그는 부인에게 말했다.

한 시간가량 지나서 쥘리앵은 광고 붙이는 남자가 그 큰 꾸러미를 들고 나가는 것을 보았다. 그는 급히 그 뒤를 따랐다.

'모퉁이를 돌면 곧 비밀을 알 수 있겠지.'

광고 붙이는 사람이 귀얄로 광고지 뒤에 풀칠을 하는 등 뒤에서 쥘리앵은 초조하게 기다렸다. 광고가 붙자마자 쥘리앵의 호기심에 찬 눈이 읽은 것은, 레날 시장 내외의 대화 속에 자주 튀어나오던 그 낡고 큰 집을 일반 입찰로 임대한다는 뜻을 상세하게 적은 광고문이었다. 임대 계약의 입찰은 다음 날 오후 2시, 시청의 홀에서 세 자루째 초가 꺼질 때까지로 되어 있었다. 쥘리앵은 뭐가 뭔지 알 수 없었다. 그러나저러나 기한이 너무 촉박했다. 입찰 희망자 전부에게 통지가 전해질 틈이 있을까? 그런데 광고 날짜는 2주일 전으로 되어 있었다. 그는 세 곳이나 장소를 바꿔 가면서 광고 전문을 다시 읽어 보았으나 도통 이해할 수가 없었다.

그는 임대한다는 그 집을 보러 갔다. 문지기는 그가 가까이 오는 줄도 모르고 이웃 남자와 의미심장한 이야기를 하고 있었다.

"아니, 헛수고만 하는 거지. 마슬롱 신부가 그자에게 300프랑에 낙찰시켜 준다고 장담했지. 그런데 시장이 뿌리쳤기 때문에 프릴레르 부주교님에게 주교관까지 불려 갔다가 왔단 말이야."

쥘리앵이 나타나자 두 사람은 곤란해진 듯 더 이상 말을 하지 않았다.

쥘리앵은 물론 임대 계약의 입찰을 보러 갔다. 어둑한 홀은 사람으로 가득했는데, 모두들 묘한 눈초리로 서로를 살피고 있었다. 사람들의 눈이 테이블 위로 쏠렸다. 그곳에는 놋쇠 접시가 놓여 있었고 접시 위에 세 개의 짤막한 초가 타고 있는 것이 보였다. 입회인이 소리쳤다.

"300프랑!"

"300프랑이라니! 이건 너무하잖아!"

한 사나이가 조그만 소리로 곁에 있는 사람에게 말했다. 쥘리앵은 그 두 사람 사이에 끼여 있었다.

"그 집은 800프랑 이상의 값어치가 있다고. 내가 한 번 끌어올려 줘야지."

"하늘 보고 침 뱉는 격이야. 마슬롱 신부, 발르노 씨, 주교님, 그리고 그 무서운 프릴레르 부주교, 그 한패를 전부 적으로 돌리고 무슨 좋은 꼴을 보겠는가?"

"320프랑!" 하고 다른 사람이 외쳤다.

"정말 바보로군!"

곁에 있던 사나이가 말했다. 그리고 쥘리앵을 가리키며 덧붙였다.

"봐, 시장의 밀정이 와 있지 않은가."

쥘리앵은 획 돌아보며 지금 한 말을 추궁하려고 했다. 그런데 프랑슈콩테 사람인 그 두 사람은 이미 쥘리앵을 거들떠보지도 않았다. 그들이 침착했으므로 쥘리앵도 침착을 되찾았다. 마침 그때 마지막 초가 다 타 버렸다. 입회인의 느릿느릿한 목소리가 문제의 집 낙찰을 고했다. 그 집은 ×××현청의 과장 생 지로 씨에게 앞으로 9년 동안 330프랑에 임대하기로 낙찰되었다.

시장이 홀에서 나가자 이내 모두들 떠들어 대기 시작했다.

"그로조가 성급한 짓을 해서 시(市)는 30프랑 번 셈이군."

"그러나 생 지로가 아닌가. 반드시 그로조에게 복수할걸. 호된 변을 당할 거야."

"고약한 얘기다!" 하고 쥘리앵의 왼편에 있던 뚱뚱한 사나이가 화를 냈다.

"그 집이라면 나는 800프랑을 내도 좋아. 공장을 만들 거거든. 그래도 싸게 얻는 편이지."

그러자 젊은 자유주의자로서 공장을 경영하고 있는 사나이가 대답했다.

"어쩔 수 없죠. 생 지로 씨는 수도회 회원이 아닙니까. 아이들은 넷 다 장학금을 받고 있잖아요? 가엾게도! 베리에르시 당국은 결국 그의 봉급에 500프랑이나 더 추가 지불을 해야 할 판이지요. 그뿐입니다."

"게다가 시장은 그런 일을 잠자코 보고만 있었지!" 하고 다른 사나이가 말했다.

"어쨌든 시장은 급진왕당파니까. 하긴 도둑질은 안 하지만."

"도둑질을 않는다고! 당연하지. 나는 것은 비둘기니까. 말하자면 이것저것 모두가 시 금고 속으로 들어갔다가 연말에 분배되거든. 아니, 소렐의 아들이 와 있지 않나? 나가자고."

쥘리앵은 아주 불쾌한 기분이 되어 돌아왔다. 레날 부인을 만나 보니 부인도 완전히 기분이 침체되어 있었다.

"입찰에 갔다오셨군요."

"예, 부인. 그런데 영광스럽게도 시장님의 밀정 취급을 받았습니다."

"그이도 내 말을 들었더라면 지금쯤 여행을 떠나셨을 텐데."

마침 그때 레날 시장이 나타났다. 아주 어두운 얼굴이었다. 누구 한 사람 입을 열지 않은 채 점심 식사가 끝났다. 레날 시장은 아이들과 함께 베르지로 가자고 쥘리앵에게 말했다. 가는 도중은 기분이 꺼져 들 것만 같았다. 레날 부인은 남편을 위로하며 이런 말을 했다.

"이런 일쯤 익숙해지셔야 해요. 그렇죠? 여보."

그날 밤, 모두 입을 꼭 다문 채 난롯가에 앉아 있었다. 너도밤나무 장작이 타는 소리만 이따금 여러 사람의 마음을 풀어 줄 뿐이었다. 아무리 원만한 가정이라도 가끔 묘하게 분위기가 답답해지는 순간이 찾아드는 법인데, 지금이 그러했다. 이때 갑자기 한 아이가 기쁜 듯이 소리쳤다.

"초인종이, 초인종이 울리고 있어요! 누가 왔나 봐요!"

"제기랄!" 하고 시장은 외쳤다.

"생 지로겠지. 인사를 핑계 삼아 이러쿵저러쿵 잔소리를 늘어놓는다면 나도 해 줄 말이 있다. 적당히 좀 하라고! 인사를 하고 싶으면 발르노에게나 하라지. 난 끌려간 것뿐이니. 그 지긋지긋한 과격과 신문이 이 일을 냄새 맡고, 나를 구십오 선생 취급을 하면 어떡한단 말이야!"*

이때 검은 구레나룻에 아주 잘생긴 미남자가 하인의 안내를 받으며 들어왔다.

"시장님이십니까? 저는 제로니모라고 합니다. 여기 편지가 있는데, 이것은 제가 나폴리를 떠나올 때 대사관원 보부아지 씨께 받은 겁니다. 시장님께 드리라는 부탁을 받고 가지고 왔지요…… 그렇군요, 바로 아흐레 전 일입니다."

제로니모 씨는 쾌활한 태도로 레날 부인을 보면서 말을 이었다.

"보부아지 씨는 부인과 친척 되시는 모양인데, 저도 평소 가까이 지내고 있습니다. 부인께서는 이탈리아어를 하신다고 들었습니다."

이 나폴리 태생의 쾌활한 사나이는 음산했던 이날 밤의 분위기를 완전히 명랑하게 바꿔 놓았다. 레날 부인은 이 손님을 위해서 꼭 밤참을 내야겠다고 말했다. 온 집안이 떠들썩해졌다. 부인은 이날 두 번씩이나 귓전으로 밀정이라는 소리를 들은 쥘리앵의 기분을 어떻게든 풀어 주고 싶었던 것이다. 제로니모 씨는 유명한 성악가로 상류사회에 드나들면서도 아주 쾌활한 성격이었다. 이 두 가지 성질은 오늘날 프랑스에서는 이미 거의 양립할 수 없게 되어

---

* 1830년 정치사건의 논고에서 95의 낡은 형식 'nonante-cinq(95)'(보편적으로는 quatrevingts quinze)를 사용한 보수파 검찰관이 자유파의 증오를 사서, 모욕의 의미가 담긴 nonante-cinq (95)라는 별명을 얻었다.

있었다. 그는 밤참을 먹은 뒤 레날 부인과 함께 짤막한 이중창을 불렀다. 재미있는 얘기를 몇 가지나 들려주었다. 밤 1시가 되어 쥘리앵이 가서 자라고 해도 아이들은 듣지 않았다.

"더 이야기해 주세요" 하고 맏아들이 졸랐다.

"그럼 이번에는 내 얘기를 하죠. 도련님."

제로니모는 다시 얘기를 꺼냈다.

"지금부터 8년 전, 나도 도련님처럼 나폴리 음악학교의 어린 학생이었습니다. 도련님과 같은 또래였다는 의미예요. 유감스럽게도 나는 아름다운 베리에르시의 유명한 시장님의 아들이란 훌륭한 신분은 아니었거든요."

이 말에 레날 시장은 자기도 모르게 한숨을 내쉬면서 부인을 돌아보았다.

"진가렐리 선생님은 말이죠" 하고 젊은 성악가는 조금 과장된 이탈리아 사투리를 써서 아이들이 웃음을 터뜨리게 만들었다.

"진가렐리 선생님은 아주 엄격한 선생님이셨지요. 음악학교에서는 선생님을 아무도 좋아하지 않았지만, 선생님 쪽에서는 언제나 모두들 자기를 좋아하는 듯한 표정을 짓게 하지 않고는 직성이 풀리지 않았습니다. 나는 틈만 나면 학교를 빠져나와 산카를리노라는 소극장에 자주 드나들었지요. 그곳에서는 아주 훌륭한 음악을 들을 수 있었거든요. 그런데 안타깝게도 문제가 하나 있었습니다. 보통석이라도 8수를 내야 하니, 어떻게 그 돈을 마련하느냐가 문제였어요. 워낙 큰돈이니까요."

여기서 그는 아이들의 얼굴을 들여다보았다. 아이들은 웃기 시작했다.

"산카를리노 극장의 지배인 지오반노네 씨라는 분이 어느 날 내 노래를 듣게 됐어요. 내가 열여섯 살 때였는데, '이 아이는 정말 귀중한 보배다'라고 말씀해 주셨어요. '자네를 써 줄까?' 그분이 나를 찾아와서 물으셨죠. '그러면 얼마나 받을 수 있나요?' '한 달에 40두카트(Ducat)야.' 그러니까 160 프랑인 셈이지요. 여러분, 그러니 나는 하늘이라도 날 듯한 기분이었어요. '그러나 그 엄격한 진가렐리 선생님이 나를 내보내 주실까요?' 하고 나는 지오반노네 씨에게 물었지요. 그러자 그는, 'Lascia fare a me.'"

"나에게 맡겨 두어라! 라는 뜻이죠!" 하고 장남이 큰 소리로 외쳤다.

"맞았습니다. 도련님. 지오반노네 씨는 이렇게 말하셨어요, '자네, 하여간 계약 수속만은 해두자고.' 내가 사인을 했더니 3두카트를 주시더군요. 그때까지 구경도 못한 큰돈이었지요. 그러고 나서 그는 어떻게 하면 좋은가 방법을 가르쳐 주었습니다. 이튿날 나는 그 무서운 진가렐리 선생님에게 면회를 청했지요. 늙은 하인의 안내를 받아 방으로 들어갔습니다. '무슨 볼일이냐, 이 말썽쟁이야?' 이것이 진가렐리 선생님의 인사였어요. '선생님, 지금까지 제가 잘못했습니다. 후회하고 있어요. 이제 절대로 철책을 넘어 학교를 빠져나가지는 않겠어요. 앞으로는 열심히 공부하겠어요.' '네 베이스는 내가 지금까지 들어 본 적이 없을 만큼 아름다운 목소리다. 그 목소리를 망칠 염려만 없으면 네놈을 두 주일쯤 감금하여 빵과 물밖에 주지 않고 둘 판이다. 이 망나니 꼬마야!' '선생님, 저는 전교의 모범생이 되겠습니다. Credete a me(저를 믿어 주세요). 그런데 한 가지 부탁이 있습니다. 만약 누가 와서, 학교 밖에서 저에게 노래를 시키겠다고 요청해도 거절해 주셨으면 좋겠어요. 제발, 그런 일은 허락할 수 없다고 말씀해 주세요.' '대체 어디 있는 누가 너 같은 놈에게 노래를 부탁하러 온단 말이냐? 네가 학교를 그만두는 것을 내가 허락할 줄 아느냐? 나를 조롱할 셈이냐? 돌아가거라, 돌아가!' 이렇게 말하면서 선생님은 내 엉덩이를 걷어차려고 했습니다. '안 돌아가면 빵만 주고 가둬 놓겠다.' 한 시간가량 있으니 지오반노네 씨가 교장 선생님께 와서 말씀하셨어요. '부탁드릴 일이 있어 찾아뵈었습니다. 한 재산 모으게 해 주시지 않겠습니까? 제로니모를 양도해 주셨으면 합니다. 저의 극장에서 노래를 부르게 하고 싶습니다. 그러면 올겨울에 딸을 시집보낼 지참금을 마련할 수 있지 않을까 생각하고 있습니다만……' '그런 문제아를 어떻게 하겠단 말인가요! 안 됩니다. 그 아이를 넘겨줄 수는 없습니다. 그리고 내가 승낙한다고 하더라도 본인이 학교를 그만둘 뜻이 없을 것입니다. 좀전에도 분명히 그런 말을 하러 왔었습니다.' '본인의 의사가 문제라면……' 하면서 지오반노네 씨는 주머니에서 아주 소중하다는 듯이 나의 계약서를 꺼내면서 말했습니다. 'Carta canta(말보다는 증거)! 자, 보시다시피 사인도 있습니다.' 진가렐리 선생님께선 머리끝까지 화가 치밀어 초인종 줄에 달려들었습니다. '로니모를 쫓아내라!' 하고 시뻘개져서 소리쳤습니다. 이렇게 해서 쫓겨났습니다만, 나는 배를 움켜쥐고 웃었지요. 그날 밤 곧 무대에 올라가서 '셈하기 노래'의 영창을 불렀습니다. 어릿광대가 신부를 맞이하려고 필요한 살림살이 도구를 손가락으로 셈하는데, 그러는 도중 자꾸 수를 잊어버리는 노래지요."

"어머! 그 영창을 우리들에게 한번 들려주시지 않겠어요?" 하고 레날 부인이 말했다.

제로니모가 노래하자 모두 눈물이 날 만큼 웃어 댔다. 제로니모는 우아하고 예의바른 태도와 넘쳐흐르는 애교, 명랑한 분위기로 집안 사람들을 완전히 매료한 다음 2시나 돼서야 겨우 침실로 물러났다.

다음 날, 레날 부부는 프랑스 궁정에 들어가기 위해 필요한 몇 통의 편지를 써서 제로니모에게 주었다.

'모든 것이 속임수투성이야' 하고 쥘리앵은 생각했다.

'저 제로니모 씨는 보수 6만 프랑으로 이제 런던에 간다. 그러나 산카를리노 극장 지배인의 능숙한 책략이 없었더라면 그 멋있는 목소리가 세상에 알려지는 것이 아마 10년은 늦어졌을 테지…… 정말이지 레날 시장 같은 자가 되기보다는 제르니모 같은 사람이 되고 싶다. 사교계에선 대단한 평가를 못 받을지언정 오늘의 입찰 같은 사건으로 골치를 썩이지 않아도 되니까. 그리고 무엇보다도 유쾌하게 살아갈 수 있겠지.'

쥘리앵을 놀라게 한 뜻밖의 사실이 하나 있었다. 그것은 베리에르의 레날 시장 저택에서 혼자 지낸 몇 주일이야말로 그에겐 의심할 여지 없는 행복한 시기였다는 것이다. 불쾌감이나 우울을 느낀 것은 연회에 초대받아 참석할 때뿐이었다. 인기척 없는 집 안에 있을 때는 그 누구의 방해도 받는 일 없이 책을 읽거나 쓰거나 생각할 수 있지 않았던가. 상대의 천한 마음의 움직임을 관찰할 필요에 쫓겨 자기의 멋있는 몽상을 중단당한 적은 한 번도 없었고, 더구나 상대를 속이기 위해 위선적인 언동을 보일 필요도 없었다.

'행복이란 이렇듯 가까이에 있는 것일까? …… 이런 생활을 하는 거야 간단하지. 마음 가는 대로 엘리자와 결혼해도 좋고 푸케의 동업자가 돼도 좋다 …… 그러나 험준한 산을 오르는 나그네는 정상에 앉아 한숨 돌릴 때 더없이 즐겁다 여기지만, 거기서 언제까지나 쉬고 있어야 한다면 과연 그는 행복할까?'

레날 부인의 마음은 이미 막바지에 몰려 있었다. 마음속으로 굳게 맹세했음에도 입찰을 둘러싼 모든 사정을 쥘리앵에게 털어놓았다. '쥘리앵 앞에선 어떤 맹세도 다 잊어버린단 말이야!' 하고 그녀는 생각했다.

부인은 남편이 위험에 처한다면 분명 그 생명을 구하기 위해 주저 없이 자기 목숨을 내던졌을 것이다. 본디 그녀는 고귀하고 낭만적인 정신의 소유자로, 남을 구할 수 있다는 것을 알면서도 그것을 실행하지 않는다면 마치 실제로 죄를 지은 듯한 회한에 사로잡히는 성질의 여자였다. 그럼에도 불구하고 어느 날 갑자기 과부가 되어 쥘리앵과 결혼할 수 있다면 얼마나 행복할까 하는 망상을 쫓아 버릴 수 없는 괴로운 날도 가끔 있었다.

쥘리앵은 그녀의 아이들을 친아버지 이상으로 사랑하고 있었다. 그에게 엄격한 교육을 받으면서도 아이들은 그를 흠모하고 있었다. 쥘리앵과 결혼하면 이 그리운 녹음에 에워싸인 베르지를 떠나야 한다는 것을 레날 부인은 잘 알고 있었다. 파리에 가서 사는 자기 모습이 눈에 선하다. 아이들에게는 모두가 부러워하는 지금의 교육을 계속 시킨다. 아이들도 자기도 쥘리앵도 그지없이 행복해지는 것이다.

결혼의 이 기묘한 결과야말로 19세기의 소산(所産)이다! 설령 결혼 전에 애정이 있었다 해도 결혼 생활의 권태가 반드시 그 애정을 점점 없애 버린다. 더구나 일하지 않아도 되는 부자들의 경우, 철학자라면 결혼이 그들에게 곧 모든 평온한 향락에 대해 깊은 혐오감을 가져다준다 말할 것이다. 따라서 결혼을 하고도 사랑에 빠지지 않는 여자는 감정이 메마른 여자인 셈이다.

이 철학자의 고찰에 따라 나는 레날 부인을 용서해 주고 싶다. 그런데 베리에르 사람들은 그녀를 용서하지 않았다. 정작 본인은 모르고 있었지만, 온 시내는 그녀의 사랑에 관한 추문으로 들끓고 있었다. 이 대사건 때문에 그해 가을, 사람들은 다른 때처럼 심심해하지 않아도 되었다.

순식간에 가을이 가고 초겨울도 지나갔다. 베르지의 숲을 떠날 때가 왔다. 베리에르 상류사회가 아무리 떠들어도 레날 시장이 끄떡도 않자 모두들 분개하기 시작했다. 1주일이 지나기도 전에, 평소 점잖게 살아온 덕택에 그런 일을 맡는 것을 무엇보다도 큰 즐거움으로 아는 사람들이 찾아왔다. 그들은 조심스런 말투를 써 가면서 시장에게 아주 잔혹한 의혹의 씨를 심어 놓고 갔다.

빈틈없이 일을 처리해 나가는 발르노 씨는 엘리자를 어느 명문 귀족의 집에 넣어 주었다. 그 집에는 하녀가 다섯 사람이나 있었다. 엘리자는 그해 겨울이 다 지나도록 일자리를 못 얻으면 곤란했기 때문에 그 집에서는 시장 집에서 받던 급료의 3분의 2쯤으로 참겠다고 말했다. 그 아가씨는 스스로 아주 좋은 명안을 생각해 냈다. 그것은 쥘리앵의 정사를 자세히 고해바치기 위해 셸랑 사제와 신임 사제 두 사람에게 똑같이 고해를 하는 일이었다.

베리에르 시내로 돌아온 다음 날, 아침 6시밖에 안 되었는데 쥘리앵은 셸랑 사제의 부름을 받았다.

"아무 말도 묻지 않겠다. 부탁이니, 아니, 명령이라고 해도 좋다. 제발 아무 말 말고 사흘 안으로 브장송의 신학교로 가든가, 아니면 친구 푸케의 집으로 가든가 어느 쪽이든 택하도록 해라. 푸케는 지금도 너를 위해서 훌륭한 미래를 열어 줄 마음이 있을 게다. 내가 사태를 잘 살피고 대책을 강구해 두었다만, 하여간 넌 여길 좀 떠나야겠구나. 그리고 1년 안에는 베리에르에 돌아오지 말아라."

쥘리앵은 대답하지 않았다. 그리고 친아버지도 아닌 셸랑 사제가 이렇게까지 자기 일에 간섭한다는 것은 자기 체면이 손상되는 일이 아닐까 하고 생각해 보았다.

"내일 이맘때 다시 뵙겠습니다."

겨우 쥘리앵은 이 말 한마디를 했다.

셸랑 사제는 쥘리앵이 아직 젊으니 자기의 권위로 자기 의견을 관철할 수 있다고 생각했기 때문에 길게 떠들어 댔다. 쥘리앵은 표정도 태도도 아주 얌전했지만 도통 입을 열지 않았다.

겨우 그 집에서 나오자 쥘리앵은 레날 부인에게로 급히 이 일을 알리러 갔다. 그녀는 절망하고 있었다. 남편에게 꽤 노골적인 얘기를 막 들은 참이었다. 본디 성격도 약하고, 언젠가 브장송에서 상속받을 재산도 있고 하여 그는 아내에게 전혀 죄가 없다고 보기로 결심하고 있다. 그가 좀전에 털어놓은 바에 의하면, 베리에르에 묘한 소문이 돌고 있다는 것이었다. 물론 세상 사람들이 잘못 알고 있다. 부러워서 질투하는 자들의 거짓말에 넘어가고 있는 것이다. 그러나 결국 어떻게 해야 한단 말인가?

레날 부인은 한순간, 쥘리앵이 발르노 씨의 요청을 받아들인다면 베리에르에 머물 수도 있을 텐데 하고 허황된 꿈을 품었다. 그러나 이미 그녀는 작년처럼 소박하고 내성적인 여자가 아니었다. 도에 어긋난 사랑과 회한이 그녀에게 지혜를 주었다. 남편의 얘기를 들으면서 일단 쥘리앵과 일시적이나마 헤어질 필요가 있다는 것을 알고, 괴로워하면서도 이윽고 납득했다.

'내 곁에서 떠난 쥘리앵은 다시 야심을 성취할 계획으로 머리가 가득 차겠

지. 한푼 없는 사람으로선 그게 당연한 일이지만…… 한편 나는 이렇게나 부자지! 돈이 많아 봤자 어차피 행복해질 순 없는데도! 그 사람은 분명 나 같은 것은 잊어버릴 게야. 그처럼 매력 있는 사람이니 다른 여자의 사랑을 받을 테고, 그러면 자기도 그녀를 사랑하게 되겠지. 아아, 나는 얼마나 불쌍한 여자인가…… 하지만 내가 무슨 불평을 할 수 있을까? 하느님은 올바르셔. 나는 나의 죄에 종지부를 찍을 만한 힘이 없었어. 그렇기 때문에 하느님은 나한테서 분별을 뺏어 버리신 거야. 돈의 힘으로 엘리자를 포섭하는 것쯤 내가 마음먹기에 따라서는 얼마든지 성공할 수 있었을 테고, 아마 그처럼 간단한 일도 없었을 텐데. 그런 일은 조금도 생각해 보지 않고 그저 미칠 듯한 사랑에 푹 빠져 시간을 흘려 버리고 말다니. 아아, 이제 다 끝장났어.'

쥘리앵은 자신이 이곳에서 떠나야 한다는 무서운 보고를 했을 때, 레날 부인이 한마디도 반대를 하지 않자 가슴이 뭉클해졌다. 그녀가 울지 않으려고 애쓰고 있음을 분명히 알 수 있었다.

"우린 서로 마음을 굳게 가져야 해요."

그녀는 머리칼을 한 움큼 잘라 주면서 말했다.

"앞으로 어떻게 될지 몰라요. 그러나 만약 내가 죽는다면 절대로 아이들을 잊지 않겠다고 약속해 주세요. 멀리서든 가까이에서든 그 아이들을 훌륭하게 만들어 주세요. 또다시 혁명이 일어나면 귀족들은 모두 죽을 거예요. 그 아이들의 아버지는, 지붕 위에서 농민이 살해당한 사건도 있고 하니 반드시 국외로 망명하겠지요. 남은 우리 식구들을 보살펴 주세요, 네?……자, 악수해 주세요. 잘 가세요! 이것이 마지막이군요. 괴로운 일이지만 이렇게 큰 희생을 치르고 나면, 사람들 앞에 나가서 체면을 되찾을 용기도 생길 거예요."

쥘리앵은 슬픈 이별 장면이 벌어질 것이라 예상했었다. 그 담담한 작별의 말이 그의 마음을 움직였다.

"싫습니다, 이렇게 작별하기는 싫습니다. 물론 저는 떠나겠습니다. 모두들 그러길 바라고 있고 당신 자신도 그런 마음이시니까요. 그러나 여기를 떠난 뒤 사흘 후, 밤에 다시 당신을 만나러 돌아오겠습니다."

레날 부인은 죽다가 살아난 기분이었다. 자기 입으로 다시 만나러 오겠다고 한 것을 보면 쥘리앵은 정말로 자기를 사랑하고 있는 것이다! 그때까지의 견딜 수 없는 괴로움은 이제껏 맛본 적 없는 강력한 기쁨으로 변했다. 어떤 일이건 쉽사리 참아 넘길 수 있을 것 같았다. 연인을 다시 만날 수 있다고 생각하니 가슴이 터질 것 같은 이별의 슬픔도 사라졌다. 그 순간부터 레날 부인의 거동과 표정은 다시 기품과 자신을 되찾았고, 어느 모로 보나 비난할 여지가 없게 되었다.

이윽고 레날 시장이 돌아왔다. 흥분해 있었다. 드디어 그는 두 달 전에 받은 그 익명 편지에 대해 부인에게 고백했다.

"그 편지를 카지노에 가지고 가서 발르노 놈의 소행이란 것을 모두에게 알려 줘야겠소. 그 뻔뻔스러운 놈, 거지나 다름없이 사는 놈을 건져서 베리에르에서도 손꼽히는 부자로 만들어 줬더니. 사람들 앞에서 실컷 창피를 준 다음 놈과 결투할 작정이오. 더는 못 참겠어."

'어쩌면 난 과부가 될지도 몰라.'

레날 부인은 문득 이렇게 생각했으나 이내 생각을 고쳐먹었다.

'나는 분명히 이 결투를 막을 수 있다. 만약에 막지 않는다면, 내가 남편을 죽이는 거나 다름없어.'

이때처럼 그녀가 교묘하게 남편의 허영심을 조종한 적은 없었다. 두 시간이 채 지나기도 전에 그녀는 지금이야말로 전보다도 더 발르노 씨와 친밀하게 지내야 한다는 것, 또한 다시 엘리자를 집으로 불러올 필요가 있다는 것까지 남편에게 이해시켰다. 더구나 남편 자신이 내세우는 이유를 그대로 이용해서 말이다. 레날 부인으로서도 현재 자기에게 불행을 안겨 준 원흉인 그 하녀와 다시 얼굴을 마주 대할 결심을 하기까지는 상당한 용기가 필요했다. 이런 계책은 본디 쥘리앵이 생각해 낸 것이었다.

서너 번 아내가 생각을 궤도에 올려 주자 겨우 레날 시장은 자기 혼자 힘으로 어떤 생각에 도달했는데, 그것은 금전적으로 아주 괴로운 것이었다. 그에게 가장 불쾌한 상황은 온 베리에르에 이토록 소문이 들끓고 있을 때 쥘리앵이 발르노 씨 아이들의 가정교사가 되어 시에 머물러 있는 일이었다. 쥘리앵의 처지에서 볼 때 빈민수용소장의 요청을 받아들일 것은 너무나 뻔한 일이었다. 그러나 레날 시장의 체면으로 볼 때는 반대로 쥘리앵이 베리에르를 떠나 브장송이나 디종의 신학교에 들어가 줄 필요가 있었다. 그런데 어떻게 하면 쥘리앵에게 그런 결심을 하게 만들 수 있을 것인가? 또 신학교에서의 생활비는 어떻게 해야 하겠는가?

레날 시장은 자신이 부담해야 할 비용을 눈앞에 떠올리니 아내보다 더욱 절망적인 기분이 되었다. 부인은 쥘리앵과 대화를 마친 지금은 마치 용감한 사나이가 인생에 지쳐서 한 모금의 마취제를 마셨을 때와 같은 심정이었다. 말하자면 태엽 장치로 움직이는 인형처럼 무슨 일에도 흥미를 느낄 수 없었다. 임종 때 루이 14세가 "짐이 왕이었을 때……"라 한 것도 이런 상태에 있었기 때문일 것이다. 명문구가 아닌가!

다음 날 이른 아침에 레날 시장은 다시 익명 편지를 받았다. 그것은 참으로 모욕적인 언사를 줄달아 쓴 편지였다. 줄 마디마디가 그의 현재 입장을 한껏 깎아내리는 야비한 말로 씌어 있었다. 그를 질투하는 아랫사람의 소행임에 틀림없었다. 이 편지로 레날 시장은 다시 발르노 씨와 결투할 생각을 했다. 이윽고 용기가 우러나서 당장이라도 결행하고 싶은 마음이 들었다. 그는 혼자 집을 나서서 무기상을 찾아가 권총을 사고 탄환을 재게 했다. 시장은 생각했다.

'정말이다. 나는 가령 나폴레옹 황제의 준엄한 통치가 부활한들, 돌이켜 봤을 때 야비하고 악랄한 행동은 손톱만큼도 하지 않았다. 기껏해야 보고도 못 본 척한 적이 있을 뿐이다. 게다가 거기에도 어쩔 수 없는 이유가 있었음을 증명하는 편지가 내 책상 속에 얼마든지 들어 있다.'

레날 부인은 남편의 냉정한 분노에 공포를 느꼈다. 지금까지 그처럼 열심히 쫓아 보려고 노력한, 과부가 될지도 모른다는 불길한 생각이 다시금 머리에 떠올랐다. 그녀는 남편과 함께 한방에 틀어박혔다. 몇 시간이나 남편을 설득해 보았지만 허사였다. 새로운 익명 편지로 남편의 결심은 확고해졌던 것이다. 그러나 간신히 그녀는 발르노 씨의 뺨을 후려치겠다는 남편의 용기를, 쥘리앵이 신학교에 1년 있는 동안의 학자금으로서 600프랑을 지불하겠다는 용기로 바꾸는 데 성공했다. 레날 시장은 가정교사를 고용하려는 그 끔찍한 생각을 한 날의 일을 몇 번이나 저주하는 동안 익명 편지에 대해서는 잊어버리고 말았다.

부인에게 말하지는 않았으나 하나의 묘안을 생각하고 레날 시장은 겨우 마음의 위안을 얻을 수 있었다. 젊은 쥘리앵의 낭만적인 사고방식을 교묘하게 이용하면, 적은 금액으로도 발르노 씨의 요청을 거절케 할 수 있으리라는 생각이 든 것이다.

그 뒤 레날 부인은 쥘리앵을 설득했다. 남편의 체면을 생각해서 수용소장이 공공연히 제의한 연수 800프랑의 자리를 내던지는 것이므로 그 손해에 대한 보상을 받는다는 것은 조금도 부끄러운 일이 아니라고 그녀는 말했는데, 이는 남편을 설득하는 것보다 더 힘든 일이었다.

"그러나" 하고 여전히 쥘리앵은 주장하는 것이었다.

"그런 제의를 받아들일 마음은 당초부터 없었습니다. 댁에서 완전히 점잖은 생활에 익숙해져 버렸으니까요. 그런 녀석들의 야비한 생활에는 제가 견딜 수 없습니다."

가혹할 만큼 돈이 필요한 현실의 무쇠 같은 완력 앞에서는 쥘리앵의 의지도 꺾일 수밖에 없었다. 그러나 자존심을 억누르기가 힘들어, 베리에르 시장이 내주는 돈은 차용한다는 명목으로만 받아 5년 안에 이자를 붙여서 갚겠다는 뜻의 증서를 써 줄까 하는 순진한 생각까지 했다.

레날 부인은 지금도 산의 조그만 동굴 속에 수천 프랑을 감춰 두고 있었다.

쥘리앵이 화를 내며 거절하리라 짐작하면서도, 그녀는 조심조심 그 돈을 사용해 줄 수 없겠느냐고 말해 보았다.

"우리 사랑의 추억을 더럽힐 작정입니까?" 하고 쥘리앵은 말했다.

마침내 쥘리앵은 베리에르를 떠났다. 레날 시장은 아주 만족스러웠다. 레날 시장으로부터 돈을 받는 순간 쥘리앵은 그 괴로움을 도저히 참을 수가 없었다. 그래서 그는 단호히 거절했다. 레날 시장은 눈물을 글썽이며 그의 목을 끌어안았다. 쥘리앵이 품행 증명서를 써 달라고 부탁하자, 레날 시장은 너무나 감격한 나머지 그의 단정한 품행을 칭찬하기에 족한 미사여구가 떠오르지 않을 정도였다. 우리 주인공에게는 저금한 돈 5루이가 있었고 푸케에게서 5루이를 더 꿀 작정이었다.

쥘리앵은 가슴이 꽉 메는 기분이었다. 그러나 사랑의 추억을 그곳에 남겨둔 채 십 리쯤 갔을 때 벌써 마음속엔 한 현의 화려한 수도를 보는 즐거움, 브장송이라는 커다란 요새 도시를 보는 즐거움이 가득 차 있었다.

쥘리앵이 없는 짧은 3일 동안, 레날 부인은 사랑 때문에 생기는 온갖 환상 중에서도 가장 잔혹한 환상에 계속 시달렸다. 그래도 그 나날을 그럭저럭 보낼 수 있었던 것은 자기와 최악의 불행 사이에 쥘리앵과의 마지막 밀회가 남아 있었기 때문이다. 그녀는 그때를 기다리며 1분 1초를 세고 있었다. 드디어 사흘째 되는 날 밤, 멀리서 미리 약속해 둔 신호가 들려왔다. 온갖 위험을 무릅쓰고 쥘리앵이 그녀 앞에 나타났다.

그 순간부터 그녀의 머릿속을 메운 생각은 단 하나, '이것이 이 사람과의 마지막이다'라는 생각뿐이었다. 연인의 열렬한 애무에 대답할 엄두조차 내지 못하고 그녀는 숨이 막혀 버린 시체 같은 상태가 되었다. 죽도록 사랑한다고 애써 말해도 묘하게 어색해져서 본심과는 정반대의 말을 하고 있는 듯이 들렸다. 이것이 영원한 이별이라는, 살을 도려내는 것 같은 괴로운 생각을 아무래도 뿌리쳐 버릴 수 없었다. 의심 많은 쥘리앵은 한순간 '이미 나를 잊었구나' 생각했다. 그러한 불만어린 원망을 표현한들 부인은 그저 말없이 굵은 눈물방울을 떨어뜨리며 떨리는 손으로 그의 손을 꼭 쥘 뿐이었다.

"왜 이러십니까! 이래 가지고 당신을 믿을 수 있겠습니까!"

사랑을 맹세하는 부인의 차가운 태도에 쥘리앵은 이렇게 말했다.

"데르빌르 부인에게도, 겨우 안면이나 있는 사람에게도 당신은 백배나 더 진심으로 친밀한 태도를 보이지 않습니까?"

레날 부인은 돌처럼 입을 다문 채 대답할 말을 찾지 못했다.

"그 누구도 나보다 불행한 꼴을 당하지는 않을 거예요…… 이대로 죽고만 싶어요…… 심장이 얼어붙는 것만 같아요……"

이것이 쥘리앵이 들을 수 있었던 가장 긴 대답이었다.

새벽이 가까워져 떠나야 할 때가 오자 레날 부인의 눈물도 말라 버렸다. 쥘리앵이 창문에 밧줄을 묶는 것을 보고는 키스해 주려고도 하지 않고 그저 잠자코 바라보고만 있었다. 쥘리앵의 말도 이제는 아무 소용이 없었다.

"이제 우리 두 사람 사이도 당신이 바라던 대로 됐군요. 앞으로는 양심의 가책 없이 살 수 있습니다. 아이들이 병에 걸렸다고 해서 무덤 속에 들어갈까 두려워할 필요도 이제는 없겠지요."

"스타니슬라스에게 키스해 주실 수 없는 것이 섭섭해요."

부인은 싸늘하게 대답했다.

쥘리앵은 산송장 같은 부인에게 무덤덤한 포옹을 받으면서 마음에 깊은 충격을 받았다. 수십 리를 걷는 동안 그 외의 일은 생각할 수가 없었다. 마음이 몹시 아팠다. 산마루를 넘기 전에도 베리에르 성당의 종루가 안보일 때까지 몇 번이고 뒤를 돌아다보았다.

제24장
수도

시끄럽기도 하구나! 그리고 바쁜 사람들뿐이구나! 스무 살 난 청년의 머릿속은 미래의 꿈으로 꽉 들어찬다! 사랑을 잊기에 안성맞춤이다!

바르나브

드디어 쥘리앵은 먼 산 위에 있는 검은 성벽을 보았다. 브장송의 성채(城砦)였다. 한숨을 쉬면서 그는 중얼거렸다.

'이 빛나는 요새 도시에 오는 것이, 시의 방비를 맡은 연대에 소위로서 전속되어 오는 것이라면 사정이 훨씬 다를 텐데!'

브장송은 프랑스에서도 손꼽히는 아름다운 도시의 하나일 뿐만 아니라 용감하고 재주 있는 인재가 많은 도시다. 그러나 쥘리앵은 한낱 시골 청년에 불과해 상류사회 인물들과 친해질 기회를 얻을 수 없었다.

푸케에게 빌려 온 소시민의 평복을 입고 성벽 앞에 걸친 도개교(跳開橋)를 건너갔다. 1674년의 포위전*에 관한 역사적 사실로 머릿속이 가득 차 있던 그는 신학교에 틀어박히기 전에 성벽이나 성채를 구경해 두고 싶었다. 두세 번 보초병에게 잡힐 뻔했다. 군대가 한 해에 12~15프랑어치의 건초를 가꾸어 팔기 위해 일반인의 출입을 금지하고 있는 장소에까지 들어갔기 때문이다.

높은 성벽, 깊은 해자(垓子), 어마어마한 대포 등에 완전히 마음을 뺏겨 몇 시간을 보낸 뒤 그는 우연히 큰길가에 있는 카페 앞을 지나게 됐다. 감탄한 그는 장승처럼 우두커니 멈춰 서 버렸다. 으리으리하게 큰 두 문짝 위에 굵다랗게 쓰인 '카페'라는 글자를 아무리 읽어 보아도 자기 눈을 믿을 수가

---

* 에스파냐가 나누어 받았던 브장송을 루이 14세의 파견군이 포위하여 함락시켰다.

없었다. 용기를 내어 안에 들어가 보니 저 끝까지 삼사십 걸음은 될 만한 넓은 홀이 나타났는데, 천장의 높이가 적어도 20피트는 되었다. 이날 그에게는 모든 것이 마법과 같은 매력을 지니고 있었다.

두 패가 당구 게임을 하는 중이었다. 보이들이 큰 소리로 점수를 부르고, 치는 사람들은 구경꾼들로 빙 둘러싸인 당구대 주변을 왔다 갔다 하고 있었다. 여러 사람들이 내뿜는 담배 연기가 푸른 구름처럼 그들을 감싸고 있었다. 그들의 큰 키, 둥근 어깨, 묵직한 동작, 짙은 구레나룻, 긴 프록코트, 그 모든 것이 쥘리앵의 관심을 끌었다. 이들 고대 비종티움(브장송의 라틴어명)의 빛나는 자손들은 소리를 지르지 않고는 대화가 되지 않는 모양이었으며, 모두들 씩씩하고 다부진 전사와 같은 풍모를 지니고 있었다. 쥘리앵은 우뚝 선 채 그들을 보며 감탄할 뿐이었다. 그는 브장송 같은 위대한 수도의 규모와 화려함을 실감했다. 큰 소리로 점수를 외치고 있는 오만한 눈초리의 보이들 중 한 사람에게 커피 한 잔을 주문할 용기는 도저히 생길 것 같지 않았다.

그런데 카운터의 아가씨는 벌써부터 이 시골 청년의 예쁘장한 생김새에 주목하고 있었다. 청년은 난로에서 세 걸음쯤 되는 곳에 서서 조그만 꾸러미를 겨드랑에 낀 채 흰 석고로 만든 훌륭한 국왕의 흉상(胸像)을 바라보고 있었다. 아가씨는 프랑슈콩테 태생으로 키가 크고 이 카페의 간판 아가씨답게 예쁘고 차림새도 좋았는데, 아까부터 두 번이나 쥘리앵에게만 들릴 만큼 작은 소리로 "이봐요! 이봐요!" 하고 부르고 있었다. 쥘리앵은 문득 아주 정답고 커다란 푸른 눈과 시선을 마주치고는 상대가 부르고 있는 사람이 자기라는 것을 깨달았다.

그는 마치 적을 향해 돌진하는 기세로 성큼성큼 아름다운 아가씨가 있는 카운터 쪽으로 걸어갔다. 그 동작이 너무 빨랐기 때문에 겨드랑이에 낀 꾸러미가 떨어지고 말았다.

열다섯 살 때부터 이미 익숙하게 카페에 출입하는 파리의 고등학생들이 이런 시골뜨기를 보았다면 틀림없이 불쌍한 놈이라 여겼을 것이다. 그러나 열다섯 살 때엔 그처럼 세련되었던 소년들도 열여덟 살이 되면 범속해지고 만다. 시골 사람에게서 흔히 볼 수 있는 정열을 감춘 내성적인 기질은, 일단 두려움을 극복할 경우 때때로 강한 의지력을 낳기도 한다. 자기에게 말을 걸어 준 아름다운 아가씨에게 다가가면서 쥘리앵은 '이 사람에게는 거짓말을 해서는 안 되겠다'고 생각했다. 두려움을 이겨 낸 덕분에 마음이 강해진 것이다.

"나는 생전 처음 브장송에 왔습니다. 돈은 낼 테니, 빵과 커피 한 잔을 주시겠습니까?"

아가씨는 가벼운 미소를 띠더니 이내 얼굴을 붉혔다. 이 아름다운 청년이 당구를 치고 있는 인간들에게 깔보이거나 조롱당하지 않을까 내심 걱정스러워진 것이다. 겁을 먹고 다시는 찾아오지 않게 될지도 모른다.

"여기 앉으세요, 내 곁에."

대리석 테이블을 가리키면서 아가씨가 말했다. 그 테이블은 홀 쪽으로 불쑥 튀어나온 큰 마호가니 카운터로 거의 가려져 있었다.

아가씨가 카운터 밖으로 몸을 내밀었다. 그 바람에 날씬한 몸이 그대로 드러났다. 그것이 눈에 들어오자 쥘리앵의 생각은 달라져 버렸다. 아름다운 아가씨는 그의 앞에 커피잔과 설탕과 빵을 놓았다. 그녀는 커피를 따라 달라고 보이를 부를까 말까 하고 망설였다. 보이가 오면 더 이상 쥘리앵과 단둘이 마주할 수 없게 된다는 것을 잘 알고 있었기 때문이다.

쥘리앵은 생각에 잠긴 모습으로 이 밝은 금발의 미인과 지금도 자기 마음 설레게 하는 추억 속 여인을 비교해 보고 있었다. 자기가 몹시 사랑을 받았다는 생각이 떠오르자 위축감도 거의 사라졌다. 아름다운 아가씨는 이내 쥘리앵의 눈에서 모든 것을 알아차렸다.

"담배 연기가 이렇게 독하니까 기침이 나시죠? 내일 아침 8시 전에 아침밥을 잡수러 오세요. 그때는 대개 나 혼자 있으니까요."

"이름이 뭐죠?"

쥘리앵은 수줍어하면서도 기쁘다는 듯 다정한 미소를 머금고 말했다.

"아망다 비네예요."

"한 시간쯤 뒤에 조그만 꾸러미를 당신 앞으로 보내도 괜찮겠습니까, 이만한 것으로?"

아름다운 아망다는 잠시 생각에 잠겼다.

"나에게는 감시가 붙어 있어요. 받으면 일이 벌어질지도 몰라요. 쪽지에 내 주소를 써 드릴 테니까 꾸러미에 그것을 붙이세요. 그러면 보내도 괜찮아요."

"나는 쥘리앵 소렐이라고 합니다. 브장송에는 친척도 친지도 없어요."

"아, 알았어요" 하고 아가씨는 기뻐하면서 말했다.

"법률학교에 입학하러 오신 거죠?"

"그러면 좋겠지만 그렇지 않습니다. 신학교에 들어가게 되어 있습니다."

몹시 실망한 듯 아망다의 얼굴에서 생생한 표정이 사라졌다. 그녀는 보이를 불렀다. 이제 그럴 마음이 생긴 것이다. 보이는 쥘리앵의 얼굴도 보지 않고 기계적으로 커피를 따랐다.

아망다는 카운터에서 손님들에게 돈을 받고 있었다. 쥘리앵은 용감하게 말을 건넨 것이 여간 자랑스럽지 않았다. 이때 당구대 쪽에서 말다툼이 벌어졌다. 당구 치는 인간들이 외치는 소리와 항의하는 소리가 넓은 실내에 쩌렁쩌렁 울리어 쥘리앵을 놀라게 했다. 아망다는 무엇인가 생각에 잠긴 표정으로 눈을 내리깔고 있었다.

느닷없이 쥘리앵은 자신에 찬 태도로 말했다.

"괜찮으시다면 당신의 사촌 동생으로 해 두겠습니다."

이 약간 고압적인 투가 아망다의 마음에 들었다. '이 사람, 예사 청년이 아냐' 하고 그녀는 생각했다. 그녀는 쥘리앵을 보지도 않고 서둘러서 대답했다. 눈은 누가 카운터에 다가오지 않나 하고 두리번거리고 있었다.

"나 장리스 태생이에요, 디종 가까이에 있는. 당신도 장리스 태생으로 우리 외사촌 동생이라고 하면 될 거예요."

"그렇게 말하겠습니다."

"매주 목요일 5시쯤 신학교 학생들이 이 앞을 지나가요."

"만약 나를 잊지 않으시거든 내가 지나갈 때 제비꽃 다발을 들고 있어 주십시오."

아망다는 놀란 얼굴로 쥘리앵을 쳐다보았다. 그 눈초리를 보자 쥘리앵은 무한히 대담해졌다. 다만 이렇게 말했을 때 얼굴이 새빨갛게 물들어 버리긴 했지만……

"나는 당신이 무척 좋아져 버린 것 같습니다."

"더 작은 소리로 말해요."

아가씨는 겁먹은 듯이 말했다.

쥘리앵은 베르지에서 발견한 《신(新) 엘로이즈》*의 낙질본 속에 있는 유명한 문구를 생각해 냈다. 그의 기억력은 정확했다. 10분 동안이나 《신 엘로이즈》를 암송하는 동안 아망다 양은 황홀히 귀를 기울였고 쥘리앵도 자신의 훌륭한 솜씨에 취해 있었다. 그런데 갑자기 이 프랑슈콩테 미인의 표정이 얼어붙은 듯이 싸늘해졌다. 정부(情夫) 중 한 사람이 카페 문간에 나타났기 때문이다.

그 사나이는 휘파람을 불며 건들건들 카운터 쪽으로 다가와 힐끗 쥘리앵을 흘겨보았다. 언제나 극단적인 생각만 하는 쥘리앵은 이내 결투에 관한 상상으로 머릿속이 가득해졌다. 새파랗게 질리더니 커피잔을 밀어내고 애써 침착한 표정을 지으면서 가만히 상대를 쏘아보았다. 연적이 아주 익숙한 솜씨로 카운터 위의 유리잔에 손수 브랜디를 따르면서 고개를 숙이는 순간, 아망다는 쥘리앵에게 눈을 내리깔라고 눈짓으로 일렀다. 쥘리앵은 그 충고에 따라 잠시 그 자리에서 꼼짝도 않았다. 얼굴은 창백해졌으나 각오를 단단히 하고 앞으로 닥쳐올 일만 생각하고 있었다. 이 순간 그는 참으로 훌륭한 태도를 보였다. 연적 쪽에서도 쥘리앵의 눈초리에 놀랐다. 그는 브랜디를 단숨에 들이켜고는 아망다에게 무엇인가 한마디 남기고 헐렁한 프록코트 주머니에 두 손을 찌른 채 흥, 하고 입김을 내뿜으면서 쥘리앵을 쏘아보고는 당구대 쪽으로 갔다. 쥘리앵은 화가 나서 정신없이 일어섰다. 그러나 상대에게 모욕을 주려면 어떻게 해야 하는지 알 수가 없었다. 작은 꾸러미를 아래에 내려놓고는 되도록 어깨를 흔들면서 당구대 쪽으로 걸어갔다.

그 안의 조심성이 '브장송에 도착하기 무섭게 결투를 한다면 성직자로서의 길도 끝장이다' 하고 속삭였지만 소용이 없었다.

'그까짓 것 무슨 상관이야. 모욕당하고도 가만히 있어서야 내 체면이 서지 않는다.'

아망다는 그의 용기를 보았다. 그것은 그의 어딘가 앳된 동작과 귀여운 대조를 이루고 있었다. 아망다는 단번에 프록코트를 입은 키 큰 청년보다 쥘리앵이 더 좋아졌다. 그녀는 일어서서 천연스럽게 누군가 길 가는 사람을 보는 척하면서 재빨리 쥘리앵과 그 청년 사이에 끼어들었다.

"그렇게 험악한 눈으로 보지 마세요. 내 오빠뻘 되는 사람이에요."

＊《쥘리 또는 신 엘로이즈》. 1761년 간행. 쥘리와 그녀의 가정교사 생 프뢰 사이의 이루어지지 않는 사랑을 묘사한 루소의 서간체 소설.

"그게 무슨 상관이오. 저쪽이 먼저 나를 노려보았는데!"

"나를 곤란하게 하실 작정이에요? 그야 저이가 당신을 노려보았을지도 모르죠. 어쩌면 저쪽에서 먼저 얘기를 걸어올지도 몰라요. 당신을 내 외가 친척으로 장리스에서 왔다고 소개했으니까. 저이는 프랑슈콩테 태생이지만 부르고뉴 가도의 돌(Dole)읍까지밖에 가 본 적이 없어요. 그러니까 아무 염려 말고 편하게 얘기를 나누세요."

쥘리앵은 여전히 망설이고 있었다. 아망다는 재빨리 덧붙였다. 카운터에 근무하는 만큼 머리 회전이 빠른 여자이므로 거짓말쯤은 누워서 떡 먹기였다.

"저이가 당신을 노려보기는 했을지 몰라도, 그것은 당신이 누구냐고 나에게 묻느라 그랬던 거예요. 저이는 누구에게나 무례해요. 딱히 당신을 모욕하려 한 것은 아니예요."

쥘리앵의 눈은 그 오빠뻘 된다는 자에게서 떨어질 줄 몰랐다. 그가 두 당구대 중 안쪽의 게임표를 사는 것이 보였다. 협박이라도 하는 듯한 굵은 목소리로 "내가 친다!" 하고 외치는 소리가 쥘리앵의 귀에도 들렸다. 쥘리앵은 아망다의 뒤로 빠져서 당구대 쪽으로 가려 했다. 아망다가 팔을 잡고 말했다.

"먼저 계산부터 하세요."

'무리도 아니지. 내가 계산도 하지 않고 도망칠까 봐 걱정인 모양이군' 하고 쥘리앵은 생각했다. 아망다도 흥분하여 쥘리앵 못지않게 얼굴이 잔뜩 상기돼 있었다. 아망다는 될 수 있는 한 천천히 거스름돈을 내주면서 나직한 목소리로 되풀이해서 말했다.

"당장 여기서 나가 주세요. 그러지 않으면 나는 당신이 싫어질 거예요. 사실은 아주 좋지만……"

쥘리앵은 밖으로 나오기는 했으나 일부러 느릿느릿하게 걸었다.

'그런 천박한 놈에게는 나도 입김을 확 내뿜으면서 노려보는 것이 의무가 아닐까?'

몇 번이나 속으로 그런 생각을 했다. 마음을 정하지 못해 그는 한 시간가량이나 카페 앞의 큰길에 서 있었다. 그 사나이가 나타나길 기다렸다. 그러나 그는 나타나지 않았고 결국 쥘리앵은 그곳을 떠났다.

브장송에 도착한 지 불과 몇 시간도 안 되어 벌써 그는 회한의 씨를 만들어 버렸다. 전에 그 노(老)군의관이 관절염의 통증을 참아 가며 쥘리앵에게 검술을 가르쳐 준 적이 있었다. 화를 가라앉히는 데에 도움이 되는 것들 중 쥘리앵이 아는 무술은 이것밖에 없었다. 하지만 그보다 더 큰 문제는 상대의 따귀를 갈기는 것 말고는 화풀이 방법을 모른다는 점이었다. 물론 쥘리앵이 그렇게 해서 주먹 싸움이라도 벌어졌더라면 그 건장한 사나이는 쥘리앵을 깨끗이 때려눕히고 사라졌을 것이다.

쥘리앵은 생각했다.

'나처럼 보호자도 없고 돈도 없는 불쌍한 놈에게는 신학교나 감옥이나 별 차이는 없다. 아무 여관에나 이 평복을 맡겨 놓고 이제 다시 검은 법의로 갈아입어야지. 그러면 언젠가 몇 시간씩 신학교에서 외출할 수 있게 될 때는, 또다시 평복을 입고 아망다를 만나러 갈 수 있을 거야.'

아주 그럴듯한 생각이었지만 쥘리앵은 수많은 여관을 지나면서도 그 어느 집에나 대담하게 들어갈 용기가 나지 않았다.

'앙바사되르 호텔' 앞을 두 번째로 지나치게 되었을 때에야 겨우 쥘리앵의 불안스러운 눈이 한 뚱뚱한 여자의 눈과 마주쳤다. 나이는 아직 젊고 혈색이 좋으며 명랑하고 쾌활한 느낌의 여자였다. 쥘리앵은 가까이 다가가서 사정 얘기를 했다.

"잘 알겠어요, 귀여운 신부님. 평복은 맡아서 가끔 손질도 해 드리죠. 요즘 같은 날씨에 모직 옷을 손질하지 않고 두는 것은 좋지 않거든요."

호텔의 여주인은 이렇게 말하면서 열쇠를 꺼내 들고는 몸소 쥘리앵을 방으로 안내해 주었다. 그리고 맡겨 놓고 가는 물건들의 대장을 만들어 두라고 일러 주었다.

쥘리앵이 식당으로 내려오자 뚱뚱한 여주인이 말했다.

"어머! 그러고 계시니 정말 훌륭해 보여요, 소렐 신부님. 자, 그럼 맛있는 요리를 만들어 드리죠."

여기서 소리를 낮춰 여주인은 말을 이었다.

"당신에게는 20수만 받겠어요. 다른 분은 누구든 50수지만…… 당신은 용돈을 소중히 아끼셔야 해요."

"나는 10루이 가지고 있습니다."

쥘리앵은 약간 으스대듯 대답했다. 그러자 사람 좋은 여주인은 근심스런 얼굴로 타일렀다.

"어머! 그런 것은 큰 소리로 떠들면 안 돼요. 브장송에는 나쁜 이들이 많이 있으니까요. 눈 깜짝할 사이에 도둑맞고 말아요. 특히 카페 같은 곳에는 절대 들어가면 안 돼요. 나쁜 사람들이 득실거리니까요."

"맞는 말씀입니다."

그 말을 듣자 약간 짚이는 데가 있는 쥘리앵은 이렇게 대답했다.

"여기 말고 딴 데는 가지 마세요. 커피도 끓여 드릴 테니까요. 여기 오면 언제나 당신에게 친절한 여자가 있다는 것, 20수로 맛있는 요리를 먹을 수 있다는 걸 잊지 마세요. 정말이에요. 자, 테이블에 앉으세요. 내가 날라다 드리죠."

"먹을 수 있을 것 같지도 않습니다. 가슴이 벅차서……여기서 나가면 곧 신학교로 들어가게 되니까요."

사람 좋은 여주인은 쥘리앵을 내보낼 때도 주머니에 먹을 것을 가득히 채워 주고서야 놓아주었다. 드디어 쥘리앵은 두려운 곳을 향하여 걷기 시작했다. 여주인이 현관 앞에 서서 길을 가르쳐 주었다.

제25장
신학교

83상팀(Centime : 프랑스의 화폐
단위. 1/100프랑)짜리 점심 식사 336인분. 38상팀짜리 저녁 식사
336인분. 권리 있는 자에게는 초콜릿. 이래서야 음식 청부를 맡아 보았자 얼
마나 벌 수 있겠는가.

브장송의 발르노

멀리서 문 위에 금빛으로 칠한 쇠로 만든 십자가가 보였다. 그는 천천히
다가갔다. 무릎에 힘이 빠지는 듯했다.

'드디어 이 세상의 지옥에 온 셈이구나. 들어가면 다시는 나오지 못한다!'

겨우 결단을 내리고 초인종을 눌렀다. 빈집처럼 종소리가 울려 퍼졌다.
10분가량이나 지나서야 검은 옷을 입은 창백한 사나이가 나와서 문을 열어
주었다. 쥘리앵은 그의 얼굴을 보고 곧 눈을 내리깔았다. 문지기의 얼굴은
이상야릇했다. 툭 튀어나온 초록빛 눈동자는 고양이 눈동자처럼 동그랬다.
눈꺼풀 언저리가 전혀 움직이지 않는 것은 그가 작은 동정심조차 없는 성격
임을 보여 주는 듯했다. 엷은 입술이 뻐드렁니 위에 내리덮여 반원형을 그리
고 있었다. 그 용모는 험악한 범죄자 같지는 않으나 젊은이에게 커다란 공
포심을 불러일으키는 무뚝뚝한 얼굴이었다. 순간 첫눈에 그 신앙심이 깊어
보이는 긴 얼굴에서 쥘리앵이 읽을 수 있었던 유일한 감정은, 무슨 말을 듣
거나 하느님과 관계있는 얘기가 아니면 전부 묵살해 버리고 말 것 같은 깊은
경멸이었다.

쥘리앵은 애써 눈을 들고 가슴의 고동으로 말미암아 떨리는 목소리로, 신
학교 교장 피라르 사제를 만나러 왔다는 뜻을 알렸다. 검은 옷을 입은 사나
이는 말없이 쥘리앵에게 따라오라는 몸짓을 했다. 두 사람은 나무 난간이 달
린 넓은 계단을 2층까지 올라갔는데, 계단의 발판이 휘어 벽과 반대쪽으로

기울어져 있어서 당장이라도 무너질 것만 같았다. 검게 칠한 큰 묘표 같은 나무 십자가 아래에 조그만 문이 있었다. 견고한 문을 연 문지기는 천장이 낮고 어둑한 방 안으로 쥘리앵을 안내했다. 석회로 하얗게 칠한 벽에는 세월이 흘러 거무칙칙해진 커다란 그림이 두 장 걸려 있었다. 그곳에 쥘리앵은 혼자 남았다. 멍한 가운데 심장만이 빠르게 뛰고 있었다. 차라리 울 수만 있다면 오히려 마음이 후련해졌을지 모른다. 죽음과 같은 침묵이 건물 전체를 지배하고 있었다.

쥘리앵에게 하루같이 느껴진 긴 15분이 지나자, 그 기묘한 얼굴의 문지기가 반대쪽 문에 다시 나타나 말도 하지 않고 이쪽으로 오라는 몸짓을 했다. 들어가 보니 훨씬 더 넓고 햇빛이 들지 않는 어둠침침한 방이었다. 이 방의 벽도 석회로 하얗게 칠해져 있었는데 가구는 놓여 있지 않았다. 다만 입구 가까이의 한쪽 구석에 하얀 나무 침대와 짚을 넣은 의자 두 개, 그리고 쿠션도 깔지 않은 전나무로 만든 조그만 안락의자가 하나 놓여 있는 것이 쥘리앵의 눈에 들어왔다. 방 건너편 끝에는 누렇게 변한 자그마한 창문에 때 묻은 꽃병이 몇 개 놓여 있었다. 그 창가의 책상 앞에 초라한 법의로 몸을 감싼 사나이가 앉아 있는 것이 보였다. 그는 화난 듯한 얼굴로 산더미같이 쌓인 네모난 종이쪼가리를 한장씩 집어들고는 무엇인가 써 넣은 뒤 책상 위에 늘어놓고 있었다. 쥘리앵이 들어온 것을 전혀 모르는 모양이었다. 쥘리앵은 방 한가운데에 꼼짝도 않고 서 있었다. 문지기는 쥘리앵을 남겨 둔 채 문을 닫고 나가 버렸다.

그 상태로 10분이 흘렀다. 초라한 옷을 입은 사나이는 여전히 무언가를 쓰고 있었다. 쥘리앵은 동요와 공포 때문에 당장 그 자리에 쓰러질 것만 같았다. 아마 철학자라면 '이것은 아름다운 것을 사랑하게끔 만들어진 영혼에 추악한 것이 준 강렬한 인상 탓이다'라고 했을지 모른다.

무언가를 쓰던 사나이가 문득 얼굴을 들었다. 쥘리앵은 얼마 후에야 그것을 깨달았는데, 상대의 얼굴을 본 뒤에도 자신을 바라보는 그 무서운 눈초리에 기가 눌려 여전히 꼼짝할 수가 없었다. 쥘리앵이 아물거리는 눈으로 겨우 본 상대의 긴 얼굴은 죽은 사람같이 창백한 이마를 제외하면 온통 붉은 반점으로 덮여 있었다. 붉은 얼굴과 하얀 이마 사이에서 조그맣고 검은 두 눈이 반짝이고 있었는데, 그 눈빛은 용사조차 떨게 만들 힘을 지니고 있었다. 칠

흑같이 짙은 머리칼이 넓은 이마의 가장자리를 장식하고 있었다.

"이리 오는 게 어떤가?"

사나이는 기다리다 지친 듯했다.

쥘리앵은 비틀비틀 다가갔으나 금방이라도 쓰러질 것 같았다. 그는 전에 없이 창백한 얼굴을 한 채 겨우 종이쪽지로 덮인 작은 책상에서 세 걸음쯤 되는 곳에 가서 멈춰섰다.

"좀더 앞으로" 하고 사나이가 말했다.

쥘리앵은 무언가에 끌려가듯 손을 내밀며 조금 더 앞으로 다가섰다.

"이름은?"

"쥘리앵 소렐입니다."

"꽤 늦었구나" 하고 그는 다시 무서운 눈초리로 쥘리앵을 쏘아보았다.

쥘리앵은 그 시선에 견딜 수가 없었다. 무엇이든 잡으려고 손을 뻗다가 마룻바닥에 풀썩 쓰러지고 말았다.

사나이가 종을 울렸다. 쥘리앵은 시력과 몸을 움직일 힘만 잃었을 뿐, 다가오는 발소리는 들을 수 있었다.

부축을 받고 일어나 작은 안락의자에 앉았다. 그 무서운 인물이 문지기에게 말하는 소리가 들렸다.

"간질병 발작으로 쓰러진 모양이야. 난처하군."

쥘리앵이 겨우 눈을 뜨게 되었을 때, 붉은 얼굴의 사나이는 여전히 글을 쓰고 있었다. 문지기는 없었다. 쥘리앵은 스스로에게 말했다.

'용기를 내야만 한다. 확실한 의사 표현을 해야 해.'

우리 주인공은 심한 구토증을 느꼈다.

'내가 실수하기라도 하면 남들이 어떻게 생각할지 몰라.'

그제야 사나이는 쓰는 것을 멈추고 곁눈으로 쥘리앵을 보면서 말했다.

"이젠 질문에 대답할 수 있겠나?"

"예."

쥘리앵은 힘없는 소리로 대답했다.

"그래, 그거 다행이군."

흑발의 사나이는 반쯤 일어나더니 전나무 책상을 삐걱거리면서 서랍을 열어 짜증스레 편지를 찾기 시작했다. 편지가 나오자 천천히 도로 앉았다. 그러고는 약간이나마 남아 있는 쥘리앵의 마지막 기력까지 빼앗을 듯한 기세로 다시 그를 노려보았다.

"자네에 대해서는 셸랑 사제에게 부탁받았네. 그분은 이 주교구(主敎區)에서 으뜸가는 사제지. 덕 있는 인사란 바로 그런 사람을 두고 하는 말이야. 나와는 30년을 사귀어 온 벗이기도 하네."

"아 그럼, 선생님이 바로 피라르 신부님이시군요."

쥘리앵은 기어 들어가는 소리로 말했다.

"그래" 하고 신학교 교장은 쌀쌀맞게 쥘리앵을 쏘아보면서 대답했다.

그의 조그만 두 눈은 한층 더 빛나고, 이어 입 언저리의 근육이 꿈틀거렸다. 먹이를 먹기 전에 입술을 핥고 있는 호랑이의 표정이었다.

"셸랑 사제의 편지는 짧지만" 그는 중얼거리더니 말은 이었다.

"Intelligenti Pauca(현명한 자에게는 몇 마디 말로 충분하다). 요즘 세상에서는 아무리 짧게 써도 너무 짧다는 말은 듣지 않아."

교장은 편지를 소리 내어 읽었다.

'본 교구 출신 쥘리앵 소렐을 소개합니다. 20년 전에 제가 세례를 베푼 자입니다. 유복한 목재상의 아들로 태어났지만 아버지로부터 어떠한 도움도 받지 못합니다. 쥘리앵은 주님 아래에서 훌륭한 일꾼이 될 남자입니다. 기억력과 이해력이 충분하고 사려도 깊습니다. 다만 그의 천직이 과연 영속적인 것인지? 또 진심에서 우러난 것인지?'

"진심!" 하고 피라르 사제는 놀란 듯이 되풀이하더니 쥘리앵을 보았다. 그 눈초리는 전과 다르게 다소 인간미가 느껴졌다.

"진심이라!"

선생은 다시 한 번 나직한 소리로 되풀이하고 계속하여 읽어 나갔다.

'쥘리앵 소렐을 장학생으로 해 주십사 합니다. 장학생이 되기 위해 필요한 여러 시험을 치르면 반드시 그만한 성적을 거두리라 믿습니다. 그에게는 제가 약간 신학의 기초를 가르쳤습니다. 보쉬에, 아르노, 플뢰리 등의 전통 있는 좋은 신학입니다. 만일 쥘리앵이 마음에 안 드시면 저에게로 돌려보내 주시기 바랍니다. 잘 아시는 빈민수용소장이 자제의 가정교사로서 그에게 800프랑을 지급하겠다는 뜻을 밝혔으니 말입니다. 주님의 가호로 저는 극히 편안한 심경입니다. 재난에도 익숙해졌습니다. Vale et me ama(건강을 빌며, 우의(友誼)를 바랍니다).'

피라르 사제는 천천히 서명을 읽고 한숨과 함께 '셀랑'이라고 나직이 발음했다.

"편안한 심경이라! 하긴 그처럼 덕이 높은 사람이니 그만한 보상은 마땅하지. 주여, 때가 이르면 저에게도 그러한 보상을 내려 주소서!"

그는 하늘을 우러러 성호를 그었다. 하느님께 기도하는 그 모습을 보고 쥘리앵은 이 건물에 발을 들여놓은 이후로 이제껏 그의 마음을 얼렸던 깊은 공포가 누그러짐을 느꼈다. 이윽고 피라르 신부가 설명을 시작했다. 엄격한 목소리였으나 심술궂진 않았다.

"이 학교에는 가장 신성한 자리에 취임하기를 진심으로 원하는 자가 321명 있다. 셀랑 사제 같은 이의 추천을 받아 온 사람은 그 가운데 칠팔 명에 불과하다. 그러므로 이 321명 가운데 너는 아홉 번째가 되는 셈이다. 하지만 내가 보살핀다 한들, 나는 누군가를 편애하거나 애지중지하지는 않는다. 오히려 네가 악덕에 떨어지지 않도록 더 주의를 기울이고, 다른 사람보다 더 엄격히 대할 게다. 자, 저 문을 잠그고 오너라."

쥘리앵은 걷기조차 힘에 겨웠으나 간신히 쓰러지지 않고 견딜 수 있었다. 출입문 곁에 있는 조그만 창문을 통해 들판 풍경이 내다보였다. 그는 나무들을 바라보았다. 그 경치가 마치 옛 벗이라도 만난 듯이 그에게 위로가 되었다.

"Loquerisne linguam latinam? (라틴어를 할 줄 아는가?)" 하고 피라르 신부가 자리에 돌아온 쥘리앵에게 물었다.

"Ita, pater optime(예, 존경하는 신부님)."

어느 정도 제정신이 든 쥘리앵이 대답했다. 물론 쥘리앵은 아까부터 세상에 피라르 신부보다 못한 인물은 없을 것이라고 느끼고 있었다.

대화는 라틴어로 계속되었다. 신부의 눈매는 차차 부드러워졌고, 쥘리앵도 얼마간 평정을 되찾았다. '나도 참 겁쟁이로구나' 하고 쥘리앵은 생각했다.

'이따위 겉으로 유덕(有德)한 체하는 태도에 위압당해 버리다니! 요컨대 이 사나이도 마슬롱 사제나 다름없는 사기꾼이겠지.'

이런 생각이 들자 가진 돈 대부분을 장화에 숨겨 둔 것이 내심 기뻤다.

피라르 신부는 신학에 대한 쥘리앵의 지식을 시험해 보고 그 박식함에 놀랐다. 특히 성서에 대한 질문을 하고는 더욱 놀랐다. 그런데 질문이 일단 초대교회 교부들의 교의에 미치자, 그는 쥘리앵이 성 제롬이라든가 성 아우구스티누스, 성 보나벤투라, 성 바질 같은 분들의 이름조차 제대로 모른다는 것을 깨달았다. '과연' 하고 피라르 사제는 생각했다.

'이것이야말로 내가 항상 셸랑을 비난해 온 프로테스탄티즘(신교사상)의 못된 경향이다. 성서에 대해서는 깊은 지식을 갖고 있지만, 그도 너무 지나치구나.'

쥘리앵은 묻지도 않았는데 창세기와 모세 오경(五經)이 쓰인 정확한 연대 등에 대한 얘기를 하고 있었다. 피라르 사제는 생각했다.

'이렇듯 성서에 대한 이론만을 한없이 쌓은들 무슨 소용이 있단 말인가? 결국 개인적 해석, 즉 가장 피해야 할 신교사상에 이르는 수밖에 없지 않은가. 더구나 이런 무분별한 학식을 가졌음에도, 그러한 경향을 보충해 줄 수 있는 교부들에 대한 지식은 전혀 없다니.'

그러나 교황의 권위에 대해 쥘리앵에게 물어보고는 신학교 교장은 입이 떡 벌어졌다. 고대 갈리아주의* 교회의 격언을 듣게 되리라고 예측하고 있었는데, 이 청년은 메스트르 씨의 저서(교황론, 교황의 권위를 옹호한 책)를 통째로 암송해 보였기 때문이다.

'셸랑도 참 별난 인물이로군. 그런 책을 읽히다니. 그런 책 따위 무시해 버리라고 가르치기 위해서일까?'

쥘리앵이 진심으로 메스트르 씨의 설(說)을 신봉하고 있는가 알아내려고 여러 가지로 질문해 보았으나 헛수고였다. 청년은 그저 기억력을 더듬어 대답할 뿐이었다. 그도 그대로 쥘리앵이 우수하다는 사실을 증명하는 셈이었다. 그는 완전히 평정을 되찾은 듯했다. 아주 긴 구두시험이 끝나자, 자기에 대한 피라르 사제의 엄격한 태도는 이제 겉치레뿐이라는 느낌이 들었다. 사

---

* 프랑스의 가톨릭교회를 로마 교황의 직접 지배로부터 독립시키려는 운동.

실상 신학의 제자에게 늘 준엄한 태도를 지킨다는 15년 동안의 방침만 없었다면, 교장은 논리학적 입장에서 틀림없이 쥘리앵을 포용했을 것이다. 그만큼이나 쥘리앵의 대답은 명쾌하고 적절하고 정확하게 여겨졌던 것이다. 사제는 생각했다.

'그야말로 대담하면서도 건전한 정신의 소유자다. 그러나 Corpus debile(몸이 너무 약하구나).'

"아까와 같이 쓰러질 때가 자주 있느냐?" 하고 교장은 마룻바닥을 가리키면서 프랑스 말로 물었다.

"그런 일은 생전 처음입니다. 문지기의 얼굴을 보고 겁먹은 나머지 그만
……"

쥘리앵은 어린애처럼 얼굴이 빨개져서는 대답했다.

피라르 사제의 얼굴에 엷은 미소가 번졌다.

"그것은 네가 이 세상의 허식에 너무 익숙해졌기 때문이야. 너는 상냥한 얼굴만 봐 왔겠지만, 그것이 바로 거짓된 연극이다. 진리는 엄하기 짝이 없어. 그러나 이 세상에서 우리가 맡은 소임 또한 엄한 것이 아니냐? 공허한 외면적인 아름다움에 너무 마음이 끌리는 약점에 대해서, 네 양심이 경계를 게을리 하지 않도록 주의하거라."

피라르 신부는 너무나 기쁜 듯 다시 라틴어로 말하기 시작했다.

"자네가 셸랑 사제 같은 인물의 추천을 받아 오지 않았더라면, 나도 속세의 경박한 언어를 사용했을 거야. 너는 이 세상에 너무 익숙해진 듯하니 말이다. 그런데 네가 바라는 전액 급비생이 된다는 것은 무척 어려운 일이야. 하지만 셸랑 사제도 56년간이나 전도에 몸을 바쳐 온 분인데, 신학생 한 사람의 장학금조차 자기 마음대로 못한대서야 너무 허무한 일이지."

이런 말을 한 뒤 피라르 사제는 자기의 승낙 없이는 어떤 비밀결사, 비밀수도회에도 들지 않도록 쥘리앵에게 주의시켰다.

"저의 명예를 걸고 맹세하겠습니다."

쥘리앵은 매우 성실해 보이는 태도로 진심을 담아 말했다.

신학교 교장은 비로소 웃으며 말했다.

"그런 말은 여기선 통용되지 않아. 속세 사람들이 말하는 공허한 명예를 상기시키기 때문이지. 그런 명예 때문에 사람들은 그처럼 많은 과실을 범하

고, 또 더러는 죄악에까지 빠지고 있지 않나. 성 피오 5세*의 교서(敎書) Unam Ecclesiam 제17조에 의해서 너는 나에게 복종해야 할 신성한 의무를 지닌다. 성직상 나는 네 윗사람이다. 친애하는 아들아, 이 학교에서 듣는다는 것은 곧 복종하는 것이다. 그런데 돈은 얼마나 가지고 있느냐?"

'내 이럴 줄 알았지' 하고 쥘리앵은 생각했다.

'친애하는 아들이니 어쩌니 한 것은 바로 이 때문이었구나.'

"35프랑입니다, 신부님."

"그 돈의 용도를 자세히 써 두어라. 언젠가 나에게 보고하게 할 테니까."

이 숨 막히는 회견은 3시간 동안이나 계속되었다. 피라르 사제는 문지기를 불렀다.

"쥘리앵 소렐을 103호실로 안내해 주어라."

그는 문지기에게 일렀다. 특별한 배려로 쥘리앵에게는 독방이 주어졌다. 피라르 사제는 덧붙였다.

"짐도 들어다 주어라."

쥘리앵이 아래를 보니 눈앞에 자기 짐이 놓여 있었다. 3시간 동안이나 그 쪽을 바라보면서도 깨닫지 못하고 있었다.

103호실은 건물 맨 위층에 있는 여덟 자 사방의 조그만 방이었다. 성벽과 마주보고 있었고 그 건너편으로는 두강을 사이로 시내와 갈라진 아름다운 평야가 건너다보였다.

"이 얼마나 아름다운 전망인가!"

쥘리앵은 소리쳤다. 그러면서도 그는 이 말을 실감하지는 못했다. 브장송에 온 지 얼마 안 되는 동안에 계속해서 강렬한 인상을 받은 나머지 이미 지칠 대로 지쳐 있었던 것이다. 창가에 나무의자가 하나 놓여 있었다. 그 의자에 앉자 그는 곧 깊은 잠에 빠졌다. 저녁 식사를 알리는 종도 저녁 기도 종소리도 들리지 않았고 모두들 그를 깨끗이 잊고 있었다.

다음 날 아침 새벽빛에 눈을 뜨고 정신을 차려 보니 그는 마룻바닥에 누워 있었다.

---

* 16세기에 프로테스탄트 사상과 다툰 교황.

제26장
세상 또는 부자들이 모르는 것

나는 이 지상에서 외톨이다. 누구 한 사람 나를 생각해 주는 이 없다. 출세한 인간들은 모두, 나로선 상상조차 못할 만큼 뻔뻔스럽고 수치를 모르는 냉혹한 자들이다. 나는 너무나 사람이 좋아서 그들에게 미움받는다. 아아, 머지않아 나는 죽을 것이다. 굶어 죽거나, 그토록 냉혹한 인간들을 더는 눈 뜨고 볼 수 없어서 죽거나.

영

쥘리앵은 서둘러서 옷에 솔질을 하고 아래로 내려갔다. 지각이었다. 조교에게 호된 꾸지람을 들었는데, 쥘리앵은 변명 대신 가슴 위에 십자모양으로 팔을 포개서 얹고 진심으로 뉘우치는 태도로 말했다.

"Peccavi, pater optime(죄를 범했습니다, 신부님)."

이 첫 등장은 대성공이었다. 신학생 중에서도 눈치 빠른 인간들은 이번 신입생이 만만치 않다는 것을 꿰뚫어 보았다. 휴식 시간이 되자 쥘리앵은 모든 사람의 호기심의 대상이 되었다. 그러나 그는 겸손하게 조용히 있을 뿐이었다. 스스로 정한 방침에 따라 그는 321명의 동료들을 모두 적으로 간주했다. 그중에서도 가장 위험한 사람은 피라르 사제였다.

며칠 뒤 쥘리앵은 고해 사제(告解司祭)를 한 사람 선택하게 되었다. 그는 명부 하나를 받았다.

'아니, 나를 대체 어떻게 생각하고 있는 거야? 고해를 한다는 것이 어떤 의미인지 내가 모르는 줄 아는 모양이지?'

속으로 이렇게 생각하면서 그는 피라르 사제를 선택했다.

그런데 예상외로 이 행위는 그에게 결정적인 의미를 지니고 있었다. 베리에르 태생의 아주 어린 신학생으로 첫날부터 쥘리앵에게 우정을 보여 준 사람이, 부교장 카스타네드 사제를 선택하는 편이 현명했을 것이라고 가르쳐 주었다.

"카스타네드 신부와 피라르 신부는 서로 적이고, 교장은 장세니스트라는 의심을 받고 있어."

젊은 신학생은 쥘리앵의 귀에 입을 갖다 대고 이렇게 속삭였다.

스스로는 신중을 기했다고 생각했지만, 입학 당초부터 우리 주인공의 행동은 이 고해 사제의 선택처럼 전부 경솔한 실패뿐이었다. 공상가에게 흔한 자아도취에 빠져서 쥘리앵은 자기의 착각을 진실이라고만 믿고, 선인(善人)을 완벽히 연기하고 있다 여겼다. 뿐만 아니라 어처구니없게도 이런 비열한 수단으로 성공해야 한다는 데에 양심의 가책까지 느꼈다.

'서글픈 일이지만 어쩔 수 없지. 이것이 나의 유일한 무기니까! 시대가 달랐더라면 나도 적을 앞에 두고 용감하게 행동하여 나의 빵을 얻었을 테지만……'

쥘리앵은 자신의 행동에 만족하고 주위를 둘러보았다. 어디를 봐도 흠잡을 데 없는 미덕만이 눈에 띄었다.

신학생 가운데 10명가량은 그야말로 성자다운 생활을 하여 성녀 데레사라든가, 아펜니노산맥의 베르나산에서 성흔(聖痕)을 받았을 때의 성 프란체스코처럼 신의 환영을 볼 때가 있는 모양이었다. 그러나 이는 큰 비밀로서 친구들 사이에도 숨기는 일이었다. 신을 본 경험이 있다는 그 가련한 젊은이들은 언제나 병실에 틀어박혀 있었다. 다른 100명가량의 학생들은 굳은 신앙심과 지칠 줄 모르는 향학열을 보이는 사람들이었다. 그들은 병에 걸릴 만큼 공부를 했지만, 그 학문은 대단치 않았다. 두세 사람 두각을 보이는 학생도 있었는데, 그 가운데서도 샤젤이라는 학생이 특히 그랬다. 그러나 쥘리앵은 그들과 친해질 수가 없었고, 그건 그들도 마찬가지였다.

321명 가운데 나머지 학생들은 그가 온종일 되풀이하는 라틴어 문구조차 이해하지 못할 정도로 교양이 없는 무리들이었다. 대부분이 농부의 자식으로, 밭을 갈기보다는 라틴어 몇 마디라도 암송하면서 빵을 얻는 편이 낫겠다고 생각하여 이 길을 택한 것뿐이었다. 입학하자마자 쥘리앵이, 이렇다면 쉽사리 성공할 수 있으리라고 생각한 것은 이러한 관찰을 근거로 한 것이었다. 쥘리앵은 생각했다.

'어떤 일자리에든 머리 좋은 인간은 반드시 필요하다. 그곳에는 해야 할 일이 있으니까. 나폴레옹 시대라면 나는 하사관이 됐을 테지. 이 미래의 사제들을 상대로라면 나는 부주교가 되리라. 이 가련한 인간들은 어릴 적부터 일해 왔고, 이곳에 오기 전에는 커드(우유를 응고시킨 것으로 치즈의 원료)와 검은 빵만으로 살아왔을 거야. 오막살이에 사는 처지라 고기 맛을 보는 것도 한 해에 대여섯 번 정도였겠지. 전쟁이야말로 휴식할 때라고 생각한 로마 군사들처럼 이 촌 농부들에게 신학교는 그야말로 낙원일 거야.'

쥘리앵이 그들의 어두운 눈 속에서 읽을 수 있는 것은, 식사 뒤의 생리적 만족감과 식사 전의 생리적 쾌락에 대한 기대뿐이었다. 쥘리앵이 그들 사이에 섞여 두각을 나타내게 될 상대들이란 실로 이러한 무리들이었다. 그런데 쥘리앵도 몰랐고 또 다른 인간들이 가르쳐 주려고도 하지 않는 사실이 하나 있었다. 그것은 신학교에서 가르치는 교의(敎義)나 교회사(敎會史) 등 여러 강의에서 수석을 한다는 것은 학생들의 입장에서 볼 때 '두드러진' 죄악일 뿐이라는 사실이었다. 볼테르 이후로, 또 양원(兩院)의 대의정치가 실현된 이후로(이것은 요컨대 불신과 개인적 해석을 의미하며, 민중의 마음속에 '믿지 않는' 나쁜 습관을 심어 주는 제도이다), 프랑스의 교회는 책이야말로 자기의 참다운 적이라는 것을 이해한 모양이다. 교회 측에서 보면 진심으로 복종하는 것만이 전부이다. 가령 그것이 종교상의 연구일지라도 학문으로 업적을 쌓는다는 것은 교회 측의 의심을 받은들 별수 없는 일이었다. 우등생이 시에예스나 그레구아르처럼 자유주의 측으로 돌아서는 것을 누가 막을 수 있단 말인가! 겁먹은 교회는 유일한 기댈 곳으로서 지금 교황에게 매달려 있다. 교황만이 개인적 해석을 무력하게 만들 수 있고, 또 교황청의 경건하고 화려한 의식에 의해서만이 사교계 사람들의 권태에 빠진 병든 정신에 감화를 줄 수 있는 것이었다.

이러한 온갖 진상—물론 신학교에서 입에 오르는 말들은 모조리 이런 사실을 부정하는 것이지만—을 어렴풋이 파악한 쥘리앵은 심한 우울감에 빠졌다. 그는 열심히 공부하여 성직자로서 필요한 지식을 빠르게 배우고 있었으나, 그것은 전부 거짓처럼 생각되어서 아무런 흥미도 가질 수 없었다. 그저 그 밖에 할 일이 없었기에 공부했을 뿐이다.

'나는 이 세상에서 망각된 인간일까?'

이런 생각이 들 때도 자주 있었다. 그는 피라르 사제가 디종의 소인(消印)이 찍힌 편지를 몇 통 받아 불살라 버렸다는 것을 알 턱이 없었다. 그것은 얼핏 보기에 그야말로 매끈한 문장 속에 아주 열렬한 정열이 엿보이는 편지였다. 깊은 회한이 연정을 억누르려고 싸우고 있음이 역력했다. 피라르 사제는 생각하였다.

'그나마 다행이군. 그 청년이 사랑한 여자는 적어도 불신자는 아닌 모양이야.'

어느 날 피라르 사제는 눈물로 글씨가 대부분 지워진 한 통의 편지를 뜯었다. 영원한 이별을 고하는 편지였다.

드디어 주님의 인도에 따라 나는 미워할 수 있게 되었어요. 그러나 나에게 과오를 범하게 한 그 사람을 미워할 마음은 조금도 없으며, 그 사람이야말로 나에게는 이 세상에서 가장 소중한 분이라는 사실에는 변함이 없어요. 나는 내 과오 자체를 미워하는 것입니다. 사랑하는 당신, 괴로운 일이지만 나는 체념하기로 했어요. 하지만 보시다시피 나도 모르게 눈물이 흐릅니다. 나에게는 아이들에 대한 의무가 있고 또 당신도 그처럼 아이들을 사랑해 주셨으니, 나는 그 애들의 구원을 소중히 할 거예요. 공정하고도 두려우신 하느님도 이것으로 이제 어머니의 죄에 대한 보복을 아이들 위에 내리시지는 않으리라 믿어요. 잘 계세요, 쥘리앵. 누구도 미워하지 마세요.

편지 끝부분은 거의 알아볼 수 없을 정도였다. 주소는 디종으로 되어 있었는데, 쥘리앵이 회답하지 않기를 바랐고, 그렇지 않으면 최소한 정숙한 부인으로 되돌아간 여자가 얼굴을 붉히지 않고 읽을 수 있는 내용만을 써 주기 바란다고 씌어 있었다.

조달업자와 점심 식사를 83상팀으로 계약한 신학교의 초라한 식사 탓도 있어 쥘리앵의 우울은 차츰 건강에까지 영향을 미치고 있었다. 그런 어느 날 아침, 난데없이 푸케가 그의 방에 나타났다.

"겨우 들어왔네. 불평하는 것은 아니지만 너를 만나려고 이제까지 모두 다섯 번이나 브장송에 왔지. 그때마다 문 앞에서 내쳐지더군. 그래서 신학교

문 앞에 감시원을 한 명 세워 두었는데, 너는 외출 한 번 안 하더란 말이야!"

"나 자신에게 시련을 준 셈이지."

"많이 달라졌구나. 아무튼 다시 만나서 반갑다. 5프랑짜리 은전 두 닢을 쥐어 주고 겨우 성공했지. 처음 왔을 때 쥐어 주었더라면 좋았을걸. 나도 참 바보였어."

두 친구의 얘기는 끝이 없었다. 문득 푸케가 이런 말을 했다.

"그런데 참, 알고 있나? 네가 가르치던 아이들의 어머니 말인데, 그 사람이 아주 독실한 신자가 돼 버린 모양이야."

이 말을 들은 쥘리앵의 얼굴빛이 바뀌었다.

푸케의 거침없는 말투에 쥘리앵은 한층 더 충격을 받았고 그의 정열적인 영혼은 동요하기 시작했다. 그러나 푸케는 자신이 상대의 가장 소중한 비밀에 발을 들여놓고 있음을 알 턱이 없었다.

"그게 글쎄, 아주 대단한 신앙이란 말이야. 듣자니 성지순례까지 한다더군. 그런데 셸랑 사제의 동정을 노상 염탐하던 마슬롱은 생애 최대의 수치를 당한 셈이지. 레날 부인이 놈 따위 상대조차 하지 않았거든. 일부러 디종이나 브장송으로 고해하러 갈 정도니까."

"브장송에도 온단 말이야?"

쥘리앵은 얼굴이 시뻘개져 말했다. 푸케는 의아스러운 얼굴로 대답했다.

"가끔 오는 모양이야."

"너, 지금 〈입헌(立憲) 신문〉 가지고 있니?"

"뭐라고?"

푸케가 되물었다.

"〈입헌 신문〉을 가지고 있느냐고 물었어."

대답하는 쥘리앵의 말투는 아주 조용했다.

"여기서는 한 부에 30수씩 받고 팔 수 있지."

"아니! 신학교에도 자유주의자가 있나!" 하고 푸케는 소리친 뒤, 마슬롱 사제를 흉내 낸 위선적인 간사한 목소리로 말했다.

"오, 가련한 프랑스여!"

이 방문은 우리 주인공에게 깊은 감명을 주었겠지만 실제로는 별로 그러지 못했다. 그 다음 날, 쥘리앵이 지금까지 한낱 어린애로 여기고 있던 그 베리에르 출신의 젊은 신학생에게서 들은 한마디로 중대한 발견을 했기 때문이다. 신학교에 들어온 후로 쥘리앵의 행동은 모두 실수의 연속이었다. 그는 씁쓸한 기분으로 자기를 비웃었다.

분명히 하루하루의 행동 가운데 중요한 것은 완벽히 해냈다. 그러나 사소한 점에 주의를 기울이지 않았다. 그런데 신학교의 노련한 인간들은 오로지 사소한 부분만 신경 쓴다. 따라서 쥘리앵은 동료들 사이에서 벌써 '자유사상가'라는 평을 받고 있었다. 여러 가지 자질구레한 점에서 그는 꼬리를 드러내고 있었던 것이다.

그들이 보기에 쥘리앵은 틀림없이 대단한 악덕에 젖어 있었다. '권위'나 규범에 맹종하지 않고 '스스로 생각하고 자신이 판단'하는 악덕이다. 피라르 사제는 아무런 도움도 돼 주지 않았다. 고해실 밖에서는 단 한 번 말을 걸어주었을 뿐이고, 고해실에서도 얘기를 하기보다는 그저 듣고 있을 뿐이었다. 만약 카스타네드 사제를 선택했더라면 사정은 전혀 달라졌을 것이 틀림없다.

자기의 어리석음을 깨닫고 나니 쥘리앵은 더 이상 따분하지 않았다. 그는 자기의 실패가 얼마나 큰 것이었나 알려고, 지금까지 사람을 깔보는 완강한 침묵으로 친구들을 가까이하지 않던 태도를 약간 바꾸었다. 그러자 그들은 이내 복수해 왔다. 쥘리앵의 호의적인 태도는 냉대를 받고 심지어 조소를 당하기도 했다. 그가 신학교에 들어온 이래 단 한 시간도, 특히 쉬는 시간이 그랬지만, 그들이 자기 적이 될지 아군이 될지에 영향을 미치지 않은 시간이 없었음을 쥘리앵은 깨달았다. 적의 수가 불어날지, 아니면 정말로 덕이 갖추어진 신학생들이나 또는 다른 사람들보다 그나마 나은 신학생들의 호의를 얻게 될지, 그런 문제가 실은 끊임없이 결정되고 있었던 것이다. 보상해야 할 실패는 너무나 커서 웬만해서는 보상될 것 같지도 않았다. 그 후로 쥘리앵은 줄곧 주의를 게을리 하지 않도록 애썼다. 지금까지와는 전혀 다른 성격의 인간을 완벽히 연기해야 했다.

이를테면 눈의 움직임 하나만 하더라도 결코 쉬운 일이 아니었다. 이러한 장소에서는 누구나 눈을 내리깔고 있는 이유가 있다. '베리에르에 있을 때 나는 얼마나 건방졌던가!' 하고 쥘리앵은 생각했다.

'나는 인생을 살아간다 착각했을 뿐 사실 인생에 임하는 사전 준비를 하고 있었을 뿐이었어. 그렇게 해서 이제 겨우 세상에 나왔다. 그리고 진짜 적에게 에워싸여 있는 셈인데, 이것이야말로 내가 나의 소임을 끝낼 때까지 계속될 세상의 모습일 테지. 한시도 잊지 않고 이 위선적인 태도를 지속한다는 것은 정말로 어려운 일이야! 헤라클레스의 위업도 이 앞에선 무색할 정도군. 근대의 헤라클레스는 로마 교황 식스토 5세일 거야. 15년 동안이나 본성을 숨긴 덕에, 혈기왕성하고 거만했던 청년 시대를 알고 있는 40명의 추기경들을 속여 넘겼으니까.'

'학문 따위 여기서는 무의미해!' 하고 생각하니 분했다.

'교의나 종교사 따위, 중요한 건 겉모습뿐이야. 그런 일에 대해서 모두들 이러쿵저러쿵하는 것은 나같이 어리석은 자를 빠뜨리기 위한 함정에 불과한 거였어. 나 참! 빠른 기억력, 이런 쓸데없는 이야기를 이해하는 능력만이 나의 장점이거늘. 결국 그들도 진정한 가치를 꿰뚫어 보고 있다는 것일까? 나와 똑같은 사고방식을 가지고 있는 것일까? 그런데 나는 자아도취에 빠져 있었으니 기가 막힐 일이지! 내가 언제나 수석을 차지한 것은 더욱더 적을 만드는 데 도움이 됐을 뿐이야. 샤젤은 나보다 학문이 깊은 놈이지만, 작문 답안에는 언제나 일부러 틀리게 써서 석차는 50번째로 떨어져 있지. 놈이 수석이 되는 것은 깜박 실수했을 때라고. 아아, 한마디, 단 한마디라도 피라르 신부가 귀띔해 줬더라면 좋았을 텐데!'

일단 실수를 깨달은 뒤엔 지금까지 죽도록 따분했던 주 5회의 연도(호칭기도)라든가 성심(聖心) 찬미가라든가 오랜 근행(勤行)도 쥘리앵에게는 가장 흥미있는 활동 시간이 되었다. 그는 엄하게 자기 자신을 반성하고, 무엇보다도 자기 수완을 과신하지 않도록 노력했다. 쥘리앵은 과한 목표는 잡지 않았다. 말하자면 신학교에서 모범생으로 지목되는 학생들처럼 끊임없이 '의의가 있는 행위', 즉 기독교도로서의 완성을 나타내는 행위를 해 보이려고 처음부터 바라지는 않았다. 신학교에서는 반숙 계란 하나를 먹는 데도 방식이 있다. 신앙 생활이 어느 정도 늘었는지 그 먹는 방법으로 안다는 것이다.

독자들은 웃을는지 모르지만 저 들리유 사제(18세기의 성직자 겸 시인)가 루이 16세 궁정에 종사하는 어떤 귀부인 집에 식사 초대를 받았을 때, 달걀 하나를 먹다가 어떤 실수를 저질렀는지 상기해 주기 바란다.

쥘리앵은 우선 non culpa(깨끗한 경지)에 도달하려고 마음먹었다. 이 경지는 팔이나 눈의 움직임 등 몸짓에는 아무런 속세의 흔적을 나타내지 않지만, 그렇다고 내세만을 생각하고 현세를 '완전한 공허'라고 생각하는 데까지는 이르지 않은 젊은 신학생의 경지를 말한다.

혼히 쥘리앵은 복도 벽에서 숯으로 쓴 다음과 같은 문구를 보았다.

'영원한 기쁨이나 또는 지옥에서 영원히 끓는 기름의 고통을 생각하면 60년간의 시련쯤 문제도 아니다.'

그는 이제 이러한 문구를 경멸하지 않았다. 이 문구를 항상 염두에 두지 않으면 안 된다고 깨달은 것이다. 그는 생각했다.

'나는 평생 무엇을 하게 될까? 신도들에게 천국의 좌석을 파는 일이겠지. 어떻게 하면 그 좌석이 그들의 눈에 똑똑히 보이게 되는 것일까? 성직자인 나와 속인의 외관이 다르면 될 것이다.'

몇 달 동안 한시도 게을리 하지 않고 노력해 보았지만 쥘리앵에게는 여전히 '무엇을 생각하는 모양'이 보였다. 그 눈의 움직임이나 입가의 표정에는, 순교자가 될망정 모든 것을 믿고 인내하는 절대적인 신앙이 나타나 있지 않았다. 이런 일로 무식한 시골뜨기들에게조차 처진다는 것은 쥘리앵으로서는 화나는 일이었다. 그런 무리들에게 생각하는 태도가 없는 것은 극히 당연한 일이었지만.

모든 것을 믿고 참아 내려는 열렬하고 맹목적인 신앙을 드러내는 얼굴은 이탈리아의 수도원에서 곧잘 볼 수 있는데, 일 구에르치노(17세기 이탈리아의 화가)는 그 종교화에서 이런 모습의 완전한 전형을 우리들 속인을 위해서 남겨 주고 있다.* 그런 표정에 도달할 수 있다면 쥘리앵은 어떤 고생도 마다하지 않을 작정이었다.

큰 축제날에는 신학생들의 식탁에 소시지와 함께 양배추를 초에 절인 슈크루트 요리가 올라왔다. 식탁에서 쥘리앵 곁에 앉은 학생들은 그가 이런 행복에 무감각한 것을 발견했다. 이것이야말로 그가 범한 죄의 하나였다. 그들은 이를 경멸할 만한 위선 행위로 보았다. 이처럼 많은 적을 만드는 행위는 달리 없었다. 모두가 입을 모아 말했다.

---

*루브르 미술관 소장, '갑옷을 벗고 수도사의 옷을 걸치려 하는 아키텐공 프랑소와의 상', 1130번을 참조한 것.

"저 부르주아인 척하는 꼴을 보라지. 저 거만하기 짝이 없는 표정 좀 봐. 좋은 음식을 멸시하고 있잖아. 소시지에 슈크루트인데 말이야. 쳇! 얄미운 놈! 거만한 자식! 구제불능!"

쥘리앵도 이따금 실망한 나머지 한숨을 쉬며 생각했다.

'이게 무슨 꼴이람! 내 동료인 시골뜨기들의 무지야말로 놈들에게는 덕이 되는구나. 그 녀석들은 신학교에 들어와도, 교사가 녀석들의 머리에 든 속세적인 사고방식을 쫓을 필요가 없다. 그러나 나는 그러한 지식을 가득 가져왔고, 아무리 해도 내 얼굴에는 그것이 나타나기 때문에 놈들이 대번 알아차린단 말이야.'

쥘리앵은 선망에 가까운 주의를 쏟아, 신학교에 들어오는 젊은 농민들 중에서도 극히 교양이 없는 무리들을 자세히 관찰했다. 허름한 능직 겉옷을 벗고 검은 옷을 입을 때, 그들의 머릿속에 든 생각이란 프랑슈콩테에서 말하는 '딴딴한 순금'에 대한 한없는 존경, 그것뿐이었다.

이것이 '현금'이라는 숭고한 개념을 나타내는 신성하고 예스러운 표현이다.

볼테르 소설의 주인공처럼 이들 신학생들에게 가장 큰 행복이란 맛있는 음식을 먹는 일이다. 쥘리앵은 그들 대부분이 고급 옷을 입은 인간에게 본능적인 경의를 표한다는 것을 알았다. 이런 감정을 갖고 있기 때문에 그들은 우리나라 재판소에서 행해지는 '배분적 정의(配分的正義)'를 액면 그대로(가난한 자의 죄는 부자의 죄보다 무겁다), 또는 액면 이하(가난한 자의 죄는 부자의 죄보다 훨씬 무겁다)로 받아들이는 것이다.

"대부호에 대항해 본들 무슨 득이 있겠어?"

그들은 항시 이런 대화를 주고받았다. 대부호라는 말은 쥐라계곡의 부자를 가리키는 말이다. 그러니 누구보다도 가장 큰 부자인 '정부'에 대한 그들의 경의가 얼마나 대단한지 추측할 수 있으리라.

지사 각하라는 말을 듣고도 존경 어린 미소를 띠지 않는다는 것은 프랑슈콩테의 농부들이 볼 때 불손하기 짝이 없는 행위다. 가난뱅이의 불손에는 이내 빵을 걸러야 한다는 벌이 내려진다.

처음에는 경멸감으로 숨이 막힐 듯했던 쥘리앵도 나중에는 연민의 정을 느끼게 되었다. 많은 학생들의 아버지들은 겨울철 저녁 때 초라한 집에 돌아가면 빵도 없고 밤도 없고 감자도 없는 일이 흔했다. 쥘리앵은 생각했다.

'그러고 보면 그들이 생각하는 가장 행복한 인간이란 맛있는 음식을 먹는 사람, 그 다음으로 좋은 옷을 입고 있는 사람이라고 해도 별로 놀랄 일은 아니겠군. 나의 동료들은 자기가 선택한 길에 대해 굳은 신념을 가지고 있다. 즉 성직에 취임하면 이 행복이 오래 계속되어 맛있는 음식을 먹고 겨울철에 따뜻한 옷을 입을 수 있다고 생각하는 거야.'

언젠가 한번 쥘리앵은 상상력이 풍부한 젊은 신학생이 동료에게 이런 말을 하는 것을 들었다.

"우리라고 교황이 되지 못하란 법은 없지. 식스토 5세만 하더라도 본디 돼지를 치던 사람이었잖아."

"이탈리아 사람이 아니면 교황이 될 수 없어. 그러나 물론 부주교라든가 성직자회원은, 게다가 주교도 우리들 가운데에서 추첨으로 결정돼. 살롱의 P…… 주교도 통장수 아들이라고. 우리 아버지와 똑같은 장사꾼이란 말이야."

어느 날 한창 교의 수업을 받고 있던 쥘리앵은 피라르 사제의 부름을 받았다. 가엾게도 그는 육체적으로나 정신적으로나 숨 막히던 이 분위기에서 빠져나갈 수 있다는 생각에 기뻐했다.

그러나 쥘리앵을 맞이한 교장의 태도는 신학교에 들어오던 날 그를 떨게 했던 그 태도였다.

"이 트럼프에 쓰인 글을 설명해 봐라."

교장은 무서운 눈초리로 쥘리앵을 노려보았다. 쥘리앵은 두려운 나머지 쥐구멍에라도 숨고 싶은 심정이었다.

쥘리앵은 읽었다.

"아망다 비네. 카페 지라프에서 8시 전에! 장리스 태생으로 나와 이종사촌간이라 말할 것."

쥘리앵은 큰일이 벌어졌음을 깨달았다. 카스타네드 사제의 앞잡이가 카드를 훔친 것이 분명했다.

쥘리앵은 피라르 사제의 이마를 바라보면서 대답했다. 그 무서운 시선을 감당할 수 없었기 때문이다.

"이곳에 들어온 날, 저는 덜덜 떨렸습니다. 셸랑 사제님께 이곳에서는 온갖 밀고와 악랄한 행위가 횡행한다고 들었기 때문입니다. 학생들 사이에도 염탐 행위나 밀고가 장려되고 있다고 들었습니다. 그도 젊은 사제들에게 세상의 있는 그대로의 모습을 보여 현세와 허식을 싫어할 마음을 일으키게 하려는 하느님의 뜻일지도 모르지만……"

"내 앞에서 위선 떨지 말거라. 뻔뻔하기 그지없구나. 악마 같은 녀석!"

피라르 사제는 격노했다. 그러나 쥘리앵은 태연히 말을 계속했다.

"베리에르에 있을 때, 형들은 저에게 질투를 느낄 때마다 곧잘 저를 때렸습니다……"

"그 따위 것은 아무래도 좋으니 핵심을 말해!"

피라르 사제는 거의 이성을 잃고 외쳤다.

쥘리앵은 조금도 움츠러드는 기색 없이 이야기를 계속했다.

"브장송에 온 날의 일입니다만, 마침 점심 때라 배가 고파서 어느 카페에 들어갔습니다. 그런 더러운 장소에 들어가기는 정말 싫었습니다만 여관에서 식사를 하는 것보다는 값이 싸리라고 생각했습니다. 그 가게의 주인으로 뵈는 여자가 저의 어수룩한 태도를 보고 동정해 주었습니다. 그 사람은 이렇게 말했습니다. '브장송에는 악인이 득실거리기 때문에 당신이 걱정되는군요. 만약 난처한 일이 생기거든 내가 힘이 돼 줄게요. 아침 8시 전에 심부름꾼을 보내 주세요. 만약 신학교 문지기가 당신의 심부름을 거절하거든, 나의 사촌이며 장리스 태생이라고 말하세요'……"

"그 말이 사실인지 아닌지 조사해 보겠다."

피라르 사제는 초조했는지 방안을 이리저리 돌아다니다가 소리쳤다.

"이제 네 방으로 돌아가!"

교장은 쥘리앵을 따라와 그가 들어가자마자 자물쇠를 잠갔다. 쥘리앵은 곧 자기 가방을 조사했다. 문제의 트럼프는 가방 깊숙이 신중하게 숨겨 두었었다. 그 밖에 없어진 물건은 없었으나, 여기저기 휘저어 놓은 흔적이 있었다. 더욱이 그는 항시 몸에 열쇠를 지니고 다녔었다. 쥘리앵은 생각했다.

'아무것도 모를 때 외출 허가를 한 번도 받지 않은 것은 정말 잘한 일이었어. 카스타네드 신부가 곧잘 친절하게 외출을 권했는데, 이제야 그 친절의 저의를 알겠구나. 내가 옷이라도 갈아입고 미인인 아망다를 만나러 갔더라면 변명의 여지도 없었을 테지. 이렇듯 정보를 쥐고도 이용할 형편이 따라주지 않을 땐 밀고라는 수단을 택하는 것이로군.'

두 시간 뒤 그는 교장의 부름을 받았다. 교장은 아까보다는 부드러운 시선을 보내며 말했다.

"네 말이 거짓은 아니었구나. 하지만 이런 주소를 가지고 있는 것은 참으로 경솔한 짓이야. 일이 얼마나 중대한지 너는 알기나 하느냐. 한심한 놈 같으니라고! 10년쯤 지나서 그 때문에 심한 손해를 입을 수도 있단 말이다."

제27장
인생의 첫 경험

현대란 바로 주님의 성궤이다. 손대는 자에게는 화가 미칠 것이니.

디드로

독자에게 양해를 구해 쥘리앵의 생애 가운데 이 시기에 대해서는 명확한 사실은 거의 쓰지 않겠다. 그러한 사실을 알고는 있으나, 신학교에서 쥘리앵이 겪은 경험은 너무나 어두워서 작가가 이 작품에서 유지하려고 하는 온화한 색조에 어울리지 않기 때문이다. 어떤 사항에 고민하는 현대인들은 그 사실을 상기할 때마다 불쾌감에 휩싸여 온갖 즐거움, 한 편의 이야기를 읽는 즐거움마저 느끼지 못하게 돼 버리리라.

쥘리앵은 위선적인 태도를 취하려 했지만 잘되지 않았다. 혐오감만이 부풀고 의욕도 상실해 버렸다. 일이 아무래도 잘 풀리지 않았다. 이런 하찮은 직업에서조차. 외부에서 조금이라도 도움을 받을 수 있었더라면 그도 용기를 다시 찾을 수 있었겠지만 말이다. 그가 극복해야 했던 곤란은 그다지 대단하지는 않았다. 그러나 그는 대양 한복판에 버려진 외로운 조각배와도 같았다.

'설령 출세할지라도 평생 이런 시시한 무리들과 함께 살아야 한단 말인가! 베이컨이 든 오믈렛을 게걸스럽게 먹는 것밖에 염두에 없는 식충이들과, 어떠한 나쁜 일에도 손을 대는 카스타네드 신부 같은 인간들뿐이다! 그들은 머지않아 권력을 쥐겠지. 그러나 그렇게 되기까지 얼마만큼의 대가를 치르고 있는가?'

'인간의 의지는 강해. 이 사실은 모든 것이 증명해 주지. 하지만 의지력만으로 이러한 혐오감을 극복할 수 있을까? 위인들의 노력도 이보다는 쉬웠으리라. 아무리 두려운 위험일지언정 그것은 그들한테 훌륭하게 여겨졌으니.

그에 비해 현재 나를 에워싸고 있는 추악함이란. 나 이외에 그 누가 이 추악함을 이해할 수 있겠는가?'

이 시기야말로 쥘리앵의 생애에서 가장 고된 시련의 시기였다. 브장송에 주둔하는 정예 연대 중 한 부대에 입대하는 것은 간단했다. 라틴어 교사가 될 수도 있다. 먹고 살아갈 뿐이라면 큰돈도 필요치 않다! 그러나 그렇게 되면 그가 꿈꾸는 출세의 길은 막히고 만다. 미래에 대한 꿈과도 작별이다. 그래 가지고는 죽은 거나 마찬가지이다. 아래에 그의 쓸쓸했던 나날을 상세하게 그려 보겠다.

어느 날 아침 쥘리앵은 생각했다.

'나는 자만에 빠져 다른 농부의 자식들과는 다르다며 그들을 무시해 왔다! 하지만 이제까지의 경험으로 깨달았어. 차이가 미움을 낳는다는 사실을.'

이 위대한 진리는 큰 실패의 산물이다. 그는 어떤 독실한 신학생의 마음에 들려고 일주일 동안 노력했다. 함께 교정을 산책하거나 졸음이 올 것 같은 따분한 그의 얘기에 얌전히 귀를 기울였다. 그런데 갑자기 하늘이 어두컴컴해지더니 천둥이 치기 시작했다. 그러자 그 성자인 척하던 학생은 거칠게 쥘리앵을 밀어내면서 외쳤다.

"알겠어? 이 세상에서는 누구든지 자기가 제일이란 말이야. 나도 벼락맞기는 싫어. 하느님은 자네에게 벼락을 내리실지도 몰라. 자네는 볼테르같이 불경스러운 인간이니까."

분노로 이를 악물고 번개 치는 하늘을 쏘아보면서 쥘리앵은 속으로 외쳤다.

'폭우가 쏟아질 때 자고 있다면 빠져 죽는 게 당연하지! 좋아! 다른 사이비 학자나 찾아보자.'

카스타네드 사제의 교회사 수업을 알리는 종소리가 울렸다.

아버지의 고된 노동이나 가난한 살림에 혐오감을 품고 있는 농부의 자식들 앞에서 카스타네드 사제는 강의를 했다. 이날 그는 여러분이 그처럼 두려워하는 '정부'도 지상에서의 신의 대리자인 교황에게서 위임을 받아 정당한 권력을 쥐고 있을 뿐이라고 가르쳤다.

"여러분은 깨끗한 생활과 복종에 의해서 교황님의 은총을 받기에 부끄럽지 않은 사람이 되어야 하오. '교황이 손에 드신 한 자루의 지팡이같이' 되

기를 바라오. 그러면 언젠가 여러분은 높은 지위를 얻어 아무런 제약도 없이 지도자로서 지배하게 될 것이오. 그것은 종신의 지위이고 봉급의 3분의 1은 정부가, 나머지 3분의 2는 여러분 자신의 설교를 통해 교화된 신자들이 지불해 줄 것이오."

강의를 끝내고 교실을 나설 때 카스타네드 사제는 정원 가운데 멈춰 서서 자기 주변에 모인 학생들에게 말했다.

"'인간의 가치는 지위의 가치'라는 표현은 정말이지 사제에게 꼭 맞는다네. 당장 내 경험에 비추어 보더라도, 산간의 교구에 있을 적에는 웬만한 도시의 사제보다 더 나은 생활을 했단 말이야. 봉급도 도시만큼 받고 거기다가 통통하게 살이 찐 닭, 달걀, 신선한 버터 등 부수입이 많아 여러모로 즐거웠지. 더구나 그러한 교구에서는 사제가 제일이니 잔치가 있으면 반드시 초대되어 식사 대접을 받는 거야."

카스타네드 사제가 방으로 돌아가자 이내 학생들은 몇 개의 그룹으로 나뉘었다. 쥘리앵은 어느 무리에도 끼지 못하고 따돌림을 받았다. 보니 그룹마다 한 사람씩 차례차례 1수짜리 동전을 공중에 던지고 있었다. 뒤냐 앞이냐를 맞히는 게임으로, 누군가가 맞히면 그 학생은 곧 어딘가 부수입이 많은 교구의 사제직에 임명된다 하여 주위 학우들이 야단스레 칭송하는 것이었다.

이어 소문이 화제에 올랐다. 어느 젊은 성직자는 성직에 임명된 지 1년도 되지 않았을 무렵, 어떤 노사제의 하녀에게 토끼를 선물한 덕에 부사제가 될 수 있었고, 그로부터 몇 달 뒤 사제가 급사하자 그 훌륭한 사제의 후임 자리를 꿰찼다. 또 다른 사람은 거동이 불편한 노사제의 곁에서 식사 시중을 하며 닭고기까지 정중히 잘라 주었기 때문에 보기 좋게 그 부유한 도시의 후임 사제가 되었다고 한다.

다른 직업들을 지향하는 청년들과 마찬가지로, 신학생들도 별나고 색다른 그런 잔재주의 효과를 이리저리 과장해서 생각하고 있었다.

'나도 저런 대화에 익숙해지지 않으면 안 된다.'

쥘리앵은 중얼거렸다. 소시지나 수입이 좋은 사제 얘기가 화제에 오르지 않을 때면 으레 교의의 세속적인 부분에 관한 얘기가 나왔다. 주교와 현 지사 간의 충돌이나 시장과 사제 간의 불화에 관해서이다. 이럴 때 쥘리앵에게는 '제2의 신(神)'이라는 관념이 떠올랐다. 그것은 진정한 신보다 두렵고 더 큰 권력을 가진 신이다. '제2의 신'은 교황이었다. 피라르 사제가 엿들을 위험이 확실히 없을 때만 학생들은 소리를 낮추어 얘기를 나누었다. 교황 자신이 온 프랑스의 지사나 시장, 읍장, 면장을 직접 임명하는 수고를 하지 않는 것은 그가 프랑스 국왕을 로마 가톨릭교회의 맏아들로 삼음으로써 그 소임을 위임하였기 때문이라 했다.

쥘리앵은 이런 때야말로 메스트르 씨의 《교황론》을 이용하여 여러 사람의 존경을 받을 수 있으리라 생각했다. 실제로 학우들을 놀래키기는 했으나, 이 또한 실패였다. 그들의 의견을 그들보다 훌륭하게 말함으로써 모두를 불쾌하게 한 것이다. 셸랑 사제는 스스로에 대해서도 때로는 경솔했지만 쥘리앵에 대해서도 그랬다. 그의 교육은 위험했다. 올바르게 추론(推論)하고 무의미한 말에 속지 않는 습관을 붙여준 것까지는 좋았지만, 신분이 낮은 자일 경우 그 습관이 죄악이 된다는 사실은 가르쳐 주지 않았던 것이다. 무릇 훌륭한 추론이란 남을 모욕하기 마련이다.

따라서 쥘리앵의 멋진 논법은 그에게 새로운 죄악을 덧붙인 셈이었다. 학우들은 쥘리앵 때문에 골머리를 앓던 중 그에게 품은 증오심을 단 한마디로 표현하게 되었다. 그에게 '마틴 루터'라는 별명을 붙인 것이다. 이는 특히 쥘리앵이 거만하게 내세우는 악마의 논리 때문이었다.

신학생 중에는 쥘리앵보다 살결이 곱고 미남자라고 해도 좋을 학생들도 몇 명 있었다. 그러나 쥘리앵은 손이 더없이 희고 결벽성도 감출 수가 없었다. 그가 운명에 따라 던져 넣어진 이 우울한 시설에서 이러한 것은 장점이 되지 못했다. 함께 생활하는 지저분한 시골뜨기들은 쥘리앵의 생활은 게을러터졌다고 단정지었다. 이렇듯 우리 주인공의 신변에 일어난 온갖 불행만을 늘어놓으면 독자들도 싫증이 날 테니 이쯤에서 그만두자.

그러나 한 가지만 이야기하자면 이러한 일도 있었다. 학우들 중에서도 특히 한주먹 하는 자들은 쥘리앵을 습관적으로 두들겨 팼다. 할 수 없이 쥘리앵은 쇠 컴퍼스를 무기로 삼아 찌를 듯한 기세로 휘둘렀다. 염탐꾼의 보고서에서 몸짓은 말보다 별로 중요시되지 않기 때문이다.

제28장
성체 행렬

모든 이가 감동하고 있었다. 곳곳에 장막을 치고, 신도의 손으로 깨끗이 모래가 뿌려진 좁은 고딕식 거리는 마치 하느님께서 강림하신 듯했다.

영

쥘리앵이 아무리 몸을 움츠리며 바보 같은 행동을 해 본들 헛일이었다. 그 누구도 그를 좋아하지 않았다. 남들과 너무나도 달랐기 때문이다. 그는 생각했다.

'그렇지만 이곳 선생님들은 모두 빼어나게 총명한 분들뿐인데, 어째서 나의 겸손한 태도를 못마땅해하는 것일까?'

뭐든지 믿고 무엇에든 속을 작정인 쥘리앵을 그대로 받아 줄 듯한 선생이 한 사람 있었다. 그것은 대성당의 모든 의식을 주관하는 샤 베르나르 사제였다. 성직자회원이 되기를 15년 동안이나 기대하고 있는 인물이었다. 현재는 신학교에서 설교법(說敎法)을 가르치고 있었다. 아직 사태 파악을 못했던 쥘리앵은 그의 강의에서도 수석을 차지했다. 그 탓에 베르나르 사제는 쥘리앵을 총애하여, 강의가 끝나면 쥘리앵의 팔을 잡고는 함께 마당을 산책하곤 했다.

'대체 무슨 속셈이지?'

쥘리앵은 이렇게 생각했다. 그저 베르나르 사제가 대성당에서 보관하고 있는 예복에 대한 얘기를 몇 시간이고 들려주는 일이 놀라울 뿐이었다. 대성당에는 상복(喪服)을 제외하고 금몰*이 달린 고급 미사복이 열일곱 벌이나 있다고 했다. 성당 측은 노년의 뤼방프레 재판장 부인에게 큰 기대를 걸고

---

* 금실을 드린 장식용 끈.

있는데, 아흔 살의 이 귀부인은 이럭저럭 70년에 걸쳐 최고급 리용산 천에 금실로 수를 놓은 자신의 혼례 의상을 소중하게 보관하고 있다는 것이다. 베르나르 사제는 갑자기 그 자리에 멈춰 서더니 눈을 커다랗게 뜨고 말했다.

"상상해 보렴. 금사가 얼마나 많이 쓰였는지 옷이 제 스스로 설 정도라 하더구나. 브장송에서는, 재판장 부인의 유언으로 열 벌이 넘는 최고급 미사복이 이 대성당의 '보물' 속에 끼게 될 것이라 모두들 확신하고 있어. 물론 큰 제일(祭日)의 제복 네댓 벌도 포함해서. 아니, 그뿐이 아니야. 이건 비밀이지만……."

베르나르 사제는 목소리를 낮추어 말을 계속했다.

"내가 보기에 재판장 부인은 도금이 된 훌륭한 은촛대를 여덟 개나 우리에게 남겨 주실 것 같아. 아마 부르고뉴의 폭군 샤를르 호담공이 이탈리아에서 산 물건일걸. 부인의 조상 중에 호담공의 마음에 든 재상이 있었으니까."

쥘리앵은 생각했다.

'대체 이런 낡은 옷에 대한 얘기를 줄줄 해서 어쩔 작정일까? 교묘한 말로 아까부터 서두만 늘어놓고 있는데, 정작 중요한 얘기는 도통 하지 않는군. 나를 무척 경계하는 모양이야! 이 사람은 빈틈이 없어. 웬만한 사람은 두 시간만 지나면 뱃속이 환히 들여다보이는데 말이지. 과연 15년 동안이나 채워지지 않는 야심을 품고 견뎌 온 사람답군!'

어느 날 밤, 한창 검술 연습을 하고 있던 쥘리앵은 피라르 사제에게 불려 갔다. 교장은 말했다.

"내일은 Corpus Domini(성체 축일)이다. 샤 베르나르 선생이 너에게 대성당의 장식을 좀 도와 달라고 하시니 가서 지시에 따르거라."

피라르 사제는 쥘리앵을 다시 불러 세우며 연민하는 듯 말을 이었다.

"이 기회에 시내로 나갈 수 있을지는 너에게 달렸다."

"Incedo per ignes[나는 화염 위를 걷습니다(저에게는 숨은 적(敵)이 있습니다)]" 하고 쥘리앵은 대답했다.

다음 날 아침 일찍부터 쥘리앵은 꾸벅꾸벅 졸며 대성당으로 갔다. 활기를 띠고 있는 마을 거리를 보니 기분이 좋아졌다. 집집마다 성체 행렬을 맞이하기 위해 집 앞에 장막을 치고 있었다. 신학교에서 보낸 세월이 한순간처럼 느껴졌다. 마음은 베르지에, 그리고 미모의 아망다 비네에게 향해 있었다.

그녀가 있는 카페는 이곳에서 가까웠다. 그녀와 우연히 만나지 말란 법도 없었다. 이때 멀리 웅장한 대성당의 문 앞에 서 있는 샤 베르나르 사제의 모습이 눈에 들어왔다. 그는 상냥한 얼굴에 인상이 서글서글하고 뚱뚱한 남자이다. 이날 그는 매우 원기왕성했다.

"기다리고 있었네. 내 아들이여."

쥘리앵의 모습을 보기가 무섭게 사제는 큰 소리로 외쳤다.

"잘 와 주었어. 오늘은 길고 힘겨운 일이 기다리고 있으니 우선 아침 식사로 힘을 좀 얻자고. 새참은 10시 무렵 대미사 중간에 나올 거야."

쥘리앵은 정색을 하고 말했다.

"신부님, 저는 한순간도 혼자 있고 싶지 않습니다."

그리고 머리 위의 큰 시계를 가리키면서 덧붙였다.

"저는 5시 1분 전에 도착했습니다. 이 점을 기억해 주십사 합니다."

"오호라! 학교의 짓궂은 말썽꾼들이 두렵단 말이로군! 그런 무리들을 신경 써 주다니, 자네도 어지간히 사람이 좋군그래. 길가의 울타리에 가시가 돋쳤다고 길의 아름다움이 줄어들겠나? 여행객들은 그저 길을 갈 뿐이니 못 돼 먹은 가시들은 허탕만 치게 될 거야. 자, 그보다도 일을 하자꾸나. 이제 시작하자!"

베르나르 사제가 힘겨운 일이라 한 것은 사실이었다. 전날 대성당에서 성대한 장례식이 있었기 때문에 오늘의 준비는 무엇 하나 되어 있지 않았다. 따라서 오전 중에 신도들의 자리를 셋으로 나누고 있는 고딕식 둥근기둥 전부를 39미터 높이까지 붉은 다마스크 단자(緞子)로 옷 입히듯 싸야만 했다. 주교가 우편마차로 파리에 있는 실내 장식가 네 사람을 불러왔지만 네 사람으로는 부족했고, 더욱이 그들은 솜씨가 서툰 브장송 장식가들을 도와주기는커녕 무시하기만 했다. 작업은 점점 굼떠졌다.

쥘리앵은 자기가 사다리에 올라설 수밖에 없다고 생각했다. 민첩한 몸이 도움이 됐다. 그가 파리의 장식가들을 지휘하게 되었다. 쥘리앵이 사다리에서 사다리로 가볍게 옮겨 다니는 모습을 베르나르 사제는 흐뭇하게 바라보았다. 둥근기둥을 단자로 전부 덮자, 이번엔 주제단(主祭壇) 위의 커다란 천개(天蓋)에 다섯 개의 거대한 깃털 장식을 달 일이 남았다. 이탈리아 산 대리석을 다듬어 만든 높은 나선형 원기둥 여덟 개가 금칠을 한 호화로운 나무 천개를 떠받치고 있었다. 그런데 천개의 한복판, 성궤(聖櫃) 바로 위까지 가려면 나무로 된 낡은 파상(波狀) 처마 위를 건너가야만 했다. 낡아 빠졌을 뿐만 아니라 높이도 12미터나 되었다.

그 위태로운 발판을 보자 그때까지 위세 등등했던 파리의 장식가들은 기가 죽었다. 아래서 올려다보며 이러쿵저러쿵 떠들어 댈 뿐 도통 올라가려고 하지 않았다. 쥘리앵은 깃털 장식을 쥐고 사다리를 날렵하게 올라가서 천개 한복판, 관(冠) 장식 위에 깃털을 완벽히 달았다. 사다리를 내려오자 샤 베르나르 사제가 그를 꼭 끌어안았다.

"Optime(훌륭하다)!" 하고 사람 좋은 사제는 외쳤다.

"이 일은 주교님께 말씀드리마."

10시의 새참은 왁자지껄했다. 베르나르 사제에게는 대성당이 이처럼 아름다워 보인 적이 없었다.

사제는 쥘리앵에게 말했다.

"나의 제자여, 우리 어머니는 옛날 이 성스러운 성당에서 의자를 세놓고 계셨단다. 그러니까 나는 이 커다란 성당 덕분에 자란 셈이지. 로베스피에르의 공포정치 때문에 장사는 망했지만, 그때 여덟 살이었던 나는 이미 신도 집에서 올리는 미사를 돕고 있었다네. 미사 날에는 음식을 얻어먹곤 했지. 나만큼 제복을 잘 개는 사람은 또 없었어. 금줄이 끊어지는 법이 없었으니까. 나폴레옹에 의해 가톨릭 신앙이 부활한 뒤로 나는 이 훌륭한 대성당의 모든 일을 도맡아 하는 행복을 누리게 됐지. 1년에 다섯 번씩 내 눈은 이곳이 훌륭하게 장식되는 것을 보아 왔네. 그러나 이 정도로 아름답게 장식된 적은 없었어. 비단 천이 오늘처럼 기둥에 정확히 휘감긴 적은 한 번도 없었단 말일세."

'드디어 비밀을 털어놓을 작정이군' 하고 쥘리앵은 생각했다.

'마침내 자기 얘기를 꺼냈어. 심정을 토로하려는 거야. 하지만 분명히 흥분한 주제에 경솔한 말은 한마디도 하지 않는구나. 죽자 사자 일했고 기분도 좋고, 고급 포도주도 꽤 마셨을 텐데…… 정말 대단하군! 나에게 모범이 되는 인물이다! 퐁퐁을 저자에게*(이것은 그가 옛날 노군의관에게 배운 천박

---

* 퐁퐁(pompon)이란 군모(軍帽)에 다는 수술 장식. '그에게는 당해 낼 수 없다'는 의미.

한 표현이다).'

대미사의 '상투스' 종이 울렸기 때문에 쥘리앵은 주교 뒤를 따라 장엄한 성체 행렬에 참가하기 위해 제복을 입으려 했다.

"이봐, 도둑은 어쩔 거야!" 하고 베르나르 사제가 외쳤다.

"잊어버리면 곤란해. 행렬이 곧 떠나면 대성당은 텅텅 빌걸세. 자네와 내가 지켜야 해. 기둥 밑에 금몰이 감겨 있지? 저것이 이삼 미터쯤 없어지는 정도라면 운 좋은 편이야. 저것 또한 뤼방프레 부인의 기증품이지. 부인이 증조부인 유명한 백작에게서 대대로 물려받은 물건인데 순금이라고 하더군!"

베르나르 사제는 쥘리앵의 귀에 입을 바짝 가져다 대고 흥분한 투로 덧붙였다.

"진짜 순금이란 말일세! 자넨 북쪽 감시를 맡게. 밖에 나가면 안 돼! 나는 남쪽과 중앙 홀을 지키겠네. 고해실에 주의하게. 도둑 앞잡이 여자들은 거기서 우리가 등을 돌리는 순간을 엿보고 있을 테니."

그가 말을 마치자 11시 45분을 알리는 종이 울렸고, 이내 성당의 종도 울리기 시작했다. 메아리치는 장엄한 종소리에 쥘리앵은 감동했다. 그의 상상력은 이미 지상에 머물고 있지 않았다.

향 냄새, 그리고 성 요한으로 분장한 아이들이 성체 앞에 뿌리는 장미꽃잎 향기로 쥘리앵의 흥분은 절정에 달했다.

다른 때 같으면 장엄한 종소리를 들어도, 50상팀의 수당을 받고 종을 치는 20명의 사나이와 15~20명쯤 되는 신도들이 서로 협력해서 하는 노동 정도로만 생각하며 끝날 터였다. 밧줄이나 골조가 낡지는 않았는지 하면서 200년마다 한 번씩은 떨어지는 종의 위험 따위를 걱정하거나, 어떻게 하면 종 치는 사나이들의 급료를 내릴 수 있을까, 이를테면 로마 교황청의 회계로부터 면죄부나 속죄부(贖罪符) 같은 것을 받아서 줌으로써, 자기 주머니를 털지 않고 지불을 끝낼 순 없을까 생각했을 것이다.

그러나 지금 쥘리앵은, 그런 분별 있는 생각 대신에 이 우렁차게 울리는 종소리에 감격하여 공상의 세계를 헤매고 있었다. 이래서는 훌륭한 사제나 뛰어난 행정관이 될 수 없으리라. 이렇듯 감동하기 쉬운 마음을 가진 자는 기껏해야 예술가가 되는 것이 고작이다. 여기에서 그의 오만함이 명백히 드러난 셈이다. 신학생 가운데 50명 정도는 어느 집 담장 안에도 민중의 증오와 과격한 혁명 사상이 숨어 있다 배운 탓에 인생의 현실에 민감해져 있으므로, 대성당의 큰 종소리를 들으면서도 종지기들의 급료에 대해서만 생각했을 것이다. 그들은 바렘*의 지혜를 짜내, 민중이 감동하는 정도가 과연 종지기들에게 지불하는 금액과 맞먹는가 계산해 보았을 것이다. 가령 쥘리앵이 대성당의 물질적 이해를 생각할 마음이 들었다 한들 상상력만이 앞서 가, 교회 재산을 40프랑 절약하려다가 25상팀의 출비(出費)를 막는 기회를 놓쳐 버렸을 것이다.

맑게 갠 하늘 아래 성체 행렬은, 각 관공서가 앞을 다투어 설치한 여러 곳의 훌륭한 가제단(假祭壇)에서 휴식을 취하면서 브장송 시내를 느릿느릿 엄숙히 행진하고 있었다. 한편 대성당은 깊은 정적에 잠겨 있었다. 어두컴컴한 내부에는 상쾌한 냉기가 서리고 아직도 꽃향기와 향내가 떠돌고 있었다.

주위의 정적과 차가운 고독감, 그리고 좁고 긴 신자석(信者席) 주위를 덮은 싸늘한 공기가 쥘리앵의 몽상을 한층 더 감미롭게 했다. 베르나르 사제는 건물 반대쪽을 돌아보고 있어서 방해받을 염려도 없었다. 경비를 위임받은 건물 북쪽을 천천히 걸으면서 쥘리앵의 혼은 어느 결엔가 육체에서 떠나가 있었다. 고해실에는 신앙심 깊은 여자들만 몇 사람 있는 것을 확인해 두었으므로 염려할 필요가 없었다. 멍하니 시선을 던질 뿐이었다.

그러다가 매우 훌륭한 차림새의 두 부인이 눈에 띄어 그는 방심 상태에서 반쯤 깨어났다. 한 사람은 고해대에 무릎을 꿇고 있었고, 다른 한 사람은 그 옆 의자에 앉아 있었다. 쥘리앵은 아무 생각 없이 바라보고 있었는데, 막연한 의무감에서인지 아니면 그 귀부인들의 산뜻하고 고상한 옷차림에 감탄했기 때문인지, 문득 고해실 안에 성직자가 동석하고 있지 않다는 것을 깨달았다.

'이상하군. 저 아름다운 귀부인들이 독실한 신자라면 어딘가 휴게용 가제단에 가서 예배를 할 텐데, 또 사교계 여자들이라면 어딘가 발코니의 맨 앞줄 특별석에 앉아 있을 터인데. 그건 그렇고 정말 멋진 드레스로구나! 정말 우아해!'

---

* 17세기 수학자. 산술 교과서의 저자로 그의 이름은 '계산 일람표'를 의미하게 되었다.

두 사람을 관찰하려고 그는 걸음을 늦추었다.

주위의 정적 속에 울려 퍼지는 쥘리앵의 발소리를 듣고, 고해실 안에 무릎을 꿇고 있던 여자가 천천히 고개를 돌렸다. 그러더니 갑자기 작게 비명을 지르며 정신을 잃었다.

부인은 축 늘어져 눕듯이 쓰러졌다. 옆에 앉아 있던 여인이 그녀를 부축해 일으키려고 달려왔다. 그때 쥘리앵은 뒤로 넘어진 여자의 어깨를 보았다. 낯익은 굵은 고급 진주 목걸이가 눈에 띄었다. 레날 부인의 머리칼을 확인했을 때 그는 얼마나 놀랐는지! 틀림없는 레날 부인이었다. 부인의 머리가 꺾이지 않도록 붙들고 있는 사람은 데르빌르 부인이었다. 쥘리앵은 정신없이 달려갔다. 쥘리앵이 부축해 주지 않았더라면 레날 부인은 물론이고 데르빌르 부인까지 쓰러졌을 것이다. 쥘리앵은 자기 어깨 위에 힘없이 늘어진, 완전히 의식을 잃은 레날 부인의 창백한 얼굴을 보았다. 그는 데르빌르 부인을 도와 그 아름다운 얼굴을 의자 등에 기대게 했다. 그는 무릎을 꿇고 있었다.

데르빌르 부인은 이쪽을 돌아보더니 그가 쥘리앵임을 알고는 노한 목소리로 말했다.

"가세요! 부디 나가세요! 만나게 할 수 없습니다. 당신을 보면 이 사람이 얼마나 겁에 질릴지. 당신을 알기 전에는 참으로 행복한 사람이었는데! 당신이 한 짓은 너무 가혹해요. 가세요, 조금이라도 염치가 있다면 물러가 주세요."

대꾸할 틈도 없이 말이 쏟아져 나왔다. 쥘리앵도 이때에는 완전히 기가 죽어 있었기 때문에 자리를 떠났다.

'저 사람은 언제나 나를 눈엣가시처럼 여겨 왔지.'

그는 데르빌르 부인을 생각하면서 중얼거렸다.

그 순간 성체 행렬의 앞장을 선 사제들의 우렁찬 노랫소리가 성당 안에 울려 퍼졌다. 행렬이 돌아온 것이다. 베르나르 사제가 몇 번이고 쥘리앵을 불렀으나 쥘리앵은 듣지 못했다. 사제는 결국 기둥 뒤에 죽은 듯이 숨어 있는 쥘리앵의 팔을 잡았다. 쥘리앵을 주교에게 소개하기 위해서였다.

"기분이 좋지 않아 보이는데. 너무 심하게 일을 한 모양이군."

사제는 쥘리앵의 창백한 얼굴과 불안한 발걸음을 보며 말했다. 그는 쥘리앵을 부축해 주었다.

"자, 내 뒤에 성수 담당자의 작은 의자가 있으니 가서 앉거라. 자네 모습은 내가 숨겨 줄 테니."

이때 두 사람은 정문 바로 옆에 있었다.

"뭐 걱정하지 말게. 주교님이 오실 때까지 아직 20분은 있어. 빨리 기운을 되찾게나. 주교님이 통과하실 때는 내가 자네를 안아 올리지. 나는 나이에 비해 튼튼하니까."

그러나 주교가 통과할 때 쥘리앵이 너무 떨고 있어 베르나르 사제는 소개를 단념했다. 그는 이렇게 말했다.

"뭐 비관할 것까지는 없어. 언젠가 다시 좋은 기회를 만들어 보지."

그날 밤 베르나르 사제는 신학교의 성당에 큰 초를 10파운드나 보냈다. 사제는 쥘리앵이 아주 주의하여 재빨리 불을 꺼 준 덕분에 절약된 몫이라고 했으나 새빨간 거짓말이었다. 가엾게도 쥘리앵이야말로 불이 꺼진 듯 보였다. 그는 레날 부인의 모습을 보고 난 뒤부터는 아무것도 생각할 수 없었다.

제29장
첫 승진

그는 자기가 사는 시대를 알고 자기가 사는 지방을 알았다. 그리하여 이제 그는 부자가 되었다.

〈선구자〉

대성당에서 일어난 사건 이래 쥘리앵은 깊은 몽상에서 좀처럼 빠져나올 수 없었다. 그러던 어느 날 아침 엄격한 피라르 사제로부터 부름을 받았다.

"베르나르 사제로부터 너를 칭찬한 편지가 와 있다. 네 품행에 대해선 대체로 만족하고 있어. 너는 의외로 아주 경솔하고 얼빠진 부분도 있다. 하지만 지금까지 본 바로는 자네의 선한 성품과 넓은 마음을 느낄 수 있어. 머리도 월등하게 뛰어난 것 같고. 나는 네 안에 반짝이는 무언가가 있다고 생각한다. 그런 장점을 잘 기르거라. 이번에 나는 15년 동안 근무해 온 이 학교를 떠나게 됐다. 내 실수는 학생들을 자유로 방임해 두었다는 것과, 네가 고해 때 얘기해 준 비밀결사*를 보호도 하지 않고 단속도 하지 않았다는 것이겠지. 그래, 여기를 떠나기 전에 너를 위해 무엇인가 해 주고 싶다. 네 방에서 발견된 아망다 비네의 주소에 대한 밀고만 없었더라면 두 달 전에 해 주었을 게야. 너에겐 그만한 자격이 있으니까. 너를 신·구약 성서의 복습 교사로 임명한다."

쥘리앵은 너무나 감격한 나머지 무릎을 꿇고 신에게 감사 기도를 올릴까 생각했으나 그보다도 솔직한 마음에 모든 것을 맡기기로 했다. 그는 피라르 사제 앞으로 걸어가 그의 손을 잡고 자기 입술로 가져갔다.

"무슨 꿍꿍이지?"

---

* 예수회 사람들의 수도회를 가리킨다.

교장은 기분이 상한 듯 큰 소리로 외쳤다. 그러나 쥘리앵의 눈은 그 동작보다 더 많은 것을 얘기하고 있었다.

피라르 사제는 오랫동안 사람들의 따뜻한 손길과 접촉할 기회가 전혀 없었던 사람처럼 깜짝 놀란 표정으로 쥘리앵을 바라보았다. 이 진지한 눈은 교장의 참된 마음을 드러내고 있었다. 이윽고 그는 흥분된 목소리로 말했다.

"별 수 없군! 그래, 사실은 나도 네가 좋다. 물론 이는 절대로 내 본의가 아님을 신께서도 아시겠지. 나는 공평하지 않으면 안 된다. 누구에게든지 증오나 애정을 품어서는 안 된다. 네 장래에는 여러 가지 고난이 많겠지. 아무래도 자네에겐 속인들로 하여금 반감을 품게 하는 구석이 있는 것 같으니. 너에겐 항상 질투와 중상이 따를 게다. 하느님 뜻으로 네가 어디에 가든 동료들은 반드시 너를 증오의 눈길로 볼 게다. 너에게 호의를 품는 자가 있다면, 그것은 나중에 너를 더 효과적으로 배반하기 위해서야. 그것에 대항하는 방법은 단 한 가지밖에 없어. 오로지 하느님에게 매달리는 것뿐이지. 하느님은 네 오만함을 벌하시기 위해 남으로부터 증오를 받아야 하는 운명을 주신 게야. 행동은 항시 고결해야 한다. 내가 보기에 그것만이 네가 구제될 수 있는 길이란다. 네가 변함없는 결의로 참된 길을 걷다 보면, 조만간 너의 적들은 패배해서 물러갈 게다."

쥘리앵은 친절한 말을 듣는 게 오랜만이었다. 그러니 그가 약한 마음을 드러냈다고 해도 너그럽게 봐줘야 한다. 그는 하염없이 눈물을 떨어뜨렸다. 피라르 사제는 그를 끌어안았다. 그 순간은 두 사람에게 더없이 감미로운 한때였다.

쥘리앵은 크나큰 기쁨에 취해 있었다. 첫 번째 승진이었다. 그로선 너무나 감사했다. 그가 몇 달 동안 혼자만의 시간을 전혀 갖지 못하고, 또 그지없이 수다스럽고 구역질나는 학우들과 항상 코를 맞대고 지내 온 것을 생각하면 그 기쁨이 어느 정도인가 이해할 수 있으리라. 그들이 외치는 소리만 들어도 마음이 섬세한 사람이면 미쳐 버릴 것이다. 마음껏 음식을 먹고 좋은 옷을 입게 된 이 시골뜨기들은 그 기쁨을 목청껏 외치기 때문이다. 이제 쥘리앵은 다른 신학생들보다 1시간 늦게, 혼자서 또는 극히 적은 인원수만으로 식사를 하게 되었다. 정원 열쇠를 받았기 때문에 인적이 드문 시간에 산책할 수도 있었다.

쥘리앵은 전처럼 여러 사람에게 미움을 받지 않게 된 것을 깨닫자 이상해서 견딜 수 없었다. 그는 오히려 미움이 심해지리라 각오하고 있었는데 말이다. 그 누구든 말을 걸어오지 말았으면 하는 그의 은밀한 소망은 남의 눈에도 너무나 뚜렷했고 그 때문에 많은 적이 생겨난 셈인데, 이제 그런 태도를 바보 같은 오만함의 표현이라고 보는 사람은 없어졌다. 주위의 무무한 인간들은 쥘리앵의 높은 지위로 보아 그것은 당연한 소망이라고 생각하게 되었다. 증오가 눈에 띄게 줄었다. 이번에 그의 학생이 된 가장 어린 신학생들이 특히 그래서 쥘리앵도 그들을 정중하게 대했다. 이윽고 그의 아군까지 나타나 쥘리앵을 마틴 루터라고 부르는 것은 더 이상 유행하지 않게 되었다.

그러나 적이니 아군이니 해 본들 허무하다. 모두 추악하고, 그 묘사가 진실한 만큼 한층 추악한 모습을 드러내게 될 뿐이다. 그러나 민중이 도덕의 스승으로서 보는 인물은 이자들 이외에 없으니, 그들이 없으면 민중은 어찌 될 것인가? 언젠가 신문이 사제를 대신할 날이 올 것인가?

쥘리앵이 훌륭한 지위를 얻고부터 교장은 제삼자가 없는 곳에서는 그에게 말을 건네지 않았다. 이것은 교장에게도 제자에게도 현명한 처신이었지만 실은 오히려 하나의 시련이었다. 엄격한 장세니스트인 피라르 사제에게는 불변의 신조가 있었다. '유능한 사람이라고 생각되면, 그가 바라고 꾀하는 모든 것 앞에 장애를 만들어 줘라'였다. 만약에 그의 재능이 진짜라면 그는 그 장애를 뒤집어 엎든가 피할 수 있을 것이다.

사냥철이 되었다. 푸케는 쥘리앵의 부모가 기부하는 형태로 사슴과 산돼지 한 마리씩을 신학교에 보내자고 생각했다. 죽은 짐승은 주방과 식당 사이의 통로에 놓였다. 그래서 식사를 하러 오는 신학생들이 모두 이것을 보았다. 그 짐승들은 그야말로 호기심의 대상이었다. 죽었다고는 하나 산돼지의 모습을 본 어린 학생들은 무서워했다. 그들은 이빨을 만져 보기도 했다. 한 주 동안은 온통 이 얘기뿐이었다.

이러한 선물로 쥘리앵의 가문은 사회적으로 신분이 높다고 생각되면서 그에 대한 질투는 끝을 맺었다. 재산에서도 격이 다르다고 여겨졌기 때문이다. 샤젤을 비롯해서 신학생 가운데 수재들이 앞 다투어 그에게 호의를 베풀게 되었다. 부모가 부자라는 사실을 왜 지금까지 말해 주지 않았는가, 그 때문에 하마터면 돈에 대한 경의가 결여될 뻔하지 않았는가 하고 불평까지 털어놓을 지경이었다.

마침 그때 징병검사가 실시되었는데 쥘리앵은 신학생 자격으로 면제받았다. 이 일로 쥘리앵은 깊은 생각에 잠겼다.

'20년 전이라면 지금이야말로 나의 영웅적인 생애가 시작될 순간인데! 그런 시대는 이제 영원히 지나가 버렸구나!'

어느 날 홀로 교정을 거닐고 있자니 담장을 손질하고 있는 석공 두 사람의 대화가 들려왔다.

"휴, 갔다 와야 할까 봐. 또 징병검사야."

"그분 시대(나폴레옹 시대)는 참 좋았지! 석공도 장교와 장군이 됐단 말이야, 정말이지."

"그런데 지금은 어떤가! 군대에 가는 사람은 가난뱅이뿐이야. 먹고살 만한 놈은 모조리 제 나라에 남아 있거든."

"가난뱅이로 태어난 자는 언제까지나 가난뱅이로 있으란 거지."

"그러고 보니 그 소문 정말일까? 그분이 죽었다며?"

다른 석공이 둘의 대화에 끼었다.

"부자들이 말했겠지! 녀석들은 그분을 두려워했으니까."

"아주 위대한 분이야! 그 시대에는 일이 순조로웠는데! 그런데 그분은 부하인 원수(元帥)들에게 배반당했잖아. 정말 지독한 배신자들이야!"

이 대화는 쥘리앵의 마음을 어느 정도 위로해 주었다. 그 자리를 떠나면서 그는 한숨과 함께 몇 번이나 읊었다.

　　백성의 기억에 남는 이는
　　오직 이 한 분의 왕이 있을 뿐! *

시험 때가 되었다. 쥘리앵의 답안지는 훌륭했다. 샤젤조차 전력을 다하는 모습이었다.

첫날, 그 유명한 프릴레르 부주교가 임명한 시험관들은 피라르 사제의 가장 사랑하는 제자로 요주의 인물인 쥘리앵 소렐의 이름을 어느 과목에서나

---

* 당시 퐁네프(Pont Neuf)의 앙리 4세 상에 새겨져 있던 문구.

1등, 또는 깎아내려도 2등으로 성적표에 써넣지 않을 수 없었기 때문에 아주 난처해졌다. 학교 안에서는 종합 성적표에서 쥘리앵이 수석이 된다 안 된다를 놓고 내기가 벌어졌다. 수석을 차지하면 주교와 함께 식사하는 영예를 얻을 수 있다.

그러나 면접 마지막에 교부들*에 대해 출제된 문제에서 어떤 교활한 시험관이 성 제롬에 관해서 그가 키케로에게 얼마나 경도돼 있었는가 질문한 뒤, 갑자기 호라티우스나 베르길리우스 같은 이교도 시인들의 얘기를 꺼냈다. 쥘리앵은 학우들이 모르는 사이에 이러한 작가들의 문장을 수없이 암기하고 있었다. 그는 훌륭하게 대답할 수 있었으므로 우쭐해진 나머지 그만 거기가 어떤 장소인가 잊어버렸다. 시험관이 거듭 묻는 대로 호라티우스의 오드(ode) 몇 편을 열띠게 암송하고, 열심히 주석까지 붙여서 들려주었다. 이렇듯 20분 동안이나 쥘리앵이 스스로 올가미에 걸려들게 한 뒤 시험관은 갑자기 안색을 바꾸더니, 쥘리앵이 그런 이교의 학문에 시간을 낭비하고 무익한 또는 죄 많은 생각을 머릿속에 집어넣었다고 그를 엄하게 꾸짖었다.

"저는 어리석은 자입니다. 선생님 말씀이 옳습니다."

교묘한 책략에 걸려들었음을 깨닫고 쥘리앵은 공손한 태도로 대답했다.

시험관이 쓴 이 계략은 신학교 안에서조차 비겁하다는 비난을 받았으나 프릴레르 사제는 그런 것쯤 아랑곳하지 않았다. 그는 브장송의 수도회를 훌륭하게 조직한 수완가이고, 그가 파리로 보내는 편지는 재판관이나 지사뿐만 아니라 주둔군의 장성(將星)들까지도 떨게 만들 정도였으므로, 권력을 쥔 자기 손으로 쥘리앵의 이름 옆에 198번이라고 써넣는 것쯤은 아주 쉬운 일이었다. 이렇게 해서 자기의 적인 장세니스트 피라르 사제에게 큰 모욕을 주는 것이 통쾌했다.

지난 10년 동안 그의 가장 큰 관심거리는 피라르 사제로부터 신학교 교장 직책을 뺏는 일이었다. 피라르 사제는 전에 쥘리앵에게 보였던 행동의 지침을 몸소 실행하느라고, 성실하고 경건하게 지내며 책략을 쓰지 않고 의무에 전념하고 있었다. 그런데 하늘은 심술궂게도 그에게 모욕이나 비난에 아주 민감한 성격을 주었다. 이 격렬한 성격의 소유자는 남에게 받은 모욕은 결코

---

* 아우구스티누스 등. 교의와 교회 성립에 크게 기여한 고대 신학자들.

잊지 않고 마음속에 두고 있었다. 사표를 내도 백 번은 냈을 터인데도, 신의 뜻으로 받은 직책이니 현직(現職)에 머무는 것이 자신의 의무라고 믿고 있었다. '나의 힘으로 예수회의 교리나 우상숭배가 번지는 것을 막아야 한다'고 사제는 곧잘 속으로 되풀이하곤 했다.

시험 때 교장은 쥘리앵에게 말을 건네지 않게 된 지 두 달째였으며 그중 일주일은 병석에 누워 있었다. 그런 와중에 시험 결과를 알리는 공식 편지를 받아보니, 학교의 명예라고 생각하고 있던 학생의 이름 옆에 198번이라는 숫자가 기록되어 있는 것이 아닌가? 성격이 엄한 교장의 유일한 위안거리는 쥘리앵의 상태를 철저히 지켜보는 일이었다. 쥘리앵이 격분하지도 않고 복수 계획도 세우지 않고 낙담도 하지 않고 있는 것을 보고 교장은 매우 기뻐했다.

몇 주일 뒤 쥘리앵은 한 통의 편지를 받고 깜짝 놀랐다. 파리의 소인(消印)이 찍혀 있었기 때문이다. '겨우 레날 부인이 약속을 기억해 주었구나' 하고 쥘리앵은 생각했다. 발송인은 폴 소렐이라고 서명한 쥘리앵의 친척이라는 사람이었는데, 500프랑의 송금 수표가 들어 있었다. 만약 쥘리앵이 앞으로 라틴문학의 위대한 저작가들을 계속 연구해 성과를 올린다면, 매년 같은 금액을 보내겠다고 씌어 있었다.

'부인이다, 부인의 친절이다!'

이렇게 생각하니 쥘리앵은 콧등이 찡해졌다.

'나를 위로해 줄 생각이구나. 그런데 정다운 말 한마디쯤 어째서 써 주지 않았을까?'

이는 그의 착각이었다. 레날 부인은 데르빌르 부인의 충고를 듣고 깊이 후회하고 있는 참이었다. 자기 생활을 근본적으로 뒤집어 놓은 묘한 남자를 이따금 저도 모르게 떠올리긴 했지만, 그에게 편지를 쓰는 것만은 굳게 삼가고 있었다.

여기서 신학교식 표현을 빌리자면, 이 500프랑이 송금된 사실을 우리는 기적으로 인정해도 좋을 것이다. 하늘이 쥘리앵에게 이 선물을 주기 위해 다름아닌 프릴레르 사제를 이용했다고 해도 좋으리라.

12년 전의 일이다. 소문에 따르면 프릴레르 사제는 전 재산을 넣은 조그만 여행가방 하나만 들고 브장송에 왔다. 그런데 지금은 온 현에서 손꼽히는 부자 지주이다. 재산을 늘려 가는 과정에서 사제는 어떤 토지의 반을 샀다. 나머지 반은 라몰 후작이 상속받은 영지였다. 이리하여 이 두 사람 사이에 커다란 소송 사태가 벌어졌다.

파리에서는 화려하게 살고 궁정에서도 요직을 차지하고 있는 라몰 후작이 었지만, 지사의 임면(任免)까지도 자기 뜻대로 한다고 소문난 수완가인 부주교를 상대로 브장송에서 다툰다는 것은 위험하다고 느꼈다. 국가 예산에서 인정되는 적당한 명목으로 5만 프랑의 특별 수당 지급이나 궁정에 신청하고, 5만 프랑의 치졸한 소송쯤 프릴레르 사제 마음대로 하게 내버려 두었더라면 좋았을 터이다. 그런데 후작은 화를 냈다. 그는 자신에게 정당한 이유가 있다고 생각했다. 당당한 이유가!

그런데 이런 말을 해서 좋을지 모르겠지만, 출세시키고 싶은 아들이나 친척이 한 사람도 없는 재판관이 과연 있겠는가?

프릴레르 사제는 눈뜬 소경의 어리석음을 깨우쳐 주기 위해, 제1심에서 승소한 뒤 1주일이 되는 날 주교의 마차를 타고 몸소 레종도뇌르 훈장을 자기 변호사에게 전해 주었다. 상대의 수법에 다소 놀란 라몰 후작은 자기 쪽 변호사들이 기가 꺾인 것을 보고는 셸랑 사제와 의논했다. 그러자 그는 피라르 사제를 소개해 주었다.

후작과 피라르 사제의 관계는 이 얘기가 시작되기 전부터 이미 몇 년 동안이나 계속되고 있었다. 피라르 사제는 타고난 열정적인 성격으로 이 사건에 몰입했다. 쉴 새 없이 후작의 변호사들과 만나 소송 원인을 조사하고, 그것이 옳다 생각되자 절대적인 권력을 휘두르는 부주교를 적으로 돌리면서까지 공공연히 라몰 후작을 지지했다. 부주교는 이 불손한 태도에 격노했다. 더구나 상대는 눈엣가시 같은 한낱 장세니스트가 아닌가!

프릴레르 사제는 자기 심복들에게 이렇게 말했다.

"제 딴에는 대단한 권력이라도 쥔 줄 아는 모양인데, 두고 보라지! 궁정 귀족이란 어차피 그런 거야. 라몰 후작만 하더라도 브장송에 있는 자기 대리인에게 보잘것없는 훈장 하나 못주고 있는 형편이니, 그자가 면직을 당하더라도 멍청하게 보고 있을 수밖에 없을걸. 그런 주제에 정보에 의하면, 그 귀족원 의원은 매주 법무 대신의 살롱으로 코르동 블루를 자랑하러 간다더군. 누가 대신이든 상관없이 말이야."

피라르 사제는 정말 일을 잘했고 라몰 후작도 법무 대신이나, 또 특히 그 부하 직원들과 극히 친밀하게 지냈다. 그러나 그들이 6년 동안 간난신고(艱難辛苦) 끝에 겨우 얻은 결과는 하여간 완전 패소는 하지 않았다는 것뿐이었다.

두 사람이 기를 쓰고 정력을 기울여 온 이 소송으로 피라르 사제와 끊임없이 편지를 주고받는 사이에, 후작은 사제의 인품을 높이 평가하게 되었다. 사회적인 지위는 현저하게 차이가 났지만, 두 사람이 주고받는 편지의 글에는 차차 친근한 말투가 쓰이게 됐다. 피라르 사제는 후작에게, 적은 모욕을 거듭하여 자기가 사표를 내지 않을 수 없도록 만들 작정인 것 같다고 써 보냈다. 그들이 쥘리앵에게도 비열한 책략을 취했다고 화가 나 있던 사제는 쥘리앵에 관한 얘기까지 후작에게 털어놓았다.

이 대귀족은 대단한 부자였지만 절대로 인색하지 않았다. 지금까지 후작이 피라르 사제에게 아무리 돈을 주려고 해도 그는 받지 않았다. 소송 때문에 쓴 우편요금조차 받지 않았다. 그래서 후작이 생각해 낸 것이 스승의 사랑하는 제자에게 500프랑을 보내는 일이었다.

라몰 후작은 손수 붓을 들고 편지를 썼다. 쓰고 보니 사제에게까지 생각이 미쳤다.

어느 날 피라르 사제는 한 통의 짧은 편지를 받았다. 급한 용건이 있으니 즉시 브장송 교외의 어느 여관으로 와 주면 고맙겠다고 씌어 있었다. 가 보니 라몰 후작의 집사(執事)가 기다리고 있었다. 그는 이렇게 말했다.

"후작님께서 마차로 사제님을 모시러 가라 하셔서 왔습니다. 이 편지를 읽으신 뒤 네댓새 안으로 파리에 와 주시면 고맙겠다는 말씀이셨습니다. 날짜를 정해 주시면, 저는 그동안 프랑슈콩테에 있는 후작님의 영지를 한 바퀴 돌아보고 오겠습니다. 그 후 사정이 허락하실 때 함께 파리로 떠나셨으면 좋겠습니다."

편지는 짧았다.

친애하는 사제님, 시골 생활의 모든 번거로움을 피하여 파리에 오셔서 조용한 공기라도 마시지 않으시겠습니까? 마차를 보냅니다만, 결단을 내리실 때까지 나흘 동안 기다리도록 일러 두었습니다. 저 자신도 화요일까지 파리에서 기다리고 있겠습니다. 사제님만 허락하신다면 파리 근교의 가장 좋은 사제직을 마련해 놓겠습니다. 귀하가 장차 맡으실 교구의 주민 중 가장 부유한 자는 아직 귀하를 뵈올 영광을 입지는 못했지만, 상상 이상으로 귀하에게 경복하고 있습니다. 그는 저, 라몰 후작입니다.

피라르 사제는 자기도 모르는 사이 이 신학교를 사랑하고 있었다. 적의 소굴이라고는 하나 15년 동안 신학교의 일만을 생각해 왔다. 사제 입장에서 라몰 후작의 편지는, 고역이지만 한편으로는 꼭 필요한 수술을 하기 위해 외과 의사가 나타난 것과 같았다. 면직은 피할 수 없는 현실이었다. 사제는 집사와 사흘 뒤에 만날 약속을 했다.

꼬박 이틀을 고민하며 지냈다. 겨우 라몰 후작에게 답장을 쓰고, 주교 앞으로 성직자 문체의 본보기와 같은 조금 긴 편지를 적었다. 이만큼 흠잡을 데 없고 진심으로 경의에 찬 문장은 좀처럼 없다. 그러나 이 편지는 프릴레르 사제가 주교 앞에서 조금이나마 난처해지길 바라며 쓴 것이었으므로 자기의 여러 가지 큰 고통을 자세히 서술하고 있었다. 편지는 또 하찮지만 비열한 박해 수단도 빠짐없이 언급하고, 6년 동안 꾸준히 인내하여 왔지만 사태가 이쯤에 이르러서는 할 수 없이 이 주교구를 떠나지 않을 수가 없게 되었음을 밝히고 있었다.

예를 들면 장작 창고의 장작을 도둑맞았다든가 누가 개에게 독을 먹였다든가 하는 따위였다.

편지를 다 쓰고 난 피라르 사제는 쥘리앵을 깨우러 보냈다. 저녁 8시라 쥘리앵은 다른 신학생들과 마찬가지로 일찍 잠자리에 들어 있었다.

"주교관이 어딘지 아는가?"

피라르 사제는 능숙한 라틴어로 말했다.

"이 편지를 주교님께 전해 다오. 사실을 말하자면 네가 지금 심부름 가는 곳은 이리 떼의 소굴이다. 부디 조심해라. 뭐든 놓치지 말고 잘 보고 들어라. 거짓으로 대답할 필요는 전혀 없다. 다만 심문하는 상대는 너를 불리하게 만들면 기뻐할 인간들이라는 점을 잊지 말도록. 내 아들이여, 헤어지기 전에 너에게 이런 시련을 줄 수 있어서 기쁘구나. 분명히 말해 두자면, 네가 전하는 것은 나의 사표다."

쥘리앵은 우두커니 서 있었다. 그는 피라르 사제가 좋았다.

'이 성실한 사람이 가 버리면 성심회(聖心會) 일파가 나의 지위를 박탈할 테고, 어쩌면 난 이곳에서 추방될지도 몰라.'

하지만 지금은 그런 신중한 생각을 할 수가 없었다.

이미 자기는 어떻게 되든 상관없었다. 무언가 예의바른 표현을 궁리할 여유조차 없었다.

"뭘 꾸물거리는 게냐?"

쥘리앵은 우물쭈물하며 입을 열었다.

"소문으로 들었습니다만, 선생님께서는 오랫동안 교장 선생님으로 계시면서 조금도 저축하신 것이 없다고 합니다. 제게 600프랑이 있습니다……"

눈물 때문에 말을 이을 수가 없었다.

"그 일도 잊지 않으마" 하고 전 신학교 교장은 무뚝뚝하게 말했다.

"자, 어서 주교관에 가거라. 아마 늦어질 테니."

우연히도 그날 밤 프릴레르 사제는 주교 대리로 주교관의 살롱에 있었다. 주교는 지사 댁의 만찬에 초대받아 외출한 참이었다. 따라서 쥘리앵이 편지를 건네준 사람은 다름 아닌 프릴레르 사제였다. 쥘리앵은 그를 몰랐다.

쥘리앵은 부주교가 서슴없이 주교 앞으로 온 편지를 개봉하는 것을 보고 놀랐다. 부주교의 단정한 얼굴은 곧 놀람 섞인 기쁜 표정을 띠는가 싶더니, 금세 다시 전보다 더 엄숙한 표정으로 변했다. 그가 편지를 읽고 있는 동안 그 단려한 용모에 감탄한 쥘리앵은 자세히 그 얼굴을 관찰했다. 그의 지나치게 총명하고 빈틈없어 보이는 용모는 이 미모의 소유자가 조금이라도 방심하면 순식간에 엉큼한 본성이 드러날 것 같은 인상을 준다. 그렇지만 않았다면 얼굴에 좀더 위엄이 엿보였을 것이다. 몹시 높은 코가 완전한 직선을 그리고 있는 탓에 유감스럽게도 모처럼 기품 있고 엄격한 옆얼굴은 여우같아 보였다. 여하튼 피라르 사제의 사표를 정신없이 읽고 있는 부주교의 우아한 모습은 쥘리앵을 매료했다. 이제까지 다른 성직자에게서는 본 적 없는 멋이 있었기 때문이다.

프릴레르 사제의 특수한 재능이 무엇인지 쥘리앵이 깨달은 것은 나중의 일이다. 사제는 주교를 기쁘게 해 주는 요령을 알고 있었다. 사람 좋은 주교는 파리 생활이 몸에 밴 탓에 브장송을 유배지라 여겼다. 몹시 눈이 나쁜데 생선을 아주 좋아했다. 프릴레르 사제는 언제나 주교의 식탁에 나오는 생선의 뼈를 알뜰히 발라내 주는 것이었다.

쥘리앵이 사표를 되풀이해 읽고 있는 부주교를 말없이 바라보고 있는데 갑자기 큰 소리가 나며 방문이 열렸다. 화려한 제복을 입은 종복 한 사람이 빠른 걸음으로 다가왔다. 쥘리앵이 움찔하며 문 쪽을 돌아보니 가슴에 주교의 십자가를 건 작달막한 노인의 모습이 눈에 띄었다. 쥘리앵은 무릎을 꿇었다. 주교는 호의가 담긴 미소를 던지면서 지나갔다. 미모의 부주교가 그 뒤를 따랐다. 혼자 살롱에 남은 쥘리앵은 호화로우면서도 경건한 분위기가 감도는 방 안을 천천히 감상할 수 있었다.

브장송의 주교는 오랜 망명 생활에서 갖은 고생에 시달리기는 했지만 아직까지 쇠약함을 보이지 않는 재인(才人)이었다. 일흔다섯 살임에도 10년 앞의 일 따위 전혀 신경 쓰지 않았다.

"저 영리한 눈매를 가진 신학생은 누구지? 지금 지나올 때 보았는데" 하고 주교가 물었다.

"내가 정한 규칙에 따르자면 이 시각에 신학생들은 자고 있어야 할 텐데."

"그 학생은 잠을 제대로 잘 수 없는 형편이었습니다. 대단한 통지를 가지고 왔더군요. 주교님의 교구에 남아 있던 단 한 사람의 장세니스트가 제출하는 사표입니다. 그 고집스런 피라르 사제도 겨우 사정을 이해한 듯합니다."

"오, 그랬군!" 하고 주교는 웃으면서 말했다.

"그런데 그 사람을 대신할 만한 인물을 귀공이 찾아낼 수 있을까? 하여간 그 사람의 가치를 그대에게도 충분히 보여 주고 싶으니까, 내일 식사에 부르기로 하지."

부주교는 후임 인선에 대해 의견을 내고 싶었으나 주교는 사무적인 이야기는 하기 싫다는 듯 말했다.

"후계자를 고르기 전에 어떤 사정으로 그만두는가 좀 알고 싶군. 그 신학생을 데리고 오라. 진리는 '어린아이의 입에 있다'고 하니까."

쥘리앵은 불려갔다. '이제부터 두 사람의 종교재판관 앞에 나가는 셈이다' 하고 쥘리앵은 생각했다. 이때처럼 몸속에 용기가 용솟음치는 것을 느낀 적은 일찍이 없었다.

방 안에 들어가 보니, 발르노 씨보다 훨씬 훌륭한 복장의 키 큰 하인 두 명이 옷 갈아입는 주교의 시중을 들고 있었다. 주교는 피라르 사제의 애기를 꺼내기 전에 쥘리앵의 공부에 대해서 물어보아야겠다고 생각했다. 교의에 대해 잠깐 애기한 것만으로 주교는 혀를 내둘렀다.

이윽고 애기는 그리스·라틴 고전에 미쳐 베르길리우스, 호라티우스, 키케로 등이 화제에 올랐다. '이런 이름들 덕분에 나는 198번이 돼 버렸지' 하고 쥘리앵은 생각했다.

'이제 더 이상 잃을 것도 없다. 신나게 한번 저질러 버리자.'

결과는 대성공이었다. 주교 자신이 뛰어난 고전학자였으므로 매우 기뻐했다.

그날 밤 지사 댁 만찬회에서는 요즘 소문이 자자한 젊은 여류작가가 '마들 렌느'라는 자작시를 낭독했었다. 주교는 문학 애기에 열을 올려 피라르 사제의 일이나 기타 사무상의 일은 이내 잊어버리고, 이 신학생을 상대로 호라우티스가 부자였나 가난뱅이였나 하는 문제에 대해서 토론하기 시작했다. 주교는 호라티우스의 오드를 몇 편 인용했는데 가끔 기억이 애매해지면 쥘리앵이 겸손한 태도로 시의 전편을 암송했다. 주교는 쥘리앵이 편안한 회화를 하듯 암송하는 데 감탄했다. 라틴어 시의 20행, 30행을 마치 신학교 안의 소문이라도 얘기하는 투로 암송한 것이다. 이어서 베르길리우스와 키케로도 화제에 올라 얘기는 길어졌다. 마침내 주교는 이 젊은 신학생에게 찬사를 보내지 않을 수 없었다.

"그 이상 배우기는 불가능하겠군."

"주교님, 신학교에는 저 따위보다 주교님의 칭찬을 들을 만한 학생이 197명이나 있습니다."

"허, 무슨 뜻이지?"

뜬금없는 숫자에 놀란 주교가 물었다.

"주교님께 이렇게 말씀드리는 데에는 공식적인 증거가 있습니다. 신학교의 학년말 시험에서, 저는 방금 주교님께서 칭찬해 주신 바와 같이 답했으나 198번을 받았습니다."

"으음, 자네가 바로 그 피라르 사제의 애제자인가!" 하고 주교는 큰 소리로 웃으면서 프릴레르 사제를 돌아보았다.

"진작 알아챘어야 했는데. 그러나저러나 상대도 만만찮군."

그러고는 쥘리앵을 향해 말했다.

"그래서 자네를 이곳으로 심부름 보내기 위해 자고 있는 것을 깨우던가?"

"그렇습니다, 주교님. 이제까지 혼자서 신학교 밖에 나온 것은 단 한 번뿐으로, 성체 축일에 베르나르 신부님을 도와 대성당의 장식을 달러 갔을 때입니다."

"Optime (좋아). 그러면 뭔가, 용감하게 그 천개 위에 깃털 장식을 단 사람이 바로 자넨가? 해마다 그 깃털 장식을 생각하면 소름이 끼치지. 누군가가 목숨을 잃지나 않을까 하고 말이야. 머지않아 자네는 출세하겠군. 그런데 여기서 자네를 굶어 죽게 하여 그 찬란한 앞길을 망치고 싶진 않네."

주교의 명으로 비스킷과 말라가 포도주가 내어졌다. 쥘리앵도 사양하지 않고 먹었으나 프릴레르 사제는 그보다 더 잘 먹었다. 남이 맛있게 먹는 모습을 보는 것이 주교의 도락임을 알고 있었기 때문이다.

주교는 밤이 깊어지자 점점 더 유쾌해져서 교회사에 대한 화제를 꺼냈다. 그런데 쥘리앵에게는 도무지 얘기가 통하지 않았다. 그래서 주교는 화제를 바꿔 콘스탄티누스 대제* 시대에 역대 황제 치하의 로마 제국의 정신적 상태에 관해서 논했다. 19세기의 우울하고 따분한 인심을 더욱 황폐하게 만들고 있는 불안과 회의, 이것은 곧 이교가 도달한 말로와 같지 않은가. 그런데 이때 주교는 쥘리앵이 타키투스의 이름조차 잘 모른다는 것을 알아챘다.

쥘리앵은 주교의 놀란 얼굴과 마주하여 그런 작가의 책은 신학교 도서관에서는 찾아볼 수 없었다고 거침없이 대답했다.

"그거 참 다행한 일이로군" 하고 주교는 명랑하게 말했다.

"이것으로 어려운 문제가 하나 해결되었어. 실은 자네 덕분에 뜻하지 않게 즐거운 하룻밤을 보냈는데 이를 어떻게 사례하면 좋을까, 아까부터 생각하고 있었지. 그 신학교 학생들 중에 자네처럼 박식한 학자가 있으리라고는 꿈에도 생각지 못했네. 선물은 교회 법규에 다소 어긋나지만, 타키투스 전집을 선사하마."

주교는 훌륭한 장정의 책 여덟 권을 가져오게 하여 손수 제1권 속표지에 라틴어로 쥘리앵 소렐에 대한 찬사를 써넣으려 했다. 주교는 라틴어를 훌륭

---

* 4세기에 기독교를 로마의 국교(國敎)로 제정.

하게 쓸 수 있는 것이 자랑이었던 것이다. 마지막으로 주교는 그때까지와는 전혀 다른 진지한 말투로 말했다.

"알겠는가, 만약 자네가 얌전히 있으면 언젠가 내 교구에서도 가장 좋은 사제직을 주마. 그것도 이 주교관에서 그리 멀지 않은 곳에 말이야. 그러려면 얌전히 있어야 해."

선사받은 책을 안고 쥘리앵이 여우에게 홀린 기분으로 주교관을 나선 것은 밤 12시의 종이 칠 때였다.

주교는 피라르 사제에 대해서 한마디도 입에 올리지 않았다. 쥘리앵은 무엇보다도 주교의 정중하기 짝이 없는 태도에 놀랐다. 그처럼 자연스러운 위엄을 갖추고 그토록 세련된 거동을 익힌 인물이 있을 줄은 그때까지 상상조차 못했다. 초조하게 그를 기다리고 있던 피라르 사제의 우울한 모습을 보자, 쥘리앵은 그 차이를 뚜렷이 느끼지 않을 수 없었다.

"Quid tibi dixerunt? (그 사람은 무어라 하던가?)"

쥘리앵의 모습이 멀리 눈에 띄자마자 피라르 사제는 큰 소리로 외쳤다.

쥘리앵은 주교의 말을 라틴어로 번역하는 데 좀 더듬거렸다.

"프랑스어로 말해라. 주교님께서 말씀하신 그대로 한마디도 덧붙이거나 빼놓지 말고 되풀이하면 돼."

전 교장의 말투는 더 엄해지고, 태도에도 우아함이 거의 사라져 있었다.

"주교님께서 신학생에게 내리는 선물치고는 정말 묘한 선물이로군!"

교장은 호화스런 《타키투스 전집》의 책장을 넘기면서 말했다. 책의 금테를 보고는 겁먹은 모양이었다.

아주 상세한 보고를 다 듣고 나서 교장이 귀여운 제자에게 방으로 돌아가라고 허락한 것은 2시를 칠 무렵이었다.

"타키투스 제1권을 놓고 가거라. 주교님의 찬사가 씌어 있는 책 말이야. 그 라틴어 한 줄이, 내가 떠난 뒤 이 학교에서 너를 위한 피뢰침 구실을 해줄 게다. Erin tibi, fili mi, successor meus tanquam leo quoerens quem devoret (내 아들아, 왜냐하면 내 후임자는 사나운 사자같이 너를 잡아먹으려 할 것이기 때문이다)."

다음 날 아침, 쥘리앵은 학우들의 태도가 어딘가 이상하다는 점을 깨달았다. 따라서 그는 더욱 신중히 행동했다. '피라르 선생님이 사직한 영향이 벌써 나타나는군' 하고 쥘리앵은 생각했다.

'사직에 대한 소문은 온 학교에 퍼졌고, 나는 선생님의 마음에 든 제자로 여겨지고 있지. 그러니 다들 나를 모욕하기 위해 저러는 게 틀림없어.'

그러나 아무래도 모욕하려는 기색은 찾아볼 수 없었다. 뿐만 아니라 기숙사 복도에서 만나는 어느 얼굴을 보아도 그 눈에 증오의 빛은 보이지 않았다.

'이게 어찌 된 일인가? 함정일지도 모른다. 방심하지 말자.'

그때 베리에르 출신의 그 젊은 신학생이 웃으면서 말했다.

"Cornelii Taciti opera omnia.(타키투스 전집)"

이 한마디를 듣자 모두 일제히 쥘리앵에게 축하말을 건넸다. 주교에게 받은 훌륭한 선물뿐 아니라, 영광스럽게도 그와 두 시간이나 대화한 것에 대한 축하였다. 자질구레한 일까지 벌써 다 퍼져 있었다. 그때부터 쥘리앵을 시기하는 자는 없어졌고 너 나 할 것 없이 쥘리앵에게 비굴할 정도로 아첨하기 시작했다. 바로 전날까지 그에게 무례하기 짝이 없는 태도를 취하던 카스타네드 사제마저 그의 팔을 잡고 식사에 초대할 정도였다.

천성이 무언지 쥘리앵은 그때까지 그런 야비한 무리들의 무례함에 고통받아 왔다. 그러므로 이제 와서 그들이 이런 비굴한 모습을 보인들 그는 혐오감을 느낄 뿐 조금도 기쁘지 않았다.

정오에 피라르 사제는 학생들에게 작별을 고하면서 다음과 같은 엄격한 훈시를 잊지 않았다.

"제군은 무엇을 바라는가. 속세의 영예, 사회적 지위인가? 사람들 위에 서서 법을 무시하고 만인에게 무례한 짓을 하고도 벌을 면하는 그런 기쁨을 바라는가? 아니면 영원한 구원을 바라는가? 제군 중 학문이 가장 얕은 자라도, 일단 깨우치면 두 길은 분별할 수 있을 터이다."

교장이 나가자 예수성심회 신도들은 곧 성당으로 가서 '주여, 찬송하나이다(테 데움)'를 노래했다. 전 교장의 훈시를 진지하게 받아들인 학생은 한사람도 없었다. "면직된 것이 불만스러운 모양이야"라는 식의 이야기뿐이었다. 돈 많은 어용상인들과 얼마든지 손잡을 수 있는 지위를 그가 스스로 차버렸다는 말을 곧이들을 학생은 한 명도 없었다.

피라르 사제는 브장송에서 제일가는 여관에 들어섰다. 볼일이 있다는 핑계로 이틀 동안 그곳에서 지낼 작정이었다.

피라르 사제는 주교에게서 오찬에 초대를 받았다. 그 자리에서 주교는 프릴레르 사제를 놀려 줄 심산으로 자꾸 피라르 사제를 치켜세웠다. 식후 디저트가 나왔을 때 파리에서 뜻밖의 소식이 들어왔다. 피라르 사제가 수도에서 몇 리 떨어진 N***라는 지방의 훌륭한 사제직에 취임하게 되었다는 소식이었다. 사람 좋은 주교는 진심으로 축하해 주었다. 주교는 이 일을 피라르 사제가 능란하게 활동한 결과로 보고 아주 유쾌해져서 그의 재능을 높이 평가했다. 주교는 라틴어로 훌륭한 증명서를 써 준 뒤, 그에게 충고하려는 프릴레르 사제의 입을 한마디로 막아 버렸다.

그날 밤 주교는 뤼방프레 후작부인 댁에 가서도 피라르 사제를 칭찬했다. 그것은 브장송 상류사회에서는 일대 뉴스였다. 그 이례적인 발탁에 대한 억측이 난무했다. 머지않아 피라르 사제가 주교가 될 것이라는 자도 있었다. 좀더 약은 사람은 라몰 후작이 대신이 된다고 믿고, 이날만은 사교계에서 거만한 태도를 취하는 프릴레르 사제에게 냉소까지 보낼 정도였다.

다음 날 아침, 피라르 사제가 라몰 후작의 소송 담당 판사들에게 청원하려고 거리에 나서자, 사람들이 줄줄 따라왔고 상인들까지 가게 앞에 나왔다. 판사들이 그를 정중하게 맞이해 준 것도 이번이 처음이었다. 엄격한 장세니스트인 사제는 이런 모습들에 화가 나서 라몰 후작을 위해 선택한 변호사들과 기나긴 의논을 마치자 곧 파리로 떠나 버렸다. 마차가 있는 곳까지 배웅해 준 중학교 시절 친구들 두세 명은 사륜마차의 문장(紋章)을 보고 감탄했다. 그때 피라르 사제는 그만 마음이 약해져, 자기는 15년 동안이나 신학교 교장으로 근무했지만 겨우 520프랑의 저금을 가지고 브장송을 떠나는 것이라고 쓸데없는 말을 해 버렸다. 친구들은 눈물을 흘리면서 그를 포옹했으나 나중에 서로 이렇게들 수군거렸다.

"훌륭한 사제님이지만, 그런 거짓말은 하지 않았으면 좋았을 텐데…… 너무 터무니없지 않은가."

금전욕에 눈이 먼 속인들이 피라르 사제의 마음을 알 까닭이 없었다. 그가 6년에 걸쳐 혼자서 마리아 알라코크*나 예수성심회, 예수회, 그리고 주교를 상대로 싸우면서 믿었던 힘이라고는 오로지 자기의 청렴결백뿐이었던 것을.

---

* Marguerite Marie Alacoque, 1647~90년. 성심숭배를 설교한 성녀.

제30장
야심가

이제 귀족의 칭호는 단 하나, 공작이 남아 있을 뿐이다. 후작 따위 우습기 짝이 없다. 공작이라고 해야 사람들이 돌아본다.

〈에든버러 평론〉

피라르 사제를 맞이한 라몰 후작은 대귀족다운 거드름은 피우지 않았다. 그런 것은 아무리 겉보기에 예의가 바를지언정 사정을 아는 자에게는 무례할 뿐이다. 시간 낭비고, 또한 후작은 여러 가지 중대한 용건에 쫓기고 있는 몸인지라 쓸데없는 수고를 할 여유가 없었다.

반년 전부터 후작은 국왕과 국민에게 어떤 내각(內閣)을 승인시키려고 암약하는 중이었다. 내각이 성립되면 그 보상으로 공작이 될 참이었다.*

후작은 몇 년 전부터 브장송의 변호사에게 프랑슈콩테의 소송 사건에 관한 명쾌하고 정확한 보고를 요구했으나 여전히 보고받지 못한 상태였다. 애초에 후작 자신이 이해하지 못하고 있는 이상 제아무리 유명한 변호사일지언정 설명할 순 없었을 것이다.

그런데 피라르 사제가 넘겨준 조그만 네모 쪽지에는 모든 사정이 알기 쉽게 설명되어 있었다.

후작은 불과 5분 정도로 의례적인 인사와 사적인 질문을 끝내고는, 피라르 사제에게 용건을 말했다.

"친애하는 사제님. 현재 나는 이른바 유복한 환경에 놓여 있는 셈입니다마는, 너무 바쁜 나머지 사사롭고도 아주 중요한 두 가지 문제를 제대로 생각할 겨를이 없습니다. 말하자면, 가정과 사업입니다. 대부분의 재산은 철저

---

* 1827년의 총선거 후, 반자유주의 진영은 과격왕당파의 중심 인물인 폴리냐크(Polignac)를 수상 자리에 앉혀 반격을 꾀하려고 계획을 세웠다.

하게 관리하고 있기 때문에 앞으로 더 늘릴 수 있을 줄 압니다. 그리고 나는 나의 쾌락도 중요시하고 있습니다. 사실 그것은 무엇보다 우선해야 합니다.”

피라르 사제의 눈에 놀라움이 떠오르는 것을 본 후작은 덧붙였다.

“적어도 나는 그리 생각합니다.”

피라르 사제는 분별 있는 사람이었지만, 다 늙은 사람이 이리도 스스럼없이 쾌락에 대해 말하자 그만 놀라고 말았다.

대귀족은 얘기를 계속했다.

“일을 위임할 사람은 물론 파리에도 있습니다. 그러나 다들 6층에서 살지요. 내가 그 사람들과 관계를 가지면 그들은 당장 2층으로 내려오게 되며 부인들은 날을 정하여 손님을 청하게 돼요.* 그리고 그 뒤에는 일은 하지 않고, 사교계 사람이 되거나 사교계 인사인 척하는 일 외에는 아무 노력도 하지 않게 됩니다. 일단 빵을 얻게 되면 그것만이 유일한 관심사가 되는 셈이지요. 좀더 확실히 말하자면 나와 관련된 소송 하나하나에 몸과 마음을 바쳐 일해 주는 변호사들이 몇 사람 있습니다. 당장 어제만 해도 한 사람이 폐병으로 죽었을 정도지요. 그러나 내 사업의 전반적 사무에 대해서는, 나는 이미 3년 전부터 완전히 단념하고 있습니다. 나를 위해서 편지를 대필하는 동안만이라도 내가 하는 일을 진지하게 생각해 주는 사람이 필요한데 말입니다. 어쨌든 이건 서론에 지나지 않습니다. 나는 당신을 높이 평가하고 있습니다. 감히 말하자면 뵙는 것은 이번이 처음이지만 당신이 좋습니다. 나의 비서가 돼 주시지 않겠습니까? 연봉은 8천 프랑, 원하신다면 두 배라도 드리겠습니다. 정말이지, 그래도 나에게는 이익이 되니까요. 그리고 행여라도 우리들 사이가 틀어졌을 때를 대비해서, 좋은 사제직을 확보해 두도록 하겠습니다. 그 점은 염려하실 필요 없습니다.”

피라르 사제는 거절했다. 그러나 얘기가 끝날 무렵 사제는 후작이 진심으로 곤혹스러워하는 모습을 보고 한 가지 제안을 했다.

“저는 신학교에 딱한 청년 한 사람을 남겨 두고 왔습니다. 아마도 그는 심한 박해를 받을 것입니다. 그가 보통 신학생이었더라면 벌써 지하 감방에 갇혔을 터입니다. 지금 그 청년은 라틴어와 성서밖에는 모릅니다만, 머지않아

---

*그 시대 파리에선 아래층에 사는 사람일수록 집세도 많이 내고 생활수준도 높았다.

전도와 신도의 교화 면에서 비상한 재능을 발휘할 것이 틀림없습니다. 장차 어떤 일을 해낼 인물일는지 모릅니다만, 마음속에 신성한 정열을 지닌 청년으로 언젠가는 큰일을 하리라 생각하고 있습니다. 나는 그 청년을 주교님께 맡길 작정이었습니다. 인물이라든가 일에 관해서 다소나마 후작님과 같은 견해를 가진 분이 주교로서 오신다는 가정하에서 하는 말이지만."

"그 청년은 어떤 태생입니까?" 하고 후작이 물었다.

"우리 고향 산골에서 제재소를 하고 있는 사람의 아들인 듯하지만, 나는 어느 부호의 사생아가 아닐까 합니다. 그에게 500프랑의 송금 수표를 동봉한 편지가 가명인지, 익명인지로 온 일이 있으니까요."

"아! 쥘리앵 소렐이로군요."

후작이 말했다.

"아니, 어떻게 그 이름을 아십니까?"

피라르 사제가 깜짝 놀라 되물었는데 곧 자기 질문이 부끄러워진 눈치였다. 후작은 대답했다.

"그 얘기는 비밀입니다."

"여하튼 그 청년을 비서로 쓰시면 어떻겠습니까? 의욕도 분별도 있고, 요컨대 시험해 볼 만한 가치는 있다고 생각합니다."

"좋습니다. 그런데 경찰국장 같은 자에게 포섭당해 나를 정탐할 그런 청년은 아니겠죠? 마음에 걸리는 것은 그 점뿐입니다."

피라르 사제가 염려 없다고 보증하자, 후작은 1000프랑짜리 수표를 한 장 꺼냈다.

"여비로서 이것을 쥘리앵 소렐에게 보내 주십시오. 당장 그를 여기로 부릅시다."

피라르 사제는 대답했다.

"과연 파리에 살고 계시는 분이 하실 만한 말씀입니다. 우리 같은 시골 사람, 특히 예수회에 속하지 않는 성직자들이 어떤 탄압을 받고 있는지 후작께선 모르십니다. 그들은 그리 쉽게 쥘리앵 소렐을 출발시키진 않을 것입니다. 교묘한 핑계로 본인이 병중이라든가 도중에 편지가 분실되었다 할 것입니다."

"그럼 당장 대신으로부터 주교에게 보내는 편지를 받아 두겠습니다."

"한 가지 충고드릴 것을 잊었군요. 그 청년은 태생은 비천하지만 아주 긍지 높은 젊은이라서 자존심이 상하면 어떤 일도 하려 하지 않을 겁니다. 고물덩이가 될 테지요."

"마음에 드는군요. 내 아들의 친구가 되게 하겠습니다. 그러면 되겠지요?"

그 후 얼마 안 가서 쥘리앵은 낯선 필적의, 샬롱 우체국 소인이 찍혀 있는 편지를 받았다. 브장송의 어떤 상인 앞으로 된 어음이 딸린 그 편지에는 급히 파리로 오라고 씌어 있었다. 편지의 서명은 가명이었으나 뜯어 본 순간 쥘리앵은 깜짝 놀랐다. 나뭇잎이 하나 발밑에 떨어졌기 때문이다. 그것은 피라르 사제와 미리 약속한 암호였다.

한 시간도 지나기 전에 쥘리앵은 주교관으로 부름을 받았다. 가 보니 주교가 인자한 아버지처럼 친절하게 맞아 주었다. 그리고 여전히 호라티우스를 인용하여 파리에서 쥘리앵을 기다릴 행운에 대해 듣기 좋은 소리를 늘어놓았는데, 실은 그 답례로 자세한 상황 설명을 기대하고 있었다. 쥘리앵은 아무 대답도 하지 않았다. 사실 아무것도 몰랐던 것이다. 그래도 주교는 쥘리앵을 매우 정중히 대하였다. 주교관의 말단 성직자 한 사람이 시장에게 편지를 쓰니 시장은 당황해서 급히 서명한 여권을 손수 들고 왔다. 여행자의 이름은 공백으로 되어 있었다.

그날 밤 자정 전에 쥘리앵은 푸케를 방문했다. 신중하고 총명한 이 친구는 예상되는 친구의 앞길을 기뻐하기보다는 경악했다.

자유주의파인 그는 말했다.

"장래에 자네는 분명 정부에 지위를 얻고, 신문에서 비난받을 일도 해야겠지. 그렇게 네 수치가 공개됨으로써 나는 네 소식을 접할 거야. 생각해 보라고, 경제적으로만 봐도 네가 주인이 돼서 장작 장사로 100루이를 버는 편이 정부에서 4000프랑을 받는 것보다 훨씬 낫단 말이야. 가령 그것이 솔로몬 왕의 정부라 하더라도 말이지."

그의 말은 쥘리앵에게 시골 부르주아의 좁은 견해로 느껴질 뿐이었다. 지금 그는 간신히 빛나는 무대에 나서려 하는 것이다. 파리는 권모술수에 능한 위선자들이 우글우글할진 모르지만 브장송의 주교나 아그드의 주교같이 세련된 사람들로 가득할 것이다. 파리로 간다는 행복 외의 다른 것은 눈에 들어오지 않았다. 그는 피라르 사제의 편지를 받은 이상 자기 마음대로 할 수 없다는 표정을 친구에게 내비쳤다.

다음 날 점심때 베리에르에 도착한 쥘리앵은 이 세상에서 가장 행복한 사나이였다. 다시 한 번 레날 부인을 만날 작정이었다. 그 전에 자기의 첫 보호자였던 선량한 셸랑 사제를 찾아갔다. 사제는 엄한 표정으로 그를 맞이했다.

"나에게 무슨 의리 따위를 느끼고 있나?"

셸랑 사제는 쥘리앵의 인사에 대답도 하지 않고 말했다.

"함께 식사나 하자꾸나. 그동안에 타고 갈 말을 빌리러 보내마. '아무도 만나지 말고' 베리에르를 떠나거라."

"말씀을 듣는다는 것은, 복종한다는 것과 같습니다."

쥘리앵은 신학생답게 대답했다. 그 뒤로는 오로지 신학과 아름다운 라틴어에 대한 얘기뿐이었다.

쥘리앵은 말을 타고 일 리쯤 가서 숲에 가까워지자 주위를 확인하고는 숲속으로 들어갔다. 해가 떨어질 무렵 말을 돌려보냈다. 잠시 후 어떤 농가에 들어가 사다리 하나를 샀다. 교섭한 결과 농부는 사다리를 지고 베리에르의 '충성 산책길'을 내려다보는 조그만 숲까지 따라와 주겠다고 승낙했다.

헤어질 때 농부가 말했다.

"젊은이는 가엾은 징병 기피자든가…… 아니면 밀수를 하는 분이죠? 뭐 걱정 마슈! 사다리 값도 넉넉히 받았고, 나 역시 이제까지 몇 번인가 시계 부속품을 몰래 나른 적이 있으니까요."

캄캄한 밤이었다. 밤 1시쯤 쥘리앵은 사다리를 짊어지고 베리에르로 들어섰다. 레날 저택의 훌륭한 정원을 가로지르는 급류 밑으로 되도록 서둘러 내려갔다. 그 깊이는 10피트가량 되고, 양쪽 벼랑은 축대로 되어 있었다. 사다리 덕에 손쉽게 담을 넘었다.

'개들이 어떻게 나를 맞아 줄까? 그게 문제인데.'

개들은 짖어 대면서 일제히 쥘리앵에게 달려들었다. 그러나 그가 나직이 휘파람을 불자 꼬리를 치기 시작했다.

철문은 모두 잠겨 있었지만 계단식 정원을 한 단 한 단 올라가니 어렵지 않게 레날 부인의 침실 창 아래에 이를 수 있었다. 정원으로 향한 침실 창문은 땅에서 불과 10피트밖에 떨어져 있지 않았다.

덧문에는 하트형 작은 구멍이 나 있는데 쥘리앵에게는 익숙한 것이었다. 조그만 구멍으로 방 안의 불빛이 새어 나오지 않자 쥘리앵은 실망했다.

'어쩐다! 오늘 밤 레날 부인은 이 방에서 자지 않는구나! 어디서 자고 있을까? 집안 식구가 모두 베리에르에 있는 것만은 확실해. 개가 있으니까. 그러나 등불이 켜져 있지 않을지언정 이 방에 들어갔다가는 레날 씨나 다른 낯선 사람과 마주치게 될지 모른다. 그러면 큰 소동이 벌어지겠지!'

가장 현명한 길은 물러서는 것이었다. 그러나 그런 일은 딱 질색이었다.

'만약 방 안에 낯선 사람이 있으면, 사다리를 버리고 단숨에 도망치면 돼. 그러나 만약 부인이라면 나를 어떻게 맞이해 줄까? 부인은 완전히 회개하여 아주 믿음이 깊어졌음이 분명해. 하지만 여전히 나를 기억하고는 있을 거야. 요전에도 편지를 주었으니까.'

이렇게 생각하자 결심이 섰다.

가슴이 떨렸지만, 하여간 죽든가 만나든가 어느 쪽이든 택해야 했다. 그는 각오를 하고 덧문에 조약돌을 던졌다. 대답이 없다. 사다리를 창가에 세우고 자기 손으로 덧문을 두드려 보았다. 처음에는 약하게, 이어 좀더 강하게 두드렸다.

'어둑한 밤이기는 하나 총에 맞을 수도 있겠군.'

이렇게 생각하니 이 어리석은 행동도 용감한 행동처럼 느껴졌다.

'오늘 밤 이 방에는 아무도 없구나. 누군가가 안에서 자고 있다면 벌써 깨어났겠지. 그러니 이제 염려할 필요는 없어. 단지 다른 방에서 자고 있는 사람들만 깨우지 않으면 돼.'

쥘리앵은 일단 아래로 내려가 덧문 하나에 사다리를 걸치고 다시 올라가서 하트형 구멍으로 손을 넣었다. 다행히 덧문 쇠고리에 달린 철사는 곧 손에 닿았다. 그 철사를 잡아당기자 덧문 쇠고리가 벗겨지는 것이 느껴졌다. 쥘리앵은 이루 말할 수 없이 기뻤다.

'조금씩 열면서 내 목소리를 확인시키자.'

머리를 들이밀 수 있을 정도로만 덧문을 열고 조그만 소리로 반복하여 말했다.

"접니다."

귀를 기울여 봐도 방 안은 여전히 조용했다. 난롯가에 반쯤 꺼져 가는 램프 불빛조차 없었다. 확실히 나쁜 징조다.

'총을 조심해야지!'

잠깐 생각하다가 다짐을 하고는 있는 힘껏 손가락으로 창문을 두드렸다. 그러나 대답이 없었다. 더 힘차게 두드렸다.

'유리창을 깨는 한이 있더라도 그만두지 않을 테다.'

세게 두드리고 있으니, 어둠 속에서 허연 그림자가 방을 가로질러 이쪽으로 오는 듯 보였다. 분명했다. 그 그림자가 천천히 이리로 다가왔다. 갑자기 쥘리앵이 들여다보고 있는 창문에 상대가 한쪽 뺨을 갖다 대는 것이 보였다.

쥘리앵은 깜짝 놀라 자기도 모르게 뒤로 물러났다. 하지만 워낙 어두운 밤인지라 그렇게 가까운데도 그 인물이 레날 부인인지 아닌지 구분할 수 없었다. 상대가 소리를 지르지나 않을까 걱정되었다. 사다리 아래를 개들이 둘러싸고 으르렁대기 시작했다. "접니다, 당신 친구입니다" 하고 제법 큰 소리로 여러 번 되풀이했다. 역시 대답이 없었다. 하얀 환영은 사라져 버렸다.

"열어 주십시오. 할 얘기가 있습니다. 이대로는 괴로워서 견딜 수가 없습니다!"

쥘리앵은 창문이 깨질 정도로 계속 두드렸다.

딸각거리는 소리와 함께 창문의 쇠고리가 벗겨졌다. 쥘리앵은 창문을 열고 방 안에 훌쩍 뛰어내렸다.

하얀 환영은 뒤로 물러나려 했으나 쥘리앵이 그 팔을 잡았다. 여자였다. 용기니 뭐니 하는 생각은 이내 사라져 버렸다.

'그 사람이면 뭐라고 말할까?'

나직이 외치는 소리로 그녀가 레날 부인이라는 것을 알았을 때, 그의 감동은 얼마나 컸을까.

그는 부인을 끌어안았다. 부인은 바들바들 떨고 있어서 그를 뿌리칠 힘조차 없었다.

"가혹한 사람! 무슨 짓을 하시는 거예요!"

일그러진 목소리로 그녀는 간신히 그렇게만 말했다. 쥘리앵은 부인이 정말로 화를 내고 있음을 깨달았다.

"14개월 동안이나 만나지 못하는 괴로움을 겪은 끝에, 겨우 만나러 왔습니다."

"나가 줘요, 지금 당장 돌아가세요. 아아! 셸랑 사제님, 왜 편지를 쓰지 말라고 말리셨나요? 썼더라면 이렇게 무서운 일은 벌어지지 않았을 텐데."

레날 부인은 젖 먹던 힘까지 쓰며 쥘리앵을 밀어냈다.

"나는 나의 죄를 회개하고 있어요. 하느님 덕분에 눈을 떴어요."

부인은 띄엄띄엄 되풀이했다.

"나가 줘요! 가 주세요!"

"14개월 동안이나 참아 왔으니 이야기하기 전엔 절대로 나가지 않겠습니다. 당신이 어떻게 지내셨는지 알고 싶습니다. 아아, 정말로 이토록 당신만을 생각해 온 사람에게 그 정도는 이야기해 주셔도 되잖습니까…… 전부 다 말씀해 주십시오."

저도 모르게 레날 부인은 그 단호한 말투에 동요했다.

쥘리앵은 정신없이 부인을 끌어안고 그에게서 벗어나려 몸부림치는 그녀를 꽉 누르고 있었으나, 이내 두 팔의 힘을 좀 뺐다. 그것이 레날 부인을 약간 안심시켰다. 쥘리앵이 말했다.

"사다리는 끌어올리겠습니다. 하인들이 무슨 소리를 듣고 돌아보러 오면 큰일이니까요."

"그보다 나가 주세요, 돌아가 주세요."

그녀는 진심으로 화를 내며 말했다.

"다른 사람은 아무래도 상관없어요. 그러나 하느님이 보고 계세요. 당신이 이런 무서운 짓을 하는 걸 보신다면, 하느님은 나에게 벌을 내리실 거예요. 전에 내가 품던 마음에 파고들려 하다니 비겁하네요. 나는 이제 그런 마음이 없어요. 아시겠어요, 쥘리앵 씨?"

쥘리앵은 소리가 나지 않게 살살 사다리를 끌어올렸다.

"남편은 마을에 돌아왔어?"

부인의 마음을 거스를 생각은 없었지만 무심코 옛날 습관이 튀어나와 친근하게 물었다.

"제발, 그런 말투는 쓰지 마세요. 안 그러면 그이를 부르겠어요. 당신을 내쫓지 않는 것만으로 이미 큰 죄를 범한 셈이에요. 나는 당신을 동정했을 뿐이에요."

쥘리앵의 예민한 성격을 알고 있었기에 그녀는 일부러 그의 자존심을 건드리는 말을 했다.

친근한 말투를 거부당하고, 여기까지 올 만큼 굳게 믿어 왔던 두 사람 사이의 애정의 줄이 무참히 끊어지고 나니, 쥘리앵의 격렬한 연정은 광기에 가까울 만큼 타올랐다.

"뭐라고요! 당신이 이제 나를 사랑하지 않다니, 그런 말도 안 되는!"

그 말은 너무나도 진실하였기에 간단히 흘려들을 수가 없었다.

부인은 묵묵히 있었고 쥘리앵은 하염없이 울었다.

이제 입을 열 기력조차 없었다.

'나를 사랑해 준 단 한 사람으로부터도 버려지고 말았구나! 앞으로 더 살아 보아야 무슨 소용인가!'

누군가와 마주칠 걱정이 사라졌을 때부터 쥘리앵의 용기는 다 빠져나간 상태였다. 전부가 사라지고 가슴속엔 오로지 사랑만이 남아 있었다.

그는 소리 없이 오랫동안 울었다. 이윽고 부인의 손을 잡았다. 부인은 그 손을 빼려고 몇 번인가 몸부림치더니 그 손을 그에게 맡겼다. 어둠은 깊었다. 두 사람은 레날 부인의 침대에 나란히 걸터앉아 있었다.

'14개월 전과 이렇게 다를 수가 있을까!'

이렇게 생각하니 점점 더 걷잡을 수 없이 눈물이 흘러내렸다.

'만나지 않으면 인간의 마음이란 이렇게도 완전히 변해 버리는 것일까!'

"하다못해 그간 어떻게 지내셨는지 얘기해 주십시오."

쥘리앵은 결국 침묵을 견딜 수 없게 되어 눈물 흘리며 띄엄띄엄 말했다.

"그럼 말하지요."

레날 부인의 가시 돋친 대답은 마치 쥘리앵에 대한 비난을 담은 듯했다.

"당신이 떠나셨을 때, 나의 평정을 잃은 꼴은 온 시내에 알려져 버렸어요. 당신의 행동이 정말 경솔했거든요! 얼마 지나지 않아 깊은 절망에 빠져 있는 나에게 존경하는 셸랑 사제님이 찾아와 주셨어요. 내게 진실을 고백시키기 위해 노력하셨으나 결국 나는 말하지 않았어요. 그러던 어느 날 갑자기 셸랑 사제님이, 내가 처음으로 성체(聖體)를 받은 디종 성당으로 나를 데리고 가신 거예요. 그곳에서 그분이 먼저 입을 여시고……"

레날 부인은 목이 메어 이야기가 끊기기도 했다.

"정말 그때는 부끄러웠어요. 전부 다 고백했으니까요. 셸랑 사제님은 어찌나 상냥하시던지 나를 질책하기는커녕 함께 괴로워해 주셨어요. 그 무렵 나는 매일 당신 앞으로 편지를 썼지만 도저히 부칠 용기가 나지 않았어요. 그것을 소중히 감춰 놓고, 괴로워서 도저히 견딜 수 없을 때 방 안에 틀어박혀 다시 꺼내어 읽곤 했어요. 결국 셸랑 사제님의 말씀에 따라 그 편지는 넘겨 드렸지만…… 그중에 그나마 분별 있는 몇 통은 당신에게 보냈죠. 하지만 당신은 회답을 해 주시지 않았어요."

"맹세하건대 신학교에서는 단 한 통도 당신 편지를 받지 않았어요!"

"어머, 누가 가로챘을까요?"

"나의 괴로움도 살펴 주십시오. 대성당에서 만날 때까지, 나는 당신의 생사조차 몰랐습니다."

"자비로우신 하느님 덕분에 내가 얼마나 큰 죄를 지었는지 겨우 깨달았어요. 하느님에 대해서도, 아이들에 대해서도, 남편에 대해서도요. 물론 남편은 당신처럼 나를 사랑해 준 적이 단 한 번도 없었습니다. 그 무렵엔 그리 믿고 있었지요……"

쥘리앵은 이성을 잃고 부인의 품속으로 뛰어들었다. 그러나 레날 부인은 그를 밀어내고 단호한 얼굴로 말을 이었다.

"그 고마우신 셸랑 사제님이 나를 깨우쳐 주셨어요. 레날과 결혼한 이상 그이에게 모든 애정, 내가 미처 몰랐던 애정까지도 모두 바쳐야 한다고요. 사실 그런 애정은 그 무시무시한 사태에 이르기까지 한 번도 느껴 본 적이 없었지만…… 괴로운 일이지만 그토록 소중히 간직했던 편지를 넘겨 드린 이후로는, 내 생활도 행복이라고까지는 할 수 없지만 상당히 안정을 되찾았어요. 제발 그것을 들쑤시지 말아 주세요. 친구로…… 가장 소중한 친구로 있어 주세요."

쥘리앵은 부인의 두 손에 키스를 퍼부었다. 부인은 쥘리앵이 계속 울고 있는 것을 알았다.

"그만 그치세요. 저도 마음이 아픕니다…… 자, 이젠 당신이 어떻게 살아왔는가 얘기해 줘요."

쥘리앵은 말을 할 수가 없었다. 부인은 다시 말했다.

"신학교에서 어떤 생활을 하셨는지 꼭 알고 싶어요. 얘기가 끝나면 돌아가시는 거예요.”

쥘리앵은 온갖 음모와 질투, 그리고 복습 교사로 임명된 뒤 생활이 제법 안정되었다는 이야기들을 기계적으로 내뱉었다.

“마침 그 무렵이었습니다” 하고 그는 잠시 입을 다물었다가 다시 이야기를 계속했다. “이제 와 보니 분명히 알게 된 일입니다만, 그것은 당신께서 이제 더 이상 나를 사랑하고 계시지 않다, 나 같은 사람은 이제 아무래도 좋다는 것을 깨우쳐 주기 위해 하신 일이었군요……”

이때 레날 부인이 쥘리앵의 손을 꼭 쥐었다.

“바로 그 무렵입니다. 당신이 보내신 500프랑이 도착한 것은.”

“전 보내지 않았어요.”

“파리의 소인이 찍히고, 폴 소렐이라고 서명되어 있었습니다. 남이 의심하지 않도록 하기 위해서겠죠.”

누가 보냈는지를 둘러싸고 잠시 동안 의견을 나누었다. 두 사람의 기분도 달라졌다. 자기들도 모르는 사이에 레날 부인과 쥘리앵은 딱딱한 태도를 버리고는 상냥하고 친근한 태도로 되돌아가 있었다. 너무나 어둠이 짙어 서로의 얼굴을 볼 수는 없었으나 목소리가 모든 것을 말해 주고 있었다. 쥘리앵은 부인의 허리에 팔을 감았다. 아주 위험한 동작이었다. 부인이 쥘리앵의 팔을 뿌리치려 했으나 그는 요령 있게 재미있는 얘기를 꺼내어 부인의 주의를 빗나가게 했다. 그의 팔은 기억에서 사라진 채 그 위치에 그대로 머물렀다.

500프랑을 동봉한 편지의 출처에 대해서 여러 가지 추측을 거듭한 뒤 쥘리앵은 얘기를 이어 했다. 지나간 얘기를 하는 동안에 어느 정도 기분은 진정되었으나, 그런 옛날 일은 현재 일어나고 있는 일에 비하면 대수롭지 않게 여겨졌다. 그의 온 의식은 이 방문이 맞이할 결말에 집중되어 있었다. 여전히 레날 부인은 틈만 나면 “그만 돌아가셔야 해요”를 반복했다. 그것도 아주 차가운 말투로.

‘이대로 내쫓기면 엄청난 수치다! 평생 후회할 거야. 두 번 다시 편지도 써 주지 않겠지. 나 또한 이 지방에 언제 다시 돌아올지 모르고!’

이렇게 생각하는 순간, 쥘리앵의 깨끗한 마음은 죄다 사라져 버렸다. 지금 그는 사랑하는 여인 옆에 앉아 그녀를 거의 안다시피 팔에 가두고 있는 것이다. 게다가 그 방은 과거에 그토록 행복한 시간을 보냈던 바로 그곳이었고,

깜깜한 어둠 속에서 그녀가 조금 전부터 울고 있는 것도 분명히 느낄 수 있었다. 그녀의 떨리는 가슴에서 흐느낌이 그대로 전해져 왔다. 그러나 한심하게도 쥘리앵은 냉정한 책략가로 변해 있었다. 그의 마음은 마치 신학교 교정에서 자기보다 완력이 센 학우들로부터 놀림을 받던 때의 타산적이고 싸늘한 심정과도 같았다. 쥘리앵은 계속하여 베리에르를 떠난 뒤의 비참한 생활에 대해서 이야기했다. 레날 부인은 생각했다.

'이 사람은 우리가 헤어진 뒤 1년 동안 추억으로 삼을 만한 거리도 없는 상태에서, 베르지에서 보낸 즐거운 나날들만 생각하고 있었던 거야. 나는 이 사람을 거의 잊어 가고 있었는데……'

그녀의 흐느낌이 점점 더 심해졌다. 쥘리앵은 자기 신상에 대한 얘기가 효과를 나타냈다고 생각했다. 이 기세를 몰아 마지막 수단을 써야 했다. 그는 최근 파리에서 온 편지 얘기를 불쑥 꺼냈다.

"주교님께 작별 인사를 드리고 왔습니다."

"뭐라고요! 브장송으로 돌아가시지 않는 건가요? 이 만남을 마지막으로 우리를 버리고 떠나시는 건가요?"

"그렇습니다" 하고 쥘리앵은 단호하게 대답했다.

"그렇습니다. 가장 사랑하는 사람에게도 버림받았으니 이 지방에 미련은 없습니다. 이제 두 번 다시 돌아오지 않을 작정입니다. 파리로 갑니다……"

"파리로 가신다고요!"

레날 부인은 그만 큰 소리를 내고 말았다.

눈물로 목이 메어 그녀의 목소리는 말을 이루지 못했고 가슴속의 혼란을 남김없이 드러냈다. 이 모습을 본 쥘리앵은 용기가 솟았다. 그가 이제부터 하려는 행동은 어쩌면 모든 것을 망가뜨려 버릴지도 모르기 때문이다. 부인의 비통한 소리를 들을 때까지 그는 자기의 말이 어떤 효과를 거두고 있는지 전혀 몰랐다. 그러나 이제 주저할 필요는 없었다. 후회하고 싶지 않다고 생각하자 완전히 자기를 억제할 수 있었다. 일어서면서 그는 싸늘하게 말했다.

"그렇습니다. 부인. 이것이 영원한 이별입니다. 부디 행복하시기를. 안녕히 계십시오."

쥘리앵은 창 쪽으로 걸음을 옮겼다. 곧바로 창문을 열려고 했다. 레날 부인은 달려가 그의 품속에 뛰어들었다.

이리하여 3시간에 걸친 대화 끝에 쥘리앵은 처음 2시간 동안 한결같이 원하던 것을 손에 넣었다. 조금만 더 일찍 레날 부인의 마음속에서 애정이 되살아나고 양심의 가책이 사라졌더라면 그야말로 더없는 행복을 맛볼 수 있었겠지만, 이렇듯 재주를 부려서 손에 넣은 것은 이미 단순한 쾌락에 지나지 않았다. 쥘리앵은 연인이 간절히 애원했지만 기어이 등불을 켜려 했다.

"그렇다면 당신의 얼굴을 보았다는 추억이 무엇 하나 남지 않아도 좋단 말씀입니까? 아름다운 눈에는 사랑이 깃들어 있을 텐데 나에게 그 눈을 보여 주지 않는 것이로군요. 곱고 하얀 손도 보여 주지 않으실 건가요? 오늘 헤어져 버리면 이제 영원히 만날 수 없단 말입니다!"

레날 부인도 그 일을 생각하니 눈물만 흐를 뿐, 이제 무엇 하나 거부할 수가 없었다. 그러나 이윽고 새벽빛이 비치자 베리에르 동쪽에 있는 산 위 전나무숲의 윤곽이 뚜렷이 드러나기 시작했다. 쾌락에 취한 쥘리앵은 떠나기는커녕 이대로 온종일 레날 부인의 방에 숨어 있다가 밤이 되면 떠나겠다고 우기기 시작했다.

"좋아요. 또다시 이런 죄를 범한 나 자신이 역겨워졌어요. 이로써 평생 나의 불행은 정해진 거나 다름없겠죠."

이렇게 말하면서 부인은 쥘리앵을 가슴에 꼭 끌어안았다.

"그이도 많이 변했어. 의심이 많아졌어요. 이번 일로 나에게 조롱당했다 생각하여, 나를 아주 윽박지르게 됐지요. 만약 그이가 조금이라도 눈치를 채면 나는 끝이에요. 수치를 모르는 여자라며 나를 내쫓겠죠. 하긴 그게 사실이지만."

"아아, 그것은 셸랑 사제님과 같은 말투군요. 내가 살을 에는 고통을 참으며 신학교에 가기 전에는 그런 말은 하시지 않았습니다. 그 무렵에는 나를 사랑해 주셨는데!"

이런 말을 천연덕스럽게 내뱉은 보람이 있었다. 레날 부인은 남편이 집에 있다는 위험보다 쥘리앵에게 애정을 의심받는다는 보다 큰 위험에 마음을 빼앗겼다. 해는 이미 높이 떠서 방 안을 환히 비추고 있었다. 이 세상에서 자기가 사랑하는 단 한 사람의 여자, 조금 전까지는 오로지 무자비한 하느님을 두려워하고 자기 의무에 충실했던 이 아름다운 여자가, 지금은 이렇게 자기 팔에 안겨서 발치에 엎드린 모습을 보자 쥘리앵은 실컷 자존심의 만족을 맛보았다. 1년 동안 굳어졌던 결심도 쥘리앵의 용기 앞에서 이렇게 굴복하고 말았다.

이윽고 집 안에서 소리가 나기 시작했다. 레날 부인은 잊고 있던 것이 생각나 당황했다.

"그 못된 엘리자가 곧 이 방에 올 거예요. 저 큰 사다리는 어떻게 하면 좋을까요? 어디에 감추면 좋을까?"

갑자기 그녀는 들뜬 목소리로 말했다.

"그렇지, 내가 창고까지 옮길까요?"

"그렇지만 하인들 방을 지나쳐야 하잖아요?" 하고 놀란 쥘리앵이 물었다.

"복도에 사다리를 내놓고 하인을 불러서 정리시키죠."

"하인이 복도를 지나다가 사다리를 봤을 경우의 핑계도 생각해 두어야죠."

"예, 그러지요" 하고 레날 부인은 쥘리앵에게 키스를 퍼부으면서 말했다.

"당신도 조심하세요. 내가 없는 동안에 엘리자가 들어오면 재빨리 침대 밑에 숨으세요."

그녀가 갑자기 명랑해진 데에는 쥘리앵도 놀랐다. 그는 왠지 우쭐해졌다.

'이렇듯 실제로 위험이 닥치면 허둥대기는커녕 오히려 명랑해지는구나. 양심의 가책을 잊어버리기 때문이야! 정말 멋진 여자구나! 아아, 이런 사람의 마음을 지배할 수 있다니, 이 얼마나 자랑스러운가!'

레날 부인은 사다리를 쥐었다. 아무래도 그녀에게는 너무 무거워 보여 쥘리앵은 거들어 주려 했다. 그러나 가냘픈 몸 어디에 그런 힘이 있었는지, 사다리를 잡고는 마치 의자라도 들듯 번쩍 들어올렸다. 덕분에 쥘리앵의 눈은 휘둥그레졌다. 급히 4층 복도까지 사다리를 들고 가서 벽에 기대어 눕혀 놓았다. 그리고 하인을 부르고, 하인이 옷 입기를 기다리는 동안 비둘기집으로 올라갔다. 5분 뒤 복도에 돌아와 보니 사다리가 없었다. 어디로 간 것일까? 쥘리앵이 집 안에 없다면 이 정도 위험 따위는 대수롭지 않았으리라. 그러나 만약 지금 남편이 사다리를 발견한다면? 어떤 소동이 일어날지 모른다! 레날 부인은 저택 안을 샅샅이 뒤졌다. 겨우 다락방에서 사다리를 발견했다. 하인이 옮겨다 숨겨 둔 듯했다. 왜 그렇게까지 해 줬을까. 전 같으면 불안감에 휩싸였을 것이다.

'뭐, 상관없어' 하고 그녀는 생각했다.

'오늘 하루가 끝날 때쯤 쥘리앵이 떠나 버리면 어차피 견디기 힘든 후회만이 남을 테니.'

그녀는 왜 그런지 자기가 죽을 운명에 처한 듯한 느낌이 들었다. 하지만 그것이 어떻단 말인가? 다시는 만나지 못할 줄 알았던 쥘리앵이 돌아왔다. 다시 만나게 된 것이다. 그리고 그가 고생을 무릅쓰고 여기까지 와 준 것은, 나를 진정으로 사랑하고 있다는 증거가 아닌가!

사다리에 대해 쥘리앵에게 얘기하면서 그녀는 말했다.

"하인이 사다리를 발견했다고 주인에게 말해 버리면, 나는 뭐라고 대답해야 할까요?"

그리고 잠시 생각하다가 덧붙였다.

"그러나 당신에게 사다리를 판 사람을 찾아내려면 꼬박 하루는 걸릴 거예요."

이렇게 말하고 쥘리앵의 품에 몸을 던져 경련하듯 그를 힘껏 껴안았다. "아아, 죽어 버렸으면! 이대로 죽어 버렸으면!" 외치면서 부인은 그에게 키스의 소나기를 퍼부어 댔다. 그러다가 갑자기 웃으면서 말했다.

"하지만 당신을 굶겨 죽일 수는 없죠. 이리로 오세요. 데르빌르 방에 숨어 계세요. 그곳은 늘 잠겨 있는 방이니까."

부인이 복도 끝에서 망을 보는 사이 쥘리앵은 달려가 방에 뛰어들었다. 그녀는 문을 잠그면서 말했다.

"누군가 문을 두드려도 열면 안 돼요. 아이들이 놀다가 장난으로 두드리는 정도니까."

"자녀분들을 정원으로 데려와 주세요, 창 아래로. 얼굴이 보고 싶습니다. 이야기 소리도 듣고 싶고."

"네, 알았어요."

레날 부인은 나가면서 큰 소리로 대답했다.

이윽고 그녀는 오렌지와 비스킷과 말라가 포도주 한 병을 가지고 돌아왔다. 빵을 훔치지는 못했다.

"주인께서는 무얼 하고 계십니까?" 하고 쥘리앵이 물었다.

"농부들을 상대로 거래 견적서를 쓰고 있어요."

머지않아 8시를 알리는 종이 울리자 집 안은 소란스러워졌다. 레날 부인의 모습이 보이지 않으면 모두들 집 안을 찾아다닐 것이다. 쥘리앵을 남겨 두고 떠나야만 했다. 잠시 후 부인은 대담하게도 쥘리앵에게 줄 커피를 한 잔 들고 돌아왔다. 그녀는 쥘리앵이 갈증 나지나 않을까 걱정되어 견딜 수가 없었던 것이다. 아침 식사 후 부인은 아이들을 데르빌르 부인의 방 창문 아래로 데리고 왔다. 쥘리앵은 아이들이 상당히 자랐지만 왠지 평범해진 것 같다고 느꼈다. 하기야 그것은 쥘리앵의 사고방식이 달라진 탓인지도 모른다. 레날 부인은 아이들에게 쥘리앵 얘기를 꺼냈다. 큰아이는 전 가정교사에 대한 친근감이 남아 있어서 그리운 듯 얘기했으나 작은아이들은 이제는 거의 기억하지 못하는 듯했다.

그날 아침 레날 시장은 외출하지 않고 집 안의 층계를 쉴 새 없이 오르내리면서 농부들을 상대로 한 거래에 몰두하고 있었다. 거둬들인 감자를 그들에게 팔려는 것이었다. 레날 부인은 점심 식사 때까지 감금당한 연인을 조금도 돌봐 주지 못했다. 점심 식사 종이 울리고 식사 준비가 되자, 그녀는 쥘리앵을 위해 뜨거운 수프를 한 접시 훔치려 했다. 발소리를 죽여 주의 깊게 수프 접시를 들고 쥘리앵이 있는 방문 앞까지 갔을 때, 그날 아침에 사다리를 감춘 하인과 딱 마주치고 말았다. 하인 역시 살금살금 무엇을 엿듣기라도 하려는 듯이 귀를 기울이며 복도를 걸어오고 있는 참이었다. 아마 쥘리앵이 실수로 소리를 낸 모양이다. 하인은 약간 당황하더니 저쪽으로 가 버렸다. 레날 부인은 당당하게 쥘리앵의 방으로 들어갔다. 하인과 만났다는 소리를 듣고 쥘리앵은 놀랐다.

"당신, 두려워하시는군요. 나는 어떤 위험도 겁나지 않아요. 눈 하나 깜박 않겠어요. 무서운 것은 단 하나, 당신이 가 버린 뒤 홀로 남는 일이에요."

이렇게 말하고 그녀는 재빨리 나갔다.

'아아!' 하고 감동한 쥘리앵은 중얼거렸다.

'저 숭고한 영혼이 두려워하는 것은 오직 양심의 가책뿐이구나!'

드디어 밤이 되었다. 레날 시장은 카지노로 나갔다. 레날 부인은 몹시 두통이 난다고 자기 방에 틀어박혀 엘리자를 물러가게 한 뒤 곧바로 자리에서 일어나 쥘리앵의 방으로 갔다.

쥘리앵은 정말 배가 고파 죽을 지경이었다. 레날 부인은 주방으로 빵을 가지러 갔다. 큰 비명이 들려왔다. 돌아온 레날 부인의 이야기로는, 불 꺼진

주방에 들어가서 빵을 넣어 둔 찬장으로 다가가 손을 뻗었는데 웬 여자의 팔에 닿았다는 것이다. 그녀는 엘리자였다. 그녀의 비명은 쥘리앵의 귀까지 들려왔던 것이다.

"엘리자는 거기에서 뭘 하고 있었습니까?"

"과자라도 훔쳐 먹고 있었겠죠. 아니면 내 거동을 살피고 있었는지도 몰라요" 하고 레날 부인은 태연하게 대답했다.

"그러나 기뻐하세요. 파이와 큼직한 빵을 찾아 가지고 왔으니까."

"거긴 무엇이 들어 있죠?"

쥘리앵이 부인의 불룩한 앞치마 주머니를 가리키면서 물었다. 레날 부인은 점심 식사가 끝난 뒤 주머니에 빵을 잔뜩 넣어 두고서는 그대로 깜빡했던 것이다.

쥘리앵은 정신없이 부인을 끌어안았다. 이처럼 그녀가 아름답게 보인 적은 없었다. '파리에서조차' 하고 쥘리앵은 부질없는 생각을 했다.

'이처럼 훌륭한 여인은 만날 수 없겠지. 이런 일에는 익숙지 않아 실수투성이지만, 이 여자는 참다운 용기를 가지고 있어. 두려워하는 것은 단지 이와는 다른 종류의 훨씬 무서운 위험뿐이야.'

쥘리앵이 맛있게 먹고 있는 동안 부인은 식사가 초라하다는 말을 농담 삼아 하고 있었다. 심각한 이야기는 하기 싫었기 때문이다. 그때 갑자기 누군가 방문을 힘껏 흔들었다. 레날 시장이었다.

"왜 문은 잠갔소?"

레날 씨는 소리쳤다. 쥘리앵은 간신히 소파 아래에 기어들어갔다. 들어오자마자 레날 시장이 말했다.

"웬일이오? 아직 옷도 안 갈아입고. 게다가 야식 먹는데 문을 잠그는 사람이 어딨어!"

평소 같았으면 너무나도 가시가 돋친 남편의 말에 마음 아파했겠지만 지금 그녀 머릿속에는 남편이 약간 몸만 구부리면 쥘리앵의 모습이 보인다는 생각뿐이었다. 왜냐하면 레날 시장은 소파 정면에 놓인 의자, 조금 전까지 쥘리앵이 앉아 있던 의자에 털썩 주저앉아 버렸기 때문이다.

만사가 다 편두통이라는 핑계로 통했다. 남편은 카지노의 당구장에서 게임에 이긴 얘기를 오랫동안 주절거렸다. "아무튼 19프랑이나 땄으니까 말이야!"라 덧붙였다. 이때 레날 부인은 겨우 세 걸음쯤 떨어진 의자 위에 쥘리앵의 모자가 놓여 있음을 깨달았다. 그녀는 오히려 더 침착하게 옷을 벗어, 틈을 보아 슬쩍 남편의 뒤로 돌아가 모자가 얹혀 있는 의자 위에 옷을 던졌다.

겨우 레날 시장이 나갔다. 부인은 쥘리앵에게 다시 한 번 처음부터 신학교 생활에 대해서 말해 달라고 부탁했다.

"어제는 제대로 얘기를 듣지 않았어요. 당신이 얘기하는 동안 어떻게 하면 당신을 내보낼 수 있을까 하는 생각만 하고 있었거든요."

그녀는 지금 그야말로 경솔하기 짝이 없었다. 두 사람은 큰 소리로 이야기를 나누었다. 새벽 2시쯤 누가 세차게 문을 두드리는 바람에 두 사람의 대화는 중단되었다. 역시 레날 시장이었다.

"빨리 좀 열어. 집 안에 도둑놈이 있단 말이야! 생 쟝이 오늘 아침 사다리를 발견했어."

"이젠 끝장이에요" 하고 외치면서 레날 부인은 쥘리앵의 품속으로 파고들었다.

"저 사람은 우릴 죽일 거예요. 도둑놈이라니, 그렇게 생각했을 리가 없어요. 난 당신 품에 안겨서 죽겠어요. 그러면 죽어도 살아 있을 때보다 훨씬 행복할 거예요."

부인은 소리치는 남편에게 대답도 하지 않고 정신없이 쥘리앵에게 키스했다.

"당신은 살아야 합니다. 스타니슬라스의 어머니가 아닙니까?"

쥘리앵은 명령조로 말했다.

"나는 화장실 창문에서 안마당으로 뛰어내려 정원 쪽으로 도망치겠습니다. 개는 나를 알고 있으니 염려 없습니다. 옷을 뭉쳐서 되도록 빨리 정원으로 던져 주십시오. 그때까지는 저 사람이 성이 풀릴 때까지 두드리도록 내버려 두십시오. 무엇보다도 실토하지 말 것, 아시겠습니까? 절대로 안 됩니다. 아무리 의심받는 한이 있더라도, 확증을 잡히는 것보다는 나으니까요."

"당신, 뛰어내리면 죽어요!"

이것만이 그녀의 대답이고 걱정이었다.

그녀는 쥘리앵을 따라 화장실 창가까지 갔다. 그 뒤 쥘리앵의 옷을 감추고 나서 문을 열었다. 남편은 불길처럼 노해 있었다. 그는 아무 말 없이 방과 화장실을 둘러보고는 곧 나가 버렸다. 쥘리앵은 부인이 던져 준 옷을 주워 두강을 향해 정원 아래쪽으로 질주했다. 달리는 동안 총알이 스치는 소리가 나더니, 이어 총소리가 울려 퍼졌다.

'레날 시장이 아니로구나. 그 사람은 솜씨가 나빠 이렇게 쏘지는 못해.'

쥘리앵은 이렇게 생각했다. 개들은 짖지도 않고 그와 나란히 달렸는데, 두 번째 총알이 그중 한 마리의 다리에 맞았는지 요란한 울음소리를 내기 시작했다. 쥘리앵은 둑의 축대를 하나 뛰어넘어 쉰 걸음쯤 몸을 굽혀 나아가다가 다시 다른 방향으로 달리기 시작했다. 서로 불러 대는 사람들의 목소리가 들렸다. 전부터 그를 증오하던 하인이 총을 쏘는 모습이 뚜렷이 보였다. 정원 반대쪽에서도 한 소작인이 마구 쏘아 대기 시작했다. 그러나 쥘리앵은 이미 두강 연안에 이르러 옷을 입고 있는 중이었다.

한 시간 뒤, 쥘리앵은 벌써 베리에르에서 십 리나 떨어져 있는 제네바 가도를 걸어가고 있었다. 쥘리앵은 생각했다.

'추격자가 있다면 그들은 아마 파리 가도를 찾고 있겠지.'

제2권

그녀는 아름답지 않다, 연지를 바르지 않았기 때문에.

생트뵈브

제1장
전원의 즐거움

오, 전원이여, 내 언제 그대를 보리.

베르길리우스

"손님께서는 파리행 우편 마차를 기다리고 계시나요?"

아침 식사를 먹으러 여관에 들어간 쥘리앵에게 주인이 물었다.

"오늘 편이라도 좋고, 내일 편이라도 상관없어요."

무뚝뚝하게 대답하고 있는데 우편 마차가 도착했다. 두 자리가 비어 있었다.

"이런, 이거 팔코 아닌가!"

제네바 쪽에서 온 여행자가 쥘리앵과 함께 마차에 오른 남자에게 말을 걸었다.

"자네는 리용 근교 론강 가까이의 아름다운 계곡에 완전히 자리잡은 줄 알았는데. 웬일인가?" 하고 팔코라는 사내가 말했다.

"그야 정말 아름다운 곳이었지. 하지만 나는 도망쳐 나왔네."

"뭐라고! 도망을 치다니? 여보게, 생 지로 군. 그런 얌전한 얼굴로 나쁜 짓이라도 저지른 게군!"

팔코는 웃으면서 말했다.

"그런 셈이지. 시골 생활이 견딜 수가 없어서 도망치는 길이야. 자네도 알다시피 나는 시원한 숲이나 고요한 전원을 좋아하지. 문학을 즐기는 취미 또한 곧잘 자네에게 비난받았던가. 어쨌든 나는 정치에 대한 얘기는 싫어서 평생 듣고 싶지 않다고 생각했네. 그런데 그 정치가 나를 쫓아낸 셈이야."

"자네는 어느 당 소속인가?"

"아무 소속도 아냐. 그래서 문제지. 음악과 미술을 사랑하고 좋은 책과 만나는 것이 내게는 하나의 사건으로, 그게 나의 정치라네. 나도 이제 곧 마흔

네 살이야. 앞으로 몇 년이나 더 살 것 같나? 15년이나 20년, 아니면 기껏해야 30년 정도겠지? 그 30년 동안 대신들은 좀더 영리해지겠지만, 정직함에 있어서는 지금과 똑같을 것이 뻔하네. 나는 영국 역사가 우리 미래를 비춰 주는 거울이라고 생각하네. 여전히 왕권 확장만 생각하는 국왕이 나올 것은 뻔해. 국회의원이 되려는 시골 부자들의 야심은 사라지지 않을 테고, 또 그들은 미라보(프랑스 대혁명 초기에 활약한 정치가)처럼 몇 십만 프랑의 돈을 벌려는 욕망으로 밤잠도 제대로 못 잘 거야. 놈들은 그것이 자유주의고 인민을 사랑하는 행위라고 여기지. 과격왕당파는 여전히 귀족원 의원이나 시종이 되고 싶어 미쳐 날뛰겠지. 국가라는 큰 배 위에서는 이놈 저놈 다 키를 잡고 싶어해. 돈벌이가 되니까 말이야. 결국 평범한 승객에게는 구석 자리조차 없을 것 아닌가?”

“본론을 말하라고, 본론을. 자네같이 얌전한 인간이 화를 낼 정도면 아주 재미있는 사건이 있었을 게 틀림없어. 시골에서 쫓겨난 것이 요전번 선거* 때문인가?”

“내 재난의 발단은 좀더 오래되었네. 4년 전 나는 마흔 살로 50만 프랑의 재산이 있었지. 그런데 지금은 네 살을 더 먹었고 재산은 5만 프랑쯤 줄어들 처지네. 론강 근처의 훌륭한 위치에 있는 내 몽플뢰리 성을 팔면 아마 그 정도로 손해 보게 될 거야. 파리에 있을 때 난 이른바 19세기 문명이라는 것이 강요하는 그 끊임없는 연극에 넌더리가 났었지. 나는 그저 순진하고 소박한 것을 구해서 론강 근처의 산간에 땅을 샀어. 하늘 아래에 그토록 경치 좋은 곳은 없네. 반년 동안은 마을의 보좌신부나 인근의 시골 신사들이 제법 찾아오더군. 나는 그들에게 식사를 대접하며 말했지. ‘내가 파리를 떠난 이유는, 평생 정치 얘기를 하고 싶지도 않고 듣고 싶지도 않기 때문입니다. 보시다시피 나는 어떤 신문도 구독하지 않습니다. 우편 배달부가 가져오는 편지가 적으면 적을수록 나는 만족합니다’라고 말일세. 그러나 보좌신부는 내 사정 따위는 안중에도 없었네. 그로부터 나는 뻔뻔스러운 요구며 성가신 일들을 가득 떠안게 되었어. 나는 1년에 이삼백 프랑은 가난한 사람들에게 기부할 생각이었는데, 그 돈을 성 요셉회다 성모회다 하는 온갖 종교 단체에 기부하라지 뭐겠는가. 내가 거절하자 심한 욕설이 나돌았지. 어리석게도 나는 화를

---

* 1827년의 총선거 결과, 자유파가 세력을 넓혔다.

내고 말았네. 그 뒤로는 아침에 아름다운 산 경치를 즐기고 싶어도 반드시 언짢은 일에 부딪혀 몽상으로부터 끌려 나와, 인간이 품는 악의에 대해 생각하지 않을 수 없었어. 예컨대 풍작 기원 행렬 때에도 그랬지. 그때 부르는 노래는 나도 아주 좋아 하지만—분명 그리스 멜로디일 거야—, 그 행렬이 내 밭은 비켜 가더란 말이야. 보좌신부의 말로는 신앙심이 없는 자의 밭이기 때문이라는 거지. 또 어느 농가에서 독실한 노파의 황소가 죽으면 노파는 파리에서 온 신앙심이 없는 학자 선생, 즉 내 연못 곁에 있었기 때문이라고 떠벌리고 다녀. 그로부터 1주일쯤 지나면 누가 내 연못에 석회를 넣어 물고기들이 허연 배때기를 드러내면서 떠오르는 형편이란 말이야. 이렇게 나는 온갖 괴롭힘을 받게 되었지. 치안판사는 성실한 사내였으나 자신의 지위를 지키기 위해 언제나 나에게 불리한 판결을 내렸어. 전원의 평화란 나에게는 지옥이었네. 마을 수도회 회장인 보좌신부에게 버려지고 자유주의자들의 두목 격인 퇴역 대위도 내 뒤를 봐주지 않는다는 사실을 알자, 누구 할 것 없이 나를 무섭도록 공격해 오더군. 내가 1년 전부터 보살펴 준 석공이라든가 쟁기를 수선했을 때 속여 먹은 것을 눈감아 준 목수까지 말이지. 그래서 후견인이라도 얻어 소송에 이기고 싶은 마음에 나는 자유당이 되었네. 그런데 아까 자네가 말한 대로 이번엔 그 역겨운 선거가 벌어졌어. 자신에게 투표하라고 말하는 녀석이 나타났지……"

"모르는 사람인가?"

"오히려 지나치게 잘 아는 인간이지. 나는 거절했네. 그것이 어이없는 실수였어. 그 후부터는 자유주의자들까지 적으로 돌린 셈이지. 나는 도저히 견딜 수 없는 처지가 돼 버렸어. 가령 그 보좌신부가 내가 우리집 하녀를 죽였다고 고소라도 한다면, 양쪽 당파에서 몇 십 명이나 증인이 나타나 범행 현장을 보았다고 증언했을 테지."

"자네는 시골 생활이 하고 싶다면서 이웃 사람들이 열중하는 일에도 끼지 않고, 그들의 말도 듣지 않는단 말인가. 그건 큰 잘못이지!"

"그에 대한 보상은 할 걸세. 몽플뢰리의 토지는 팔려고 내놓았네. 필요하다면 5만 프랑이라도 손해를 볼 각오야. 속이 다 시원해. 위선과 학대의 지옥에서 빠져나올 수가 있게 됐으니까. 나는 이제부터 고독과 전원의 평안함을 찾아, 그것이 프랑스에 유일하게 남아 있는 장소로 가고 있네. 샹젤리제의 큰길에 면한 5층 방이지. 그런데 아직은 고민 중일세. 룰르가 (<small>샹젤리제 거리</small>
<small>북쪽 지구</small>)에 서도 또 정치 생활을 시작하는 꼴이 될까 봐 걱정이거든. 교구 성당에 공물 인 빵이라도 기부했다간 말일세."

"보나파르트 시대라면 그런 변을 당하지 않아도 됐을 텐데" 하고 팔코가 분노와 원통함으로 눈을 빛내면서 말했다.

"그럴지도 모르지. 그러나 자네가 자주 들먹이는 보나파르트는 어째서 황 제 지위를 유지하지 못했나? 현재 내가 이런 변을 당하는 것도 모두 보나파 르트 탓일세."

여기서 쥘리앵은 더욱 귀를 곤두세웠다. 그들의 첫 대화로부터 이 팔코라 는 보나파르트주의자가 레날 시장의 소꿉친구로 1816년에 그로부터 절교를 선언받은 인물임을 알 수 있었다. 그리고 철학자인 체하는 생 지로라는 사내 는 시(市) 소유 저택을 싼 값에 낙찰받은 ×××현청(縣廳) 과장의 형제임 이 틀림없었다.

"전부 자네가 좋아하는 보나파르트 때문이야" 하고 생 지로가 계속했다.

"나이는 마흔넷에 돈도 50만 프랑이나 있는 선량하고 정직한 인간이 시골 에 틀어박혀 평화로운 생활을 즐길 수 없다니. 이게 다 보나파르트가 만든 성직자나 귀족들이 그를 쫓아내기 때문이지."

그러자 팔코가 외쳤다.

"이봐! 보나파르트에 대한 욕설은 삼가 줘. 보나파르트가 다스리던 13년 동안만큼 프랑스가 외국의 존경을 받은 적은 없어. 그 무렵엔 사람들 행동 하나하나에 어떤 위대함이 있었으니까 말이야."

"자네의 황제 따위, 악마에게 먹히라지" 하고 마흔네 살의 사내가 대꾸했다.

"그자가 위대했던 것은 전쟁터에 나갔을 때와 1802년에 재정을 재건했을 때 뿐이야. 그러나 그 뒤는 어떤가? 시종이다, 튈르리 궁에서의 화려한 생 활이다, 알현식이다, 마치 루이 왕조 시대의 재래(再來) 아닌가. 뭐 그래도 개정판이니 한두 세기는 유지했을 테지만. 귀족과 성직자들은 구체재로 돌 아가려 했지만, 그자들은 그것을 세상에 유포시킬 만한 수완이 없었을 뿐이 지."

"과연 인쇄업자 출신이 할 만한 표현이로군!"

"나를 내 땅에서 쫓아낸 자가 누구인가?"

화가 난 인쇄업자는 점점 격해졌다.

"요컨대 나폴레옹이 정교 조약(政敎條約 : 교황 비오 7세와 나폴레옹 사이에서 맺어진 화친 조약)을 맺고서 다시 불러들인 성직자가 아닌가! 왜 국가는 성직자들을 의사나 변호사나 천문학자들과 마찬가지로 보통 시민으로서 다루지 않는 거냐고. 그들이 어떻게 먹고살든 걱정할 필요 없잖아. 또 자네가 칭송하는 보나파르트가 남작과 백작을 만들지만 않았더라도 오만불손한 귀족 따위는 사라졌을 게 아닌가. 그들은 이미 시대에 뒤쳐진 존재이니까. 성직자에 이어 시골의 치사한 소귀족들 때문에 나는 분개하여 자유주의자가 될 수밖에 없었네."

두 사람의 얘기는 끝이 없었다. 이러한 논의는 앞으로 반 세기에 걸쳐 프랑스를 지배하게 되리라. 시골에서 살기란 불가능하다고 몇 번이나 되풀이하는 생 지로에게 쥘리앵은 조심스레 레날 시장의 예를 꺼내 보았다.

"허! 젊은이도 어지간히 사람이 좋군!" 하고 팔코는 외쳤다.

"레날이란 사람은 말이오, 쇠모루는 되지 않는다며 쇠망치가 된 사람이오, 그것도 대단한 쇠망치가. 지금은 발르노에게 밀리고 있는 꼴이지만 말입니다. 그 악당을 알고 계십니까? 그자야말로 진정한 악당이지요. 당신이 말씀하시는 레날은 머지않아 면직되고 발르노가 자기 후임자가 된다면, 뭐라하겠습니까?"

"자기가 지은 죄를 절감하겠지" 하고 생 지로가 끼어들었다.

"젊은 양반, 당신은 베리에르를 알고 계시는군요! 그럼 알 것입니다. 보나파르트 따위 왕조식(王朝式)의 낡은 옷과 함께 멸망해 버리면 됩니다. 보나파르트가 있음으로 해서 레날이라든가 셸랑 같은 무리들이 활개치게 되었고, 나아가서는 발르노나 마슬롱의 천하가 된 셈이니까요."

이런 어두운 정치담을 들은 쥘리앵은 너무 놀라 관능적인 꿈에서 현실로 끌려 나왔다.

멀리 파리의 마을이 보였으나 쥘리앵은 별 감흥이 없었다. 장래에 대한 몽상에 빠지려 해도 베리에르에서 지낸 하루 동안의 기억이 생생하게 되살아났다. 쥘리앵은 만약 성직계급의 독재가 극에 이르러 프랑스가 공화국이 되고 귀족계급이 박해받게 된다면, 모든 것을 버리더라도 사랑하는 사람의 아이들은 꼭 지키겠다고 마음속으로 맹세했다.

베리에르에 도착했던 날 밤 레날 부인의 침실 창문에 사다리를 걸치고 올라갔을 때, 만일 그 방에 누군가 다른 남자나 레날 시장이 있었더라면 어떻게 되었을까?

또 사랑하는 여자는 진심으로 자신을 쫓아 버리려 하고, 자신은 어둠 속에서 그녀 곁에 앉아 마음을 호소했던 그 두 시간 동안은 얼마나 즐거웠던지! 쥘리앵 같은 영혼의 소유자는 이런 추억을 한평생 떨쳐 버리지 못한다. 부인과 밀회한 날 밤의 마지막 장면은 1년 2개월 전, 둘이 연인 관계로 발전된 무렵의 일과 이미 구분지을 수 없게 되었다.

쥘리앵은 마차가 멈추자 깊은 몽상에서 깨어났다. 장 자크 루소 거리의 역(驛) 마당이었다.

"말메종(나폴레옹과 조제핀 황후가 머물렀던 곳)으로 갑시다."

그는 다가오는 이륜마차를 향해 말했다.

"이런 시간에 뭘 하러 가십니까?"

"무슨 상관이오. 어서 갑시다."

진정한 정열이란 자기중심적이다. 그래서 파리에서는 정열이 그토록 우스꽝스러운 것이다. 파리의 이웃 사람들은 자기 일만을 생각해 주길 바란다. 말메종에서 쥘리앵이 받은 감동을 얘기하는 것은 그만두겠다. 그는 눈물을 흘렸다. 뭐라고? 그해에 세워진 흉측한 허연 벽이 그곳 정원을 나누어 막아 놓고 있음에도* 울었다고?

바로 그랬다. 후세 사람들과 마찬가지로 쥘리앵이 보기에는 아르콜(보나파르트가 오스트리아군을 격파한 전쟁터)과 세인트헬레나와 말메종 사이에 아무런 차이도 없었던 것이다.

그날 밤, 쥘리앵은 몹시 망설인 끝에 극장에 들어갔다. 이 향락의 장소에 대해 묘한 편견을 지니고 있었기 때문이다.

깊은 경계심 때문에 그는 현실의 파리에 감탄할 수 없었다. 영웅이 남긴 기념물에만 감동을 느꼈다.

'드디어 내가 음모와 위선의 중심지에 왔구나! 여기엔 프릴레르 사제의 후견인들이 군림하고 있다.'

피라르 사제를 방문하기 전에 뭐든 다 보아 둘 계획이었지만, 사흘째 밤이

---

* 1828년에 이 성을 스웨덴 은행가가 사서 개축했다.

되자 앞으로의 생활에 대한 호기심을 억누를 수 없었다. 사제는 무뚝뚝한 말투로 라몰 씨의 집에서 어떤 생활이 기다리고 있는지를 설명했다.

"몇 달이 지나도 네가 쓸모없다 느껴지면 신학교로 돌려보내겠다. 단 정문으로 당당하게 돌아가는 거야. 너는 이제부터 후작 집에서 살게 된다. 후작은 프랑스에서도 손꼽히는 대귀족이지. 검은 옷을 입게 되지만 상복 같은 옷으로 성직자의 옷은 아니야. 1주일에 세 번은 신학교에 가서 신학 공부를 해도 좋다는 허락은 받아 두었으니, 신학교에는 내가 소개해 주마. 매일 정오에는 후작의 서재에 가서 대기하고 있어야 해. 후작은 소송이나 여러 가지 사무상 필요한 편지를 네게 쓰게 할 생각이시다. 후작은 자신이 받은 편지의 여백에 답장의 주요 내용만 간단하게 써 둘 거야. 석 달만 지나면 네가 요령을 터득하여, 답장 열두 통 중 여덟아홉 통은 아마 그대로 후작이 서명만 하면 될 수준에 도달할 거라 말해 두었다. 밤 8시에 서재를 정돈하고 10시부터는 자유 시간이다. 상황에 따라선 어느 늙은 귀부인이라든가 상냥한 말투의 사내가 무슨 유리한 조건을 슬쩍 내비친다든가, 혹은 좀더 노골적으로 많은 돈을 주겠다면서 후작에게 온 편지를 보여 달라 할지도 모르지만……"

"선생님! 그럴 수가!"

쥘리앵은 얼굴을 붉히며 외쳤다.

"정말 신통하군" 하고 피라르 사제는 쓴웃음을 띄우며 말했다.

"너처럼 가난하고 1년 동안이나 신학교 생활을 한 젊은이가 어떻게 여전히 정의감에 불타는지. 여태껏 현실을 외면하고 살아온 모양이야!"

"혈통 탓일까?" 하고 피라르 사제는 혼잣말처럼 중얼거렸다. 그리고 쥘리앵을 보면서 덧붙였다.

"신기하게도 후작은 너를 알고 계시더구나…… 어떠한 연유인지는 몰라도. 후작은 너에게 당장 100루이의 수당을 지불하실 게야. 그분은 행동이 변덕스러운 것이 흠이다만, 어린아이 같다는 점에서는 너와 맞먹을 정도야. 그분이 만족하시면, 네 수당이 언젠가는 8000프랑까지 올라갈 수 있을 게다."

"너도 잘 알고 있겠지" 하고 사제는 엄한 말투로 말했다.

"네 외모가 맘에 들어서 후작이 그렇게 큰돈을 내는 건 아니다. 무엇보다도 먼저 도움 되는 인간이 되어야 해. 나라면 되도록 말을 삼갈 것이다. 특히 자신이 모르는 일에 대해서는 절대 말하지 말거라. ……그래, 너를 위해서 조사해 둔 것이 있다. 라몰 집안의 가족에 대해서 깜박 잊을 뻔했군. 후작에겐 자녀가 둘 있는데, 하나는 딸이고 또 하나는 열아홉 살 난 아들이다. 이 아들이 대단한 멋쟁이랄까, 하여간 좀 특이한 인물이야. 낮 12시가 되어도 2시에 무슨 일을 할지 짐작할 수 없단 말이지. 어쨌든 재기도 있고 용기도 있어. 에스파냐 원정에도 참가했지. 이유는 모르지만 후작께서는 네가 그 젊은 노르베르 백작의 친구가 되어 주기를 바라고 계신다. 너를 뛰어난 라틴어 학자라 말씀드렸기 때문에 아드님께 키케로나 베르길리우스의 몇몇 구절을 가르쳐 주길 기대하는 것이겠지. 내가 너라면 그 아름다운 청년에게 결코 희롱당하지 않도록 하겠어. 예의 바르게 말을 걸어와도 거기엔 반드시 빈정거림이 담겨 있기 때문에 처음부터 진심으로 받아들이면 곤란할 게야. 솔직히 말해서 라몰 집안의 젊은 백작은 처음엔 너를 경멸할 것이다. 너는 한낱 소시민에 불과하니까. 백작의 조상은 궁정 사람으로, 어떤 정치적 음모에 의해 1574년 4월 26일 그레브 광장에서 목이 잘린 영예를 지니고 있어. 한편 너는 베리에르 목재상의 아들이고 게다가 그의 아버지에게 고용당한 신분이야. 이 차이를 명심해라. 모레리의 역사 사전이라도 읽어서 그 가문의 역사를 조사해 두거라. 그 댁 만찬회에 모이는 아첨꾼들은 툭하면 간접적으로 그 가문의 역사를 들추어내거든. 노르베르 드 라몰 백작의 농담에도 신중히 대답하거라. 그는 경기병 중대장이며 미래의 프랑스 귀족원 의원이니까. 나중에 나한테 하소연하지 않도록 해."

"저를 경멸하는 남자에겐 대답할 필요도 없다고 생각합니다."

쥘리앵은 얼굴을 붉히며 대답했다.

"너는 그 경멸이 어떤 것인지 모르고 있어. 경멸은 과장된 찬사로만 나타난다. 네가 어리석다면 그것을 진심으로 받아들이겠지. 그리고 출세를 하려면 진심으로 받아들이는 척해야 해."

"그 모든 것에 따라갈 수 없게 되어 신학교의 조그만 103호실로 돌아간다면, 저는 배은망덕한 사람일까요?"

"아마 그 집의 아첨꾼들 모두가 너를 험담하겠지. 그러나 내가 나서 주마. Adsum qui feci(책임은 나에게 있다). 내가 그리 결심하게 했다고 설명하마."

쥘리앵은 피라르 사제의 말투가 불쾌하고 거의 심술궂기까지 해서 씁쓸한 기분이었다. 그런 말투가 결국 사제의 마지막 말도 망치고 말았다.

사실 사제는 쥘리앵을 사랑하는 것에 양심의 가책을 느끼고 있었다. 남의 운명에 이렇게까지 깊이 관여하는 데 일종의 종교적 두려움까지 품지 않을 수 없었던 것이다.

사제는 여전히 무뚝뚝하게, 마치 괴로운 의무라도 수행하는 말투로 덧붙였다.

"그리고 라몰 후작 부인도 뵙게 될 거야. 금발 머리에 키가 큰 부인인데, 신앙심이 깊고 기품도 있지. 굉장히 예의바른 분이지만 속은 텅 빈 인물일 게다. 귀족적인 편견으로 유명한 쇼느 공작의 딸인 만큼, 이른바 귀족계급 여성들의 성격을 하나로 응축한 것 같은 사람이야. 십자군에 출정한 조상을 갖고 있다는 것만이 자기가 존중하는 유일한 특권임을 숨기지도 않지. 돈은 그보다 훨씬 가치 없는 것이야. 어때, 놀랐나? 여긴 시골과는 달라. 머지않아 너는 부인의 살롱에서 대귀족들이 상당히 가벼운 말투로 왕족들에 대해 말하는 것을 들을 수 있을 게다. 그런데 라몰 부인만은 왕족, 특히 공주의 이름을 말할 때마다 경의를 표하며 반드시 목소리를 낮추지. 부인 앞에서는 펠리프 2세나 헨리 8세가 극악무도한 괴물이니 어쩌니 하는 말은 안 하는 것이 좋아. 어쨌든 그들은 '국왕'이었고 이 사실은 그들에게 만인으로부터의 존경을, 특히 너나 나처럼 태생이 비천한 사람의 존경을 받을 영원한 권리를 부여해 주거든. 그러나 우리는 성직자야. 부인은 너도 성직자로 여길 게다. 그리하여 부인은 우리를 자기 영혼의 구원에 필요한 하인으로 보는 셈이지."

"선생님, 저는 아무래도 파리에 오래 못 있을 것 같습니다."

"그것도 좋겠지. 그러나 우리 같은 성직자들은 대귀족의 도움 없이는 출세할 수 없다는 점을 명심하거라. 네 성격에는 적어도 나로서는 뭐라 형용할 수 없는 부분이 숨어 있기 때문에, 너는 출세하지 않으면 반드시 박해를 받을 거야. 그 중간은 없단 말이야. 그러니까 신중히 생각하거라. 너에게 말을 걸어도 네가 즐거워하지 않는다는 것은 남들 눈에도 훤해. 이런 사교적인 나라에서는 너 같은 인물은 남의 존경을 받지 못하는 한 반드시 불행한 변을 당할 게야. 라몰 후작이 이번 같은 생각을 해 주지 않았다면 네가 브장송에서 어떤 변을 당했을 것 같으냐? 언젠가 너도 후작이 너에게 얼마나 특별한 배려를 해 주었는지 알 때가 올 게다. 그때가 되면, 네가 인간의 도리를 아는 이상 후작이나 그 가족들에게 평생 잊을 수 없는 감사의 뜻을 품게 되겠지. 너보다 학식이 많은 성직자임에도 미사 헌금 15수나 소르본에서의 강론(講論)으로 얻는 10수만으로 이 파리에서 몇 년 동안 살아온 불행한 사람들이 얼마나 많은 지 모른다. 지난해 겨울, 산전수전 다 겪은 그 뒤부아 추기경*의 젊은 시절에 관한 얘기를 해 주었지? 그 얘기를 상기해 봐. 설마 네가 그 사람보다 더 재능이 있다고는 생각지 않겠지? 가령 나만 하더라도 수수하고 평범한 인간인지라 신학교에서 일생을 마칠 생각이었다. 어리석게도 신학교에 집착했던 게지. 그런데 면직당할 것 같자 내가 먼저 사표를 냈다. 그때 내 재산이 얼마였는지 아느냐? 꼭 520프랑이었다. 친구도 없고 두세 사람 친지가 있을 뿐이었지. 그런데 한 번도 만난 일이 없는 라몰 후작이 그런 궁한 상태에서 나를 구해 주신 게야. 그분의 한마디로 내게 훌륭한 사제직이 돌아왔다. 교구의 신자는 유복한 사람들뿐이고, 야비한 악습에도 물들어 있지 않아. 수입도 내가 하는 일에 비하면 부끄러울 정도로 많단다. 이렇게 장황하게 늘어놓는 것은 네가 조금 더 신중해지길 바라기 때문이야. 한마디만 더 하자꾸나. 안타깝게도 나는 성급하다. 앞으로 우리는 서로 말을 안 하게 될지도 몰라. 만일 후작 부인의 거만한 태도와 아들의 짓궂은 장난으로 도저히 그 집에 있기 힘들어지거든, 어디라도 좋으니 파리에서 30리가량 떨어진 신학교로 가서 학업을 끝마치거라. 그것도 남쪽보다는 북쪽이 좋아. 북쪽은 문화가 더 진보되어 있을 뿐더러 부정도 적으니까. 그리고……"

피라르 사제는 여기서 목소리를 낮추고 덧붙였다.

"사실 파리에는 신문이 있는 덕에 작은 폭군들도 멋대로 행동하기 어렵거든. 만약 우리가 이대로 의좋게 어울려 갈 수 있다면, 네가 후작 집이 싫어질 경우 내 보좌신부가 되어라. 그리고 사제직에서 얻는 수입은 절반씩 나누기로 하자. 나로서도 그것이 당연한 의무고, 더구나……"

피라르 사제는 쥘리앵이 감사를 표하려 하는 것을 막고는 덧붙였다.

"브장송에서 네가 보여 준 호의를 생각하면 부족할 정도이다. 520프랑이 있었기에 망정이지, 한 푼도 없었더라면 아마 네 신세를 졌을지도 몰라."

---

* 약사의 아들이었으나 오를레앙 공의 총애를 얻어 수상이 되었다.

냉혹했던 피라르 사제의 목소리가 상냥해졌다. 쥘리앵은 자꾸만 눈물이 맺혀 여간 곤란하지 않았다. 사랑하는 스승의 품속에 뛰어들고 싶어 견딜 수 없었다. 되도록 남자다운 태도를 취하면서도 끝내 사제를 향해 이렇게 말하지 않을 수 없었다.

"저는 태어날 때부터 아버지에게 미움을 받아 왔습니다. 그것이 저의 가장 큰 불행 중 하나였습니다만, 앞으로는 그런 운명을 한탄하지 않겠습니다. 선생님 같은 아버님이 생겼으니까요."

"알았어, 알았어" 하고 사제는 멋쩍어하다가, 마침 신학교 교장다운 문구가 생각나서 말했다.

"절대로 운명이라는 말을 써서는 안 돼. 알겠나? 내 아들아, 신의 섭리라고 해야지."

마차가 멈추었다. 마부가 커다란 문에 붙은 청동 노커를 두드렸다. '라몰 저택'이었다. 통행인들도 잘 알 수 있도록 문 위의 큼직한 흑대리석에 뚜렷하게 이름이 새겨져 있었다.

이렇게 으스대는 모양새가 쥘리앵의 비위에 거슬렸다.

'실은 자코뱅파가 무서워 떨고 있는 주제에! 그들은 담장 뒤에 숨어서 벌벌 떨며, 당장이라도 로베스피에르나 형장으로 가는 수레가 들이닥칠까 걱정하고 있단 말이야. 우스워서 죽을 지경이다. 그런데도 이렇게 당당히 문패를 내걸다니. 폭동이라도 일어난다면 폭도가 이내 눈치채고 약탈하러 올 것이 분명한데.'

쥘리앵은 이 생각을 피라르 사제에게 말했다.

"유감스럽게도 이거 머지않아 내 보좌신부로 데려와야겠군그래. 그런 무서운 생각을 하다니!"

"극히 당연한 일이라고 생각하는데요."

문지기의 엄숙한 태도, 특히 손질이 잘된 안뜰의 경치에 쥘리앵은 몹시 감탄했다. 아름다운 햇살이 주위를 비추고 있었다.

"정말 멋있는 건물이군요!" 하고 쥘리앵은 사제에게 말했다.

그런데 그 집은 볼테르가 세상을 떠날 무렵에 세워진, 귀족 거리 생 제르맹구에서는 그다지 진기하지도 않은 평범한 모습의 저택일 뿐이었다. 유행과 아름다움이 그처럼 동떨어진 시대는 이제껏 없었을 것이다.

제2장
사교계 첫 등장

우스꽝스럽지만 감동적인 추억―열여덟 살이 되어 보호자도 없이 혼자서 처음으로 살롱에 나갔을 때 일이다. 여인의 시선만 느껴도 주눅이 들었다. 사람들에게 아첨하면 할수록 점점 더 어색해졌다. 언제 어디서나 착각만 거듭했다. 까닭도 없이 속내를 털어놓기도 하고, 이쪽을 쳐다보는 남자를 공연히 적대시하기도 했다. 그러나 그 무렵은 소심해서 무척 비참한 기분도 맛봤지만, 그래도 아름다운 날은 참으로 눈부시게 아름다웠다!

칸트

쥘리앵은 안뜰 한복판에 우두커니 서 있었다.

"이봐, 정신 좀 차려라" 하고 피라르 사제는 안타까운 듯이 말했다.

"두려운 생각만 한다 했더니 이거 완전히 어린애가 다 돼서는! 호라티우스의 nil mirari(무슨 일엔건 흔들리지 마라)는 어떻게 됐나? 하인들은 네가 이 집에 들어와 살게 되면, 반드시 너를 바보로 만들려고 할 거야. 그들이 볼 때 너는 같은 계급의 인간이거든. 그런 네가 자기들보다 좋은 대우를 받는다는 것은 불공평하다고 생각하겠지. 겉보기에는 친절한 얼굴로 충고하거나 집 안을 안내해 주겠다 나서지만, 실은 네게 큰 실수를 저지르게 하려는 속셈이 뻔할 게다."

"할 테면 해 보라죠."

쥘리앵은 입술을 깨물면서 타고난 경계심을 완전히 되찾았다.

두 사람이 후작의 서재로 가면서 지나친 살롱은, 독자 여러분은 틀림없이 호화롭기는 하지만 적적하기만 한 살롱이라고 생각했을 것이다. 그냥 준다고 해도 거절했으리라. 그야말로 하품과 따분한 논의의 소굴이었다. 그런데 이것을 보고 쥘리앵은 점점 더 넋을 잃었다. 이런 훌륭한 집에 살고 있으면 불행해질 리가 없다고 생각했다.

두 사람은 드디어 이 호화로운 저택에서 가장 추한 방에 이르렀다. 햇빛도 잘 비치지 않는 방이었는데, 그곳에 작고 여윈 사나이가 있었다. 눈매가 날카로운 그는 금빛 가발을 쓰고 있었다. 피라르 사제는 쥘리앵을 돌아다보며 그에게 소개했다. 라몰 후작이었다. 쥘리앵은 그 사람이 후작이라는 것을 쉽사리 납득할 수 없었다. 그 정도로 정중한 태도였다. 브레르오 수도원에서 그처럼 당당했던 대귀족의 그림자는 온데간데없었다. 쥘리앵은 후작이 쓴 가발의 숱이 너무 많은 것 같은 느낌이 들었다. 그런 느낌 덕분에 조금도 주눅 들지 않았다. 앙리 3세 친구의 후예치고는 몹시도 초라한 몰골이라는 것이 첫인상이었다. 매우 여위었고 게다가 동작도 침착하지 못했다. 그런데 이윽고 후작의 정중함이 상대에게 좋은 인상을 준다는 점에서는 브장송의 주교조차 훨씬 능가한다는 것을 알았다. 이 회견은 3분도 걸리지 않았다. 방에서 나오자 피라르 사제가 쥘리앵에게 말했다.

"초상화라도 그릴 기세로 후작을 빤히 보고 있었지? 나는 상류계급 사람들이 말하는 예의가 무엇인지는 잘 모르나, 그렇게 조심성 없이 빤히 보는 것은 실례라는 느낌이 들었다."

두 사람은 다시 마차를 탔다. 마부는 큰길 가까이에서 마차를 세웠다. 피라르 사제의 안내로 쥘리앵이 들어간 곳은 커다란 방들이 몇 칸이나 쭉 이어진 집이었다. 쥘리앵은 가구가 하나도 없다는 것을 깨달았다. 호화로운 금빛 괘종시계가 놓여 있었는데, 그 디자인이 쥘리앵에게는 아주 천하게 느껴졌다. 그때 말쑥한 옷차림을 한 신사가 웃으면서 다가왔다. 쥘리앵은 가볍게 고개를 숙여 인사했다.

신사는 미소 지으며 쥘리앵의 어깨에 손을 얹었다. 쥘리앵은 깜짝 놀라 뒤로 물러섰다. 분개한 그는 얼굴이 벌게졌다. 언제나 근엄한 피라르 사제도 이때만은 눈물 나게 웃었다. 그 신사는 재단사였던 것이다.

양복점을 나설 때 피라르 사제가 말했다.

"너에게 이틀 동안의 자유 시간을 주마. 라몰 부인을 뵙는 것은 그 뒤의 일이야. 다른 사람 같으면 이 새로운 바빌론에서 이제부터 살아가려 하는 너를 숫처녀처럼 가두고는 외출시키지 않았을 게다. 그러나 네가 타락할 인간이라면 지금 당장 타락하는 게 좋아. 그러면 나도 네 일로 쓸데없는 근심을 하지 않아도 될 테니. 모레 아침 그 재단사가 옷을 두 벌 가지고 올 예정인데, 가봉을 해 주는 사람에게 5프랑쯤 쥐어 주거라. 그리고 파리 사람들이 네 사투리를 눈치채지 못하도록 해야 해. 한마디라도 하게 되면 그들은 곧 너를 조롱할 거야. 그런 일에는 아주 능숙하니까. 모레 정오에 나한테 오도록 하고……자, 가서 타락하고 오너라. 참 잊어버리고 있었군. 구두와 셔츠와 모자를 주문해라. 가게 주소는 여기 있으니까."

쥘리앵은 주소를 적은 글씨를 찬찬히 들여다보았다.

"이건 후작의 글씨야. 활동적이고 매사에 빈틈이 없는 데다, 남에게 시키기보다는 스스로 하는 것을 좋아하는 분이지. 후작이 너를 가까이 두고 쓰려는 것도 이런 수고를 덜기 위해서야. 그 명석한 사람이 지시하는 짧은 말의 의도를 파악해 모든 일을 훌륭하게 해낼 재능이 네게 있을까? 곧 알게 될 테지. 신중히 행동하거라!"

쥘리앵은 메모에 씌어 있는 가게로 말없이 들어갔다. 그러자 어느 가게에서나 그를 아주 정중하게 대해 주었다. 구둣방에서는 장부에 귀족처럼 쥘리앵 드 소렐이라고 써넣을 정도였다.

페르 라쉐즈 묘지에 갔을 때, 말투로 미루어 자유주의자 같아 보이는 친절한 신사가 자진하여 쥘리앵을 네이 원수*의 묘에 안내해 주었다. 엄격한 정책 때문에 그 묘에는 비명(碑銘)이 새겨지지 못했다. 눈에 눈물을 글썽거리면서 쥘리앵을 얼싸안기라도 할 듯했던 그 자유주의자와 헤어지고 나서 보니 시계가 없었다. 이런 경험을 한 뒤, 이틀 후 정오에 쥘리앵은 피라르 사제에게로 갔다. 사제는 쥘리앵을 아래위로 훑어보았다.

"아무래도 너는 멋쟁이가 될 것 같구나."

사제는 엄한 얼굴로 말했다. 쥘리앵은 정식 상복을 입은 젊은이 같아 보였다. 확실히 멋진 모습이기는 했지만, 선량한 늙은 사제는 그 자신도 시골뜨기였기 때문에 어깨를 으쓱대며 걷는 쥘리앵의 버릇이 아직 고쳐지지 않았음을 깨닫지 못했다. 시골에서는 그 모습을 우아하고 훌륭하다 여겼다. 후작은 쥘리앵의 모습을 보았을 때 그 미모에 대해서 피라르 사제와는 전혀 다른 견해를 보였다.

---

*백일천하(百日天下) 때 나폴레옹을 도운 인물로 워털루 전쟁이 끝나자 처형되었다.

"소렐 군에게 댄스를 배우게 해도 괜찮겠습니까?"

피라르 사제는 어안이 벙벙해졌지만, 이윽고 겨우 입을 열었다.

"좋습니다. 쥘리앵은 아직 성직자가 아니니까요."

후작은 좁은 뒷계단을 두 단씩 달려 올라가서 우리 주인공을 아름다운 다락방으로 안내했다. 방에서는 저택 안의 널찍한 정원이 내려다보였다. 후작은 셔츠를 몇 벌 샀느냐고 물었다.

"두 벌 샀습니다."

쥘리앵은 대귀족이 그런 자질구레한 일까지 신경을 쓰자 당황하면서 대답했다.

"잘했네!"

후작이 진지한 얼굴을 하고 짧은 명령조로 말했기 때문에 쥘리앵은 생각에 빠져 버렸다.

"잘했네! 그러나 셔츠를 스물두 벌 더 사게. 이것은 자네 수당 중 첫 3개월 분이니 받아 두게."

다락방에서 내려온 후작은 한 영감을 불러 명령했다.

"아르센느, 앞으로 소렐 군을 부탁하네."

이윽고 쥘리앵은 훌륭한 도서실에 혼자 있게 됐다. 커다란 기쁨이 끓어올랐다. 이 감동은 누가 깨뜨릴까 싶어서 그는 방의 컴컴한 한쪽 구석에 몸을 숨겼다. 그곳에서 번쩍거리는 책의 가죽 표지를 황홀하게 바라보았다.

'이 책을 다 읽을 수나 있을까? 이 집이 싫어질 때가 올까? 레날 시장 같으면 지금 라몰 후작이 베풀어 주는 호의의 백분의 일만 해 줘도 자기 체면이 완전히 구겨졌다고 생각할 테지. 그런데 내가 옮겨 쓸 것은 대체 뭘까. 어디 한번 써 보자.'

그 일이 끝나자 그는 책장으로 다가가 보았다. 워털루 전집을 발견했을 때는 너무 기쁜 나머지 정신이 아득해질 정도였다. 그런 모습을 불시에 들키기 싫어 급히 도서실 문을 열어놓았다. 그러고는 마음껏 80권의 전집을 하나하나 펼쳐 봤다. 호화로운 장정은 런던 제일의 제본공이 만든 일품(逸品)이었다. 그게 아니더라도 쥘리앵은 몹시 감격하고 있었다.

한 시간 뒤 후작이 들어왔다. 그는 옮겨 쓴 글을 쭉 훑어보았는데, 쥘리앵이 cela(그것)를 'l'을 두 개 겹쳐서 cella라고 써 놓은 것을 보고 기겁했다.

'학문이 뛰어나다고 피라르 사제에게 귀에 못이 박히도록 들었는데, 전부 거짓말이었던가!'

후작은 실망했음에도 다정한 말투로 물었다.

"철자법에는 자신이 없는가?"

"예, 그렇습니다."

자기에게 불리한 말을 하고 있다는 생각은 전혀 하지 못한 채 쥘리앵은 대답했다. 레날 시장의 거만한 말투를 떠올리고는 후작의 친절함에 감격했기 때문이다.

'이 프랑슈콩테의 신학생을 써 보아야 시간 낭비겠군. 믿을 만한 사람이 절실히 필요한데!'

후작은 이렇게 생각하고는 말했다.

"cela는 'l' 하나로 족해. 다 베끼고 나서 철자법에 자신이 없는 단어는 사전을 찾아보도록 하게."

6시에 후작은 쥘리앵을 부르러 보냈는데 그가 장화를 신은 모습을 보자 곤란하다는 얼굴로 말했다.

"이건 내 잘못이야. 매일 오후 5시 반에는 정장을 해야 한다는 걸 미리 말해 줬어야 하는데."

쥘리앵은 이해를 못하고 후작의 얼굴을 처다보았다.

"단화를 신으란 말일세. 앞으로는 아르셴느가 주의시켜 줄 거야. 오늘은 내가 변명해 두지."

말을 끝내고 라몰 후작은 금빛으로 눈부시게 빛나는 살롱으로 쥘리앵을 안내했다. 레날이라면 이럴 때 반드시 걸음을 재촉해서 자기가 먼저 안으로 들어가려고 한다. 전 주인의 그런 보잘것없는 허영심을 생각하다가 쥘리앵은 그만 후작의 발을 밟아, 통풍(痛風)을 앓고 있던 그에게 심한 고통을 주었다. '아아! 이 친구는 행동까지 굼뜨구나' 하고 후작은 생각했다.

후작은 쥘리앵을 키가 크고 위압적인 느낌을 주는 부인에게 소개했다. 후작 부인이었다. 쥘리앵은 거만한 느낌의 이 여인이 성 샤를르절의 만찬회에서 본 베리에르 군수 모지롱의 부인과 약간 닮았다고 생각했다. 살롱이 너무 호화로워서 다소 기가 죽은 쥘리앵은 후작의 말소리가 귀에 들어오지 않았다. 후작 부인은 그를 돌아보지도 않았다. 몇 명의 남자 손님들 중에 젊은 아그드의 주교가 끼어 있는 것을 보고 쥘리앵은 너무나 반가웠다. 몇 달 전 브레르오 제전(祭典) 때 그에게 친절하게 말을 건넨 인물이다. 그러나 젊은 주교는 소심해 뵈는 쥘리앵이 친근한 눈으로 자기를 뚫어져라 보고 있는 것이 언짢았던지 이 시골뜨기가 누구였던가 기억해 내려고 하지도 않았다.

살롱에 모인 사람들은 어딘가 우울하고 답답해 보인다고 쥘리앵은 느꼈다. 파리에서는 모든 사람들이 나지막한 소리로 말하고, 사소한 일을 과장해서 말하지 않기 때문이다.

6시 반 정도에 키가 크고 얼굴이 창백한 코밑수염을 기른 잘생긴 청년이 들어왔다. 얼굴이 매우 작았다.

"너는 항상 우리를 기다리게 하는구나."

후작 부인이 이렇게 말하자 청년은 부인의 손에 키스했다.

쥘리앵은 그가 라몰 집안의 장남 노르베르 백작임을 알 수 있었다. 첫눈에 퍽 호감이 가는 사람이라고 생각했다.

'정말 이 사람이 나를 이 집에서 내쫓을 만큼 무례한 농담을 할 사내일까?'

노르베르 백작을 계속 관찰하는 동안 쥘리앵은 그가 장화를 신고 더구나 박차까지 달고 있는 것을 보았다.

'그런데 나는 단화를 신어야만 한단 말이지. 분명히 아랫사람 취급이군.'

모두 식탁에 둘러앉았다. 후작 부인이 약간 소리를 높여 무어라고 엄한 말을 하는 것이 들렸다. 동시에 젊은 여자가 다가와서 자기 맞은편 자리에 앉았다. 아름다운 금색 머리칼에 맑은 눈의 소유자였다. 마음이 끌리지는 않았으나, 자세히 보고 있는 동안에 이처럼 아름다운 눈매는 지금까지 본 일이 없다는 생각이 들었다. 그러나 그 눈은 싸늘한 영혼을 나타내고 있었다. 그리고 나중에 쥘리앵이 깨달은 사실이지만, 그 눈은 따분한 나머지 주위를 두리번거리다가도 의식적으로 이내 새침해졌다.

'레날 부인의 눈도 무척 아름다웠다. 모두 한결같이 칭찬했지. 그러나 이 눈과는 전혀 달랐어.'

그녀를 모두 '마틸드 양'이라고 불렀다. 쥘리앵은 아직 세상 경험이 부족했기 때문에, 그녀의 눈 속에서 때때로 빛나는 것이 번뜩이는 재기임을 깨닫지 못했다. 레날 부인은 정열을 불태울 때나 무언가 악랄한 행위를 듣고 분개할 때 눈을 빛냈다. 식사가 끝날 무렵 쥘리앵은 마틸드 양의 아름다운 눈을 표현하기에 적당한 말을 발견했다. '반짝이는 눈'이라고 그는 중얼거렸다. 그건 그렇고 그녀는 역겨울 만큼 어머니를 닮았다. 그 어머니가 점점 싫어진 참이라 딸도 그만 보기로 했다. 반대로 노르베르 백작은 모든 점에서 멋있다고 생각했다. 쥘리앵은 그에게 완전히 매료되어, 상대가 자기보다 돈도 많고 태생도 훌륭하다고 해서 질투하거나 미워할 마음은 전혀 일어나지 않았다.

후작은 왠지 따분한 기색이었다.

두 접시째의 요리가 나왔을 때, 후작은 아들에게 말했다.

"노르베르, 여기 쥘리앵 소렐 군에게 친절히 대해 다오. 이번에 내 비서로 들어왔다. 훌륭한 사람으로 만들어 줄 생각이야. 그롷게(cella) 할 수 있다면 말이다."

"이 사람은 나의 비서입니다만" 하고 후작은 옆 자리 손님에게 말했다.

"cela라고 쓸 때 'l'을 두 자 넣는 사람이지요."

모두 쥘리앵을 보았다. 쥘리앵은 노르베르에게 약간 지나칠 정도로 정중하게 고개를 숙였다. 그러나 그의 눈매는 대체로 여러 사람의 호감을 샀다.

손님 중 한 사람이 호라티우스에 대한 얘기로 쥘리앵을 물고 늘어진 것으로 보아, 후작은 쥘리앵이 어떤 교육을 받았는가 여러 사람들에게 미리 얘기한 모양이었다. 쥘리앵은 생각했다.

'브장송의 주교에게 호감을 산 것도 바로 이 호라티우스의 얘기를 한 덕분이지. 이들은 아무래도 호라티우스밖에 모르는 모양이로군.'

이 순간부터 그는 자신감을 되찾았다. 마침 마틸드 양을 이성으로 보지 않기로 마음먹었던 참이라 더욱 손쉽게 침착을 되찾았다. 신학교 이래 남자를 상대할 때면 항상 최악의 반응을 예상하고 대했기 때문에 이제 웬만한 일쯤은 두렵지도 않았다. 그러므로 식당의 가구들만 그처럼 호화롭지 않았더라면 그는 완전히 평정을 유지했을 것이다. 그러나 실제로는 식당 안에 높이 여덟 자나 되는 전신거울이 두 개 있어서, 호라티우스의 얘기를 하며 상대의 모습이 그 거울에 비치는 것을 보면 역시 주눅이 들었다. 그가 말하는 문구는 시골뜨기치고는 그리 길게 늘어지지 않았다. 아름다운 그 눈은 그가 움츠러들었을 때나, 멋있게 대답을 하여 기쁠 때 한층 더 빛났다. 호감이 가는 청년이라는 것이 사람들의 의견이었다. 이 일종의 면접시험 덕분에 따분하던 저녁 식사도 다소 재미있어졌다. 후작은 쥘리앵의 이야기 상대에게 더 추궁하라고 눈짓했다. 이 풋내기가 알면 뭘 알겠느냐고 생각한 것이다.

쥘리앵은 그때그때 새로운 생각을 더듬으며 대답하는 동안에 겁이 없어졌다. 물론 재기를 나타내 보이지는 못했고—파리의 말씨를 익히지 않은 자에게 그런 일은 불가능하다—적절하고 우아한 표현이 결여되어 있기는 했지만, 그는 상당히 독창적인 의견을 진술할 수 있었다. 그리고 그가 라틴어를 완전히 터득하고 있다는 점은 누구나 잘 알 수 있었다.

쥘리앵의 상대는 금석학(金石學) 전문 아카데미 회원으로, 마침 라틴어를 알고 있는 인물이었다. 쥘리앵이 훌륭한 고전학자로 웬만해선 기죽을 리 없다는 것을 깨닫자, 그는 본격적으로 쥘리앵을 곯리려 들었다. 얘기가 열을 띠게 됨에 따라 쥘리앵도 마침내 식당의 호화로운 가구를 깨끗이 잊고, 라틴 시인들에 대해 상대가 아무 데서도 읽은 일이 없는 의견을 털어놓았다. 아카데미 회원은 솔직한 사람이었기 때문에 젊은 비서를 칭찬했다.

다행히도 화제는 호라티우스가 가난했는가 부유했는가 하는 문제에 미쳤다. 즉 그가 몰리에르나 라 퐁텐의 친구였던 샤펠처럼 마음 내키는 대로 시를 쓰는 붙임성 좋고 느긋한 게으름뱅이였는가, 아니면 바이런 경을 공격한 영국 시인 사우디처럼 궁정에 종사하여 국왕의 탄생일에 축시나 바치는 그런 가엾은 계관 시인(桂冠詩人)이었는가 하는 문제였다. 아우구스투스 황제 및 조지 4세 치하의 사회 상태가 화제에 올랐다. 둘 중 어느 시대에도 귀족계급이 모든 권력을 쥐고 있었으나, 고대 로마의 경우 귀족계급은 한낱 기사(騎士)에 지나지 않는 마에케나스(아우구스투스의 재상,
호라티우스의 비호자)에게 권력을 뺏기고, 영국에서는 귀족이 조지 4세를 베니스 총독 수준의 지위로 떨어뜨렸다는 것이었다. 이런 얘기를 듣는 중에 처음 식사를 시작할 무렵에는 따분하던 후작도 겨우 활기를 되찾은 듯했다.

쥘리앵은 사우디니 바이런 경이니 조지 4세니 하는 근세 인물들은 전혀 몰랐다. 모두 처음 듣는 이름이었다. 그러나 일단 로마 시대의 사실(史實)이 문제가 되어 호라티우스, 마르티알리스, 타키투스 등의 작품에서 지식을 끌어낼 수 있게 되면, 그때마다 쥘리앵이 단연 두각을 나타낸다는 것은 누가 봐도 분명했다. 쥘리앵은 브장송의 주교와 논쟁을 벌였을 때 주위들은 의견도 서슴지 않고 인용했는데, 그것도 상당한 호평이었다.

시인에 대한 얘기에 모두 지쳐 버렸을 무렵, 항상 남편이 재미있어하는 것이라면 무엇에나 감탄하는 후작 부인이 겨우 쥘리앵을 보았다. 부인 곁에 있던 아카데미 회원이 속삭였다.

"저 젊은 사제는 언뜻 보기에 아주 서툴러 보이지만, 그 속에는 깊은 학식이 숨어 있는 것 같군요."

쥘리앵에게도 이 말이 들려왔다. 이 집 안주인은 자주 쓰이는 표현으로 만족하는 인물이었기에 곧바로 쥘리앵에 대한 이 평가를 받아들이고, 아카데미 회원을 초대한 데 스스로 만족을 느꼈다. '이 사람은 남편을 즐겁게 해 주고 있다'고 부인은 생각했다.

제3장
첫걸음

찬란한 빛과 무수한 인간으로 가득 찬 이 광대한 계곡은 나를 현혹한다. 나를
아는 자는 아무도 없고 모두 나보다 뛰어나다. 내 머리는 혼란을 일으킨다.

변호사 레이나의 시

다음 날 아침 일찍부터 쥘리앵은 도서실에서 편지 사본을 쓰고 있었다. 그
때 책장으로 교묘히 감춰져 있는 조그만 비밀 문으로 마틸드가 들어왔다. 쥘
리앵은 그 장치에 감탄하고 있었는데, 마틸드는 쥘리앵과 마주치고는 깜짝
놀라며 무척 난처해했다. 파마종이를 머리에 잔뜩 붙인 그녀의 모습을 본 쥘
리앵은 억세고, 거만하고, 남자 같다는 느낌을 받았다. 마틸드는 아버지가
없는 틈을 타 도서실에서 책을 훔치려 했으나 쥘리앵이 있는 바람에 이날 아
침의 작전은 허사가 되었다. 볼테르의 《바빌론의 공주》 제2권을 가지러 온
것이라 한층 더 분했다. 성심회 최대의 공적인 철저한 왕당파 종교 교육을
보충하기 위해서는 다시없이 좋은 부독본이 아닌가! 이 가엾은 아가씨는 나
이가 아직 열아홉 살밖에 안 되었음에도 날카로운 정신적 자극을 주는 소설
외에는 흥미가 없었다.

3시 무렵 노르베르 백작이 도서실에 나타났다. 밤에 정치적 논의를 할 수
있도록 신문을 읽으러 왔는데, 그때까지 그 존재를 잊어버리고 있던 쥘리앵
을 만나고는 몹시 기뻐했다. 백작의 태도는 매우 정중했다. 그는 쥘리앵에게
같이 말을 타지 않겠느냐고 권했다.

"아버지는 저녁때까지 저희에게 자유 시간을 주십니다."

쥘리앵은 이 '저희'라는 말의 의미를 깨닫고 기쁘게 생각했다.

"하지만 백작님, 높이 80척의 나무를 베어다가 각재(角材)로 쪼갠다든지
송판을 만드는 일이라면 잘할 자신이 있지만, 말을 탄 경험은 아직 여섯 번

밖에 없습니다.”

“그렇다면 오늘로 일곱 번째로군요.”

사실 이때 쥘리앵은 ×××국왕이 베리에르에 왔을 때의 일을 떠올리고 있었다. 말이라면 잘 탈 자신이 있었다. 그런데 불로뉴의 숲에서 돌아오던 길에 바크 거리 한복판에서 급히 마차를 피하려다가 말에서 떨어져 진흙투성이가 되어 버렸다. 정장을 두 벌 가지고 있던 것이 그나마 다행이었다. 식사 때 후작이 쥘리앵에게 산책은 어땠는가 묻자, 노르베르가 얼른 적당한 말로 둘러댔다.

“백작님은 참으로 친절하게 대해 주십니다” 하고 쥘리앵이 받았다.

“감사할 따름입니다. 백작님은 호의를 베푸셔서 저에게 가장 순하고 좋은 말을 주셨습니다. 그런데 저를 말에다 묶어 주시질 않아서 저는 그만 다리 근처의 긴 도로 한복판에서 떨어지고 말았습니다.”

마틸드는 터져 나오는 웃음을 참으려 했으나 그럴 수가 없었다. 그러고는 천성적인 호기심으로 그때의 상황을 꼬치꼬치 캐물었다. 쥘리앵은 조금도 가식 없이 이야기해 주었다. 자신은 깨닫지 못했지만 상당히 매력 있는 태도였다.

“저 젊은 사제, 앞날이 기대되는데요” 하고 후작이 아카데미 회원에게 말했다.

“이런 자리에서 꾸밈없이 촌놈 티를 그대로 드러내다니! 이런 일은 본 적도 없거니와 앞으로도 볼 수가 없을걸요. 그것도 숙녀들 앞에서 예사로 자기 실패담을 늘어놓으니 말입니다.”

쥘리앵의 실패담을 듣는 청중은 매우 기뻐했다. 심지어 식사가 끝날 무렵 모두의 화제가 다른 방향으로 옮겨 간 뒤에도 마틸드는 오빠에게 이 불운한 사건을 자세히 캐물었다. 그녀의 집요한 질문 탓에 몇 번인가 그녀와 시선이 마주친 쥘리앵은 묻지도 않는데 자진하여 대답해 주었다. 나중에는 세 사람 모두 마치 숲 속 마을에 사는 세 젊은이처럼 큰 소리로 웃어 댔다.

다음 날이었다. 쥘리앵이 신학 강의를 두 시간 듣고 나서 스무 통 정도의 편지를 베끼러 돌아와 보니 도서실의 자기 자리 옆에 낯선 젊은이가 앉아 있었다. 차림새는 그럴듯했지만 생김새는 변변찮고 질투심이 강해 보였다.

후작이 들어왔다.

"여기서 뭘 하고 있나, 탕보 군?"

후작은 엄한 말투로 그에게 물었다.

"분명 저도……" 하고 청년은 야비한 웃음을 띠면서 대답했다.

"아니, 나는 전혀 그럴 생각이 없네. 말도 안 되는 소리 하지 말게."

탕보라는 청년은 화를 내며 나가 버렸다. 그는 라몰 부인의 친구인 아카데미 회원의 조카로 문학을 지망하고 있었다. 그 아카데미 회원의 주선으로 후작의 비서 자리를 약속받았었다. 탕보는 좀 떨어진 방에서 일하고 있었는데, 쥘리앵이 좋은 대우를 받고 있다는 이야기를 듣고는 자기도 받아 주리라 믿고 이 날 아침 도서실에 자신의 책상을 옮겨 놓은 것이었다.

4시가 되자 쥘리앵은 조금 망설인 끝에 대담하게 노르베르 백작의 방에 얼굴을 내밀었다. 백작은 마침 말을 타려던 참이라 당혹스러워했다. 그 정도로 그는 예의바른 청년이었다.

그는 쥘리앵에게 말했다.

"얼마 동안 마술 연습장에 나가 보시면 어떻습니까? 이삼 주일 뒤에는 저도 기꺼이 당신과 함께 말을 타지요."

"여러 가지로 친절하게 대해 주셔서 감사를 드리러 온 참입니다" 하고 쥘리앵은 진지한 태도로 말했다.

"정말 백작님의 친절을 깊이 느끼고 있습니다. 어제는 엉뚱한 실수를 하고 말았습니다만, 혹시 그 말이 부상당하지 않고 지금 쉬고 있다면 오늘 한 번 더 태워 주시기 바랍니다."

"정말? 물론 괜찮긴 합니다만. 소렐 군, 무슨 위험한 변을 당해도 나는 몰라요. 내가 반대했다는 것을 명심하십시오. 여하튼 벌써 4시나 됐으니 어서 나가 봅시다."

말에 올라타자 쥘리앵은 젊은 백작에게 물었다.

"떨어지지 않으려면 어떻게 해야 좋습니까?"

노르베르는 큰 소리로 웃으면서 대답했다.

"방법이야 많지요. 예를 들면, 상체를 뒤로 젖힌다든가."

쥘리앵은 빠른 속도로 말을 몰았다. 루이 16세 광장에 이르렀다.

"아니, 너무 무모한데" 하고 노르베르가 말했다.

"마차의 왕래가 잦은 데다가 마부들도 난폭합니다! 한 번 떨어지면 마지막이오. 마차에 깔려 죽는다고. 그들은 급정거해서 말에 상처를 입히는 짓은 하지 않으니까."

노르베르는 쥘리앵이 낙마할 뻔한 것을 수십 번이나 보았으나 하여간 산책은 무사히 끝났다. 집에 돌아오자 젊은 백작은 누이동생에게 말했다.

"소개하지, 아주 용감하고도 난폭한 기수야."

저녁 식사 때 백작은 반대쪽 끝에 있는 아버지에게 쥘리앵의 용감함을 칭찬했다. 쥘리앵의 승마술 가운데 칭찬거리라고는 그뿐이었다. 백작은 이날 아침 안마당에서 말에 솔질을 하고 있는 하인들이, 낙마한 일을 화젯거리로 삼아 쥘리앵을 몹시 놀리고 있는 소리를 들었다.

이처럼 친절한 대우를 받으면서도 곧 쥘리앵은 이 집안 사람들 사이에서 자신이 완전히 고립되어 있음을 느꼈다. 그는 모든 예의범절이 익숙해지지 않아서 실패만 하고 있었다. 그의 실수는 하인들을 즐겁게 했다.

피라르 사제는 자기 교구로 돌아갔다.

'쥘리앵이 연약한 갈대라면 쓰러짐이 좋다. 만약 용기 있는 사나이라면 혼자 힘으로 헤쳐 나가야 한다.'

제4장
라몰 저택

그는 여기서 무얼 하고 있는가! 여기가 마음에 든 것일까? 마음에 들 줄 알고
있는 것일까?

롱사르

라몰 저택의 고상한 살롱에서는 모든 것이 다 쥘리앵에게는 신기하기만
했지만, 한편 쥘리앵을 안중에 두는 사람들에게는 이 검은 옷을 입은 창백한
청년이 아주 기묘하게 보였다. 라몰 부인은 특별한 손님을 저녁 식사에 초대
하는 날은 쥘리앵에게 심부름을 시켜서 자리를 뜨게 하는 것이 어떠냐고 남
편에게 제안해 보았다. 그러나 후작은 이렇게 대답했다.

"어디 끝까지 시험해 보고 싶소. 피라르 사제의 말로는 가까이 부리는 자
의 자존심을 상하게 하는 것은 좋지 않답디다. 저항력이 있는 자가 아니면
기대할 수 없다는 얘기지. 그 사람에게 미흡한 점이 있다면 얼굴이 알려지지
않은 것뿐이오. 애초에 벙어리이자 귀머거리나 다름없는 자가 아니오."

한편 쥘리앵은 생각했다.

'이 집에 익숙해지려면 이 살롱에 오는 사람들의 이름과 성격에 대해 간단
한 메모를 해 두어야겠어.'

먼저 이 집에 단골로 드나드는 대여섯 사람의 이름을 적었다. 쥘리앵이 기
분파인 후작에게 귀염을 받고 있는 줄 알고 틈만 나면 아첨해 오는 자들이었
다. 모두 보잘것없는 자들로 하나같이 비굴한 인간들이었다. 그러나 오늘날
귀족의 살롱에서 볼 수 있는 이런 무리들의 명예를 위해 한마디 해 두자면,
그들이라고 누구에게나 비굴하지는 않다. 후작의 뜻대로 움직이기는 하더라
도 라몰 부인에게 심한 말을 듣는다면 참지 않을 것이다.

이 집 주인 부부의 성격에는 거만과 권태가 너무 깊이 배어 있었다. 자신

의 권태를 달래기 위해 남을 모욕하는 데 익숙해져 있었기 때문에 참다운 벗이 생길 수가 없었다. 그러나 비 오는 날이라든가, 견딜 수 없을 정도로 심한 권태가 엄습하는 매우 드문 순간들을 제외하면, 평소에는 누가 보더라도 더없이 예의바른 부부였다.

쥘리앵에게 친절한 호의를 보이는 대여섯 사람의 아첨꾼들이 라몰 저택을 등져 버린다면, 후작 부인은 뼈저린 고독을 맛보리라. 그리고 상류계급 여자들에게 고독이란 몸서리날 만큼 무서운 것이다. 그것은 인기가 없음을 상징하기 때문이다.

후작은 정말 나무랄 데 없는 남편으로서, 아내의 살롱에 충분한 사람이 모여들도록 신경 썼다. 그러나 귀족원 의원 따위는 부르지 않았다. 후작이 생각하기에 귀족원의 새로운 동료들은 친구로서 집에 초대하기에는 신분이 불만스러웠고, 아랫사람으로서 출입을 허락하기에는 재미가 없었다.

쥘리앵이 이러한 내막을 안 것은 훨씬 뒤의 일이었다. 그때그때의 정부 정책 따위는 부르주아 가정에서는 화제가 되었지만, 후작과 같은 상류 가정에서는 시국이 아주 위급할 때가 아니면 문제 되지 않았다.

이 권태에 좀먹힌 세기(世紀)에도 오락에 대한 욕구는 여전히 강해서 가령 만찬회가 있는 날이라도 후작이 살롱에서 모습을 감추기가 무섭게 모두들 이내 도망쳐 버렸다. 하느님이라든가 성직자, 국왕, 요직에 있는 인사, 또는 궁정의 보호를 받고 있는 예술가 등, 무릇 권위 있는 자들을 야유하지 말 것. 시국 풍자 시인 베랑제(민중에게 인기가 있던 자유파의 시인이자 가수), 반 왕당파 신문, 볼테르, 루소 등, 요컨대 다소나마 솔직한 말을 하는 인간을 칭찬하지 말 것. 이것만 지키면 아무 일 없었다. 특히 정치만 언급하지 않으면 무슨 논의를 하든 자유였다.

10만 에퀴의 연금이 있다 해도, 코르동 블루의 소유자라 해도 이러한 살롱의 규율에는 맞설 수 없었다. 조금이라도 위세 등등한 의견을 털어놓으면 무례하다는 말을 듣는다. 행동은 고상하고 예절도 완벽하며 서로 호감을 주려고 노력하지만 누구의 얼굴에나 권태의 빛이 깃들어 있었다. 의리상 찾아오는 청년들만 하더라도 사상적 경향을 의심받거나, 금지된 책을 읽고 있는 것을 들킬까 두려운 나머지, 로시니라든가 그날 날씨에 대해서 몇 마디 예의바르게 말하고는 곧 입을 다물고 마는 것이었다.

쥘리앵이 관찰한 바에 따르면, 평소 좌중의 대화에 활기를 띠게 하는 것은 후작이 망명 중에 알게 된 두 사람의 자작과 다섯 사람의 남작이었다. 모두 6천 프랑에서 8천 프랑의 연금을 받는 인물로서, 그중 네 사람은 〈일일신문〉, 세 사람은 〈프랑스 신보〉를 지지했다.* 그 가운데 한 사람은 매일같이 궁정의 일화를 얻어듣고 왔으며, '멋있다'는 말을 자주 입에 담았다. 알고 보니 그는 훈장을 다섯 개나 가지고 있는데 비해 다른 사람들은 대체로 세 개밖에 없었다.

한편 대기실에는 제복을 입은 하인들이 열 명이나 대기하고 있었다. 그리고 매일 밤 15분마다 아이스크림과 차가 나왔다. 밤 12시 무렵에는 가벼운 야식이 샴페인과 함께 나왔다.

쥘리앵이 가끔 끝까지 살롱에 남는 것은 그 때문이었다. 사실 그는 이 황금빛 찬란한 살롱에서 오가는 회화 중 진지하게 들을 만한 이야기라고는 없다고 생각했다. 때로는 화자가 진심으로 내뱉는 말인지 의문스러워 쥘리앵은 가끔 그 얼굴을 가만히 바라보기도 했다.

'내가 통째로 암기하고 있는 메스트르 씨의 저작에 차라리 훨씬 더 재치 있는 말이 나오겠군. 사실 그것도 꽤 따분하지만.'

이 정신적 질식 상태를 깨달은 것은 쥘리앵 한 사람만이 아니었다. 어떤 자는 그저 아이스크림을 마구 먹어 대면서 따분함을 달랬고, 어떤 자는 그날 밤 다른 곳에 가서 "라몰 후작 댁에서 갓 돌아오는 길인데요. 거기서 들은 얘긴데, 러시아에서는……" 하는 따위의 얘기를 할 생각만 하며 참는 것이었다.

아첨꾼 중 한 사람으로부터 쥘리앵이 들은 바에 의하면 반년 전에 라몰 후작은, 왕정복고 이래 군수라는 지위에 만족해 온 가엾은 르 부르기뇽 남작을 이 살롱에 20년 이상 드나든 공으로 현지사로 만들어 주었다 한다.

이 대사건이 손님들의 열의를 다시금 부채질했다. 그때까지는 사소한 일에도 화를 내던 사람들도 그 뒤부터는 화를 내지 않게 되었다. 후작 부부가 직접 예의 없는 언동을 하는 일은 여간해선 없었지만, 이따금 그들은 주위 사람들이 아주 듣기 거북한 말을 짤막하게 속삭일 때가 있었다. 쥘리앵은 식

---

* 모두 과격왕당파 신문인데 〈프랑스 신보〉가 조금 더 중도에 가깝다.

사 자리에서 그런 것을 벌써 두세 번쯤은 들었다. 이 귀족 부부는 '폐하의 어가(御駕)에 배승(陪乘)을 허락받은 귀족'의 자손이 아닌 한 누구에 대해서 나 경멸하는 마음을 감추지 않았다. 쥘리앵은 '십자군'이라는 말을 들을 때만 그들의 얼굴에 존경 어린 진지한 표정이 떠오르는 것을 보았다. 틀에 박힌 경의를 표하는 경우에는 언제나 겉치레 기미가 풍겼다.

이 호화로움과 따분함 속에서 쥘리앵의 관심을 끈 사람은 라몰 후작뿐이었다. 하루는 후작이, 자기는 그 딱한 르 부르기뇽의 승진에 아무런 힘도 돼주지 못했다고 하는 말을 듣고 쥘리앵은 호감을 품었다. 그 승진은 사실 후작 부인에 대한 배려였던 것이다. 쥘리앵은 피라르 사제로부터 진상을 들어 알고 있었다.

어느 날 아침이었다. 후작의 도서실에서 피라르 사제가 쥘리앵과 함께 여전히 계속되고 있는 프릴레르와의 소송 사건에 관한 일을 하고 있을 때, 갑자기 쥘리앵이 입을 열었다.

"선생님, 후작 부인과 저녁마다 식사를 같이 하는 것은 저의 의무입니까? 아니면 저에 대한 호의일까요?"

"대단한 명예가 아닌가!" 하고 사제는 화를 내며 대답했다.

"아카데미 회원인 N…… 씨는 15년 동안 충실하게 드나든 사람임에도 사촌인 탕보 군에게 그런 명예를 못 주고 있어."

"선생님, 저에게는 그것이 일 중에서 가장 괴로운 일입니다. 신학교에 있을 때도 이처럼 따분하지는 않았습니다. 때때로 라몰 후작님의 따님까지도 하품을 하는 것을 봅니다. 그 아가씨는 단골 손님들의 아첨에 익숙해졌을 텐데 말입니다…… 저도 졸지나 않을까 걱정입니다. 제발 가까운 식당에서 40 수짜리 저녁을 먹어도 좋다는 허가를 받아 주실 수 없겠습니까?"

피라르 사제는 그야말로 벼락출세한 사람이었기에 그에게 대귀족과의 만찬은 대단한 명예였다. 그러한 자기 마음을 어떻게든 쥘리앵에게 이해시키려 하고 있는데, 희미한 소리가 들려 두 사람은 뒤를 돌아보았다. 마틸드 양이 서 있는 것을 보고 쥘리앵은 얼굴을 붉혔다. 마틸드는 책을 가지러 왔다가 이야기를 다 들어 버렸던 것이다. 그녀에게는 어느 정도 쥘리앵을 존경하는 마음이 우러났다.

'이 사람은 선천적으로 아무에게나 함부로 고개를 숙일 사람이 아니구나.

그에 비해 이 늙은 신부는 뭔가, 한심하다 한심해.'

식사 때, 쥘리앵은 마틸드의 얼굴을 볼 용기가 나지 않았다. 그러나 그녀는 친절하게 쥘리앵에게 말을 걸어 주었다. 그날은 손님이 많이 올 예정이었는데, 그녀는 쥘리앵에게 끝까지 남아 있으라고 권했다. 파리의 아가씨들은 나이 든 남자들을 그다지 좋아하지 않는다. 그들의 차림새가 좋지 않을 때는 더욱 그랬다. 살롱에 남는 르 부르기뇽 패거리들은 언제나 영광스럽게도 줄곧 마틸드로부터 놀림을 받았다. 이 점은 쥘리앵이 얼핏 봐도 금방 알 수 있을 정도였다. 고의였는지 어떤지는 모르지만 그날 마틸드는 따분한 인간들에 대해 가차 없었다.

마틸드는 매일 밤 후작 부인의 커다란 안락의자 뒤에 몰려 앉는 조그만 그룹의 중심 인물이었다. 그곳에 모이는 사람은 크루아즈누아 후작, 케일뤼스 백작, 뤼즈 자작, 그 밖에 두세 사람의 젊은 사관들로서 모두들 노르베르 백작과 누이동생의 친구들이었다. 이들은 언제나 커다란 푸른 소파에 앉았다. 아름다운 마틸드와 마주 앉는 형태로, 쥘리앵은 소파 끝에 놓인 낮고 자그마한 짚의자에 묵묵히 앉아 있었다. 이런 보잘것없는 자리임에도 사람들은 모두 부러워했다. 노르베르 백작은 부친의 젊은 비서에게 말을 걸기도 하고 하룻밤에 한두 번 그의 이름을 입에 올리면서 그를 붙잡아 두려 했다. 그날 마틸드는 브장송의 성채가 있는 산의 높이가 어느 정도냐고 그에게 물었다. 쥘리앵은 그 산이 몽마르트르 언덕보다 높은지 낮은지조차 몰랐다. 쥘리앵은 이 조그만 그룹에서 오가는 대화가 어찌나 재미있는지 곧잘 웃어 대곤 했다. 그러나 자기 자신은 그런 얘기를 만들어 낼 수 없다는 것을 느꼈다. 알아듣긴 해도 얘기는 할 수 없는 외국어 같았다.

마틸드의 친구들은 이날, 이 큰 살롱에 모여든 사람들에게 끊임없이 적의를 불태웠다. 우선 익숙한 단골 손님들이 공격 대상이 되었다. 여기에 쥘리앵이 얼마나 주의를 기울였는지 상상할 수 있으리라. 얘기의 내용이며 그 야유 방법이 모두 그의 흥미를 끌었던 것이다.

"어머, 데클리 씨가 오셨어요" 하고 마틸드가 입을 열었다.

"요즈음은 가발도 안 쓰시네. 자기 재능만 가지고 현지사가 될 작정이실까. 저렇게 대머리를 흔들어 대며, 이 속은 고원(高遠)한 사상으로 꽉 찼다고 말하고 싶은가 봐."

"저이는 세상을 잘 아는 사람입니다" 하고 크루아즈누아 후작이 말했다.

"우리 백부이신 추기경 댁에도 종종 방문하더군요. 친구 한 사람 한 사람에게 거짓말을 해도 몇 년이나 속일 수 있는 사람이지요. 그 친구가 이삼백 명은 됩니다. 우정의 요령을 알고 있는 셈인데, 그것이 저분 재능이지요. 저런 모습으로 겨울에도 아침 7시에는 벌써 흙투성이가 되어 가지고 친구 집 문 앞에 나타납니다. 가끔 친구와 다투고는 분노하여 절교장을 일고여덟 통은 쓰고, 그런가 하면 다시 화해하여 우정이 넘치는 편지를 일고여덟 통 씁니다. 그러나 뭐니 뭐니 해도 저이의 특기는 아무것도 속에 꿍하니 두지 않고 솔직하게 진심을 털어놓는 것입니다. 무언가 부탁이 있을 때 즐겨 쓰는 수단이지요. 우리 백부 밑에서 일하고 있는 부주교 가운데, 왕정복고 이래 데클리 씨의 생활을 재미있게 이야기하는 사람이 있습니다. 다음번에 이리로 데리고 오지요."

그러자 케일뤼스 백작이 말했다.

"시시하군! 난 그런 말은 믿지 않아. 그 따위는 어차피 치사한 무리들이 동업자로서 질투하고 있는 것일 뿐이야."

크루아즈누아 후작이 되받았다.

"데클리 씨는 역사에 남을 겁니다. 프라드 신부,*¹ 탈레랑, 포초 디 보르고*² 같은 사람들과 함께 왕정복고를 해낸 사람이니까."

"저 사람은 몇 백만이라는 돈을 쥐고 흔들었지" 하고 노르베르가 말했다.

"그만한 사람이 어째서 우리 아버지의 독설을 들으러 이곳에 오는지 까닭을 모르겠단 말이야. 때로는 아주 지독한 말을 듣지. 요전에도 아버지가 식탁 너머로 큰 소리로 물으시는 거야. '데클리 씨, 당신은 친구를 몇 번이나 배반했소?' 하고 말이야."

"아니, 그 사람이 배반한 게 정말이에요?" 하고 마틸드가 끼어들었다. 그리고 덧붙였다.

"배반하지 않은 사람이 있을까?"

케일뤼스 백작이 노르베르에게 말했다.

---

*1 나폴레옹의 종군 사제로서 신뢰를 얻었지만 왕당파와 손잡고 왕정복고에 힘썼다.
*2 러시아 황제 밑에서 일하며 나폴레옹 실각을 획책했던 외교관.

"뭐야, 자네 집에선 그 유명한 자유주의자 생클레르 씨를 다 초대하나? 저 친구는 뭣 하러 오지? 가까이 가서 한번 말을 걸어 봐야겠군. 뭐 좀 지껄이게 해야지. 꽤 재기가 있는 친구라니까."

"그런데 자네 모친께서는 어떤 응대를 하실까?" 하고 크루아즈누아 후작이 나섰다.

"저 사람은 생각이 아주 엉뚱하고 적에게도 관대하며, 무엇에도 구애받지 않는 자유분방한 사람이라던데……"

"보세요" 하고 마틸드가 그 뒤를 가로챘다.

"그 자유분방한 분이 데클리 씨 앞에서 허리를 깊숙이 숙이고 손을 잡고 있어요. 저 손을 입술에 가져가지나 않을까 하고 생각했을 정도예요."

"데클리 씨는 상상 이상으로 권력자들과 짝이 잘 맞는 게 틀림없어" 하고 크루아즈누아가 말했다.

"생클레르가 여기로 오는 것은 아카데미 회원이 되고 싶어서지. 보시오, 크루아즈누아 군. L××× 남작에게도 인사하잖아" 하고 노르베르가 말했다.

"무릎을 꿇는 편이 오히려 낫겠군" 하고 뤼즈 자작이 말했다.

노르베르가 쥘리앵에게 말을 건넸다.

"소렐 군. 자네는 총명한 사람이지만, 뭐라고 해도 산골에서 막 나왔을 뿐이오. 저 위대한 시인 선생 같은 인사는 하지 마시오. 하느님 앞에서라도."

"어머, 뛰어난 재사(才士) 바통 남작님이 납셨어요" 하고 마틸드가 남작의 내방을 알린 하인의 말투를 약간 흉내 내면서 말했다.

"하인들까지 저 사람을 얕보는 모양이군. 이름 한번 웃기기도 하지, 바통(몽둥이) 남작이라니!"

케일뤼스가 말하자 마틸드가 받았다.

"저분, 언젠가 이런 말을 하시잖겠어요. '이름 같은 것은 문제가 아닙니다. 가령 저 부용(고깃국) 백작의 이름이 살롱에서 처음 알려졌을 때를 상상해 보십시오. 결국 사람들 귀에 익숙한가 아닌가가 문제일 뿐입니다.'……"

쥘리앵은 소파 곁에서 떠났다. 경묘한 조롱의 재미를 아직 잘 모르는 그는 농담 한마디를 듣고 웃는 데도 무엇인가 당연한 이유가 있지 않으면 안 된다고 생각하고 있었다. 이 젊은이들의 얘기를 듣고 있으려니 무엇이든지 헐뜯으려는 투로만 느껴져서 불쾌했다. 시골뜨기답다고 할까 영국인 같다고 할까, 고지식한 구석이 있는 쥘리앵은 그것을 뒤틀린 질투의 표현이라고 보았는데, 물론 그것은 잘못된 생각이었다.

그는 속으로 생각했다.

'노르베르 백작은 요전에 연대장에게 20행가량의 편지를 쓰는 데 세 번이나 초를 잡았다. 평생에 단 한 페이지라도 생클레르 씨 같은 문장을 쓸 수만 있다면 아주 기쁘겠지.'

쥘리앵은 그다지 주목받지 않는 인물이어서 남의 눈에 띄지 않게 차례차례 여러 그룹을 돌아다니며 이야기를 들을 수 있었다. 멀리서 바통 남작을 관찰하면서 그가 어떤 말을 하는지 들어 보려고 했다. 재기가 뛰어나다는 이 사나이는 무언가 불안스러워 보였는데, 재치 있는 문구를 몇 가지 입에 올린 뒤에야 겨우 좀 침착해진 듯이 보였다.

이런 종류의 재기에는 시간이 걸리는구나 하고 쥘리앵은 생각했다.

남작은 간단한 말로는 다 표현하지 못했다. 재기를 보이기 위해서는 각각 여섯 줄이나 되는 긴 문구를 적어도 네 가지는 말해야 했다.

"저건 연설이지, 지껄이는 것이 아니야."

쥘리앵의 뒤에서 누군가가 말했다. 뒤돌아본 쥘리앵은 그가 샬베 백작임을 알고는 너무 기쁜 나머지 얼굴이 빨개졌다. 백작은 당대 제일의 재사였다.* 쥘리앵은 《세인트헬레나 회상록》이나 나폴레옹의 구술(口述)에 의한 전쟁 일화 속에서 몇 번이나 그 이름을 읽었다. 샬베 백작의 이야기는 짧았지만, 그 신랄한 표현은 마치 번개처럼 정확하고 날카롭고 심원(深遠)했다. 그가 어떤 일에 대한 얘기를 꺼내면 토론은 순식간에 한 걸음 전진한다. 그는 사실만을 말하기 때문에 듣고 있으면 더할 나위 없이 통쾌했다. 그러다가 정치담이 나오면 그는 놀랄 만큼 냉소적으로 굴었다.

"나는 아무 속박도 받지 않습니다."

백작은 훈장을 세 개나 단 사나이를 향해서 말하고 있었다. 아무리 보아도 상대를 얕보는 듯한 말투였다.

"오늘 내가 6주일 전과 똑같은 의견을 갖고 있어야 할 이유는 없지 않습니까. 그렇게 되면 나는 내 의견의 노예가 되고 맙니다."

---

* 탈레랑(Charles-Maurice de Talleyrand-Perigord, 1754~1838)이 모델인 듯하다.

백작을 둘러싸고 있던 성실해 보이는 네 청년이 인상을 찌푸렸다. 그들은 농담이 싫었다. 백작도 너무 지나쳤음을 깨달았다. 다행히 성실을 간판으로 내세우는 위선자, 발랑의 모습이 눈에 띄었다. 백작이 발랑을 상대로 얘기를 시작하자 모두들 주위에 다가왔다. 불쌍한 발랑이 공격의 표적이 되리라는 것을 알았기 때문이다. 발랑은 도덕이니 교훈이니 하고 늘 떠들어 대는 매우 못생긴 남자인데, 사교계에 나올 무렵에는 이루 말할 수 없이 고생하면서도 마침내 돈 많은 여자와 결혼할 수 있었다. 그리고 그 여자가 죽자 이번에도 역시 돈 많은 여자와 재혼했는데, 그 부인은 도무지 사교계에 얼굴을 내밀지 않았다. 그는 참으로 얌전한 태도로 6만 프랑의 연금을 받고 있으며 이제는 자신의 추종자들까지 거느리고 있었다. 샬베 백작은 그러한 사실을 모조리 들춰내어 사정없이 지껄여댔다. 두 사람 주위에는 이윽고 30명이나 되는 사람이 몰려들어 울타리를 이루었다. 모두가 입가에 엷은 웃음을 띠고 있었다. 모두의 기대주인 그 성실한 청년들까지도 웃음을 띠었다.

'저 사람은 뭣 하러 라몰 후작 댁에 찾아오는 것일까? 노리개가 될 것은 뻔한 일이 아닌가?' 하고 쥘리앵은 생각했다. 까닭을 물어봐야겠다 싶어 피라르 사제 쪽으로 다가갔다.

발랑은 남의 눈에 띄지 않게 살금살금 도망쳐 버렸다. 그러자 노르베르가 말했다.

"됐어! 아버지를 노리는 스파이 한 사람이 나간 셈이군. 이제 남은 것은 꼬마 절름발이 나피에뿐이야."

'이것이 수수께끼를 푸는 열쇠일까? 그러나 그렇다면 왜 후작은 발랑 씨를 손님으로 맞이하고 있는 것일까?'

쥘리앵은 곰곰이 생각했다.

근엄한 피라르 사제는 잇따라 들어오는 내방객 이름을 알리는 하인들의 말소리를 들으면서 살롱 한쪽 구석에 서서 인상을 잔뜩 찌푸리고 있었다.

"이곳은 마치 악당의 소굴과 같군. 오는 놈도 가는 놈도 타락한 인간들뿐 아닌가."

사제는 바질리오* 같은 투로 말했다. 근엄하기만 한 사제는 상류사회가

---

* 보마르셰 《피가로의 결혼》의 등장인물.

어떤 것인지 몰랐다. 그렇긴 하나 피라르 사제는 친구인 장세니스트를 통해서 이들 살롱의 인사들에 대해 매우 정확한 판단을 내리고 있었다. 즉 그들은 어느 당파에나 꼬리를 치는 무섭도록 철저한 재주라든가, 나쁜 짓을 해서 얻은 재산 덕분으로 비로소 살롱에 얼굴을 내밀게 된 무리들이었다. 그날 밤, 처음에는 피라르 사제도 연달아 퍼부어 대는 쥘리앵의 질문에 솔직하게 대답해 주었지만, 이윽고 누구에게나 욕설만을 퍼붓는 상태가 되자 욕만 하는 자신을 자책하는 마음도 일어나고 해서 갑자기 입을 다물고 말았다. 까다로운 장세니스트이고 기독교적 이웃애를 의무로 믿는 사람인만큼, 피라르 사제에게 사교계 생활은 전쟁이나 마찬가지였다.

"저기 피라르 신부는 얼굴이 왜 저렇담?"

쥘리앵이 소파 가까이로 돌아오자 마틸드가 말했다.

쥘리앵은 울컥했으나 그녀의 말에도 일리는 있었다. 의심할 여지도 없이 이 살롱에서 가장 성실한 인물인 피라르 사제는 빨간 주근깨투성이 얼굴이 때마침 양심의 고통 때문에 경련을 일으켜, 아주 처참한 형상을 나타내고 있었다. '인상(人相)이라는 것 따위를 믿는다면 이 얼굴을 한 번 보라'고 쥘리앵은 생각했다.

'피라르 사제는 스스로에게 엄격한 사람이므로, 아주 사소한 죄라도 죄책감이 들면 저런 무서운 얼굴이 돼 버리지. 그에 비해 스파이로 통하는 나피에의 얼굴은 어떤가? 아무리 보아도 구김살 없는 온화한 행복감밖에는 찾아볼 수 없지 않은가.'

하기야 피라르 사제도 그의 기존 신념에 대해서는 이미 상당한 양보를 하고 있었다. 하인도 한 사람 고용했고, 몸치장도 제법 좋아져 있었다.

쥘리앵은 문득 살롱의 심상치 않은 공기를 깨달았다. 여러 사람의 눈이 문 쪽으로 집중되고 갑자기 주위가 조용해졌다. 하인이 소문난 톨리 남작의 내방을 알린 것이다. 지난번 선거 이래 세상의 주목을 끌고 있는 인물이다. 쥘리앵은 앞으로 나가서 그 인물을 자세히 관찰했다. 남작은 어떤 선거구를 관리하고 있었는데, 네모진 투표용지 중 반대파로 돌아가게 된 표를 훔치자는 묘안을 생각해 냈다. 더구나 표수를 맞추기 위해서 자기 쪽 후보자 이름을 쓴 표를 그 수만큼 투표함에 바꿔 넣었다. 이 대담한 책략은 몇 사람의 선거인에게 발각되었고 그들은 곧 톨리 남작에게 따지고 들었다. 마음이 약한 그는 그 대사건으로 아직까지도 안색이 창백하다. 심술궂은 무리들이 '징역'이란 말까지 운운한 것이다. 라몰 후작의 응대는 싸늘했다. 가련한 남작은 얼른 물러가 버리고 말았다.

"거참 빨리 돌아가시는군요. 아마 요술쟁이 꽁뜨네 집에 가시려나 보죠."

이런 샬베 백작의 말에 모두 껄껄대고 웃었다.

과묵한 몇 사람의 대귀족과 모사들이 있었다. 모사들은 대개 악당이지만 또한 재사이기도 했다. 그들은 그날 밤, 라몰 후작이 머지않아 대신이 되리라는 소문을 듣고 이 살롱에 속속 몰려든 것이었다. 그들 틈에 섞인 탕보는 오늘 밤이 첫 출진인 셈이었다. 아직 만사를 날카롭게 보지는 못했지만, 위세 좋은 말솜씨로 한몫 봤다.

"왜 그자를 10년 징역에 처하지 않습니까?"

쥘리앵이 탕보의 그룹에 다가갔을 때, 탕보는 마침 이런 말을 하고 있었다.

"뱀은 지하 토굴 깊숙이 가둬 놔야지요. 음지에서 죽어 버리도록. 안 그러면 그 독기가 심해져서 점점 더 위험해질 뿐입니다. 천 에퀴 정도의 벌금을 물게 해 보았자 무슨 소용이 있습니까? 물론 그 작자가 가난뱅이가 된다면 그것도 괜찮겠죠. 그러나 놈의 당파가 대신 벌금을 물게 됩니다. 그러니 벌금 오백 프랑, 토굴 속의 징역 10년에 처해야 한다고 생각합니다."

'아니! 문제의 악당이 누굴까?'

쥘리앵은 동료의 과격한 말투와 격렬한 몸짓에 감탄하면서 생각했다. 아카데미 회원이 아끼는 조카의 여윈 조그만 얼굴이 이때는 정말이지 추했다. 이윽고 쥘리앵은 화제가 되고 있는 인물이 당대 제일의 시인 베랑제임을 알았다.

'젠장! 짐승 같은 놈!'

비명이 새어 나왔다. 너무 화가 난 나머지 눈물이 고였다.

'거지 같은 놈! 언젠가는 복수해 주마!'

쥘리앵은 생각에 빠졌다.

'후작이 간부로 있는 당파의 결사대가 겨우 이 정도란 말인가? 이놈이 헐뜯고 있는 저 대시인(大詩人)만 하더라도 지조를 팔기만 하면 훈장이든 지위든 얼마든지 손에 넣었을 테다! 지조를 판다고 하더라도, 그 하찮은 네르발*¹ 내각을 상대로 할 것은 없겠지. 최근 잇따라 나타난 그나마 성실했던 대신들 중 누군가에게 지조를 팔면 됐을 것이다.'

피라르 사제가 멀리서 쥘리앵에게 신호를 했다. 라몰 후작이 마침 무엇인가 한마디 한 것이다. 눈을 내리깐 채 한 사제의 불평을 듣고 있던 쥘리앵은 겨우 해방되어 피라르 사제가 있는 곳으로 갔다. 가서 보니 사제는 그 불쾌하기 짝이 없는 탕보를 상대하는 참이었다. 이 소악당은 쥘리앵이 후작에게 사랑을 받고 있는 것이 피라르 사제 때문이라고 생각하여 사제를 아주 미워하고 있는 판이었지만, 그래도 비위를 맞추러 온 것이다.

"언제쯤 그 썩어 빠진 패거리를 죽음이 전부 쓸어내 줄까요?"

이러한 성서풍의 위세 좋은 말을 쓰면서, 문사(文士)인 체하는 탕보는 홀랜드 경*²에 관해서 얘기하고 있는 중이었다. 이 청년의 강점이란 살아 있는 인물의 전기(傳記)를 잘 알고 있다는 것으로, 방금도 영국의 새 국왕 치하에서 권력을 휘두르리라 예상되는 인물들 하나하나를 훑어보던 참이었다.

피라르 사제가 옆방으로 가자 쥘리앵도 그를 따라갔다.

"말해 두겠는데, 후작은 시시한 문인은 싫어하신다. 그들만은 아무래도 못마땅하신 모양이야. 라틴어를 공부해 두는 게 좋겠다. 가능하면 그리스어도. 이집트나 페르시아의 역사를 연구해도 좋아. 그러면 후작은 너를 학자로서 존경하고 보호해 주실 게다. 그러나 프랑스어로는 단 한 페이지도 써서는 안 돼. 특히 네 사회적 신분을 훨씬 넘는 중대한 문제에 관해서는 더욱 그렇다. 그런 일을 하면, 후작은 너를 엉터리 문인으로 취급하여 다시는 돌봐 주지 않을 게다. 대귀족 집에 살고 있으면서 너는 카스트리 공작이 달랑베르와 루소에 대해서 한 말도 모르나? '그들은 매사에 이론을 늘어놓으려 하지만 1년에 1000에퀴의 수입조차 없다'는 말이다."

'여기도 신학교와 마찬가지로 뭐든지 다 알려져 버리는구나!' 하고 쥘리앵은 생각했다. 그는 아주 열띤 어조로 10페이지가량 써 둔 글이 있었다. 그것은 노(老) 군의관(軍醫官)에 대한 일종의 추도문이었다. 자기를 어엿한 사나이로 만들어 준 것은 그 군의관이라고 생각했다.

---

*1 1829년에 수상이 된 폴리냐크가 모델이다.

*2 영국의 자유주의 정치가.

'하지만 그 조그만 노트는 항상 자물쇠를 잠근 서랍에 넣어 두었는데!'

이렇게 생각하면서 쥘리앵은 방으로 돌아가 이 수기를 태워 버리고 다시 살롱으로 돌아왔다. 이름난 악당들은 이미 물러간 뒤여서 남아 있는 것은 훈장을 단 무리들뿐이었다.

하인들이 완전한 준비를 갖춘 식탁을 들여놓았다. 식탁 주위에는 신분이 높고 신앙심이 깊으며 품위를 갖춘 서른 살에서 서른다섯 살 정도의 귀부인들이 일고여덟 명 모여 있었다. 이때 페르바크 원수(元帥) 부인이 늦은 것을 사과하면서 들어왔다. 이미 한밤중이 지나 있었다. 페르바크 부인은 라몰 부인의 옆 자리에 앉았다. 쥘리앵은 그만 감격했다. 원수 부인의 눈이 레날 부인의 눈 그대로였기 때문이다.

마틸드의 그룹은 여전히 떠들썩했다. 그녀는 친구들과 함께 불쌍한 탈레르 백작을 한창 비웃고 있는 참이었다. 백작은 열국(列國)의 국왕에게 군자금을 빌려 주고 돈을 번 유명한 유대인의 외아들이었다. 유대인은 최근에 죽었는데, 그가 아들에게 남겨 준 것은 10만 에퀴의 월수와 지나치게 유명해져 버린 가문의 이름이었다! 이런 기묘한 처지를 헤쳐 나가려면 웬만한 일엔 신경을 쓰지 않는 단순한 성격이라든가, 아니면 극히 강한 의지력이 필요할 것이다.

그런데 불행하게도 백작은 그저 사람이 좋아 아첨꾼들이 치켜세우는 바람에 자만덩어리가 되고 말았다.

케일뤼스 백작의 말에 따르면, 탈레르 백작은 옆에서 부추기는 바람에 마틸드에게 구혼할 의사를 품기 시작했다고 한다(마틸드에게는 머지않아 공작이 되어 10만 프랑의 연수(年收)를 받게 될 크루아즈누아 후작이 자주 접근하고 있었다).

"뭐, 의사가 있다고 해서 비난할 것까지는 없잖아" 하고 노르베르가 동정하는 목소리로 말했다.

이 가련한 탈레르 백작에게 가장 결여되어 있는 것은 의지력이었다. 성격으로만 본다면 그는 국왕이 될 만한 인물이리라. 끊임없이 모든 사람의 의견을 구하면서도 어느 의견에도 마지막까지 따를 용기는 없었다.

저 사람의 얼굴은 보고 있기만 해도 한없이 즐거워진다고 마틸드는 말했다. 불안과 실망이 기묘하게 뒤섞인 얼굴이었다. 그러나 그 얼굴에도 가끔 거드름이나 결연한 태도가 뚜렷이 나타나는 일이 있었다. 하기야 프랑스 제일의 부자이면서 외모도 괜찮고 나이도 서른다섯 살이 넘지 않은 남자이니 당연히 그럴 수 있었다. "그자는 소심한 주제에 아주 무례해"라고 크루아즈누아 후작이 말했다. 케일뤼스 백작, 노르베르, 그 외 두세 사람의 코밑수염을 기른 청년들은 본인이 눈치채지 못하게 실컷 탈레르 백작을 야유했다. 그리고 1시를 칠 무렵 그를 쫓아내기 위해 움직이기 시작했다.

"그 유명한 아라비아 말들을 문에 대기시켜 놓았습니까?"

노르베르가 탈레르 백작에게 물었다.

"아니, 새로 입수한 아주 싼 말입니다. 왼쪽 말은 5000프랑, 오른쪽 말은 단지 100루이입니다. 싼 말은 밤에만 타고 있답니다. 빠르기에 있어서는 다른 말에 뒤지지 않거든요."

노르베르의 의견을 듣고 백작은, 자기와 같은 신분의 사람은 말을 아끼고 사랑해야 마땅하므로 말에게 밤이슬을 맞게 해서는 안 된다고 생각했다. 그가 나가자 다른 젊은이들도 백작을 야유하면서 나갔다.

계단에서 울려 퍼지는 웃음소리를 들으면서 쥘리앵은 생각했다.

'그래. 오늘 밤 나는 나의 신분과는 전혀 다른 인간의 모습을 볼 수 있었다! 나는 1년에 20루이의 수입도 없어. 그런데 한 시간에 20루이나 버는 자와 어깨를 나란히 하고 함께 있었지. 그리고 바보가 된 것은 그쪽이었다. 그런 광경을 코앞에서 보니, 선망이니 뭐니 하는 마음도 싹 달아나 버리는군.'

제5장
감성과 경건의 귀부인

다소나마 날카로운 의견은 거기서는 무례하게 여겨진다. 그만큼 사람들은 생기 없는 말에 익숙해져 있다. 신선한 이야기를 하는 자에게는 아주 딱한 노릇이다!

포블라

몇 달 동안의 시련 끝에 쥘리앵이 라몰 집안의 집사로부터 세 번째 사반기(四半期)분 급료를 받을 무렵, 라몰 씨는 쥘리앵에게 브르타뉴와 노르망디에 있는 영지의 관리를 맡겼다. 쥘리앵은 몇 번이나 그 지방으로 출장을 갔다. 또 프릴레르 사제와의 소송에 관한 통신 사무도 그가 맡아서 했다. 피라르 사제가 그 일에 대해서 충분히 깨우쳐 주었다.

후작이 자기에게로 오는 모든 서류의 여백에 간단히 메모해 두면 그것을 근거로 쥘리앵이 편지를 쓰는데, 대부분은 그대로 후작의 서명을 받을 수 있었다.

파리의 신학교 교수들은 쥘리앵의 출석률이 나쁘다고 한탄했으나, 그래도 그가 가장 우수한 학생 중 한 사람인 것만은 인정하지 않을 수 없었다. 이렇게 채워지지 않는 야망을 품은 자 특유의 열정을 기울여 여러 가지 일에 힘쓰는 동안, 쥘리앵이 시골에서 갓나왔을 때의 성성한 안색은 사라져 버렸다. 그의 창백한 안색은 다른 젊은 신학생들의 눈에는 하나의 매력으로 비쳤다. 쥘리앵은 그곳 학우들이 브장송의 신학생들에 비해 깃궂은 면도 금전 숭배 경향도 훨씬 적다고 생각하고 있었다. 한편 그들은 쥘리앵을 폐병 환자라 생각하고 있었다. 후작은 쥘리앵에게 말을 한 필 주었다.

말을 타고 있는 장면을 들키면 난처하기 때문에, 쥘리앵은 의사에게 그런 운동을 하라는 지시를 받았노라고 학우들에게 말해 두었다. 피라르 사제는 장세니스트 집회에 쥘리앵을 자주 데리고 나갔다. 쥘리앵은 놀랐다. 본디 그의 머릿속에서는 종교라는 관념이 위선이나 돈을 벌려는 욕망과 밀접하게 연결되어 있었다. 그는 수입 따위는 전혀 염두에 두지 않는 이 경건하고도 엄격한 사람들에게 감탄했다. 몇몇 장세니스트들은 그에게 우정을 보여 주고 여러 가지 충고도 해 주었다. 새로운 세계가 쥘리앵의 눈앞에 펼쳐지고 있었다. 장세니스트들이 모이는 곳에서 알타미라 백작이라는 인물과 인사를 하게 되었는데, 키가 6척 가까이나 되는 이 백작은 모국(母國)에서 사형선고를 받을 정도의 자유주의자이면서도 깊은 신앙심을 가진 사람이었다. 깊은 신앙심과 자유에 대한 사랑의 기묘한 대조가 쥘리앵을 감동케 했다.

쥘리앵과 노르베르 백작의 사이는 냉랭해졌다. 노르베르는 쥘리앵이 자기 친구들의 농담에 너무 예민한 반응을 보인다고 생각했다. 한편 쥘리앵은 마틸드에게 한두 번 예의에 어긋난 일을 한 뒤로 그녀에겐 말을 건네지 않기로 결심하고 있었다. 라몰 저택에서는 여전히 누구나 쥘리앵에게 정중했지만, 그는 자기의 평판이 떨어졌음을 느끼고 있었다. 쥘리앵의 시골뜨기다운 사고는 이 변화를 '새것이 좋은 법'이라는 비속한 속담으로 설명하고 있었다.

아마도 처음보다는 좀 통찰력이 늘었는지도 모른다. 아니면 그가 처음에는 파리의 도시적인 세련미에 취했다가 이제 깨어났다는 편이 옳을지 모른다.

분명히 시골에서도 비속하고 세련되지 못한 태도는 비난받을 수 있다. 하지만 시골에서는 대답 한마디를 하더라도 좀더 열이 있는 법이다. 라몰 저택에서 쥘리앵의 자존심이 상한 적은 한 번도 없었다. 그러나 하루 해가 저물고 보면 울고 싶은 심정이 될 때가 자주 있었다. 시골에서는 카페에 들어간 손님에게 무슨 사건이라도 일어나면 보이가 자기 일처럼 걱정해 준다. 그리고 그 사건이 그의 자존심을 건드렸다면 보이는 손님에게 동정을 표하면서 똑같은 말을 열 번이고 스무 번이고 질리도록 반복한다. 그런데 파리 사람들은 여러 사람 앞에서 공공연하게 웃지는 않는다. 하지만 그는 언제까지나 소외되고 만다.

쥘리앵이 웃음거리조차 되지 못할 만큼 비천한 자로 보였기에 망정이지, 그렇지 않았더라면 틀림없이 조소를 받았을 조그마한 사건이 헤아릴 수 없이 많았다. 그 일은 건드리지 말기로 하자. 지나치게 예민했기 때문에 그는 굉장히 많은 실수를 했다. 쥘리앵의 오락은 모두 앞일에 대비하는 마음에서 우러난 것뿐이었다. 그는 매일 사격 연습을 했고, 또 이름 있는 무술 사범의 가장 뛰어난 제자 중 한 사람이 되기까지 했다. 조금이라도 시간이 생기면 그전처럼 독서를 하는 대신 마술(馬術) 교습소에 가서 아주 사나운 말을 골라 탔다. 마술 교사와 함께 산책에 나가면 십중팔구 말에서 떨어지는 형편이었다.

일은 열심히 하고 말수는 적고 머리도 좋았다. 그래서 후작은 쥘리앵을 소중히 여기게 되었으며, 이윽고 다소 골치 아픈 문제는 모두 그 뒤처리를 쥘리앵에게 맡기게 됐다.

정계(政界)에 대해서 대망을 품고 있는 후작이기는 했지만, 한편 틈만 생기면 사업에 손을 내밀어 착실하게 한몫 보곤 했다. 정보가 쉽사리 손에 들어오는 위치에 있었던 만큼 투기를 해서 성공을 거두었다. 집과 산림을 사들이기도 했다.

그런데 후작은 워낙 성격이 불같았다. 그는 수백 루이의 돈을 남에게 주는가 하면 수백 프랑 때문에 소송을 일으키기도 했다. 결단력 있는 부자는 사업에서 즐거움을 찾지 결과는 문제 삼지 않는 법이다. 후작은 자신의 사업 전반에 걸쳐서 명쾌하게 정리해 줄 참모가 필요했다.

라몰 부인은 본디 매우 얌전한 성품이지만 때로는 쥘리앵을 놀렸다. 예민한 감수성에서 튀어나오는 예상 밖의 언동은 귀부인들이 가장 싫어하는 것이다. 예절과는 상극이기 때문이다. 두세 번 후작이 쥘리앵 편을 들어 준 적이 있었다.

"당신의 살롱에서는 우스꽝스러워 보여도, 사무실에 돌아가면 대단한 젊은이오."

하기는 쥘리앵도 자신이 후작 부인의 비밀을 쥐었다 생각하고 있었다. 라주마트 남작이 왔다는 말을 들으면, 이내 부인은 모든 일에 흥미를 나타내기 시작하는 것이었다. 그 남작은 얼굴에 아무런 표정도 떠오르지 않는 싸늘한 느낌의 사나이였다. 키가 작고 여윈 추남이었는데, 옷차림만은 아주 맵시 있고, 왕궁에서 일하고 있었다. 그는 대개 무슨 일에나 거의 입을 열지 않았다. 그것이 그 남자의 사고방식이었다. 라몰 부인이 만약 이 남작을 사위로 맞이할 수 있었더라면, 그야말로 생전 처음 참다운 행복감을 맛보게 되었으리라.

제6장
말씨

그들의 고귀한 사명은, 민중의 일상생활에서 일어나는 갖가지 작은 사건을 냉정하게 판단하는 것이다. 소문이 멀리 퍼지는 동안 왜곡돼 버린 사건이나 시시한 사건 때문에 심한 노여움이 생겨나는 일이 없도록, 그들은 그들의 지혜로 예방책을 마련해야 한다.

그라티우스

쥘리앵은 처음 도시로 왔으면서도 자존심 때문에 절대 남에게 무엇을 물어보려고 하지 않았는데, 그런 것치고는 큰 실수 없이 잘 지냈다. 하루는 소나기가 쏟아져 생토노레가의 어느 카페로 뛰어 들어갔는데, 비버 모피 프록코트를 입은 거대한 사나이가 쥘리앵의 침울한 눈초리가 거슬렸던지 그를 마주 노려보았다. 전에 브장송에서 아망다 양의 정부가 쥘리앵을 노려보던 눈초리와 똑같았다.

그때 모욕을 당한 채 잠자코 있었던 것을 지금까지 후회하고 있던 쥘리앵은 그런 눈초리를 도저히 참아 넘길 수 없었다. 그는 노려본 까닭을 물었다. 프록코트의 사나이는 이내 아주 더러운 말로 욕설을 퍼부었다. 카페 안의 사람들이 두 사람을 에워쌌고, 통행인들까지 문 앞에서 걸음을 멈추었다. 시골뜨기다운 조심성에서 쥘리앵은 언제나 소형 피스톨을 지니고 다녔다. 그는 손을 떨면서 주머니 속의 피스톨을 쥐었다. 그러나 아직 이성이 남아 있었기에 신중하게 이런 말을 되풀이하는 정도에서 그쳤다.

"당신 주소를 대시오. 나는 당신을 경멸하오."

쥘리앵이 이 짧은 말만을 되풀이하자 곧 구경꾼들도 그의 말에 찬동했다.

"그렇지, 그래! 혼자서 떠들지 말고 주소쯤 가르쳐 주라고!"

프록코트의 사나이는 몇 번이고 같은 말을 듣자 쥘리앵의 코앞에 명함을 대여섯 장 내던졌다. 다행히 한 장도 얼굴에 맞지는 않았다. 쥘리앵은 상대가 자기 몸에 손을 댈 때까지는 피스톨을 쓰지 않기로 결심하고 있었던 것이다. 사나이는 떠나가면서도 가끔 되돌아보고 주먹을 보이면서 위협하거나 욕설을 퍼붓기를 그치지 않았다.

정신이 들어 보니 쥘리앵은 땀으로 온몸이 흠뻑 젖어 있었다.

'뭐야! 그 따위 허섭스레기 같은 놈 때문에 이처럼 흥분하다니! 쉽게 흥분하는 이 예민한 성격은 대체 어떻게 극복해야 하나? 정말 부끄럽군.'

수치심에 쥘리앵은 중얼거렸다.

그런데 어디서 결투의 입회인을 구할까? 친구는 한 사람도 없었다. 지인이라면 몇 명 있었지만, 모두 교제한 지 6주일만 지나면 당연하다는 듯 멀어져 갔다. '나는 대인 관계가 좋지 않아 이런 벌을 받는구나'라고 그는 생각했다. 간신히 전에 96연대에 있던 퇴역 중위 리에벵이라는 사내가 생각났다. 곧잘 검술 연습의 상대가 되어 준 마음씨 좋은 사나이였다. 사실 대단치 않은 남자지만, 그에게는 쥘리앵도 마음을 터놓고 이야기할 수 있었다.

"자네의 입회인이 되어 주기는 하겠네만, 한 가지 조건이 있네" 하고 리에벵은 말했다.

"만약 자네가 상대를 쓰러뜨리지 못한다면, 나는 자네와 당장 그 자리에서 결투하겠네."

"좋아!"

쥘리앵이 기쁘게 대답했다. 두 사람은 명함에 있는 대로 생제르맹가 안쪽의 C. 드 보부아지 씨를 방문했다.

아침 7시였다. 그곳에 닿아 막 주인을 찾으려고 할 때 비로소 쥘리앵은 상대가 레날 부인의 친척 되는 젊은이일지도 모른다는 생각이 들었다. 전에 로마인가 나폴리의 대사관에 근무한 일이 있고, 가수 제로니모에게 소개장을 써 보낸 사람이었다.

쥘리앵은 키가 큰 하인에게 전날 상대가 내던진 명함 한 장에다 자기 명함을 덧붙여서 건네주었다.

쥘리앵과 그의 입회인은 45분 이상이나 기다린 끝에 겨우 으리으리하게 꾸민 방으로 안내되었다. 인형처럼 차려입은 키 큰 젊은이가 있었다. 그의 얼굴은 그리스 조각처럼 단정하고 아름다웠지만 무표정했다. 이마가 좁고 매우 아름다운 금색 머리칼이 피라미드형을 이루고 있었다. 머리는 정성스레 곱슬곱슬 손질이 되어 있어 흐트러진 머리카락은 한 가닥도 없었다. '이 겉멋만 든 멋쟁이 놈, 이렇게 머리를 지지느라고 우리를 기다리게 했구나'라고 96연대 퇴역 중위는 생각했다. 화려한 빛깔의 실내복, 아침에 입는 바지, 또 수놓은 실내화에 이르기까지 모든 것이 조금의 빈틈도 없이 놀랄 만큼 잘 갖춰져 있었다. 기품이 있으면서도 공허해 보이는 그 얼굴은 온건하여 거의 사상 따위는 품고 있지 않은 것 같았다. 요컨대 상냥한 인물의 전형이고, 기발한 언동이나 농담을 싫어하며 꽤나 거드름을 피우는 인간이었다.

무례하게도 남의 얼굴에 명함을 던지고 이처럼 기다리게까지 한다는 것은 이중의 모욕이라고 퇴역 중위가 말하는 바람에, 쥘리앵은 거친 태도로 보부아지의 방 안으로 걸어 들어갔다. 오만불손한 태도를 보일 작정이었으나 되도록 점잖게도 보이고 싶었다.

보부아지의 온화하고 점잖으면서도 어딘가 거만한 태도, 주위에 있는 가구들의 우아한 느낌, 그런 것에 쥘리앵은 완전히 기가 죽어 불손한 태도를 취하려던 생각은 한순간에 사라지고 말았다. 첫째 상대는 어제의 그 사나이가 아니었다. 카페에서 만난 그 무례한 사나이 대신 이런 우아한 인물을 만나자 쥘리앵은 그저 놀랄 뿐, 할 말을 찾지 못했다. 그는 자기에게 던져진 명함 한 장을 내밀었다.

"틀림없는 내 이름입니다만……" 하고 멋쟁이는 대답했으나, 쥘리앵이 아침인데도 검은 옷을 입고 있는 것을 보더니 아주 얕보는 태도로 말했다.

"그런데 솔직히 영문을 모르겠군요……"

이 말투에 쥘리앵은 다시 화가 치밀었다.

"당신과 결투하러 왔습니다."

이렇게 말한 후 쥘리앵은 어제 일의 자초지종을 단숨에 설명했다.

샤를르 드 보부아지는 충분히 살펴본 후에 쥘리앵이 입은 검은 옷의 재단이 상당히 훌륭함을 깨달았다. 쥘리앵의 얘기를 들으면서 그는 생각했다.

'이것은 스토브^(당시의 유명한 재단사)가 재단한 옷이로군. 틀림없어. 조끼도 고상하고 장화도 좋은 물건이다. 그러나 아침부터 검은 옷이라니! …… 이런 옷이 탄환을 막아 내기라도 한단 말인가.'

이것이 준남작(準男爵) 드 보부아지 씨의 감상이었다.

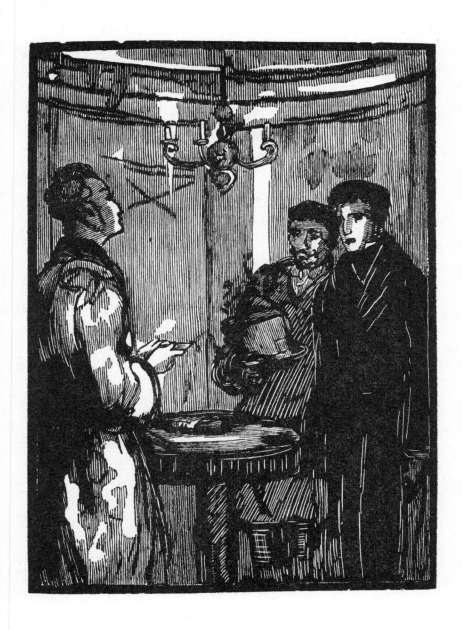

제멋대로 이렇게 해석한 그는 다시금 완벽한 예의를 되찾고 쥘리앵에게 거의 대등한 태도를 취했다. 얘기는 길어졌다. 문제가 미묘했기 때문이다. 그러나 명백한 사실 앞에서는 쥘리앵도 끝내 꺾이지 않을 수 없었다. 눈앞의 훌륭한 귀족은 전날 쥘리앵을 모욕한 그 비열한 사나이와는 전혀 다른 사람이었다.

쥘리앵은 도저히 그냥 물러설 마음이 들지 않아 설명을 질질 끌었다. 그는 준남작 보부아지의 자만에 찬 태도를 자세히 관찰했다. 보부아지는 쥘리앵이 자기를 단순히 '당신'이라고만 불러 대는 것이 언짢아 스스로 준남작이라고 밝혔다.

쥘리앵은 상대의 듬직한 태도에 감탄했다. 거기에는 노골적이진 않지만 결코 사라지지 않는 일종의 자부심이 섞여 있었다. 그가 이야기할 때 혀를 기묘하게 움직여 발음하는 데에도 쥘리앵은 놀랐다…… 그러나 결국 이 남자에게 싸움을 걸 이유는 조금도 찾지 못했다.

젊은 외교관은 극히 고상한 태도로 결투를 해도 좋다고 했다. 한 시간 전부터 두 다리를 벌리고는 두 손을 넓적다리 위에 얹고 어깨를 딱 벌리고 앉아 있던 퇴역 중위는, 친구 소렐 씨는 명함을 도둑맞은 사람에게 까닭 없는 싸움을 걸 그런 인물은 아니라고 단언했다.

쥘리앵은 아주 불쾌한 기분이 되어 밖으로 나왔다. 보부아지의 마차가 안뜰 돌계단 앞에서 기다리고 있었다. 문득 쥘리앵이 눈을 들어 보니 그 마부가 바로 어제의 그 사나이였다.

그를 확인하자 긴 모닝코트 자락을 잡고 끌어내려 채찍으로 호되게 후려쳤다. 한순간이었다. 두 하인이 그들의 동료를 도우려고 했다. 쥘리앵은 주먹으로 얻어맞았다. 그는 권총을 꺼내 들고 방아쇠를 당겨서 쏘았다. 그들은 도망쳤다. 모두가 눈 깜짝할 사이의 일이었다.

준남작 보부아지는 대귀족다운 말투로 "대체 무슨 일이오? 무슨 일이오?"라고 되풀이하면서, 가소로운 위엄을 보이며 계단을 내려왔다. 분명히 호기심을 잔뜩 자극당했지만 외교관으로서의 체면상 그 이상의 관심을 드러낼 수는 없었던 것이다. 사정을 알자 그의 얼굴에는 오만함이 나타나, 외교관에게서 항상 볼 수 있는 사람을 놀리는 듯한 냉정한 표정이 그만 사라져 버렸다.

이때 퇴역 중위는 보부아지가 결투를 하고 싶어하는 것을 눈치채고, 친구가 주도권을 쥐어 유리한 입장에 서게 해야겠다고 생각했다. "이번에야말로 결투할 이유가 있소!"라고 그는 외쳤다. "나도 동감이오" 하고 외교관이 응했다.

"저 마부는 당장 내쫓아라. 누가 대신 마차를 몰아라" 하고 그는 하인들에게 말했다. 마차 문이 열렸다. 보부아지는 쥘리앵과 입회인에게 같이 타고 가자고 했다. 함께 보부아지의 친구에게로 가니 그는 어떤 조용한 광장을 지정해 주었다. 가는 동안에 대화는 정말 화기애애했다. 이상한 것이라고는 외교관이 실내복 차림 그대로라는 것뿐이었다.

쥘리앵은 생각했다.

'이 사람들은 무척 신분이 높은데도, 라몰 저택에 드나드는 사람들처럼 따분하지는 않군.'

그러나 이내 이해가 되었다.

'아, 알겠다. 이 사람들은 그들처럼 뭐든 지나치게 삼가질 않기 때문이구나.'

전날 밤 상연된 발레에서 관객의 인기를 끈 발레리나들이 화제에 올랐다. 그들은 무척 자극적인 얘깃거리를 내비쳤지만 쥘리앵이나 입회인 퇴역 중위는 그 방면에는 전혀 지식이 없었다. 쥘리앵은 아는 척하는 따위의 어리석은 짓은 하지 않았다. 정직하게 모른다고 고백했다. 그 솔직함이 보부아지 씨의 마음에 들었다. 그는 그 얘기를 상세하고 아주 재미있게 들려주었다.

쥘리앵을 깜짝 놀라게 만든 일이 하나 있었다. 성체 축일의 행렬 때문에 길거리 한복판에 휴게 제단이 가설되고 있어서 한참 동안 마차를 세워야 했을 때의 일이다. 두 귀족은 태연히 이것저것 농담을 나누었다. 그들의 말에 따르면 이 교구의 사제는 대주교의 아들이라는 것이었다. 공작이 되고 싶어하는 라몰 후작의 집에서는 절대로 입에 올릴 수 없는 말이었다.

결투는 눈 깜짝할 사이에 끝났다. 쥘리앵은 팔에 총알을 맞았다. 상대가 손수건으로 그 팔을 동여매고 브랜디로 축여 주었다. 보부아지는 쥘리앵에게 정중히 자기 마차로 댁까지 모셔다 드리게 해 달라고 부탁했다. 라몰 저택에 살고 있다고 하자 젊은 외교관과 그 친구는 서로 눈을 마주쳤다. 쥘리앵이 대절한 마차도 그곳에 대기하고 있었으나, 선량한 퇴역 중위의 얘기보다는 이 귀족들의 얘기가 훨씬 재미있다고 생각했다.

'뭐야! 결투란 결국 이런 건가!' 하고 쥘리앵은 생각했다.

'아무튼 거기서 그 마부 녀석을 잡아서 참 다행이었어. 카페에서 받은 모욕을 그대로 참고 견뎌야만 했다면 대체 얼마나 비참해졌을까!'

재미있는 대화는 쉴 새 없이 계속되었다. 외교관의 거드름도 경우에 따라서는 제법 좋은 것이라고 쥘리앵은 이때 비로소 깨달았다.

'태생이 좋은 사람의 대화라고 반드시 따분한 것만은 아니구나! 이 사람들은 성체 축일의 행렬에 대해서도 농담을 하고 무척 노골적인 얘깃거리도 스스럼없이 재미있게 이야기하고 있어. 이 두 사람에게 부족한 것은 정치에 관한 논의뿐인데, 그러한 결함도 고상한 말투와 다시없는 정확한 표현으로 충분히 보충되고 있구나.'

쥘리앵은 이 두 사람에게 강한 매력을 느꼈다.

'이런 사람들을 종종 만날 수 있다면 얼마나 좋을까!'

헤어지자 곧 보부아지는 결투한 상대가 어떤 인물인가 조사했다. 결과는 신통치 않았다.

그는 어떻게 해서라도 상대의 정체를 캐내고 싶었다. 찾아가도 자기의 체면이 깎이지 않을 만한 인물일까? 그러나 얼마 안 되는 정보는 보부아지 씨를 실망시키는 것뿐이었다.

"이거 아주 창피한 얘길세!" 하고 그는 친구에게 말했다.

"라몰 후작의 비서 따위와 결투했다고 남들에게 얘기할 수는 없단 말이야. 더구나 마부에게 명함을 도둑맞은 것이 원인이었으니!"

"그렇군. 이건 확실히 웃음거리밖에 안 되겠어."

그날 밤 보부아지와 그 친구는, 소렐은 훌륭한 청년인데 실은 라몰 후작 친구의 사생아라고 사방에 소문을 퍼뜨리고 다녔다. 그것은 쉽사리 사실로서 받아들여졌다. 일단 그런 소문이 퍼지자, 보부아지 씨와 그 친구는 쥘리앵이 자기 방에서 근신하고 있던 2주일 동안 몇 번이나 그를 방문했다. 쥘리앵은 아직 한 번밖에 오페라 극장에 간 일이 없다고 솔직히 털어놓았다.

"이거 놀랐는걸. 갈 곳이라고 달리 없지 않습니까. 외출할 수 있게 되면 맨 먼저 오페라 '오리 백작'을 보러 갑시다."

오페라 극장에서 보부아지는 한창 대성공을 거두고 있던 명가수 제로니모에게 쥘리앵을 소개해 주었다.

쥘리앵이 보부아지의 기분을 맞춰 주려고 했다 해도 과언이 아니다. 자존심과 기묘한 중후함과 자부심이 뒤섞인 준남작에게 그는 매료된 것이다. 가령 보부아지는 약간 말을 더듬는 버릇이 있었는데, 그것은 영광스럽게도 그런 버릇이 있는 어떤 대귀족과 늘 만나고 있었기 때문이었다. 이렇듯이 유쾌한 익살과 시골뜨기가 배울 만한 바른 예의범절을 한몸에 지닌 인물을 쥘리앵은 지금까지 한 번도 본 일이 없었다.

오페라 극장에서 보부아지와 함께 있는 쥘리앵의 모습을 사람들은 곧잘 볼 수 있었다. 이러한 교제를 계기로 쥘리앵의 이름이 사람들 입에 오르내리게 됐다.

라몰 후작은 어느 날 쥘리앵에게 말했다.

"이런 참! 자네는 프랑슈콩테에 있는 돈 많은 귀족의 사생아라며, 더구나 내 친구의?"

"보부아지 씨는 목재상 아들 따위와 결투했다는 말이 듣고 싶지 않았던 듯합니다."

쥘리앵은 자기는 그런 소문을 퍼뜨린 일이 없다고 변명하려 했으나 이내 후작에게 가로막혔다.

"알고 있어, 알고 있어. 이번에는 내가 그 소문을 확실한 사실로 굳혀 버릴 차례야. 그것이 나에게도 괜찮은 얘기니까. 그런데 한 가지 부탁이 있네. 부탁이라 해도 30분만 시간을 내주면 되는 일이야. 오페라 극장에서 공연이 있는 날에는 반드시 11시 반에 정면 현관에 가서 상류 인사들이 나오는 것을 잘 관찰해 주기 바라네. 자네 태도는 아무래도 아직 시골티가 나거든. 그런 티는 어서 떼어 버리는 것이 좋아. 또 언젠가 상류사회 사람들에게 자네를 심부름 보낼 때가 있을지도 모르니, 그러한 사람들의 얼굴만이라도 알아두는 편이 유리하겠지. 매표소에 가서 자네 이름을 대면 돼. 자유로이 출입할 수 있게 해 놓았으니까."

제7장
통풍 발작

이리하여 나는 승진했지만, 그것은 내 역량 때문이 아니었다. 내 상사가 통풍 환자였기 때문이다.

베르돌로티

독자들은 마치 친구 대하듯 하는 후작의 진솔한 말투에 놀랐으리라고 생각한다. 깜박 잊고 말하지 않았는데, 후작은 통풍 발작으로 6주일 동안 집안에 틀어박혀 있었다.

때마침 마틸드와 그녀의 어머니는 예르(남프랑스의 휴양지)에 있는 후작 부인의 어머니에게 가 있었다. 노르베르 백작은 때때로 아버지에게 문안 드렸지만 오래 머무르지는 않았다. 부자는 사이가 아주 좋았으나 서로 화젯거리를 찾지 못했다. 결국 얘기할 상대가 쥘리앵밖에 없었는데, 라몰 후작은 쥘리앵의 넘치는 재기에 놀랐다. 쥘리앵에게 신문을 꾸준히 읽게 하자 이윽고 이 젊은 비서는 재미있는 기사만을 골라내게 됐다. 후작이 싫어하는 새 신문이 하나 있었는데, 후작은 두 번 다시 읽지 않겠다고 맹세하면서도 매일처럼 그 얘기를 꺼냈다. 쥘리앵은 속으로 웃었다. 요즘 시대를 별로 좋아하지 않는 후작은 티투스 리비우스의 저서를 쥘리앵에게 읽도록 했다. 쥘리앵이 라틴어 원전을 즉흥적으로 번역하자 즐거워했다.

어느 날 후작은 가끔 쥘리앵을 당황하게 만드는 지나치게 정중한 어조로 말했다.

"소렐 군, 푸른 연미복을 한 벌 주고 싶은데 받아 주겠는가? 마음 내킬 때 그것을 입고 내게로 와 주면 난 자네를 쇼느 백작의 아우, 그러니까 내 친구인 노공작*의 아들로서 대우하겠네."

---

* 라몰 후작 부인의 아버지인 쇼느 공작을 가리킨다.

쥘리앵은 어리둥절했으나, 그날 밤 부랴부랴 푸른 연미복을 입고 방문해 봤다. 그러자 후작은 대등한 취급을 해 주었다. 쥘리앵은 진정한 정중함을 느낄 순 있었으나 그 미묘한 뉘앙스의 차이는 아직 몰랐다. 후작이 이런 변덕을 일으키기 전이었다면, 쥘리앵은 자신이 이 이상 정중한 대접은 받을 수 없으리라고 믿었을 것이다. '참으로 멋진 재주를 가진 사람이다!'라고 쥘리앵은 생각했다. 돌아가려고 일어서니 후작은 통풍 때문에 전송할 수 없노라고 사과까지 했다.

'나를 놀리고 있는 것일까?'

후작의 기묘한 행위 때문에 이런 생각이 쥘리앵의 머릿속을 떠나지 않았다. 피라르 사제에게 의논하러 갔더니, 그는 후작만큼 정중한 사람이 아닌지라 대답 대신 콧방귀를 한 번 뀌고 다른 일로 떠들기 시작했다. 다음 날 아침에 쥘리앵은 검은 옷을 입고 언제나처럼 서류가방과 서명받을 편지를 들고 후작에게로 갔다. 후작의 응대는 예전 그대로였다. 그런데 저녁때 푸른 연미복으로 바꿔 입고 가니, 태도가 전날 밤과 똑같이 정중하게 바뀌었다. 후작은 말했다.

"자네는 친절하게도 이렇게 병든 노인을 문안해 주는데 그것이 싫지도 않은 모양이니, 어디 한번 자네의 생활을 하나도 빼놓지 말고 들려주지 않겠는가? 숨기지 말고 모든 것을 명쾌하고 재미있게 얘기해 주게. 뭐니 뭐니 해도 즐기는 것이 가장 중요하니까. 정말 인생에서 확실한 것은 그것뿐이야. 그 누구도 매일 싸움터에서 나의 목숨을 구해주거나 또는 매일 백만 프랑씩 주거나 할 순 없을 게야. 그러나 만약 여기 이 소파에 리바롤*이 있다면, 그는 매일 한 시간씩 나의 고통과 따분함을 덜어 줄 것이 틀림없네. 그 사람과는 망명 중에 함부르크에서 무척 다정하게 지냈지."

그러고 나서 후작은 쥘리앵에게, 네 사람이 이마를 맞대지 않고는 그의 익살을 이해할 수 없었던 리바롤과 함부르크 시민 간의 일화를 들려주었다.

라몰 후작은 이 장래의 성직자 말고는 얘기할 상대가 없었으므로 그를 즐겁게 해 줄 마음이 든 것이었다. 그는 쥘리앵의 자존심을 돋우어 주려고 노력했다. 진실을 털어놓으라기에 쥘리앵은 모든 것을 다 말해 버리려고 결심

---

* 대혁명 시대 왕당파의 논객, 망명지인 베를린에서 객사.

했다. 다만 틀림없이 후작을 불쾌하게 만들 어떤 인물에 대한 열광적인 숭배와, 미래의 사제에게는 도무지 어울리지 않는 철저한 불신앙, 이 두 가지에 대해서는 잠자코 있기로 했다. 보부아지와 관련된 사소한 사건은 이 자리에 정말 다시없이 어울리는 화제였다. 생토노레가의 카페에서 욕지거리하는 마부와 한바탕 싸운 얘기를 하자 후작은 눈물을 흘리면서 웃었다. 그 순간 주인과 그의 아끼는 고용인은 서로 마음을 터놓고 교류할 수 있었다.

라몰 후작은 쥘리앵의 남다른 성격에 흥미를 가졌다. 처음에는 그의 우스꽝스러운 부분을 그냥 즐길 생각이었는데, 이윽고 이 청년이 잘못 알고 있는 것을 은연 중에 고쳐 주는 데 한층 더 흥미를 갖게 되었다. 후작은 생각했다.

'보통 시골뜨기라면 처음으로 파리에 왔을 때는 무엇에나 감탄하는 법인데, 이 청년은 모조리 미워하고 있군. 다른 사람들은 지나치게 뽐내는데 이 청년은 너무 뽐내지 않는단 말이야. 그래서 바보들은 오히려 이런 청년을 바보라고 생각하지.'

통풍 발작은 그 겨울철의 지독한 추위로 몇 달 동안이나 계속되었다.

후작은 생각했다.

'세상에는 귀여운 스패니얼 개에 정신이 팔린 인간도 있다. 내가 이 젊은 신학생을 좋아한다고 해서 창피할 것은 하나도 없지. 나는 이 색다른 청년을 친아들같이 대우해 주고 있다. 그런데 그게 뭐 어떤가. 대체 무엇이 잘못이란 말인가? 하긴 이런 마음이 언제까지나 계속되면, 이 청년에게 500루이의 다이아몬드를 준다고 유서에 써야 할 때도 올지 모르지만.'

후작은 관심을 두고 있는 청년의 야무진 성격을 일단 인정하게 되자, 매일같이 무엇인가 새로운 일을 그에게 맡기게 되었다.

이 대귀족은 이따금 같은 문제에 대해서 아주 모순된 결단을 내릴 때가 있었다. 쥘리앵은 그것을 깨닫고 놀랐다.

이러다가는 자기가 엉뚱한 피해를 입지 말란 법도 없다. 쥘리앵은 후작과 일할 때는 반드시 장부를 지참하여 거기에 결제 내역을 써 놓은 뒤 후작의 수결을 받기로 했다. 쥘리앵은 서기를 한 사람 고용해서 각 거래의 결제 내용을 전용 장부에 옮겨 써 놓도록 했다. 그리고 그 장부에는 모든 편지를 다 베껴 놓게 했다.

이런 생각은 처음에는 그야말로 우스꽝스럽고 너무 번잡하게 여겨졌다.

그러나 두 달이 지나기도 전에 후작은 그 이점(利点)을 깨달았다. 쥘리앵은 은행원 출신의 서기를 고용해 보면 어떻겠느냐고 후작에게 권했다. 쥘리앵이 관리를 위임받은 토지들의 모든 수입과 지출을 복식부기 형태로 장부에 써넣으면 어떻겠느냐는 것이었다.

이 방식에 의해서 후작은 자기 사업을 일목요연하게 알게 되었다. 그리하여 도둑놈과 다름없는 대리인의 손을 빌리지 않더라도, 두세 개의 새로운 투자에 손을 대는 즐거움을 얻을 수가 있었다.

"3000프랑쯤 자네 몫으로 떼어 두게."

어느 날 후작이 젊은 보좌인에게 말했다.

"그렇게 되면 제가 생각해 낸 방법이 중상의 씨가 될지도 모릅니다."

"그러면 어떻게 하면 좋은가?" 하고 후작은 기분이 상해서 물었다.

"결산을 하셔서 손수 장부에 기입해 주실 수 없겠습니까? 그 결산서에 따라 3000프랑을 받겠습니다. 그리고 이런 장부관리법을 생각해 내신 분은 피라르 사제이십니다."

후작은 푸아송 집사의 결산 보고를 듣고 있는 몽카드 후작* 같은 귀찮은 표정으로 결산을 써넣었다.

밤이 되어 쥘리앵이 푸른 연미복 차림으로 나타날 때는 절대로 일에 대한 얘기는 꺼내지 않았다. 후작의 친절은 언제나 상하기 쉬운 우리 주인공의 자존심을 만족시켰기 때문에, 이윽고 그는 저도 모르게 이 상냥한 노인에게 일종의 애착을 느끼게 되었다. 그렇다고 쥘리앵이 파리에서 말하는 그런 의미로 감수성이 예민하다는 것은 아니다. 다만 그도 목석은 아니며, 또 늙은 군의관이 죽은 뒤 그에게 이토록 친절하게 말을 걸어준 사람은 아무도 없었던 것이다. 그의 자존심이 상하지 않도록 후작이 여러 가지 정중한 배려를 해주는 것을 쥘리앵은 놀란 눈으로 지켜보고 있었다. 이것은 늙은 군의관에게서도 볼 수 없었던 행동이었다. 쥘리앵은 후작이 코르동 블루를 자랑으로 삼는 것 이상으로 군의관은 레종도뇌르를 자랑으로 삼고 있었다는 사실을 새삼 깨달았다. 후작의 아버지는 대귀족이었다.

어느 날이었다. 검은 옷을 입고 사무 정리를 위한 아침 회견을 마친 쥘리

---

* 아란바르의 희극 《상인학교》(1728)의 등장인물.

앵은, 후작을 재미있게 해 줄 만한 얘기를 꺼냈다. 후작은 두 시간이나 그를 붙들어 놓은 끝에, 대리인이 증권거래소에서 막 가지고 온 몇 장의 지폐를 꼭 받아 달라며 쥘리앵에게 주려고 했다.

"존경하는 후작님께 이런 말씀을 드려서 실례라고 생각합니다만, 한 말씀 드려도 괜찮겠습니까?"

"말해 봐."

"이 선물은 정중히 사양하고 싶습니다. 이런 것은 검은 옷을 입는 신분의 사나이가 받을 만한 물건이 못 됩니다. 이것을 받으면 푸른 옷을 입는 사나이가 현재 너그럽게 허락받고 있는 자유로운 거동을 더 이상 못하게 됩니다."

쥘리앵은 공손히 인사를 하고는 후작의 눈도 보지 않고 나가 버렸다.

이 세련된 태도는 후작을 퍽 유쾌하게 만들었다. 후작은 저녁때 그 일을 피라르 사제에게 얘기했다.

"드디어 사제님께 고백하지 않으면 안 되게 되었습니다만 나는 쥘리앵의 태생을 알고 있습니다. 하기야 이런 얘기는 별로 비밀로 하시지 않아도 됩니다만."

'오늘 아침 소렐의 언동에는 품위가 있었다. 그 녀석을 귀족으로 만들어 주기로 할까'라고 후작은 생각했다.

그런 지 얼마 후에 후작은 겨우 외출할 수 있게 되었다. 후작은 쥘리앵에게 말했다.

"두 달쯤 런던에 가 주었으면 좋겠다. 이곳으로 오는 편지는 내가 메모를 한 뒤에 속달우편이나 다른 방법으로 자네에게 보내도록 하지. 자네는 회답을 써서 거기에 받은 편지를 동봉하여 반송해 주면 돼. 내 생각에, 늦어 봐야 닷새 정도야."

칼레로 가는 우편 마차를 타고 가면서 쥘리앵은 툴툴거렸다. 자신이 사업상의 일이니 하는 핑계로 시시한 용건 때문에 영국까지 간다고 생각하니 어처구니가 없었다.

쥘리앵이 얼마나 큰 증오, 또 얼마만큼 혐오에 가까운 감정을 품고서 영국 땅을 밟았는가 하는 것은 여기서 얘기하지 않으리라. 그의 열광적인 보나파르트 숭배는 이미 잘 아는 그대로다. 어느 장교나 그에게는 모두 저 허드슨 로우 경*으로 보였고, 대귀족들은 모조리 세인트헬레나에서 자행된 비열 행위를 명령하여 그 보수로 10년 동안 장관 자리에 앉았던 배서스트 경으로 보였다.

런던에서 겨우 그는 상류사회에서 뻐기는 수법을 알게 되었다. 러시아의 청년 귀족들과 사귀는 동안 그들이 가르쳐 준 것이다. 그들은 말했다.

"소렐 씨, 당신에겐 천부적인 재능이 있어 보이는군요. 그 냉정한 얼굴, '지금 느끼고 있는 감정을 초월한' 차가운 표정을 선천적으로 지니고 계십니다. 우리도 어떻게든 그런 표정을 지으려고 열심히 노력하고 있지요."

코라소프 공작은 이렇게 말했다.

"당신은 지금 시대를 잘 이해하지 못하고 있군요. 언제나 '남의 기대와 정반대로 행동해라.' 이것이 바로 현대의 유일한 종교입니다. 상식에서 벗어난 짓을 해도 안 되고, 뽐내도 안 됩니다. 그러면 사람들은 늘 당신에게서 미친 짓과 허식을 기대하게 되니까요. 그러면 지금 말한 그 교훈을 지키지 못하게 됩니다."

어느 날 쥘리앵은 피츠포크 공작의 살롱에서 큰 성공을 거두었다. 그는 코라소프 공작과 함께 만찬에 초대받았는데 모두를 한 시간이나 기다리게 했다. 이때 자신을 기다리고 있던 스무 명가량의 사람들에게 쥘리앵이 보인 언동은, 아직까지도 런던 대사관의 젊은 서기관들 사이에 화제가 되고 있다. 그의 표정은 비길 데 없이 훌륭했던 것이다.

쥘리앵은 세련된 친구들의 반대를 무릅쓰고, 로크 이후로 영국이 낳은 유일한 철학자인 유명한 필립 베인을 만나 볼 생각을 했다. 베인은 옥중에서 7년째를 보내고 있는 중이었다. '이 나라 귀족은 농담으로는 끝내지 않는군' 하고 쥘리앵은 생각했다.

'게다가 베인은 모욕당하고 욕을 얻어먹고, 별별 곤욕을 치르고 있다.'

만나 보니 베인은 매우 밝은 사나이였다. 귀족계급에 대한 울분을 터뜨리면서 따분함 따위는 날려버리고 있었다. 감옥 문을 나서면서 쥘리앵은 생각했다.

'내가 영국에서 만난 단 하나의 쾌활한 사나이다.'

"폭군에게 가장 편리한 관념은 신(神)의 관념이오." 베인은 그에게 이런

＊ 세인트헬레나에서 나폴레옹을 괴롭혔던 감시인.

말을 했다……

그의 사상 체계의 다른 부분은 너무 '반사회적'이라 여기서는 말하지 않겠다.

귀국하자 곧 라몰 후작이 물었다.

"영국에서 어떤 재미있는 생각을 선물로 가지고 왔나?"

쥘리앵은 잠자코 있었다.

"재미있고 없고 간에, 어떤 생각을 가져왔냐니까?"

후작이 성급한 말투로 재촉했다.

"첫째로……" 하고 쥘리앵은 이야기했다.

"아무리 현명한 영국인이라도 하루에 한 시간은 미쳐 버립니다. 자살이라는 악마의 습격을 받는 것인데, 그것이 그 나라의 신입니다. 둘째로, 영국 땅을 밟으면 인간의 재치나 천재는 그 가치의 25퍼센트를 잃고 맙니다. 셋째로, 영국의 경치만큼 아름답고 훌륭하고 마음을 끄는 경치는 달리 없습니다."

"이번에는 내가 말할 차례군" 하고 후작이 말했다.

"첫째, 왜 자네는 러시아 대사관의 무도회에서 프랑스에는 전쟁을 열렬히 원하는 25세의 젊은 청년이 30만이나 있다고 말했는가? 그것이 여러 나라 왕들에게 반가운 얘기라고 생각했나?"

"일류 외교관들과 이야기할 때는 어떻게 해야 좋을지 몰라서 그랬습니다. 그 사람들은 반드시 진지한 논의를 꺼내는 버릇이 있습니다. 그때 신문에 발표되는 뻔한 말만 하면 깔보일 테고, 그렇다고 대담하게 진실을 찌르는 어떤 새로운 얘기라도 꺼내면 다들 놀라서 대답조차 못합니다. 그리고 다음 날 아침 7시에는 대사관의 일등 서기관을 통해서, 어젯밤에는 과하지 않았느냐고 따지는 형편입니다."

그러자 후작은 웃으면서 말했다.

"과연 그렇군. 그런데 아무리 생각이 깊고 명석한 자네라도, 자신이 왜 영국에 갔는지는 깨닫지 못했지?"

"저는 1주일에 한 번 프랑스 대사 댁의 만찬회에 참석하기 위해서 영국에 갔었습니다. 대사는 정말로 예의바른 분이었습니다."

"사실을 밝히지. 자네는 이 훈장을 받으러 간 게야. 자네의 그 검은 옷을 벗길 생각은 없지만, 나는 푸른 연미복의 자네와 보내는 유쾌한 시간에 익숙해져 버렸다네. 그러니 새로 어떤 명령을 내릴 때까지는 이렇게 해 두세. 이 훈장이 내 눈에 띄는 이상, 자네는 내 친구 쇼느 공작의 막내아들이고, 본인은 그것도 모르는 채 반년 전부터 외교계에서 활약하고 있었다고 말일세."

쥘리앵이 감사하다고 하자 후작은 그것을 가로막으면서 몹시 진지한 얼굴로 덧붙였다.

"그러나 알겠나, 나는 현재의 자네 신분을 바꿀 생각은 없어. 그것은 고용하는 쪽에나 고용되는 쪽에나 반드시 실수의 원인, 불행의 근원이 되네. 자네가 내 소송 사무에 싫증이 나든지 내가 자네를 못마땅히 여기게 될 경우에는, 우리 친구 피라르 신부에게 그랬듯이 훌륭한 사제 자리를 주선해 주지. 다만 '그것뿐'이야."

후작은 냉정한 말투로 이렇게 덧붙였다.

이 훈장은 쥘리앵의 자존심을 만족시켜 주었다. 말수도 훨씬 늘어났다. 회화가 무르익으면 누구라도 불쑥 실례가 될 만한 실언을 하게 마련인데, 그러한 말을 들어도 전처럼 모욕당했다든가 바보 취급을 받았다고는 생각지 않게 되었다.

이 훈장을 받은 뒤 쥘리앵은 예상치 못한 사람의 방문을 받았다. 바로 발르노 남작이었다. 그는 이번에 작위(爵位)를 받게 된 인사차 내각을 찾아보려고 파리로 나온 것이었다. 발르노는 레날 대신 머지않아 베리에르 시장에 임명될 예정이었다.

레날이 자코뱅파라는 사실이 최근에 판명되었다는 발르노 씨의 말에, 쥘리앵은 속으로 크게 웃었다. 실은 머지않아 있을 재선거에서 새 남작은 정부 측 입후보자이고, 레날 씨는 과격왕당파 색채가 극히 짙은 그 현의 대선거구에서 자유주의자들의 지지를 받고 있다는 것이었다.

쥘리앵은 레날 부인의 소식을 들어보려고 했으나 헛일이었다. 남작은 두 사람이 전에 연적 관계였음을 잊지 않고 있는 듯, 도무지 그 얘기는 해 주지 않았다. 마지막으로 그는 이번 선거에서 쥘리앵의 아버지의 표를 얻을 수 없겠느냐고 부탁했다. 쥘리앵은 편지를 쓰겠다고 약속했다.

"선생께서는 당연히 저를 라몰 후작 각하께 소개해 주시리라고 생각합니다만 ……"

'그래, 당연히 그래야 하겠지. 그러나 이런 악당을 소개하다니……' 하고 쥘리앵은 생각했다. 그래서 대답했다.

"솔직하게 말씀드려 나 같은 사람은 라몰 댁에서 아주 말단이라서요. 소개를 한다는 그런 분에 넘치는 일은 하기가 힘듭니다."

쥘리앵은 후작에게 모든 일을 보고하고, 그날 밤에는 발르노의 야망이며 1814년 이래 그의 행적에 대해서 전부 이야기했다.

그러자 후작은 진지한 태도로 말했다.

"내일 그 남작을 소개해 주게. 그뿐 아니라 내일모레는 만찬에 초대하기로 하지. 그 사람을 우리 진영의 신임 지사로 만드는 게야."

쥘리앵은 싸늘한 태도로 말했다.

"그렇다면 빈민수용소장 자리는 저의 아버지에게 주시기 바랍니다."

"좋아" 하고 후작은 다시 명랑한 태도로 돌아가서 말했다.

"그 부탁을 들어주겠네. 난 또 설교를 듣게 되나 했지. 자네도 많이 컸군 그래."

발르노로부터 들은 바에 따르면, 베리에르의 복권사무소장이 최근에 죽었다고 한다. 쥘리앵은 그 직위를 숄랭에게 주는 것도 재미있으리라고 생각했다. 전에 쥘리앵은 그 어리석은 노인이 쓴 청원서를 후작이 묵었던 방에서 주운 일이 있었다. 재무 대신 앞으로 그 직위의 임명을 청원하는 글을 써서 후작의 서명을 받을 때, 쥘리앵이 언젠가의 그 청원서를 암송해 보이자 후작은 허리가 꺾어지도록 웃어 댔다.

숄랭이 임명된 지 얼마 뒤, 쥘리앵은 현에서 선출한 의원들이 유명한 기하학자 그로 씨를 위해서 그 지위를 청원하고 있었다는 사실을 알았다. 고결한 그로 씨는 1400프랑의 연수밖에 없는데도, 최근에 죽은 소장에게 가족 부양비 보조로 해마다 600프랑씩 대주고 있었던 것이다.

쥘리앵은 자기가 저지른 과오로 충격을 받았다. '아니, 이런 일은 아무것도 아니야' 하고 그는 스스로에게 이르는 것이었다.

'출세를 바란다면 부정을 더 많이 저지르지 않으면 안 돼. 그뿐 아니라 입으로는 한껏 감상적인 깨끗한 말들을 늘어놓아 그 부정을 숨길 재주도 익혀두어야 하지. 딱한 그로 씨! 그대야말로 훈장을 받을 자격이 있는데, 엉뚱하게 내가 받았구나. 그리고 나는 그 훈장을 준 정부의 방침대로 행동해야 하지.'

제8장
값진 훈장은 어느 것인가?

"너의 물을 마셔도 갈증은 가시지 않는다"고 목마른 요정이 말했다. ―"그러나 이것은 디야르 바키르에서 제일 시원한 우물물이랍니다."

펠리코

어느 날 쥘리앵은 센 강변에 있는 아름다운 빌르퀴에서 돌아왔다. 그곳은 라몰 후작이 특히 소중히 아끼는 토지였다. 후작의 많은 영지 가운데서 저 유명한 보니파스 드 라몰의 영지였던 곳은 여기뿐이기 때문이다. 쥘리앵이 저택에 돌아와 보니, 후작 부인과 마틸드도 예르에서 막 돌아와 있었다.

쥘리앵은 이제 의젓한 멋쟁이로, 파리의 처세술을 완전히 익히고 있었다. 그는 마틸드에게 말도 걸어 볼 수 없을 만큼 싸늘한 태도를 취했다. 쥘리앵이 낙마할 때의 모양을 그녀가 그렇게 신나서 흥미진진하게 물어보던 무렵의 일은 깨끗이 잊어버린 것 같았다.

마틸드는 쥘리앵의 키가 더 커지고 안색이 창백해졌다고 생각했다. 몸매나 거동에서 시골티는 완전히 자취를 감추었으나, 말투만은 그렇게 되지 않았다. 지나치게 진지해지거나 너무 기를 쓰는 태도가 아직도 두드러졌다. 그렇듯 이론을 내세우는 점은 있었으나 자존심이 강한 덕분으로 말투에 비굴한 구석은 전혀 없었다. 단지 아직도 하찮은 일을 중대하게 생각하는 경향이 느껴진다 뿐이었다. 그러나 그가 자기 주장을 굽히지 않는 사나이라는 것은 확실했다.

마틸드는 쥘리앵에게 훈장을 준 것을 힐난하면서 아버지에게 말했다.

"그 사람은 경묘함이 부족하잖아요. 그야 확실히 재기는 있지만."

그러고는 계속해서 아버지를 놀렸다.

"하지만 오빠는 벌써 1년 반 전부터 그 훈장을 탐내고 있었는데…… 오빠는 라몰 집안의 한 사람이잖아요!"

"그야 그렇지. 하지만 쥘리앵에게는 무엇인가 예측할 수 없는 구석이 있어. 네가 말하는 라몰 집안의 한 사람에게서는 아직도 그런 점을 본 적이 없단 말씀이야."

레츠 공작이 찾아왔다고 전해졌다.

마틸드는 하품이 나올 것만 같았다. 아버지의 살롱에 번쩍이는 그 익숙한 금빛이며, 언제나 변함없는 단골들의 얼굴이 생각난 것이다. 그녀는 이제부터 파리에서 다시 시작될 너무도 따분한 생활을 속으로 그려 보았다. 예르에 있을 때는 파리의 이 생활이 그리워서 견딜 수 없었다.

'하지만 난 아직 열아홉 살인데! 행복한 나이니 뭐니 하고, 금테 두른 책을 내는 바보들은 말하지만.'

그녀는 프로방스를 여행하는 동안 모은, 살롱의 작은 테이블 위에 쌓인 여남은 권의 새 시집을 바라보았다. 불행하게도 마틸드는 크루아즈누아, 케일뤼스, 뤼즈, 그 밖의 남자 친구들보다 머리가 좋았다. 그들이 프로방스의 아름다운 하늘이라든가, 시라든가, 남프랑스 지방 등등에 대해 할 만한 말은 애당초부터 모두 짐작할 수 있었다.

깊은 권태에다가 설상가상으로 즐거움 따위 하나도 찾아낼 수 없다는 절망감까지 깃든 그 아름다운 눈이 쥘리앵을 보았다.

'적어도 저 사람은 다른 남자와는 뭔가 다른 데가 있어.'

"소렐 씨" 하고 그녀는 상류사회의 젊은 여자들이 쓰는 여자다운 맛이 전혀 없는 가시 돋친 쌀쌀한 목소리로 말했다.

"소렐 씨, 오늘 밤 레츠 공작 댁의 무도회에 가시나요?"

"아가씨, 저는 아직 공작님에게 소개를 받은 적이 없습니다."(이런 말투와 칭호는 자존심이 강한 시골뜨기로서는 참으로 쓰기 어려운 것 같았다.)

"당신과 함께 오도록 공작이 오빠에게 부탁하고 있었어요. 그곳에 오시면 빌르퀴에 영지 얘기를 자세히 해 주세요. 봄이 되면 그리로 가자고 얘기가 나오고 있거든요. 그 별장이 머물 만한지 어떤지, 그곳 경치가 남들이 말하는 것처럼 아름다운지 어떤지 듣고 싶어요. 소문이란 대개 터무니없는 것이 많으니까요."

쥘리앵은 대답하지 않았다.

"오빠와 함께 무도회에 오세요" 하고 마틸드 양은 쌀쌀하게 말했다. 쥘리 앵은 공손히 절을 했다.

'무도회에 가서까지 집안 사람들에게 봉사해야 한다 이 말인가? 나는 사무원으로서 급료를 받고 있는 것이 아닌가?'

생각하려니 차츰 화가 치밀었다.

'내가 저 딸에게 지껄이는 것이 아버지나 오빠나 어머니 계획에 방해가 될지 누가 알아! 이거 정말 절대왕정의 궁정(宮廷) 같군. 완전히 무능한 인간이 되어야 하고, 더구나 누구에게든 잔소리를 듣지 않도록 해야 하니.'

'저 키다리 아가씨는 맘에 안 들어!' 하고 쥘리앵은 어머니가 불러서 걸어가는 마틸드를 보면서 생각했다. 어머니는 딸을 자기가 아는 부인들에게 소개하려 하고 있었다.

'저 아가씨는 최신 유행만 좇고 있다. 저 옷만 하더라도 어깨에서 미끄러져 내릴 것 같잖아…… 안색은 여행 전보다 훨씬 더 창백하고…… 그리고 또 저 머리칼은 어떤가. 지나친 금발이라 오히려 빛깔이 없어 보이잖아. 햇빛이 투명하게 비칠 정도다. 저 인사하는 태도, 저 눈초리, 얼마나 거만한가! 여왕같이 뽐내는구나!'

마틸드는 때마침 살롱에서 나가는 오빠를 불러 세웠다.

노르베르 백작이 쥘리앵에게 걸어와서 말했다.

"소렐 군, 레츠 공작의 무도회에 모시고 가고 싶은데, 오늘 밤 12시에 어디서 만나면 좋을까요? 꼭 당신과 함께 오라는 공작의 부탁입니다."

"분에 넘치는 친절, 감사히 여기고 있습니다."

쥘리앵은 땅에 닿을 만큼 깊이 머리를 숙이면서 대답했다.

노르베르의 말투는 정중하고 다정했기 때문에 쥘리앵은 아무런 흠도 잡을 수가 없었다. 그래서 그는 결국 그 친절한 말보다도 자신의 대답을 비난했다. 그 대답이 무언가 비굴하게 느껴진 것이다.

그날 밤 무도회에 간 쥘리앵은 레츠 저택의 호화로움에 놀라고 말았다. 앞마당에는 황금빛 별을 새긴 큰 진홍빛 데님 텐트가 쳐져 있었는데, 그 취향이 아주 고상했다. 텐트로 덮인 앞마당은 꽃이 만발한 오렌지나무와 협죽도의 숲으로 변해 있었다. 화분을 정성스레 땅속에 완전히 묻어서 협죽도도 오렌지나무도 땅에서 난 것처럼 보였다. 수많은 마차들이 오가는 통로에는 자

같이 쫙 깔려 있었다.

이런 모든 치장들이 시골뜨기인 우리 주인공에게는 놀랄 만큼 훌륭하게 보였다. 이렇게 호화로우리라고는 미처 상상조차 못했던 것이다. 이내 그는 감격하여 아까부터 품었던 불쾌감은 어디론가 사라지고 없었다. 무도회로 오는 마차 안에서 노르베르는 기분이 좋았고 쥘리앵은 침울하기 짝이 없었는데, 이제 두 사람의 입장은 반대가 되어 버렸다.

노르베르는 이토록 호화로운데도 미처 주의가 덜 미친 두세 가지 사소한 점에 신경을 썼다. 그는 일일이 비용을 따져 나갔는데, 그 총액이 쌓여 감에 따라 질투를 느꼈는지 점점 불쾌해져 버렸다.

쥘리앵은 완전히 매료되어 그저 멍청히 넋을 잃고 있었다. 그는 흥분한 나머지 거의 위압감마저 느끼면서 여러 사람이 춤추고 있는 첫 번째 살롱으로 들어갔다. 두 번째 살롱의 입구는 사람의 물결로 차 있었다. 너무나 사람이 많아 쥘리앵은 앞으로 나갈 수가 없었다. 이 두 번째 살롱의 장식은 그라나다의 알람브라(Alhambra) 궁전을 본뜬 것이었다.

"그야말로 이번 무도회의 여왕은 저 여자로군" 하고 코밑수염이 난 젊은 사나이가 말하고 있었다. 그의 어깨가 쥘리앵의 가슴에 파고들 만큼 혼잡했다.

옆에 있는 사나이가 대답했다.

"푸르몽 양은 겨울 내내 으뜸가는 미인이었지만 지금은 자기가 두 번째 지위로 떨어져 버렸다는 것을 깨달은 모양이야. 보라고, 저 묘한 태도를."

"주의를 끌려고 애쓰고 있군. 저것 봐, 콩트르당스($^{춤곡}_{춤}$)가 한창일 때, 혼자서 춤출 때의 저 멋있는 미소 좀 보라고. 저것만은 정말 일품이야."

"마틸드 양은 승리했는데도 별로 즐거워 보이지 않는군. 자신의 승리를 환히 알고 있을 텐데도. 마치 말을 걸어오는 상대의 마음에 들까 봐 두려워하기라도 하는 것 같아."

"대단하군! 저게 바로 유혹의 기교지."

쥘리앵은 어떻게 해서든지 그 매혹적인 여자의 모습을 보려고 했지만 헛일이었다. 그보다 키가 큰 사나이가 칠팔 명이나 앞을 가로막고 서 있었기 때문에 보이지 않았던 것이다.

"저 얌전한 태도는 아주 우아하지만, 그러면서도 꽤 관능적인 구석이 있거든" 하고 콧수염이 난 청년이 다시 입을 열었다.

"게다가 저 시원스럽고 푸른 눈. 이제야 본심을 드러내나 하면, 어느새 살그머니 눈을 내리깐단 말이야. 정말 매혹적인 재간이야."

세 번째 청년이 말했다.

"저것 봐. 저 처녀 옆에 서니 그 예쁜 푸르몽 양도 평범해 보이는군."

"저 얌전한 태도는 이런 의미 같아, 당신이 저에게 어울리는 분이라면 얼마든지 다정하게 대해 드리겠어요!"

"그런데 저 고귀한 마틸드 양에게 어울리는 남자란 대체 누구일까?" 하고 처음의 청년이 말했다.

"미남이고 재기 넘치고, 늘씬한 데다 무훈(武勳)이 혁혁한 어딘가의 왕자겠지. 그것도 나이는 기껏해야 스무 살 정도."

"러시아 황제의 사생아라든가 그런 사람 말이지…… 결혼하면 어딘가의 군주가 되는. 아니면 좀더 가까이 있는 탈레르 백작은 어때? 나들이옷을 입은 농부 같은 백작 말이야……"

입구가 틔어서 쥘리앵은 안으로 들어갈 수가 있었다. '저 여자가 이런 귀족 허수아비들한테 그토록 멋있게 보인다면, 나도 한번 연구해 볼까'라고 쥘리앵은 생각했다.

'이자들이 말하는 완벽한 아름다움이 어떤 것인지 알 수 있겠지.'

마틸드의 모습을 눈으로 찾고 있노라니 문득 그녀와 시선이 마주쳤다. '의무다, 가지 않으면 안 돼'라고 쥘리앵은 속으로 중얼거렸다. 하지만 아까 품었던 불쾌감은 이미 입에 발린 말에 지나지 않았다. 호기심에 사로잡혀 급히 다가갔는데, 마틸드의 대담하게 어깨를 노출한 의상을 보자 걸음이 더욱 빨라졌다. 그러나 사실 그것은 그의 자존심으로 보아 그다지 반갑지 않은 일이었다. '저 여자의 아름다움에는 젊음이 있다'라고 쥘리앵은 생각했다. 마틸드와 쥘리앵 사이에는 대여섯 명의 청년이 있었는데, 그중에는 아까 문 앞에서 얘기를 나누던 젊은이들의 얼굴도 보였다.

마틸드가 쥘리앵에게 물었다.

"저, 당신은 겨울 내내 여기 계셨죠? 오늘 밤의 무도회가 이번 시즌 중에서 가장 훌륭하지 않나요?"

쥘리앵은 대답하지 않았다.

"저 쿨롱의 카드리유 댄스, 아주 멋있어요. 그리고 부인들의 춤도 정말 아름답고요.”

청년들이 일제히 뒤돌아보았다. 마틸드가 그처럼 애써 대답을 시키려는 행운아가 누군가 보려고 한 것이다. 그런데 그의 대답은 영 신통치 않았다.

“아가씨, 저로서는 뭐라고 드릴 말씀이 없군요. 날마다 글만 쓰며 살고 있으니까요. 이런 호화로운 무도회는 생전 처음입니다.”

콧수염을 기른 청년들은 어처구니가 없었다.

그런데 마틸드는 점점 더 관심을 보이면서 질문을 계속했다.

“당신은 마치 현자 같은 분이군요, 소렐 씨. 이런 무도회나 연회 따위는 철학자처럼, 그렇죠, 저 장 자크 루소처럼 깔보고 계시는 거죠? 이런 바보 같은 소동을 보시면 어이가 없어질 뿐, 조금도 재미없으시죠?”

이 한마디가 쥘리앵의 공상을 없애고 그의 마음에서 모든 환상을 쫓아 버렸다. 입가에 경멸의 표정이 떠올랐는데, 그 표정에는 조금 과장된 것 같은 티가 보였다.

“상류사회를 비평하려 할 때의 장 자크 루소는 저에겐 바보로밖에 보이지 않습니다. 그 사람은 상류사회라는 것을 몰랐으니까요. 그러니까 벼락출세한 하인 같은 근성을 지니고 상류사회를 판단한 거지요.”

“하지만 그는 《사회계약론》을 저술했잖아요?”라고 마틸드는 존경 어린 어조로 말했다.

“입으로는 공화제(共和制)를 제창하고 왕권 타도를 부르짖었죠. 하지만 이 벼락출세한 자는, 어느 공작이 자기 친구를 전송하기 위해 식후의 산책 코스를 변경해 준 것을 듣고 기뻐서 어쩔 줄 몰라 했던 사람 아닙니까.”

“아아! 그건 뢱상부르 공작이 몽모랑시에서 코엔데라는 친구를 파리 방향으로 전송해 준 얘기로군요!”[1]

이렇게 말하면서 마틸드는 비로소 자기의 박식함을 나타낼 수 있는 것이 기뻐서 견딜 수 없는 모양이었다. 자기의 학식에 취한 모습은 마치 페레트리우스 왕의 존재를 발견한 아카데미 회원[2] 같았다. 쥘리앵의 눈은 여전히 날카롭고 엄했다. 마틸드는 한순간 기분이 좋아졌지만, 상대의 싸늘한 태도를

---

[1] 루소 《고백록》 제2부 제10권.

[2] 그 무렵 과격왕당파 학자 로랑시가 ‘군신 유피테르’를 뜻하는 라틴어 ‘유피테르 페레트리우스’를 ‘유피테르와 페레트리우스 왕’으로 오역했던 사건을 암시.

깨닫자 어리둥절해지고 말았다. 더구나 평소에는 그녀 자신이 남을 당황하게 만드는 편이었으므로 그 놀람은 한층 더 컸다.

이때 크루아즈누아 후작이 급히 마틸드 쪽으로 다가왔다. 가까이까지 왔으나 사람들의 물결 때문에 더 올 수가 없어서 한참 동안 멈춰 서 있었다. 인파 속에서 쓴웃음을 지은 채 그는 마틸드를 바라보고 있었다. 옆에는 젊은 루브레이 공작 영애, 마틸드의 사촌 언니가 서 있었다. 부인은 2주일 전에 결혼한 남편에게 팔을 내맡기고 있었다. 루브레이 후작도 아주 젊은 사람이었다. 그는 재산을 목표로 모든 것을 공증인에게 맡기고 결혼했는데 뜻밖에도 상대가 뛰어난 미인이었으므로, 그런 행운을 쥔 사나이답게 사족을 못쓸 만큼 애처가다운 태도를 보이고 있었다. 루브레이는 나이 많은 백부가 죽으면 공작이 되기로 되어 있었다.

크루아즈누아 후작이 인파를 헤치지 못한 채 웃는 얼굴로 마틸드를 바라보고 있는 동안, 마틸드는 푸르고 큰 눈으로 후작과 주위 사람들을 둘러보고 있었다.

'왜 이런 하찮은 인간들만 있는지 몰라! 저 크루아즈누아 후작은 나와 결혼할 생각이겠지. 다정한 사람이고 정중하고, 태도만 하더라도 루브레이 씨처럼 정말 흠잡을 데가 없어. 이토록 상대를 따분하게만 하지 않는다면, 모두들 정말 좋은 사람들인데. 그러나 저 사람도 언젠가는 나를 따라 무도회에 나와서 저렇게 바보처럼 만족스러운 모습을 보일 것이 틀림없어. 결혼하고 나서 1년만 지나면 내 전용 마차라든가 말, 의상, 파리에서 200리 떨어진 교외의 성 등등, 내 삶의 모든 것이 훌륭해져서 이를테면 르와빌 백작 부인 같이 벼락출세한 사람을 죽도록 부러워하게 만들 수도 있겠지. 하지만 그 뒤는 대체 어떻게 될까? ……'

마틸드는 앞일을 생각하니 침울해졌다. 크루아즈누아 후작이 다가와서 얘기를 걸었으나 그녀는 그저 생각에 잠겨 있었다. 후작의 얘기 소리도 그녀 귀에는 무도회의 소음과 다름이 없었다. 쥘리앵은 공손하면서도 오만하고 불만스러운 듯한 태도를 보이면서 그 자리에서 떠나갔다. 그녀는 그 모습을 기계적으로 뒤쫓고 있었다. 문득 와글대는 인파에서 떨어져 한쪽 구석에 있는 알타미라 백작의 모습이 눈에 띄었다. 모국(母國)에서 사형선고를 받은 인물로 독자들도 이미 알고 있을 것이다. 그의 친척뻘 되는 한 여인이 루이

14세 시대에 콩티 대공가(大公家)의 왕자와 결혼했는데, 그 조상의 이 같은 경력이 백작에 대한 수도회의 감시의 눈초리를 다소나마 부드럽게 해 주고 있는 셈이었다.

'남자에게 진정한 영예를 안겨 주는 것은 사형선고밖에 없어. 그것만은 돈으로 살 수 없거든.'

마틸드는 문득 이렇게 생각했다.

'어머, 이거 정말 좋은 경구인데? 아무에게도 칭찬을 들을 수 없다는 게 유감이야!'

마틸드는 상당히 재치 있는 여자여서 미리 생각해 둔 경구를 대화 중에 인용하는 짓은 결코 할 수 없었으나, 허영심은 강한 편이라 스스로 기분이 좋지 않을 수 없었다. 따분한 표정에 기쁜 듯한 기색이 나타났다. 아까부터 줄곧 그녀에게 얘기를 하고 있던 크루아즈누아 후작은 훌륭한 잘돼 간다고 생각하고 점점 더 수다를 떨었다.

마틸드는 계속 생각했다.

'아무리 심술궂은 사람이라도 지금의 내 훌륭한 경구는 흠잡을 도리가 없을 거야. 이러쿵저러쿵하는 사람이 있으면 이렇게 말해 주지 뭐. 남작이나 자작 같은 작위는 돈으로 살 수 있어요. 훈장도 탈 수 있어요. 오빠도 얼마 전에 받았지만, 오빠가 무슨 공을 세웠죠? 계급도 손에 넣을 수 있어요. 10년 동안 주둔지에서 근무하거나, 친척 중에 육군 대신이 있으면 노르베르처럼 중대장이 될 수 있거든요. 그거 참 대단한 출세지요! 이것조차 역시 매우 어려운 일로 간주되어 크나큰 영예를 얻죠. 정말 이상해요. 책에 씌어 있는 것과는 정반대이니까요…… 그래요, 재산이 탐이 나면 로스차일드의 딸과 결혼하면 돼요.'

그리고 이렇게 생각하였다.

'정말 내 경구는 함축성이 있어. 사형선고라면 아직은 그 누구도 욕심을 내지 않는 유일한 것이거든.'

"알타미라 백작 아세요?" 하고 마틸드가 크루아즈누아 후작에게 물었다.

그녀는 아주 깊은 생각에서 깨어난 듯한 태도였고, 그 질문은 딱하게도 5분 전부터 후작이 계속 지껄여 온 이야기와는 아무 관계도 없는 것이어서 상냥한 후작도 그만 당황하고 말았다. 그러나 본디 후작은 재치 있는 남자이고 또 그런 소문이 자자한 사람이었다.

후작은 생각했다.

'마틸드에게는 묘한 구석이 있어. 그것이 곤란한 점인데, 그러나 이 여자를 아내로 삼으면 높은 사회적 지위를 얻을 수 있단 말이지! 라몰 후작이 어떻게 움직이고 있는지는 모르지만, 워낙 모든 당파의 거물들과 교제하고 있으니까 결코 실각할 염려가 없는 사람이다. 그리고 마틸드의 이 묘한 점만 하더라도 천재 기질로서 통용될 수 있지. 태생이 좋고 재산도 있으니 남다른 기질이 있은들 별로 우스울 건 없어. 아니, 오히려 그것은 대단히 남의 눈을 끄는 법이다! 그리고 그럴 마음만 생기면 재기도 있겠다, 야무지겠다, 또 머리도 좋으니까 얼마든지 좋은 아내가 되어 줄 거야.'

두 가지 일을 동시에 잘 해치우기는 어려운 일이므로, 후작이 마틸드에게 대답할 때의 말투는 아주 공허하여 배운 내용을 복습이라도 하는 것 같았다.

"저 가엾은 알타미라를 모를 사람이 있겠습니까!"

그리고 후작은 알타미라의 우습고도 어리석은 음모가 실패로 돌아간 전말을 얘기해 주었다.

"정말 어처구니없는 이야기예요!" 하고 마틸드는 혼잣말처럼 말했다.

"그래도 저분은 행동을 하셨어요. 나는 사나이다운 사나이를 만나 보고 싶어요. 저분을 데리고 와 주세요."

이 말에 후작은 기분이 몹시 상해 버렸다.

알타미라 백작은 마틸드의 거만하고 거의 무례하다고 할 수 있는 태도를 진심으로 찬미하는 사람 중 하나였다. 그녀야말로 파리 제일의 미인이라고 서슴지 않고 공언했다.

"왕비 자리에 앉히면 정말 아름다울 거요!"

백작은 크루아즈누아 후작에게 이런 말을 하면서 별로 스스럼도 없이 고분고분 그의 뒤를 따라왔다.

세상에는 음모처럼 야비한 것은 없다고 아예 단정해 버리는 사람이 적지 않다. 자코뱅파의 냄새가 풍긴다는 것이다. 그렇다면 실패한 자코뱅파처럼 보기 흉한 존재가 또 있을까?

마틸드의 눈은 크루아즈누아와 함께 알타미라의 자유주의를 조소하고 있었다. 하지만 그녀는 그의 얘기에는 즐거이 귀 기울였다.

'음모가가 무도회에 와 있다니 정말 재미있는 대조야'라고 마틸드는 생각했다. 검은 콧수염을 기른 음모가에게서 그녀는 잠자는 사자의 얼굴을 보았는데, 이윽고 이 사나이의 마음속에는 단 하나의 태도밖에 없다는 것을 깨달았다. '실리(實利)', 어디까지나 '실리 예찬'이었다.

이 젊은 백작은 자기 나라에 양원제(兩院制) 정부를 세우는 데 보탬이 되는 것에만 온통 관심이 쏠려 있었다. 이 무도회에서 가장 매력 있는 여성인 마틸드 곁을 그가 미련 없이 떠나간 것도 페루의 한 장군이 들어오는 모습이 눈에 띄었기 때문이다.

가엾게도 알타미라는 이제 유럽에 완전히 절망해서, 언젠가 남미 제국이 강대해지는 날에는 예전에 미라보가 그들의 나라로 보내 준 자유를 유럽으로 되돌려 줄지도 모른다고 절실히 생각하고 있었다.

콧수염을 기른 청년들이 와글와글 마틸드를 둘러쌌다. 마틸드는 알타미라가 자기 매력에 굴복하지 않았음을 확실히 알았으며, 그가 가 버렸기 때문에 언짢아하던 참이었다. 페루의 장군과 얘기를 나누고 있는 알타미라의 검은 눈이 빛나는 것이 뚜렷이 보였다. 마틸드는 경쟁 상대 가운데 그 어느 여인도 흉내 낼 수 없는 심각한 얼굴로 주위의 프랑스 청년들을 둘러보았다.

'가령 아무리 좋은 기회를 얻는다 하더라도, 이 가운데 누가 사형선고를 받을 수 있는 일을 해낼까?'

그녀는 이런 생각을 하고 있었다.

이 묘한 눈초리를 보고 그다지 머리가 좋지 않은 사람들은 기뻐했지만 그렇지 않은 사람들은 동요했다. 그들은 갑자기 무슨 신랄한 질문을 받고 대답에 궁한 사태가 닥쳐올지 두려워했다.

마틸드는 생각에 잠겼다.

'태생이 좋으면 수많은 자격을 얻을 수 있지. 그런 자격이 없으면 나는 견딜 수 없을 거야. 쥘리앵의 예를 보더라도 알 수 있지. 하지만 집안이 좋으면 사형선고를 초래할 만한 영혼의 미점은 퇴색해 버려.'

이때 누군가가 그녀 곁에서 말했다.

"저 알타미라 백작은 산 나자로 피멘텔 공의 둘째 아들입니다. 1268년에 처형당한 콘라딘*을 구해 내려고 한 것도 피멘텔의 일족이었습니다. 나폴리에서도 으뜸가는 명문 중의 하나이지요."

마틸드는 생각했다.

'이거 봐, 내 생각이 훌륭하게 증명됐잖아. 태생이 좋으면 강한 성격은 없어져 버려서, 사형선고를 받을 지경에 빠질 리도 없어! 어머, 그런데 오늘 밤에는 왜 얼토당토않은 일만 자꾸 생각하지? 나도 한낱 평범한 여자일 뿐인데…… 그래! 춤을 추자.'

그녀는 함께 갤럽을 추자고 한 시간 전부터 조르고 있던 크루아즈누아의 소원을 들어주었다. 쓸데없는 생각을 해서 울적했던 불쾌감을 흩날려 버리려고, 마틸드는 대담하게 매력을 발산할 마음을 먹었다. 크루아즈누아는 신이 났다.

그러나 춤도, 그리고 귀족사회에서 손꼽히는 미남의 마음을 끌어 보겠다던 기분도, 마틸드의 마음을 밝게 해 주지는 못했다. 그 이상의 성공을 거두기란 불가능하다고 해도 좋으리라. 그녀는 무도회의 여왕이었다. 그것을 자기 눈으로 확인하면서도 그녀의 마음은 삭막하기 짝이 없었다.

'크루아즈누아 같은 사람과 함께 지내다간 얼마나 멋없는 일생을 보내게 될까?'

한 시간이 지나 후작에게 이끌려서 자기 자리로 돌아갈 때 마틸드는 이렇게 생각했다. 서글픈 심정으로 그녀는 생각을 계속했다.

'나의 즐거움은 어디서 찾지? 이렇게 반년 동안이나 떠나 있다가, 온 파리의 여자들이 부러워하는 무도회에 와 보아도 그 기쁨이 발견되지 않는다면…… 더구나 나는 나 스스로도 이 이상 바랄 수 없다고 생각할 만큼 잘난 사람들이 모인 이 자리에서 한껏 주목을 받고 있는 형편인데. 이 자리에 평민 출신이라고는, 상원의원이 몇 명 있는 것 외에는 쥘리앵 같은 사람이 아마 한두 사람 더 있을 뿐이겠지.'

서글픔은 점점 더해 갔다.

'하지만 하늘이 내게 베풀지 않은 것은 하나도 없잖아. 명예도, 재산도, 젊음도! 아아, 정말 무엇이나 다 갖추어져 있어. 단지 행복만이 없을 뿐이야! 오늘 여러 사람들이 하룻밤 내내 입을 모아 칭찬해 준 미점은 내 미점들 중에서도 가장 미심쩍은 거야. 재기(才氣)라면 나도 자신이 있어. 모두

---

* 호엔슈타우펜 왕가의 콘라트 5세. 나폴리·시칠리아 왕국을 탈환하려다 실패.

들 나를 두려워하고 있는 것은 분명하거든. 그 사람들은 진지한 문제를 논하기 시작하면 고작 오륙 분 만에 횡설수설하게 되지. 게다가 어찌어찌 도달한 결론을 마치 대발견이나 한 듯이 떠들어 대는데, 듣고 보면 내가 한 시간 전부터 되풀이한 말이라 이거야. 나는 아름답지. 이건 스탈 부인*이 무엇을 희생해서라도 손에 넣고 싶어한 장점인데, 나에게는 그것이 있어. 그러면서도 나는 따분해서 죽을 지경이거든. 크루아즈누아 후작 부인으로 성을 바꾸어 봐야, 이 따분함이 줄어들 리도 없고.'

마틸드는 울고 싶은 심정이었다. 그녀는 계속 생각했다.

'하지만 그이는 나무랄 데 없는 인물이 아닐까? 이 시대의 교육이 낳은 걸작이라고 해도 좋을 거야. 눈이 마주치면 반드시 무언가 정답고 재치 있는 말을 해 주거든. 그리고 착하고…… 뭐 어쨌든 간에, 소렐이란 사람은 정말 이상한 사람이야.'

갑자기 그녀의 눈에서 우울함이 사라지고 성내는 빛이 떠올랐다.

'할 말이 있다고 일러두었는데, 왜 다시 나타나지 않지!'

---

* 19세기 초반에 활약한 문학가.

제9장
무도회

화려한 옷, 눈부신 촛불, 향수 냄새. 어디를 보아도 고운 팔, 아름다운 어깨! 수많은 꽃다발! 매혹적인 롯시니의 곡, 시슬레의 그림. 나는 넋을 잃는다.

《우제리의 여행》

"아주 시무룩하구나"라고 라몰 후작 부인이 마틸드에게 말했다.
"신경 좀 쓰렴. 무도회에서 그런 표정을 짓는 것은 실례예요."
"머리가 좀 아플 뿐이에요. 여긴 너무 덥거든요."
마틸드는 어머니의 말에 멸시하듯 대꾸했다.
이때 마치 마틸드의 말을 입증이나 하듯 늙은 톨리 남작이 쓰러졌다. 들어낼 도리밖에 없다. 뇌졸중이니 뭐니 하는 말이 수군수군 나왔다. 그다지 기분 좋은 사건은 아니었다.
마틸드는 이 사건을 전혀 마음에도 두지 않았다. 노인이라든가 우울한 얘기를 꺼낼 것이 뻔한 인물 따위는 거들떠보지도 않는 것이 그녀의 오랜 방침이었다.
뇌졸중 얘기를 듣기 싫어서 마틸드는 춤을 추었다. 그런데 사실 뇌졸중도 아무것도 아니었다. 남작은 이틀 후에 다시 얼굴을 나타냈다.
'그러나저러나 소렐은 어디 갔지?'
춤을 추고 나서 마틸드는 문득 이런 생각을 했다. 눈으로 찾고 있으려니 다른 살롱에 있는 쥘리앵의 모습이 눈에 띄었다. 놀랍게도 그는 그 무엇에도 동하지 않는 싸늘한 태도를 잃고 있는 것 같았다. 그가 항상 지니고 있던 영국인 같은 침착성은 사라지고 없었다.
'알타미라 백작과 얘기를 나누고 있네. 그 사형선고를 받았던 사람과! 저

눈에는 검은 불길이 타고 있어. 마치 변장한 왕자 같구나. 눈매가 점점 거만 해지고 있어.'

쥘리앵은 알타미라와 얘기를 계속하면서 마틸드가 있는 쪽으로 돌아왔다. 그녀는 쥘리앵을 응시하면서 그의 얼굴을 세밀히 관찰했다. 과연 그가 명예 로운 사형선고를 받을 만한 고귀한 자질을 가지고 있는가 알아내기 위해서 였다.

마틸드 곁을 지나갈 때 쥘리앵은 알타미라 백작에게 말했다.

"그렇습니다, 당통은 큰 인물이었습니다!"

'어머! 이 사람, 당통 같은 사람이 되려나?' 하고 마틸드는 생각했다.

'그런데 이 사람은 이렇게 기품 있는 용모를 하고 있지만, 당통은 아주 대 단한 추남인 데다 백정이었어.'

쥘리앵이 아직 그녀 가까이 있었으므로 마틸드는 대담하게 그를 불렀다. 젊은 아가씨치고는 엉뚱한 질문이라는 것을 잘 의식하고 있었으나, 한편으 로 자랑스러움도 느끼면서 그녀는 물었다.

"당통은 백정이 아니었나요?"

"그렇습니다. 어떤 사람들은 그렇게 생각했을지도 모릅니다."

쥘리앵은 경멸의 빛을 감추려고도 하지 않고 이렇게 대답했는데, 그 눈에 는 알타미라와 대화를 나눈 흥분의 불꽃이 아직도 선명히 타오르고 있었다.

"그러나 가문이 좋은 분들에게는 정말로 안된 말입니다만, 당통은 메리쉬 르세느에서 변호사를 했었지요. 다시 말해서" 하고 짓궂은 말투로 그는 덧 붙였다.

"처음에는 여기 계시는 상원의원들과 거의 같았던 셈입니다. 단지 미적 관점에서 볼 때, 당통이 아주 손해 보는 입장에 있었던 것만은 사실입니다. 대단한 추남이었으니까요."

이 마지막 말은 대단히 빨랐고 평소와는 딴판으로 아주 무례한 기색이 역 력히 서려 있었다.

쥘리앵은 상체를 가볍게 구부리고 거만함을 속에 감춘 공손한 태도로 한 참 동안 상대의 대답을 기다렸다. 나는 대답을 하기 위해 급료를 받고 있으 며, 그 돈으로 살고 있는 인간입니다 하고 말하는 듯한 태도였다. 그는 눈을 들어 마틸드를 보지도 않았다. 아름다운 눈을 이상하리만큼 크게 뜨고 기묘한 시선을 그에게로 쏟고 있는 마틸드 쪽이 쥘리앵의 노예처럼 보였다. 너무 오래 침묵이 계속되자 마침내 쥘리앵은 눈을 들어, 명령을 받기 위해 주인을 쳐다보는 하인처럼 마틸드의 얼굴을 보았다. 그 시선이 여전히 묘한 눈초리로 그를 보고 있는 마틸드의 시선과 딱 마주쳤다. 그러나 그는 재빨리 그곳을 떠나 버렸다.

마틸드는 겨우 제정신을 차리고 속으로 중얼거렸다.

'저런 미남자가 그런 추남을 칭찬하다니! 자기 일은 도무지 생각지 않네! 케일뤼스나 크루아즈누아는 전혀 달라. 아버지는 무도회에서 나폴레옹 흉내를 잘 내시는데, 저 소렐은 그럴 때의 아버님 모습과 어딘지 비슷해.'

그녀는 당통에 관해선 완전히 잊고 있었다.

'아무리 생각해도 오늘 밤은 너무나 따분해.'

마틸드는 오빠의 팔을 잡고 난처해하는 그를 강제로 이끌고 회장 안을 한 바퀴 돌았다. 사형선고를 받은 사나이와 쥘리앵의 대화를 엿듣고 싶었던 것이다.

이만저만 혼잡하지 않았다. 그래도 겨우 두 사람을 따라잡을 수 있었다. 알타미라가 쟁반에 있는 아이스크림을 집으려고 그들 가까이로 다가온 것이다. 그러면서 알타미라는 몸을 반쯤 쥘리앵 쪽으로 틀어서 얘기를 계속하고 있었다. 그때 수놓은 연미복에 감싸인 팔이 쏙 뻗어 나와 자기 옆에 놓인 아이스크림을 잡으려 하는 것이 알타미라의 눈에 들어왔다. 그 자수에 시선이 끌린 알타미라는 완전히 돌아서서 그 팔의 주인공을 보았다. 순간, 그 고귀하고 순진한 그의 눈에 가벼운 경멸의 빛이 떠올랐다.

"저자를 보십시오."

알타미라는 소리를 죽여 쥘리앵에게 속삭였다.

"×××국 대사(大使) 아라첼리 공입니다. 그가 오늘 아침 나를 인도해 달라고 요구했습니다. 귀국의 외무 대신 네르발 씨에게 말입니다. 저기 저 트럼프를 하고 있는 자가 네르발 씨지요. 저 사람도 나를 인도할 작정인 모양입니다. 우리나라도 1816년에 음모자 두세 명을 이 나라에 인도해 준 일이 있었거든요. 일단 본국 왕에게 넘겨지면 그만입니다. 나는 24시간 안으로 교수형을 받습니다. 여기 있는 이 콧수염을 기른 훌륭한 신사 중 누군가가 나를 잡으러 오겠지요."

"뻔뻔스런 놈들!"

쥘리앵은 억누른 소리로 외쳤다.

마틸드는 두 사람의 대화를 한마디도 놓치지 않았다. 따분함은 벌써 사라지고 없었다.

"그리 뻔뻔스럽지도 않지요"라고 알타미라 백작은 대답했다.

"내가 내 얘기를 꺼낸 것은 생생한 실례를 들어서 당신에게 강한 인상을 주고 싶기 때문입니다. 보십시오, 저 아라첼리 공은 5분마다 자기의 금양모 훈장(金羊毛勳章)을 들여다보지 않습니까. 저런 애들 장난감을 가슴에 달고 있는 것이 기뻐서 견딜 수 없는 모양이지요. 요컨대 시대착오라고 할 수밖에는 없군요. 가엾은 애깁니다. 100년 전에는 금양모 훈장도 대단한 명예였지만, 그 시대라면 저자는 그 훈장을 쳐다보지도 못했을 겁니다. 현재 명문 출신으로 저런 훈장에 정신이 팔린 자는 아라첼리 정도지요. 저 사람은 훈장을 받기 위해서라면 한 도시의 주민 전부를 교수형에 처해 버릴 수도 있을 겁니다."

"그런 짓까지 해서 훈장을 탔나요?"

쥘리앵은 깜짝 놀라 물었다. 알타미라는 싸늘한 말투로 대답했다.

"꼭 그렇다는 것은 아닙니다만. 필시 저 사람은 자유주의자로 지목된 고향의 대지주를 30명쯤은 강물 속에 처넣었을 겁니다."

"무서운 괴물이로군!" 하고 쥘리앵은 다시 소리쳤다.

마틸드는 몹시 흥미를 느껴 고개를 기울이고 듣고 있었는데, 너무나 쥘리앵에게 가까이 다가가 있었기 때문에 그 아름다운 머리카락이 그의 어깨에 닿을 지경이었다.

"당신은 아직 젊군요!" 이것이 알타미라의 대답이었다.

"아까도 얘기했지만 나에게는 프로방스로 시집간 누이동생이 하나 있습니다. 미인이고 얌전하고 착한 여자죠. 어머니로서도 더 바랄 것이 없고 자기 일에 충실하며, 신앙심도 깊지만 딱딱하지는 않습니다."

'이 사람, 무슨 얘기를 하려는 것일까?' 하고 마틸드는 생각했다.

"그 애는 행복한 여자지요. 아니, 여하간 1815년에도 행복했습니다. 그때 나는 누이동생 집에 숨어 있었습니다. 앙띠브 가까이에 토지가 있어서요. 그런데 말입니다. 누이동생은 네이 장군이 처형당했다는 소식을 듣더니, 기쁜 나머지 그만 춤을 추기 시작했습니다!"

"설마!" 하고 깜짝 놀란 쥘리앵이 말했다.

"이게 바로 당파심이지요. 19세기에는 이미 참다운 정열은 존재하지 않습니다. 프랑스에서 사람들이 이처럼 권태감에 젖어 지내는 것도 그 때문입니다. 잔인하기 짝이 없는 일은 하지만, 마음은 잔인하지 않습니다."

그러자 쥘리앵이 말했다.

"후, 거참. 죄를 범할 정도라면 적어도 즐거움을 느끼며 범해야지요. 범죄에 좋은 점이 있다면 그 점뿐이니까요. 그런 이유가 있어야 다소나마 범죄를 정당화할 수 있지 않겠습니까."

마틸드는 조심성을 깨끗이 잊고, 거의 알타미라와 쥘리앵 사이에 파고들어가는 꼴이 되었다. 그녀에게 팔을 빌려 주고 있는 오빠는 언제나 그랬듯이 누이동생에게 휘둘리면서, 홀의 다른 쪽을 바라보며 체면을 유지하기 위해 혼잡해서 꼼짝도 못하는 체하고 있었다.

알타미라가 말했다.

"옳은 말씀입니다. 무엇이든지 해치우면서도 즐거움을 느끼지 않는단 말입니다. 나중에 생각하는 법도 없습니다. 범죄조차 마찬가지입니다. 이 무도회의 손님 중에도 살인범으로서 처형될 만한 자가 10명은 족히 있습니다. 단지 그들 자신이 그것을 잊고 세상 사람들도 잊어버리고 있을 뿐입니다. 그 야 이 사람들 가운데도 기르는 개가 다리만 부러져도 눈물을 흘리며 슬퍼하는 인간이 있습니다. 페르 라쉐즈 묘지에서 '묘에다 꽃을 뿌릴'(조사를 한다는 뜻) 때가 되면—파리에서는 아주 재미있는 표현을 하더군요—그들은 고인이 용감한 기사로서의 모든 미덕을 갖추고 있었으니 뭐니 합니다. 게다가 앙리 4세 시대에 산 케케묵은 선조의 훈공까지 들먹이지요. 아라첼리 공의 수고에도 불구하고 내가 교수형을 벗어나 내 재산을 파리에서 자유로이 쓸 수 있게 되거든, 당신을 만찬에 초대하겠습니다. 살인자이면서도 세상의 존경을 받고, 또 스스로도 그 일을 후회하지 않는 자들 10명가량과 동석하게 해 드리겠습니다. 그 만찬 자리에서는 당신과 나만이 피로 더럽혀지지 않은 셈입니다. 그런데 나는 피에 굶주린 자코뱅파로서 경멸당하겠지요. 그뿐 아니라 미움을 받을지도 모릅니다. 그리고 당신은 상류사회에 뛰어든 평민이라는 이유만으로 반드시 경멸당할 것입니다."

"정말 그래요" 하고 마틸드가 끼어들었다.

알타미라는 놀라서 그녀의 얼굴을 보았지만, 쥘리앵은 돌아보지도 않았다.

알타미라는 말을 계속했다.

"아시겠습니까. 내가 주도한 그 혁명이 성공하지 못한 단 하나의 이유는 내가 세 사람의 목을 치는 것을 허락하지 않았고, 열쇠가 있는데도 금고 속의 칠팔 백만의 돈을 동지들에게 나눠 주지 않았기 때문입니다. 왕은 지금 나를 교수형에 처하라고 발표했지만, 반란 전까지만 해도 나를 친근하게 '자네'라고 불렀습니다. 그때 내가 세 사나이의 목을 날려 버리고 금고의 돈을 나누었더라면 최고훈장 하나쯤 받았을지도 모릅니다. 왜냐하면 나의 혁명이 적어도 반은 성공했을 것이고, 그렇게 되면 우리 나라에도 헌법이 마련되었을 테니까요…… 세상이란 그런 것입니다. 말하자면 체스 게임 같은 것이지요."

쥘리앵은 눈을 빛내면서 상대의 말꼬리를 가로챘다.

"그때는 게임 방법을 모르셨지만, 지금이라면……"

"그자들의 목을 쳤을 것이 틀림없다는 말씀인가요? 이젠 지롱드파^(온건혁명파)의 흉내는 내지 않을 것이라는 말씀이시군요. 일전에 당신은 내가 온건파라는 뜻을 비치셨는데…… 그에 대한 대답은."

여기서 알타미라는 어두운 표정으로 말을 이었다.

"당신이 결투에서 사람을 한 명 죽인 뒤에 하기로 합시다. 그 편이 사형집행인의 손으로 사람을 죽이는 것보다 훨씬 깨끗하니까요."

그러자 쥘리앵이 말했다.

"아니, 분명히 말씀드리겠습니다! 목적을 위해서는 수단을 가리지 말아야 합니다. 만일 내가 이렇듯 하찮은 인간이 아니라 어떤 권력을 가진 인간이라면, 네 사람의 생명을 구하기 위해 세 사람을 교수형에 처하겠습니다."

쥘리앵의 눈에 불길 같은 신념과, 사람들의 속물적 비판에 대한 경멸의 빛이 떠올랐다. 그 눈길이 가까이에 있는 마틸드의 시선과 마주쳤는데, 그 경멸의 눈빛은 착하고 정중한 표정으로 변하기는커녕 오히려 더 깊어지는 듯이 보였다.

마틸드는 매우 화가 났다. 그러나 이제 쥘리앵이라는 존재를 무시하기란 불가능했다. 그녀는 분한 감정을 억누르고 오빠의 손을 끌고 그곳을 떠났다.

'펀치라도 마시고 마음껏 춤이나 춰야지' 하고 마틸드는 생각했다.

'뛰어난 상대를 골라서 어떻게든 남의 눈에 띄어 주겠어. 아, 마침 잘됐다. 건방지기로 소문난 페르바크 백작이 와 있구나.'

마틸드는 백작의 청에 응하여 춤을 췄다.

'우리 두 사람 중에 어느 쪽이 더 건방진지 확실히 보여줄 테야. 하지만 이 사람을 마음껏 조롱하려면, 우선 떠들게 만들어야지.'

이윽고 콩트르당스를 추는 나머지 두 사람은 그저 체면을 지키기 위해 건성으로 춤추는 꼴이 되었다. 모두 마틸드의 신랄한 공격을 한마디도 놓치지 않으려 했다. 페르바크는 얼떨떨해졌다. 재치 있는 생각은 떠오르지 않고, 적당히 얼버무리는 문구만이 나왔기 때문에 씁쓰레한 얼굴이 되었다. 마틸드는 기분이 언짢은 김에 백작을 사정없이 다그치면서 그를 마치 원수처럼 대했다. 그녀는 날이 샐 때까지 춤을 추고 지쳐 빠진 후에야 마차에 올랐다. 그러나 마차에 타고 나서도 생각할 힘은 조금 남아 있었기 때문에 점점 더 서글프고 비참해졌다. 쥘리앵에게 경멸당했지만 자기는 그를 경멸할 수가 없었던 것이다.

쥘리앵은 행복의 절정에 있었다. 그는 부지불식간에 음악과 꽃, 미녀들, 그리고 주위 전체의 우아한 분위기에 취하고 또 그보다는 자기 공상에 취하여, '나를 위해서는 명예를, 만인을 위해서는 자유를' 하는 따위의 꿈을 꾸고는 황홀해져 있었다.

"정말 멋진 무도회로군요! 무엇 하나 빠진 것이 없습니다"라고 쥘리앵은 백작에게 말했다.

"사상(思想)이 빠졌습니다."

이렇게 대답한 알타미라의 얼굴에는 경멸의 빛이 떠올라 있었다. 그가 예의상 그것을 감추지 않으면 안 된다고 생각하고 있음을 짐작할 수 있었으므로, 오히려 그 얼굴에서 더 신랄한 경멸을 엿볼 수 있었다.

"그렇군요, 백작님. 사상은 아직도 일종의 음모라고 간주되고 있는 걸까요."

"내가 이 자리에 초청을 받은 것은 우리 가문 덕입니다. 그러나 이 나라의 살롱에서는 사상이라는 것은 눈엣가시처럼 여겨지고 있습니다. 사상이라 하더라도 통속 희곡의 대사 이상으로 자극적이어선 안 됩니다. 그 정도의 사상이라면 칭찬을 받을 수 있죠. 그런데 사상을 품은 인간이 재기가 번뜩이는 가운데 무엇인가 강렬하고 참신한 것을 나타내 보이면, 이내 '반사회적'이라고 여겨집니다. 이 나라 법관들이 신랄한 풍자 작가 쿠리에에게 붙여 준 수식어도 그것이 아닙니까? 쿠리에도 베랑제같이 투옥이라는 불행을 당했습니다. 프랑스에서는 지적인 면에서 다소나마 뛰어난 인간은 모두 수도회의 손으로 경범죄 법원(輕犯罪法院)에 송치돼 버립니다. 상류사회는 그것을 박수로 맞이하고 있습니다. 그것은 이 나라의 노쇠한 사회가 무엇보다도 예의범절을 중요시하기 때문입니다. 당신네들은 싸움터에서 무훈을 세우는 것이 고작입니다. 뮈라 같은 인물은 나와도 워싱턴 같은 인물은 절대로 나오지 않을 것입니다. 내가 보기에 프랑스는 어디를 둘러보아도 허영투성이입니다. 생각하면서 지껄이는 자는 조심성 없는 경구를 쓰기가 일쑤입니다. 그러면 그 집의 주인은 모욕당했다고 생각하게 되지요."

애기가 이에 미쳤을 때, 쥘리앵을 태워 온 백작의 마차가 라몰 저택의 문 앞에 멎었다. 쥘리앵은 이 음모가에게 완전히 반해 버렸다. 물론 깊은 신념에서 우러난 말이겠지만, 알타미라는 쥘리앵에게 이런 칭찬을 했다.

"당신에게는 프랑스인다운 경박함이 조금도 없습니다. 그리고 실리(實利)라는 원리를 이해하고 계십니다."

마침 쥘리앵은 그저께 카시미르 들라비뉴의 비극 《마리노 팔리에로》*¹를 보았었다.

우리의 평민 반항아 쥘리앵은 혼자서 자문했다.

'이스라엘 베르투치오*²야말로 베네치아의 어느 귀족보다도 기개 있는 사나이가 아닐까? 그런데 그 베네치아의 귀족들 집안의 내력은, 확실히 캘 수 있는 데까지만 하더라도 6세기까지 거슬러 올라간다. 샤를마뉴보다 1세기나 앞이지. 그에 비해 오늘 밤 레츠 씨의 무도회에 나타난 귀족들은 가장 오래된 가문이라 해 봐야 13세기까지 거슬러 올라가면 용한 거고, 그것도 이리저리 더듬어 찾아야 될 판이다. 그런데 어떤가! 문벌로 따져서도 절대로 미칠 수 없는 베네치아 귀족들 틈에 끼어서 살아갔다지만, 아직도 사람들의 기

＊1 1829년 작품. 귀족 세력 타도를 꿈꾸다가 참수되고 만 베네치아 총독이 주인공이다.

＊2 같은 작품의 등장인물. 팔리에르의 심복으로서 열심히 싸웠으나 결국 처형된다.

억에 남아 있는 것은 오히려 베르투치오가 아닌가. 변덕스러운 세상 덕에 얻을 수 있는 간판 따위는, 반란이 한 번 일어나기만 하면 흔적도 없이 사라져 버리지. 이때 남자는 죽음에 대한 태도 여하에 따라 단숨에 지위를 거머잡을 수 있어. 재기라는 놈도 일단 그렇게 되면 모든 힘을 잃고 말아…… 당통이 요즈음 같은 세상에 태어났더라면 어찌 되었을까? 발르노나 레날 따위가 활개를 치는 지금과 같은 세상이라면. 아마 지방 검찰청의 검사 대리조차 되지 못했겠지…… 아니, 무슨 소리. 그자는 일찌감치 수도회에 매수되어 버렸을 거야. 장관까지 올라갈지도 모르지. 요컨대 그 위대한 당통도 돈을 횡령한 일이 있으니까. 미라보도 매수되었고. 나폴레옹만 하더라도 이탈리아에서 수백만이나 되는 돈을 슬쩍했지만, 만일 그러지 않았더라면 피슈그뤼처럼 쉽사리 체포돼 버렸겠지. 돈을 횡령하지 않은 사람은 라파예트뿐이야. 그럼 돈을 훔쳐야 하나? 매수당해야 하나?'

이 문제를 생각하다가 쥘리앵은 벽에 부딪치고 말았다. 그는 밤새도록 프랑스 혁명사를 읽었다.

이튿날, 도서실에서 편지를 쓰면서도 쥘리앵은 여전히 알타미라 백작과 나눈 대화를 생각하고 있었다. 오랫동안 몽상에 잠겨 있다가 그는 속으로 중얼거렸다.

'사실 저 에스파냐의 자유주의자들만 하더라도 민중까지 끌어들여 다 함께 죄를 지었더라면, 그렇게 호락호락 소멸되지는 않았을 거야. 그들은 콧대만 높고 수다스러운 어린애였어……'

"그렇지, 바로 나처럼!"

갑자기 쥘리앵은 꿈에서 깨어난 듯 큰 소리로 말했다.

'대체 내가 어떤 어려운 일을 해냈단 말인가? 그 가련한 자들에게 이러쿵저러쿵할 자격이 있단 말인가? 그자들은 일생에 한 번이라도 결연히 일어서서 행동을 개시했다. 나는 마치 식탁을 떠날 때 '내일은 밥을 먹지 않겠다, 그래도 오늘과 다름없이 힘이 넘칠 것이다'라고 큰소리치는 인간과도 같구나. 무엇인가 위대한 행동을 할 때, 과연 어떤 심정이 될지 알 수 있는 사람은 아무도 없지 않은가……'

이렇듯 고원(高遠)한 사색은 갑자기 마틸드가 도서실로 들어오는 바람에 중단되었다. 그러나 쥘리앵은 패배를 모르던 당통, 미라보, 카르노 등의 위대함에 감탄하느라 바빴으므로, 마틸드의 모습이 눈에 들어와도 전혀 안중에 없었다. 그는 인사도 하지 않았으며 제대로 그녀를 쳐다보지도 않았다. 부릅뜬 눈으로 겨우 상대의 존재를 확인했을 때, 그의 눈에서 빛이 사라져 버렸다. 마틸드는 이를 눈치채고 몹시 씁쓸한 기분이 되었다.

그녀는 벨리의 《프랑스사(史)》 중 한 권을 뽑아 달라고 부탁했으나 아무 소용도 없었다. 책은 가장 높은 단에 있었기 때문에 쥘리앵은 두 개의 사다리 중 큰 것을 가지러 가야만 했다. 사다리를 가져다 책을 뽑아 그녀에게로 넘겨주고 나서도 여전히 그녀의 일은 염두에 없었다. 쥘리앵은 자기 생각에 정신없이 빠져 있었다. 그래서 사다리를 도로 갖다 놓을 때 실수로 책장 유리문에 팔꿈치가 부딪혔다. 유리 조각이 마룻바닥에 흩어져 떨어지는 소리에 겨우 정신이 들었다. 재빨리 마틸드에게 사과했다. 정중한 태도를 취했으나 결국 겉치레일 뿐이었다. 마틸드는 자기가 그를 방해한 것과, 그가 자기와 애기를 나누기보다 아까부터 푹 빠져 있던 생각을 계속하고 싶어하는 것을 눈치챘다. 그녀는 뚫어지게 쥘리앵의 얼굴을 쳐다보고 나서 천천히 걸어 나갔다. 쥘리앵은 그녀가 나가는 뒷모습을 빤히 바라보았다. 지금의 간소한 옷차림과, 어젯밤 치장할 대로 치장한 화려한 모습의 선명한 대조가 왠지 흥미로웠다. 참으로 깜짝 놀랄 만한 변화였다.

'레즈 공작의 무도회에서는 그처럼 오만스러워 보이더니, 지금은 거의 탄원이라도 하는 듯한 눈초리군. 그나저나 정말 저 검은 옷은 몸의 아름다운 선을 더욱 두드러지게 만들어 주는구나. 꼭 왕비 같은 기품이다. 그런데 왜 상복을 입고 있는 것일까? 저 상복의 내력을 누구에게 묻는다면, 다시 실수를 하는 꼴이 되겠지.'

쥘리앵은 아까의 깊고 격렬한 흥분 상태에서 완전히 깨어나 있었다.

'오늘 아침에 쓴 편지는 전부 다시 읽어 봐야겠구나. 빠뜨린 말이나 잘못된 문구가 발견될지도 몰라.'

주의력을 채찍질하면서 첫 편지를 다시 읽고 있노라니, 가까이에서 실크 드레스 옷자락 스치는 소리가 났다. 얼른 뒤돌아보니 책상 옆에 마틸드가 웃는 얼굴로 서 있었다. 또 방해를 받자 쥘리앵은 화가 났다.

마틸드는 이 청년이 자기 따위 문제로 삼고 있지 않다는 것을 뼈저리게 깨달았다. 지금의 웃는 얼굴도 사실 계면쩍은 기분을 숨기기 위한 것으로서,

그 점에서는 효과가 있었다.

"소렐 씨, 당신은 무엇인가 아주 재미있는 것을 생각하고 계시죠? 다 알수 있어요. 알타미라 백작이 파리로 망명하게 된 그 음모 사건, 그 사건에관련된 무슨 흥미진진한 일화 같은 것 아녜요? 무슨 얘긴지 좀 들려줘요. 나, 꼭 알고 싶어요. 누구에게도 얘기하지 않겠어요. 맹세해요!"

이렇게 말한 마틸드는 자기 입에서 나온 말에 스스로도 놀랐다. 아랫사람에게 애원을 하다니! 점점 더 멋쩍어져서 가벼운 농담처럼 덧붙였다.

"어떻게 된 거예요? 언제나 그렇게 냉담하시던 분이, 갑자기 영감(靈感)이라도 받은 사람처럼 돼 버리다니. 꼭 미켈란젤로의 예언자 같아요."

이 날카롭고 버릇없는 질문에 쥘리앵은 내심 크게 충격을 받아, 완전히 평정을 잃고 말았다.

"당통이 도둑질을 한 것은 잘한 짓입니까?"

이렇게 불쑥 첫마디를 꺼낸 쥘리앵의 말투가 차차 격렬해졌다.

"피에몬테 지방이나 에스파냐의 혁명가들은 죄를 지을 때 민중을 포섭해야 했을까요? 아무 공도 없는 무리들에게까지 군대의 요직과 훈장을 나누어주어야 했을까요? 그런 훈장을 받은 자들은 왕의 복위(復位)를 두려워하지않았을까요? 토리노의 국고는 약탈당하도록 내버려 두어야 했을까요? 요컨대, 아가씨"라고 부르면서 쥘리앵은 험악한 표정으로 다가섰다.

"이 세상에서 무지와 죄악을 쫓아내기를 바라는 자는, 마치 폭풍처럼 덮쳐 지나가면서 닥치는 대로 참화(慘禍)를 남기고 가지 않으면 안 된단 말입니까?"

마틸드는 무서워졌다. 그의 시선을 견딜 수 없어 두어 걸음 물러섰다. 잠시 쥘리앵을 바라보다가, 자기가 공포를 느낀 것이 부끄러워져 바삐 도서실에서 나가 버렸다.

제10장
왕비 마르그리트

사랑이여! 그대는 어쩌면 우리를 그토록 심한 광기 속으로 몰아넣고, 어쩌면 그토록 큰 기쁨을 가져다주는 것일까요!

포르투갈 수녀의 편지

쥘리앵은 편지를 모두 다시 읽었다. 저녁 식사를 알리는 종이 울렸을 때, 그는 속으로 중얼거렸다.

'그 파리 인형의 눈에는 내가 아주 우습게 보였겠지. 마음속에 생각하고 있는 것을 그대로 입 밖에 내뱉어 버리다니, 나도 정말 바보다! 하기야 그렇게 바보라고만은 할 수 없을는지도 모르지. 이 경우 진심을 털어놓은 것이 나다우니까. 그건 그렇다 치고, 무엇 때문에 그런 자세한 내용을 캐물으러 왔을까! 그 아가씨의 입에서 나오는 질문치고는 상당히 경솔했어. 범절을 무시한 거라고. 그 아가씨의 아버지로부터 급료를 받고 있다고 해서 구태여 당통에 대한 나의 의견을 보고할 필요까지는 없지 않은가?'

식당에 들어간 쥘리앵은 마틸드가 검은 상복을 정숙하게 입고 있는 데에 마음이 쏠려 아까부터 품었던 불쾌감을 깨끗이 잊었다. 집안에서 그녀 외에는 아무도 검은 옷을 입지 않았기에 그것은 쥘리앵에게 아주 강한 인상을 주었다.

식사가 끝날 무렵에는 종일 그를 괴롭힌 흥분도 가라앉아 있었다. 다행히 그 라틴어를 잘하는 아카데미 회원이 만찬에 참석했다. 쥘리앵은 생각했다.

'마틸드가 상복을 입은 까닭을 묻는 것은 신통한 얘기가 될 수는 없겠지만, 그래도 저 사람은 나를 비웃지 않겠지.'

마틸드는 묘한 표정으로 그를 바라보고 있었다.

'저것이야말로 레날 부인이 곧잘 말해 주었던 파리 여자의 미태라는 것이구나'라고 쥘리앵은 생각했다.

'오늘 아침에는 무뚝뚝하게 대해 주었고, 저쪽이 심심풀이로 얘기를 걸었는데도 응해 주지 않았지. 그러니까 내 가치는 올라간 셈이다. 하지만 저 여자 속은 필시 뒤틀려 있겠지. 워낙 사람을 깔보는 거만한 여자니까, 언젠가 복수할 방법을 생각해 낼 거야. 뭐, 어떻게 나오든 마음대로 하라지. 내가 잃어버린 여자와는 너무나 차이가 크다! 그 얌전한 기품은 아무도 흉내 내지 못할 거야! 얼마나 천진한 사람이었던가! 그 사람이 생각하는 것은 말하기도 전에 알 수 있었다. 무슨 생각이 떠오르는지 눈에 보일 정도였지. 나의 적은, 그 마음속에 있는 아이의 죽음을 두려워하는 공포뿐이었다. 더구나 그 공포는 자연스러운 모성이었고, 그것으로 난처한 지경에 처하면서도 나는 거기에 호감을 품었으니까. 아, 나는 바보였어. 파리 생각으로 머릿속이 가득 차서 그 여자가 얼마나 훌륭한지 몰랐던 거야. 정말 이 얼마나 큰 차이인가! 여기에 무엇이 있단 말인가? 윤기 없는 건방진 허영심, 온갖 종류의 자만심, 그것뿐이 아닌가.'

모두 식탁에서 일어났다. '그 아카데미 회원을 붙들어야지'라고 쥘리앵은 생각했다. 정원으로 걸음을 옮길 때 쥘리앵은 그에게 다가가서, 위고의 희곡 《에르나니》의 성공에 분개하고 있는 그에게 온순한 태도로 맞장구를 쳤다.

"만일 체포영장*¹이 제구실을 하는 시대였더라면 말이죠……"

"그 시대라면 그도 그렇게는 못했을 것입니다"라고 아카데미 회원은 탈마*² 같은 몸짓을 하면서 외쳤다.

꽃을 발견한 쥘리앵은 베르길리우스의 《농경시(農耕詩)》 문구를 두세 구절 인용하면서, 드릴 사제가 옮긴 그 시구를 앞지르는 것은 없다는 의견을 말했다. 요컨대 온갖 재주를 다 부려서 아카데미 회원의 기분을 맞

---

*1 투옥이나 추방을 명령하는 옥새가 찍힌 영장.

*2 혁명 시대부터 무대에 군림해 온 명배우(1763~1826).

춘 것이다. 그런 끝에 태연스레 덧붙였다.

"마틸드 양은 누군가 백부 되는 분의 유산이라도 받은 모양이죠, 상복을 다 입고……"

"아니, 당신은 이 집에 계시는 분이 아니던가요?"라고 아카데미 회원은 갑자기 멈춰 서면서 말했다.

"그런데 아직도 그 아가씨의 변덕을 모르십니까? 사실 어머니가 그런 짓을 하도록 가만두는 것도 좀 그렇습니다만. 그런데 우리끼리 얘기지만, 이 집안 사람들은 개성이 그다지 두드러지게 나타나지 않는 편입니다. 마틸드 양만이 개성이 강해서 집안 사람들을 휘두르고 있는 형편이지요. 오늘은 4월 30일이니까요!"

아카데미 회원은 여기서 말을 끊고 의미심장하게 쥘리앵의 얼굴을 들여다보았다. 쥘리앵도 최대한 알았다는 듯이 미소 지어 보였다.

'집안 사람들을 휘두른다는 것, 상복을 입는다는 것, 그리고 4월 30일. 그 사이에 대체 무슨 관계가 있는 것일까? 나는 생각했던 것보다 바보인 모양이군.'

"사실……" 하고 아카데미 회원에게 말하면서 그의 눈은 계속 질문하고 있었다.

"정원을 한 바퀴 돕시다."

재담을 실컷 할 수 있다고 생각한 아카데미 회원은 아주 기뻐하면서 덧붙였다.

"놀랐는데요! 정말로 모르십니까, 1574년 4월 30일에 일어난 사건을?"

"어디서 일어난 사건인데요?"

"그레브 광장요."

쥘리앵은 너무나 놀라 이 말을 듣고도 무슨 말인지 알 수가 없었다. 그의 성격에 깊이 박혀 있는 비극적 사건에 대한 흥미와 기대 때문에 그의 눈은 빛나기 시작했다. 얘기하는 사람으로서는 듣는 사람의 그런 반응을 보는 것만큼 기쁜 일은 없다. 아무것도 모르는 상대를 발견한 기쁨에 정신이 팔린 아카데미 회원이 쥘리앵에게 장황하게 들려준 것은, 1574년 4월 30일, 그 시대에 으뜸가던 미남 보니파스 드 라몰 및 그의 친구인 피에몬테 지방의 귀족 안니발 데 코코나소가 그레브 광장에서 처형당한 얘기였다.

"라몰은 왕비 마르그리트 드 나바르가 뜨거운 사랑을 바친 연인이었지요. 그런데 아시겠습니까? 라몰 양의 이름은 마틸드 마르그리트입니다. 그 라몰은 달랑송 공의 총신이며, 동시에 애인 마르그리트의 남편인 나바르 왕, 즉 훗날의 앙리 4세의 친구이기도 했습니다. 그 1574년 부활제 마지막 날, 임종이 가까워진 가엾은 샤를 9세와 함께 궁정이 생제르맹으로 옮겨졌습니다. 여왕 카트린 드 메디시스는 라몰의 친구인 왕자들, 그러니까 달랑송 공과 앙리 4세를 마치 죄수처럼 궁정 안에 가두어 놓았지요. 라몰은 이 두 사람을 구해 내려고 했습니다. 생제르맹의 성벽 아래까지 200명의 기사들을 진군시켰습니다만, 달랑송 공이 겁을 먹는 바람에 결국 라몰은 사형 집행인에게 목이 잘리고 말았습니다. 그런데 마틸드 양을 감동시킨 게 뭔고 하니 말입니다. 칠팔 년 전 그녀가 열두 살 때 직접 고백한 건데, 하필이면 목이었답니다. 목요! ……"

여기서 아카데미 회원은 하늘을 쳐다봤다.

"이 정치적 대사건을 통해서 마틸드의 마음을 울린 것은, 마르그리트 왕비가 그레브 광장의 어떤 민가에 몸을 숨기고 있다가 대담하게도 심부름꾼을 보내어 사형 집행인으로부터 애인의 생생한 목을 받아냈다는 사실입니다. 더구나 그날 밤, 왕비는 한밤중에 그 목을 가지고 마차에 올라 몽마르트르 언덕 밑에 있는 성당까지 몸소 장례를 치르러 갔다고 합니다."

"정말입니까?"

감동한 쥘리앵이 큰 소리로 물었다.

"마틸드 양은 오빠를 경멸하고 있습니다. 다 아시다시피 오빠는 그런 과거사 따위 전혀 염두에도 두지 않고, 4월 30일에도 상복을 입지 않기 때문입니다. 그 유명한 처형 사건 이후 코코나소에 대한 라몰의 깊은 우정을 기념하기 위해 라몰 집안의 남자들은 모두 안니발이라는 이름을 갖게 되었습니다. 코코나소는 이탈리아 사람으로 안니발이라는 이름이었으니까요."

그리고 아카데미 회원은 소리를 푹 낮추어서 덧붙였다.

"그 코코나소는 샤를 9세 자신의 말에 의하면, 1572년 8월 24일 성 바돌로메의 대학살 때의 가장 잔인한 살해자였던 모양입니다. 그러나 소렐 군, 당신이 이런 일을 모르고 있다니요! 이 집의 식객인 당신이?"

"아, 이제야 알겠습니다. 그래서 마틸드 양이 식사 때 두 번이나 오빠를 안니발이라고 불렀군요. 잘못 들었는가 싶었습니다."

"그것은 오빠에 대한 비난이지요. 왜 후작 부인이 그런 엉뚱한 짓을 내버려 두고 있는지 알 수가 없습니다…… 여하튼 그런 대단한 아가씨의 남편이 된다면, 참 힘들걸요!"

그러고 나서 다시 대여섯 마디 야유조의 말이 튀어나왔다. 아카데미 회원은 즐거운 듯 이것저것 밝히며 눈을 빛냈다. 쥘리앵은 비위가 상했다.

'마치 우리 두 사람은 정신없이 주인의 험담을 일삼는 하인 같구나. 하기야 이 아카데미 회원이 하는 짓이라면 무엇이든 별로 놀랄 것도 없겠지만!'

쥘리앵은 언젠가 이 사나이가 라몰 후작 부인의 발밑에 무릎 꿇고 있는 광경을 본 일이 있었다. 시골에 있는 조카를 위해 연초세(煙草稅) 징수 관리의 자리를 부탁하고 있었던 것이다. 이날 밤, 마치 옛날의 엘리자와 마찬가지로 쥘리앵에게 마음을 둔 마틸드의 하녀로부터 얘기를 듣고, 그녀의 상복은 결코 남의 눈을 끌기 위한 것이 아니라는 사실을 쥘리앵은 알게 되었다. 그 기묘한 행동은 사실 그녀의 성격에 깊이 뿌리를 박고 있었던 것이다. 그녀는 진심으로 라몰을 사랑하고 있었다. 그는 그 시대에 으뜸가는 재녀(才女)인 왕비 마르그리트로부터 열렬한 사랑을 받았고, 친구들을 풀어 주기 위해 목숨을 버린 사나이였기 때문이다. 게다가 그 친구가 누구인가. 바로 달랑송 공과 앙리 4세가 아닌가!

레날 부인의 행동에 나타나는 그 소박한 자연스러움에 익숙해진 쥘리앵의 눈에는, 파리의 그 어느 여자를 보나 뽐내는 모습만이 보였다. 그래서 조금이라도 우울해지면 말 한마디 나누고 싶지 않았다. 그러나 마틸드만은 예외였다.

쥘리앵은 고귀한 태도에서 오는 아름다움이 삭막한 마음에서 오는 것이 아님을 알게 되었다. 마틸드와 오랜 시간 얘기도 하고, 때로는 식사

후에 그녀 쪽에서 청하여 둘이 함께 열어젖힌 살롱의 창가를 따라 산책도 했다. 어느 날 그녀는 도비네의 역사책과 브랑톰의 작품을 읽고 있다고 했다.* '묘한 것을 읽는군' 하고 쥘리앵은 생각했다.

'그런데도 후작 부인은 월터 스콧의 소설은 못 읽게 하고 있으니!'

또 어느 날 마틸드는 진심으로 감탄한 듯이 기쁨으로 눈을 반짝거리면서, 앙리 3세 시대의 어떤 젊은 유부녀의 일화를 얘기하기도 했다. 에트왈르의 《회고록》에서 막 읽은 얘기인 모양으로, 그 부인은 남편의 부정(不貞)을 알자 단도로 남편을 찔러 죽였다는 것이다.

쥘리앵은 매우 우쭐했다. 그토록이나 주위의 존경을 모으고, 또 아카데미 회원의 얘기에 따르면 온 집안을 휘두른다는 그 아가씨가, 자신에게는 거의 우정에 가까운 태도로 얘기를 걸어오는 것이다.

그러나 쥘리앵은 다시 생각했다.

'아니, 이건 착각이야. 그녀는 나를 친밀하게 대하고 있는 게 아니야. 요컨대 나는 연극의 심복 역할에 불과하다. 그녀는 다만 누군가를 상대로 지껄이고 싶을 뿐이지. 나는 이 집에서는 박식하다고 알려져 있어. 당장 브랑톰, 도비네, 에트왈르 등을 모조리 읽어 보자. 그러면 마틸드가 말해 주는 일화 가운데 어떤 부분에 대해서는 이론(異論)을 제기할 수 있을지도 모르니까. 하여간 이렇게 일방적으로 듣기만 하는 노릇은 그만두고 싶다.'

몹시 거만스런 구석이 있으나 한편으로는 아무 허물이 없는 그녀와 얘기를 하는 동안에 대화는 점점 더 즐거워졌다. 그는 반항하는 평민이라는 자기의 서글픈 신세를 잊어버렸다. 얘기를 해 보면 그녀는 학식도 있고 도리도 아는 처녀였다. 그녀가 정원에서 말하는 의견은 살롱에서 말하는 의견과는 달랐다. 때로 쥘리앵을 상대로 그녀가 보이는 열띠고 솔직한 태도는, 여느 때의 그 거만하고 쌀쌀한 태도와는 좋은 대조를 보여 주었다.

"종교전쟁 시대야말로 프랑스의 영웅시대였어요."

어느 날 그녀는 재기와 정열로 눈을 반짝거리면서 쥘리앵에게 말했다.

---

*두 사람 다 마르그리트 드 나바르에 관한 기록을 남겼다.

"그 시대에는 누구나 자기가 바라는 것을 손에 넣기 위해서, 또 자기 편을 이기게 하기 위해 싸웠거든요. 당신이 좋아하는 나폴레옹의 시대처럼 그저 훈장이 탐이 나서 싸운 사람은 없었어요. 확실히 이기주의라든가 졸렬한 속셈 따위는 훨씬 적었죠. 나는 그 시대가 좋아요."

"그리고 보니파스 드 라몰은 그 시대의 영웅이었단 말이지요?"

"적어도 그 사람은 사랑을 받았어요. 그런 사랑을 받으면 얼마나 기쁠까 여겨질 정도로. 요즘 여자로서 참형된 연인의 목에 태연히 손을 댈 수 있는 사람이 있을까요?"

라몰 부인이 딸을 불렀다. 위선이라는 것은 속마음을 잘 숨겨 놓지 않으면 도움이 안 된다. 그런데 보다시피 쥘리앵은 이미 자기의 나폴레옹 숭배를 마틸드 양에게 반쯤 고백해 버린 상태였다.

'이것이야말로 그들의 강점이다. 그들은 우리보다 얼마나 좋은 환경 속에 살고 있는가?'

정원에 혼자 남은 쥘리앵은 생각에 잠겼다.

'조상의 역사를 생각하면 비천한 감정이 우러나지 않는 게 당연해. 게다가 언제나 먹고살 일을 생각하고 있을 필요도 없지!'

쥘리앵은 쓸쓸한 마음으로 계속 생각했다.

'이 얼마나 비참한 얘기인가! 나 같은 것은 큰 문제를 논할 자격이 없어! 나의 생활은 위선의 연속에 지나지 않아. 왜인고 하니, 먹고살기 위한 연수 1000프랑이 없기 때문이야.'

"무엇을 생각하고 계시죠?"

종종걸음으로 되돌아온 마틸드가 물었다.

쥘리앵은 자기 경멸에 질려 버렸다. 일종의 자존심에서 그는 자기 생각을 솔직하게 털어놓았다. 부자를 상대로 자기의 가난을 얘기하다 보니 부끄러워서 그는 그만 볼이 빨갛게 물들었다. 애써 거만스러운 말투를 골라 쓰면서, 자기가 아무것도 요구하고 있지 않음을 그녀에게 알리려고 노력했다. 마틸드에게는 쥘리앵이 이처럼 훌륭해 보인 적이 없었다. 그에게서는 찾아보기 힘들었던 다감함과 솔직함을 엿볼 수 있었기 때문이다.

그로부터 한 달이 채 안 된 어느 날, 쥘리앵은 생각에 잠겨 라몰 저택의 정원을 거닐고 있었다. 그런데 그 얼굴에는 끊임없는 열등감에서 오는 딱딱한 표정이나 철학자 같은 오만함은 찾아볼 수 없었다. 그는 오빠와 뛰어다니다가 발을 삐었다는 마틸드를 살롱 입구까지 배웅하고 돌아오는 길이었다.

'마틸드가 묘한 태도로 나에게 기댔단 말이지. 내가 공연히 착각하는 것일까? 아니면 그녀가 정말 나에게 마음이 있는 것일까? 그녀는 내가 하는 말을 정말 다정한 얼굴로 들어주지. 내가 자존심 때문에 생기는 번뇌를 깡그리 털어놓을 때조차! 누구에게나 그처럼 거만한 태도를 보이는 여자인데! 그녀의 그런 얼굴을 보면 살롱의 단골들은 무척 놀라겠지. 그렇듯 다정하고 친절한 태도는 아무에게도 보이지 않았으니까.'

쥘리앵은 이 기묘한 우정을 너무 과장해서 생각하지 않도록 노력했다. 스스로 그 우정을 양측 다 무장한 통상 관계와 비교하고 있었다. 매일 다시 만나면, 전날과 같은 친숙한 관계를 되찾을 때까지는 거의 '오늘은 적인가, 한편인가?' 하고 서로 탐색할 정도였다. 쥘리앵은 이 거만한 아가씨를 상대하는 이상 한번이라도 모욕당한 채 그냥 물러나면 만사가 끝이라는 것을 잘 알고 있었다.

'어차피 등질 바에야 처음부터 내 자존심의 정당한 권리를 강하게 주장하는 태도로 나가는 편이 좋지 않을까? 이쪽의 체면을 지키는 일을 소홀히 한다면 이내 날 경멸하고 덤벼들 테니까. 그때가 돼서 반격하려고 해도 이미 때는 늦었겠지.'

기분이 좋지 않은 날이면 마틸드는 쥘리앵에게 귀부인인 척하는 태도를 취하곤 했다. 그럴 때 그녀는 아주 우아한 모습을 보였지만 쥘리앵은 상대도 하지 않았다.

어느 날 쥘리앵은 갑자기 그녀의 말을 막으면서 이런 말을 했다.

"아가씨는 아버님 비서에게 무엇인가 명령하실 일이 있으십니까? 물론 명령은 받들고 충실히 실행하겠습니다만, 비서 쪽에서 아가씨에게 말씀드릴 일은 아무것도 없습니다. 내 생각을 아가씨에게 말씀드리기 위해서 급료를 받고 있는 것은 아니니까요."

그들의 이러한 관계와 쥘리앵의 기묘한 의심으로 살롱에서도 이젠 따분하지 않게 되었다. 살롱은 아주 호화롭긴 했지만, 그곳에서는 모두 무슨 일엔가 겁을 집어먹고 예의에 어긋날까 두려워 농담 한마디도 제대로 못했다. 그 때문에 항상 따분하기만 했다.

'마틸드가 나를 사랑하고 있다면 일이 재미있게 되는데! 나를 사랑하든 하지 않든, 나는 재기 발랄한 아가씨를 상대로 친밀하게 터놓고 얘기하고 있는 셈이야. 이 아가씨 앞에서는 온 집안 사람들이 쩔쩔매지. 특히 누구보다도 더 크루아즈누아 후작이. 그 청년은 예의바르고 상냥하고 착실하며, 집안이든 재산이든 무엇 하나 나무랄 데가 없지 않은가. 내가 그중 하나라도 가지고 있다면 얼마나 마음이 가벼울까! 그는 마틸드에게 반해 있으니, 틀림없이 언젠가는 그녀와 결혼하겠지. 약혼 관계 일로 라몰 후작은 공증인에게 보낼 편지를 나한테 여러 번 쓰게 했다! 그런데 나는 펜을 손에 들 때는 아주 천한 신분이지만, 두 시간 후 이 정원에 오면 그처럼 훌륭한 청년에게 이기게 된다 이거야. 아무튼 그 아가씨는 좋고 싫음이 확실한 데다 그걸 노골적으로 드러내는 성격이니까. 그를 미래의 남편이라고 생각하면 더더욱 그가 미워지는지도 몰라. 자존심이 있는 여자라 그런 심정도 들거야. 그렇다면 나에게 그처럼 호의를 보여 주는 것도 내가 자기 말을 들어주는 아랫사람이기 때문인가. 아니, 그렇지는 않아. 내가 어리석은 착각에 빠져 있든가, 마틸드가 내게 마음이 있든가 둘 중 하나야. 내가 시치미를 떼고 공손한 태도를 취하면 취할수록 그녀는 나를 따라오지. 물론 무언가 속셈이 있어서 그런 태도를 보이는지도 몰라. 그런데 내가 갑자기 모습을 보이면, 그 아가씨의 눈이 빛나는 것은 틀림없다. 파리의 여자란 그런 연기까지 해낼 수 있는 것일까? 아무튼 좋아! 외관상으로는 분명 그래. 그러니까 나는 그 외관만 즐기면 돼. 그건 그렇고 얼마나 멋진 미인인가! 그 커다란 푸른 눈은 곁에서 보고 있으면 상당히 근사해. 나를 바라볼 땐 더없이 아름답고! 금년 봄과 작년 봄은 이 얼마나 다른지! 그 무렵의 나는 비참하게 살면서, 짓궂고 더러운 300명의 위선자들을 상대로 기력만으로 겨우 견디는 상태였어! 나만 하더라도 거의 그들과 다름없는 못된 신학생이 돼 버렸지.'

의심이 솟구치는 날은 쥘리앵은 이렇게도 생각했다.

'그 처녀가 나를 조롱하고 있는 것이 틀림없어. 오빠와 짜고 나를 놀릴 생각인 거야. 한편으로 패기 없는 오빠를 몹시 경멸하는 태도지만!
"오빠는 좋은 사람이죠, 그러나 그뿐이에요"라고 나한테 말한 적이 있
지. 오빠는 감히 유행에 거역할 용기 따위 조금도 가지고 있지 않다고.
그래서 내가 늘 그를 변호해 줘야 할 지경이다. 상대는 기껏해야 열아홉
살 처녀가 아닌가! 그 나이에 그렇게 결심했다고 해서 하루 종일 위선
의 가면을 쓰고 있을 수 있을까? 그런데 마틸드가 그 커다란 눈에 묘한
표정을 지으면서 나를 가만히 바라보면, 노르베르 백작은 반드시 자리
를 떠 버린단 말이지. 아무래도 수상해. 그로서는 자기 누이동생이 자기
집 하인이나 다름없는 나에게 특히 마음을 준다면, 당연히 분개해야 할
것이 아닌가? 그래, 쇼느 공작은 나를 하인이라 불렀고, 나는 그 말을
내 귀로 똑똑히 들었다.'

　그 일을 생각하니 화가 나서 다른 감정이 다 사라져 버렸다.

　'편집광(偏執狂) 같은 공작이라 그런 낡은 말투를 좋아하는 건가?'

　'뭐 어쨌든 그 아가씨는 아름답다!' 하고 쥘리앵은 생각했다. 그 눈이
호랑이 같은 눈매가 되었다.

　'내 것으로 만들어 버리자. 그리고 도망치자. 방해하는 자는 사정없이
처치해 버릴 테다!'

　쥘리앵은 오로지 이런 생각만 했다. 이제 다른 일은 생각할 수 없었
다. 하루하루가 한 시간 같았다.

　무엇인가 진지한 일에 전념하려고 해도 머리가 멍해질 뿐이었다. 15
분쯤 지나서 정신이 번쩍 들고 보면 가슴은 뛰고 머리는 어지러워져서
한 가지 일만 생각하고 있었다.

　'그 여자는 나를 사랑하고 있을까?'

제11장
아가씨의 위세

그녀의 아름다움에 감탄하지만, 그 재기는 무섭다.

메리메

쥘리앵은 마틸드의 아름다움을 과장해서 생각하거나, 이 집 사람들의 타고난 거만스러운 태도에 적의를 불태우면서, 다만 마틸드는 자기 앞에선 그런 태도를 버려 주고 있다고 생각했다. 그런데 만약 그가 그런 시간을 살롱에서 일어나는 사건의 관찰에 썼더라면, 마틸드가 주위 사람들에게 어떤 식으로 위세를 떨치고 있는지 알 수 있었을 것이다. 마틸드의 기분을 상하게 하면 마지막이다. 누구나 단번에 조롱당하고 보복당한다. 그 방법은 얼른 보기에 타당하고 적절하고 예의에 어긋남이 없는 것처럼 보이면서도, 꺼내는 말이 정통을 찔러 상대편은 뒤에 가서 생각하면 생각할수록 상처가 깊어지고 창피해 견딜 수 없어진다. 마틸드는 온 집안 사람들이 진심으로 바라는 많은 일들을 도무지 중요시하지 않기 때문에 가족의 눈에는 언제나 냉담한 여자로 비쳤다. 귀족계급의 살롱이라는 것은, 아무개 살롱에서 돌아오는 길이야 하고 자랑하기엔 좋을지 모르지만, 요컨대 그뿐이다. 예의범절 그 자체가 무엇인가 대단한 가치를 지닌 것처럼 느껴지는 것도 처음 며칠뿐이다. 쥘리앵도 그것을 실감했다. 도취에서 깨니 비로소 놀라움이 덮쳐왔다. '예의바르다는 것은 고작 무례한 태도에도 화를 내지 않는다는 것뿐이 아닌가'라고 그는 생각했다. 마틸드는 언제나 따분했다. 결국 어디를 가나 따분하기는 마찬가지였다. 그리하여 신랄한 경구(警句)를 쏘아 대는 일이 그녀에게는 기분 전환이자 또 의심할 여지 없는 즐거움이 된 것이다.

마틸드가 크루아즈누아 후작, 케일뤼스 백작, 그 외 두세 사람의 뛰어난 귀족 청년들에게 마음에 있는 척한 것은, 친척 노인들이나 아카데미 회원 또는 자신들에게 아첨하는 대여섯 명의 신분이 낮은 패들보다 약간은 보람이 있고 재미있는 상대가 필요했기 때문이다. 요컨대 마틸드에게는 그 청년들 역시 새로운 독설 대상에 지나지 않았다.

작자는 마틸드를 사랑하기 때문에 이런 말을 하기가 괴롭지만, 사실 그녀는 그들 중 몇몇 사람으로부터 편지를 받았고 때로는 답장도 내고 있었다. 동시에 얼른 덧붙여 두지만, 이러한 여성은 당대의 풍습에 있어서도 예외적인 존재이다. 그 고귀한 성심 수녀원에서 배운 여성을 대체로 '경솔하다'고 비난하는 것은 부당한 일이다.

어느 날 크루아즈누아 후작은 마틸드가 전날에 써 보낸 몹시 위험한 편지를 되돌려 보냈다. 후작은 그렇듯 지극히 신중한 태도를 취해서 그녀에게 잘 보일 작정이었다. 그러나 편지를 주고받는 행위에서 마틸드가 즐기는 것은 바로 그런 무모함이었다. 그녀의 즐거움은 자기의 운명을 거는 데 있었던 것이다. 마틸드는 6주일 동안 후작과 말도 하지 않았다.

마틸드는 이들 청년들의 편지를 재미있어 하기는 했지만, 그녀의 말을 빌리면 그 편지는 모두가 비슷비슷했다고 한다. 판에 박은 듯이 너무나도 심각하고 우수에 찬 정열의 나열이었다.

"그 사람들은 모두 한결같이 흠잡을 데 없는 신사고, 당장 팔레스티나 순례라도 떠날 것 같은 사람들이야" 하고 마틸드는 사촌 언니에게 말했다.

"이처럼 재미없는 일이 또 있을까? 결국 평생 이런 편지만 받게 되겠지 뭐! 이런 편지는 기껏해야 20년마다 그때그때 유행하는 풍습의 변천에 따라 그 내용이 달라질 뿐이야. 제정 시대에는 편지도 틀림없이 생기가 있었을 거야. 그 시대의 상류사회 청년들은 모두 정말로 위대한 행위를 보거나 스스로도 실천했거든. 큰아버지 N 공작만 하더라도, 바그람 전투^(1809년, 나폴레옹군이 오스트 리아군에 승리를 거둔 싸움)에 참전했었잖아."

"칼을 휘두르는 데 무슨 머리가 필요하니? 그리고 그렇게 돼 보라고, 그 사람들은 시종일관 그 얘기만 하게 될 거야."

마틸드의 사촌 언니 생트 에레디테는 대답했다.

"그럼 어때! 그런 얘기 난 재미있더라. 병사들이 만 명씩이나 죽어 간 나폴레옹의 싸움터에 나갔다는 것이야말로 참다운 용기의 증명 아니겠어? 위험에 몸을 내맡기면 영혼이 고양될 뿐 아니라 권태에서도 구출될 거야. 내

시시한 숭배자들은 가엾게도 모두 그 권태에 시달리고 있는 모양이지만, 그런데 사실 권태는 전염되는 거야. 그 사람들 중에 누구든지, 무언가 특별한 일을 해 보려고 생각하는 사람이 있을까? 그저 모두 나하고 결혼이나 할 생각뿐이거든. 기가 막혀서! 나는 돈도 있고, 또 사위가 되면 아버지가 출세를 시켜 줄 테니까. 아, 정말이지 아버지가 좀 재미있는 사람을 찾아내 주시면 좋겠어!"

마틸드가 사물을 보는 눈은 날카롭고 정확하고 생기에 차 있어서, 이처럼 그녀의 말투를 약간 거칠게 만들고 있었다. 그녀 입에서 나오는 말들은 예의 바른 친구들의 눈에는 때때로 결점으로 비치는 수가 있었다. 그녀가 인기 없는 여자였다면, 사람들은 그 말투가 지나치게 거칠어서 여자다운 정숙함이 없다고 흉을 보았을 것이다.

한편 마틸드는 마틸드대로 불로뉴의 숲에 승마를 즐기러 모이는 아름다운 기수들을 부당하게 대하고 있었다. 장래를 생각할 때 마틸드는 공포를 느낀다고까지 할 수는 없었다. 그랬다면 강렬한 감각을 느꼈을 테니. 다만 그녀는 나이에 어울리지 않는 격한 혐오감을 품고 있었다.

그녀가 그 이상 무엇을 바랄 수 있겠는가? 재산, 집안, 재기, 자타가 공인하는 미모. 모든 것이 우연한 손길에 의해 모조리 그녀의 한 몸에 집중되어 있었다.

이 생제르맹가에서 으뜸가는, 남들이 모두 부러워하는 유산을 물려받을 아가씨가 쥘리앵과 산책하는 데 즐거움을 느끼기 시작했을 무렵, 그녀의 마음을 점령하고 있는 생각이란 위와 같은 것이었다. 그녀는 쥘리앵의 높은 자존심에 놀랐고, 또 소시민에 어울리지 않는 지혜에 감탄했다. 그리고 이렇게 생각했다.

'모리 사제*처럼 주교까지도 될 수 있는 사람이야.'

우리 주인공은 마틸드의 의견에 곧잘 농담이 아닌 진심으로 저항했는데 그것이 어느새 마틸드의 마음을 사로잡았다. 그녀는 그 일만 생각했다. 사촌 언니에게 쥘리앵과의 대화를 하나도 빠뜨리지 않고 얘기해 보았지만, 결국 그 모양을 다 전할 수는 없다고 깨달았다.

---

* 구둣방 아들로서 주교, 추기경이라는 높은 자리에 올랐다.

어떤 생각이 번뜩 그녀의 머리에 떠올랐다.

'아아! 나는 사랑을 하고 있어!'

그날 마틸드는 다시없는 환희에 도취되어 중얼거렸다.

'나는 사랑을 하고 있어, 사랑을 하고 있어, 아이 좋아. 틀림없어! 내 또래의 젊고 아름답고 재기도 있는 처녀라면, 사랑을 빼놓고 마음 설레게 하는 것을 어디서 발견할 수 있을까? 아무리 노력해 봤자 나는 크루아즈누아 후작이나 케일뤼스 백작이나 그 외의 시들한 사람에게는 결코 사랑을 느낄 수 없어. 그 사람들은 훌륭하고 너무나 흠잡을 데가 없지만, 별수 없이 따분한 사람들이야.'

마틸드는 《마농 레스코》나 《신 엘로이즈》나 《포르투갈 수녀의 편지》 등에서 읽은 사랑의 묘사를 하나하나 회상해 보았다. 물론 열렬한 사랑만이 문제였다. 은은한 사랑 따위는, 자기 같은 나이의 아름답고 재기 있는 아가씨에게는 어울리지 않는다고 생각했다. 그녀가 사랑이라고 부르는 것은 오직 앙리 3세나 바솜피에르 원수 시대의 프랑스에서 볼 수 있었던 영웅적인 감정뿐이었다. 그러한 사랑은 장애를 만나도 절대로 야비하게 자기를 굽히지 않는다. 뿐만 아니라 사랑은 오히려 큰일을 하게끔 만드는 것이다.

'카트린 드 메디시스나 루이 13세 때 같은 진짜 궁정이 없다는 것은 참 서글픈 일이야! 나는 아무리 큰일이라도 아주 대담하게 해낼 수 있을 것만 같아. 루이 13세처럼 용감한 국왕이 내 발아래 무릎을 꿇는다면, 어떤 일이라도 해 드릴 수 있을 거야! 톨리 남작이 흔히 말하듯이 방데로 모시고 가서, 그곳에서 왕국의 잃어버린 영지를 되찾으시도록 만들겠어. 그러면 헌장(憲章)도 없어질 테고…… 그리고 쥘리앵은 반드시 나를 도와줄 거야. 그 사람에게 없는 것은? 이름과 재산. 하지만 그 사람은 언젠가 이름을 드날릴 것이고, 재산도 틀림없이 얻게 될 거야. 한편 크루아즈누아는 부족한 것이 하나도 없지만, 한평생 반은 왕당파, 반은 자유주의에 한 발씩 들여놓는 것으로 끝날 거야. 언제나 양극단을 피하는 미적지근한 사람이니까. 그렇기 때문에 어디를 가도 이류밖엔 되지 못해. 그런데 어느 극단에서 출발하지 않는 위대한 행위가 과연 있을 수 있을까? 그러한 행위는 성공하고 나서야 비로소 세인들의 눈에도 가능하게 여겨지는 거야. 그래, 지금 내 마음을 사로잡으려 하는 것은 확실히 사랑, 그 모든 이상한 힘을 가진 사랑이 틀림없어.

이 가슴을 태우는 불길로 그것을 잘 알 수 있어. 이런 기쁨은 하느님께서 훨씬 전에 내게 주셨어도 좋았을 감정이야. 그러나 이것으로 이제 내 한 몸에 내려 주신 하느님의 모든 혜택이 의미를 얻게 되겠지. 내 행복은 내게 틀림없이 어울릴 거야. 앞으로의 나날은 지난날처럼 평범하지는 않을 테지. 사회적인 지위로 보아 하늘과 땅 차이가 있는 사람을 감히 사랑하는 것이니까. 그것만 하더라도 위대하고 대담한 일이거든. 그런데 그 사람은 언제까지나 내게 창피하지 않는 인물로 남아 있어 줄까? 조금이라도 줏대 없는 구석이 보이면 즉시 버려야지. 유서 있는 집안에 태어나서 기사도 정신까지 갖추었다고 인정받는 내가—이것은 그녀 아버지의 평가였다—어리석은 일을 저지를 수는 없어. 크루아즈누아 후작 같은 사람을 사랑한다면, 그야말로 그런 어리석은 여자의 구실을 하게 될 거야. 그렇게 되면 내가 경멸하는 저 사촌 언니들과 같은 행복을 누리게 되겠지. 그 가엾은 후작이 내게 무슨 말을 할지, 내가 그 사람에게 어떤 대답을 해야 할지, 그런 것은 벌써부터 다 알고 있어. 하품 나오는 사랑을 해서 대체 무슨 낙이 있겠어? 수녀가 되는 게 차라리 낫다고. 나는 그 제일 나이 어린 사촌 동생처럼 결혼 계약서에 서명하게 되겠지. 그러면 나이 든 친척들은 눈물을 흘리면서 기뻐할 거야. 물론 이쪽에서 결혼 전날 계약서에 다른 조건을 덧붙여 상대편 공증인을 화나게 하지 않았을 때 일이지만 말이야.'

제12장
당통인가?

"불안에 대한 욕구, 이것이 우리 숙모인 아름다운 마르그리트 드 발루아의 성격이었다. 얼마 후 숙모는 나바르 왕에게 시집갔다. 그는 앙리 4세란 이름으로 현재 프랑스를 다스리는 왕이시다. 도박에 대한 갈망이야말로 이 사랑스러운 왕비의 숨은 성격이었다. 그래서 숙모는 이미 열여섯 살 때부터 형제들과 다투고 화해하기를 되풀이했다. 그런데 대체 젊은 처녀가 무엇을 걸 수 있겠는가? 자기가 지닌 가장 귀중한 것, 즉 자기의 평판이자 평생 존경받으며 살아갈 자격이었다."

샤를 9세의 사생아 당굴렘 공작의 《회상록》

'쥘리앵과 나라면 결혼 계약서에 서명할 필요도 없고, 공증인도 필요없다. 모든 일이 영웅적으로 우연하게 이루어진다. 그 사람은 귀족이 아니지만, 그 점만 빼고 본다면 이는 마르그리트 왕비가 그 시대의 뛰어난 재사 라몰을 사랑했던 것과 다름이 없다. 궁정의 젊은이들은 만사에 안일주의라, 조금이라도 색다른 모험에 관해서는 그저 생각만 해도 안색이 달라지는 형편이지만 그것은 내가 알 바 아니지. 그들은 그리스나 아프리카로 잠깐 여행만 해도 대단한 모험이라고 생각하거든. 하물며 여럿이 떼를 짓지 않고서는 걷지도 못할 정도야. 혼자서는 이내 겁을 집어먹고 말지. 그것도 베두인족의 창이 두려워서 그러는 것이라면 몰라도, 웃음거리가 되는 것이 두려워서 정신을 잃어버리고 마는걸. 그들과는 반대로 나의 쥘리앵은, 혼자서가 아니면 행동하려고 하지 않아. 하늘로부터 특별한 재능을 받은 그 사람은, 남에게 의지하거나 도움을 바란다는 것은 여태껏 생각해 본 적도 없어! 그 사람은 다른 사람들을 몹시 경멸하고 있어. 그렇기 때문에 나는 그 사람을 경멸하지 않는 거야! 만약 쥘리앵이 가난하긴 해도 귀족이었다면 내 사랑도 흔해 빠진 젊음의 과오에 지나지 않고, 단지 어울리지 않는 연분이 될 뿐이야. 그런 사랑은 하고 싶지도 않아. 그런 사랑이라면 매우 커다란 어려움을 극복해야 한다든가, 어떤 어둡고도 불안한 사건에 맞닥뜨린다든가 하는 격렬한 사랑의 특성이 사라져 버리는걸.'

마틸드는 이런 대단한 이론으로 머리가 꽉 차 있었기 때문에, 그 다음 날 자기도 모르게 그만 크루아즈누아 후작과 오빠 앞에서 쥘리앙을 칭찬하고 말았다. 너무 열띠게 떠들었기 때문에 두 사람은 깜짝 놀랐다.

"그 청년을 조심하는 것이 좋을걸. 대단한 정력의 소유자니까."

오빠가 큰 소리로 말하고는 덧붙였다.

"다시 혁명이라도 일어나는 날엔 우리를 남김없이 단두대에 세울 놈이야."

마틸드는 이에 대답하지 않고, 얼른 분위기를 바꿔 크루아즈누아 후작과 오빠가 정력을 두려워한다고 조롱하기 시작했다. 결국 그들은 예상 밖의 일이 두렵고, 막다른 골목에 직면했을 때 꼼짝달싹 못하게 되지나 않을까 하는 것이 두려울 뿐이라고……

"여전히, 정말로 여전히 웃음거리가 되는 게 두려우신가 보죠. 안됐지만 그런 괴물은 1816년에 죽어 버렸다고요."

두 개의 당파가 존재하는 나라에는 이미 세상의 웃음거리 따위는 존재하지 않는다는 것이 라몰 후작의 견해였다.

마틸드는 이 견해를 잘 이해하고 있었다. 그녀는 쥘리앙의 적에게 이렇게 말하였다.

"그러면 당신들은 평생 벌벌 떨면서 살다가, 끝내는 남들에게 이런 말을 듣게 될 거예요. '그건 이리(狼)가 아니라 이리 그림자에 지나지 않았다'고 말이에요."

마틸드는 얼른 그 자리를 떠났다. 오빠의 한마디가 참으로 불쾌했다. 그 때문에 몹시 불안했으나, 이튿날이 되자 그것이 최고의 찬사처럼 생각되었다.

'무릇 정력이라는 것이 모조리 죽어 버린 현대에서 쥘리앙의 정력은 모두의 공포를 불러일으키는 거지. 오빠의 말을 그 사람에게 전해 주자. 어떤 대답을 하는지 보고 싶으니까. 그러나 그 사람의 눈이 빛나고 있을 때

를 노려야 해. 그럴 때라면 그 사람도 거짓말을 하지 못할 테니까.'

"그 사람은 당통처럼 될지도 몰라!"

오랫동안 끝없는 몽상에 빠졌다가 마틸드는 문득 중얼거렸다.

"그래, 그럼 어때! 다시 혁명이 시작될지도 몰라. 그렇게 되면 크루아 즈누아나 오빠는 어떤 배역을 맡을까? 배역은 처음부터 정해져 있어, 바로 숭고한 체념이야. 한마디 말도 없이 모가지를 잘리는 거지. 영웅적인 양(羊)이라고나 할까. 죽을 때의 유일한 걱정은 비굴한 꼴을 보이지나 않을까 하는 것뿐이겠지. 나의 쥘리앵이라면, 조금이라도 도망칠 희망이 있는 한 자기를 잡으러 온 자코뱅파의 머리에 피스톨을 쏘아 댈 것이 틀림없어. 꼴사납네 어떻네 하는 문제 따위는 신경도 안 쓸걸, 그 사람이라면."

이 마지막 말은 마틸드를 생각에 잠기도록 했다. 우울한 기억이 되살아나서 대담한 마음이 시들었다. 이 말로 케일뤼스, 크루아즈누아, 뤼즈, 그리고 오빠가 조소하던 모습이 떠오른 것이다. 그들은 입을 모아 쥘리앵의 수도사 같은 태도를 비난했다. 비굴하지만 위선적이라는 것이었다.

하지만 갑자기 마틸드는 환희로 눈을 빛내면서 생각했다.

'그러나 모두가 그렇게 몇 번씩이나 되풀이해서 짓궂게 냉소하는 것은, 우습게도 쥘리앵이야말로 올 겨울 우리 눈에 띈 인간 중에서 가장 뛰어난 인물이라는 사실을 증명하는 것이나 다름없어. 그 사람에게 결점이 있든 우스꽝스러운 점이 있든 무슨 상관이람? 쥘리앵은 위대해. 그리고 그 위대함이 그 사람들에게 못마땅할 뿐이야. 평소는 그렇게 친절하고 마음이 넓은 사람들이면서도. 확실히 쥘리앵은 가난하고, 공부한 것도 성직자가 되기 위해서였어. 그런데 그들은 기병대장이니까 특별히 공부할 필요도 없었거든. 그편이 편한 건 뻔하지 뭐. 그 사람은 언제나 검은 옷을 입고 신학생 티를 내지 않으면 안 돼. 불쌍하게도 그렇게 하지 않으면 굶어 죽을 도리밖에는 없거든. 그토록 불리한 점이 숱한데도 그 사람의 재능은 모든 사람을 두렵게 만들 정도야. 응, 그것은 분명해. 그리고 그 신학생 같은 표정도 나와 단둘이 있으면 이내 사라져 버려. 그리고 그 신사들만 하더라도, 무슨 재치 있는 말이 입 밖에 튀어나올 때는 먼저 쥘리앵 쪽을 힐끗 보지 않아? 그건 내 눈으로 똑똑히 보았어. 질문을 받지 않는 한 절대로 쥘리앵이 먼저 얘기를 꺼내지 않는다는 것은 너무나 잘 알고 있으면서 말이야. 그 사람이 먼저 얘기를 거는 상대는 나뿐이야. 나야말로 고귀한 영혼을 가지고 있다고 생각해 주나 봐. 다른 사람들이 반론을 내세워도 예의상 필요한 정도로만 대답할 뿐이고 이내 다시 공손한 태도로 돌아가 버려. 그런데 나를 상대할 때는 몇 시간이나 토론을 벌인다니까. 조금이라도 내가 이론(異論)을 내세우면 그 사람은 자기 생각에 확신을 가지지 못하는 모양이야. 여하튼 올 겨울에는 총알이 날아다니는 사건도 없었고, 기껏 해야 말로써 남의 주의를 끄는 일 정도밖에 없었지. 그런데 아버님은 위대한 분이시고, 앞으로 점점 더 가운(家運)을 융성하게 이끌어 갈 것이 틀림없는 분인데, 그 아버님도 쥘리앵의 실력은 인정하고 계시거든. 다른 사람들이야 모두 쥘리앵을 미워하지만, 어머님의 친구들인 독실한 신자들을 제외하면 누구 하나 그 사람을 경멸하진 못해.'

케일뤼스 백작은 말이라면 사족을 못 쓴다. 적어도 애마가(愛馬家)인 체했다. 온종일 마구간에서 살고 거기서 식사를 할 때도 많았다. 이렇듯 열심인 데다가 절대로 웃는 얼굴을 보이지 않았기 때문에 친구들 간에 대단히 존경을 받고 있었다. 그는 이 조그만 그룹 가운데서 색다른 인재였던 셈이다.

다음 날이었다. 이 그룹이 라몰 부인의 안락의자 뒤에 모이자, 마침 쥘리앵이 없음을 기회로 케일뤼스 백작은 크루아즈누아와 노르베르의 도움을 얻어 부랴부랴 마틸드의 쥘리앵 예찬을 공격하기 시작했다. 그것도 적당한 기회를 보아서가 아니라 마틸드의 얼굴을 보자마자 갑자기 시작했다. 마틸드는 이 책략을 이내 눈치채고 오히려 기뻐했다.

'이 사람들, 천재를 적으로 돌려 드디어 동맹을 맺은 모양이구나. 한 해에 10루이 수입도 없고, 질문받지 않는 한 대답조차 하지 않는 상대인데…… 상대가 검은 옷을 입고 있어도 이렇게 두려워하는데, 견장(肩章)이라도 달면 어떻게 될까?"

마틸드가 이처럼 빛난 적은 일찍이 없었다. 공격이 시작되자마자 그녀는 케일뤼스와 그 동맹군에게 농담 섞인 야유를 빗발같이 퍼부었다. 화려한 사관들의 조롱에 찬 불꽃이 사그라질 무렵 마틸드는 케일뤼스 백작에게 말했다.

"만약 내일이라도 프랑슈콩데의 산속에 사는 어느 귀족이 쥘리앵이 자기 사생아임을 알고, 그에 어울리는 가문의 이름과 몇 천 프랑의 연수를 준다면 어떻게 될까요? 6주일이 지나면 그 사람도 여러분들처럼 콧수염을 기를 거예요. 여섯 달쯤 지나 보세요. 여러분들과 똑같은 경기병 장교예요. 그렇게 되면 그 사람의 성격 속에 있는 위대함이 다시는 우습게 보이지 않게 되지 않을까요? 결국 장래의 공작인 당신도 그 낡고 구차한 변명을 꺼낼 도리밖에 없을 거예요. 궁정의 귀족은 지방 귀족보다 신분이 높으니 어쩌니 하고 말예요. 그런데 얘기를 극단적인 데까지 밀고 간다면 당신들에게 승산이 있을까요? 좀 짓궂은 얘기지만, 가령 쥘리앵의 아버지가 에스파냐의 공작이라면 어떻게들 하시겠어요? 나폴레옹 시대에 포로로 잡혀 브장송에 머문 적이 있는 그 공작이, 임종 자리에서 양심의 가책을 이기지 못해 쥘리앵을 자기 아들이라고 인정했다고 한다면 말예요."

이러한 사생아 운운의 상식을 벗어난 가설에 케일뤼스, 크루아즈누아 등은 심한 불쾌감을 느꼈다. 마틸드의 열변 가운데서 그들이 느낀 것은 단지 그것뿐이었다.

여느 때는 누이동생 앞에서 고개를 들지 못하는 노르베르도 마틸드가 하는 말의 의미가 아주 분명했으므로 못마땅한 표정을 지었다. 솔직히 그 표정은 평소의 그 사람 좋은 유쾌한 표정과 아무래도 어울리지 않았다. 그는 대담하게 두세 가지 충고를 했다.

"어디 편찮으시지 않으세요, 오빠?" 하고 약간 정색을 하면서 마틸드가 말했다.

"농담에 설교를 하시다니! 몹시 기분이 좋지 않으신 게 틀림없어요. 오빠가 설교를 하시다니, 현 지사 자리라도 노리고 계세요?"

마틸드는 케일뤼스 백작의 화난 모양도, 노르베르의 시무룩함도, 크루아즈누아 후작의 말 없는 실망도 곧 잊어버리고 말았다. 아까 자기 마음을 사로잡았던 중대한 생각에 대해서 어떻게든 태도를 결정하지 않으면 안 되었던 것이다.

'쥘리앵은 나에게 몹시 진지한 태도를 보여 주고 있어. 그 나이에 재산도 없고 더구나 대단한 야심 때문에 그처럼 번민하고 있다면, 여자 친구가 아쉬워질 것은 뻔해. 아마도 내가 그런 여자 친구일 테지. 그런데 아무리 보아도 그 사람이 내게 사랑을 느끼고 있는 것 같진 않아. 그처럼 대담한

성격이니 나를 사랑한다면 고백하지 않을 리 없을 텐데.'

이런 불안과 자문자답은 이때부터 끊임없이 마틸드를 따라다니게 되어, 그녀는 쥘리앵이 애기를 걸어올 때마다 무엇인가 자기에게 유리한 증거를 새로 발견해 내곤 하는 것이었다. 그 덕에 지금까지 그녀를 괴롭혀 왔던 그 따분함이 깨끗이 사라졌다.

쟁쟁한 수완가의 딸, 이윽고 재상이라도 되어 대혁명 때 몰수당한 산림을 종문(宗門)에 되돌려 줄지도 모를 재사의 딸로서, 마틸드는 성심 수녀원에 있을 무렵 몹시 귀한 대접을 받았다. 그러한 불행은 절대로 보상될 수 없다. 가문이든 재산이든 모든 점에서 혜택을 입고 있었기 때문에, 자신이 남보다 행복한 것은 당연하다고 배워 온 것이다. 왕후(王候)들의 권태와 만행은 이런 데서 비롯된다.

마틸드는 그러한 그릇된 생각의 영향에서 벗어날 수 없었다. 아무리 머리가 좋다고는 하나 열 살짜리 어린애로서, 수녀원 사람들로부터 언뜻 보기에 그럴듯한 아첨을 들으면 어찌할 도리가 없는 것이다.

쥘리앵을 사랑하고 있다고 결정지었을 때부터 마틸드는 이제 따분해하지 않았다. 뜨거운 사랑을 하려고 결의한 일에 도취되어 매일처럼 우쭐거리는 것이었다.

'이 기쁨은 몹시 위험할지도 몰라. 그러나 그편이 낫지! 봐, 얼마나 멋져? 뜨거운 사랑도 모르고 열일곱 살에서 스무 살까지, 인생의 꽃이라고 할 수 있는 시기를 나는 따분함에 시달리면서 보내 버렸지. 가장 좋은 시절을 헛되이 보내고 만 거야. 즐거움이라고는 고작 어머님 친구들의 지리멸렬한 애기를 듣는 것밖에 없었어. 하기야 그분들도 1792년에 코블렌츠*로 망명했을 때는 지금처럼 만사에 까다로운 태도는 아니었다지만.'

그녀가 이렇듯 심한 불안에 번민하고 있을 무렵, 쥘리앵은 자신을 뚫어져라 쳐다보는 그녀의 시선에 담긴 의미를 알아채지 못하고 있었다. 노르베르 백작의 태도에 냉담함이 더해 가고, 케일뤼스, 뤼즈, 크루아즈누아 등의 태도가 한층 더 오만스러워진 것은 쥘리앵도 잘 알고 있었다. 그런 일에는 이미 만성이 되어 있었다. 쥘리앵은 밤의 살롱에서 신분에 어울리

---

* 망명귀족이 모여든 장소. 풍기가 어지러웠다고 한다.

지 않는 두드러진 태도를 보인 후에 곧잘 그런 역겨운 경우에 부딪혔다. 마틸드가 특별히 호의적인 태도를 보이지 않고, 또 쥘리앵 자신도 그 모임 사람들에게 호기심이 없었다면, 식사 후 수염을 기른 화려한 청년들이 마틸드를 따라 정원으로 나갈 때 그는 그 뒤를 따라가지 않았을 것이다.

쥘리앵은 생각했다.

'그래, 이건 숨길 수 없는 사실이야. 마틸드는 확실히 이상한 눈으로 나를 쳐다보고 있어. 그러나 그 아름다운 푸른 눈이 아무리 넋을 잃고 나를 바라볼 때라도, 그 속에서는 역시 비판적이고 싸늘하고 짓궂은 태도를 읽을 수 있어. 그것이 사랑이라니, 그런 어처구니없는 일이 있을까? 레날 부인의 눈과는 너무 차이가 크군!'

어느 날 밤 식사가 끝난 뒤, 라몰 후작과 함께 서재로 들어간 쥘리앵은 곧 정원으로 돌아갔다. 무심코 마틸드를 비롯한 한 무리 곁으로 다가갔을 때 커다란 말소리가 들렸다. 마틸드가 오빠를 몰아세우고 있었다. 쥘리앵은 자기 이름이 두 번씩이나 분명하게 입에 오르내리는 것을 들었다. 그가 모습을 나타내자 모두들 갑자기 입을 다물어 버렸다. 모두들 그 침묵을 깨려고 했으나 허사였다. 마틸드도 오빠도 흥분해 버려서 다른 화제를 찾을 수 없었던 것이다.

케일뤼스, 크루아즈누아, 뤼즈, 또 그들의 친구 한 사람이 쥘리앵을 대하는 태도는 얼음처럼 싸늘했다. 그는 그 자리를 떠났다.

제13장
음모

두서없는 말도 우연한 만남도, 상상력이 풍부한 사람이 보면 명백한 증거가
돼 버린다. 만일 그의 가슴에 얼마간 정열의 불꽃이 존재한다면.

실러

다음 날, 다시금 쥘리앵은 노르베르와 마틸드가 자기 얘기를 하고 있는 자
리에 우연히 가게 되었다. 그가 가까이 다가가니 어젯밤처럼 쥐 죽은 듯이
조용해졌다. 쥘리앵의 의혹은 이제 한없이 부풀었다.

'저 젊은 남매가 친절하게도 나를 놀릴 계획이라도 세우고 계신가? 확실
히 마틸드가 가난뱅이 비서에게 뜨거운 사랑을 주는 것보다는 그편이 훨씬
있음직한 일이고, 자연스런 일이지. 대체 저들이 정열을 가지고 있을까! 남
에게 한 방 먹이는 것이 그들의 장기야. 내가 좀 조리 있게 말을 잘하니까
질투하고 있는 거겠지. 또 질투를 잘하는 것도 그들의 약점 중 하나이고. 이
런 논법이면 모든 것이 설명돼. 마틸드는 나를 좋아하는 척하지만, 실은 그
저 나를 우스꽝스러운 구경거리로 삼아 자기 약혼자에게 보여 주려는 속셈
인 거야.'

이 괴로운 의혹이 쥘리앵의 정신 상태를 뒤바꿔 버렸다. 그러한 생각은 자
기 마음속에 사랑이 싹텄다는 것을 비로소 깨닫게 해 줬지만, 그것을 쉬 억
눌러 버렸다. 그러한 사랑은 마틸드의 드물게 예쁜 미모, 아니 오히려 그 여
왕 같은 거동, 그리고 훌륭한 교양에 자극받아 우러난 것에 불과했다. 그런
점에서 쥘리앵 역시 벼락출세한 자에 지나지 않았다. 비록 기개 있는 사람이
라고 할지라도 시골뜨기가 상류사회에 나왔을 경우, 그를 가장 놀라게 하는
것은 역시 사교계의 미녀다. 지금까지 쥘리앵을 자주 몽상에 잠기게 만든 것
은 마틸드의 성격이 아니었다. 적어도 쥘리앵은 자신이 마틸드의 성격을 이

해할 수 없음을 알 정도로 분별은 있었다. 실제로 그의 눈에 비친 것은 모두 표면적인 것에 지나지 않았는지도 모른다.

예컨대 마틸드는 어떤 일이 있어도 일요일의 미사에 빠지지 않았다. 그러기는커녕 거의 하루도 빠짐없이 어머니를 따라 미사에 나갔다. 만약 라몰 저택의 살롱에서 어느 얼빠진 인간이 자기가 지금 어디 있는지 잊고, 진심이든 아니든 왕권이나 교회의 이익에 위배되는 농담을 간접적으로라도 꺼내는 날이면 마틸드는 얼음처럼 차가운 태도가 되어 버린다. 본디 날카로운 그 눈초리가 옛 선조의 초상화에 그려진 눈매처럼 냉엄한 거만스러움을 띠는 것이다.

그러나 쥘리앵은 마틸드가 볼테르의 저작 중에서도 가장 철학적인 책 한두 권을 항상 자기 방에 가져다 놓고 있음을 알고 있었다. 그 자신도 참으로 훌륭한 장정을 한 이 호화판 전집 중 몇 권을 살그머니 꺼내 갈 때가 종종 있었다. 가지런한 책의 사이사이를 약간 엉성하게 띄워서 자신이 가져간 책의 빈자리를 감추었는데, 그러는 동안에 이윽고 자기 이외에도 누군가 볼테르를 읽고 있다는 사실을 깨달았다. 그는 신학교에서 배운 책략으로 마틸드의 흥미를 끌 듯싶은 책 위에다 말총을 살짝 얹어 놓았다. 그러자 그러한 책들이 예상대로 몇 주일 씩이나 자취를 감추는 것이었다.

라몰 후작은 단골 책방이 수상한 《회상록》 같은 것들만 보내오는 데 화가나서, 조금이라도 재미있는 신간 서적은 모조리 사 오도록 쥘리앵에게 명령했다. 그러나 집안에 해독을 끼칠 우려가 있으므로 그런 책들은 후작 자신의 방에 있는 조그만 책장에 넣어 두게 했다. 이윽고 쥘리앵은 그런 신간 서적 중에서 조금이라도 왕권이나 교회의 이익에 위배되는 책은 이내 사라져 버린다는 것을 확인했다. 물론 그런 책을 노르베르가 읽을 리는 없었다.

쥘리앵은 그 실험 결과를 과대하게 생각하여, 마틸드에게는 마키아벨리 같은 이중성격이 있다고 생각했다. 이 악당 같은 면모는 쥘리앵에게는 일종의 매력, 즉 마틸드가 가지고 있는 단 하나의 정신적 매력으로 보였다. 위선이나 도덕 이야기에 싫증이 난 쥘리앵은 이런 극단적인 생각에 빠져 버렸던 것이다.

요컨대 쥘리앵은 사랑에 움직였다기보다는 그 자신의 상상력에 힘입어서 흥분을 느끼고 있었다.

쥘리앵이 자기가 사랑에 빠졌다는 사실을 겨우 깨달은 것은, 마틸드의 우아한 몸매, 옷차림에 대한 고상한 취미, 그 하얀 손, 아름다운 팔, 모든 태도에 나타나는 '시원스러움' 등에 대해 온갖 몽상에 잠긴 뒤의 일이었다. 그는 마틸드의 매력을 완전한 것으로 만들기 위해 그녀를 카트린 드 메디시스 같은 여자로 간주하기로 결심했다. 쥘리앵이 멋대로 가정한 바에 따르면, 마틸드의 성격은 아무리 심오하거나 악랄해도 전혀 이상하지 않았다. 그것이 야말로 소년 쥘리앵이 감탄해 마지않았던 마슬롱, 프릴레르, 카스타네드 등이 이상(理想)으로 삼았던 것이었다. 즉, 쥘리앵에게 마틸드는 파리의 이상이었다.

그런데 파리 사람들의 성격에 심오함과 악랄함이 있다고 상상하는 것만큼 우스운 일이 어디에 있겠는가!

'저 3인조는 아무래도 나를 비웃고 있는 모양이야' 하고 쥘리앵은 생각했다. 마틸드의 시선에 대답하는 쥘리앵의 눈은 어느새 어둡고 싸늘한 표정이 되었다. 이런 반응을 눈치채지 못하는 자는 쥘리앵의 성격을 잘 모르고 있는 것이다. 놀란 마틸드가 대담하게 두세 번 보여 준 호의의 표시도 쥘리앵의 신랄한 야유로 퉁겨져 버렸다.

상대의 이런 갑작스럽고도 기묘한 태도에 자극받아, 본디 냉랭하고 따분할 대로 따분해져서 재기(才氣)에 대해서만 민감한 이 처녀의 마음은 그 천성이 허락하는 한도까지 맹렬히 타올랐다. 그러나 마틸드의 성격에는 큰 자존심이 도사리고 있어, 지금까지 몰랐던 감정이 생겨나고 자기의 행복이 모조리 남에 의해 좌우된다고 깨닫자 어쩔 수 없이 어두운 우울함에 빠지는 것이었다.

쥘리앵은 파리에 도착한 이래 이미 몰라볼 만큼 진보를 보이고 있었으므로, 그것이 다만 따분함에서 우러난 삭막한 우울함이 아니라는 것쯤은 짐작하고 있었다. 마틸드는 그전처럼 야회나 연극 같은 여러 가지 오락을 추구하지 않게 되었으며, 이제는 오히려 그것들을 피할 정도였다.

프랑스 사람들이 노래하는 음악은 마틸드를 죽도록 따분하게 만들었다. 그런데 오페라 극의 끝 무렵 관객들이 나오는 출구에 얼굴을 내미는 것이 하나의 의무가 되어 있던 쥘리앵은, 마틸드가 반드시 누군가를 동반하여 온다는 것을 깨달았다. 그녀의 모든 행동거지에 두드러지게 나타났던 그 완벽한 절도가 얼마간 사라져 버린 것을 알 수 있었다. 남자 친구들에게 대답할 때에도 지나치게 신랄한 말투를 써서 모욕적인 농담을 해 버리는 수가 흔히 있었다. 쥘리앵이 보기에 크루아즈누아 후작은 심한 혐오를 받고 있는 것 같았다. 그는 생각했다.

'저 청년은 젊은 주제에 돈을 너무 좋아하는 모양이구나. 상대가 얼마나 부자인지 모르지만, 이런 여자 따위는 본체만체해 버리면 되잖아!'

그는 남성 전체의 권위를 훼손당한 것이 분해서 마틸드에게 점점 냉담한 태도를 취했다. 때로는 무례한 행동을 하는 일조차 있었다.

그는 마틸드가 보이는 호의의 표시에 속지 않으리라고 속으로 단단히 결심하고 있었다. 그러나 그 호의를 의심할 여지가 없는 날도 가끔 있었고, 쥘리앵도 겨우 눈이 틔어서 그녀의 아름다움을 인정하게 되었기 때문에, 때로는 어리둥절해졌다.

'이런 상류사회 청년들은 모두 빈틈이 없고, 인내심이 강해. 경험이 부족한 나 따위는 결국 지고 말겠지' 하고 쥘리앵은 생각했다.

'여행이라도 떠나, 이러한 상태에 끝장을 내지 않으면 안 되겠다.'

마침 그는 후작으로부터 랑그도크 지방의 숱한 조그만 토지와 가옥의 관리를 위임받은 참이었다. 아무래도 멀리 떠날 필요가 있었다. 라몰 후작은 마지못해 승낙했다. 공작이 되겠다는 위대한 야심에 관한 문제만 제외하면, 쥘리앵은 이미 그의 분신(分身)이 되어 있었던 것이다.

쥘리앵은 출발 준비를 하면서 생각했다.

'결국 그들은 나에게 올가미를 씌우지 못하고 마는 셈이야. 마틸드가 그들에게 퍼붓는 야유가 본심에서 우러난 것인지, 아니면 나에게 신뢰를 얻기 위한 것인지 잘은 모르지만. 하여간 나는 충분히 즐긴 셈이야. 목재상의 아들에 대한 음모가 아니라면 마틸드의 태도는 설명할 수가 없어. 하기야 그 태도에 대해선 크루아즈누아 후작도 나와 마찬가지로 고개를 갸웃거리고 있겠지만. 가령 어제만 해도 그 여자는 정말 짜증이 났던 모양인지, 상대가 귀족이고 부자인데도 오히려 가난한 평민인 나를 치켜세워 줬지. 덕분에 저쪽을 기죽게 만들 수 있어서 정말 유쾌했어. 그것은 내가 거둔 승리 중에서 최고의 승리였어. 우편 마차를 타고 랑그도크의 들판을 달리면서 어디 그 승리의 미주에 흠뻑 취해 봐야지.'

여행은 비밀로 해 두었는데, 마틸드는 그가 다음 날 파리를 떠나 오랫동안 집을 비운다는 것을 당자인 쥘리앵 이상으로 잘 알고 있었다. 그녀는 몹시 두통이 난다고 했다. 후끈한 살롱의 공기로 두통이 점점 더 심해진다는 것이 었다. 그녀는 오랫동안 정원을 산책했다. 노르베르, 크루아즈누아 후작, 케일뤼스, 뤼즈, 그 외에 라몰 댁의 만찬에 참석한 몇 사람의 청년들은 신랄한 농담을 듣고 결국 물러가 버렸다. 그녀는 쥘리앵을 묘한 눈초리로 가만히 바라보았다.

'이 눈도 분명히 연기겠지' 하고 쥘리앵은 생각했다.

'그런데 이 가쁜 호흡은 어찌 된 걸까, 이 흐트러진 태도는? 거참! 아니, 내가 이런 걸 무슨 재주로 꿰뚫어 보겠어? 상대는 파리에서도 으뜸가는 대단하고 영리한 여자라고. 이 거친 숨소리에 하마터면 마음이 움직일 뻔했는데, 이것도 아마 자기가 좋아하는 여배우 레옹틴느 파이에게서 배운 것이겠지.'

줄곧 두 사람뿐이었다. 대화는 차차 활기를 잃어 갔다.

'아아, 틀렸어! 쥘리앵은 나에게 아무런 감정도 품고 있지 않아.'

마틸드는 아주 비참한 기분으로 생각했다.

쥘리앵이 돌아가려고 하자 마틸드는 대담하게도 그의 팔을 꽉 잡았다.

"오늘 밤, 편지 드리겠어요."

그 목소리는 평소와는 완전히 달라 도저히 그녀의 목소리로는 여겨지지 않았다.

그 바람에 쥘리앵의 마음도 움직여 버렸다.

그녀는 이어 말했다.

"아버님도 당신의 일처리를 올바로 인정하고 계세요. 내일 떠나시면 안돼요. 무슨 핑계를 찾으세요, 네?"

이렇게 말하자마자 마틸드는 종종걸음으로 달려가 버렸다.

그녀의 모습에는 매력이 넘쳐흐르고 있었다. 그 이상 아름다운 발이 있으리라고는 여겨지지 않았다. 달려가는 그 우아한 모습에 쥘리앵은 넋을 잃었다. 그러나 그녀가 완전히 보이지 않게 되었을 때, 쥘리앵이 무슨 생각을 했는지 아는 사람이 있을까? 그는 마틸드가 '안 돼요'라고 말했을 때의 명령적인 말투에 분개하고 있었던 것이다. 루이 15세도 임종 때 주치의가 무심코

한 '안 됩니다'라는 말에 몹시 노했다고 한다. 물론 루이 15세는 벼락출세한 자는 아니었지만.

1시간쯤 지나서 하인이 쥘리앵에게 편지를 한 통 갖다 주었다. 사랑의 고백이었다.

'문장에 그다지 거만스러운 데는 없군.'

쥘리앵은 이런 문학적 해석을 하면서 솟구치는 환희를 억누르려고 했다. 그러나 환희로 볼이 틀려서 아무래도 절로 웃음이 터져 나오려 했다.

"마침내 내가!"

갑자기 쥘리앵은 외쳤다. 감정이 끓어올라 더 이상 억누를 수가 없었던 것이다.

"내가, 하잘것없는 촌놈인 이 내가, 귀족 따님으로부터 사랑 고백을 들었다!"

'내 방식은 꽤 나쁘지 않았어.'

가능한 한 기쁨을 억누르면서 그는 계속 생각했다.

'나는 내 위엄을 지킬 수 있었다. 사랑한다는 따위의 말은 한마디도 하지 않았지.'

그는 필적을 조사하기 시작했다. 마틸드의 필적은 영국풍의 깨끗하고도 조그만 글씨체였다. 쥘리앵은 미칠 것만 같은 기쁨에서 마음을 돌리기 위해 무엇인가 구체적인 일에 몰두할 필요가 있었다.

여행 떠나신다는 이야기를 듣고 말씀드리지 않을 수 없었습니다…… 당분간 얼굴조차 못 뵙게 된다니, 저로서는 견딜 수가 없습니다.

어떤 생각이 마치 새로운 발견처럼 쥘리앵의 마음을 때려 그는 마틸드의 편지를 음미하다가 그만두었다. 기쁨은 점점 더해 갔다. 그는 외쳤다.

"나는 크루아즈누아 후작에게 이겼다. 고지식한 말밖에 하지 않는 내가! 게다가 그는 미남자에 후작이 아닌가! 콧수염도 기르고 근사한 군복도 입는 사람인데. 언제나 적절한 순간에 재치 있게 멋진 말을 할 수 있는 사람인데.'

쥘리앵은 한참 동안 하늘에라도 오르는 듯한 기분이었다. 행복에 취해서 정원 안을 이리저리 돌아다녔다.

얼마 뒤 사무실로 가서 라몰 후작에게 면회하고 싶으니 말씀드려 달라고 부탁했다. 다행히 후작은 집에 있었다. 쥘리앵은 노르망디 소인이 찍힌 서류를 몇 가지 보이고, 노르망디의 소송 사건 때문에 랑그도크 여행은 연기하지 않을 수 없다고 설명했다. 일은 쉽게 처리되었다.

"자네가 가지 않게 되어 나도 기쁘네."

후작은 용건에 대한 애기가 끝나자 이내 이렇게 말했다.

"자네의 얼굴을 보는 게 즐거우니 말이야."

쥘리앵은 방에서 나왔으나 이 말이 마음에 걸렸다.

'이런데도 나는 그분의 딸을 유혹하려 하고 있단 말인가! 크루아즈누아 후작과의 결혼도 결국엔 깨지고 말겠지. 그 결혼이 바로 후작 늘그막의 낙인데. 혹시 자기가 공작이 못 되더라도 딸만은 궁중에서 의자에 앉을 수 있는 신분*으로 만들 셈이었거든.'

쥘리앵은 마틸드의 편지도 무시하고, 방금 후작에게 설명한 것도 다 철회하고 랑그도크로 떠나 버릴까 하고 문득 생각했다. 그러나 이 도덕적 반성은 이내 사라져 버렸다.

'나란 놈은 얼마나 어리석은 인간인가! 평민 주제에 대귀족 집안에 동정을 하다니! 쇼느 공작은 나를 하인이라고 부르지 않았는가! 또 후작은 어떤 방법으로 재산을 늘리고 있는가! 궁중에서 내일 쿠데타가 일어날 것 같다는 말을 들으면 당장 국채를 파는 식이지. 그런데 나는 짓궂은 하느님에 뜻에 따라 사회 밑바닥에 떨어져 있다. 고귀한 마음을 소유하고 있으면서도, 한 해에 1000프랑의 수입도 없는 몸이 아닌가. 먹고살 도리가 없는, 문자 그대로 빵을 얻을 수가 없는 몸이라고. 그러한 내가 눈앞에 차려진 즐거움을 뿌리칠 이유가 어디 있겠어? 밑바닥 생활의 타는 듯한 사막을 이처럼 고생하며 걸어온 나에게, 마른 목을 축여 주려고 나타난 맑은 샘물이 아닌가! 나도 그렇게까지 바보는 아니야. 이 인생이라는 이기주의의 사막에서는, 누구나 자기가 제일 소중한 법이야.'

그리고 쥘리앵은 라몰 부인, 특히 그녀의 친구들이 자기에게 던지는 경멸에 찬 눈초리를 마음속에 그렸다.

---

*루이 왕조는 국왕 앞에서 의자에 앉을 수 있는 특권을 공작 부인에게 주었다.

크루아즈누아 후작을 물리친다는 즐거움 앞에서 손톱만큼 남아 있던 도덕심도 완전히 사라졌다.

'그자가 노하는 꼴을 보고 싶군! 지금이라면 확실한 일격을 가할 수 있는데.'

이렇게 생각하면서 그는 그 다음 자세로 찌르는 시늉을 해 보았다.

'나도 지금까지는 약간의 용기를 유치하게 발휘하던 풋내기 학자에 불과했지. 그러나 이 편지를 받은 이상 이미 그 녀석과 대등해.'

그는 다시없는 쾌감을 느끼면서 천천히 중얼거렸다.

"그래. 저 후작과 나, 두 사람의 가치가 저울에 달린 결과, 쥐라의 하잘것없는 목재상의 아들이 이긴 거야."

그리고 이렇게 생각했다.

'좋았어, 답장은 이런 식으로 써야지. 라몰 양, 제가 저의 신분을 잊어버렸다고 생각하신다면 큰 잘못입니다. 성왕(聖王) 루이를 따라 십자군에 나간 저 유명한 기 드 크루아즈누아의 자손을 버리고 당신이 선택하려는 상대는, 고작해야 목재상의 아들입니다. 그 점을 부디 뼈저리게 느껴 주시길 바랍니다.'

쥘리앵은 치솟는 기쁨을 억누를 수가 없었다. 그는 자기도 모르게 정원으로 나갔다. 자물쇠를 잠그고 틀어박혀 있던 자기 방이 너무 좁게 느껴져 숨이 막힐 것만 같았다.

'나는 쥐라의 가난한 목재상의 자식이야.'

그는 끊임없이 속으로 되풀이했다.

'언제나 이런 음산하기 짝이 없는 검은 옷을 입어야 하는 신분이지! 아아! 20년 전이었더라면 나도 저놈들처럼 군복을 입고 있었을지도 모르는데! 그 시대라면 나는 전사하든가, 아니면 서른여섯 살에 장군이 됐을 테지.'

한 손에 움켜쥔 마틸드의 편지가 그에게 영웅다운 풍모와 태도를 취하게 해 주었다.

'하기야 요즈음은 이 검은 성직자의 옷을 입고 있으면, 보베 주교님처럼 마흔 살에 10만 프랑의 봉급과 코르동 블루를 받을 수 있긴 하지만.'

그는 메피스토펠레스 같은 웃음을 띠면서 속으로 중얼거렸다.

'그래, 나는 그들보다 머리가 잘 돌아간단 말이야. 현대에 어울리는 제복을 선택하는 법쯤은 알고 있지.'

이렇게 생각하니 점점 야심이 타올라 법의에 대한 집착이 깊어지는 것을 느꼈다.

'나보다 천한 태생이면서도 세상에 위세를 떨친 추기경은 얼마든지 있지 않은가! 가령 나와 한 고향인 그랑벨도 그렇고.'

이윽고 쥘리앵의 흥분도 가라앉았다. 신중함이 되살아났다. 그는 스승으로 간주하는 타르튀프를 흉내 내어 중얼거렸다. 그 대사는 환히 암기하고 있었다.

그 말도 악의 없는 책략인지 모른다.

내가 애타게 바라는 그 사람이 사랑의 증거를 조금이라도 보여 주고,
그 말에 거짓이 없음을 뒷받침해 주지 않으면,
아무리 달콤한 말이라도 믿을 수 없구나.

《타르튀프》 제4막 제5장

'타르튀프도 여자 때문에 일신을 망쳤지. 그도 상당한 인물이었는데…… 나의 회답도 혹시 누가 볼지 몰라…… 그래, 그렇다면 이런 수가 있지.'

잔인함을 슬쩍 감추면서 그는 천천히 덧붙였다.

'그 고귀한 마틸드가 쓴 편지의 가장 열렬한 문구를 그대로 답장 첫머리에 쓰자.'

이어서 그는 생각했다.

'그렇지, 어쩌면 크루아즈누아 후작의 하인 네 명이 한꺼번에 내게 덤벼들어 마틸드가 보낸 편지를 뺏을지도 몰라. 아니, 하지만 그렇게 하도록 내버려 두지는 않지. 나는 빈틈없이 무장하고 있으니까. 그리고 그들도 알듯이 나는 하인들에게 권총을 쏘아 대는 버릇이 있거든. 뭐 그런데 그들 중 한 놈이 용감하다고 해 보자. 그가 나에게 덤벼든다. 나폴레옹 금화를 100개 받을 약속으로. 그러면 내가 그를 죽이든 부상을 입히든 결과는 같아. 그것이야말로 저쪽이 바라는 바가 아닌가. 아주 합법적으로 나를 감옥에 처넣을 수

있거든. 나는 경범죄 법원에 출두하겠지. 그리고 재판관측에서 볼 때는 아주 공평무사하기 짝이 없는 판결을 받은 뒤, 푸아시의 감옥으로 압송될 거야. 퐁탕이나 마갈롱*1 같은 풍자 신문의 편집자들 패거리에 끼게 되는 거지. 400명의 부랑자들과 뒤섞여서 자야 할걸…… 그래도 나는 그러한 인간들을 다소는 동정하겠지!'

그는 거친 동작으로 일어서면서 외쳤다.

"그런데 놈들은 제3계급의 인간을 잡았을 때 조금도 동정을 하지 않아!"

이 한마디와 함께 라몰 후작의 은혜와 의리를 생각하는 마음은 완전히 사라지고 말았다. 이런 마음은 그의 뜻과는 반대로 그때까지 그의 양심을 줄곧 괴롭혀 왔던 것이다.

'자아, 고정들 하십시오, 귀족 여러분. 그러한 마키아벨리류의 잔재주쯤은 이쪽도 다 알고 있습니다. 마슬롱 사제나 신학교의 카스타네드 씨도 이 이상 잘하지는 못할 것입니다만, 여러분들은 나에게서 그 도발적인 편지를 빼앗아서 콜마르의 카론 대령*2의 전철을 밟게 하겠다는 것이지요. 그런데 여러분, 잠깐 기다리십시오. 이 중대한 편지는 튼튼히 싸서 피라르 사제에게 부치도록 하겠습니다. 그분은 성실한 사람이고 장세니스트니까 돈에 눈이 멀 염려가 없습니다. 아, 하지만 그분은 뜯어 볼지도 모르니까…… 역시 푸케에게 부치기로 하자.'

솔직하게 말해서 이때 쥘리앵의 눈초리는 사나웠고 표정은 험악했다. 영락없는 범죄자의 얼굴이었다. 사회 전체를 상대로 싸우는 불행한 사나이의 모습이었다.

"무기를 쥐어라!" 하고 쥘리앵은 외쳤다. 저택 현관의 돌층계를 단숨에 뛰어내려가서 거리 모퉁이에 있는 대서소로 들어갔다.

"이걸 베껴 주시오."

쥘리앵은 대서사에게 마틸드의 편지를 넘겨주면서 으름장을 놓듯 말했다.

대서사가 베끼고 있는 동안, 쥘리앵 자신도 푸케 앞으로 편지를 써서 중요한 물건이니 잘 맡아 달라고 부탁했다.

---

*1 둘 다 그 무렵에 샤를 10세를 비난하는 기사를 썼다가 투옥됐다.
*2 음모를 획책했다는 누명을 쓰고 1822년에 총살되었다.

'한데, 가만있자.'

쥘리앵은 쓰던 손길을 멈추고 생각했다.

'우체국 검열관이 이 편지를 개봉하여, 이것을 찾는 사람들에게 넘겨줄지도 모른단 말이야…… 그렇게 하도록 놔둘 순 없지.'

그는 신교도가 경영하는 책방에 가서 큼직한 성서를 사서는 그 표지 속에 마틸드의 편지를 교묘히 감추었다. 이리하여 파리에서는 누구 한 사람 알 길 없는, 푸케 밑에서 일하는 직공 앞으로 된 그 소포는 역마차 편으로 발송되었다.

그 일이 끝나자 쥘리앵은 명랑해져서 발걸음도 가볍게 라몰 저택으로 돌아왔다.

"자, 이번에는 우리들 두 사람에 관한 일이다!"

방으로 돌아가 문을 잠그면서 그는 외쳤다. 웃옷을 벗어던지고 마틸드 앞으로 편지를 쓰기 시작했다.

이게 어떻게 된 영문입니까, 아가씨! 라몰 집안의 영애가 아버님의 하인 아르센느를 통해서, 쥐라의 목재상 아들 따위에게 너무나도 가슴 설레는 편지를 주시다니! 아마도 저의 어리석음을 희롱하실 생각이시겠지만……

이어서 그는 아까 받은 편지 속에서도 가장 노골적이고 열렬한 문구를 그대로 옮겨 썼다.

그의 편지는 저 보부아지 씨의 외교관다운 신중함까지도 무색하게 만들 만한 작품이었다. 아직 10시였다. 쥘리앵은 그처럼 가련한 인간에게서는 좀처럼 보기 드문 자신감과 행복에 흠뻑 취해서 이탈리아 오페라를 보러 갔다. 친구 제로니모가 노래 부르고 있었다. 음악이 이처럼 그를 감격시킨 적은 없었다. 신(神)이라도 된 듯한 기분이었다.

제14장

젊은 처녀의 생각

얼마나 괴로워했는지 몰라요! 잠 못 이루는 밤이 몇 번이었던지! 아아, 주여! 저는 경멸당해도 할 수 없는 여자가 되는 것일까요? 아마 그 사람까지 저를 경멸할 테지요. 하지만 그 사람은 떠납니다. 멀리 가 버리는 것입니다.

알프레드 드 뮈세

편지를 쓰면서 마틸드가 갈등을 느끼지 않은 것은 아니었다. 그러나 쥘리앵에 대한 관심이 어떻게 시작되었거나, 이윽고 그것은 철이 들 때부터 그녀를 지배해 왔던 자존심까지 이겨 내고 말았다. 그 거만하고 쌀쌀한 영혼이 비로소 격정에 움직인 셈이다. 그러나 자존심에는 이겼을망정 그 관심은 여전히 자존심으로 길러진 습관에 충실했다. 두 달에 걸친 내면적인 갈등과 처음으로 맛본 새로운 감동, 그런 것들이 말하자면 그녀의 온 정신 상태를 뒤바꿔 놓았다.

마틸드는 행복이 눈앞에 있는 듯한 느낌이 들었다. 이러한 행복의 예감은 용기와 재질을 아울러 갖춘 인간에게 강한 영향력을 발휘하지만, 그래도 그녀는 개인적인 긍지라든가 온갖 사회적 의무감 등과 오랫동안 싸우지 않으면 안 되었다. 어느 날 마틸드는 아침 7시부터 어머니 방으로 가서 빌르퀴에의 영지에 가 있고 싶다며 허락을 청했다. 후작 부인은 그 말에는 대답하지 않고 돌아가서 좀더 자라고만 했다. 이것은 마틸드의 세상에 대한 지혜 및 인습적인 관념을 존중하는 마음의 마지막 몸부림이었다.

케일뤼스, 뤼즈, 크루아즈누아 등이 신성하게 보는 사고방식을 무시하거나 그것과 충돌하는 데 대한 걱정은 마틸드의 마음에 거의 아무런 영향도 미치지 못했다. 그러한 인간들은 자기를 이해해 줄 그릇이 못 된다고 생각하고 있었다. 마차를 산다든가 토지를 사는 일이라면 그들과 의논할 마음도 일어났으리라. 그녀가 참으로 두려워하고 있었던 것은, 쥘리앵이 자신에게 불만스럽지나 않을까 하는 문제였다.

'어쩌면 그 사람도 겉보기만 남보다 뛰어나 보일 뿐이 아닐까?'

그녀는 기개 없는 것을 무엇보다 싫어했다. 주위의 젊은 청년들에 대한 단한 가지 불만도 그것이었다. 유행에서 벗어나거나 유행을 따르지 못하는 것에 대해서 그들이 재치 있게 비웃을수록, 마틸드에게는 그들이 하잘것없는 인간으로 보이는 것이었다.

그들은 용감하다. 그러나 그뿐이다. '그런데 대체 언제 어디서 용감하지?' 하고 그녀는 생각했다.

'결투를 할 때뿐이야. 하지만 요즈음엔 결투도 한낱 의식(儀式)에 지나지 않아. 모든 것은 애당초부터 뻔해, 심지어 쓰러질 때 하는 말까지도. 잔디 위에 누워서 심장에 손을 얹고 상대를 관대하게 용서해 준 뒤, 마음속에 있는 미녀에게 한마디 유언을 남기지. 그것도 대개 실제로는 없는 미녀거나, 아니면 이러쿵저러쿵 소문나는 것이 두려워서 사랑하는 남자가 죽은 바로 그날에 무도회에 나가는 그런 여자야. 갑주가 번쩍이는 기병대의 선두에 서면 누구나 위험을 무릅쓰지. 그러나 오직 혼자서 기묘한, 정말로 뜻밖의 무시무시한 위험과 맞선다면? 아, 서글퍼라! 가문뿐 아니라 기개 면에서도 위대한 인물은 앙리 3세의 궁정에서나 볼 수 있었어! 아아! 쥘리앵이 자르낙이나 몽코투르*¹의 싸움에 나갔더라면 나도 아무런 의문을 품지 않을 텐데. 그 의기와 힘의 시대에는 프랑스 사람도 꼭두각시는 아니었어. 싸움이 있는 그날을 거의 망설임도 없이 맞이했다고. 그 무렵의 생활은 오늘같이 누구나 똑같은 관 속에 갇힌 이집트 미라는 아니었어. 그렇지, 밤 11시에 카트린 드 메디시스의 거성 수아송관을 나서서 혼자 돌아가려면, 오늘 알제로 떠나는 것*²보다도 더 참다운 용기가 필요했을 거야. 사나이의 일생은 모험의 연속이었어. 그런데 오늘날에는 문명이 모험을 쫓아 버려서 뜻밖의 일은 볼 수도 없지 뭐야. 만약에 그런 것이 누군가의 사고방식에 드러났다가는 얼마나 비난을 받을지 모르고, 실제 사건 속에 나타나면 사람들은 공포에 질려서 얼마

---

*1 16세기 앙주 공, 즉 훗날의 앙리 3세가 신교 세력을 물리쳤던 전쟁터.

*2 1830년 7월에 프랑스군은 알제를 점령했다.

나 비열하게 굴지 몰라. 공포 때문이라면 아무리 바보 같은 짓을 하더라도 변명이 가능하거든. 정말 타락할 대로 타락해 버린 따분한 시대야! 만일 저 보니파스 드 라몰이 잘린 목을 무덤에서 쳐들고, 1793년에 열일곱 명이나 되는 자손들이 양 떼처럼 맥없이 끌려가서 이틀 뒤에 단두대에 오르는 것을 보았다면 무엇이라고 말했을까? 자신이 살해당할 판인데도, 맞싸워서 최소한 자코뱅파 한두 사람쯤 죽이는 것은 흉한 행동이라고 생각했던 모양이지. 아아! 지금이 프랑스의 영웅시대, 보니파스 드 라몰의 시대였더라면, 쥘리앵은 기병 대장이 되었을 텐데. 그리고 오빠는 품행 방정한 성직자가 되어 눈에는 도덕군자 같은 표정을 띠고 입으로는 분별을 설교하고 있겠지.'

몇 달 전까지 마틸드는 흔해 빠진 형태에서 조금이라도 벗어난 인물을 찾기란 어려운 일이라고 체념하고 있었다. 그래서 얌전치 못하게도 사교계의 청년 몇 명에게 편지를 쓰곤 하면서 약간이나마 기분을 풀고 있었다. 그런 대담한 행동은 젊은 처녀로선 무례하고 경솔한 짓이었으므로 크루아즈누아 후작이나 그 할아버지 쇼느 공작, 더 나아가 쇼느 댁에 있는 모든 사람들로부터 신용을 잃게 될 우려가 있는 행위였다. 만약 약혼이 깨어지면 집안 사람들은 그 이유를 알고 싶어할 테니 말이다. 당시 마틸드는 그런 편지를 한 통이라도 쓰면 그날은 잠을 잘 수가 없었다. 그러나 적어도 그 편지는 모두 회답에 지나지 않았다.

그런데 이번에는 그녀 자신이 대담하게도 사랑을 고백한 것이다. 자기가 먼저 (이 얼마나 무서운 말인가!) 사회의 맨 밑바닥에 있는 남자에게 편지를 쓴 것이다.

이러한 사실이 드러나면 평생 지워지지 않는 일신상의 치욕이 될 것은 뻔했다. 어머니 살롱에 드나드는 부인들 중 대체 누가 용감하게 그녀를 편들어 주겠는가? 그 부인들에게 부탁하여 어떤 반론을 퍼뜨려야만 여러 살롱에서 쏟아지는 심한 모멸의 창끝을 무디게 만들 수 있겠는가?

더구나 입에 담기만 해도 엄청난 일인데 편지까지 쓰다니! "절대로 써서는 안 될 일이 있다!"고 나폴레옹은 에스파냐의 바일렌에 있던 자기 군대가 투항했다는 보고를 들었을 때 외쳤다고 한다. 더구나 이 말을 가르쳐 준 사람은 다름아닌 쥘리앵이 아니던가! 그가 미리 교훈을 내려 준 셈이다!

그러나 그런 것은 아직 그다지 대단한 문제가 아니었다. 마틸드의 고뇌에는 달리 이유가 있었다. 자신이 속해 있는 특권계급을 욕되게 함으로써 사교계에 무서운 충격을 주리란 것, 또 모욕에 찬 지울 수 없는 오점을 스스로 뒤집어쓰게 되리란 것, 이 모든 것을 잊고 마틸드는 지금 크루아즈누아, 뤼즈, 케일뤼스와는 전혀 성질이 다른 인간에게 편지를 쓰려 하고 있는 것이다.

쥘리앵의 성격 속에 있는 그 깊이, '알 수 없는 정체' 등은, 평범한 교제에서도 남을 떨게 하기에 충분했다. 그런데 마틸드는 그런 쥘리앵을 연인, 아니 자기의 지배자로 받들려고 하고 있는 것이다!

'나를 마음대로 다룰 수 있게 되면, 그 사람은 어떤 무례한 말을 꺼낼지 몰라. 그러나 좋아! 나는 그럴 땐 여왕 메데이아처럼 이렇게 말해 주지 뭐. "이처럼 큰 위험 속에 있지만 나에게는 아직 '나'라는 것이 있다."'*

쥘리앵은 귀족의 핏줄을 티끌만큼도 존경하지 않는다고 그녀는 생각했다. 뿐만 아니라 그는 자기에게도 아무런 애정을 느끼고 있지 않을지도 모른다.

이런 무서운 의혹이 깊어지자 여자의 자존심이 다시 머리를 쳐들기 시작했다. 마틸드는 초조하게 외쳤다.

"나 같은 여자의 운명은 하나부터 열까지 남달리 특별해야만 해!"

이쯤 되니 어렸을 때부터 주입돼온 자존심이 이제는 도덕심과 싸우게 되었다. 바로 이런 순간에 쥘리앵의 출발 소식이 들어와 모든 상황을 뒤엎어 버린 것이다.

(다행히 이런 성격의 인간은 아주 드물다.)

밤이 깊어졌다. 쥘리앵은 장난삼아 아주 무거운 트렁크를 문지기 방까지 내려다 놓게 해 보았다. 그것을 운반하는 일은 마틸드의 하녀에게 마음을 둔 하인에게 시켰다.

'이런 책략을 써 보았자 아무 효과도 없을지 모르지만, 만약 일이 잘되면 그 아가씨는 내가 출발했다고 생각하겠지.'

이런 장난으로 기분이 좋아져서 그는 깊이 잠들고 말았다. 마틸드는 한잠도 이루지 못했다.

다음 날 아침 일찍 쥘리앵은 남의 눈에 띄지 않게 집을 나섰다가 8시 전에

---

* 코르네이유의 비극 《메데이아》 제1막 제4장.

돌아왔다.

　도서실에 들어가자마자 곧 마틸드가 문 앞에 나타났다. 그는 회답을 건네
주었다. 말을 거는 것이 의무라 생각했고 적어도 그러는 편이 좀더 예의바른
일이었을 테지만, 마틸드는 그의 말을 들으려고도 하지 않고 사라져 버렸다.
쥘리앵으로서는 고마운 일이었다. 무슨 말을 해야 할지 몰랐기 때문이다.

　'만약 이것이 노르베르 백작과 미리 짠 장난이 아니라면, 저토록 가문이
좋은 아가씨가 나에게 묘한 애정을 품게 된 것은 분명히 나의 냉담하기 짝이
없는 눈초리 탓일 거야. 저 커다란 금발 인형에게 질질 끌려서 푹 빠지게 된
다면, 나도 이만저만 얼간이가 아니지.'

　이런 생각을 한 덕분에 그는 매우 냉정하고 타산적인 기분이 됐다.

　'이제부터 시작되는 싸움에서는, 가문에 대한 긍지가 그 여자와 나 사이에
조그만 언덕처럼 솟은 전략적 요충지야. 그곳을 중심으로 작전을 세우지 않
으면 안 돼. 파리에 머물렀던 것은 큰 실수였어. 이것이 한낱 장난이었다면,
출발을 연기시킨 것은 나의 품위를 깎아 버리고 스스로를 위험에 처하게 만
든 셈이니까. 반면에 출발했다고 해서 무슨 위험이 있었겠어? 그들이 나를
조롱했다면, 내쪽에서도 그들을 조롱해 주면 됐을 텐데. 또 그 여자가 만일
조금이나마 진심으로 나에게 관심을 가졌다면, 그 관심을 100배나 더 높일
수 있었을 텐데.'

　마틸드의 편지로 쥘리앵의 허영심은 대단한 만족을 느끼고 있었다. 그리
하여 그는 당면한 사건에 코웃음 치면서도 출발하는 편이 더 나은지 어떤지
진지하게 생각하는 것을 잊어버리고 말았다.

　자기 실수에 극단적으로 민감한 것이 그의 성격의 숙명적인 결점이었다.
이번 실수로 그는 완전히 불쾌해져서, 이 작은 실수가 있기 전에 얻은 거짓
말 같은 승리는 이제 거의 염두에 없었다. 그런데 그때—9시쯤이었을까—
마틸드가 도서실 문 앞에 나타나 한 통의 편지를 던져 주고 달아나 버렸다.

　'슬슬 서간체 소설이 돼 가는구나.'

　쥘리앵은 편지를 주워 들면서 속으로 중얼거렸다.

　'적은 서투른 작전으로 나오는군. 나는 냉담과 도덕으로 밀고 나가야지.'

　편지는 분명한 대답을 요구하고 있었는데, 그 고압적인 투에 쥘리앵의 마
음은 점점 더 유쾌해졌다. 그는 두 장에 걸쳐서 자기를 속이려 하고 있는 무

리들에게 연막을 치는 글을 신나게 쓴 다음, 역시 장난으로 편지 끝에 내일 아침 출발하기로 했다고 적었다.

편지는 다 됐다. 정원에서라면 건네줄 수 있을 것 같아 정원으로 나갔다. 그는 마틸드의 방 창문을 쳐다보았다.

그 방은 2층에 있었으며 어머니의 방 바로 옆이었다. 그런데 1층과 2층 사이에 꽤 높은 중간층이 있었다.

이 2층은 상당히 높아서 쥘리앵이 편지를 손에 들고 보리수가 늘어선 아래를 어슬렁거려도 마틸드의 창문에서는 내다볼 수 없었다. 깨끗이 손질된 보리수 가지가 둥근 천장처럼 시선을 가로막기 때문이다.

"쳇, 이게 무슨 짓이람!"

쥘리앵은 화가 치밀어서 중얼거렸다.

"또 경솔한 짓을 해 버렸군! 상대가 나를 조롱할 작정이라면, 편지를 가지고 있는 꼴을 보인다는 것은 적을 이롭게 해 줄 뿐이잖아."

노르베르의 방은 누이동생 방 바로 위에 있었다. 만약 쥘리앵이 잘 손질된 보리수의 둥근 가지 밑에서 밖으로 나간다면, 백작이나 그의 친구들은 쥘리앵의 일거일동을 자세히 관찰할 수 있을 것이다.

마틸드가 유리창 앞에 나타났다. 쥘리앵이 슬쩍 편지를 보이자 그녀는 고개를 끄덕였다. 쥘리앵은 곧 방으로 달려 올라갔다. 큰 계단 중간에서 마틸드의 아름다운 모습과 마주쳤다. 침착하게 편지를 받아 쥐는 그녀의 눈에 웃음이 떠올랐다.

쥘리앵은 생각했다.

'그 가엾은 레날 부인은 우리가 깊은 사이가 된 지 반년이 지난 뒤에도, 막상 내 편지를 받을 때는 언제나 가련할 만큼 격한 정열에 찬 눈이 되었는데! 그래, 그녀는 한 번도 나를 보면서 눈웃음을 친 일이 없었지.'

마틸드에게서 받은 인상의 뒷부분을 그가 그렇게 명확히 반성해 본 건 아니었다. 너무 하잘것없는 일에 집착하기가 부끄러웠기 때문일까? 그는 계속 생각했다.

'그러나 이 얼마나 큰 차일까! 아침에 입는 고상한 옷, 단려한 태도! 안목 있는 사람이라면 서른 걸음 떨어진 곳에서도 마틸드가 사교계에서 어떤 지위를 차지하고 있는지 알 수 있을 테지. 그게 바로 미점이라는 거야.'

여전히 장난스레 생각하고 있을 뿐, 쥘리앵은 아직도 자기의 생각을 충분히 포착하지 못하고 있었다. 레날 부인의 경우에는 쥘리앵 때문에 희생될 크루아즈누아 후작이 없었다. 쥘리앵의 연적이라야 모지롱 집안의 대가 끊겼다는 이유로 모지롱이라는 성을 멋대로 쓰고 있는 저 천박한 군수 샤르코 씨밖에 없었던 것이다.

5시께에 쥘리앵은 세 통째 편지를 받았다. 도서실 문간으로 던져 넣은 것이었다. 마틸드는 다시 도망쳐 버렸다.

"편지 쓰기를 이만저만 좋아하지 않는군! 얘기로도 얼마든지 할 수 있는데!"

쥘리앵은 웃으면서 중얼거렸다.

"적은 내 편지를 손에 넣고 싶은 거야. 이제 알겠다. 게다가 한 통으로는 부족한 모양이구나!"

그는 서둘러서 편지를 뜯어 볼 마음이 조금도 없었다. '보나마나 미사여구가 나열돼 있겠지' 하고 생각한 것이다. 그런데 읽어 가는 동안에 안색이 싹 변했다. 불과 몇 줄밖에 안 되는 편지였다.

할 말이 있어요. 오늘 밤에 꼭 말하지 않으면 안 돼요. 밤 1시를 치거든 곧 정원으로 나오세요. 우물가에 정원사의 큰 사다리가 있으니, 그것을 가져다가 내 방 창문에 걸고 올라와 주세요. 달밤이지만 전 상관없어요.

제15장
음모인가?

아아! 큰 계획을 세운 뒤 그것을 실행에 옮기기까지의 그 견디기 어려움이란! 몇 번 부질없는 장난에 겁먹고, 몇 번 망설이고 또 망설이는가! 목숨이 걸려 있는 것이다. 아니, 그 이상으로 명예가 걸려 있는 것이다!

실러

'이건 심상치 않은걸' 하고 쥘리앵은 생각했다……그리고 잠시 생각에 잠겼다.

'게다가 너무나 노골적이야. 이상한데! 그 아름다운 아가씨는 도서실에서 나와 얼마든지 얘기를 나눌 수 있지 않은가. 그것도 완전히 자유롭게 말이지. 후작은 내가 계산서를 내미는 것이 싫어서 도통 들르지 않으니까. 이상해! 이 방에 들어오는 사람은 라몰 후작과 노르베르 백작뿐이고, 그 두 사람도 낮에는 거의 집에 없는데. 두 사람이 집에 돌아오는 시간을 알아내는 것쯤은 쉬운 일일 테고. 그런데 그 고귀한 마틸드가, 왕비가 되어도 이상하지 않을 그 고상한 아가씨가 나보고 이토록 경솔한 짓을 하라고 하다니! 이제 의심할 여지가 없다. 나를 파멸시킬 작정이거나, 아니면 적어도 조롱하고 싶은 게 분명해. 먼저 내 편지를 손에 넣어 나를 파멸시키려고 했겠지. 그런데 그 편지에는 빈틈이 없었어. 그래서 확실한 현장을 잡기로 한 거야. 그 멋쟁이 신사들은 내가 그렇게도 어리석게 우쭐대는 인간인 줄 아는 모양이지. 놀리지 마라, 달 밝은 밤에 높이가 스물다섯 자나 되는 2층에 사다리를 걸고 올라갈 놈이 어디 있겠어! 옆집 사람들까지 다 볼지도 모르잖아. 사다리를 기어 올라가는 내 꼴이 꽤나 보기 좋을걸!'

쥘리앵은 방으로 돌아가 휘파람을 불면서 짐을 꾸리기 시작했다. 회답도 하지 않고 출발하기로 했다.

그러나 이렇게 현명한 결심을 하긴 했으나 마음은 도무지 편해지지 않았다. 트렁크 뚜껑을 닫는 순간 그는 문득 생각했다.

　'만일 마틸드가 진심이라면! 만약 그렇다면 나는 그야말로 비겁한 인간이 돼 버리겠지. 나에게는 문벌이 없어. 그러니까 호의 따위에 힘입어 인정되는 게 아니라 웅변적인 행동으로 충분히 입증되는, 현금과 같은 장점이 나에게는 꼭 필요해……'

　15분이나 그는 이것저것 생각했다. "부정해 보았자 소용없어" 하고 그는 마침내 중얼거렸다.

　'저쪽에서 볼 때 나는 비겁한 인간이야. 레츠 공작 댁의 무도회에서, 그 여자야말로 상류 사교계에서도 으뜸가는 사람이라고 모두들 떠들어 댔지. 나는 그런 여자를 놓쳐 버릴 뿐 아니라, 언젠가는 공작이 될 크루아즈누아 후작이 나로 인해서 버림받는 꼴을 보는 다시없는 즐거움까지 버리게 되는 거야. 그 매력적인 청년은 내게 없는 온갖 장점을 갖추고 있지. 재치도 있고, 문벌도 있고, 재산도 있고…… 그래, 이걸 놓치면 후회가 평생 따라다니겠는걸. 그 여자가 아까운 것이 아니야, 여자는 얼마든지 있으니까! "……그러나 명예는 하나밖에 없다!" 늙은 돈 디에그도 이렇게 말하지 않았던가.* 그런데 지금 나는 처음 맞닥뜨린 위험을 앞에 놓고 뒷걸음질치고 있어. 당연하지, 보부아지 씨와의 결투 따위는 장난 같은 것이었으니까. 이번은 사정이 달라. 하인들에게 들켜서 반죽음을 당할지도 모르지만, 그런 것은 대단한 위험이 아냐. 나는 명예를 잃어버릴지도 모른단 말이야!'

　"이봐, 이건 심상치 않은 일이야" 하고 쥘리앵은 명랑한 가스코뉴 사투리로 중얼거렸다.

　'명예(명예)에 관한 문제라고. 하늘의 뜻으로 이렇게 비천한 신분으로 태어난 나 같은 가난뱅이에게 이것은 다시없는 기회야. 언젠가 여자야 생기겠지만, 시시한 여자일 게 뻔해……'

　그는 오랫동안 생각에 잠겼다. 종종걸음으로 왔다 갔다 하다가 이따금 우뚝 섰다. 방 안에는 리슐리외 추기경의 흉상이 놓여 있었는데, 보지 않으려고 해도 그곳으로 자꾸만 눈이 갔다. 그 준엄한 눈초리가 쥘리앵을 쏘아보고

───────────────
*코르네유의 비극 《르 시드》 제3막 제6장.

있는 듯했다. 프랑스인으로서 당연히 지니고 있어야 할 대담성이 부족하다고 나무라고 있는 것 같았다.

'위대한 리슐리외여, 당신의 시대였더라면 나도 주저할 리 없습니다.'

마지막으로 쥘리앵은 생각했다.

'최악의 경우, 이것이 모두 함정이라고 하자. 젊은 아가씨치고는 아주 좋지 못한 함정이야. 자기 평판을 떨어뜨리는 지나치게 위험한 수법이다. 내가 잠자코 물러설 인간이 아니란 것은 저쪽도 알고 있을 거야. 그러므로 나를 죽여 버릴 필요가 있겠지. 1574년 보니파스 드 라몰의 시대라면 그렇게 할 수도 있을걸. 그런데 지금의 라몰은 그럴 수 없어. 같은 라몰 집안 사람이라도 옛날과 똑같은 인간은 아니거든. 거기다가 마틸드는 세상 사람들의 선망의 대상이 아닌가! 내일이면 400군데도 넘는 살롱이란 살롱이 그 아가씨의 추문으로 발칵 뒤집히겠지. 그들은 얼마나 신이 나서 그 추문을 퍼뜨릴까! 하인들은 내가 지나친 대우를 받는다고 쑥덕거리고 있지. 그건 훤히 알고 있어. 내 귀로 들었으니까…… 그런데 나에게는 그 여자의 편지가 있다! …… 그들은 내가 그것을 한시도 몸에서 떼지 않고 지니고 다니는 줄 알지도 몰라. 내가 마틸드의 방에 있는 현장을 잡아 편지를 뺏을 작정이겠지. 상대편은 둘, 셋, 또는 네 사람일까? 그런데 그 부하들은 어디서 데리고 올까? 파리 어느 곳에 입이 무거운 부하들이 있단 말인가? 그들은 재판을 두려워할 텐데…… 무슨 어리석은! 케일뤼스, 크루아즈누아, 뤼즈 등이 나올 게 뻔하지 않나! 그 순간 그들은 자기들에게 에워싸인 내가 바보 같은 표정을 짓는 것이 보고 싶은 거야! 비서 나리, 아벨라르의 운명을 조심하시게! *¹ 그런데 여러분, 당신네들에겐 상처가 남는단 말입니다. 나는 얼굴을 노리고 쏠 테니까. 파르살루스 전투에서 시저의 군대가 그랬듯이……*² 또 편지는 안전한 곳에 숨겨 둘 수도 있단 말입니다.'

쥘리앵은 마지막 두 통의 편지를 베껴서 도서실에 있는 볼테르의 호화로운 전집 가운데 한 권 속에 감춰 놓고 진짜는 직접 우체국에 가지고 갔다.

돌아왔을 때 그는 새삼 놀라고 두려움까지 느끼면서 중얼거렸다.

---

*1 중세 신학자. 제자 엘로이즈와 비밀리에 결혼했으나, 그녀의 주변 사람들에게 습격받아 거세를 당했다.

*2 시저는 폼페이우스가 이끄는 적군 기사들의 얼굴을 창끝으로 노리도록 지시를 내렸다.

"나는 왜 이런 미친 짓을 하려는 것일까!"

한 15분쯤 그는, 오늘 밤 자기가 취할 행동을 제대로 생각하지 않고 있었던 것이다.

'그러나 지금 청을 거절한다면, 나는 나중에 자신을 경멸하지 않을 수 없을 거야. 그런 짓을 하면 한평생 자신을 불신하며 살게 되겠지. 내 경우 그런 불신은 무엇보다도 쓰라린 불행이야. 그것은 아망다의 정부(情夫)와의 사건으로 이미 경험하지 않았던가! 차라리 뚜렷한 죄를 범하는 편이 자신을 용서하긴 쉽겠지. 일단 그 일을 고백해 버리면, 다시는 그 일로 고민하지 않고 지낼 수 있으니까.'

쥘리앵은 이어 생각했다.

'왜 이래! 프랑스에서도 손꼽히는 명문의 사나이와 맞서게 된 참인데, 맥없이 내 쪽에서 주저앉아 버릴 셈인가? 어쨌든 가지 않는 것은 비겁한 짓이야. 자, 이로써 결정됐어.'

쥘리앵은 일어서면서 외쳤다.

"게다가 그 여자는 정말로 아름답지 않은가!"

'만약 이것이 계략이 아니라면, 그 여자는 나 때문에 엄청난 바보짓을 하고 있는 셈이야! 만약 이 일이 장난이라면…… 자, 여러분, 장난을 진짜로 만들어 버리느냐의 여부는 내 뜻에 달려 있단 말입니다. 그냥 장난으로는 끝낼 수 없게 해 드리지요. 아, 그런데 방에 들어가는 순간 팔이 묶여 버리면 어떻게 하지? 그들이 어떤 교묘한 함정을 만들어 놓지 말란 법도 없거든!'

"결투나 마찬가지군" 하고 쥘리앵은 웃었다.

'상대가 어떻게 나오든 피하는 수는 반드시 있어. 검술 선생도 그렇게 말씀하셨다. 그러나 친절한 주님께선 반드시 끝장을 내시고 말겠다는 뜻이므로, 두 사람 중 어느 한 쪽은 피하는 것을 잊고 말지. 뭐, 녀석들에겐 이걸로 대답해 주면 돼.'

그는 주머니에서 피스톨을 꺼냈다. 발사 가능한 상태인데도 일부러 뇌관을 새로 바꿨다.

아직도 몇 시간 기다리지 않으면 안 되었다. 쥘리앵은 시간을 때우려고 푸케에게 편지를 했다.

동봉한 편지는 만일의 경우, 즉 내 신상에 무슨 일이 일어났다는 소문을 들을 때까지 뜯어 보지 말아 주게. 무슨 일이 일어나거든 편지 속의 고유 명사를 지워 버린 뒤, 여덟 통의 사본을 만들어서 마르세유, 보르도, 리용, 브뤼셀 등의 신문사에 송부해 주게. 열흘 후 편지를 인쇄하여 우선 한 부만 라몰 후작에게 보내게. 그리고 다시 반달이 지나거든 밤을 틈타서 나머지를 모두 베리에르의 시중에 뿌려 줬으면 하네.

무슨 일이 있을 때까지 열어 보지 말라면서 푸케에게 보낸 이 짧은 편지는 소설 형식으로 쓴 자기변명이었다. 쥘리앵은 가능한 한 마틸드에게 폐가 되지 않도록 쓰기는 했지만, 요컨대 자기 입장은 극히 정확하게 써 놓았다.

쥘리앵이 편지를 봉하고 났을 때 저녁 식사를 알리는 종이 울렸다. 종소리에 그의 가슴은 크게 두근거렸다. 그의 상상력은 지금 막 쓰고 난 얘기에 정신없이 빠져 들어 불길한 예감의 포로가 되었다. 하인들에게 붙잡혀 꽁꽁 묶이고 재갈을 물린 채 지하실로 끌려가는 자기 모습이 눈앞에 떠올랐다. 지하실엔 하인이 감시하고 있다. 만약 고귀한 문벌의 명예가 사건에 비극적인 결말을 요구한다면, 아무런 흔적도 남기지 않는 독으로 만사를 처리해 버리기란 쉬운 일이다. 그러면 그가 병으로 죽었다는 소문을 퍼뜨리고 시체를 그의 방으로 운반해 놓기만 하면 되는 것이다.

극작가처럼 자기가 만든 얘기에 마음이 동요돼 버린 쥘리앵은 식당에 들어갈 때 정말로 공포를 느꼈다. 그는 화려한 제복을 입은 하인들을 둘러보았다. 그들의 표정을 살핀 것이다.

'오늘 밤 일에 선발된 놈은 어느 놈일까? 이 집안 사람들의 마음에는 앙리 3세 시대의 궁정의 추억이 생생하게 살아 있어서 지금도 자주 화제로 등장하곤 하지. 그러므로 일단 모욕을 당했다고 생각하면, 귀족들 중 그 누구보다도 대담한 수단을 쓸지도 몰라.'

쥘리앵은 마틸드의 얼굴을 살펴 그녀의 눈 속에서 그들의 음모를 읽으려 했다. 하지만 그녀는 그저 창백하게 긴장한 채, 그야말로 중세(中世) 귀공녀의 용모를 하고 있을 뿐이었다. 그녀가 이처럼 훌륭하게 보인 적은 없었다. 정말로 아름답고 위엄이 있었다. 쥘리앵은 순간 사랑을 느낄 뻔했다. "Pallida morte futura(그녀는 다가오는 죽음에 창백해져서)"* 하고 그는 중얼거렸다.

'저 창백한 얼굴은, 무엇인가 큰 음모를 꾸미고 있다는 증거야.'

식사가 끝난 뒤, 그는 일부러 오랫동안 정원을 거닐어 보았지만 허사였다. 마틸드는 모습을 나타내지 않았다. 이때 그녀와 얘기를 나눌 수 있었다면, 그는 마음의 무거운 짐을 얼마나 덜 수 있었겠는가.

솔직히 말하겠다. 그는 무서웠던 것이다. 다만 이미 결행하기로 결심하고 있었으므로 부끄럼 없이 공포의 감정에 몸을 맡기고 있었다.

'결행할 때 필요한 용기만 난다면, 지금 어떤 기분이든 문제가 아니야.'

그는 현장을 살피고 사다리의 무게를 확인하러 갔다.

쥘리앵은 쓰게 웃으면서 속으로 중얼거렸다.

'나는 번번이 이 도구를 사용할 운명인 모양이군! 베리에르 때도 그랬고, 여기서도 그렇고. 그러나 이 얼마나 큰 차이인가!'

그는 자기도 모르게 한숨을 쉬었다.

'그때는 위험한 행위의 원인이 되는 여자의 마음을 의심할 필요가 없었지. 또 위험의 성질도 전혀 달랐어! 내가 레날 씨의 정원에서 살해당했더라도 불명예가 될 일은 없었단 말이지. 그는 사인 불명이라고 일을 깔끔하게 처리해 버렸을 거야. 하지만 이번에는 쇼느, 케일뤼스, 레츠 집안의 살롱 등 모든 곳에서 어떤 무서운 소문이 날지 몰라. 후세에도 비인간적인 취급을 받겠지.'

'아니, 그것도 이삼 년 동안뿐인가' 하고 쥘리앵은 고쳐 생각하고는 스스로를 비웃었다. 그러나 그렇게 생각하니 우울해졌다.

'그런데 나는 어떻게 변명할 수 있단 말인가? 가령 내가 죽은 뒤 푸케가 그 수기를 인쇄해 준다고 치자. 그것은 내 창피를 더할 뿐이야. 이 무슨 일인가! 나는 어느 집안에 들어가 그곳에서 좋은 대우와 분에 넘치는 친절한 대접을 받고는, 그에 대한 보답으로 그 집안의 허물을 들춰내어 공표한단 말이가! 여인들의 명예를 손상시킨단 말인가! 아아! 그럴 바엔 차라리 그냥 속자. 그 편이 훨씬 낫다!'

그것은 견딜 수 없는 밤이었다.

---

* 베르길리우스 《아이네이스》 제4권.

제16장
새벽 1시

아주 넓은 그 정원은 설계된 지 몇 해밖에 되지 않았는데, 그 취미는 더할 나위 없이 고상했다. 그러나 나무들은 백 년 이상 묵은 것이어서 어딘가 전원의 풍치가 깃들여 있었다.

매신저

쥘리앵이 푸케에게 취소 편지를 쓰려고 할 때 11시가 울렸다. 그는 방문을 소리 내어 닫아걸고 방에 틀어박힌 척했다. 그 뒤 살금살금 집 안의 동정, 특히 하인들이 있는 5층의 동정을 살피러 나갔다. 별다른 낌새는 없었다. 마틸드를 시중드는 하녀 하나가 술자리를 벌여서 하인들은 펀치를 마시며 떠들어 대고 있었다.

'저렇게 웃으면서 떠들어 대는 자들이 야습(夜襲)에 낄 리 없지. 야습을 하려면 좀더 심각한 표정을 짓고 있을 거야.'

드디어 그는 정원 한쪽 구석에 가서 몸을 숨겼다.

'만약 하인들 몰래 일을 치르는 것이 그들의 계획이라면, 나를 잡을 자들은 분명 정원의 담장을 타 넘어 올 테지. 그런데 크루아즈누아 씨가 다소나마 냉정하다면, 그는 내가 방 안에 숨어들기 전에 잡는 편이 장차 결혼할 아가씨의 명예에 흠이 가지 않는다고 생각할 거야.'

그는 군대식의 아주 빈틈없는 정찰을 했다. '이건 무려 내 명예에 관한 문제다' 하고 그는 생각했다.

'만약 어떤 실수를 한다면, "거기까지는 생각 못했다"고 넋두리를 늘어놓아 보았자 나 스스로를 절대 용서하지 못할 거야.'

하늘은 화가 날 정도로 맑게 개어 있었다. 11시께 달이 떠올라, 12시 반에는 정원 쪽으로 향한 건물의 측면이 빈틈없이 드러났다.

'그 여자, 제정신이 아냐' 하고 쥘리앵은 생각했다. 1시를 쳤을 때 노르베르 백작의 창문에는 아직도 불빛이 있었다. 지금까지 쥘리앵은 이렇게 공포를 느낀 적이 없었다. 이제부터 하려는 일의 위험만 머릿속에 떠올라 도무지 감흥을 느끼지 못했다.

큰 사다리를 가지러 갔다. 마틸드에게 모든 것을 취소할 기회를 주기 위해 5분쯤 기다렸다. 1시 5분이 되자 그는 마틸드 방의 창문에 사다리를 세웠다. 손에 피스톨을 쥐고 조용히 올라갔다. 습격당하지 않는 것이 뜻밖이었다. 창가에 다가가자 창문이 소리 없이 열렸다.

"아, 오셨군요."

마틸드는 몹시 흥분된 소리로 말했다.

"실은 한 시간 전부터 당신의 모습을 지켜보고 있었어요."

쥘리앵은 무척 당황했다. 어찌해야 할지 몰랐다. 애정 따위는 전혀 우러나지 않았다. 당황하면서도 대담하게 굴어야 한다는 생각에서 마틸드에게 키스하려고 했다.

"안 돼요!"

그녀가 그를 밀어냈다.

이것을 기회로 쥘리앵은 재빨리 주위를 둘러보았다. 달이 너무 밝았기 때문에 마틸드의 방 안에는 그늘이 짙었다.

'잘 보이진 않지만, 어쩌면 저곳에 누군가가 숨어 있을지도 몰라.'

"웃옷 주머니에 뭘 넣고 계시죠?" 하고 마틸드가 물었다. 애깃거리를 찾아내어 기쁜 모양이었다. 그녀는 숨 막힐 정도로 가슴이 답답했다. 가문 좋은 아가씨에게 극히 당연한 조심성과 수치의 감정이 다시금 힘을 되찾아 그녀를 괴롭히고 있었던 것이다.

"모든 무기를 갖고 있습니다. 그리고 피스톨도."

이렇게 대답하면서 쥘리앵도 무엇인가 할 말이 생겨서 내심 기뻐했다.

"사다리를 치워야 해요" 하고 마틸드가 말했다.

"아주 큰 것이어서 아래층 살롱이나 중간층의 유리창을 부술지도 모릅니다."

"유리창을 부수면 큰일이에요."

마틸드는 평소처럼 대화하려고 노력하는 모양이었으나 별 소용은 없었다.

"줄을 매어 내려 보내면 되지 않을까요. 맨 꼭대기 발판에 매는 거예요. 줄은 언제나 방 안에 준비되어 있으니까요."

'이래도 사랑을 하는 여자일까!' 하고 쥘리앵은 생각했다.

'저 입에서 사랑한다는 말이 잘도 나오는구나! 이처럼 침착하고 조심성이 많은 것을 보니 아무래도 내가 크루아즈누아 후작에게 이겼다고는 할 수 없겠는걸. 그렇게 생각하다니 나도 참 어리석군. 난 그저 그의 뒷자리를 차지한 것뿐 아닌가. 하기야 그런 건 아무래도 좋아! 내가 이 여자를 사랑하기라도 한단 말인가? 크루아즈누아 후작은 자기 후계자가 생겼다는 것을 알면 몹시 화를 낼 테고, 그 뒷자리를 차지한 자가 바로 나라는 것을 알면 더욱 분개하겠지. 그런 의미에선 내가 후작에게 이긴 셈이야. 정말이지 어젯밤에 그자가 카페 토르토니에서 나를 모르는 척했을 때의 그 거만함이란 꼴불견이었어! 게다가 그 뒤 어쩔 수 없이 아는 체했을 때의 그 오만한 표정이란 또 어떠했나!'

쥘리앵은 사다리의 맨 위 발판에 줄을 매고는 대담하게 몸을 발코니 밖으로 내밀고 사다리를 창문에 닿지 않게 조용히 아래쪽으로 내렸다.

'이 방에 누가 숨어 있다면, 나를 죽이기에 다시없는 순간이겠군.'

이렇게 생각했으나, 주위는 여전히 고요에 잠겨 있을 뿐이었다.

사다리가 땅에 닿았다. 쥘리앵은 벽을 따라 만들어진 외국산 꽃들이 만발한 꽃밭 속에 그것을 뉠 수 있었다.

"어머님이 뭐라고 하실까, 저 소중한 화초가 엉망진창이 된 것을 보시면 …… 아, 어쨌든 이제 줄을 버려야죠."

그녀는 침착하게 덧붙였다.

"줄이 발코니에서 늘어진 장면을 들켰다간 핑계를 대기 어렵지 않겠어요?"

"그러면 나는 어떻게 나간단 말인가요?"

쥘리앵은 일부러 식민지 사투리를 흉내 내면서 말했다. 이 저택에는 산 도밍고* 태생의 하녀가 한 명 있었던 것이다.

"당신요? 당신은 문으로 나가시면 되잖아요."

———————————

* 카리브해 히스파니올라섬 서쪽의 옛 프랑스 식민지. 오늘날의 아이티.

마틸드는 이 말이 스스로도 몹시 마음에 들었다.

'아아! 정말 이 사람이야말로 내가 온 사랑을 기울일 만한 사람이야!' 하고 그녀는 생각했다.

쥘리앵이 정원에 줄을 떨어뜨렸을 때, 마틸드가 그의 팔을 잡았다. 적에게 잡힌 줄 안 쥘리앵은 홱 돌아서면서 단도를 뽑았다. 마틸드는 어딘가에서 창문 열리는 소리가 났다고 생각한 것이다. 두 사람은 꼼짝도 하지 않고 숨을 죽였다. 달빛이 두 사람을 비추었다. 소리는 더 이상 들리지 않았다. 불안이 사라졌다.

이렇게 되니 다시 어색해졌다. 양쪽이 그저 어쩔 줄 몰라 했다. 쥘리앵은 문의 고리가 제대로 걸려 있는가 확인하러 갔다. 침대 밑을 엿보고 싶은 마음이 간절했으나 그렇게까지는 할 수가 없었다. 그러나 하인이 한두 명 숨어 있을지도 모른다. 결국 나중에 후회해봤자 소용없다고 생각한 그는 그 밑을 들여다보았다.

마틸드는 너무나 부끄러워 심한 괴로움에 사로잡혀 있었다. 자기의 처지가 견딜 수 없이 두려웠다.

"내 편지, 어떻게 하셨죠?"

겨우 그녀는 입을 열었다.

'만약 그 신사분들이 엿듣고 있다면 그들을 당황하게 만들기에 다시없는 기회야. 이로써 수라장을 피할 수도 있겠고' 하고 쥘리앵은 생각했다.

"맨 처음 편지는 대형 프로테스탄트 성서 속에 숨겨서 어젯밤 역마차 편으로 먼 곳에 보냈습니다."

그는 자세한 점까지 뚜렷한 말투로 이야기했다. 방에는 마호가니로 만든 커다란 옷장이 두 개 있었는데 그 속까지는 조사하지 못했다. 그래서 만약 그곳에 누가 숨어 있으면 그들에게까지 잘 들리도록 신경을 쓴 것이었다.

"나머지 두 통은 우체국에 맡겼습니다. 먼젓번 편지와 같은 곳으로 가게 되겠지요."

"어머! 왜 그렇게 조심하세요."

놀란 마틸드가 물었다.

'구태여 거짓말을 할 필요도 없겠지' 하고 쥘리앵은 생각했다. 그래서 자기가 품고 있던 의심을 모조리 털어놓았다.

"그래서 그렇게 냉정한 편지를 쓰셨군요!"

마틸드는 큰 소리로 말했다. 그런데 그 말투에는 애정이라기보다 광기와 같은 흥분이 나타나 있었다.

쥘리앵은 그러한 미묘한 차이를 알아채지는 못했다. 마틸드의 다정한 말투는 그를 기쁘게 했다. 적어도 의심은 깨끗이 사라졌다. 여전히 접근하기 어려운 느낌이 드는 아름다운 그녀였지만, 그는 대담하게 그녀를 두 팔로 끌어안았다. 저항은 아주 약했다.

전에 브장송에서 아망다 비네에게 그랬듯이 그는 자기 기억력을 더듬어 《신 엘로이즈》에서도 가장 아름다운 대목을 골라 몇 구절 암송해 보였다.

"당신은 정말 남자다운 분이세요."

마틸드는 그의 말엔 별로 귀를 기울이지 않고 말했다.

"솔직히 말하겠어요. 난 당신의 용기를 시험해 보고 싶었던 거예요. 하지만 처음엔 여러 가지로 의심하다가도 끝에 가선 결심하신 것을 보니, 당신은 내가 생각했던 것보다 훨씬 용감한 분이군요."

마틸드는 애써 다정하게 말을 하려고 했다. 분명히 자기가 말하고 있는 내용보다 익숙하지 않은 말투 쪽에 더 정신을 뺏기고 있었다. 그 친근한 말투도 애정이 깃들여 있지 않아 쥘리앵을 전혀 기쁘게 만들지 못했다. 그는 조금도 행복이 느껴지지 않는 데에 놀랐다. 그래서 그는 행복을 느끼기 위해 이성(理性)의 도움을 빌렸다. 생각해 보면, 자기는 그처럼 거만하고 근거 없이는 남을 칭찬하지 않는 아가씨에게 높은 평가를 받고 있는 것이다. 이렇게 생각하고 나서야 비로소 그는 자존심의 만족을 얻었다.

확실히 그것은 쥘리앵이 레날 부인을 상대로 몇 번인가 맛보았던 저 깊은 영혼의 도취는 아니었다. 이 첫 순간에 그의 감정 속에는 한 조각의 애정도 없었다. 있는 것은 극히 강렬한 야심의 충족감이었다. 쥘리앵은 무엇보다도 야심가였기 때문이다. 그는 다시 한 번 자기가 의심했던 인물들의 일, 자기가 생각해 낸 경계 수단에 대해서 얘기하기 시작했다. 얘기하면서도 그는 자기의 이 승리를 이용할 방법을 이것저것 생각하고 있었다.

마틸드는 자기가 한 일이 새삼 두려워져서 또다시 고뇌에 사로잡혀 있었는데, 그래도 이렇게 화제를 발견한 것이 몹시 기뻤던 모양이다. 이윽고 그들은 다음에 다시 만나려면 어떻게 하면 좋은가 얘기했다. 쥘리앵은 이 의논

에서도 역시 재치와 용기를 보이는 데 성공하여 완전히 만족했다. 그들은 상당히 영리한 사람들을 상대하고 있었고, 탕보는 그들을 정탐할 것이 분명했다. 그러나 마틸드도 쥘리앵도 계략을 모르는 인간은 아니었다.

무슨 일이든지 상담할 때는 도서관에서 만나는 것이 가장 간단하지 않을까?

"나는 이 집 어느 곳에 얼굴을 내밀든 의심을 받지는 않습니다."

그리고 쥘리앵은 덧붙였다.

"라몰 부인의 방이라도 별 걱정 없을 것입니다."

마틸드의 방에 가려면 아무래도 부인의 방을 거치지 않으면 안 된다. 그러나 마틸드가 언제나 사다리로 숨어 들어오는 편이 더 좋다고 한다면, 그런 조그마한 위험쯤은 기꺼이 감수해 내겠다고 쥘리앵은 말했다.

마틸드는 쥘리앵의 얘기를 듣고 있는 동안에 그의 승리를 뽐내는 듯한 태도가 눈에 거슬리기 시작했다, '이 사람은 벌써 내 주인이 된 것처럼 행세하는구나!' 하고 생각했다. 벌써부터 마틸드는 후회로 마음이 아팠다. 이성은 그녀의 분별없는 엉뚱한 짓을 쉴 새 없이 저주했다. 할 수만 있다면 자기도 쥘리앵도 이 세상에서 없애 버리고 싶었다. 의지의 힘으로 어찌어찌 후회의 속삭임을 억눌러 버린들, 이번에는 소심한 마음과 참을 수 없는 부끄러움이 끊임없이 우러나서 아주 비참한 기분이 드는 것이었다. 이토록 괴로운 처지에 빠져 들리라고는 예상조차 하지 못했다.

'하지만 난 이 사람에게 얘기를 하지 않으면 안 돼.'

마침내 마틸드는 이렇게 생각했다.

'그것이 연인 사이에는 당연한 일인걸.'

의무를 다하기 위하여 그녀는 애정이 담긴 말로—그러나 그 말이 아무리 다정해도 목소리는 그렇지 않았지만—요 며칠 동안 쥘리앵과의 문제에 대해 그녀가 어떤 결심을 했는지 이야기하기 시작했다.

만약 쥘리앵이 시키는 대로 대담하게 정원사의 사다리를 사용하여 그녀의 방에 숨어 들어온다면, 그녀는 몸도 마음도 다 바치리라고 결심하고 있었던 것이다. 그런데 이렇듯 정이 어린 얘기를 마치 남의 얘기라도 하듯이 이렇게 냉정하게 입에 담는 여자도 없을 것이다. 그 얘기가 나올 때까지 이 밀회는 얼음처럼 싸늘한 것이었다. 사랑이라기보단 오히려 증오가 느껴질 정도였다. 경솔한 여자에게 이 얼마나 좋은 교훈인가! 이런 순간이 과연 자기의 장래까지 망칠 만큼 가치가 있는 것일까?

마틸드의 오랜 주저는 피상적인 관찰자에게는 증오의 표시로서 보였을지도 모른다. 사실 여자의 몸에 밴 자존심은 뿌리 깊은 것이라 굳센 의지 앞에서도 좀처럼 굴복하지 않는 법이다. 그러나 아주 오랫동안 주저한 끝에 마틸드는 마침내 쥘리앵의 다정한 애인이 되어 주었다.

솔직하게 말하면 두 사람이 맛본 도취에는 다소 의식적인 구석이 있었다. 정열적인 연애는 현실적인 사랑이라기보다 오히려 흉내 내야 할 모범이었다.

마틸드 양은 자기에게나 연인에게나 하나의 의무를 다하고 있다는 심정이었다.

'가엾게도 이 사람은 다시없는 대담함을 보여 주었어. 행복하게 해 주지 않으면 안 돼. 그러지 않으면 내가 비겁한 여자가 돼 버려.'

이런 생각을 하기는 했지만, 이렇듯 괴로운 처지에서 도망칠 수만 있다면 영원한 불행에 빠져도 좋다는 생각까지 들었다.

이렇듯 그녀는 필사적으로 자신의 마음을 억제하려고 했지만 그 말투는 조금도 흐트러지지 않았다.

쥘리앵에게는 행복하다기보다 무엇인가 기묘한 느낌의 하룻밤이었으나, 그 하룻밤을 헛되게 만드는 회한이나 자책의 마음은 조금도 일어나지 않았다. 그러나 베리에르에서 보낸 마지막 스물네 시간과는 이 얼마나 엄청난 차인가!

'파리의 고상한 풍속이 모든 것, 심지어 연애까지 엉망으로 만들어 버린 모양이야.'

쥘리앵은 편견에 사로잡혀 이런 생각까지 했다.

그는 커다란 마호가니 옷장 속에 선 채 이렇게 생각에 잠겨 있었다. 옆의 라몰 부인 방에서 무슨 소리가 들려오자 마틸드가 그를 그 속에 밀어 넣어 버린 것이다. 이윽고 마틸드는 어머니를 따라 미사에 나가고, 하녀들도 방에서 나갔다. 쥘리앵은 하녀들이 방을 치우러 돌아오기 전에 쉽사리 그곳에서 빠져나왔다.

그는 말을 타고 파리 변두리의 어느 숲 속으로 가서 가장 호젓한 곳을 찾아 헤치고 들어갔다. 행복보다 더 크게 느껴졌던 충격을 달래기 위해서였다. 가끔 가슴에 솟는 행복감은, 마치 눈부신 공을 세워 일약 대령으로 승진된 젊은 소위의 행복감 같은 것이었다. 엄청나게 높은 곳에 도달한 느낌이 들었다. 어제까지 자기보다 높은 곳에 있던 모든 것이 지금은 자기와 같은 높이에 있거나 훨씬 아래쪽에 있었다. 멀리 나아감에 따라 쥘리앵의 행복은 점점 더 커졌다.

마틸드의 마음속에 조금도 정애가 솟아나지 않았다면 묘한 이야기로 들리겠지만, 이는 그녀가 쥘리앵에게 취한 행동이 모두 의무의 수행에 지나지 않았기 때문이다. 간밤에 일어난 일들 가운데 그녀에게 뜻밖이었던 것은, 소설이 얘기해 주는 그 더없는 행복이 아니라 불행과 굴욕감밖에 발견할 수 없었다는 것이다. 그녀는 속으로 중얼거렸다.

'내가 잘못 안 것일까? 그 사람을 사랑하지 않는 것이 아닐까?'

제17장
고검

이제 나도 진지해지자—그럴 때가 왔다. 요즈음은 웃는 것도 너무 진지하다고 간주된다. 악덕을 비웃어도 미덕 쪽에서는 죄악으로 보는 판국이니까.

《돈 후안》 제13편

만찬 때 마틸드는 모습을 나타내지 않았다. 밤에 잠깐 살롱에 얼굴을 내밀었으나 쥘리앵 쪽은 보려고도 하지 않았다. 그에게는 그 태도가 이상하게 여겨졌다.

'하지만 나는 그들의 습관을 모르니까. 분명 언젠가는 이 일에 대해서 마틸드가 무엇인가 그럴듯한 설명을 해 주겠지.'

이렇게 생각은 했지만, 역시 강한 호기심이 일어서 그는 마틸드의 표정을 자세하게 살폈다. 쌀쌀하고 짓궂은 느낌이 드는 것은 부정할 수 없었다. 확실히 그것은 어젯밤에 진실로 여겨지지 않을 만큼 격렬한 환희에 도취되어 있던, 아니 적어도 그렇게 보였던 그 여자와 같은 사람이 아니었다.

다음 날도, 그 다음 날도 쌀쌀함은 여전했다. 그녀는 그의 얼굴을 보려고도 하지 않았다. 그의 존재조차 눈에 들어오지 않는 모양이었다. 쥘리앵은 심한 불안감에 사로잡혔다. 첫날 단지 그것만으로 그의 마음을 두근거리게 만들었던 그 승리감에서 아득히 멀어진 기분이 돼 버렸다.

'혹시 정조의 의무를 다시 생각해 내기라도 한 것일까?'

그러나 그런 말은 긍지 높은 마틸드에게 적용하기에는 너무나 부르주아적이라 어울리지 않았다.

'평소에 생활 태도로 보아 종교 따위는 거의 믿지 않는 여자야' 하고 쥘리앵은 생각했다.

'종교에 관심을 갖더라도, 그것은 자기가 속해 있는 계급에 종교가 아주

유익하기 때문일 따름이지.'

그러나 다만 마음이 움츠러들어서 자기가 범한 잘못을 깊이 뉘우칠 수도 있지 않을까? 쥘리앵은 자기가 그녀의 첫 연인이라고 믿고 있었다.

때로는 이렇게도 생각했다.

'그러나 솔직히 말해서 저 여자의 태도에는 천진스러움이라든가, 단순함이라든가, 다정스러움이 전혀 없어. 그리고 저렇게까지 우쭐거리는 태도를 보인 적은 지금까지 없었지. 나를 경멸하고 있는 것일까? 나의 출생이 비천하다는 이유만으로 내게 해 준 일을 후회하는 것은, 저 여자라면 있을 법한 일이야.'

책과 베리에르에서의 경험으로 얻은 모든 선입관으로 머릿속이 가득 찬 쥘리앵이, 연인을 행복하게 해 줄 수만 있다면 자기 몸은 돌보지도 않는 정이 깊은 여자에 대해 한없는 공상에 빠져 있을 무렵, 마틸드의 허영심은 쥘리앵에 대해 심한 분노를 느끼고 있었다.

요즈음 두 달 동안 그녀는 한 번도 따분함을 맛보지 않았다. 덕분에 그녀는 이미 따분함 같은 것은 두려워하지 않았다. 따라서 쥘리앵은 자신도 모르는 새 자기의 가장 큰 매력을 잃어버린 셈이었다.

'내가 나 자신의 지배자를 만들어 버리다니!'

아주 우울한 기분에 잠기면서 마틸드는 생각했다.

'그 사람은 명예심 덩어리야. 그것은 뭐 좋아. 하지만 만약 그의 허영심이 상처를 입는다면, 쥘리앵은 그 보복으로 우리의 관계를 세상에 드러내 보일지도 몰라.'

지금까지 그녀는 한 번도 애인을 사귀어 본 적이 없었다. 그런데도 그녀는 아무리 메마른 마음의 소유자라도 얼마간은 달콤한 꿈을 품게 될 이러한 평생의 큰 사건에 뛰어들고도, 세상에 다시없는 괴로운 뉘우침의 포로가 되어 있었다.

'지금 쥘리앵은 나에 대해 무한한 힘을 가지고 있어. 공포로 나를 억누르고 있는 셈이며, 만일 내가 그를 화나게 한다면 그야말로 지독한 형벌로 나를 괴롭히겠지.'

이러한 생각만 해도 불현듯 마틸드는 쥘리앵에게 반발하고픈 기분이 되는 것이었다. 용기야말로 그녀의 성격 가운데서 으뜸가는 특질이었다. 자기의 인생을 통째로 결정지을 주사위를 던지는 행위만큼, 그녀에게 다소나마 활기를 주고 끊임없이 솟아오르는 끈질긴 권태감을 쫓아 주는 것은 달리 없었던 것이다.

사흘째가 되어도 마틸드가 여전히 자기를 보려고 하지 않자 쥘리앵은 식사를 마친 뒤, 분명히 상대가 꺼려함에도 불구하고 그녀를 당구실까지 따라갔다.

"아니, 당신은 나를 지배할 권리라도 손에 쥐었다고 생각하세요?"

마틸드는 분노를 억누르지 못하겠다는 투로 말했다.

"내가 싫어하는 걸 뻔히 알면서도 얘기를 걸려고 하니까 말예요…… 이제까지 나한테 이렇게 뻔뻔스러운 짓을 한 사람은 아무도 없어요."

이 두 연인의 대화만큼 우스운 것은 없었다. 무의식중에 두 사람은 서로 심한 미움을 품고 있었던 것이다. 둘 다 참을성 있는 성격도 아니었고 더구나 상류사회의 습관이 몸에 배어 있었으므로, 이윽고 두 사람은 절교를 분명히 선언하기에 이르고 말았다.

쥘리앵은 말했다.

"맹세코 비밀은 영원히 지키겠습니다. 그리고 바라신다면 하나 더 약속드리겠습니다. 너무 갑작스런 변화라서 사람들의 눈에 띄어 아가씨 평판에 금이 갈 염려만 없다면, 이제 다시는 당신에게 말을 걸지 않겠습니다."

그는 공손하게 인사하고 물러났다.

그는 스스로 의무라고 믿는 것을 그다지 고통도 느끼지 않고 해치워 버릴 셈이었다. 자기가 마틸드를 깊이 사랑하고 있다고는 도저히 생각할 수 없었다. 분명히 사흘 전 큰 마호가니 옷장 속에 숨겨졌을 때도, 그는 마틸드를 사랑하고 있지 않았다. 그런데 마틸드와 이제 영원히 절교한다고 생각한 그 순간부터 마음속이 온통 뒤집혀 버렸다.

사실 그의 마음을 움직인 것이라곤 하나도 없는 하룻밤이었다. 그러나 그의 기억력은 잔혹하게도 그날 밤의 광경을 세밀히 그리기 시작했다.

영원한 절교를 선언한 그날 밤, 쥘리앵은 자기가 마틸드를 사랑하고 있다는 사실을 인정하지 않을 수 없게 되어 미칠 듯한 괴로움을 맛보았다.

이 사실을 깨달은 뒤부터 마음속에 무서운 갈등이 시작되었다. 그의 감정은 더할 수 없는 혼란에 빠졌다.

이틀이 지나자, 쥘리앵은 크루아즈누아 후작 앞에서 자랑스러운 태도를 취하기는커녕 그를 껴안고 울고 싶은 심정이었다.

끊임없이 닥친 불행감이 쥘리앵에게 얼마간의 분별을 안겨 주었다. 그는 랑그도크로 갈 결심을 하고 짐을 챙긴 뒤 마차 정거장에 나갔다.

정거장에 이르러 공교롭게도 마침 내일 툴루즈로 가는 마차에 빈자리가 하나 있다는 말을 들었을 때는 정신이 아득해질 것만 같았다. 그 자리를 예약하고 나서 출발을 후작에게 알리기 위해 라몰 저택으로 돌아왔다.

라몰 후작은 외출 중이었다. 맥 빠진 쥘리앵은 그를 기다릴 생각으로 도서실로 들어갔다. 그런데 그곳에 마틸드가 있었으니 그가 대체 어떤 심정이었겠는가?

쥘리앵을 보자마자 그녀는 짓궂은 표정을 지었다. 쥘리앵도 그 노골적인 표정을 보았다.

비참한 생각으로 풀이 죽은 데다 갑작스런 일에 어리둥절해진 쥘리앵은 그만 마음이 약해져서, 아주 정이 깃든 진심에서 우러나는 어조로 말했다.

"이제 아가씨는 더 이상 저를 사랑해 주시지 않을 겁니까?"

"난 말이죠. 누구든 상관없다는 심정으로 남자에게 몸을 맡겼다고 생각하니 소름이 끼쳐요."

마틸드는 스스로에게 화가 나 눈물을 흘렸다.

"누구든 상관없다고요!"

이렇게 외친 쥘리앵은 펄쩍 뛰어 벽에 걸린 중세기의 고검(古劍)을 거머잡았다. 골동품으로서 도서실에 장식해 둔 물건이었다.

마틸드에게 말을 걸었을 때 그 이상의 고뇌는 없을 줄 알았는데, 그녀가 분해서 흘리는 눈물을 보자 순식간에 그 괴로움이 백배나 더 커졌다. 만약 마틸드를 죽여 버릴 수 있다면 그 이상의 행복은 없을 것 같았다.

쥘리앵이 낡은 칼집에서 간신히 칼을 뽑았을 때, 마틸드는 일찍이 느껴 보지 못한 새로운 감동에 취하여 겁먹은 기색도 없이 쥘리앵 앞으로 다가섰다. 눈물은 이미 말라 있었다.

은인 라몰 후작의 모습이 쥘리앵의 눈에 선명하게 떠올랐다.

'은인의 딸을 죽이려 하는가! 당치 않다!'

그는 칼을 내던질 듯한 몸짓을 했다.

'아니야. 마틸드는 이런 신파 같은 행동을 보면 반드시 소리 내어 웃겠지.'

이렇게 생각하고는 그는 완전히 냉정을 되찾았다. 무엇인가 녹슨 흔적이라도 찾는 것처럼 진지하게 고검의 칼날을 들여다보고 나서, 그것을 칼집에 넣고 침착한 태도로 청동 도금 칼걸이에 다시 걸었다.

이 마지막 동작은 느릿느릿하여 1분은 족히 걸렸다. 마틸드는 멍청하게 그를 지켜보았다.

'나는 하마터면 연인의 손에 죽을 뻔했어!'

이런 생각이 들자 그녀의 상상은 샤를 9세와 앙리 3세 치하의 가장 화려하던 시대로 날아갔다.

마틸드는 칼을 제자리에 다시 걸어 놓은 쥘리앵 앞에 선 채 꼼짝도 않았다. 그를 보는 눈에 이미 증오의 빛은 없었다. 이 순간에 그녀가 아주 매력적이었다는 것은 인정하지 않을 수 없다. 확실히 그것은 파리 인형과는 거리가 먼 여자의 모습이었다(파리 인형이란 쥘리앵이 이 도시의 여자를 헐뜯을 때 쓰는 욕이다).

'어쩐지 다시 이 사람이 좋아질 것 같아' 하고 마틸드는 생각했다.

'하지만 내가 그토록 심한 말을 하고선 바로 마음을 바꾼다면, 이번에야말로 이 사람은 자신이 나의 지배자이고 주인이란 자신을 갖게 되겠지.'

마틸드는 도서실에서 달아났다.

'정말! 아름다운 여자다!'

쥘리앵은 달려가는 그녀의 뒷모습을 바라보면서 속으로 중얼거렸다.

'저것이 한때 그렇게도 정신없이 내 품 안에 뛰어들던 여자란 말인가. 그 일이 있은 뒤 겨우 1주일도 지나지 않았는데…… 그 한때는 두 번 다시 돌아오지 않겠지! 그것도 다 내 잘못이야! 그녀 덕분에 그처럼 색다르고 놀라운 경험을 하면서도 나는 감동할 줄 몰랐으니까! …… 분명히 나는 아주 어리석고 한심스런 성격을 타고난 게 틀림없어.'

후작이 나타났다. 쥘리앵은 급히 여행을 떠나야겠다고 말했다.

"어디로 간단 말인가?" 하고 라몰 후작이 물었다.

"랑그도크입니다."

"아니, 미안하지만 중지하게. 자네를 기다리고 있는 것은 더 중요한 임무야. 가야 한다면 북쪽으로 가야 해…… 군대용어로 말하면 자네는 금족(禁

足)이야. 두세 시간 이상은 집을 비우지 말게. 언제 자네에게 시킬 일이 생길지 모르니까."

쥘리앵은 허리를 굽히고 나서, 아연해진 후작을 남겨 두고 말없이 그곳에서 나왔다. 도저히 얘기를 나눌 수 있는 상태가 아니었던 것이다. 그는 자기 방에 틀어박혔다. 그리고 자기 운명의 가혹함을 실컷 한탄했다.

'그러면 나는 멀리 가 버릴 수도 없단 말인가! 후작은 나를 파리에다가 얼마 동안이나 붙잡아 둘 참인가? 아아, 대체 나는 어찌 되는 건가? 더구나 의논할 벗이란 한 사람도 없어. 피라르 신부님은 처음부터 내 얘기를 들으려고도 않을 테고, 알타미라 백작은 무슨 음모엔가 가담하라고 권하겠지. 아아, 미칠 것만 같다. 그래. 나는 벌써 미쳤다! 누가 나를 인도하여 줄까? 대체 나는 어떻게 될까?'

제18장
고통스런 시간

더구나 그녀는 나에게 그것을 고백하는 것이다! 세부 상황까지 소상하게!
내 눈을 바라보는 그 아름다운 눈은 다른 사나이에 대한 사랑을 똑똑히 말해
주고 있다!

실러

마틸드는 넋을 잃고 살해당할 뻔했을 때 느낀 그 행복감을 생각하고 또 생
각했다. 심지어 이렇게 중얼거리기까지 하였다.

"그이는 나의 지배자로서 손색이 없는 사람이야. 하마터면 나를 죽일 뻔
했거든. 상류사회 청년들을 무더기로 모아 놔도 그토록 정열적인 행동은 못
할 거야."

'그 사람이 의자 위에 올라서서 실내 장식가가 택한 적당한 위치에 본디대
로 칼을 돌려 놓는 모습은 정말 멋있었어! 결국 내가 그 사람을 사랑한 것
은 그렇게 어리석은 짓이 아니었나 봐.'

이 순간 만일 두 사람이 화해할 어떤 적당한 방법이 발견됐더라면 마틸드
는 기꺼이 그 길을 택했으리라. 한편 쥘리앵은 이중으로 자물쇠를 잠그고 방
안에 틀어박혀 벗어날 길 없는 절망감으로 번민하고 있었다. 미쳐 버린 머리
는 마틸드의 발밑에 몸을 던져서 무릎을 꿇으려고까지 생각했다. 그러나 만
약 남의 눈을 피하여 이런 곳에 틀어박히는 대신 정원이나 저택 안을 돌아다
니면서 언제든지 기회를 잡으려고 했더라면, 그는 분명 한순간에 이 견딜 수
없는 불행을 한없는 행복으로 바꿀 수 있었을지도 모른다.

그러나 작자는 그에게 그런 기지가 없다고 비난하고 싶진 않다. 만약 기지
가 있었다면 그는 칼을 거머잡는 그런 숭고한 충동에 몸을 내맡기지도 않았
을 테고, 따라서 그 순간에 마틸드에게 훌륭하게 보이는 일 따위도 없었을

것이다.

쥘리앵을 생각하는 마틸드의 변덕스런 애정은 그날 온종일 계속됐다. 마틸드는 전에 쥘리앵을 사랑한 짧은 한때를 미화해서 생각하며 그 순간을 그리워했다.

'확실히 그 사람에 대한 내 정열은 가엾게도 그 사람이 볼 때는 아주 짧은 동안 계속되었을 뿐이야. 그 사람이 밤 1시에 온갖 무기를 주머니에 집어넣고 사다리를 올라왔을 때부터 아침 8시까지 계속된 데 지나지 않아. 그로부터 15분 뒤에 이미 나는 생 발레르 성당에서 미사를 보면서 이런 생각을 하기 시작하고 있었으니까. 그 사람은 나의 지배자가 되었다고 생각하겠지, 내 두려움을 방패삼아 마음대로 나를 복종시키려 할지도 몰라 하고 말이야……'

만찬이 끝난 뒤에 마틸드는 쥘리앵을 피하기는커녕 그에게 말을 걸어 은근슬쩍 정원으로 따라 나오라는 시늉을 했다. 쥘리앵은 그렇게 했다. 이런 시도는 그녀에겐 처음 있는 일이었다. 마틸드는 스스로도 거의 의식하지 못하는 동안에 다시금 쥘리앵에게 애정을 느꼈고, 그런 마음에 굴복하기 시작하고 있었다. 그와 나란히 산책하는 것이 견딜 수 없을 만큼 즐거웠다. 그녀는 그날 아침 자기를 죽이려고 칼을 거머잡았던 그의 손을 신기한 듯이 바라보곤 했다.

그러한 사건이 있은 뒤였고, 또 여러 가지 일들이 있었기 때문에 그들은 전과 같은 대화를 그대로 계속할 수는 없었다.

마틸드는 차차 친숙한 어조로 자기 마음속을 밝히기 시작했다. 이런 이야기를 하는 것이 이상하게 즐거웠다. 마지막에는 잠시나마 크루아즈누아나 케일뤼스 등에게 품었던 순간적인 애정까지 털어놓았다.

"뭐라고요! 케일뤼스 씨에게도 말입니까!"

쥘리앵은 외쳤다. 그 말에는 버림받은 연인의 절실한 질투가 그대로 드러나 있었다. 마틸드는 기분이 나쁘지 않았다.

그녀는 자기가 전에 품었던 온갖 사랑의 감정을 참으로 생생하게, 정말 진실에 가깝도록 하나도 빠짐없이 자세히 얘기하여 쥘리앵을 괴롭혔다. 그녀가 지금 이 자리에서 기억이 나는 대로 솔직하게 얘기하고 있음을 쥘리앵은 알았다. 얘기를 하는 동안 그녀가 그때의 자기 마음을 새삼 깨달아 가는 것

432 적과 흑

을 보자니 괴로웠다.

이 이상 괴롭고 꼴불견인 질투도 없을 것 같았다.

연적이 사랑받고 있지나 않나 하고 생각하는 것만도 이미 상당한 고통이다. 그런데 하물며 애타게 사랑하는 여자의 입으로 연적에 대한 애정을 자세히 고백받았으니 그 이상의 고통도 없었으리라.

케일뤼스, 크루아즈누아 등에게 자기가 이겼다고 믿고 있던 쥘리앵의 자부심이 이때 얼마나 심한 벌을 받았는지! 그들의 사소한 이점까지 부풀려서 생각하고는 얼마나 뼈저리게 비참함을 맛보았는지! 얼마나 심하게 진심으로 자기를 경멸했는지!

마틸드가 황홀하도록 훌륭한 여자로 보였다. 어떤 말도 그의 넘치는 찬미를 표현하기에는 부족했다. 나란히 산책하면서도 그는 마틸드의 손, 팔, 그 여왕 같은 거동을 은밀히 훔쳐보았다. 그리움과 애달픔으로 꺼져 들 듯한 기분이 되어, "가련히 여겨 주십시오!" 하고 외치면서 그녀의 발 아래 무릎 꿇고 싶어지는 때도 있었다.

'그런데 누구보다 뛰어난 이 아름다운 여자, 한 번은 나를 사랑해 준 이 여자가 이번엔 케일뤼스 씨를 사랑할지도 모른단 말인가!'

마틸드가 진심으로 말하고 있음은 쥘리앵도 의심하지 않았다. 말마다 모두 진실미를 띠고 있었기 때문이다. 게다가 마틸드는 전에 케일뤼스에게 품었던 마음을 너무 열심히 얘기하는 바람에, 마치 지금도 그를 사랑하고 있는 것 같은 말투가 될 때가 있었다. 그것은 쥘리앵의 비참한 마음에 최후의 일격을 가하였다. 분명히 그녀의 말투에는 애정이 깃들여 있었다. 쥘리앵은 그것을 뚜렷이 알 수 있었다.

설사 펄펄 끓는 납을 들어부었다 하더라도 그의 가슴이 이토록 아프지는 않았을 것이다. 사실 마틸드가 전에 케일뤼스나 크루아즈누아에게 느꼈던 아련한 연심을 회상하면서 이처럼 즐거워한 것도 실은 얘기를 듣는 상대가 쥘리앵이기 때문이었다. 그러나 불행의 밑바닥에 떨어진 가련한 청년이 어떻게 그 사실을 깨달을 수 있었겠는가?

쥘리앵의 고뇌는 그 무엇으로도 표현할 수 없었다. 그가 다른 남자에 대한 애정에 관하여 그녀에게서 아주 자세하게 고백을 듣고 있는 그 장소는, 불과 며칠 전 그녀의 방에 숨어 들어가려고 1시가 되기를 기다리던 바로 그 보리수의 가로수길이었다. 육신을 가진 인간에게 이토록 견디기 힘든 불행이 또 있겠는가.

이런 잔혹한 친밀함은 꼬박 1주일 동안이나 계속되었다. 마틸드는 자진하여 쥘리앵과 대화하길 바랄 때도 있었고, 그러한 대화를 굳이 피하지 않는다는 식으로 행동할 때도 있었다. 이때 화제는 반드시 마틸드가 다른 사나이들에게 느낀 연정에 대한 것이었으며, 그것을 되풀이하는 데에 일종의 잔혹한 쾌감을 맛보고 있는 듯이 보였다. 마틸드는 자기가 쓴 편지에 대해 얘기하면서 그 글귀까지 떠올려 문장을 통째로 암송해 들려주는 것이었다. 이 며칠 동안 그녀는 무엇인가 짓궂은 즐거움을 느끼면서 쥘리앵을 지켜보는 듯했다. 쥘리앵의 고뇌를 보는 것이 그녀에겐 누를 수 없는 쾌감이었다.

알다시피 쥘리앵에게는 전혀 인생 경험이 없었다. 소설조차 변변히 읽은 일이 없었다. 가령 그가 좀더 재치가 있어서, 아무리 사랑하는 여자라지만 그런 기묘한 고백을 늘어놓는 처녀에게 약간이나마 냉정한 태도로 이렇게 말했다면 어찌 되었을까.

"내가 그 신사들만큼 가치는 없다고 하더라도, 하여간 당신이 사랑하고 있는 사람은 바로 납니다."

그녀는 분명히 그가 자기 마음을 환히 알아 주는 데에 기뻐했을 것이다. 물론 그 성공 여부는 쥘리앵이 이런 말을 할 때의 재치, 그 시기 선택에 달려 있겠지만 말이다. 어떻든 간에 그는 마틸드가 따분함을 느끼기 시작한 그 상태에서 교묘히, 더구나 유리하게 탈출할 수가 있었을 것이다.

그러나 어느 날 쥘리앵은 사랑과 애달픔에 못 이겨 정신없이 이런 말을 해 버렸다.

"그러면 이제 나를 사랑하시지는 않는군요. 내가 이렇듯 애타게 사랑하는데도!"

이토록 어리석은 실수도 없으리라.

이 한마디는 마틸드가 자기 심정을 고백할 때 느끼던 즐거움을 순식간에 파괴해 버렸다. 마틸드는 그러한 일이 있은 뒤인데도 쥘리앵이 자기 이야기에 화를 내지 않는다는 사실에 놀라움을 느끼기 시작하고 있었다. 그가 그런 어리석은 말을 할 때까지는, 이제 자기에게 마음이 없어졌는지도 모른다고 생각하고 있었다. '자존심 때문에 이 사람의 사랑이 식어 버렸나 봐' 하고 그녀는 생각했다.

'이 사람은 케일뤼스, 뤼즈, 크루아즈누아 같은 사람들보다 아래로 취급받고서 잠자코 있을 사람이 아냐. 입으로는 그 사람들이 훨씬 우월하다고 말하고는 있지만. 그래! 이 사람이 내 발밑에 무릎 꿇는 일은 다시는 없을 거야!'

그런데 지난 며칠 동안, 불행에 지친 쥘리앵은 가라앉은 기분이 되어 여러 번 그 청년 신사들의 눈부신 미점을 진심으로 칭찬하기도 하고, 심지어 과장해서 얘기할 때도 있었다. 이 미묘한 변화가 마틸드의 눈에 띄지 않을 리 없었다. 그녀는 놀랐지만 그 원인을 알 수가 없었다. 실은 쥘리앵의 사랑에 미친 마음은, 사랑을 받는 연적을 칭찬하면서 그 행복을 함께 누리고 있었던 것이다.

그러나 쥘리앵의 아주 솔직하지만 너무나 얼빠진 말은 한순간에 모든 것을 확 바꿔 놓고 말았다. 마틸드는 자신이 사랑을 받고 있음을 확인하자 그를 아주 경멸하게 되었다.

그 어리석은 한마디가 그의 입에서 흘러나온 것은 마틸드와 산책을 할 때였다. 갑자기 그녀는 쥘리앵 곁을 떠나갔는데, 마지막으로 던진 그 시선에는 깊은 경멸이 서려 있었다. 살롱에 돌아가서도 그녀는 그날 밤 내내 두 번 다시 쥘리앵을 보지 않았다. 그 다음 날도 경멸감이 마틸드의 가슴을 꽉 메우고 있었다. 1주일 동안 쥘리앵을 다시없는 벗으로 대우하면서 그처럼 즐거움을 느꼈는데, 이제 그런 기분은 흔적조차 남아 있지 않았다. 그의 얼굴을 보는 것도 불쾌했다. 마틸드의 이런 마음은 혐오감으로까지 발전했다. 눈앞에 불쑥 쥘리앵의 모습이 보였을 때 그녀가 느끼는 극도의 경멸감은 표현할 도리가 없을 정도였다.

지난 1주일 동안 마틸드의 마음이 어떻게 움직였는지 쥘리앵으로서는 전혀 추측조차 할 수 없었으나 자신이 경멸당하고 있다는 것만은 확실히 알았다. 그에게도 분별은 있었으므로, 그는 될 수 있는 대로 마틸드 앞에 나가지 않았다. 그는 절대로 상대의 얼굴을 보지 않기로 했다.

그러나 그렇게 마틸드를 스스로 멀리하는 것은 역시 죽도록 괴로운 일이었다. 비참한 기분은 한층 더해 갔다. '인간의 기력에도 한도가 있다'고 그는 생각했다. 그는 저택의 다락방 창문에 기대어 많은 시간을 보냈다. 덧문을 꼭 닫아 놓기는 했지만, 마틸드 양이 정원에 나와 있는 경우에는 거기서도 그 모습이 보였다.

식사 뒤 마틸드가 케일뤼스나 뤼즈, 그 밖에 그녀가 일시적으로 연정을 품었다는 청년들과 함께 산책하는 것을 보았을 때, 쥘리앵은 과연 어떤 마음이었을까?

쥘리앵은 이보다 더 심한 불행이 있으리라고는 생각조차 할 수 없었다. 자기도 모르게 소리를 지르고 싶을 때도 있었다. 그처럼 굳었던 그의 마음도 이제 더할 수 없는 혼란 속에 빠지고 말았다.

마틸드와 관계없는 일은 무엇이든 생각하기도 싫어졌다. 간단한 편지조차 쓸 수가 없었다.

"좀 이상하군, 자네" 하고 후작이 말했다.

쥘리앵은 마음속을 들키지나 않을까 겁이 나서, 병이 났다는 핑계를 대고 어떻게든 상대로 하여금 그렇게 믿도록 만들었다. 다행스럽게도 식사 때 후작은 머지않아 떠나게 되어 있는 여행에 관해서 그에게 농담을 했다. 마틸드는 여행이 제법 길어질지도 모른다는 것을 눈치챘다.

쥘리앵이 마틸드를 피하게 된 지 이미 며칠이 지났다. 그리고 한때 마틸드의 사랑을 얻었던 이 창백한 얼굴의 음산한 청년에게 없는 것을 모두 갖춘 훌륭한 청년 신사들은, 이렇게 생각에 잠겨 버린 그녀를 깨울 만한 힘은 가지고 있지 못하였다.

'평범한 처녀라면, 온 살롱의 주의를 끌고 있는 이 청년들 가운데서 연인을 골랐을 것이 분명해. 그러나 범인(凡人)이 간 길을 똑같이 밟지 않는 것이야말로 천재의 특징 중 하나야.'

그녀는 계속 생각했다.

'쥘리앵에게 없는 것은 재산뿐이고, 재산이라면 내가 가지고 있으니까. 쥘리앵 같은 사람과 함께 산다면 항상 세상의 주목을 받겠지. 나는 내 사촌 언니나 동생들처럼 절대로 혁명을 두려워하지는 않을 거야. 그 사람들은 혁명을 두려워하는 나머지 민중이 무서워서 하찮은 마부조차 꾸짖지 못하거든. 그러나 나는 달라. 반드시 무슨 역할을, 그것도 큰 역할을 해낼 거야. 내가 선택한 사람은 기개도 있고, 한없는 야심도 있어. 그 사람에게 없는 게 무엇일까? 벗일까? 돈일까? 그런 것은 내가 주지 뭐.'

그러나 마틸드의 이와 같은 생각에는, 쥘리앵을 자신보다 하찮은 존재로 보고 자기가 바라기만 하면 언제라도 그 사랑을 얻을 수 있다고 단정짓는 구석이 있었다.

제19장
희가극

오, 이 사랑의 봄은 어쩜 이렇게도 4월의 변하기 쉬운 빛을 닮았을까. 지금 햇빛이 찬란하게 넘치는가 하면, 이윽고 구름이 모든 것을 숨겨 버린다!

셰익스피어

마틸드는 미래를 그리면서 앞으로 자기가 맡고 싶은 색다른 역할에 대해 생각에 잠겨 있는 동안, 이윽고 전에 자주 쥘리앵과 나누었던 그 쌀쌀하고 추상적인 토론이 그리워져 버렸다. 그런 고상한 것을 생각하는 데 싫증이 나면 쥘리앵과 함께 있을 때 맛보았던 행복한 시간이 그리워질 때도 있었다. 그런데 그 행복한 추억에는 반드시 후회가 뒤따라 때로는 견딜 수 없을 만큼 우울해지기도 했다.

'하지만 과오를 범했더라도 상대가 훌륭한 남자라서 정조의 의무를 저버린 것이라면, 나 같은 여자에겐 어울리는 일이야. 근사한 콧수염이나 멋진 승마술에 끌린 것과는 다르니까. 프랑스의 장래에 관한 그 사람의 깊이 있는 이론, 이윽고 우리들에게 덮쳐 올지 모를 사건이 1688년의 영국 명예혁명과 비슷한 것이 될지도 모른다는 그 사람의 의견, 그런 것에 나는 끌렸던 거야. 그야 물론 나는 유혹에 졌어. 나는 약한 여자야.'

마틸드는 이런 후회스런 생각에 대답하듯 속으로 중얼거렸다.

'그러나 적어도 나는 속이 텅 빈 인형 같은 소녀처럼 외면적인 장점에 눈이 먼 것은 아니야. 만약 혁명이 일어난다면 어찌 쥘리앵이 롤랑 같은 역할을 해내지 못한다고 말할 수 있으랴! 그리고 내가 롤랑 부인의 역할을! * 스탈 부인의 역할보다는 그 편이 훨씬 낫지. 물론 요즈음 세상에선 나쁜 품행

---

* 대혁명 때 이들 부부는 지롱드당의 중심 인물로서 활약했다. 부인은 자코뱅파의 손에 처형되고 남편은 자살했다.

이 큰 장애가 돼. 그러니 두 번 다시 비난당할 만한 과오를 범하지는 않을 거야. 모두한테 비난받게 되었다간 부끄러워서 도저히 살아 있을 수 없어.'

그런데 사실 마틸드의 몽상은 꼭 여기에 쓴 내용처럼 진지한 것만은 아니었다.

그녀는 곧잘 쥘리앵을 바라보고는 그 사소한 동작에서도 우아하고 아름다운 매력을 느꼈다.

'아무래도 나는 자기 권리를 주장하고 싶어하는 그 사람의 마음을 뿌리째 파괴해 버린 것 같아. 그에게도 분명 권리는 있는데. 가엾게도 그 사람이 일주일 전 나에게 사랑의 말을 속삭였을 때의 그 괴로운 듯 깊은 정열을 품은 모습을 생각해 보면, 모든 것이 분명해져. 그처럼 존경과 정열에 넘치는 말에 화를 내다니 확실히 내가 좀 이상했어. 나는 그 사람의 아내잖아? 그 말엔 정말로 가식이 없었고, 또 솔직하게 말해서 정말 매력 있었어. 이전에 나는 그저 매일의 생활이 따분해서, 그 사람이 그토록 질투하는 사교계 청년들에게 일시적인 사랑을 준 것이지만. 요즘 쥘리앵을 볼 때마다 그런 사랑 얘기만 했고, 그것도 아주 오랫동안 잔혹한 방법으로 장황하게 들려주었는데도, 쥘리앵은 나를 사랑해 주었어. 아아, 그런 사람들은 나에게 아무것도 아니라는 것을 쥘리앵이 알아 주었으면! 그 사람과 비교하면 그네들은 그야말로 유약하고, 모두 판에 박은 듯 개성 없는 인간으로 보일 뿐인데!'

이런 생각을 하면서 마틸드는 무심코 화첩에 연필로 낙서를 하고 있었다. 사람 옆얼굴 하나가 눈에 띄어 그녀를 놀라게 하고, 또 기쁘게 만들었다. 그 얼굴은 놀랄 만큼 쥘리앵을 닮았던 것이다.

"하늘의 뜻인가 봐! 이것이야말로 사랑의 기적이야!"

마틸드는 정신없이 외쳤다.

"나도 모르는 사이에 그 사람의 초상화를 그리다니."

자기 방에 달려 들어가 문을 닫아걸고 열심히 쥘리앵의 초상화를 그려 보았다. 그러나 아까처럼 잘되지 않았다. 역시 아까 되는 대로 그린 옆얼굴이 쥘리앵과 가장 닮았다. 마틸드는 그것이 기뻤다. 거기에서 참다운 정열의 움직일 수 없는 증거를 본 것이다.

마틸드는 언제까지나 그 화첩을 놓으려 하지 않았는데, 후작 부인이 하인을 보내와서 이탈리아 오페라에 가자고 권했다. 마틸드의 머릿속에 떠오른 생각은 단 하나, 쥘리앵을 찾아내서 동행하도록 어머니에게 권해 달래야지 하는 것뿐이었다.

쥘리앵은 모습을 보이지 않았다. 이 모녀의 관람석에 나타난 사람은 하잘 것없는 작자들뿐이었다. 오페라 제1막이 공연되는 동안 마틸드는 미치도록 사랑하는 사람만 생각하고 있었다. 2막째에 접어들어 사랑의 격언 같은 한 구절이 작곡가 치마로사*의 이름을 더럽히지 않을 솜씨로 잘 불리어서 마틸드는 감격했다. 오페라의 여주인공은 이렇게 노래 불렀다.

"나는 벌을 받아야 해. 그이를 너무 사랑하고 있으니까. 너무 우러르고 있으니까!"

이 숭고한 영창을 듣자 세상의 모든 것이 순식간에 마틸드의 눈앞에서 사라져버렸다. 누가 말을 걸어와도 대답하지 않았다. 어머니가 주의를 주어도 그쪽을 보지도 않았다. 마틸드가 이 황홀 상태에서 맛본 흥분과 강렬한 사랑은, 며칠 동안 쥘리앵이 그녀에게 느꼈던 뜨거운 정열에 뒤지지 않을 만큼 격정적인 경지에 이르렀다. 사랑의 격언은 놀랄 만큼 자기 처지에 들어맞는 것처럼 여겨졌고, 그것을 노래하는 성스러운 아름다움에 찬 영창은 이따금 그녀가 직접 쥘리앵을 생각하는 순간을 제외하고는 완전하게 마틸드의 마음을 사로잡고 말았다. 음악 속의 사랑에 힘입어 그녀는 그날 밤, 레날 부인이 항상 쥘리앵을 생각할 때 같은 기분이 될 수 있었다. 머리가 앞서는 사랑은 확실히 진실한 사랑보다 현명하긴 하겠지만, 열광하는 순간이 너무나 짧다. 자기를 너무 잘 알고 끊임없이 자기를 비평한다. 생각을 흘려 버리기는커녕 그런 사랑은 생각에 생각을 거듭하여 이루어진다.

집으로 돌아온 마틸드는 라몰 부인이 무슨 말을 하든 귀 기울이지 않고, 자꾸 열이 난다면서 피아노 앞에 앉아 그 영창을 되풀이하여 치면서 밤늦게까지 시간을 보냈다. 그녀는 자기의 마음을 뺏은 그 유명한 영창의 한 구절을 몇 번이나 노래해 보았다.

Devo punirmi, devo punirmi,

Se troppo amai, etc.

---

* 18세기 이탈리아의 작곡가. 스탕달은 그의 작품 《비밀 결혼》을 매우 사랑했다.

'벌 받아야 한다, 벌 받아야 한다.
너무나 사랑했기 때문에……'

이 미칠 것 같은 하룻밤을 지낸 결과 그녀는 자기가 사랑에 이겼다고 생각
했다.

(이 페이지는 불운한 작자의 평판에 여러 가지 해를 가져다줄 줄 안다. 감
수성이 부족한 사람들은 작가가 지나치게 무례하다고 비난할 것이 틀림없
다. 그러나 작자로서는 파리의 살롱을 수놓는 젊은 여성들을 모욕할 마음은
털끝만큼도 없으며, 그중 한 사람도 저 마틸드처럼 자신의 품위를 떨어뜨리
는 그런 미친 듯한 충동에 빠지리라고는 생각지도 않고 있다. 이 마틸드라는
여성은 순전한 상상의 소산이며, 더구나 모든 세기를 통해서 19세기 문명에
한층 뛰어난 지위를 부여해 주는 당대의 사회적 습관의 테두리 밖에서 만들
어진 인물이다.

이 겨울의 무도회를 장식한 영양들은 결코 분별이 없지 않았다.

또 작자는 그녀들이 엄청난 재산, 말, 넓은 토지 등등, 사교계에서의 좋은
지위를 보증할 만한 모든 것을 너무나 경멸한다고 비난하는 것도 부당하다
고 생각한다. 그러한 특혜 전반에 걸쳐서 따분함만 발견한다는 것은 거짓말
이다. 오히려 그것들은 일반적으로 변함없이 갈구되는 욕망의 대상이며, 마
음속에 정열을 지닌 사람이라면 분명 그런 것들에 정열을 쏟게 마련이다.

또 쥘리앵처럼 재능을 타고난 청년의 운명을 좌우하는 것도 절대로 연애
가 아니다. 그들은 자신의 당파에 필사적으로 매달려 있다. 그리고 그 당파
가 성공을 거두면, 세상의 온갖 좋은 것들이 그들 위에 소나기처럼 쏟아져
내린다. 아무 당파에도 속해 있지 않은 학자야말로 가련하다고 할 수 있다.
아주 불확실하고 조그만 성공을 거두기만 해도 그는 비난의 대상이 되고, 덕
이 높은 사람들이 그 공을 뺏어 거드름을 피울 것이 뻔하기 때문이다. 그런
데 여러분, 소설이란 큰길을 따라서 이동하며 주변의 풍경을 보여 주는 거울
이다. 그것은 여러분의 눈에 푸른 하늘을 비쳐 보이기도 하고 도로의 진창을
비쳐 보이기도 한다. 그런데 그 거울을 지고 다니는 사람은 여러분으로부터
비도덕적이라는 비난을 받는다! 거울에 진창이 비치면 여러분은 그 거울을
비난한다! 그보다는 진창이 있는 큰길을 비난하시라. 아니, 오히려 큰길에

물이 괴어 진창이 되도록 내버려 둔 도로 감독관을 비난해야 하리라.

그러면 요즈음같이 도덕적이고 고결한 세상에 마틸드 같은 성격은 존재하지 않는다는 점이 확실해진 이상, 작자가 이 사랑스러운 아가씨의 어리석은 행동을 계속 이야기해도 그다지 독자들은 분개하지 않으리라고 생각한다.)

그 다음 날, 마틸드는 자기의 미칠 듯한 정열을 이겨 냈다는 것을 확인하려고 온종일 기회를 엿보고 있었다. 가장 큰 목적은 어떤 트집을 잡아 쥘리앵의 기분을 상하게 해 주는 것이었다. 그녀는 그의 동작을 하나도 남기지 않고 지켜보았다.

쥘리앵은 너무나 불행했고 더구나 마음이 아주 어지러웠으므로, 그처럼 복잡한 사랑의 책략을 눈치챌 수는 없었다. 하물며 자기에게 유리한 점이 거기에 드러나 있음을 깨달을 리도 없어, 보기 좋게 그 책략에 넘어가고 말았다. 정말 그처럼 지독한 불행에 빠진 적은 한 번도 없었으리라. 그의 행동은 완전히 이성의 인도에서 벗어나 있었다. 그러므로 혹시 어느 음산한 철학자가, "형세가 자네에게 유리해지려고 하니, 어서 그걸 이용할 생각을 하게. 파리에서 볼 수 있는 이러한 이성적인 연애에선 똑같은 상태가 이틀 이상 계속되는 법이 없네" 하고 충고해 주어도 그는 전혀 사정을 이해할 수 없었으리라. 그러나 아무리 정신이 없다 해도 그에게는 체면을 중히 여기는 마음이 있었다. 그에게 첫째 의무는 신중히 처신하는 것이었으며, 그 점은 충분히 잘 알고 있었다. 누구에게든지 의논하고 자기의 괴로움을 털어놓을 수만 있다면, 뜨거운 사막을 가로지르는 불행한 사나이가 하늘에서 한 모금의 시원한 물을 받아먹은 것처럼 기뻤으리라. 그는 그 위험을 깨달았다. 누구에게 무례한 질문을 받으면 대답 대신 울어 버리지 않을까 걱정이 되어 그는 방 안에 틀어박혔다.

마틸드가 오랫동안 정원을 산책하고 있는 모습이 보였다. 이윽고 그녀가 사라지자, 쥘리앵은 곧 정원으로 내려가 마틸드가 꽃 한 송이를 따 간 장미 나무로 다가갔다.

밤은 어두웠다. 누구에게 들킬 염려도 없이 그는 자기의 불행한 신세에 대한 생각에 깊이 잠길 수 있었다. 마틸드는 아까 아주 즐거운 듯이 애기를 나누던 그 청년 장교들 가운데 누군가를 사랑하고 있음이 뻔하다. 그녀가 한번은 분명히 나를 사랑해 준 일이 있다. 그러나 그녀는 이미 내가 보잘것없다는 사실을 깨달아 버린 것이다.

'실제로 나는 아주 보잘것없는 인간이니까!'

쥘리앵은 진심으로 이렇게 생각했다.

'요컨대 나는 정말 하찮고 비천한 놈으로, 남들도 따분해하지만 나 스스로도 참을 수 없는 인간이다.'

자기의 모든 미점, 자기가 진심으로 사랑해 온 모든 것이 견딜 수 없도록 싫어졌다. 그리고 이렇듯 상상력이 뒤집힌 상태에서 그는 또 상상력에 기대어 자기 인생을 판단하려고 했다. 이러한 과오는 뛰어난 인물에게 흔히 있는 특징이다.

몇 번이나 자살할 생각을 했다. 그 생각은 매력에 차 있었고, 자살은 편안한 휴식처럼 여겨졌다. 말하자면 그것은 사막 한복판에서 갈증과 타오르는 열 때문에 죽어 가고 있는 가련한 사나이에게 내밀어진 한 잔의 생명수와도 같았다.

"내가 죽어 봐라. 저 여자는 더욱 나를 경멸할 뿐이겠지!"

쥘리앵은 자기도 모르게 외쳤다.

"어이없는 추억을 남기게 될 거야!"

이 정도로 불행의 밑바닥에 떨어져 버린 인간이 그곳에서 헤어나려면, 용기를 불러일으키는 도리밖에 없다. 쥘리앵은 '오직 감행이 있을 뿐'이라는 것을 깨달을 만한 지각도 없었다. 그런데 마틸드의 방 창문을 쳐다보는 동안에, 덧문 너머로 그녀가 불을 끄는 모습이 보였다. 쥘리앵은 유감스럽게도 지금까지 한 번밖에 본 일이 없는 그 매력적인 방의 모습을 머릿속에 그려 보았다. 하지만 그의 상상력은 아무래도 그 이상 앞으로 나가지 않았다.

1시가 울렸다. 종소리를 듣는 동시에 그는 문득 중얼거렸다.

"사다리로 올라가자."

그것은 천재적인 생각의 번뜩임이었다. 그럴듯한 생각이 구름처럼 솟아올랐다. "이 이상 더 불행해질 수 있겠나!" 하고 그는 중얼거렸다. 사다리가 있는 곳으로 달려가 보니, 사다리는 정원사가 사슬로 묶어 둔 채로 있었다. 그 한순간 초인적인 힘으로 쥘리앵은 소형 피스톨의 격철을 사용하여 사다리를 묶은 사슬의 고리 하나를 비틀었다. 격철은 부서져 버렸다. 단숨에 사다리를 붙든 쥘리앵은 그것을 마틸드의 방 창문에 기대 세웠다.

'그녀는 화를 내겠지. 나를 경멸할 거야. 하지만 무슨 상관인가! 그녀에게 키스해 줄 테다. 마지막 키스야. 그 뒤 내 방으로 돌아가면 자살하는 거다…… 이 입술을 죽기 전에 반드시 그 여자의 뺨에 대 주겠어!'

그는 잽싸게 사다리를 기어 올라가 덧문을 두드렸다. 잠시 후 소리를 들은 마틸드가 덧문을 열려고 했다. 그러나 사다리가 방해돼서 열 수가 없었다. 쥘리앵은 덧문을 열어서 고정시키기 위한 걸쇠에 매달려, 몇 번이나 떨어질 뻔하면서도 사다리를 힘차게 흔들어 약간 그 위치를 옮겼다. 마틸드는 겨우 덧문을 열 수가 있었다.

쥘리앵은 정신없이 방 안으로 뛰어들었다.

"역시, 당신이었군요!"

마틸드는 그의 품 안으로 뛰어들면서 말했다.

쥘리앵의 한없는 행복을 누가 묘사할 수 있을까? 마틸드의 행복도 그에 못지않았다.

그녀는 쥘리앵 앞에서 자신을 자책했다. 자기가 나빴다는 것이다.

"나를 벌해 줘요. 나는 엄청나게 오만했어요."

쥘리앵을 숨이 막히도록 두 팔로 꽉 껴안으면서 그녀는 이렇게 말했다.

"당신은 나의 주인, 나는 당신의 노예. 그런데도 반항하려고 했어요. 정말 무릎 꿇고 빌지 않으면 안 되겠어요."

이렇게 말하면서 마틸드는 그의 팔을 놓고 쥘리앵의 발밑에 쓰러졌다. 행복과 사랑에 도취되어 그녀는 말을 이었다.

"그래요, 당신은 나의 주인. 언제까지나 나를 지배해 주세요. 당신의 노예가 반항하려고 하거든 엄하게 벌해 주세요."

그런가 하면 쥘리앵의 품에서 빠져나와 촛불을 켜러 갔다. 쥘리앵은 한쪽 귀 밑의 머리칼을 자르려는 마틸드를 간신히 말렸다.

"당신의 하녀란 사실을 나 자신에게 잊지 않게 하려는 거예요. 만약 그 밉살스러운 오만함이 다시 머리를 쳐들어 내가 이상하게 굴거든, 이 머리칼을 내밀고 이렇게 말씀하시면 돼요. '이미 애정이니 연정이니 하는 것이 문제가 아니다. 너의 마음이 지금 무슨 생각을 하고 있든 상관없다. 너는 복종을 맹세했다. 그러니 명예를 걸고 복종하라' 하고 말예요."

하지만 이처럼 열렬하고 어지러운 행복을 묘사하는 것은 삼가는 편이 현명하리라.

쥘리앵의 자제력은 그 행복감에 뒤지지 않을 만큼 강했다. 동녘의 새벽빛이 정원 너머 아득히 멀리 있는 집들의 굴뚝 위로 나타나는 것을 보자 그는 마틸드에게 말했다.

"사다리로 내려가지 않으면 안 됩니다. 이만저만 괴롭지 않지만 당신을 위해서는 이런 희생도 당연한 일입니다. 인간이 맛볼 수 있는 가장 큰 행복의 몇 시간을 나는 단념하려 하고 있는 셈입니다만, 당신의 명성을 생각해서 그런 희생을 치르는 것입니다. 내 마음속을 살펴 주신다면 내가 지금 얼마나 괴로운지 아실 것입니다. 언제까지나 나를 지금처럼 대해 주시겠습니까? 참, 당신은 명예를 걸고 맹세해 주셨죠. 그것으로 충분합니다. 알고 계시나요? 우리들이 처음 만났던 다음 날, 혐의의 대상이 된 것은 도둑놈만이 아닙니다. 아버님께선 정원에 파수꾼을 두셨습니다. 크루아즈누아 후작의 주변은 스파이로 가득 차 있습니다. 그래서 매일 밤 그 사람이 무엇을 하고 있는지, 환히 새어 들어오고 있지요……"

이 말을 듣자 마틸드는 큰 소리로 웃기 시작했다. 어머니와 하녀가 깨어난 듯 갑자기 문 밖에서 목소리가 들려왔다. 쥘리앵은 마틸드를 보았다. 그녀는 창백해진 얼굴로 하녀를 꾸짖었으나, 어머니에게는 아무 말도 하지 못했다.

"그러나 저들이 창문을 열어 본다면 사다리를 눈치챌 겁니다!" 하고 쥘리앵이 말했다.

그는 다시 한 번 마틸드를 안고 나서 곧 사다리에 매달렸다. 내려간다기보다는 거의 미끄러지다시피 하여 눈 깜짝할 사이에 땅에 내려섰다.

3초 뒤에 사다리는 보리수 아래로 운반되어 마틸드의 체면은 지켜졌다. 제정신을 차린 쥘리앵은 자기가 피투성이인 데다가 거의 벌거숭이임을 깨달았다. 정신없이 미끄러져 내려왔기 때문에 상처를 입은 것이다.

다시없는 행복감으로 그는 예전의 기력을 완전히 되찾았다. 이때라면 스무 명의 적이 나타나더라도 기꺼이 그들과 맞서 싸웠으리라. 그런데 다행히 그의 무용을 나타내야 할 일은 생기지 않았다. 그는 사다리를 제자리에 갖다 놓고 사슬을 처음처럼 다시 걸었다. 마틸드의 창 밑에 자리한 외국산 꽃의 화단에 남아 있는 사다리 자국을 지우는 것도 잊지 않았다.

어둠 속에서 부드러운 흙을 손으로 만지면서 자국이 완전히 지워졌는지 확인하고 있는데 무엇인가가 손등에 떨어졌다. 마틸드가 한쪽 귀밑 머리칼을 잘라서 던져 준 것이었다.

마틸드는 창가에 있었다.

"당신의 하녀가 드리는 선물이에요."

그녀는 제법 큰 소리로 말했다.

"그것이 영원한 복종의 표시예요. 난 더 이상 이성에 의지하지 않기로 했어요. 내 주인이 돼 주세요."

쥘리앵은 참을 수 없어서 다시 한 번 사다리를 들고 와 그녀의 방에 올라갈까 생각했다. 그러나 결국 이성이 이겼다.

정원에서 집 안으로 들어가기는 쉬운 일이 아니었다. 지하실 문은 어떻게 비틀어 열었으나, 집 안에 들어가서도 자기 방의 문을 되도록 소리 나지 않게 부수지 않으면 안 되었다. 당황해서 마틸드의 방을 급히 빠져나올 때 그만 웃옷을 두고 왔는데, 그 주머니에 방 열쇠가 들어 있었던 것이다.

'그녀가 잘 감춰 주면 좋겠는데. 그런 분실물은 치명적이거든!' 하고 그는 생각했다.

드디어 피로가 행복감을 압도하여 해가 떠오를 무렵 쥘리앵은 깊은 잠에 곯아떨어졌다.

점심을 알리는 종소리를 듣고야 겨우 눈을 뜨고 식당으로 갔다. 이윽고 마틸드가 들어왔다. 그처럼 여러 사람으로부터 찬미를 받고 있는 이 아름다운 아가씨의 눈이 사랑으로 빛나고 있음을 보자, 쥘리앵의 자존심은 한순간 대단한 만족감을 느꼈다. 그러나 이내 그의 조심성 있는 마음은 화들짝 놀라고 말았다.

머리를 손질할 틈이 없었다고 핑계는 했지만, 마틸드가 머리를 땋아 올린 모양새를 보니 간밤에 그녀가 자신에게 머리카락을 잘라 준 것이 얼마나 큰 희생이었는지 첫눈에 알 수 있었다. 그처럼 아름다운 용모도 손상당하는 일이 있다면, 지금 마틸드의 상태가 바로 그러할 것이다. 약간 잿빛이 도는 아름다운 금빛 머리칼이 한쪽 귀 밑에서 겨우 반 인치쯤 남겨 놓고 잘려 있었다.

점심때 보인 마틸드의 거동은 이 첫 경솔한 행동에 결코 뒤지지 않았다.

마치 쥘리앵에 대한 미칠 것 같은 열정을 여러 사람에게 알리려고 애쓰는 듯이 보였다. 다행히 이날 라몰 부부는 머지않아 거행될 코르동 블루 수여 문제에 정신이 팔려 있었다. 쇼느 공작이 그 선정 대상에서 빠져 있었던 것이다. 식사가 끝날 무렵 쥘리앵에게 얘기를 하고 있던 마틸드는, 무심결에 그를 '나의 주인'이라고 불러 버렸다. 쥘리앵은 새빨개졌다.

우연인지, 아니면 라몰 부인이 일부러 그랬는지, 마틸드는 그날 잠시도 혼자 있을 수 없었다. 그래도 저녁 식사 후 식당에서 살롱으로 자리를 옮길 때 마틸드는 틈을 보아 쥘리앵에게 속삭였다.

"이런 말씀 드리면 핑계로 들으시겠지요? 어머니가 앞으로 내 방에 하녀한 명을 재우기로, 아까 결정해 버렸어요."

이날 하루는 순식간에 지나갔다. 쥘리앵은 행복의 절정에 있었다. 다음 날은 아침 7시부터 도서실에 진을 치고 앉아 있었다. 마틸드가 모습을 나타내리라 기대하고, 그녀 앞으로 무척 긴 편지를 써 두었기 때문이다.

실제로 그녀를 만난 것은 몇 시간도 더 지난 점심때였다. 이날은 매우 정성들여 머리를 손질했기 때문에 잘라 낸 머리칼 부분이 교묘하게 감춰져 있었다. 그녀는 한두 번 쥘리앵 쪽을 바라보았으나 아주 맑고 조용한 눈매여서, 이제 나의 주인이니 하고 부를 기미는 조금도 보이지 않았다.

쥘리앵은 너무 놀란 나머지 숨이 다 멎을 정도였다…… 마틸드는 자신이 그를 위해서 했던 모든 짓을 후회하기 시작한 것이었다.

마틸드는 곰곰이 생각한 결과, 쥘리앵이 정말 보통 사람과는 다르지만, 그를 위해 자기가 구태여 그렇게까지 대담하게 미친 짓을 할 만큼 뛰어난 인물은 아니라고 판단을 내린 것이었다. 그러자 사랑 따위는 그녀의 머릿속에서 사라져 버렸다. 이날 그녀는 사랑하는 데 싫증나 있었다.

그러나 쥘리앵의 마음은 열여섯 살 소년처럼 요동쳤다. 점심 식사를 하는 동안에도 무서운 의혹과 놀라움과 절망이 번갈아 그의 마음을 사로잡아 그 시간이 한없이 길게 여겨졌다.

식탁을 떠나도 실례가 안 될 시간이 되자 그는 곧 마구간으로 달려갔다. 아니, 날아갔다는 표현이 나을 것이다. 손수 말에 안장을 얹자마자 전속력으로 달리기 시작했다. 무엇인가 자기의 약점을 드러내어 창피를 당하지 않을까 두려웠던 것이다.

'육체를 실컷 지치게 하여 감정을 죽여야 해.'

뫼동의 숲 속을 달리면서 그는 생각했다.

'그처럼 쌀쌀한 취급을 받다니. 내가 뭘 했더라? 무슨 말을 했을까?'

저택으로 돌아오면서 줄곧 생각했다.

'오늘은 아무 짓도 아무 말도 하지 말아야겠다. 내 정신이 죽어 버렸으니 내 육체도 당연히 죽어야지. 나는 이제 살아 있지 않아. 그저 송장이 움직이고 있을 뿐이야.'

제20장
일본 꽃병

처음에 그의 마음은 불행이 얼마나 큰지 깨닫지 못한다. 감동했다기보다 그저 혼란에 빠진 것이다. 그러나 냉정해지면서 그는 자기의 깊은 불행을 뼈저리게 느낀다. 인생의 모든 즐거움은 사라지고 살을 찢는 절망의 날카로운 칼끝만 느껴진다. 그러나 육체의 괴로움을 얘기해서 무슨 소용 있으랴? 육체의 괴로움 중에 그 어느 것이 이 괴로움에 필적할 수 있으랴?

장 파울

저녁 식사를 알리는 종이 울렸다. 옷을 갈아입기가 바쁘게 쥘리앵이 가 보니 살롱에 마틸드가 있었다. 오빠 노르베르와 크루아즈누아에게 오늘 밤 슈레느의 페르바크 원수 부인 댁에서 열리는 야회에 가지 말아 달라고 열심히 조르고 있었다.

이 두 사람에게 마틸드가 그 이상 매혹적이고 상냥하게 대할 수는 없었다고 해도 과언이 아니다. 식사가 끝난 뒤 뤼즈와 케일뤼스 그리고 그들의 친구 몇 명이 나타났다. 마틸드는 오누이의 정에 대한 경의뿐 아니라 가장 엄격한 예의범절에 대한 경의까지 되찾은 것 같았다. 그날 밤은 상쾌하게 갠좋은 밤이었지만, 그녀는 아무래도 정원으로 나가기는 싫다고 했다. 라몰 부인의 안락의자 곁을 떠나려고 하지 않았다. 그리하여 겨울철처럼 푸른 소파가 그룹의 중심이 되었다.

마틸드는 정원에 반감을 품고 있었다. 정원이 지긋지긋하게 느껴졌다. 그곳은 쥘리앵의 추억과 결부되어 있었기 때문이다.

불행은 재지(才智)를 둔하게 만든다. 우리 주인공은 어리석게도 그 조그만 짚의자 곁에 머물러 있었다. 전에 그의 빛나는 승리를 숱하게 목격한 바로 그 의자였다. 그러나 지금은 그에게 말을 건네는 사람조차 없었다. 그의 존재는 말하자면 무시당한 것이나 다름없었다. 아니 그보다 더 지독했다. 마틸드의 친구들 중 쥘리앵과 가까운 소파 끝에 앉은 사람들은 일부러 그에게 등을 돌리고 있었다. 적어도 그에게는 그렇게 여겨졌다.

'궁중에서 총애를 잃은 꼴이구나' 하고 쥘리앵은 생각했다. 자기를 철저하게 경멸해 버릴 생각인 듯한 그들을 한동안 자세히 관찰해 볼 마음이 생겼다.

뤼즈 씨의 백부는 국왕의 측근으로서 어느 요직에 앉아 있었다. 그래서 이 잘생긴 장교는 어떤 상대가 나타나든 얘기를 시작할 때는 반드시 "백부님은 아침 7시에 생 클루로 떠나셨는데, 오늘 밤은 그곳에서 쉬실 모양이야" 하는 따위의 그 흥미로운 화제를 꺼냈다. 그는 겉보기엔 아무런 속셈도 없는 듯한 태도로 이야기를 꺼냈지만, 언제나 꺼내는 말은 틀림없었다.

불행에 닦인 날카로운 눈으로 크루아즈누아를 관찰하는 동안에 쥘리앵은, 이 싹싹하고 선량한 청년이 온갖 신비로운 것들의 영향력을 과대평가하고 있음을 깨달았다. 조금이라도 중대한 사건이 단순하고 아주 자연스러운 원인 때문에 일어난 것이 확실해지면, 그는 내심 서운해하며 심지어 불쾌하게 생각할 정도였다. '머리가 좀 이상한 모양이야' 하고 쥘리앵은 생각했다. '이자의 성격은 코라소프 공작에게 들은 러시아 황제 알렉산드르의 성격과 무척이나 비슷하군.'

파리 생활의 첫해는 신학교를 갓 나온 후였기 때문에 쥘리앵은 이 상냥한 청년들의 우아함이 아주 신기하기만 했으며, 그것에 익숙지 않아 오로지 감탄만 했다. 그런데 요즈음에 와서 겨우 그들의 본성을 알게 된 것이었다.

'여기서 나는 한심한 역할을 맡고 있는 것 같군.'

쥘리앵은 문득 이렇게 생각했다. 너무 부자연스럽게 보이지 않도록 그 조그만 짚의자를 떠나는 것이 중요했다. 묘안이 아쉬웠다. 다른 일에 온 정신을 뺏기고 있는 자기의 상상력에 무언가 새로운 지혜를 요구한 셈이다. 기억력에 의지해야 할 판인데, 솔직히 말해서 그의 기억력은 이런 상황에서 쓸 만한 방책을 저축해 두지 못했다. 이 가련한 청년은 아직도 세상 일에 서툴렀다. 때문에 그가 일어나서 살롱을 나갈 때의 태도는 정말 졸렬하기 짝이 없어, 사람들의 눈길을 끌어 버렸다. 그 태도에는 마음속의 비참함이 너무나 역력히 드러나 있었다. 한 시간쯤 전부터 그는 '귀찮은 하인배'의 역할을 하고 있었던 셈으로, 이러한 인물에 대해서는 누구나 자기 속내를 숨기려 하지 않는 법이다.

그러나 쥘리앵은 연적들을 비판적으로 관찰한 덕분에 자기 불행을 그다지 비극적으로 생각하지 않고 넘길 수 있었다. 자존심을 지탱해 주는 것으로서 그저께 밤의 추억이 있었다.

'놈들이 얼마만큼 나보다 뛰어난 점이 있는지는 모르지만, 아무도 내가 마틸드에게 두 번씩이나 받은 그런 대우는 못 받았단 말이지.'

그의 분별은 그 이상 앞으로는 뻗지 못했다. 그는 어쩌다가 자기의 모든 행복을 완전히 지배하게 된 이상한 여자의 성격을 조금도 이해하지 못하고 있었던 것이다.

그 다음 날, 이번에도 하루 종일 말을 탄 쥘리앵은 말과 함께 지칠 대로 지쳐서 돌아왔다. 밤에는 마틸드가 여전히 자리 잡고 있는 그 푸른 소파에 가까이 가지 않았다. 깨닫고 보니 노르베르 백작은 집 안에서 그와 마주쳐도 거들떠보지도 않았다. 쥘리앵은 생각했다.

'이자가 평소와는 달리 무척 무리하고 있는 것이 틀림없어. 천성이 예의바른 사나이거든.'

쥘리앵으로서는 잠만 잘 수 있어도 아주 고마웠을 것이다. 몸은 피로한데도 너무나 괴로운 추억이 그의 온 상상력을 사로 잡고 있었으니 말이다. 파리 교외의 숲까지 제아무리 말을 타고 멀리 달려 봐야, 결국 그 효과는 자기 자신에만 작용할 뿐이지 마틸드의 마음이나 머리에 작용하지는 않았다. 그러나 그런 사정을 알아차릴 재간이 그에겐 없었다. 이리하여 그는 자기의 운명을 순전히 우연의 손에 맡기게 된 것이다.

단 한 가지, 자기의 고뇌에 한없는 위로를 줄 것처럼 여겨지는 일이 있었다. 마틸드에게 말을 건네는 것이다. 그러나 대체 무슨 말을 할 수 있을까!

어느 날 아침 7시쯤이었다. 그가 열심히 이 문제를 생각하고 있을 때, 갑자기 도서실로 들어오는 마틸드의 모습이 눈에 띄었다.

"알고 있어요. 당신, 나하고 얘기가 하고 싶으신 거죠?"

"네? 누가 그런 말을 합디까?"

"다 알고 있어요. 아무가 말했으면 어때요. 자기의 명예를 버려도 좋다면, 당신은 나를 파멸시킬 수 있을 거예요. 적어도 그렇게 하려고 하실 수 있어요. 정말 그렇게 하시리라고는 생각지 않지만, 설령 그러한 위험이 있다고 하더라도, 나는 절대로 진실을 속이지 않겠어요. 나는 이제 당신을 사랑하고 있지 않아요. 어리석은 공상에 속고 있었을 뿐이지⋯⋯"

이 무서운 일격을 받고 쥘리앵은 사랑과 비참함에 마음이 어지러워져서 그만 변명하려고 했다. 이처럼 어리석은 짓은 없으리라. 상대가 자기를 싫어한다고 변명하는 사람이 어디 있단 말인가? 그러나 이미 이성은 그의 행동에 아무런 힘도 돼 주지 못했다. 맹목적인 본능으로 자기 운명의 결정을 늦추려고 했을 뿐이다. 지껄이고 있는 한 모든 것이 끝장나지는 않았다는 생각이 든 것이다. 마틸드는 쥘리앵이 하는 말을 듣고 있지 않았다. 그의 목소리만 들어도 짜증이 났다. 설마 그가 뻔뻔스럽게도 자기 말을 가로막을 줄은 예상도 못했기 때문이다.

도덕심과 자존심에서 오는 후회, 그 양쪽이 그날 아침 그녀를 비참한 마음으로 만들고 있었다. 기껏해야 장차 신부가 될 뿐인 목재상의 아들 따위에게 자기를 지배할 권리를 주어 버렸다는 끔찍한 생각에, 그야말로 견딜 수 없는 심정이 되어 있었던 것이다. 그녀는 자기의 비참함을 과장해서 이런 생각까지도 했다.

'이것은 마치 하인 나부랭이와 잘못을 저지르고 후회하는 거나 다름이 없어.'

대담하고 자존심이 강한 인간의 경우, 자기 자신에 대한 분노와 남에 대한 격분 사이에는 종이 한 장 차이밖에 없다. 이때 격노의 발작은 강렬한 쾌감이 된다.

그런 고로 마틸드는 심한 경멸을 보여 쥘리앵을 굴려 주자는 마음이 들었다. 재기는 넘칠 만큼 있었고, 특히 그 재기는 남의 자존심에 공격을 가해 지독한 상처를 입히는 데 뛰어났다.

난생 처음으로 쥘리앵은, 자신에게 극도로 증오를 불태우면서 덤비는 뛰어난 상대 앞에 꼼짝도 못하고 있었다. 이제는 자기를 변명할 기력도 없을 뿐더러 자기 자신을 경멸하기까지 했다. 그야말로 지독한 경멸의 말, 쥘리앵이 그 어떤 자부를 갖고 있건 모조리 부숴버릴 생각으로 교묘하게 계산된 문구를 실컷 뒤집어쓰면서, 쥘리앵은 마틸드의 말이 옳으며 아직 모욕이 모자랄 정도라고 생각했다.

마틸드는 며칠 전 자진해서 그토록 열광적으로 쥘리앵을 숭배해 놓고는, 이제 이렇게 자기와 그를 동시에 벌하는 데에 다시없는 자존심의 만족을 느끼고 있었다.

신이 나서 잔인한 말을 퍼붓는 동안, 마틸드는 일부러 그런 말들을 생각해 낼 필요가 없었다. 일주일 내내 연애를 반대하는 어느 변호사가 자기 마음속에서 지껄여 온 말들을 되풀이하기만 하면 되었던 것이다.

한마디 한마디가 쥘리앵의 견딜 수 없는 불행을 점점 더 쌓이게 했다. 도망치고 싶었으나 마틸드가 무서운 얼굴로 팔을 잡고 놓아 주지를 않았다.

"조심하십시오, 목소리가 너무 큽니다. 옆방에도 다 들리겠습니다."

"무슨 상관이에요!" 하고 마틸드는 의기양양하게 내뱉었다.

"엿들었다고 누가 감히 나한테 정면으로 말할 수 있겠어요? 아무튼 당신은 나 때문에 쓸데없는 자만에 빠져 있었겠지요. 그 근성을 두드려 고쳐 주겠어요."

간신히 도서실에서 도망쳐 나왔을 때, 쥘리앵은 너무나 놀랐기 때문에 자기의 불행이 그다지 뼈저리게 느껴지지 않았다.

"뭐야! 나 같은 것은 이제 사랑하고 있지 않단 말이지."

자기에게 자신의 처지를 깨우쳐 주려는 듯이 그는 몇 번이나 소리 내어 중얼거렸다.

'하여간 마틸드는 일주일에서 열흘 정도만 나를 좋아했던 모양이야. 하지만 나는 평생 동안 마틸드를 생각하게 되겠지. 아니, 그런데 정말일까. 며칠 전까지는 내 마음속에서 그 여자가 아무것도 아니었다는 것이? 그녀가 내 안중에도 없었다는 것이!'

마틸드는 자존심의 만족을 만끽하고 있었다. 이것으로 깨끗이 인연을 끊은 셈이다! 그처럼 강한 사랑의 마음을 완전히 억제했다고 생각하니 견딜 수 없이 기뻐지는 것이었다.

'이것으로 그 건방진 선생도 이번에는 뼈저리게 깨닫게 되겠지. 나를 지배할 수 없고, 앞으로도 절대 지배할 수 없다는 것을.'

아주 기뻐진 마틸드는, 사실 이 순간 이미 아무런 사랑도 느끼고 있지 않았다.

이렇게 지독하고 굴욕적인 변을 당했을 경우, 쥘리앵 같은 정열가가 아닌 이상 사랑을 하기란 이제 불가능해졌으리라. 마틸드는 자기에 대한 의무를 한시도 잊지 않고 그 불쾌한 말을 퍼부어 댄 것이다. 그 비난은 정말 교묘히 계산된 것으로서, 나중에 냉정히 다시 생각해 봐도 진실로 여겨질 정도였다.

이 엄청난 소동에서 쥘리앵이 가장 먼저 끌어낸 결론은, 마틸드의 자존심에는 끝이 없다는 것이었다. 두 사람 사이는 이것으로 영원히 마지막이라고 그는 굳게 믿었다. 그런데 다음 날 점심때가 되자 쥘리앵은 그녀 앞에서 어색하게 안절부절못하는 태도를 보이고 말았다. 이는 일찍이 쥘리앵이 저지른 적이 없는 바보짓이었다. 일의 크고 작음을 가리지 않고 지금까지 그는 자기가 해야 할 일, 하고 싶은 일을 분명히 알고서 착실히 실행해 온 사나이였다.

그날 점심이 끝난 후, 라몰 부인이 그에게 어떤 팸플릿을 집어 달라고 부탁했다. 선동적인 문서여서 좀처럼 손에 넣기 어려운 책자였는데 그날 아침 교구 사제가 살그머니 전해 준 것이었다. 쥘리앵은 조그만 테이블 위에서 그 팸플릿을 집으려고 하다가, 아주 볼품없는 오래된 청자 꽃병을 방바닥에 떨어뜨리고 말았다.

라몰 부인은 비통한 소리를 지르며 일어나 달려와서 아끼던 꽃병 조각을 들여다보았다. "이것은 옛날에 일본서 건너온 꽃병인데" 하고 부인은 말했다.

"셀르의 수녀원장을 하시던 대고모님에게서 받은 거라고요. 본디 네덜란드 사람들이 섭정(攝政) 오를레앙 공에게 헌상한 것을, 뒤에 공이 따님에게 물려주셨는데……"

마틸드는 아주 볼품없다고 생각하고 있던 청자 꽃병이 깨진 것을 보고 내심으로 쾌재를 부르면서, 어머니의 동작을 지켜보고 있었다. 쥘리앵은 잠자코 있었으나 그다지 당황하는 것 같지도 않았다. 그는 마틸드가 바로 곁에 온 것을 깨달았다.

"이 꽃병은 깨져 버렸습니다. 영영 되돌릴 수 없죠. 전에 내 마음을 지배하고 있던 감정도 똑같습니다. 그런 감정 때문에 무척 어리석은 짓도 많이 했습니다. 제발 용서해 주시기 바랍니다."

이렇게 말하고 그는 나가 버렸다.

그 나가는 뒷모습을 보면서 라몰 부인이 말했다.

"아니, 저 사람은 자기가 한 짓을 자랑하고 좋아하는 것 같구나."

이 한마디는 마틸드의 마음에 강한 인상을 주었다.

'정말이야, 어머니 말씀이 맞아. 그것이 저 사람의 심정이 틀림없어.'

이때 비로소 전날 그를 해치웠던 기쁨이 사라져 버렸다.

"할 수 없지. 모든 것은 끝장이 난걸."

겉보기에는 침착한 태도로 그녀는 중얼거렸다.

'좋은 교훈을 얻은 셈이야. 그것은 대단한 과오였어. 얼마나 부끄러운 과오인지! 그러나 그 덕으로 이제부터는 좀더 현명해지겠지.'

한편 쥘리앵은 이렇게 생각하고 있었다.

'왜 진심을 말하지 않았던가! 그런 미친 여자에 대한 사랑이 왜 지금까지 나를 괴롭히는 것일까?'

이 사랑하는 마음은 쥘리앵이 원하는 대로 사라져 버리기는커녕 급속히 쌓여만 갔다.

'그 여자는 미치광이야. 그래, 틀림없어. 그러나 그 여자의 매력은 변함없단 말이야. 그녀 이상의 미인이 있을까? 세련될 대로 세련된 문명이 가져다주는 온갖 강렬한 쾌락, 그것이 마틸드 한 사람에게 죄다 몰려 있지 않은가.'

이러한 지나간 행복의 추억은 쥘리앵을 사로잡아서 이성 따위는 한순간에 파괴해 버렸다.

이런 종류의 추억에 대항할 때 이성은 한없이 무력하다. 그 모진 노력도 추억을 더욱 빛나게 할 뿐이다.

오래된 일본 꽃병이 깨지고 나서 스물네 시간 뒤의 쥘리앵은, 그야말로 이 세상에서 가장 불행한 사나이였다.

제21장
밀서

아무튼 제가 말씀드리는 것은 모두 제 눈으로 본 것입니다. 볼 때 잘못 보았는지는 모르겠으나 절대로 거짓말을 하는 것은 아닙니다.

지은이에게 보내온 편지

라몰 후작이 쥘리앵을 불렀다. 후작은 다시 젊어지기라도 한 듯 눈을 빛내고 있었다.

"자네 기억력에 대해선데" 하고 후작은 입을 열었다.

"아주 훌륭하다고들 하더군! 혹시 4페이지쯤 통째로 암기했다가 런던에 가서 암송할 수 있을까? 물론 한 자, 한 구절 틀림없이……"

후작은 흥분한 듯 그날의 〈일일신문〉을 꼬깃꼬깃 구기고 있었다. 그는 몹시 심각한 표정을 숨기려고 했지만 미처 다 숨기지 못했다. 지금까지 본 일이 없는, 프릴레르 사제와의 소송 사건이 문제가 되었을 때도 못 보았던 심각한 얼굴이었다.

쥘리앵도 이미 얼마쯤은 세상에 익숙해져 있었기 때문에, 상대가 아무렇지 않은 척하는 이상 그에 속아 넘어간 듯한 태도를 보여야 한다고 생각했다.

"이 〈일일신문〉은 별로 재미없는 모양입니다만, 괜찮으시다면 내일 아침에 전문을 암송해 드리겠습니다."

"뭐! 광고까지도 말인가?"

"실린 내용을 아주 정확하게, 한마디도 빠뜨리지 않고 암송해 드리지요."

"약속할 수 있겠나?"

후작은 갑자기 정색을 하고 물었다.

"네. 틀리면 안 된다는 걱정만 하지 않는다면, 기억력이 빗나갈 염려는 없습니다."

"실은 어제 이 일을 물어보려고 했는데 그만 잊어버리고 말았네. 이제부터 내가 하는 말을 입 밖에 내지 말라고 자네에게 맹세시킬 생각은 없네. 자네 인품은 잘 알고 있으니까, 구태여 그런 실례를 하진 않겠네. 자네는 신뢰할 수 있는 남자라고 저쪽에 장담해 두었네. 이제부터 자네를 어떤 살롱으로 데려갈 텐데, 거기에 열두 명이 모일 예정이야. 그 사람들의 발언을 기록하게. 아니, 걱정할 필요는 없어. 모두들 소란스럽게 떠들지는 않을 테니까. 한 명씩 지껄일 거야. 물론 그렇다고 질서 정연하지는 않겠지만."

후작은 평소의 그 우아하고도 친근한 태도로 돌아가서 덧붙였다.

"우리들이 지껄이는 동안에 자네는 한 20페이지가량 적어 놓게. 그리고 나와 함께 이리로 돌아와서 그 20페이지를 4페이지로 요약하는 거야. 내일 아침 자네가 암송할 것은 그 4페이지이지, 〈일일신문〉 전면이 아니야. 그후 곧 출발하게. 놀러 가는 청년 같은 모습으로 역마차를 타고 가게나. 절대그 누구의 시선도 끌어선 안 돼. 목적지에서 자네는 어떤 고귀한 분을 만나게 되는데, 그곳에 가서는 한층 더 영리하게 행동해야 하네. 주위에 있는 인간들의 눈을 속여야 하니까. 왜냐하면 그의 비서나 하인 중에도 적에게 매수당한 자가 있어서, 이쪽 사자를 도중에서 방해하려고 노리고 있을 것이 틀림없기 때문이야. 자네에겐 형식적인 소개장을 주겠네. 각하가 자네를 면회하게 되면, 여기 내 시계를 꺼내어 보여 드리면 돼. 여행하는 동안 자네에게 빌려 줄 테니까. 지금부터 가지고 있게. 언제 빌려 줘도 줄 것이니까. 대신에 자네 시계는 내가 빌리지. 공작은 자네가 암송하는 대로 그 4페이지를 받아쓰실 게야. 그 일이 끝나고―알겠나? 그보다 일러서는 안 돼―만약 각하께서 물으시거든, 이제부터 자네가 방청하러 가는 회의의 상황을 말씀드려도 좋아. 여행 중 심심하지는 않을 게야. 파리에서 그 대신 댁으로 가는 도중에는 소렐 신부님을 엽총으로 쏘고 싶어서 손가락이 근질근질한 놈들이 우글우글할 테니까. 그리되면 자네의 사명은 거기서 끝장이 나는 것이고, 나는 바람을 맞은 채 기약도 없이 기다리겠지. 자네가 죽은 것을 내가 알 도리는 없을 테니까 말씀이야. 자네가 아무리 직무에 열심이더라도, 자신의 죽음까지 보고할 수야 없지 않겠나."

여기서 후작은 진지한 표정이 되면서 덧붙였다.

"지금 당장 나가서 옷을 한 벌 사 오게. 2년 전에 유행하던 복장을 하는 게야. 오늘 밤엔 옷차림에 관심이 없는 사람처럼 보이는 게 좋아. 그러나 여행 중엔 그와 반대로, 평상시처럼 해야 해. 어때, 놀랐는가? 만사에 빈틈없는 자네니까 짐작이 갔겠지? 그래, 바로 그걸세. 자네는 이제부터 어마어마한 인물들의 말을 들으러 가게 되는데, 그중 한 사람은 정보를 누설할지도 모를 인물이야. 그 정보로 자네는 적어도 아편 한 봉지쯤 모르고 먹게 될지도 몰라. 밤에 어디 여인숙에 들러서 저녁 식사를 주문하거나 했을 때 말씀이야."

"300리쯤 돌아서 가게 되더라도 곧바로 가지 않는 편이 좋을 것 같군요. 행선지는 아마도 로마겠지요……" 하고 쥘리앵이 말했다.

후작은 브레르오 이후로 쥘리앵이 처음 보는 오만스럽고 불쾌해하는 태도를 보였다.

"그런 것은 머지않아 알게 된다. 적당한 시기가 오면 내가 말해 주마. 질문을 받기는 싫다."

"질문이 아니었습니다" 하고 쥘리앵은 진정으로 말했다.

"생각하던 것이 그만 입 밖으로 튀어나왔을 뿐입니다. 실은 머릿속으로 어느 길을 잡는 것이 가장 안전한가 생각하고 있었습니다."

"흠, 자네의 생각은 엉뚱하게 먼 곳을 앞질러 가고 있었던 모양이군. 알겠나? 모름지기 사자는, 더구나 자네 같은 나이에는 더욱 그렇지만, 절대로 남에게 신뢰를 강요하는 태도로 나와서는 안 되네."

쥘리앵은 완전히 기가 꺾이고 말았다. 그가 잘못한 것이다. 그의 자존심은 무엇인가 변명할 말을 찾으려 했으나 떠오르지 않았다.

라몰 후작은 이렇게 덧붙였다.

"알겠나? 누구든지 실수를 한 다음에는, 무성의해서 그런 것이 아니라고 반드시 해명하는 법이야."

한 시간 뒤 쥘리앵은 자못 아랫사람 같은 모습으로 후작의 응접실에 나타났다. 낡은 연미복에 때 묻은 흰 넥타이를 맸는데, 아무리 보아도 사이비 학자 같은 모습이었다.

그 모습을 보고 후작은 웃음을 터뜨렸다. 그것으로 쥘리앵의 면목은 완전히 다시 선 셈이었다.

'만약 이 청년이 날 배반한다면 대체 누구를 신용할 수 있을까?' 하고 라몰 후작은 자문하였다.

'그러나 일을 하려면 누군가를 신용하지 않으면 안 돼. 내 아들이나, 또 같은 명문 출신인 아들의 친구들은 용기와 충성 면에서는 백만 명에 뒤지지 않겠지. 싸워야 한다면 국왕 앞에서 목숨도 버릴 거야. 그들은 무엇이든지 다 잘 알고 있어…… 단지 이번 일은 그들에겐 도저히 불가능해. 4페이지짜리 문서를 암기하고, 뒤를 밟히지 않도록 하면서 천 리 길을 심부름할 수 있는 자는 그중에 단 한 사람도 없어. 노르베르만 하더라도 조상들같이 목숨을 버리는 것쯤은 각오하고 있겠지. 그러나 그것은 신병(新兵)도 할 수 있는 일이야……'

후작은 깊은 생각에 잠겼다. '그리고 목숨을 버리는 일이라면' 하고 한숨과 함께 그는 중얼거렸다.

'아마 쇠렐도 그 애 못지않게 해낼 수 있을 게다.'

"마차에 타자."

후작은 번거로운 생각을 뿌리치려는 듯이 말했다.

그러자 쥘리앵이 말했다.

"이 옷을 손질 받는 동안에 오늘 〈일일신문〉의 제1면을 암기했습니다."

후작이 신문을 집어 들었다. 쥘리앵은 한마디도 틀리지 않고 암송했다.

'그래, 좋아.'

이날 밤, 아주 전략적인 태도가 되어 있던 후작은 생각했다.

'이러고 있는 동안엔 이 청년은 어느 거리를 지나고 있는지 깨닫지 못하겠지.'

닿은 곳은 보기에 아주 초라한 널따란 살롱으로, 벽 일부에는 판자를 대고 일부에는 초록빛 비로드를 친 방이었다. 살롱 한복판에 무뚝뚝한 얼굴의 하인이 막 커다란 식탁을 갖다 놓는 참이었다. 나중에 거기다 커다란 초록빛 테이블보를 씌우니, 그것은 사무용 책상으로 둔갑해 버렸다. 그 테이블보는 잉크투성이라 어딘가 관청에서 받은 폐품처럼 보였다.

이 집의 주인은 몸집이 큰 사나이였는데, 그의 이름은 끝내 아무도 입에 올리지 않았다. 쥘리앵은 그의 겉모습과 유창한 웅변 속에서 식후의 만복감을 즐기고 있는 사나이 같은 인상을 받았다.

후작의 눈짓에 따라 쥘리앵은 테이블의 맨 끝자리에 자리 잡았다. 그는 자연스럽게 보이려고 깃펜을 깎기 시작했다. 곁눈으로 세어 보니 회담 참가자는 7명이었으나 쥘리앵에게는 등밖에 보이지 않았다. 그중 두 사람은 라몰 후작과 대등한 말투로 얘기하는 것 같았으나, 나머지 사람들은 얼마간 후작에게 경의를 표하고 있는 듯했다.

새로운 인물이 한 사람 들어왔는데 아무도 그 이름을 소개하지 않았다. '이상하구나' 하고 쥘리앵은 생각했다.

'이 살롱에서는 도무지 손님의 이름을 소개하지 않는군. 내가 있기 때문에 조심하는 것일까?'

일동은 일어서서 새로 들어온 손님을 맞이했다. 그는 이미 살롱에 와 있는 세 사람과 똑같은 최고 훈장을 달고 있었다. 사람들의 이야기 소리는 아주 낮았다. 새로 들어온 손님에 대해서 판단을 내리려 해도, 쥘리앵으로서는 그 용모와 태도로 추측하는 수밖에 없었다. 뚱뚱하고 작달막한 사나이로 혈색이 좋고 눈빛이 날카로웠는데, 그 표정에는 산돼지같이 흉악한 느낌 이외에는 아무것도 떠올라 있지 않았다.

곧이어 그와는 인상이 아주 다른 인물이 들어왔기 때문에 쥘리앵의 주의는 완전히 그쪽으로 쏠렸다. 키가 크고 몹시 여윈 사나이로 조끼를 서너 벌이나 껴입고 있었다. 눈매도 부드럽고 태도도 공손했다.

'마치 브장송의 늙은 주교 같구나' 하고 쥘리앵은 생각했다. 종교 관계자가 분명한 그는 기껏해야 쉰 살에서 쉰다섯 살 사이로 보였는데, 그야말로 자애로운 아버지 같은 분위기를 풍기고 있었다.

젊은 아그드의 주교가 나타났다. 사람들을 둘러보다가 쥘리앵이 눈에 들어오자 몹시 놀라는 표정이었다. 브레르오의 식전 이래 그는 끝내 쥘리앵에게 얘기를 걸지 않았다. 그 놀란 눈초리에 쥘리앵은 당황하고 초조함을 느꼈다.

'이 무슨 일인가! 누구랑 아는 사이가 되면 나는 반드시 불행해지는 것일까? 여기 있는 높은 분들은 지금까지 본 일도 없고 두렵지도 않아. 하지만 저 젊은 주교의 눈초리를 보니 오싹하군! 확실히 나는 아주 기묘하고 다루기 힘든 인간임에 틀림없어.'

이윽고 온통 검은 옷을 입은 작달막한 사나이가 소란스레 들어왔다. 그는 문 앞에서 벌써 지껄이기 시작하고 있었다. 얼굴빛이 누렇고 상식을 벗어난 태도였다. 이 감당할 수 없는 수다쟁이가 들어오자, 이내 모두들 몇 패의 그룹으로 나뉘었다. 분명히 그의 얘기를 듣는 번거로움을 피하기 위해서였다.

그들은 난로 곁을 떠나 쥘리앵이 앉아 있는 테이블 끝으로 다가왔다. 쥘리앵은 태연한 척했지만 점점 거북해졌다. 아무리 노력해도 얘기가 귀로 들어와 버렸고, 아무리 경험이 부족한 그라도 지금 모두가 솔직하게 떠들어 대는 내용이 얼마나 중요한 것인가 알 수 있었기 때문이다. 더구나 당장 눈앞에 있는 사람들은 아무리 보아도 큰 인물들뿐이고, 그들로서는 그 내용을 절대 비밀로 해 두고 싶을 터였다.

될 수 있는 대로 천천히 했지만 쥘리앵은 20개쯤 되는 깃펜을 다 깎아 버렸다. 그 이상 깎을 것이 없었다. 후작이 눈짓으로 무언가 명령을 내려 주지나 않을까 하고 눈치를 살폈으나 헛일이었다. 후작은 쥘리앵을 깨끗이 잊고 있었다.

'내 꼴이 참 우습구나' 하고 쥘리앵은 펜을 깎으면서 생각했다.

'겉모습이야 평범하기 짝이 없지만, 남의 부탁을 받았거나 자진해서 맡았거나 간에 이처럼 중대한 사건에 관여하고 있는 이상 이들은 몹시 신경이 날카로워져 있을 테지. 그런데 곤란하게도 나의 눈초리에는 무언가 묻고 싶어 하는 무례한 티가 있어서 반드시 이들을 불쾌하게 만들 거란 말이야. 그렇다고 완전히 눈길을 내리깔고 있으면 이들이 하는 말을 남김없이 적어 두고 있는 것처럼 보일지도 모르고.'

이토록 난처해 어쩔 줄 모르는 그의 귀에 기묘한 말이 파고 들어왔다.

제22장
토론

공화국—현재는 공익을 위해 모든 것을 희생하려는 자 한 명에 대하여, 자기 향
락과 허영심밖에 안중에 없는 자는 수천 수백만이나 있다. 파리에서 남의 존경
을 받는 것은 자가용 마차를 가졌기 때문이지 덕(德)이 높기 때문은 아니다.

나폴레옹 《일기》

하인이 허둥지둥 들어와서 외쳤다.

"××× 공작님 납십니다."

"얼간이처럼 떠들지 마라" 하면서 공작이 들어섰다. 그야말로 위엄 있는
훌륭한 말투였다. 그래서 쥘리앵은, 이 거물(巨物)의 재주는 하인에게 능숙
하게 화를 내는 것이 전부가 아닐까 하고 생각했다. 쥘리앵은 슬쩍 고개를
들었다가 이내 눈을 내리깔았다. 새로 온 손님이 대단한 거물임을 짐작했기
때문에, 쳐다보는 것이 실례가 아닐까 두려웠던 것이다.

공작은 쉰 살쯤 된 멋쟁이로 용수철 장치를 한 인형처럼 걸었다. 얼굴은
작고 코는 컸으며, 가운데가 두두룩한 얼굴을 앞으로 쑥 내밀고 있었다. 이
이상 고상하고 무표정한 얼굴도 드물 것이다. 이 인물의 도착으로 회의가 시
작되었다.

쥘리앵의 인상학적 관찰은 라몰 후작의 음성으로 갑자기 중단되었다.

"소렐 신부를 소개합니다" 하고 라몰 후작이 말했다.

"놀랄 만한 기억력의 소유자지요. 바로 한 시간 전에 영예로운 임무를 주
게 될지도 모른다고 얘기했더니, 그 기억력을 보이기 위해 그는 〈일일신문〉
제1면을 통째로 암기해 버렸습니다."

"아하, 그 가엾은 N××× 씨에 관한 해외뉴스로군요" 하고 이 집 주인이
말했다. 그는 급히 신문을 집어 들고는, 애써 위엄을 차리려고 하는 바람에

오히려 우스꽝스러워 보이는 태도로 쥘리앵을 바라보면서 말했다.

"자, 암송해 보게."

깊은 침묵이 좌중을 지배했다. 시선이 모두 쥘리앵에게로 쏠렸다. 그의 암송이 너무나 훌륭했기 때문에 스무 줄가량 외자 "그 정도면 됐네" 하고 공작이 말했다.

멧돼지 같은 눈초리의 작달막한 사나이가 앉았다. 그가 의장이었다. 자리에 앉자마자 쥘리앵에게 트럼프용 테이블을 가리키며 자기 곁에 들고 오게 한 것으로 미루어 보아 알 수 있었다. 쥘리앵은 필기도구를 가지고 그 책상 앞에 앉았다. 세어 보니 초록빛 보를 씌운 테이블에 둘러앉은 인물은 열두 사람이었다.

공작이 말했다.

"소렐 군, 옆방으로 가게. 나중에 부르러 보낼 테니까."

집주인은 아주 불안한 표정으로, "덧문이 닫혀 있지 않습니다만" 하고 조그만 소리로 옆 사람에게 말했다. 그래 놓고 쥘리앵에게 "창문으로 내다보면 안 되오" 하고 큰 소리로 불필요한 충고를 했다.

'이제 나도 음모에 말려들고 말았군' 하고 쥘리앵은 생각했다.

'다행히 이것은 그레브 광장에서 목이 잘릴 만한 음모는 아닌 모양이야. 가령 위험이 있다고 하더라도 후작을 위해서라면 이 정도는, 아니 이보다 더한 일이라도 해내지 않으면 안 돼. 나의 분별없는 불장난이 언젠가 후작에게 엄청난 괴로움을 맛보게 할지도 모르니까. 그 보상을 할 수 있다면 고마운 일이지!'

자기의 어리석은 짓이나 불행한 신세를 생각하면서도, 그는 주위의 모습을 둘러보고 절대로 잊지 않도록 마음에 새겼다. 후작이 하인에게 행선지를 대는 것을 듣지 못했다는 생각이 난 것은 바로 이때였다. 후작은 거리의 전세마차를 부르도록 했는데, 이것도 전에 없던 일이었다.

오랫동안 쥘리앵은 홀로 생각에 잠겨 있었다. 혼자 있게 된 그 살롱은 폭넓은 금몰이 달린 빨간 비로드로 둘러쳐져 있었다. 작은 테이블 위에는 상아로 만든 큰 십자가 상이 서 있고, 벽난로 위에는 금테를 두른 호화로운 장정의 메스트르 씨 저서 《교황론》이 있었다. 쥘리앵은 엿듣는다고 오해받고 싶지 않아 그 책을 펴 보았다. 때때로 옆방의 말소리가 높아졌다. 이윽고 문이

열리고 쥘리앵이 불려 들어갔다.

의장이 말하고 있었다.

"여러분, 이제부터는 ×××공작님 앞에서 발언하신다는 점을 잊지 마시도록." 그러고 나서 쥘리앵을 가리키며 말했다.

"이분은 우리의 신성한 대의(大義)를 위해서 힘을 다해 줄 젊은 성직자이십니다. 그 놀라운 기억력은 우리들의 토론을 자세한 점까지 쉬 암송해 주실 것입니다."

의장은 조끼를 서너 벌 껴입은 온화한 인물을 가리키며 말했다.

"그럼 첫 번째로 발언해 주십시오."

쥘리앵은 오히려 '조끼를 입은 사나이'라고 부르는 편이 어울릴 정도라고 생각했다. 그는 종이를 꺼내어 쉴 새 없이 필기했다.

(작자로서는 여기서 1페이지 가량은 점선으로 메우고 싶었다. 그런데 출판업자가 "그러면 형식이 망가지지 않습니까. 이런 가벼운 책이 형식마저 제대로 갖추지 못한다면, 그건 그야말로 치명상입니다"라고 말했다.

작자는 반박했다. ―"정치라는 것은 문학의 목에 달아맨 돌멩이 같은 것으로, 반년도 되기 전에 문학을 물속에 가라앉히고 맙니다. 즐거운 상상력 속에 정치를 끌어들인다는 것은, 음악회가 한창일 때 권총을 쏘는 것과 같습니다. 요란한 소리만 날 뿐 인상은 강하지 않지요. 어떤 악기와도 조화가 안 됩니다. 이런 정치 얘기를 꺼내면 독자의 태반은 시뻘겋게 노하기 시작할 것이고, 다른 독자들마저 그런 얘기라면 오늘 아침 신문에서 본 기사가 더 흥미롭고 자극적이었다면서 따분해할 것입니다……"

출판업자도 반박했다. ―"그러나 당신의 작중 인물이 정치 얘기를 하지 않는다면, 그는 이미 1830년의 프랑스인이라고는 할 수 없는데요. 그러면 당신의 책은 당신이 자부하는 '거울'이 되지 못합니다……")

쥘리앵이 쓴 기록은 26페이지에 달했다. 여기 소개하는 내용은 그중 그나마 무난한 부분을 가려 뽑아낸 것이다. 왜냐하면 어처구니없게 정도를 넘어서 우열하거나, 도저히 진실로 여겨지지 않는 점은 여기에서도 삭제하지 않으면 안 되었기 때문이다(〈법정신문〉을 참조).*

조끼를 몇 벌이나 껴입은 자애로운 인물(아마 어딘가의 주교이리라)은 자주 미소를 띠었는데, 그때마다 처진 눈꺼풀 아래 두 눈이 이상한 빛을 띠어 더 뚜렷한 표정이 되었다. 의장이 공작 앞에서('그런데 어느 공작일까?' 하고 쥘리앵은 생각했다) 그에게 제일 먼저 입을 열게 한 것은, 여러 가지 의견을 진술시켜 차장검사 역할을 시키기 위해서인 것 같았다. 하지만 쥘리앵이 보기에 그 사람은 걸핏하면 애매한 의견에 빠져 들고, 뚜렷한 결론을 못내는 것처럼 여겨졌다. 이것은 이러한 사법관이 흔히 비난을 받는 결점이다. 발언이 한창일 때, 공작이 몸소 그 점을 비난한 일조차 있었다.

도덕이라든가 관용의 철학에 대해서 장황하게 진술한 뒤 조끼를 입은 사나이는 말했다.

"고귀한 영국은 저 불멸의 위인 소(小) 피트의 통솔 아래, 4백억 프랑을 소비하여 혁명을 막아 줬습니다. 그러나 여기 모이신 분들의 용서를 받아, 나는 하나의 슬픈 사실을 좀 솔직하게 말씀드리고 싶습니다. 그것은 영국이 앞으로 말씀드리는 사정을 충분히 이해하지 못했다는 점입니다. 다시 말해서 나폴레옹과 같은 인물을 상대할 경우, 더구나 그에게 대항하는 자가 선의를 지닌 소수의 사람들에 불과할 경우에는, 결정적인 방법은 개인을 표적으로 한 수단밖에 없습니다……"

"아아, 또 암살 예찬인가!" 하고 집주인이 불안한 듯이 말했다.

"감상적인 설교는 자제해 주시오."

의장이 불쾌한 듯이 외쳤다. 멧돼지 같은 눈에 사나운 빛이 떠올랐다.

"계속하십시오."

그는 조끼를 입은 사나이에게 말했다. 의장의 뺨과 이마가 새빨갛게 물들었다.

보고자는 말을 이었다.

"고귀한 영국은 지금 퇴폐해 있습니다. 왜냐하면, 영국 국민 각자는 그날의 빵 값을 치르기 전에 우선 자코뱅파 제압 때문에 소비된 4백억 프랑의 이자를 치르지 않으면 안 되기 때문입니다. 피트는 이미 세상을 떠나고……"

"그 대신 웰링턴 공작이 있지 않습니까" 하고 한 군인이 몹시 거만한 말

---

* 1825년에 창간된 신문으로 재판 기록을 실었다. '프랑스 사회의 가장 정확한 모습'을 알 수 있다며 스탕달이 애독했던 신문이다. 《적과 흑》의 탄생에도 영향을 미쳤다.

투로 끼어들었다.

"조용히 해 주십시오" 하고 의장이 외쳤다.

"이런 식으로 또 논쟁을 계속한다면, 소렐 군의 동석을 요구한 것이 무의미해질 것입니다."

"당신이 여러 가지 의견을 가지셨다는 것은 다들 잘 알고 있습니다"라고 공작은 배알이 뒤틀리는 듯 나폴레옹 휘하의 전(前) 장군을 노려보면서 말했다. 쥘리앵은 이 말이 무엇인가 개인적인 일로 몹시 아픈 곳을 찔렀구나 하고 깨달았다. 일동이 엷은 웃음을 띠었다. 나폴레옹파의 배반자인 장군은 몹시 노한 모양이었다.

"이미 피트는 없습니다."

보고자는 다시 말을 이었으나 듣는 자들에게 자기 뜻을 설명하기는 체념한 모양이었다. 맥이 풀린 듯이 보였다.

"영국에 제2의 피트가 나타나더라도 똑같은 국민을 두 번이나 같은 방법으로 속일 수는 없을 것입니다……"

"바로 그렇기에 보나파르트 같은 상승(常勝) 장군은 두 번 다시 프랑스에 나타날 수가 없단 말입니다."

그 군인이 큰 소리로 참견하고 나섰다.

이번에는 의장도 공작도 구태여 화를 내지 않았다. 그러나 쥘리앵은 그 눈빛을 보고, '실은 몹시 화내고 싶은 게야' 하고 생각했다. 두 사람 모두 눈을 내리깔고, 공작은 여러 사람들에게 들리도록 큰 한숨을 쉬는 것만으로 참았다.

그러나 보고자는 완전히 불쾌해지고 말았다.

"여러분은 제 얘기가 끝나기를 애타게 기다리고 있는 것 같군요."

그 말투는 날카로웠다. 쥘리앵이 이 사람의 성격을 상징한다고 생각했던 그 상냥한 공손함, 조심스러운 말투를 그는 완전히 버린 것이었다.

"여러분은 내 얘기가 끝나기를 애타게 기다리고 계십니다. 얼마간 장황하기는 했지만 어느 분의 귀에나 거슬리지 않도록 노력했는데, 그러한 점은 전혀 고려에 넣어 주시지 않는 모양이군요. 좋습니다. 간단히 말씀드리죠. 그러면 아주 비속한 말투로 말씀드리겠는데, 이미 영국엔 대의를 위해 쓸 돈은 동전 한 푼 없습니다. 다름 아닌 피트가 다시 나타나서 그의 온 지혜를 다

기울인다 하더라도 영국의 소지주들을 또 한 번 속이기란 불가능할 것입니다. 그 짧은 워털루의 싸움, 그 단 한 번의 싸움도 자기들에게 10억 프랑이나 부담시켰다는 것을 그들은 알고 있기 때문입니다. 여러분은 분명한 말을 바라시는 것 같으니까……."

발언자는 흥분한 투로 덧붙였다.

"'여러분 스스로 여러분을 구하라'고 말씀드리지요. 왜냐하면 영국에는 여러분을 위하여 쓸 돈은 1기니도 없기 때문입니다. 게다가 영국이 돈을 내지 않는다면, 오스트리아나 러시아나 프러시아 등은 모두 용기만 있고 돈은 없는 나라니까 프랑스에 한두 번 싸움을 거는 것이 고작일 것입니다. '자코뱅 파주의'의 깃발 아래 모이는 젊은 병사들은 첫 싸움엔 패한다고 보아도 좋을 것입니다. 두 번째도 아마 그럴 것입니다. 그러나 세 번째에는, 이렇게 말씀드리면 선입관을 품으신 여러분의 눈에는 내가 혁명파로 비칠지도 모르겠습니다만, 세 번째 싸움에 나오는 것은 1794년 때와 같은 군대일 것입니다. 그들은 1792년의 오합지졸 농민 군대와는 다를 겁니다."

이때 한꺼번에 서너 곳에서 야유가 들려왔다.

의장은 쥘리앵에게, "자네는 옆방으로 가서 필기한 의사록의 앞부분을 정서해 주게" 하고 말했다. 나가면서도 쥘리앵은 원통해서 견딜 수 없었다. 지금 보고자가 그 가능성을 내비치며 꺼내고 있는 문제는, 당연히 일어날 수 있는 일로서 늘 쥘리앵이 생각해 왔던 것이기 때문이다.

'그들은 내게 조소를 당할까 봐 두려워하고 있구나' 하고 쥘리앵은 생각했다. 다시 불려 가 보니 이번에는 라몰 후작이 진지한 태도로 연설하고 있었다. 후작의 사람됨을 아는 쥘리앵은 그 진지함이 무척 우스웠다.

"……그렇습니다, 여러분. 이 불행한 국민에 대해서는 이렇게 말할 수 있을 겁니다. '이것은 신(神)이 될 것인가? 식탁 또는 물통이 될 것인가?'* '신이 되리라!'고 우화 작자는 외치고 있습니다. 이 고귀하고 심원한 한마디야말로 바로 여러분에게 어울린다 생각합니다. 먼저 여러분께서 몸소 행동을 시작해 주시기 바랍니다. 그러면 우리들의 조상이 만드신 대로의, 또 루이 16세 서거 직전까지 우리들의 눈에 비치고 있던 대로의 고귀한 프랑스가

---

* 라 퐁텐의 《우화시집》 제4권 제6장 '조각가와 유피테르 상'의 한 구절.

되살아날 것입니다. 영국은, 아니 적어도 그 귀족들은 우리들과 같이 저 역겨운 급진주의를 저주하고 있습니다. 영국의 황금 없이는 오스트리아, 러시아, 프러시아도 겨우 두세 번 싸울 뿐입니다. 과연 그런 정도로 바람직스러운 진주군(進駐軍) 점령, 즉 1817년에 어리석게도 리슐리외 씨가 해제해 버린 저 점령 상태를 초래할 수가 있을까요? *1 나는 그렇게 생각지 않습니다."

여기서 다시 비난의 소리가 들려왔으나 일동의 "쉿!" 하는 소리에 억눌리고 말았다. 이번에도 비난은 그 나폴레옹 휘하 장군의 입에서 나온 것이었다. 이 사나이는 코르동 블루가 탐나서, 밀서 작성자들 사이에서 눈에 띄고 싶었던 것이다.

"나는 그렇게는 생각지 않습니다."

소란이 가라앉자 라몰 후작이 말을 이었다. 그는 '나'라는 말에 힘을 주었는데, 그 도도한 말투가 쥘리앵의 마음에 들었다. '연기가 좋은데' 하고 생각하면서 쥘리앵은 후작의 말과 거의 같은 속도로 펜을 달리고 있었다. 교묘한 한마디로 라몰 후작은 배반자 장군의 수많은 전공을 순식간에 말소해 버린 셈이다.

"외국의 힘에만 의지해서는 새로운 군사 점령을 기대할 수는 없습니다" 하고 후작은 극히 침착한 말투로 계속했다.

"〈글로브〉지에 선동적인 기사를 기고하고 있는 저 젊은 세대는 삼사 천의 청년 장교를 낳을 테고, 그중에는 용장 끌레베르, 오슈, 주르당, 피슈그뤼*2 같은 인재가 발견될지 모릅니다. 하기야 양심을 기대할 수는 없겠지만."*3

"우리들은 그러한 인물에 명예를 주는 것을 게을리해 왔습니다. 그들을 불후의 인물로 만들어 줬어야 했을 것입니다"라고 의장이 말했다.

라몰 후작이 말을 계속했다.

"요컨대 프랑스에는 두 개의 당파가 있어야 할 것입니다. 그것도 이름뿐이 아닌, 뚜렷이 선을 그을 수 있는 두 개의 당파여야만 합니다. 그 어느 쪽을 분쇄해야 할 것인가를 알아야만 합니다. 그 한편은 신문기자, 선거인, 한

＊1 나폴레옹 실각 이후 리슐리외 수상은 열강의 프랑스 진주를 거부했는데, 이에 대해 과격왕당파는 국내 자코뱅파를 제압할 절호의 기회를 놓친 실책이었다고 비난했다.

＊2 모두 혁명부터 제정 시대에 걸쳐 이름을 날린 장수들.

＊3 주르당이나 피슈그뤼가 혁명 측에서 왕당파로 넘어온 것을 겨냥한 말.

마디로 말하면 여론입니다. 즉 소장파와 그들을 찬양하는 무리들입니다. 그들이 자기들의 공허한 말의 울림에 취해 있는 동안, 우리들은 예산을 소비할 수 있다는 확실한 특전을 얻게 되는 셈입니다."

여기서 다시 야유 소리가 들려왔다.

라몰 후작은 위엄과 여유에 찬 훌륭한 말투로 되쏘았다.

"이 말이 못마땅하시다면, 당신이 소비하고 있다고는 하지 않겠습니다. 그러나 당신은 사복을 채우고 있습니다. 국가 예산으로 계산되고 있는 4만 프랑과, 왕실비(王室費)에서 지급되는 8만 프랑을. 그런데 당신 자신이 그렇게 나오신 이상, 실례입니다만 당신을 예로 들어서 말씀드려 보겠습니다. 한때 성 루이를 따라 십자군에 참전했던 당신의 고귀한 조상처럼, 당신도 그 12만 프랑의 보상으로 적어도 1개 연대나 1개 중대를 우리 눈앞으로 끌고 오셔야만 할 것입니다. 아니 뭐, 그 반 정도라도 좋습니다. 생사를 돌보지 않고 대의를 위해 목숨 바쳐 싸우려는 정신을 가진 자라면 비록 쉰 명이라도 좋습니다. 그런데 당신이 장악하고 있는 것은 하인들뿐이지요. 그것도 반란이 일어나면 당신 자신을 위협하지 말란 법도 없는 무리들이 아닙니까. 군주제도, 교회도, 귀족도, 여러분이 각 현에 500명씩의 충성스러운 대원으로 구성된 군대를 조직하지 않는 한, 내일이라도 멸망할지 모릅니다. 방금 나는 '충성' 운운했습니다만, 그들은 프랑스식 용기뿐만 아니라 에스파냐 사람 같은 불요불굴의 정신도 갖추고 있지 않으면 안 됩니다. 그 부대의 반은 참다운 귀족으로 조직해야 합니다. 우리 아들이나 조카들로 말이죠. 그들 한 사람 한 사람이 지휘하는 자들은, 1815년이 다시 오면 당장에 삼색 휘장(공화파의 휘장)을 달지도 모를 수다스런 소시민계급 출신자가 아니라, 카틀리노*같이 소박하고 군센 좋은 농민이 아니면 안 됩니다. 우리 귀족의 자제들은 그들을 교화하고, 될 수 있으면 그들과 의형제가 되어야만 합니다. 여러분, 우리 각자 그 수입의 5분의 1을 쪼개어 현마다 500명으로 이루어진 충실한 소부대를 만드는 것이 어떻겠습니까. 그래야 외국군의 진주를 기대할 수 있을 것입니다. 각 현에 500명의 우군(友軍)이 있다는 확신을 얻을 수 없는 한, 외국군은 디종까지도 안 들어올 테니까요. 2만 명의 귀족이 언제든지 무기를 들고

---

* 석공의 아들로 반혁명군 총사령관이 되었으나 전사했다.

프랑스의 문호를 열 각오가 돼 있다고 여러분이 통고해야만, 비로소 여러 외국의 국왕들도 여러분의 말에 귀를 기울일 것입니다. 그런 일은 너무 어렵다고 여러분은 말씀하실지 모릅니다. 그러나 여러분, 이러한 보상을 지불해야만 우리들의 목이 붙어 있을 수 있습니다. 언론의 자유와 우리 귀족들의 생존 사이에는 죽음을 건 싸움이 있을 뿐입니다. 공장주나 농민으로 영락해 버리느냐, 아니면 무기를 잡느냐, 그 어느 쪽을 선택해 주시기 바랍니다. 두려움을 품는 것은 좋습니다만, 어리석음은 용서받을 수 없습니다. 눈을 떠 주시기 바랍니다."

그는 이어서 말했다.

"대열을 지어라! 자코뱅파의 노래를 빌려 나는 여러분들께 이렇게 말씀드리고 싶습니다. 그러면 고귀한 구스타브 아돌프 왕* 같은 인물이 나타나 다급한 군주제도의 위기에 분연히 일어나서 3000리 길을 달려와, 신교국(新教國)의 여러 군주들을 위해서 했던 일과 똑같은 일을 여러분을 위해서 해 줄 겁니다. 여러분은 행동은 하지 않고 토론만 계속하시려고 합니까? 그래서야 50년 뒤 유럽에 남는 것은 공화국 대통령뿐이고, 단 한 사람의 국왕도 남지 않게 될 것입니다. 그리고 이 R.O.I(국왕)의 세 글자와 함께 성직자도, 귀족도 멸망해 버리고 말 것입니다. 이미 내 눈앞에 떠오르는 것은 비천한 대중에게 아부하는 후보자의 모습뿐입니다. 여러분은 이렇게 말씀하실지도 모릅니다. 현재 프랑스에는 만인의 신뢰를 받고, 널리 알려지고, 사랑을 받는 장군이 없다. 군대는 국왕과 교회의 이익을 위해서만 조직이 되고 있으며, 더구나 고참 병사는 모두 제대했다. 이에 반해서 프러시아나 오스트리아 각 연대에는 실전에 참가했던 하사관이 50명씩은 있다. 네, 여러분께서는 이렇게 말씀하시겠지요. 그러나 공허한 소리입니다. 소시민계급에 속하는 20만 청년들은 전쟁을 바라고 있는 것입니다……."

"불쾌한 사실은 그쯤 이야기하고 제쳐 놓으시오."

위엄 있어 보이는 한 인물이 오만하게 내뱉었다. 분명히 높은 성직자 중에서도 거물 같았다. 왜냐하면 라몰 후작이 화를 내기는커녕 상냥하게 미소를 띠어 보였기 때문이다. 이것은 쥘리앵에게는 의미심장하게 여겨졌다.

---

* 스웨덴 국왕 구스타브 2세. 독일 30년전쟁 때 신교국 군주들을 지원하기 위해 참전해서 신성로마제국 황제군과 싸웠다.

"불쾌한 이야기는 이 정도로 해 두고, 요점을 간추리겠습니다. 썩은 다리 하나를 잘라낼 필요가 생긴 사람이 외과의사에게 '병균에 감염되기는 했을망정 다리는 아주 멀쩡합니다' 하고 말해 봤자 소용없는 얘깁니다. 표현이 적절치 못한 점은 용서해 주시기 바랍니다만, 여러분, 고귀한 ×××공작이야 말로 우리의 외과의사인 것입니다."

'드디어 중대한 이름이 나왔구나' 하고 쥘리앵은 생각했다.

'오늘 밤, 내가 말을 달릴 방향은 ×××쪽이로군.'*

---

* 원문에서는 이 부분이 얼버무려져 있어서 공작의 이름도 행선지도 알 수 없다. 스탕달이 《적과 흑》을 간행한 뒤 이탈리아 어느 문예지에 쓴 《적과 흑》 서평에 따르면, 쥘리앵은 마인츠의 대사에게 편지를 전하는 것으로 되어 있으며, 여기서 과격왕당파 음모가들이 조력을 얻고자 한 상대는 프로이센의 메테르니히였으리라 추측할 수 있다.

제23장

성직자, 산림, 자유

모든 생물의 근본 원리는 자기 보존이며, 사는 것이다. 여러분은 독삼(毒蔘)의 씨를 뿌려 놓고 보리 이삭이 여물기를 기대하려고 하는가!

마키아벨리

그 위엄에 찬 인물이 말을 이었다. 이 사람이 사정에 환하다는 것은 누가 보아도 분명했다. 그는 쥘리앵도 홀려 버릴 것 같은 부드럽고 절도 있는 웅변으로 다음과 같은 중대한 사실을 진술했다.

"첫째, 영국에는 우리들을 위해서 쓸 돈이 1기니도 없습니다. 절약과 흄의 회의론이 그곳에서 유행하고 있기 때문입니다. 청교도 성직자들조차 우리들에게는 돈을 내려고 하지 않을 것이고, 브룸 씨*는 아예 우리를 바보 취급할 것입니다. 둘째, 영국에서 돈이 나오지 않는다면 유럽 여러 나라의 왕들에게 두 번 이상 출병을 요구하기란 불가능합니다. 그런데 소시민계급을 제압하려면 두 번의 전쟁으로는 불충분합니다. 셋째, 프랑스 국내에 무장한 1개 당파를 조직할 필요가 있습니다. 그러지 않으면 유럽의 여러 군주국가들은 단 두 번의 싸움을 하는 위험조차 무릅쓰려 하지 않을 것입니다. 넷째, 아주 명백한 사실을 여러분에게 말씀드리지요. 즉 '성직자계급 없이는 프랑스 국내에 무장한 당파를 조직하기는 불가능합니다.' 감히 이렇게 말씀드렸습니다만, 그것을 이제부터 증명해 드리겠습니다. 성직자에게는 전권을 주지 않으면 안 됩니다. 왜냐하면 첫째, 그들은 밤낮으로 그들의 일에 매진하는 한편, 동란(動亂)의 소용돌이에서 아득히 떨어진, 여러분의 국경에서 3000리 되는 곳의 유능한 인사들에게 인도되고 있기 때문이며……"

---

* 영국의 자유주의 정치가. 스탕달이 애독했던 〈에든버러 평론〉의 창립자.

"아! 로마다. 로마다!"

집주인이 외쳤다.

"그렇습니다. 로마입니다!"

추기경은 도도하게 대답했다.

"여러분이 젊었을 때 어떤 재치 있는 농담이 유행했든지 간에 1830년 오늘, 나는 거침없이 단언합니다—로마의 지도를 받고 있는 성직자들만이, 하층계급과 접촉할 수 있는 유일한 사람들이라고. 5만 명의 사제들이 상부에서 지정한 일정한 날에 같은 말을 되풀이한다고 합시다. 결국 병사의 공급원은 민중입니다만, 그 민중은 세속의 시시한 시 따위보다는 사제의 목소리에 감동을 받을 것입니다……"

이 인신공격은 좌중의 소란을 불러일으켰다.

"성직자계급의 지혜는 여러분의 지혜를 앞서고 있습니다."

추기경은 목청을 높여서 계속했다.

"프랑스 국내에 무장한 당파를 갖는다. 이 가장 중요한 목적을 향해서 여러분은 발길을 내딛은 셈입니다만, 그 한 걸음 한 걸음은 모두 우리들의 힘으로써 옮겨져 온 것입니다."

여기서 여러 가지 사실이 열거되었다. 방데 지방*에 8만 정의 총을 보낸 것은 누구인가, 등등.

"성직자계급은 혁명 전에 소유하고 있던 산림을 돌려받지 못하는 한 아무힘도 없는 거나 같습니다. 전쟁이라도 일어난다면 재무 대신은 즉시 부하에게 통첩을 내어, 사제에게 줄 돈을 전쟁자금으로 쓸 수밖에 없다고 말할 것이 뻔합니다. 사실 프랑스에는 신앙이 없습니다. 프랑스는 그저 전쟁만을 좋아합니다. 누구든지 프랑스에 전쟁을 가져다주는 자는 이중으로 대중의 인기를 얻을 것입니다. 왜냐하면 전쟁을 한다는 것은 속된 말로, 예수회 사람들을 굶주리게 하는 것이며, 자존심으로 똘똘 뭉친 괴물인 프랑스인을 외국의 간섭이라는 위협에서 해방하는 일이기 때문입니다."

추기경의 말을 모두들 경청했다. 그는 말했다.

"네르발 씨는 내각을 떠날 필요가 있지 않을까요. 네르발 씨의 이름은 쓸

---

* 프랑스 서부 방데 지방은 대혁명 때 반혁명 세력의 근거지였다.

데없이 민심을 자극할 뿐입니다."

이 한마디에 모두들 일어나서 일제히 떠들기 시작했다.

'나는 또 쫓겨나겠구나' 하고 쥘리앵은 생각했다. 그런데 현명한 의장은 쥘리앵이 곁에 있다는 사실을 까맣게 잊고 있었다. 그 존재조차 염두에 없었던 것이다.

일동의 시선이 쏠리고 있는 사나이는 쥘리앵의 눈에도 익은 사람이었다. 수상 네르발 씨였다. 전에 레츠 공작의 무도회에서 본 일이 있었다.

신문의 의회 관계 기사의 말투를 빌린다면, '혼란은 극에 달했다'고나 할까. 15분이 족히 지나고서야 좌중은 좀 조용해졌다.

이때 네르발 씨가 일어나서 전도자와 같은 말투로 입을 열었다.

"나는 내각에 애착이 없다는 말은 하지 않겠습니다."

기묘한 목소리였다. 그는 말을 계속했다.

"하지만 내 이름이 많은 온건파까지 우리의 적으로 만든다는 의미에서 자코뱅파의 세력을 증대시키고 있다는 사정은, 확실히 이해했습니다. 그렇다면 나는 기꺼이 퇴진하겠습니다. 그러나 하느님의 마음은 오직 몇 사람밖에 알지 못하는 법입니다."

여기서 그는 추기경을 응시하면서 말을 이었다.

"나에게는 하나의 사명이 있습니다. 하늘은 나에게 명령하십니다—'그대는 그대의 목을 단두대에 내밀어라. 아니면, 프랑스 왕정을 재건하고 양원(兩院)을 루이 15세 치하의 고등법원의 지위까지 끌어내려라.' 그리고 여러분, 이 일을 나는 해내고 말겠습니다."

그는 입을 다물고 앉았다. 좌중은 물을 끼얹은 듯이 조용해졌다.

'상당한 연기자로군' 하고 쥘리앵은 생각했다. 그러나 그것은 늘 그렇듯 오해였다. 버릇대로 그는 남의 재기를 과대평가한 것이다. 네르발 씨는 이날 밤 이렇게까지 활기를 띤 좌중의 토론에 흥분해 있었고, 더구나 그 토론이 진지한 데 감동해 있었기 때문에, 진심으로 자기의 사명을 믿고 있었다. 용기는 대단했지만 사실 분별은 없었다.

'해내고 말겠습니다'라는 자신만만한 장담이 나온 뒤 모두들 침묵을 계속했다. 그러는 동안에 12시가 울렸다. 쥘리앵은 그 시계 소리에서 무엇인가 압도하는 듯한 음산한 울림을 들었다. 그도 감동하고 있었던 것이다.

이윽고 다시 열린 토론은 점점 열을 띠기 시작했다. 믿을 수 없을 만큼 노골적인 이야기가 오갔다. '이들은 나를 독살할지도 모른다' 하고 쥘리앵은 몇 번이나 생각했다.

'평민 앞에서 왜 이런 말을 할까?'

2시를 쳤으나 얘기는 아직 끝나지 않았다. 집주인은 오래전부터 졸고 있었다. 촛불을 갈아 켜기 위해 라몰 후작이 초인종을 울리지 않으면 안 될 형편이었다. 수상 네르발 씨는 1시 45분에 돌아갔는데, 그때까지 양옆에 있는 거울에 비치는 쥘리앵의 모습을 자세히 들여다보고 있었다. 그가 돌아가자 모두들 한숨 놓은 듯이 보였다.

초를 바꾸는 동안에 조끼 입은 사나이가 옆 사람에게 나직이 속삭였다.

"저이가 국왕께 무슨 말을 올릴지! 그는 우리를 웃음거리로 만들어 우리 계획을 물거품으로 만들지도 모릅니다. 이 자리에 얼굴을 내미는 것 자체가 주제넘은 짓이에요. 아니 지나치게 뻔뻔스럽다고 해도 좋겠죠. 대신이 되기 전부터 이 자리에 얼굴을 잘 내밀었지만, 대신 자리에 앉으면 모든 상황이 변해서 일개인의 이해 같은 것은 뒷전으로 밀려나고 마는 법입니다. 저자도 그런 사정은 벌써 깨달을 만한데요."

수상이 나가자 곧 전 보나파르트의 장군은 눈을 감았다. 그러다가 이번에는 자기의 건강 이야기라든가 싸움터에서 부상당한 얘기를 시작하는가 싶더니, 이윽고 회중시계를 꺼내어 들여다보고 부지런히 나가 버렸다.

조끼를 입은 사나이가 말했다.

"내기해도 좋은데, 저 사람은 수상의 뒤를 쫓아갔을 겁니다. 이 자리에 나타난 해명도 좀 하고, 우리들쯤은 자기가 휘둘러 보이겠느니 어떠니 하고 말하겠지요."

졸려서 눈이 몽롱해진 하인들이 초를 바꿔 놓자 곧 의장이 말했다.

"드디어 진지하게 협의할 단계가 왔습니다. 서로 상대를 설복하려고 하는 일은 이제 그만둡시다. 48시간 뒤에는 국외에 있는 동지들의 눈에 띄게 될 밀서의 글귀를 생각해 봅시다. 각료 여러분에 대한 이야기가 나왔지요. 네르발 씨가 돌아간 지금이니까 말합니다만, 사실 각료 따위는 우리들에게 있어 그다지 대단한 문제는 아닐 것입니다. 그들은 어차피 우리 손안에 있으니까요."

추기경은 교활한 미소를 지으며 찬동의 뜻을 보였다.

"우리들의 처지를 요약하기란 극히 쉬운 일이라고 생각합니다."

젊은 아그드의 주교가 타오르는 광신(狂信)의 불길을 속으로 억누르며 말했다. 이때까지 그는 계속 침묵을 지켜 왔다. 쥘리앵이 살핀 바에 의하면, 처음에는 인정스럽고 온화했던 주교의 눈이, 토론이 시작된 지 한 시간쯤 지나자 타는 듯한 열을 띠기 시작했다. 그의 영혼은 이제 베수비어스산의 용암처럼 그의 입에서 넘쳐 나왔다.

"1806년부터 1814년에 이르는 동안 영국이 범한 잘못은 단 한 가지입니다. 즉 나폴레옹 개인에 대해서 직접 행동을 취하지 않았다는 점입니다. 나폴레옹이 공작이나 시종을 만들고 또 왕권을 부활시켰을 때, 하느님이 그에게 맡기셨던 사명은 이미 끝나 버렸던 것입니다. 이제 그는 매장당할 도리밖에 없었지요. 폭군과 손을 끊으려면 어떻게 해야 할지, 성서는 여러 곳에서 우리들에게 가르쳐 주고 계십니다. (여기서 몇 구절의 라틴어 문장이 인용되었다) 여러분, 오늘날 매장해야 할 것은 이미 한 개인이 아닙니다. 그것은 파리입니다. 온 프랑스가 파리를 모방하고 있습니다. 현마다 500명씩 젊은이를 무장시켜 보았자 무슨 소용이 있겠습니까? 위험만 많고 끝장은 낼 수 없는 기도라고 해야 하겠지요. 파리에 관한 문제에 프랑스 전체를 끌어넣어 보았자 무슨 이득이 있겠습니까? 오로지 파리만이, 신문이며 잡지며 살롱을 가진 파리만이 해독을 끼쳐 온 것입니다. 이 새로운 바빌론은 망하는 편이 낫습니다. 교회와 파리는 손을 끊지 않으면 안 됩니다. 이 파국적인 단절은 왕권에 세속적인 이익마저 안겨 줍니다. 왜 파리는 보나파르트의 지배하에서 한마디 항의도 하지 못했는가? 그것은 생 로크의 대포*에 물어 주시기 바랍니다."

쥘리앵이 라몰 후작과 함께 밖으로 나온 것은 새벽 3시가 되어서였다.

후작은 부끄러워하는 기색이었고 또한 지쳐 있었다. 애원 비슷한 말을 쥘리앵에게 한 것도 이때가 처음이었다. 후작은 조금 전에 쥘리앵이 우연히 목격하게 된 일동의 '열의가 넘친 언동'(이것은 후작 자신의 표현이다)을 절대로 남에게 말하지 말라고 부탁했다.

---

* 1795년 10월 5일에 보나파르트는 파리의 생 로크 성당 앞에서 왕당파 부대에게 포격을 가해 이를 분쇄하고, 혁명 정권을 지켰다.

"저쪽에서 우리 젊은 정열가들의 일을 꼭 알고 싶어하지 않는 한, 외국의 동지에게도 그 일에 대해선 입을 다물어 주게. 그 젊은 인간들에겐 가령 국가가 전복된다 해도 대단한 문제가 아니야. 그네들은 추기경이 되어 로마로 도망치면 되거든. 그러나 우리들은 별장에 틀어박혀 있다가 평민들에게 학살당하게 된단 말씀이야."

쥘리앵이 적은 26페이지에 달하는 두툼한 기록을 토대로, 후작이 기초한 밀서는 4시 45분에야 겨우 완성되었다.

"아, 죽도록 지쳤다" 하고 후작이 말했다.

"밀서의 마지막 문면의 뜻이 명료하지 못한 것만 봐도 알 수 있지. 이제까지 살면서 이렇게 만족스럽지 못한 일을 한 적은 없네. 아무튼 두세 시간 푹 쉬고 오게. 자네가 유괴당하면 곤란하니까, 내가 직접 자네 방에 자물쇠를 잠그기로 하지."

다음 날 후작은 쥘리앵을 파리에서 꽤 떨어진 쓸쓸한 성관(城館)으로 데리고 갔다. 그곳 사람들은 왠지 이상했는데 쥘리앵이 보기엔 모두 성직자 같았다. 넘겨받은 여권의 명의는 가명이었으나, 거기에는 지금까지 쥘리앵이 모르는 척하고 지내 온 이번 여행의 진짜 목적지가 씌어 있었다. 그는 혼자서 사륜마차에 올랐다.

쥘리앵이 몇 번이고 밀서를 암송해 보였기 때문에 후작도 그의 기억력에 대해서는 아무런 불안도 품지 않았으나, 여행 도중에 방해가 끼어들지나 않을까 몹시 걱정했다.

"여하튼 심심풀이로 여행하는 멋쟁이인 척하게."

살롱을 나갈 때 후작은 친근한 말투로 이렇게 충고했다.

"어젯밤 회의에 끼었던 배반자는 아마 한두 사람이 아닐 게야."

순조롭지만 몹시 우울한 여행이었다. 후작의 눈길이 닿지 않는 곳에 이르자 쥘리앵은 이내 밀서도 사명도 깨끗이 잊고, 마틸드로부터 경멸당한 일만을 생각하고 있었다.

메스에서 몇 십 리 떨어진 어느 마을에 이르니, 역참 주인이 나와서 말이 없다고 했다. 벌써 밤 10시였다. 쥘리앵은 아주 난처했으나 하여간에 밤참을 주문했다. 문 앞에서 서성거리다가 태연스럽게 몰래 마구간이 있는 안마당에 가 보았다. 말은 한 필도 없었다.

'그래도 저 역참 주인의 태도는 영 이상해. 수상쩍은 눈초리로 나를 훑어 보고 있었잖아.'

이처럼 쥘리앵은 남의 말을 일체 그대로 받아들이지 못하는 상태였다. 밤참을 먹으면 도망칠 작정이었으나, 그래도 이 지방의 사정을 얼마간 캐 보려고 방에서 나가 주방으로 불을 쬐러 갔다. 그곳에서 유명한 가수 제로니모 씨의 모습을 보았을 때는 얼마나 기뻤던지!

불 곁에 안락의자를 옮겨다 놓고 앉은 이 나폴리 사나이는 거리낌 없이 불평을 늘어놓으며, 멍하니 둘러선 20명가량의 독일 농부들은 안중에도 두지 않고 저 혼자 지껄여 댔다.

"이곳 사람들 때문에 나는 아주 애를 먹고 있습니다."

그는 쥘리앵에게 큰 소리로 말했다.

"내일 마인츠에서 노래할 예정입니다. 그곳에 왕이 일곱 분이나 내 노래를 들으시려고 모인답니다. 그런데 저, 밖에 나가서 바람이나 쐬실까요?"

이 마지막 말은 무슨 의미가 있는 듯한 투였다.

백 걸음쯤 길을 걸어가서 남이 엿들을 근심이 없는 장소에 이르자 그는 쥘리앵에게 말했다.

"사정을 아십니까? 여기 역참 주인은 악당입니다. 아까 산책할 때 동네 꼬마 녀석에게 20수를 주었더니, 모조리 얘기해 주더군요. 마을 저쪽 끝에 있는 마구간에 12마리나 되는 말이 있는 모양입니다. 분명 파발꾼이나 그 누군가의 발을 묶어 놓으려는 속셈이겠지요."

"정말입니까?" 하고 쥘리앵은 태연스러운 표정으로 물었다.

적의 계략을 간파하는 것만으로는 부족하다. 여기서 도망쳐야 한다. 그러나 그것은 쥘리앵에게도 제로니모에게도 불가능한 일이었다. 마지막으로 제로니모가 말했다.

"날이 샐 때까지 기다리기로 합시다. 놈들은 우리를 의심하고 있으니까요. 놈들이 노리는 것은 필시 당신 아니면 납니다. 내일 아침에 고급 조반을 주문합시다. 그리고 식사를 준비하는 동안에 산책을 나갔다가 그대로 도망치는 것입니다. 말을 빌려서 다음 역참까지 달리면 되겠지요."

"당신의 짐은요?" 하고 쥘리앵이 물었다. 제로니모도 자기를 방해하기 위해 파견된 적의 앞잡이인지도 모른다고 생각한 것이다. 어쨌든 당장은 밤참을 먹고 잘 도리밖에 없었다. 막 잠들었을 때 쥘리앵은 말소리에 깜짝 놀라 눈을 떴다. 두 사람이 그의 방 안에서 별 거리낌도 없이 지껄이고 있었다.

초롱불을 든 역참 주인의 얼굴은 이내 알 수 있었다. 그 빛은 쥘리앵이 방 안에 운반시켜 놓은, 마차에 싣도록 꾸린 짐을 비추고 있었다. 역참 주인 옆에서 다른 사나이가 뚜껑을 열고 안을 하나하나 뒤지고 있었다. 쥘리앵에게는 그 사나이의 옷소매밖에 보이지 않았는데, 소매는 까맣고 끝으로 갈수록 점점 좁아져 있었다.

'법의로구나' 하고 생각하면서 베개 밑의 조그만 권총을 살그머니 잡았다.

"깨어날 염려는 없습니다, 신부님" 하고 역참 주인이 말했다.

"이들에게 내준 포도주는 신부님이 몸소 빚으신 그 술이니까요."

사제가 대답했다.

"서류 같은 것은 하나도 눈에 띄지 않는데. 속옷이랑 향수, 머릿기름 같은 쓸데없는 것만 가득 들어 있군. 이 녀석은 요즈음 흔히 보이는, 도락에 정신이 빠진 건달 녀석인가 보네. 밀사는 오히려 그 이탈리아 사투리를 쓰던 녀석인 모양이야."

두 사람은 쥘리앵에게 다가와서 여행복 주머니를 뒤졌다. 도둑놈으로 몰아서 두 놈을 죽여 버릴까 하는 생각이 간절했다. 나중에 성가신 일이 일어날 걱정은 전혀 없었다. 정말 죽여 버리고 싶었다. 그러나 다시 생각하고 속으로 중얼거렸다.

'아니, 그랬다간 아주 어리석은 놈이 돼 버릴 거야. 사명을 헛되게 만들지도 모르니.'

쥘리앵의 주머니를 다 조사하고 나자 "이자는 아무리 보아도 밀사가 아니군" 하면서 사제는 그곳을 떠났는데, 이때 그는 그야말로 생명을 건진 셈이었다.

'누워 있는 나에게 손을 대 봐라, 그냥 두지 않을 테니까!'

쥘리앵은 이렇게 생각하고 있었던 것이다.

'혹시 돌아와서 나를 비수로 찌를지도 모르지. 하지만 그러도록 내버려 두진 않을걸.'

사제가 돌아보았다. 쥘리앵은 눈을 가늘게 뜨고 보았다. 이 얼마나 놀라운 일인가! 그는 카스타네드 사제였다! 그러고 보니 이 두 사람은 나지막한 소

리로 지껄이고 있었는데, 그중 한 사람의 목소리는 처음부터 귀에 익은 느낌이 들었었다. 자기도 모르게 쥘리앵은 이런 비열한 악당을 이 땅에서 없애 버리고 싶은 무서운 충동에 사로잡혔다. 그는 스스로를 타일렀다.

'그러나, 그러면 사명은 어찌 되겠는가!'

사제와 그의 동행은 나갔다. 15분쯤 지나서 쥘리앵은 갑자기 잠이 깬 척을 했다. 사람 살리라고 온 집안 사람을 깨워 버렸다.

"누가 독을 탔어, 괴로워 죽을 것 같아!"

그는 큰 소리로 외쳐 댔다. 실은 제로니모를 도와주러 갈 핑계를 만들려고 했을 뿐이었다. 가 보니 제로니모는 포도주에 든 아편으로 반죽음이 되어 있었다.

이런 변을 당할지도 모른다고 경계하고 있었던 쥘리앵은 파리에서 가지고 온 초콜릿만으로 밤참을 끝낸 것이었다. 제로니모를 어떻게든 깨워 출발시키려고 애썼으나 결국 뜻을 이루지 못했다.

"나폴리 왕국을 다 준대도 싫소" 하고 가수는 말하는 것이었다.

"지금은 도저히 못 일어나겠소. 졸려 죽겠어요."

"그럼 일곱 분의 왕은 어떻게 하시려고요?"

"기다리라죠 뭐."

쥘리앵은 혼자서 출발하였다. 그리고 그 뒤로는 아무런 사고 없이 목적하는 요인(要人)의 저택에 닿았다. 오전 내내 만나기를 청했으나 뜻을 이루지 못했다. 다행히 오후 4시가 되어 공작이 산책하러 나왔다. 쥘리앵은 공작이 걸어오는 것을 보자 서슴지 않고 다가가서 동냥을 달라고 했다. 그 바로 눈앞에 가서 라몰 후작의 시계를 꺼내 보였다.

"멀리 떨어져서 따라오시오."

그는 쥘리앵의 얼굴을 보지도 않고 말했다.

한 1킬로미터쯤 가자 공작은 갑자기 어떤 조그만 카페하우스로 들어갔다. 쥘리앵이 영광스럽게도 공작 앞에서 그 4페이지짜리 밀서를 암송하여 들려준 것은 바로 이 허름한 음식점의 한 방에서였다. 암송을 마치니 공작이 말했다.

"다시 한 번 처음부터 천천히 해 주시오."

공작은 메모를 했다.

"걸어서 다음 역참까지 가시오. 짐과 마차는 이곳에 이대로 두고 갈 것. 하여간 적당한 방법으로 스트라스부르까지 가서, 이달 22일(그날은 10일이 었다) 낮 12시 반에 다시 이 카페하우스에 오시오. 30분이 지나기 전에 여기서 나가면 안 되오. 쓸데없는 말은 절대로 하지 말 것!"

쥘리앵이 들은 말은 이것뿐이었다. 그러나 그를 진심으로 감탄시키기에 족했다. '큰일을 처리하려면 이렇게 해야 한다' 하고 그는 생각했다.

'사흘 전의 그 흥분한 수다쟁이들의 대화를 들었다면, 이 대정치가는 뭐라고 말할까?'

쥘리앵은 일부러 이틀이나 걸려서 스트라스부르에 갔다. 가 봐야 아무것도 할 일이 없다고 생각했기 때문에 멀리 돌아간 것이었다.

'그 증오스런 카스타네드가 만약 나라는 것을 알았다면, 호락호락 나를 놓치지는 않을 테지…… 그리고 만일 나를 앞질러서 내 임무를 실패하게 만들 수 있다면 얼마나 기뻐할지 몰라!'

북부 국경 전역에 걸친 수도회 경찰 조직의 책임자인 카스타네드 사제는, 다행히도 그가 쥘리앵인 줄 깨닫지 못했다. 또 스트라스부르에 있는 예수회 회원들은 무척 성실했지만, 쥘리앵을 감시하려고는 꿈에도 생각지 않고 있었다. 쥘리앵은 훈장을 달고 푸른 프록코트를 입어서 그야말로 몸치장에만 신경을 쓰는 청년 장교 같은 행색을 하고 있었기 때문이다.

제24장
스트라스부르

매혹이여! 너는 사랑 못지않을 정도로 깊고 뼈저리게 불행을 느낄 줄 안다. 다만 사랑의 마음을 황홀하게 하는 즐거움, 달콤한 열락을 너는 알지 못한다. 나는 그녀가 잠자는 모습을 보았을 때, 스스로 이렇게 말하려다가 하지 못했다. ─'이 여인의 모든 것은 나의 것. 이 천사 같은 아름다움도, 이 사랑스러운 연약함도! 이 여인은 자비로운 하늘이 한 사나이의 마음을 매혹하기 위하여 만드신 모습 그대로 이제 완전히 내 손에 맡겨져 있다.'

실러의 오드

싫건 좋건 스트라스부르에서 일주일을 보내야 하게 되자, 쥘리앵은 화려한 무훈이라든가 조국에 대한 헌신 같은 문제를 생각하면서 따분함을 쫓으려 했다. 그런데 그는 과연 사랑을 하고 있었을까? 그로서도 알 수 없었다. 그러나 괴로운 가슴속을 차지하는 것은 그의 행복도 상상력도 절대적인 힘으로 지배하는 마틸드의 모습뿐이었다. 절망에 빠지지 않으려면 온 힘을 다 쥐어짜야 했다. 마틸드와 아무 관계도 없는 생각을 하기란 도저히 불가능했다. 전에 레날 부인에게 사랑을 느꼈을 무렵에는 야심이라든가 단순한 허영심의 만족으로 위안을 받을 수 있었다. 그런데 마틸드는 그의 모든 것을 깡그리 빼앗어 버렸다. 미래를 생각해도 곳곳에 마틸드의 모습이 나타나는 것이었다.

그 미래의 어디를 보더라도 절망만 내다보였다. 전에 베리에르에서 그처럼 야심에 차고 거만했던 그도 지금은 우스울 만큼 극단적인 자기비하에 빠져 있었다.

사흘 전이었다면 그는 기꺼이 신이 나서 카스타네드 사제를 죽여 버렸을지 모른다. 그러나 지금 스트라스부르에서는 어린애들이 싸움을 걸어와도 그들에게 용서를 빌고 물러섰을 것이 틀림없다. 지금까지 부딪쳤던 경쟁 상대나 적을 다시 생각해 보아도 반드시 자기 쪽이 나빴다고 여겨지는 것이었다.

왜냐하면 지금 그에게 사정없이 육박하는 적은 바로 자기 자신의 풍부한 상상력, 즉 한때 그처럼 끊임없이 미래의 찬란한 성공을 그려주던 그 상상력이었기 때문이다.

여행지에서의 고독한 생활은 이 처치 곤란한 상상력의 지배권만 점점 더 크게 확대시켰다. 친구가 있으면 얼마나 고마웠을까!

'그런데 대체 진심으로 나를 생각해 주는 인간이 한 사람이라도 있을까?' 쥘리앵은 이렇게 자문했다.

'또한 친구가 있다고 하더라도 명예를 생각하면 영원히 침묵을 지켜야만 하지 않을까?'

그는 말을 타고 울적한 마음으로 켈 교외를 산책했다. 이곳은 라인 강변의 조그만 도시로, 드제와 구비옹 생시르 두 장군*의 무공에 의해 불후의 명성을 얻은 장소였다. 어떤 독일인 농부가 이러한 명장들의 무용(武勇)으로 유명해진 조그만 개천과 길과 라인강의 조그만 섬 등을 그에게 가르쳐 주었다. 쥘리앵은 왼손으로 말고삐를 쥐고, 오른손으로는 생시르 원수의 《회상록》 부록인 멋있는 지도를 펼쳐 들고 있었다. 그런데 갑자기 명랑한 목소리가 들려와 그는 고개를 들었다.

코라소프 공작이었다. 런던에서 사귀게 된 인물로, 몇 달 전 상류사회에 어울리는 예법의 기초를 그에게 가르쳐 준 사람이다. 코라소프는 전날 스트라스부르에 닿아 켈에는 불과 한 시간 전에 왔을 뿐이며 1796년의 포위전에 대해서는 이제까지 한 줄도 읽은 일이 없는데도, 예의 특기를 여기서도 발휘해 쥘리앵에게 그것에 대해서 설명하기 시작했다. 독일인 농부는 어이없다는 듯이 코라소프를 바라보고 있었다. 프랑스 말을 상당히 아는 사나이였기 때문에 공작이 엉뚱한 거짓말을 하고 있음을 눈치챈 것이다. 쥘리앵은 농부와는 다른 것을 생각하고 있었다. 이 젊은 귀족을 놀란 눈으로 바라보면서, 그 멋진 승마 자태에 감탄하고 있었던 것이다.

---

* 둘 다 대혁명 시대에 라인강 지역을 지켰던 명장.

'행복한 남자구나!'라고 쥘리앵은 생각했다.

'승마복이 어쩌면 저리 잘 어울릴까! 머리 모양도 굉장히 멋있어! 아아! 내가 만일 이 사람 같았다면, 마틸드가 나를 사흘쯤 사랑하고 싫증을 내는 일은 없었을 텐데.'

켈 포위전에 대해 나름대로 설명을 끝낸 공작은 말했다.

"마치 트라피스트회의 수도사 같은 표정을 짓고 계시는군요. 확실히 런던에서는 위엄 있게 구는 것이 중요하다고 말했지만, 당신은 너무 지나치십니다. 우울한 모습은 그다지 고상해 보인다고 할 수 없지요. 어디까지나 따분해 보여야 합니다. 우울한 얼굴을 하고 있으면, 당신에게는 무엇인가가 부족하고 또 잘되지 않는 일이 있다고 보이게 되죠. '그것은 자기가 보잘것없는 인간임을 광고하는 꼴입니다.' 반대로 당신이 따분한 표정을 짓고 있다고 합시다. 당신을 즐겁게 해 주려다가 실패한 상대 쪽이 하잘것없는 인간이 되는 셈입니다. 자, 이제 아시겠지요? 당신이 얼마나 크게 잘못 생각하고 계시는지."

쥘리앵은 입을 멍하게 벌리고 두 사람의 얘기를 듣고 있는 농부에게 1에 퀴 은화를 던져 주었다.

"좋소, 아주 훌륭합니다. 경멸하는 태도에 품위가 있습니다! 훌륭하군요!"

말하자마자 공작은 갑자기 말을 달리게 했다. 그 뒤를 따르면서 쥘리앵은 바보처럼 감탄해 마지않았다.

'아아! 만일 내가 저렇다면, 그녀도 크루아즈누아에게로 돌아서지는 않았을 텐데!'

이치로 따지면 공작의 어처구니없는 태도에는 화가 났다. 그러나 화가 나면 날수록 그런 태도에 감탄하지 못하는 자기를 경멸해 주고 싶어지고, 그런 태도를 흉내 내지 못하는 자신이 불행하게 여겨졌다. 이 이상 심한 자기 혐오는 있을 수 없으리라.

공작은 쥘리앵이 완전히 풀이 죽어 있는 것을 보고 스트라스부르로 돌아가면서 물었다.

"아니 당신, 가진 돈을 깡그리 잃어버리기라도 했습니까? 아니면 어느 예쁜 여배우한테 열이라도 올리고 계시나요?"

러시아인은 모두 프랑스 풍속의 모방에 여념이 없지만, 항상 50년은 뒤떨어진다. 그들은 현재 루이 15세 시대를 살고 있는 것이다.

상대가 사랑에 대해 가볍게 말하자 쥘리앵의 눈에 눈물이 서렸다.

'이 친절한 사람에게 의논해 보면 어떨까?'

문득 이런 생각이 떠올랐다.

"예. 그렇습니다. 스트라스부르에 아주 좋아하는 여자가 있습니다만 버림받고 말았습니다. 이웃에 사는 멋진 여자인데, 사흘쯤 제게 정을 함빡 주는가 싶더니 그만 돌아서 버렸습니다. 그 변심이 괴로워서 견딜 수가 없습니다."

그는 가명을 써서 마틸드의 행동이나 성격에 대해서 여러 가지로 공작에게 얘기했다.

그러자 코라소프가 말했다.

"아니, 전부 듣지 않아도 충분합니다. 당신의 주치의로서 신뢰를 받기 위해 뒷이야기는 제가 이어 보지요. 그 젊은 부인의 바깥양반은 대단한 부자, 아니 그 부인 자체가 이 지방에서 으뜸가는 대귀족 집안 태생, 그렇지요? 그 부인은 무엇인가를 상당히 자랑스럽게 여기고 있음이 틀림없으니까요."

쥘리앵은 고개를 끄덕거렸다. 이제 말을 할 기력조차 없었다.

"좋습니다" 하고 공작은 말했다.

"여기에 세 종류의 약이 있습니다. 삼키기 힘든 약이지만 가능하면 당장 복용하세요. 첫째, 우선 그 부인을 매일 만나야 합니다. 참, 이름이 뭡니까?"

"뒤브와 부인입니다."

"속된 이름이군요!" 하고 공작은 웃었다.

"아니, 이거 실례했습니다. 당신에겐 신성한 이름이지요. 어쨌든 매일 그 뒤브와 부인을 만나세요. 절대로 부인 앞에서 싸늘하고 노한 태도를 보여서는 안 됩니다. 요즈음 세상 처세술의 대원칙을 생각하십시오. '남이 기대하는 것의 의표를 찔러라', 이겁니다. 부인의 호의를 얻기 일주일 전과 똑같은 태도를 보이십시오."

"정말! 그 무렵은 아주 편안한 기분이었습니다."

쥘리앵은 절망적인 탄성을 지르며 말을 이었다. "그 사람을 가련히 여기는 기분이었으니까요."

"불속에 날아드는 하루살인가요. 아주 흔한 비유입니다만."

공작은 이렇게 말하고는 계속했다.

"첫째, 매일 부인을 만날 것. 둘째, 부인과 교제하는 다른 여자에게 접근할 것. 단 그 부인을 사랑하는 눈치를 보여서는 안 됩니다. 아시겠지요? 바로 말해서 당신이 할 역할은 어렵습니다. 연극을 하는 셈인데, 연극이라는 것이 탄로나면 끝장입니다."

"저쪽은 머리가 잘 돌아가지만, 나는 멍청합니다! 이제 가망 없습니다."

쥘리앵은 서글픈 듯이 말했다.

"아니, 그럴 리는 없습니다. 단지 당신은 스스로 생각하는 것보다도 훨씬 더 그녀에게 반한 것뿐입니다. 뒤브와 부인이라는 사람은 자기 생각으로 머릿속이 꽉 차 있습니다. 신분이나 재산의 크나큰 혜택을 받은 여자는 모두 그렇습니다. 부인은 당신은 보지 않고, 자기만 보고 있습니다. 그렇기 때문에 당신이란 인물을 모르고 있습니다. 지금까지 이삼일쯤 기껏 공상이나 하여 당신에게 정신이 팔려 있을 때도, 부인은 당신에게서 옛날부터 꿈에 그려온 이야기 속 주인공을 보고 있었을 뿐, 절대로 현재의 당신을 보고 있었던 것은 아닙니다…… 아니, 쓸데없는 얘기를 했군요. 이런 것은 정말 초보적인 겁니다. 소렐 씨, 당신은 아직도 초등학생인가 보군요? 그렇지, 이 상점으로 들어갑시다. 자, 저 멋있는 검은 깃 장식은 어떻습니까? 마치 런던 벌링턴가의 존 앤더슨 제품 같잖아요? 저것을 당신께 선사하겠습니다. 지금 매고 계시는 그 보기 흉한 검은 끈은 당장에 버리십시오."

스트라스부르 제일의 장식끈 상점을 나서면서도 공작은 여전히 지껄이기를 계속했다.

"그런데 어떤 사람들과 사귀고 있나요, 그 뒤브와 부인은? 아니, 정말 흔해 빠진 이름이로군요! 화내지 마십시오, 소렐 씨. 이것만은 나로서도 어쩔 수 없이 우스워서 말입니다…… 그런데 어느 여자에게 접근하실 작정이지요?"

"정숙한 여자로 정평이 난 사람은 어떨까요? 돈 많은 양말장수의 딸입니다. 아름다운 큰 눈을 가지고 있는데 그 점이 내 마음에 아주 들었습니다. 지방에선 으뜸가는 신분입니다만, 모든 것이 갖추어졌는데도 어쩌다가 장사라든가 가게 얘기가 나오면 새빨개져서 어쩔 줄 몰라합니다. 그런데 딱하게도 그 부친은 이 스트라스부르에서도 손꼽히는 잘 알려진 상인이지요."

"그래, 장사 얘기만 나오면 그만 그 미인은 자기 일만 마음에 걸려서 당신을 생각할 마음이 하나도 없어지는 셈이군요"라고 공작은 웃으면서 말했다.

"우습기 짝이 없지만, 이건 아주 도움이 되겠어요. 덕분에 당신은 상대의 아름다운 눈동자에 홀려 버리는 일이 절대로 없을 테니까요. 성공은 의심할 여지가 없습니다."

쥘리앵의 머릿속에 떠오른 사람은 라몰 저택에 곧잘 나타나는 페르바크 원수의 부인이었다. 그 부인은 아름다운 외국 여자로 결혼한 지 1년 만에 남편을 잃었다. 자기가 실업가의 딸이라는 사실을 남들이 잊도록 만드는 것이 이 여자 평생의 유일한 목적인 듯, 파리에서 이름을 날리기 위해 도덕파의 앞장을 서고 있는 터였다.

쥘리앵은 마음속 깊이 공작에게 감탄했다. 이 사나이의 익살스런 태도를 몸에 붙일 수만 있다면, 무엇을 버려도 아깝지가 않으리라! 두 사람의 대화는 끝날 줄 몰랐다. 코라소프는 득의(得意)에 차 있었다. 프랑스 사람이 이처럼 오랫동안 자기의 얘기에 귀 기울여 준 적은 지금까지 한 번도 없었기 때문이다. '이제 나도 스승뻘인 프랑스 사람에게 충고를 할 만한 수준이 되었구나!'라고 공작은 속으로 아주 즐거워하며 중얼거렸다.

그는 쥘리앵에게 몇 번씩이나 되풀이했다.

"잘 아셨지요? 뒤브와 부인 앞에서, 그 스트라스부르 양말장수의 딸이라는 젊은 미인에게 얘기할 때는, 털끝만큼도 사랑하고 있는 듯한 내색을 해서는 안 됩니다. 그 대신 편지를 쓸 때는 타는 듯한 열정을 나타내 보여야 합니다. 훌륭한 사랑의 편지를 읽는다는 것은, 정숙한 체하는 여자에게는 다시없는 기쁨이니까요. 메마른 감정을 흠뻑 적시는 한순간인 셈이죠. 그런 부인은 연극을 하는 게 아니라 자기 마음에 솔직히 따를 겁니다. 그래요, 그러니까 이쪽에서는 하루에 두 통씩 편지를 내는 겁니다."

"안 되겠습니다. 도저히 안 되겠습니다!" 하고 쥘리앵이 절망적으로 외쳤다.

"그런 글귀를 석 줄 짓느니, 차라리 유발에서 가루가 되는 편이 낫습니다. 나는 산송장과 같은 몸이니까 이제 나에게 아무것도 기대하지 마세요. 길바닥에 쓰러져 횡사할 때까지 내버려 두십시오."

"누가 글귀를 지으라고 했습니까? 내 가방 속에는 연애편지의 사본이 여섯 권이나 있습니다. 어떤 성격의 여자에게나 맞는 것이 다 있습니다. 철벽 같은 부인에게 딱 맞는 것도 있죠. 리치몬드 테라스라고 아시죠? 런던에서 30리가량 떨어진 곳 말입니다. 그곳에서 칼리스키는 영국에서 으뜸가는 미녀 퀘이커교도에게 사랑을 고백하지 않았던가요?"

쥘리앵이 새벽 2시에 그와 헤어졌을 때는 전처럼 비참한 기분은 아니었다.

다음 날 공작은 대필업자를 한 사람 부르러 보냈다. 그리고 이틀 뒤 쥘리앵은 이 세상에서 가장 도덕적이고 가장 정숙한 여성에게 보내는, 친절하게도 번호까지 붙은 사랑의 편지 쉰세 통을 공작에게서 받았다.

"쉰네 번째는 없습니다"라고 공작은 말했다.

"칼리스키는 보기 좋게 거절당하고 말았으니까요. 그러나 당신은 뒤브와 부인의 마음만 움직이면 되니까, 양말장수 딸에게 거절당해도 아무 상관이 없겠죠?"

매일처럼 두 사람은 말을 타고 멀리 달렸다. 공작은 쥘리앵에게 아주 마음을 뺏겨 버렸다. 공작은 갑자기 솟은 친애의 정을 어떻게 나타내야 할지 몰라서, 마지막에는 자기의 사촌 누이를 아내로 맞이하지 않겠느냐고 말할 정도였다. 모스크바에 있는 부자의 상속자라는 것이었다. 공작은 이렇게 말했다.

"결혼만 한다면 만사형통이지요. 우리 집안의 권력과 당신이 달고 있는 십자훈장으로, 2년만 지나면 대령까지 될 수 있을 것입니다."

"그러나 이 훈장은 나폴레옹에게 받은 것이 아니니까, 그 정도 가치는 없을 겁니다."

"무슨 상관 있습니까? 만든 사람은 나폴레옹이 아닙니까? 아직도 단연 유럽 제일의 훈장입니다."

쥘리앵은 하마터면 그 제안을 받아들일 뻔했다. 그러나 직무상 그 요인(要人)에게로 되돌아가지 않을 수 없었다. 헤어질 때 코라소프에게는 머지않아 편지를 쓰겠노라고 약속했다. 그는 전해 준 밀서에 대한 회답을 받아 가지고 급히 파리로 돌아갔다. 그런데 이틀을 계속 혼자 있어 보니, 벌써 프랑스와 마틸드를 버리고 가는 것은 죽기보다 쓰라린 괴로움으로 여겨졌다.

'코라소프가 권한 백만장자의 딸과는 아무래도 결혼할 수 없겠어. 그러나 그의 충고는 따르자. 요컨대 여자를 유혹하는 것이 그의 특기이지 않은가. 지금 서른 살이니까, 이미 15년 이상이나 그는 그런 일만 생각하면서 살아온 셈이야. 확실히 그는 재기도 있고, 영리한 데다가 빈틈이 없다. 그런 성격의 사나이로서는 무엇에 깊이 빠져 든다거나, 시정(詩情)을 이해한다거나 할 수는 없겠지. 마치 검사 같은 사나이니까. 그러니 그의 판단이 옳을 수밖에. 그래, 아무래도 그렇게 해야겠어. 페르바크 부인에게 접근하기로 하자. 아마 그 여자는 좀 따분할지도 몰라. 그러나 그 눈을 보고 있으면 되겠지. 그처럼 아름다운 눈이고, 이 세상에서 가장 나를 사랑해 준 사람의 눈과 똑같으니까. 게다가 상대는 외국 태생의 여자야. 새롭다는 점만으로도 관찰해 볼 가치가 있지. 난 이미 제정신을 잃고 푹 빠져 있어. 그러니 그 친구의 충고를 따라야지. 내 생각 따위를 신용할 때가 아니야.'

제25장
정절의 의무

그러나 이 즐거움도, 이처럼 조심하고 이토록 마음 쓰면서 맛보아야 한다면, 나로서는 이미 즐거움이 아니겠지요.

로페 데 베가

파리로 돌아와서 답장을 전하자 라몰 후작은 아주 당황하는 표정을 지었다. 후작의 서재에서 나온 쥘리앵은 곧 알타미라 백작에게 달려갔다. 이 미모의 외국인은 사형선고를 받았다는 특별한 점이 있는 데다가 위엄까지 갖추고 있었고, 더구나 다행히도 독실한 신앙가였다. 이 두 가지 장점도 장점이지만 무엇보다도 백작의 좋은 가문이 페르바크 부인의 마음에 들었다. 그래서 그녀는 자주 백작을 만나고 있었다.

쥘리앵은 아주 진지한 표정으로, 부인을 사모하고 있노라고 백작에게 고백했다.

"그분은 정말로 순수하고 절개가 굳은 도덕가죠"라고 알타미라는 대답했다.

"단지 좀 위선적이고 과장된 구석이 있습니다. 때로는 그분의 말 한마디 한마디는 잘 알아듣겠는데, 전체적으로는 무슨 말인지 이해하지 못할 때가 있습니다. 그 부인을 상대하고 있으면, 나는 남들이 말하는 만큼 프랑스어를 잘 알지는 못하는 게 아닐까 하는 생각이 가끔 들곤 합니다. 그 부인과 알고 지내게 되면 당신의 이름도 사람들 입에 오르내리게 될 터이고, 사교계에서도 비중이 커지겠지요. 뭐, 어쨌든 부스토스를 찾아가 볼까요?"

이렇게 알타미라 백작은 말했다. 백작은 매사 꼼꼼한 사람이었다.

"그 사람은 한때 그 부인에게 접근한 적이 있으니까요."

돈 디에고 부스토스는 사무실에 앉아 손님을 맞이하는 변호사나 된 것처럼 자기는 한마디도 하지 않고 그에게 장황하게 사정을 설명시켰다. 수도자 같은 둥글고 살찐 얼굴에 검은 콧수염을 기른, 비할 데 없이 장중한 사나이였다. 또한 그는 충실한 카르보나리당원*이었다.

"알았습니다."

마침내 그는 쥘리앵에게 말했다.

"페르바크 원수 부인이 전에 몇 사람의 애인을 사귀었는가, 그리고 당신에게 성공의 희망이 있는가 없는가, 이것이 문제입니다. 나는 실패했으니까요. 이젠 열도 식었으니까 이렇게 생각하게 되었습니다. 간단히 말해 그 사람은 화를 잘 냅니다. 그리고 지금부터 말씀드리겠습니다만, 집념이 강합니다. 내가 보기에 부인은 담즙질(膽汁質)은 아닌 것 같습니다. 그런 기질은 천재들에게나 있는 것으로, 모든 행위를 정열로 빛낸다고 하지요. 그런데 부인은 그 반대로 네덜란드 사람에게서 볼 수 있는 침착하고 느린 점액질(精液質)이라고 생각됩니다. 그렇기 때문에 그 부인은 보기 드문 미모와 싱싱한 혈색을 유지할 수 있는 것입니다."

쥘리앵은 이 에스파냐 사람의 느리고 태연한 점액질을 점점 참을 수 없게 되었다. 가끔 짧은 탄성이 자기도 모르게 입 밖으로 흘렀다.

"내 이야기를 듣기 싫으십니까?"

그때마다 돈 디에고 부스토스는 묵직한 어조로 말했다.

"퓌리아 프랑세즈(furia francese : 이탈리아 말로, 프랑스인의 성급함)를 용서하시기 바랍니다. 열심히 듣고는 있으니까요"라고 쥘리앵은 말했다.

"하여간 페르바크 원수 부인은 미움이 대단한 사람입니다. 만난 일도 없는 사람들까지 사정없이 공격하니까요. 상대가 변호사든, 콜레 같은 샹송을 짓는 엉터리 문인이든 말입니다. 왜 아시죠, 이 노래?"

　마로트를 좋아하다니
　나도 참 취향이 독특하지, 어쩌구저쩌구……

쥘리앵은 이 노래를 마지막까지 듣지 않으면 안 되었다. 에스파냐 사람은

---

* 카르보나리당은 19세기 초 이탈리아에서 조직된 급진적 비밀결사이다. 각지에서 무장봉기를 꾀하다 진압되어 1820년대에 본거지를 파리로 옮겼다. 7월 혁명에서 활발한 활동을 보였다.

프랑스 말로 신나게 노래를 열창했다.

이 멋진 샹송을 아무도 그처럼 초조한 마음으로 들은 사람은 없을 것이다. 노래가 끝나자 돈 디에고 부스토스는 말했다.

"그 부인은 이 노래의 작자를 면직시켜 버렸어요."

　어느 날, 술집에서 애인이……

쥘리앵은 그가 또 노래를 부르지나 않을까 조바심했으나 그는 가사를 해설하는 정도로 끝냈다. 확실히 그 노래는 야비하고 천했다. 돈 디에고는 다시 말했다.

"원수 부인이 샹송에 분개했을 때 나는 이렇게 주의를 주었습니다. 당신 같은 신분의 부인은 그런 어리석은 출판물을 일일이 들여다보아서는 안 된다고. 신앙심이나 근엄한 풍조가 아무리 왕성하더라도 프랑스에서는 절대로 카바레 문학이 멸망하지는 않습니다. 이 샹송 작가는 휴직 수당으로 먹고 사는 하잘것없는 퇴역 장교입니다마는, 페르바크 부인은 이 사람의 연수 1800프랑의 지위를 빼앗아 버렸습니다. 그때 나는 말해 주었지요. '조심하십시오. 부인은 그 엉터리 시인을 자신의 무기로 공격했습니다만, 그도 자신의 무기인 시로 보복을 할지 모릅니다. 가령 정절을 조롱하는 샹송을 만들지도 모릅니다. 화려한 살롱의 단골들은 부인 편을 들겠지요. 그러나 익살을 즐기는 친구들은 그의 풍자시를 몇 번이고 되풀이해서 되뇔 것이 뻔합니다.' 그런데 페르바크 부인이 뭐라고 대답했는지 아십니까? '그러면 하느님을 위해서 내가 순교의 길을 걷는 모습을 온 파리 사람들에게 보여 주게 되겠죠. 프랑스에서는 예가 없는 광경이 될 겁니다. 민중은 훌륭한 것에 경의를 표하는 법을 배우겠지요. 그날이야말로 틀림없이 내 일생에 가장 훌륭한 날이 될 거예요.' 그때처럼 부인 눈이 아름다웠던 적은 없습니다."

"정말 멋진 눈이니까요!"라고 그만 쥘리앵은 탄성을 질렀다.

"과연 당신은 틀림없이 사랑하고 있는 모양이군요……"

돈 디에고 부스토스는 묵직한 어조로 말을 계속했다.

"그 사람은 덮어놓고 복수를 하러 덤벼드는 담즙질은 아닙니다. 그런데도 남을 중상하고 싶어하는 것은, 자기가 불행하기 때문입니다. 아무래도 내면적인 불행이 숨어 있는 듯한 느낌이 들어요. 정숙한 여인도 자기 의무에 싫증이 났다. 이렇게 보아야 할까요?"

에스파냐 사람은 꼬박 1분 동안 말없이 쥘리앵을 바라보았다.

"문제는 그 점에 있습니다" 하고 다시금 신중한 말이 계속되었다.

"당신이 조금이나마 희망을 발견할 수 있다면 바로 그 점입니다. 그 점에 대해서 나는 2년 동안 충실하게 그 부인을 섬기면서 무척 많이 생각했습니다. 당신은 지금 사랑을 하고 있습니다. 그러한 당신의 미래는 모두가 이 큰 문제에 걸려 있는 것입니다. 부인이 정숙한 도덕가로서의 의무에 싫증이 난 숙녀인지, 자기가 불행하기 때문에 가혹하게 구는 것인지 하는 문제 말입니다."

"아니면, 내가 당신에게 몇 번이나 말했던 그것인지도 모르죠."

드디어 깊은 침묵을 깨고 알타미라가 끼어들었다.

"단순히 프랑스인다운 허영심이 문제일지도 모른다 이겁니다. 본디 어둡고 모난 성격인 데다, 나사(羅紗) 상인으로서 이름을 날린 아버지의 추억 때문에 점점 더 불행해진 게 아닐까요. 그 부인에게 행복의 길이란 하나밖에 없을 것입니다. 그것은 톨레도에 살면서 매일 어느 고해 신부로부터 눈앞에 닥친 지옥의 모습을 들으면서 괴로워하는 일입니다."

쥘리앵이 돌아가려고 하자 돈 디에고가 심각한 얼굴로 말했다.

"알타미라에게 들었습니다만, 당신은 우리 편이시라지요. 언젠가 우리들이 자유를 되찾으려고 할 때에는 당신에게 도움을 청하게 될지도 모릅니다. 그래서 나도 이 자그마한 불장난에서 당신의 힘이 돼 드리고 싶습니다. 여하튼 페르바크 부인의 문장을 알아 두시는 것도 헛일은 아니겠죠. 여기 부인이 직접 쓴 편지가 네 통 있습니다."

그러자 쥘리앵이 큰 소리로 말했다.

"옮겨 쓰도록 해 주시기 바랍니다. 나중에 돌려 드리러 오겠습니다."

"다만, 우리들이 나눈 얘기는 한마디도 남에게 하시지 않겠죠?"

"맹세합니다. 내 명예를 걸고!"

쥘리앵은 외쳤다.

"그러면 하느님의 가호가 있으시길!"

이렇게 말하고 에스파냐인은 말없이 알타미라와 쥘리앵을 층계까지 배웅했다.

이 한 막(幕)으로 우리의 주인공은 좀 명랑해졌다. 미소마저 떠오를 것 같은 기분이 되었다. 쥘리앵은 중얼거렸다.

"저 독실한 신자 알타미라가 불의를 꾀하는 나를 도와주다니!"

돈 디에고 부스토스가 자못 진지한 얘기를 계속하는 동안에도 쥘리앵은 알리그르 저택의 큰 시계가 치는 소리를 놓치지 않았다.

만찬 시간이 다가온다. 그렇다면 이제 또다시 마틸드와 얼굴을 맞댈 수 있다! 그는 저택으로 돌아와 정성껏 차려입었다.

'벌써 어처구니없는 짓을 저지르고 있구나.'

막 층계를 내려오다가 그는 속으로 중얼거렸다.

'공작의 처방을 그대로 따라야 해.'

방에 되돌아가서 매우 초라한 여행복으로 갈아입었다.

'자, 이번엔 눈초리가 문제인데' 하고 그는 생각했다. 이제 겨우 5시 반, 저녁 식사 시간은 6시다. 문득 마음이 움직여 살롱으로 내려가 보았으나 아무도 없었다. 푸른 소파를 보니 가슴이 벅차올라 눈시울이 뜨거워졌다. 이내 볼이 타는 듯이 달아올랐다.

"나의 이 어리석은 감수성, 이것을 짓눌러 버려야 해."

그는 화가 나서 중얼거렸다.

'이러다가는 본심이 드러나고 말겠어.'

자연스럽게 거동하기 위해 신문을 들고 살롱과 정원 사이를 서너 번 왔다 갔다 했다.

큰 떡갈나무 그늘에 몸을 완전히 숨긴 뒤에야 비로소 마틸드 방의 창문을 쳐다볼 용기가 생겼다. 창문은 굳게 닫혀 있었다. 쓰러질 것만 같아 오랫동안 떡갈나무에 기대어 서 있었다. 이윽고 그는 비틀거리면서 정원사의 사다리를 보러 갔다.

사다리에 묶인 사슬 고리는 아직 수리되어 있지 않았다. 그것을 비틀었을 당시와 지금은 얼마나 사정이 달라졌는가! 미칠 듯한 충동에 사로잡혀 쥘리앵은 쇠사슬에 입술을 갖다 댔다.

살롱과 정원 사이를 오랫동안 거닌 탓으로 쥘리앵은 지쳐 버렸다. 이 점만은 잘되었다는 생각이 들었다.

'이것으로 내 눈빛은 아주 흐려졌겠지. 그러니 속마음을 안 들키고 넘어갈 수 있을 거야!'

　손님들이 점점 살롱으로 모여들었다. 살롱 문이 열릴 때마다 쥘리앵은 숨이 막히도록 가슴이 두근거렸다.

　모두 식탁에 앉았다. 이윽고 마틸드가 나타났다. 남을 기다리게 하는 습관은 여전했다. 그녀는 쥘리앵을 보고 얼굴을 붉혔다. 그가 돌아왔다는 말을 듣지 못했던 것이다. 쥘리앵은 코라소프 공작이 가르쳐 준 대로 마틸드의 손만 주시했다. 그 손은 떨리고 있었다. 그것을 보자 쥘리앵 자신도 말할 수 없이 심란해졌으나, 다행히 남에게는 그저 지친 것처럼 보였을 뿐이다.

　라몰 후작이 쥘리앵을 칭찬했다. 후작 부인도 정답게 그에게 말을 걸었고, 그의 지칠 대로 지쳐 버린 모습을 보고 위로했다. 쥘리앵은 끊임없이 스스로에게 말했다.

　'마틸드를 너무 자주 봐서는 안 돼. 그러나 그 시선을 피하려고 해도 안 돼. 불행해지기 일주일 전과 똑같은 태도를 보여야 해……'

　결과는 그럭저럭 만족스럽게 여겨졌기 때문에 그는 그날 살롱에 머물렀다. 그제야 겨우 이 집 여주인에게 생각이 미쳤다. 쥘리앵은 여러 가지로 애를 써서, 후작 부인이 교제하는 사람들을 떠들게 만들어 이야기가 활기를 띠도록 유도했다.

　이렇게 마음을 쓴 보람은 있었다. 8시계 페르바크 원수 부인의 내방이 알려졌다. 쥘리앵은 슬쩍 그 자리를 빠져나와 세심한 주의를 기울여서 옷을 갖춰 입고 나타났다. 그가 페르바크 부인에게 경의를 표하는 모양을 보고 라몰 부인은 아주 기뻐하며, 만족의 뜻을 보이기 위해 페르바크 부인에게 쥘리앵의 여행에 대한 얘기를 했다. 쥘리앵은 자기 눈이 마틸드에게 보이지 않도록 하며 원수 부인 곁에 앉았다. 연애술책의 규칙을 하나에서 열까지 따라 그런 위치에 앉고 보니, 페르바크 부인이 그야말로 놀랄 만큼 아름답게 보였다. 코라소프 공작에게서 받은 쉰세 통의 편지 중 첫 번째 것도 이런 기분을 장황하게 늘어놓는 데부터 시작되고 있었다.

　원수 부인은 이제부터 희가극 극장에 갈 참이라고 했다. 쥘리앵이 극장으로 달려가 보니 보부아지 씨가 있었다. 그는 쥘리앵을 시종관들의 좌석으로 데려가 주었는데, 그것은 바로 페르바크 부인의 옆자리였다. 쥘리앵은 끊임

없이 부인 쪽만 보고 있었다. 집으로 돌아오는 도중 쥘리앵은 중얼거렸다.

"작전일지를 써야겠구나. 안 그러면 내가 무슨 공격을 했는지 잊어버리겠어."

그래서 그는 이 따분한 문제에 대해 억지로 두세 페이지 써 보았다. 그러자 어찌 된 일일까! 놀랍게도 마틸드가 거의 머릿속에 떠오르지 않게 된 것이다.

한편 마틸드는 쥘리앵이 여행하는 동안 그를 거의 잊어버리고 있었다. '결국 그 사람도 평범한 사람에 지나지 않아' 하고 그녀는 생각했다.

'그 사람의 이름이 나올 때마다 나는 내 생애에 가장 큰 잘못을 생각하게 되겠지. 인습적인 통념이지만, 분별이라든가 체면을 진심으로 생각하는 성실한 생활 태도로 되돌아가야겠어. 여자란 그런 것을 잊어버리면 만사 끝장이 나는 판이니까.'

마틸드는 오래전부터 얘기가 진행되고 있던 크루아즈누아 후작과의 약혼에 겨우 동의하는 듯한 태도를 보였다. 크루아즈누아 후작은 날아갈 것만 같은 기분이었다. 만약 누가 후작에게, 당신은 그렇게 우쭐해하지만 마틸드는 거의 체념에 가까운 마음으로 수긍했을 뿐이라고 말한다면, 그는 틀림없이 놀랐을 것이다.

쥘리앵의 모습을 보는 순간, 마틸드의 생각은 완전히 바뀌어 버렸다.

'정말이지 이 사람이야말로 내 남편이야. 진심으로 분별을 되찾을 셈이라면, 바로 이 사람이야말로 내가 결혼해야 할 상대야.'

그녀는 쥘리앵이 귀찮게 쫓아다니면서 원망스러운 표정을 보일 것이라고 생각하며, 그에 대한 대답도 준비하고 있었다. 식사가 끝나고 살롱을 나갈 때가 되면 무엇인가 얘기를 걸어올 것이 뻔했다. 그런데 현실은 정반대로, 쥘리앵은 살롱에서 꼼짝도 하지 않았다. 정원 쪽으로 시선도 보내지 않았다. 물론 쥘리앵으로서는 너무도 괴로운 일이었지만!

'빨리 이유를 물어보는 것이 좋겠어'라고 마틸드는 생각했다. 혼자 정원으로 나가 보았으나, 쥘리앵은 모습을 나타내지 않았다. 마틸드는 되돌아와서 살롱의 창 앞을 왔다 갔다 해 보았다. 쥘리앵은 페르바크 부인에게, 라인 강가의 언덕에 솟아 주변 경치를 한층 더 아름답게 만들고 있는 폐허가 된 고성(古城)의 광경을 정신없이 들려주고 있었다. 쥘리앵도 이젠 어떤 종류의 살롱에서 재기라고 불릴 만한 감상적인 미사여구를 제법 교묘하게 다룰 수 있게 되었던 것이다.

만약 코라소프 공작이 파리에 있었다면 득의만면했으리라. 그날 밤의 상황은 그가 예언한 그대로였기 때문이다.

그리고 그날 이후 쥘리앵이 취한 행동도 공작에게 칭찬 받을 만했다.

때마침 국왕 주변의 유력자들이 책동하여 코르동 블루가 몇 개쯤 뿌려질 기색이 보이고 있었다. 페르바크 원수 부인은 백부가 꼭 훈장을 받길 바라고 있었고, 라몰 후작도 자기 장인을 위해 똑같은 것을 바라고 있었다. 그래서 두 사람은 협력하게 되어 원수 부인은 거의 매일처럼 라몰 저택을 방문했다. 쥘리앵이, 후작이 머지않아 대신으로 승진하리라는 소문을 들은 것은 원수 부인의 입을 통해서였다. 후작은 큰 혼란을 일으키지 않고 3년 안에 헌장*을 폐지할 수 있는 묘안을 궁정의 강경파 측근 몇 사람들에게 진언했던 것이다.

라몰 후작이 대신이 되면, 쥘리앵도 주교가 될 가망이 있었다. 그러나 이렇듯 중대한 이해(利害) 문제도 그의 눈에는 베일에 싸여 있는 것처럼 보였다. 그의 상상력은 몹시 둔해져서 그 문제를 멀리 있는 것으로만 보았다. 무서운 불행으로 반쯤 미쳐 버린 그에게는 인생의 모든 이해가 마틸드와의 관계에서밖에는 생각되지 않았다. 대여섯 해 노력을 기울이면 그녀의 사랑을 되찾을 수 있으리라, 그는 이렇게 어림잡고 있었다.

전에는 그처럼 냉철했던 그의 두뇌도 지금은 완전히 이성을 잃고 있었다. 전에 그를 두드러진 인물로 만들어 주던 온갖 장점 가운데 아직도 남아 있는 것은 얼마간의 의지력뿐이었다. 코라소프 공작이 가르쳐 준 행동 계획을 하나에서 열까지 충실히 지켜, 그는 매일 밤 페르바크 부인의 안락의자 가까이에 자리를 잡았다. 그러나 막상 할 말은 한마디도 떠오르지 않았다.

마틸드의 눈에 이미 사랑의 상처가 나은 것처럼 보여야 한다. 그러기 위해 노력하는 것만으로도 그의 기력은 소모될 대로 소모되어, 원수 부인의 곁에 있는 그는 마치 생기를 잃은 인간과 같았다. 눈까지 극도의 육체적 고통에 시달리고 있을 때처럼 완전히 빛을 잃어버렸다.

---

* 1814년 루이 18세가 공포했다. 유복한 부르주아에게 선거권을 주고 언론의 자유를 인정하는 등, 자유주의적인 내용을 포함하고 있다.

라몰 부인의 의견은 자기를 공작 부인으로 만들어 줄 가능성이 있는 남편의 의견을 되풀이하는 데 불과했으므로, 그녀는 며칠 전부터 쥘리앵의 재능을 극찬하고 있었다.

제26장
도덕적인 사랑

또 물론 아델라인의 거동은 참으로 귀족다운 담담함과 기품을 지녔고, 자연이 보여 주는 모든 것에 대해서 중용의 선을 결코 넘지 않았다. 그것은 마치 중국의 고관이 그 무엇도 아름답다 생각하지 않고, 또는 적어도 눈에 띄는 모든 것에 깊은 흥미를 느끼는 모습을 보이지 않은 것과 비슷했다.

《돈 후안》 제13편 84절

'이 댁 사람들이 사물을 보는 눈에는 좀 이상한 데가 있어'라고 원수 부인은 생각했다.

'이런 젊은 성직자에게 정신을 빼앗기고 있지만, 이 사람의 재능이란 고작해야 남의 얘기를 듣는 것밖에 없잖아. 하기야 확실히 그 눈매는 여간 곱지 않지만.'

한편 쥘리앵은 원수 부인의 말씨와 태도 속에서, 언제나 귀족적인 침착성의 거의 완벽에 가까운 전형을 보았다. 한 치의 틈도 없는 바른 예의를 갖추었을 뿐 아니라, 그 어떤 격정과도 인연이 없는 침착성이었다. 충동적인 언동을 보인다든가 자제력을 잃는다는 것은, 아랫사람에 대해 위엄을 잃는 것만큼이나 페르바크 부인의 눈살을 찌푸리게 했을 것이다. 조금이라도 자신의 감동을 드러내 보이는 것을 그녀는 일종의 '정신적 혼미(昏迷)'로 여기는 듯했으며, 그녀에게 그것은 신분이 높은 자가 당연히 지켜야 할 품위를 크게 해치는 부끄러운 일이었다. 부인의 가장 큰 즐거움은 국왕이 최근에 행한 사냥 얘기를 하는 것이고, 그녀가 애독하는 책은 생시몽 공의《회상록》, 그중에서도 특히 가계(家系)를 논한 부분이었다.

쥘리앵은 불빛의 방향에 따라 어느 위치가 페르바크 부인의 아름다움을 감상하는 데 가장 적당한지 알고 있었다. 미리 그 위치를 차지하기로 하고 있었는데, 언제나 마틸드의 모습이 눈에 띄지 않도록 조심조심 의자의 방향을 바꾸었다. 어떻게든지 자기를 피하려 하는 이런 태도에 놀란 마틸드는 어느 날, 언제나 앉는 푸른 소파를 떠나 원수 부인의 안락의자 곁에 있는 작은 테이블에 가서 바느질을 시작했다. 쥘리앵은 페르바크 부인의 모자 아래로 마틸드의 모습을 아주 가까이에서 보았다. 자기의 운명을 쥐고 있는 그 눈을 보고선 처음에는 두려움을 느꼈으나, 잠시 후 갑자기 자기의 버릇인 무감동한 태도를 버리고 싶어졌다. 그는 지껄였다. 더구나 아주 훌륭한 웅변이었다.

원수 부인에게 이야기하고 있으면서도 목적은 단 하나, 마틸드의 영혼을 뒤흔드는 것이었다. 애기가 너무 열을 띠게 되어 마지막에 페르바크 부인은 쥘리앵이 무슨 말을 하고 있는지 알아들을 수 없을 정도였다.

이것은 첫 번째 대성공이었다. 여기에 만약 쥘리앵이 독일류의 신비주의나, 깊은 신앙심이나, 예수회 신조(信條)의 냄새를 풍기는 문구를 두세 개쯤 떠올려 덧붙였더라면, 원수 부인은 즉석에서 쥘리앵이 타락한 시대를 개혁할 사명을 띤 위인 가운데 한 사람이라고 생각했을지도 모른다.

마틸드는 이렇게 생각하고 있었다.

'페르바크 부인 따위를 상대로 저렇게 오랫동안 열심히 애기를 하다니, 저 사람도 아주 악취미야. 그렇게 나간다면, 좋아. 나도 이제 애기를 들어주지 않을 테니까.'

그날 밤 내내 그녀는 괴로움을 꾹 참으며 그의 말에 귀를 기울이지 않았다.

한밤중이 되어 촛대를 들고 침실까지 어머니를 배웅해 드리는데, 라몰 부인이 층계에 멈춰 서서 한바탕 쥘리앵의 칭찬을 늘어놓았다. 마틸드는 드디어 화가 나 버렸다. 아무래도 잠을 이룰 수가 없었다. 그러나 이런 생각이 떠올라서 겨우 마음이 가라앉았다.

'내가 경멸하는 사람도, 원수 부인의 눈에는 훌륭한 사람으로 보이는 모양이지.'

쥘리앵은 적극적인 행동으로 나간 터라 다른 때처럼 비참한 기분은 아니었다. 문득 코라소프 공작에게 받은 53통의 연애편지가 들어 있는 러시아제 가죽 홀더가 눈에 띄었다. 쥘리앵은 첫 번째 편지의 아래쪽에 씌어 있는 다음과 같은 글을 읽었다.

'첫 번째 편지는 처음 만난 지 일주일 후에 발송할 것.'

"늦었구나!" 하고 쥘리앵은 자기도 모르게 소리쳤다.

'페르바크 부인을 만난 지가 벌써 꽤 여러 날 지났는데.'

곧 첫 번째 연애편지를 옮겨 쓰기 시작했는데, 그것은 정결의 미덕을 찬미하는 미사여구에 찬 설교조의 편지로 견딜 수 없을 만큼 따분했다. 다행히도 쥘리앵은 두 페이지째에 접어들자 잠이 들고 말았다.

몇 시간 뒤 밝은 햇볕에 놀라 눈을 떠 보니 테이블에 엎드린 채 잠이 들어 있었다. 그의 생활에서 가장 괴로운 순간은, 매일 아침 눈을 떠서 새삼스레 자기의 불행을 뼈저리게 느끼는 순간이었다.

그러나 이날만은 그도 웃으면서 편지를 다 옮겨 썼다. 그는 중얼거렸다.

"이런 편지를 쓰는 청년이 있었다니, 믿을 수 없군!"

세어 보니 아홉 줄이나 되는 문장이 몇 개씩이나 있었다. 원문 아래쪽에 다음과 같이 연필로 쓴 주의가 있었다.

이 편지들은 본인이 가져갈 것. 말을 타고, 검은 넥타이에 푸른 프록코트를 착용할 것. 괴로운 표정으로 문지기에게 편지를 넘겨주고, 눈에는 깊은 우수를 담을 것. 하녀라도 눈에 띄면 슬쩍 눈시울을 닦을 것. 하녀에게 말을 걸 것.

이상은 모두 충실히 실행되었다.

'나도 참 대담한 짓을 하고 있군.'

페르바크 댁을 나오면서 쥘리앵은 생각했다.

'그런데 코라소프에겐 좀 미안한 노릇이야. 그처럼 정숙하기로 소문난 여자에게 연애편지를 쓰다니! 분명히 심한 멸시를 받겠지. 하지만 나에게는 그것이 그 이상 바랄 게 없는 기분풀이야. 결국 나로서도 즐길 수 있는 연극은 이것뿐이니까. 그렇지, 바로 자 자신이라는 얄미운 인간을 마음껏 조롱할 수 있다면 당연히 속이 시원해질 거야. 기분풀이가 된다면 죄를 하나쯤 지어도 좋을 것 같구나.'

한 달 전부터 쥘리앵의 일상생활에서 가장 즐거운 시간은, 마구간에 말을 돌려주려 갈 때였다. 코라소프는 어떠한 일이 있더라도 자기를 버린 여인을 바라보아서는 안 된다고 주의시켰다. 그런데 귀에 익은 말발굽 소리나, 쥘리앵이 마부를 부르기 위해 채찍으로 마구간 문을 두드리는 버릇 때문에, 마틸드가 눈치를 채고 방의 창문 커튼 그늘로 나오는 경우가 가끔 있었다. 모슬린 커튼이 아주 얇어서 그것을 통해 쥘리앵은 환하게 볼 수 있었다. 모자 차양 아래로 곁눈질해 보면 상대의 눈은 보이지 않아도 모습만은 볼 수 있었다.

'물론 저쪽도 내 눈은 못 볼 테지. 그러니까 이것은 상대를 바라보는 것이 아니야' 하고 쥘리앵은 생각했다.

그날 밤 페르바크 부인이 쥘리앵에게 보여 준 태도는, 마치 그날 아침 그가 그처럼 우울한 얼굴로 문지기에게 넘겨주고 온, 철학적이고 신비적이고 종교적인 논문 따위 받은 적 없는 듯한 태도였다. 전날 밤의 우연한 기회로 쥘리앵은 웅변을 늘어놓는 방법을 이미 터득하고 있었다. 그래서 그날 밤에는 마틸드의 눈이 보이는 자리를 차지했다. 마틸드는 원수 부인이 나타나자 곧 푸른 소파를 떠나 버렸다. 평소에 교제하는 패들을 버린 셈이다. 이 새로운 변덕에 크루아즈누아 씨는 완전히 당황한 모양이었다. 그 얼굴에 고통의 빛이 완연히 떠오르는 것을 보자, 쥘리앵은 자신이 불행하다는 생각을 얼마간 떨쳐 버릴 수 있었다.

이렇듯 뜻밖의 사태를 만나 쥘리앵의 웅변은 초인적으로 빛났다. 또 자만심이란 아무리 고상한 미덕을 지닌 마음속에도 더러 스며드는 것이므로, 원수 부인은 돌아가는 마차에 오르면서 생각했다.

'라몰 부인이 하시는 말씀은 지당해. 확실히 그 젊은 성직자에게는 뛰어난 점이 있어. 처음에는 내 앞에서 아무래도 긴장을 했던 모양이야. 사실 이 집 안에서 만나는 사람들은 모두 경박한 사람들뿐이야. 도덕가라고 해 봐야 나이를 먹은 탓으로 그렇게 된 것이고, 나이 덕에 무언가에 열을 올리지 않게 되었을 뿐이지. 그 청년은 그런 차이를 깨닫고 있나 봐. 편지도 아주 훌륭했어. 그저 걸리는 점은, 편지 속에서 지도를 바라느니 어떠니 했는데, 그 말이 실은 본인 자신도 깨닫지 못하는 어떤 감정에서 나오지 않았나 하는 점이야. 하지만 이렇게 해서 가르침의 길로 들어선 사람이 얼마나 많은지 몰라. 그 청년이 좋은 방향으로 나아갈 것 같이 여겨지는 까닭은, 지금까지 가끔 내 눈에 띈 젊은 사람들의 편지와는 문체가 전혀 다르기 때문이야. 그 젊은 사제의 문장에 깃든, 남의 심금을 울리는 어조, 깊은 진지성, 굳은 신념, 이것은 그냥 보아 넘길 수 없어. 그 사람은 마시용*처럼 온후한 덕을 갖춘 사람이 될지도 몰라.'

---

* 17~18세기 설교자. 너그럽고 친근한 설교로 잘 알려졌으며 왕정복고 시대에 그의 글이 널리 읽혔다.

제27장
교회 최고의 지위

봉사! 재능! 장점! 어리석은 소리!
그보다 어느 당파에 가담하라.

페늘롱

이리하여 머지않아 프랑스 교회 최고의 지위를 좌우하게 될 한 부인의 머릿속에서, 주교라는 자리와 쥘리앵이 비로소 맺어졌다. 그러나 이런 유리한 사정을 알았더라도 아마 쥘리앵의 마음은 별로 움직이지 않았으리라. 그는 당장 자기의 불행과 관계없는 일에는 생각이 전혀 미치지 못했다. 모든 것이 그의 불행을 점점 더 깊게 했다. 이를테면 자기 방을 보는 것 자체가 이미 견딜 수 없는 고통이었다. 밤에 촛불을 들고 방에 돌아가면, 가구며 보잘것 없는 장식물 하나하나가 일제히 소리를 질러 귀가 따가울 만큼 자기의 새로운 불행을 알려 주는 것만 같았다.

그날, 방에 돌아온 쥘리앵은 오래간만에 쾌활한 기분으로 생각했다.

'오늘도 해야 될 숙제가 있지. 두 번째 편지도 첫 번째처럼 따분하면 좋겠는데.'

사실은 그 이상이었다. 베끼고 있는 내용이 너무나 바보스러워서 의미도 생각지 않고 그저 행을 따라 줄줄 옮겨 써 내려가기만 했다.

'런던에서 외교 선생이 뮌스터 조약의 공식 문서를 베끼게 한 일이 있었는데, 이건 그것보다도 훨씬 더 거창한 문장이 아닌가.'

이때 비로소 쥘리앵은 페르바크 부인의 편지 원문을 그 엄숙한 에스파냐 사람 돈 디에고 부스토스에게 돌려주는 것을 깜빡 잊고 있었음을 깨달았다. 그는 그 편지를 찾아내어 읽었다. 과연 러시아 청년 귀족의 편지에 지지 않을 만큼 의미를 알 수 없는 내용이었다. 그 애매모호함은 그야말로 완벽할 정도였다. 모든 말을 다 한 것 같은데 실은 아무 말도 하지 않았다. '바람 부는 대로 울리는 에올리언 하프 같은 문체로군' 하고 쥘리앵은 생각했다.

'허무라든가 죽음이라든가 무한에 대해서 대단히 고원(高遠)한 사상을 늘어놓았는데, 그 정체는 절대로 세상의 웃음거리가 되지 않겠다는 보기 흉한 공포심뿐이 아닌가.'

여기에 요약해서 실은 쥘리앵의 혼잣말은 그 후 2주일 동안 끊임없이 되풀이되었다. 묵시록의 주해 같은 문장을 베끼면서 잠들어 버린다. 다음 날에는 우울한 표정으로 편지를 전하고 돌아와서는, 마틸드의 옷이 보일지 모른다는 희망을 품으면서 마구간에 말을 맨다. 일을 한다. 밤이 되어 페르바크 부인이 라몰 저택에 오지 않을 때는 오페라 극장으로 간다. 이상이 쥘리앵의 생활을 구성하는 단조로운 사건이었다. 페르바크 부인이 후작 부인을 방문했을 때는 그런대로 재미가 있었다. 그럴 때에는 원수 부인의 모자 밑으로 마틸드의 눈매를 훔쳐볼 수가 있었기 때문이다. 그러면 그는 이내 수다스러워졌다. 감상적인 미사여구가 점점 더 박력있게, 더구나 점점 더 세련된 투로 흘러나왔다.

자기가 하는 말이 마틸드에게는 어처구니없게 들리리라는 것은 환히 알고 있었으나, 우아한 우회 화법으로 그녀에게 깊은 인상을 줄 작정이었다. '내가 거짓말을 하면 할수록 이 여자 마음에 들 것이 틀림없다'라고 쥘리앵은 생각했다. 그래서 천하다 싶을 만큼 대담하게 모든 것을 과장해서 지껄여 보였다. 이윽고 그는 원수 부인에게 저속하다는 느낌을 주지 않으려면, 단순하고 질서 정연한 사고방식을 버리는 것이 무엇보다도 중요하다는 사실을 깨달았다. 이런 식으로 그는 환심을 사야 할 두 귀부인의 속마음을 살폈으며, 상대가 기뻐하고 있는가 무관심한가에 따라 그 대연설을 계속하든지 얼른 끝내든지 했다.

결국 그의 생활은 하루하루를 무위(無爲) 속에서 보내던 때처럼 비참하지는 않게 되었다.

어느 날 밤 쥘리앵은 생각했다.

'그런데 이 따분한 강론 투의 편지를 베끼는 것도 이것으로 벌써 열다섯 통째군. 지금까지의 열네 통은 틀림없이 원수 부인 댁의 문지기에게 넘겨주었지. 머지않아 부인의 책상 서랍 속은 영광스럽게도 내 편지로 가득 찰 판이야. 그런데도 저쪽의 태도는 마치 내가 편지를 보내지 않기라도 한 것 같지 않은가! 대체 이러다가 마지막에는 어떻게 될까? 언제까지나 편지만 낸다면 나도 싫증이 나겠지만 저쪽도 싫증이 날 것이 아닌가? 코라소프의 친구로 리치몬드의 아름다운 퀘이커교도를 연모했다는 그 러시아인은, 그 당시 몹시 처치 곤란한 남자였겠군. 이처럼 끈질긴 인간은 처음 보겠어.'

평범한 군인이 어쩌다가 명장의 전법을 본 경우와 같아서, 이 러시아인 청년이 영국 미녀의 마음을 사로잡으려고 시도한 공격 방식을 쥘리앵은 전혀 이해하지 못했다. 사실 처음 40통의 편지는 단순히 편지를 쓰는 뻔뻔스런 행위를 용서받기 위한 것이었다. 필시 따분했을 그 그리운 여성에게 우선 그런 편지를 받는 습관을 붙여 줄 필요가 있었다. 그 편지는 아마 나날의 싱거운 생활을 다소나마 즐겁게 해 주었을 것이다.

어느 날 아침 쥘리앵에게 한 통의 편지가 전해졌다. 그는 페르바크 부인의 문장(紋章)을 확인하고 급히 겉봉을 뜯었다. 며칠 전이라면 상상조차 할 수 없었을 정도로 성급했다. 그런데 그것은 단순한 만찬회의 초대장이었다.

먼저 쥘리앵은 코라소프 공작의 지령서에 도움을 청했다. 그런데 난처하게도 공작은 간결하고 명쾌해야 할 곳에서도 도라*처럼 경박한 투로 글을 썼다. 결국 쥘리앵은 원수 부인의 만찬회에 어떤 마음가짐으로 참석해야 하는지 짐작할 수가 없었다.

살롱은 너무나 호화로웠고, 튈르리 궁(宮)의 다이애나 화랑처럼 금빛으로 빛났으며, 벽에는 수많은 그림들이 걸려 있었다. 그 그림들에는 곳곳에 새로 붓을 댄 흔적이 있었다. 제재(題材)가 다소 저속하다고 하여 이 집 여주인이 수정시킨 것이었다. 쥘리앵은 그것을 나중에야 알았다. '참으로 도덕적인 시대구나!'라고 그는 생각했다.

이 살롱에서 그는 지난번 밀서를 만들 때 입회했던 인물 가운데 세 사람을 보았다. 그중 한 사람인 ××× 주교는 원수 부인의 백부뻘로 성직자의 임면권을 쥐고 있는 인물인데, 소문에 따르면 조카딸의 부탁에는 도저히 안 된다는 말을 못하는 사람이라고 했다. '나도 무척이나 출세했구나!' 하고 쥘리앵은 쓸쓸한 웃음을 띠면서 생각했다.

---

* 16세기 시인. 우아하고 점잔 빼는 작풍으로 유명하다. 시집으로는 《사랑의 희생자》 등이 있다.

'그런데 나는 그까짓 것 아무래도 좋단 말이야! 그 유명한 ×××주교와 식사를 같이 하고 있는데도……'

만찬은 평범하고 대화는 지루했다. '마치 쓸데없는 책의 목차 같구나'라고 쥘리앵은 생각했다.

'인간 사상의 온갖 중대한 문제가 대단스럽게 화제에 오르고 있군. 그러나 3분만 들어 봐, 얘기하는 자의 과장과 그 지독한 무지에 완전히 질려버릴 테니까.'

독자들은 아마 그 시시한 젊은 문인, 탕보 따위는 잊으셨으리라 생각한다. 아카데미 회원의 조카로 교수가 될 인물, 그 저열한 중상으로 라몰 댁의 살롱에 해독을 끼치는 일을 업으로 삼고 있는 그 사나이다.

페르바크 부인은 자기 편지에 회답은 주지 않지만, 어쩌면 그런 편지에 담긴 자기의 감정은 너그러이 보아 주고 있는지도 모른다. 쥘리앵이 비로소 이런 생각을 한 것은, 실은 이 별 볼일 없는 인물 덕택이었다. 사심(邪心)을 품은 탕보는 쥘리앵의 성공을 생각하니 속이 뒤집힐 것만 같았다. 그러나 한편 생각해 보면, 쥘리앵이 우수하든 멍청하든 동시에 두 개의 자리를 차지할 수는 없는 노릇이다. 그래서 미래의 교수는 생각했다.

'만약 소렐이 저 고귀한 페르바크 부인의 연인이 돼 버린다면, 부인은 녀석을 교회 안의 상당히 유리한 지위에 앉혀 주겠지. 그러면 라몰 저택은 내 세상이 될 거야.'

쥘리앵이 페르바크 댁에서 인기를 얻은 일에 대해서, 피라르 사제도 긴 설교를 보내 왔다. 엄격한 장세니슴과, 덕망 높은 원수 부인의 왕당적(王黨的) 민생 구제를 내세우는 예수회 살롱 사이에는, 종파적 질투심이 존재했던 것이다.

제28장
마농 레스코

그런데 일단 수도원장이 얼마나 우둔한지 알아 버리고 나니, 그가 흰 것을 검다 말하고, 검은 것을 희다 말해도 거의 언제나 잘 통하게 되었다.

리히텐베르크

그 러시아 귀족은, 편지를 써 보내는 여성에게 절대 정면으로 거역하면 안 된다고 엄격히 지시하고 있었다. 어떠한 이유가 있든 열광적인 숭배자라는 역할을 잊어서는 안 된다, 편지가 늘 그런 가정 아래 바쳐지고 있기 때문이라는 것이다.

어느 날 밤, 오페라 극장의 페르바크 부인의 좌석에서 쥘리앵은 《마농 레스코》의 발레를 무작정 칭찬했다. 그런 칭찬을 한 이유는 단지 그 발레가 아주 보잘것없다고 생각했기 때문이다.

그런데 원수 부인은, 이 발레가 아베 프레보의 원작에는 훨씬 미치지 못한다고 말했다.

'이거 놀랐는데! 이런 도덕가가 소설을 칭찬하다니!'

쥘리앵은 놀라기도 하고 또 흥미가 끌리기도 했다. 페르바크 부인이라는 여성은 작가들에 대해서 일주일에 두세 번은 철저한 모욕을 거침없이 퍼붓는 사람이었다. 그들은 이런 쓸데없는 작품을 써서, 유감스럽지만 그러지 않아도 너무나 감각적인 유혹에 떨어지기 쉬운 청춘 남녀를 타락시키려 하고 있다는 것이었다.

원수 부인은 말을 이었다.

"그런 부도덕하고 위험스러운 작품 속에서도, 《마농 레스코》는 하여간 제일류의 위치를 차지하고 있는 모양이에요. 죄많은 인간이 당연히 빠져 드는 미망(迷妄)이나 괴로움이 진실에 가까울 만큼 잘 묘사돼 있고, 그것이 제법 깊이가 있답니다. 하기야 당신이 좋아하는 보나파르트는 '하인들이나 좋아할 소설'이라고 세인트헬레나에서 말했지만 말이에요."

이 한마디로 쥘리앵의 마음은 완전히 긴장을 되찾았다.

'내 평판을 떨어뜨리려는 놈이 있구나. 나의 나폴레옹 숭배를 원수 부인에게 밀고했어. 그것이 몹시 비위에 거슬리니까, 지금 그것을 암시해 준 거야.'

이 발견은 그날 밤 내내 그를 유쾌하게 만들었고, 또 그를 남들에게도 유쾌한 인물로 만들었다. 오페라 극장 입구에서 원수 부인에게 작별을 고했을 때 부인이 말했다.

"아시겠어요? 나를 좋아하시는 분은 보나파르트 따위를 좋아해서는 안 돼요. 보나파르트는 하느님이 우리들에게 내려 주신 어쩔 수 없는 재난 정도로만 인정해 두면 되는 거예요. 게다가 그 사람은 예술상의 걸작을 감상할 만큼 고운 마음을 갖고 있지 않았어요."

'나를 좋아하시는 분이라!' 하고 쥘리앵은 몇 번이고 중얼거렸다.

'이건 전혀 의미가 없으면서도 모든 것을 말하고 있어. 이런 미묘한 말의 속뜻은 우리 같은 시골뜨기들은 짐작도 못하겠군.'

그래서 그날 쥘리앵은 원수 부인에게 보낼 아주 긴 편지를 쓰면서도 레날 부인만 생각했다.

"대체 그 편지는 어떻게 된 거죠?"

다음 날 페르바크 부인은 쥘리앵에게 이렇게 따졌다. 태연한 척하고는 있었지만 그렇지 않다는 것이 환히 들여다보였다.

"어젯밤 오페라 극장에서 돌아가신 후에 쓴 편지라고 생각됩니다만, 왜 그 속에 '런던'이니 '리치몬드'니 하는 말이 나오죠?"

쥘리앵은 그야말로 당황했다. 무엇을 쓰고 있는지 생각도 않고 그저 행을 따라 그대로 베꼈는데, 아마 원문에 있는 '런던', '리치몬드'라는 지명을 '파리', '생 클루'로 바꿔 놓기를 잊어버린 모양이었다. 두세 마디 평계를 꺼냈으나 도저히 끝까지 계속할 수 있을 것 같지도 않았다. 당장이라도 웃음보가 터질 듯했기 때문이다. 그러다가 겨우 적당한 말을 골라 이렇게 평계를 댔다.

"인간의 넋에 대한 가장 숭고하고도 중대한 문제를 생각하고 있는 동안에, 완전히 흥분해 버려서 편지를 쓰던 제 쪽이 그만 넋을 잃었던 모양입니다."

'충분히 강한 인상을 준 것 같군. 덕택에 오늘 밤엔 굳이 이곳에 남아 따분함을 참지 않아도 되겠어.'

그는 급히 페르바크 댁에서 나왔다. 그날 밤, 간밤에 베낀 편지의 원문을 읽어 보니, 러시아 청년이 '런던', '리치몬드'에 관해서 쓴 문제의 부분을 금방 찾아낼 수 있었다. 쥘리앵은 그 편지가 거의 연애편지에 가까운 것을 알고 깜짝 놀랐다.

쥘리앵이 부인의 주의를 끈 것은, 떠드는 품은 얼른 보기에 아주 경박한 데 비해서 편지는 숭고하고 거의 묵시록 같은 깊이를 지니고 있었기 때문이다. 긴 문장이 특히 원수 부인의 마음에 들었다.

'이것은 저 부도덕한 볼테르가 유행시킨 토막 난 문장이 아니다!'

우리 주인공은 자기의 대화에서 분별 있는 의견을 모조리 추방하려고 갖은 노력을 기울이고 있었는데, 그래도 왕정 반대와 반종교의 색채는 씻을 수 없었으며, 그 점은 페르바크 부인도 눈치채고 있었다. 그러나 부인을 에워싼 무리들은 모두 남에게 뒤지지 않을 도덕가들임에는 틀림이 없었지만, 하여튼 밤새껏 지껄여 봐야 재치 있는 생각 하나 해내지 못하는 인물뿐이었으므로, 부인은 무릇 신기하게 여겨지는 것에는 언제나 크게 마음이 움직였다. 그러나 동시에 그녀는 그에 대해서 화를 내는 것이 자기의 의무라고도 생각하고 있었다. 그녀는 그 결점을 가리켜 '현대의 경박한 흔적을 간직하고 있는 것'이라고 말하고 있었다.

그런데 이런 종류의 살롱은 취직 운동이라도 하지 않는 한 가 보았자 아무 쓸모도 없는 장소다. 쥘리앵이 보내고 있는 이 싱거운 생활의 따분함은 분명 독자들도 느끼고 계시리라. 이것이야말로 이 세상을 여행하는 우리들 앞에 가로놓인 불모의 황야 같은 것이다.

쥘리앵이 페르바크 부인을 상대로 한 연극에 시간을 뺏기고 있는 동안, 마틸드는 쥘리앵을 생각하지 않으려고 끊임없이 자기를 억제해야만 했다. 그녀의 영혼은 줄곧 무서운 갈등에 시달렸다. 그런 재미없는 청년을 경멸하는 건 당연하다 생각하면서도, 자기도 모르는 사이에 그의 얘기에 끌려들곤 했다. 무엇보다도 놀라운 것은 쥘리앵의 철저한 허위성이었다. 그가 원수 부인에게 하는 말은 모조리 거짓말이거나, 아니면 적어도 자기 생각을 몹시 왜곡

한 것이었다. 마틸드는 거의 모든 문제에 관해서 그의 생각을 충분히 알고 있었다. 그 권모술수에는 마틸드도 감탄하지 않을 수 없었다.

'참으로 속이 깊은 사람이야! 같은 말투를 쓰고 있기는 하지만, 탕보 씨처럼 거창한 말만 하는 바보나 예사 악당과는 너무나 달라!'

그렇기는 하지만 쥘리앵도 견디기 힘든 나날을 보내고 있었다. 매일 원수부인의 살롱에 얼굴을 내미는 것도 여러 의무 중에서 가장 괴로운 의무를 다하기 위해서 그럴 뿐이었다. 어떤 역할을 어떻게든 연기하려는 노력이 그의 모든 정신력을 뺏어 버렸다. 저녁에 페르바크 댁의 넓은 안뜰을 가로질러 갈 때면, 기력을 불러일으키고 이성적으로 자신을 설득해서 겨우 절망의 낭떠러지 바로 앞에서 멈춰 서곤 했다.

'나는 신학교에서도 절망을 이겨 내지 않았던가. 더구나 그 무렵 나의 장래는 얼마나 암담했던가! 출세하고 못하고 간에, 어차피 이 세상에서 가장 경멸할 만한 불쾌한 무리들과 평생토록 긴밀한 관계를 맺고 살아가야 할 처지였지 않은가. 그런데 그로부터 불과 11개월밖에 지나지 않은 다음 해 봄에, 나는 그 청년들 중 가장 행복한 인간이 되지 않았나.'

그러나 이런 번드르한 이유를 아무리 늘어놓아 봐야 무서운 현실 앞에서는 거의 효과가 없었다. 라몰 후작이 구술하는 수많은 편지로, 마틸드가 크루아즈누아와 결혼할 날짜가 가까워졌다는 것을 알았다. 이제 그 행운의 청년은 하루에 두 번씩이나 라몰 저택에 나타나고 있었다. 버림받은 연인의 질투에 찬 눈은 연적의 거동을 무엇 하나 놓치지 않았다.

마틸드가 약혼자에게 상냥한 태도를 보인다고 여겨질 때는, 쥘리앵은 방에 돌아가서 자기의 권총을 진지하게 들여다보지 않을 수 없었다.

'아아! 나 같은 인간은 속옷의 이름을 없애 버린 뒤 파리에서 200리쯤 떨어진 어느 쓸쓸한 숲 속에 가서 이런 비참한 삶을 끝내 버리는 편이 더 현명할지도 몰라! 그 지방에서는 아무도 나를 모르니까, 내 죽음이 2주일 안에는 세상에 알려질 리 없겠지. 그리고 2주일이 지나면 누가 나 따위를 생각이나 해 줄 것인가!'

이 생각은 상당히 현명한 것 같았다. 그러나 그 다음 날 마틸드의 옷소매와 장갑 사이로 보드라운 팔이 살짝 내비치기만 해도, 우리의 젊은 철학자는 즉시 추억의 포로가 돼 버리는 것이었다. 그리고 그 추억은 그토록 서글픈데도 결국 그를 이 세상에 묶어 버렸다. 그럴 때 그는 생각했다.

'오냐! 이 러시아인이 짜낸 전술을 끝까지 밀고 나가 보자. 어디 어떤 결말이 나타날지. 물론 원수 부인에게는 이 53통의 편지를 다 베껴 보낸 뒤에는 더 이상 편지하지 않을 거야. 이런 괴로운 연극을 6주일이나 계속한 후에도, 마틸드의 분노는 전혀 사그라지지 않을까? 아니면 화해가 이루어질까. 아아! 그렇게 되면 얼마나 기쁠까!'

그 뒤는 생각이 더 이어져 나갈 수가 없었다.

오랫동안 몽상에 빠졌다가 다시 제정신으로 돌아오니 이런 생각이 들었다.

'그렇지, 나도 하루만의 행복은 잡을 수 있을지도 모르지. 하지만 그 뒤 그녀는 또 차가운 태도를 보일 거야. 따지고 보면 슬픈 노릇이지만, 나에겐 그 여자의 마음을 계속 사로잡아둘 수완이 없으니까. 일단 그렇게 되면 나에게는 다음 수단이 없어. 나는 파멸, 영원히 끝나 버리고 말겠지…… 그런 성격의 여자니, 내가 무슨 보증을 얻을 수 있겠는가? 아아! 서글픈 일이지만, 결국 내게 재주가 없다는 것이 문제야. 내 태도는 언제까지나 세련되지 못할 테고, 여전히 말투는 답답하고 단조로울 테지. 아, 정말! 어째서 나는 이럴까?'

제29장
권태

자기의 정열에 몸을 바친다. 그것은 좋다. 그러나 자신이 느끼지도 않는 정열에 몸을 바치다니! 오, 슬픈 19세기여!

지로데

처음 페르바크 부인은 쥘리앵의 긴 편지를 읽어도 별 즐거움을 느끼지 못했지만, 그러는 동안에 점점 흥미가 생겼다. 그러나 다음 한 가지가 문제였다.

'소렐 씨가 정식 사제가 아닌 것이 얼마나 애석한지! 그러기만 하다면 아주 친절하게 대해 줄 수 있을 텐데. 하지만 그런 훈장을 달고 일반인 같은 복장을 하고 있어서는 남들이 짓궂은 질문을 할 우려가 있고, 난 그에 대해서 대답할 도리가 없거든.'

그녀의 생각은 여기에서 그치지 않았다.

'누군가 심보 고약한 친구가 제멋대로 추측하거나 한술 더 떠 이런 말을 퍼뜨리고 다닐지도 모르지. 저 사람은 우리 아버지의 친척뻘 되는 신분이 낮은 사람으로, 국민군에 가담하여 훈장을 받은 장사치나 뭐 그런 거라고 말이야.'

쥘리앵을 알게 되기까지 페르바크 부인의 가장 큰 즐거움이란, 자기 이름 곁에 '원수 부인'이라고 써넣는 일이었다. 그러다가 이윽고 무슨 일에나 상심하기 쉬운 벼락출세한 사람 특유의 병적 허영심이, 쥘리앵에 대해서 싹트는 관심과 싸우기 시작했다.

원수 부인은 생각했다.

'그 사람을 파리 가까운 어느 주교구(主敎區)의 부주교로 만들어 주는 일쯤이야 문제도 아냐! 그러나 그냥 소렐 씨로는 곤란하단 말이야. 하물며 라몰 후작의 일개 비서래서야! 정말 유감이야.'

만사에 지나치게 신경을 쓰는 이 여자도, 여기에서 비로소 자기의 신분이나 사회적 지위에 관한 자부심과는 관계없는 문제에 마음이 움직인 셈이다. 저택의 문지기 노인은 그 수심에 찬 아름다운 청년의 편지를 전할 때마다 원수 부인의 얼굴에서 여느 때의 맥없고 약간 불퉁한 표정이 사라지는 것을 알아차렸다. 지금까지 부인은 하인들이 나타날 때마다 반드시 그런 표정을 보이려고 애쓰고 있었던 것이다.

세상 체면만 생각하며 살면서도 또 그런 일로 성공을 거두어 보았자 참다운 즐거움은 느끼지 못한다. 그러한 생활의 권태가, 쥘리앵에게 관심을 가지고부터는 참을 수 없는 지경이 되었다. 덕분에 부인이 전날 밤 이 독특한 청년과 한 시간만 함께 지냈다면, 다음 날 하인들은 온종일 꾸중을 들을 걱정이 없어지는 형편이었다. 쥘리앵의 신용은 점점 높아졌다. 교묘하게 쓴 익명의 투서가 몇 통이나 날아 들어와도 그 신용은 끄떡도 하지 않았다. 소인배 탕보가 뤼즈, 크루아즈누아, 케일뤼스 등에게 간교한 중상거리를 제공하고, 그들은 그것을 진위조차 판단하지 않은 채 무턱대고 퍼뜨리고 다녔으나 아무 보람도 없었다. 원수 부인은 본디 그런 비속한 수단에 초연할 수 없는 성격이었으므로, 자기의 의심을 마틸드에게 털어놓았으며, 그 대답에 언제나 위로를 받았다.

어느 날이었다. 편지가 오지 않았느냐고 세 번이나 물은 끝에 페르바크 부인은, 갑자기 쥘리앵에게 답장을 쓸 마음이 생겼다. 그야말로 권태가 몰고 온 승리였다. 두 통째 편지를 쓸 때 부인은 자기도 모르게 펜을 놓고 말았다. '라몰 후작님 댁 소렐 씨 앞'—자기 손으로 이런 품위 없는 수신인의 이름을 쓴다는 것은 체면 문제였다.

그날 밤 부인은 쥘리앵에게 몹시 냉정하게 말했다.

"당신 주소를 쓴 봉투를 몇 장 보내 주셔야 하겠어요."

'오, 이제야 나도 연인 겸 하인의 배역을 받은 셈인가'라고 쥘리앵은 생각했다. 그래서 반쯤 장난으로 후작을 모시는 늙은 시종 아르센느를 흉내 내어 심각한 얼굴로 절을 했다.

그날 밤에 봉투를 보내니, 다음 날 아침 벌써 세 번째 편지가 왔다. 맨 처음의 대여섯 줄과 끝부분의 두세 줄만 읽었다. 깨알 같은 글자로 가득 채워 쓴, 네 페이지나 되는 편지였다.

차차 부인은 거의 매일처럼 편지를 쓰는 즐거운 습관이 몸에 배고 말았다. 쥘리앵은 러시아인의 편지를 충실히 베껴서 회답을 보내고 있었는데, 과장된 문체가 이럴 때 빛을 발했다. 페르바크 부인은 자기가 낸 편지와 그 회답 사이에 거의 관련이 없다는 것을 조금도 수상하게 여기지 않았던 것이다.

만약 쥘리앵의 행동을 감시하는 염탐꾼 노릇을 자진하여 맡고 나선 탕보가, 그녀의 편지가 깡그리 개봉도 되지 않은 채 쥘리앵의 책상 서랍에 함부로 쑤셔 박혀 있다는 것을 부인에게 일러 줬으면, 자존심 강한 부인은 얼마나 화를 냈을까.

어느 날 아침, 문지기가 도서실로 쥘리앵에게 원수 부인의 편지를 가지고 갔을 때, 마틸드가 불쑥 나타나 쥘리앵이 손수 쓴 겉봉의 글씨를 읽고 말았다. 문지기가 나오자 마틸드가 도서실로 들어갔다. 편지는 아직 테이블 가장자리에 놓여 있었다. 필기하느라 바쁜 쥘리앵이 서랍 속에 넣는 것을 잊었던 것이다.

"이런 일, 이제 더는 참을 수 없어요" 하고 편지를 낚아 쥐면서 마틸드가 외쳤다.

"나 같은 건 깨끗이 잊고 계시는군요. 나는 당신의 아내잖아요. 너무해요!"

여기까지 말하고서 그녀는 자기의 터무니없는 경솔한 언동에 깜짝 놀랐다. 자존심이 무너져 가슴이 꽉 메는 것 같았다. 그녀는 쓰러져 울음을 터뜨렸다. 어찌나 흐느끼던지 마틸드가 숨을 쉬지 못하게 되었나 하고 쥘리앵이 겁먹었을 정도다.

뜻밖의 일에 놀라고 당황한 쥘리앵은 이 상황이 자기에게 얼마나 멋지고 고마운지 깨달을 겨를도 없었다. 마틸드를 부축하여 일으켜 앉혔다. 그녀는 쥘리앵의 품에 거의 몸을 맡겨 놓고 있었다.

이런 동작을 눈치챈 처음 한순간은 견딜 수 없이 기뻤다. 그러나 다음 순간 코라소프가 머리에 떠올랐다.

'한마디가 모든 일을 망쳐 놓을지도 몰라.'

쥘리앵의 두 팔이 굳어졌다. 감정을 억누르고 책략에 따르기란 몹시 괴로웠다.

'이 부드럽고 아름다운 몸, 이것을 꼭 껴안는 일조차 해서는 안 돼. 그런

짓을 하면 이 여자는 또 나를 경멸하고 지독하게 골탕을 먹일 테지. 이 무슨 골치 아픈 성격이람!'

이렇게 마틸드의 성격을 저주하면서도 쥘리앵은 점점 더 그녀가 사랑스럽게 느껴질 뿐이었다. 여왕을 품에 안고 있는 느낌이었다.

쥘리앵의 얼굴빛조차 변하지 않는 싸늘함이 마틸드의 자존심을 짓밟아 가슴이 터질 듯한 아픔을 가해 왔다. 그녀는 지금 상대가 자기에게 어떤 마음을 품고 있는지, 그 눈 속에서 읽어 낼 냉정함도 가지고 있지 못했다. 상대를 쳐다볼 엄두조차 낼 수 없었다. 경멸의 표정과 마주칠까 봐 두려웠던 것이다.

도서실 소파에 앉아 꼼짝도 않고 쥘리앵을 외면한 채, 마틸드는 자존심과 연정이 인간의 영혼에 줄 수 있는 가장 격렬한 고통에 사로잡혀 있었다.

'아아, 내가 무슨 끔찍한 짓을 해 버린 걸까! 너무나 비참해! 내 스스로 분별을 잃고서 경박하게 화해를 청하고, 게다가 거절당하다니! 더구나 뿌리친 상대가 어떤 사람인가.' 자존심에 상처를 받아 미칠 듯한 고통을 느끼며 스스로에게 질문을 던졌다.

'아버지의 하인이 아닌가!'

"이런 일은 참을 수가 없어요!"

마틸드는 큰 소리로 외쳤다.

그리고 무서운 기세로 일어나 눈앞에 있는 쥘리앵의 책상 서랍을 열었다. 안에는 방금 문지기가 가져온 것과 똑같은 편지가 열 통이나 뜯지 않은 채 쑤셔 박혀 있었다. 그것을 보자 마틸드는 공포에 사로잡혀 딱딱하게 굳어 버렸다. 글씨체는 얼마간 다를망정 수신인의 주소가 틀림없이 쥘리앵의 필적이라는 것을 알았기 때문이다.

마틸드는 이성을 잃고 외쳤다.

"그랬군요! 당신은 그분과 친하게 지내는 것만으로는 부족해서 그분을 경멸하고 있군요. 당신처럼 아무 지위도 없는 사람이 원수 부인을 경멸하다니!"

그러더니 이번에는 갑자기 쥘리앵의 무릎에 엎드려 말을 쏟아 냈다.

"아아, 용서해 줘요! 나를 경멸하고 싶으면 실컷 경멸해도 좋아요. 다만 나를 사랑해 주세요! 나는 이제 당신의 사랑 없이는 살아갈 수 없어요."

그리고 마틸드는 완전히 정신을 잃고 말았다.

쥘리앵은 속으로 중얼거렸다.

'이 오만한 여자가 마침내 내 발아래 무릎 꿇고 말았구나!'

제30장
오페라 극장의 좌석

마치 캄캄한 하늘이 사나운 폭풍을 예고하듯이……

《돈 후안》 제1편 73절

이런 큰 소동 속에서 쥘리앵은 행복을 느끼기보다 오히려 놀라고 있었다. 마틸드가 격한 음성으로 외치는 광경을 보니, 러시아인의 연애술이 얼마나 현명한 것이었는지 잘 알 수 있었다.

'말을 삼가고 행동을 삼가는 것, 이것이 내가 구원받을 수 있는 유일한 길이다.'

그는 마틸드를 부축해 일으켜서 말없이 소파에 앉혔다. 참을 수 없게 된 마틸드는 울기 시작했다.

이윽고 사태를 수습하기 위해 그녀는 페르바크 부인의 편지를 손에 들고 천천히 봉투를 뜯었다. 원수 부인의 필적이 틀림없다는 것을 깨닫자, 한순간 신경질적으로 몸을 떨었다. 읽는 것이 아니라 편지지를 한 장씩 넘길 뿐이었다. 편지는 대개 여섯 장씩이나 되었다.

"뭐라고 대답이라도 해 주어요."

드디어 마틸드는 완전히 애원하는 투로 입을 열었는데, 쥘리앵을 똑바로 쳐다볼 용기는 없었다.

"내가 거만한 것은 당신도 잘 아시겠죠. 그것은 내 신분, 아니 분명히 말해 오히려 내 성격에서 비롯된 것이라 어쩔 수가 없어요. 그래서 페르바크 부인에게 당신 마음을 뺏기고 말았지만…… 이 숙명적인 사랑을 위해서 내가 온갖 희생을 다 치렀듯이, 그분도 그만한 일을 당신에게 해 줬나요?"

묵직한 침묵, 그것이 쥘리앵이 대답한 전부였다.

'대체 무슨 권리가 있어 이 여자는, 점잖은 사나이로서는 대답할 수 없는

무례한 질문을 하는 것일까?'

마틸드는 편지를 읽으려고 했으나 눈물이 앞을 가려서 읽을 수가 없었다.

요즈음 한 달 동안 그녀의 처지는 비참했다. 그러나 긍지 높은 그녀의 마음은 좀처럼 자기 감정을 인정하려 하지 않았다. 그 감정이 일시에 여기서 폭발한 것은 어디까지나 우연이었다. 한순간 질투와 연정이 자존심을 억누른 것이다. 소파에 앉은 마틸드는 쥘리앵 바로 곁에 있었다. 그 머리칼과 눈처럼 하얀 목덜미가 쥘리앵의 눈에 들어왔다. 순간 그는 자기가 취해야 할 태도를 깨끗이 잊었다. 한 팔을 그녀의 허리에 두르고 가슴에 끌어안으려 했다.

마틸드는 천천히 그쪽으로 얼굴을 돌렸다. 그 눈 속에 심한 고뇌의 빛을 보고 쥘리앵은 놀랐다. 평소의 낯익은 눈빛은 찾아볼 수 없었다.

쥘리앵은 온몸의 힘이 쑥 빠져나가는 기분을 느꼈다. 억지로 정을 누르고 자신이 결심한 대로 행동하기란 너무나 괴로웠다.

'어리석게 이 여자를 사랑하는 기쁨에 몸을 맡기게 되면, 이 고뇌에 찬 눈은 당장 세상에 다시없는 싸늘한 경멸의 표정으로 변하게 될 거야.'

쥘리앵은 이렇게 생각했다. 그러나 그동안에 마틸드는 제대로 말할 기력조차 없을 듯 꺼져 들어가는 목소리로, 지나친 자존심으로 범하게 되었던 온갖 행위를 진심으로 후회하고 있노라고, 띄엄띄엄 몇 번이나 되풀이하는 것이었다.

"나도 자존심이 있습니다"라고 쥘리앵은 말했다. 그러나 그 소리는 잘 들리지 않을 만큼 작았고, 얼굴 표정은 육체적인 피로를 여실히 나타내고 있었다.

마틸드는 홱 그 쪽으로 돌아앉았다. 그의 소리를 듣는 것만도 뜻밖의 행복이었다. 그녀는 이미 그러한 행복을 체념하고 있었다. 이 순간 마틸드는 자신의 거만함을 상기하고는 맹렬히 저주하고 있었다. 자기가 얼마나 쥘리앵을 경애하고 얼마나 자신을 경멸하고 있는지, 그것을 증명해 보이기 위해서라면 무엇인가 엉뚱한 상식 밖의 수단이라도 발견하고픈 심정이었다.

"한때나마 당신이 나를 인정해 주신 것은, 필시 그 자존심 덕분이겠죠" 하고 쥘리앵은 말을 이었다.

"지금 당신이 나를 높이 평가하는 것도, 아마 내가 사나이다운 단호하고 용감한 태도를 보였기 때문일 것입니다. 나는 원수 부인을 사랑하고 있는지도 모릅니다……"

마틸드는 으스스 떨었다. 그 눈에 야릇한 표정이 떠올랐다. 그녀는 이제 자기에게 내려질 판결을 들으려 하고 있는 것이다. 이 마음의 움직임을 쥘리앵이 모를 리가 없었다. 그는 용기가 꺾여감을 느꼈다.

'아아! 이 창백해진 뺨, 이 뺨에 당신이 모르도록 실컷 키스해 줄 수 있었으면!'

쥘리앵은 자기 입 밖에 나오는 공허한 말의 울림을, 자기와는 관계없는 소음처럼 흘려들으면서 혼자 생각했다.

"원수 부인을 사랑하고 있는지도 모릅니다……"

그는 계속 이어서 말을 했다. 하지만 그 목소리는 점점 더 약해지기만 했다.

"그러나 물론, 부인이 내게 관심을 가지고 있다는 결정적인 증거는 전혀 없습니다……"

마틸드는 쥘리앵을 응시했다. 그는 그 시선을 견뎌 냈다. 적어도 자기 표정에 속마음을 나타내지 않고 넘겼다고 생각했다. 그는 마음 구석구석까지 그리움이 스미는 것을 느꼈다. 이처럼 마틸드가 사랑스럽게 여겨진 적은 한 번도 없었다. 그도 마틸드에게 뒤지지 않을 만큼 미칠 듯한 사랑에 채찍질 당하고 있었던 것이다. 만일 마틸드가 책략을 쓸 만한 냉정함과 용기를 가지고 있었다면, 쥘리앵은 시시한 연극 따윈 모조리 집어치우고 그녀의 발아래 무릎을 꿇었을지도 모른다. 그러나 지금의 그에게는 아직도 더 떠들 기력이 남아 있었다. 쥘리앵은 속으로 외쳤다. '아아, 코라소프. 왜 당신은 이 자리에 있어 주지 못하는가! 나의 행동을 이끌어 줄 당신의 한마디가 얼마나 듣고 싶은지 모르는데!'

이렇게 생각하는 동안에도 그의 입은 계속 지껄여 대고 있었다.

"달리 아무런 감정이 없더라도, 나는 감사의 기분만으로도 원수 부인에게 호감을 느낄 수밖에 없습니다. 그분은 너그러운 태도를 보여 주었고, 내가 여러 사람에게 경멸당하고 있을 때도 위로해 주었습니다…… 그야 겉으로는 아무리 호의적이어도 오래가진 않을지 모르니, 그런 호의를 전폭적으로 신뢰할 수는 없지만요."

"어머나! 무슨 말씀을!" 하고 마틸드는 외쳤다.

"제 말이 뜻밖인가요? 좋습니다! 그럼 당신은 대체 어떤 보장을 해 주시겠습니까?"

쥘리앵은 날카롭고 단호한 어조로 말했다. 외교관 같은 조심스러운 말씨를 일순간 잊어버린 듯했다.

"당신은 지금 나에게 예전의 지위를 돌려주실 작정인 모양입니다만, 그 지위가 이틀 이상 계속된다는 보증이 어디 있습니까? 어느 하느님이 장담해 주십니까?"

"내가 이처럼 당신을 사랑하고 있는 이 마음, 그리고 당신에게 버림받으면 내게 닥치게 될 무서운 불행, 그것이 보장이에요."

이렇게 말하면서 마틸드는 쥘리앵의 손을 잡고 그 쪽으로 돌아앉았다.

그 갑작스런 움직임으로 그녀의 어깨에 걸친 케이프가 살짝 미끄러졌다. 아름다운 어깨가 쥘리앵의 눈에 들어왔다. 약간 흐트러진 머리칼을 보자 달콤한 추억이 가슴속에 되살아났다……

그는 유혹에 굴복할 지경이 되었다.

'말 한마디만 잘못해 봐라. 절망 속에서 보낸 그 기나긴 날이 다시 시작될 테니. 레날 부인은 자기 마음을 감동시키기 위해 스스로 이런저런 핑계를 찾아냈지만, 이 상류사회 아가씨는 감동해도 괜찮을 만한 훌륭한 이유가 있다는 것을 확인하기 전에는 좀처럼 마음을 움직이려 하지 않으니 말이야.'

쥘리앵은 한순간에 이 진리를 깨닫고 이내 기력을 되찾았다.

그는 마틸드가 쥐고 있는 손을 빼더니 짐짓 공손한 태도를 보이면서 조금 물러났다. 어떤 사나이의 용기도 아마 이보다 더하지는 못하리라. 그리고 그는 소파 위에 흩어져 있는 페르바크 부인의 편지를 한 장 한 장 주워 모은 뒤, 언뜻 보기에는 아주 정중하지만 이런 경우에는 아주 잔혹한 태도로 덧붙였다.

"마틸드 양, 이 문제에 대해서는 충분히 생각하게 해 주시기 바랍니다."

그는 선뜻 그 자리를 떠나 도서실에서 나갔다. 문을 차례차례 닫는 소리가 마틸드의 귀에 들려왔다.

"비정한 사람, 당황하지도 않다니" 하고 마틸드는 중얼거렸다……

'어머, 내가 무슨 말을! 비정한 사람이라니! 말도 안 돼. 그 사람은 영리

하고 신중하고 선량해. 나쁜 것은 나야, 그것도 상상도 못할 만큼 나빠.'

이런 생각은 한참 동안 계속되었다. 이날 마틸드는 일단 행복했다고 해도 좋을 것이다. 심신이 모두 사랑에 푹 빠져 있었기 때문이다. 마치 한 번도 자존심의 시달림을 받은 일이 없는 사람 같았다. 실은 엄청난 자존심의 소유자인데도!

그날 밤 살롱에서 하인이 페르바크 부인의 내방을 알리자 마틸드의 등에 전율이 흘렀다. 하인의 목소리까지 불길하게 들렸다. 원수 부인을 보고 있을 수 없어 급히 그 자리를 떴다. 쥘리앵은 애써 얻은 승리가 그다지 자랑스럽지도 않았고, 또 자기의 눈초리에 자신이 없어서 라몰 저택의 만찬회에 참석하지 않았다.

그의 사랑과 행복감은 아까 싸움을 했던 순간부터 시간이 흐름에 따라 급속히 깊어졌다. 그는 어느새 자기를 책망하고 있었다.

'어째서 마틸드를 거역하는 짓을 한 거지? 만일 그녀가 나를 사랑해 주지 않게 된다면 어떡한단 말인가! 그처럼 긍지 높은 여자다. 눈 깜짝할 사이에 마음이 변해 버리지 말란 법도 없다고. 게다가 아무리 생각해 봐도 내가 너무 심하게 군 것은 사실이잖아.'

밤이 되자, 무슨 일이 있더라도 오페라 극장의 페르바크 부인 좌석에 얼굴을 내밀지 않으면 안 된다고 생각했다. 부인으로부터 특별히 초대를 받았기 때문이다. 그리고 자기가 그 자리에 갔는지 안 갔는지는 분명 마틸드도 알게 될 것이다. 그런 이치는 잘 알고 있었으나, 그래도 초저녁에는 사교장에 나갈 기분이 나지 않았다. 말을 했다가는 행복의 반이 상실될 것만 같았다.

10시가 울렸다. 어떻게든 얼굴을 내밀지 않으면 안 된다.

다행히 원수 부인의 좌석은 부인들로 만원이었다. 그래서 쥘리앵은 문 가까이로 밀려나 모자의 물결 속에 완전히 숨어 버렸다. 이런 장소에 있었기 때문에 그는 웃음거리가 되지 않고 넘어갈 수 있었다. 《비밀 결혼》에 나오는 카롤린느가 부른 성스러운 비탄의 영창에 그만 눈물을 흘리고 말았던 것이다. 페르바크 부인은 그 눈물을 보았다. 그것이 평소의 사나이다운 의연한 얼굴과 너무 선명한 대조를 이루었기 때문에, 벼락출세한 자 특유의 오만으로 오래전부터 썩어 있던 이 귀부인의 마음이 저도 모르게 움직였다. 조금 남아 있는 여자다운 마음씨로 그녀는 쥘리앵에게 말을 건네고 싶은 생각이

들었다. 마침 자기 음성의 울림을 음미해 보고 싶은 참이기도 했다.

"라몰 저택의 부인들은 만나셨어요? 3층 좌석에 계세요."

이 말을 들은 쥘리앵은 무척 예의에 어긋나는 짓이지만 곧 좌석의 난간에 기대어 장내로 몸을 내밀었다. 마틸드의 모습이 보였다. 눈은 눈물로 빛나고 있었다.

'하지만 오늘은 라몰 댁 사람들이 오페라를 보러 오는 날이 아닌데. 언제 부터 저렇게 좋아했을까?'

집안에 자주 출입하는 어떤 아첨꾼 부인이 두말없이 제공해 준 그 좌석은 그다지 상석은 아니었으나, 마틸드는 일부러 어머니를 설득해서 이곳에 왔다. 쥘리앵이 그날 밤 원수 부인과 함께 지내는가 어떤가 자기 눈으로 확인하고 싶었기 때문이다.

제31장
그녀에게 공포를 주라

이것이야말로 여러분의 문명이 낳은 멋진 기적이다! 여러분은 연애를 일상 다반사로 만들어 버렸다.

바르나브

쥘리앵은 라몰 부인의 좌석으로 달려갔다. 처음 눈에 들어온 것은 눈물에 젖은 마틸드의 눈이었다. 주위에도 아랑곳없이 울고 있었다. 그곳에 있는 사람들은 좌석을 제공해 준 부인과 그 부인의 친지인 남자들, 다시 말해서 지위가 낮은 사람들뿐이었다. 마틸드는 쥘리앵의 손 위에 자신의 손을 포개었다. 어머니에 대해선 완전히 잊어버린 듯했다. 눈물로 숨도 잘 못 쉬면서 그녀는 한마디만 했다. 사랑에 대한 "보장이에요."

'하여간 말을 하지 말아야 해.'

쥘리앵은 자신도 몹시 흥분해 있으면서 이렇게 생각했다. 3층 좌석은 샹들리에 빛이 너무 눈부시다는 핑계로 손을 들어 겨우 눈만은 가릴 수 있었다.

'말을 하면, 이 여자는 내가 흥분해 있다는 것을 의심할 여지 없이 눈치채 버리겠지. 음성으로 탄로나고 말 거야. 다시 모든 것이 엉망이 돼 버릴지도 몰라.'

그의 내면적 갈등은 아침보다 훨씬 심했다. 그동안에 마음이 흥분해 있었기 때문이다. 그는 마틸드의 허영심이 고개를 들까 두려웠다. 사랑과 쾌락에 취하면서도 그는 꾹 참으면서 절대로 입을 열지 않으리라고 결심했다.

생각건대 이것이야말로 쥘리앵의 성격 중에서 가장 훌륭한 점이다. 자신에게 그만한 노력을 강요할 수 있는 인물은 si fata sinant(만일 운명이 허락한다면) 큰일을 해낼 수 있을 것이다.

마틸드는 무슨 일이 있더라도 쥘리앵을 집으로 데리고 가겠다고 우겨 댔다. 다행히 비가 억수같이 퍼부었다. 그런데 후작 부인은 쥘리앵을 자기 맞은편에 앉게 하고, 쉴 새 없이 얘기를 걸어서 딸과는 한마디도 못 나누게 했다. 마치 후작 부인이 쥘리앵을 배려해 준 꼴이었다. 이제 격렬한 감정을 나타냄으로써 모든 것을 잃게 될 염려가 없어진 쥘리앵은 한껏 감동에 젖었다.

솔직하게 다 말해 주겠다. 쥘리앵은 방에 들어오자마자 무릎을 꿇고 코라소프 공작이 준 연애편지 묶음에 키스의 소나기를 퍼부었다!

"아아, 위대한 코라소프! 모든 것이 당신 덕택입니다!"

열광한 나머지 쥘리앵은 이런 말까지 지껄였다.

이윽고 그는 다소 침착을 되찾았다. 자기의 처지를 엄청난 전투에서 반쯤 승리를 거둔 장군의 처지와 비교했다.

'어쪽의 우세는 확실하고 또한 압도적이야. 그러나 내일은 어떻게 될까? 한순간에 만사가 끝장날 수도 있지.'

그는 바쁘게 나폴레옹의 《세인트헬레나 회상록》을 펼치고는 꼬박 두 시간 동안 억지로 읽으려고 애를 썼다. 눈으로 글씨를 훑는 데 지나지 않았지만 하여간 그는 읽으려고 노력했다. 이 야릇한 독서를 계속하는 동안 그의 머리와 마음은 고양되어 가장 위대한 경지에 이르러, 저도 모르는 사이에 활발한 활동을 개시하고 있었다.

'이 여자의 마음은 레날 부인의 마음과는 매우 달라.'

그러나 생각은 그 이상 나아가지 않았다.

"상대편에게 공포를 주자!"

갑자기 책을 멀리 내던지면서 그는 외쳤다.

"공포를 주는 한 적은 나에게 복종할 거야. 그러면 나를 경멸할 생각도 못하겠지."

그는 기쁨에 취하여 조그만 방 안을 왔다 갔다 했다. 사실 이 행복은 사랑보다는 차라리 자존심에서 비롯된 것이었다.

"상대편에게 공포를 주자!"

그는 의기양양해져서 몇 번이나 되풀이했다. 우쭐해지는 것도 당연한 일이었다.

'레날 부인은 아무리 행복을 느끼고 있을 때라도, 내 애정이 과연 자기의 애정만큼 강한지 줄곧 의심하고 있었지. 그런데 지금 여기서 내가 정복하려

고 하는 상대는 악마야. 그러니까 무조건 '정복'하지 않으면 안 돼.'

다음 날 아침 8시가 되기 무섭게 마틸드가 도서실에 오리란 것을 그는 잘 알고 있었다. 그 자신은 9시가 돼서야 겨우 모습을 나타냈다. 사랑으로 온몸이 타오르는 것 같았지만, 그는 이성으로 마음을 억눌렀다. 내내 마음속으로 이렇게 되풀이하면서.

'이 사람은 나를 사랑하고 있을까? 이런 중대한 의문을 그 여자가 언제나 품도록 해 주어야 해. 고귀한 신분으로 태어나 모든 사람에게 아부를 받는 바람에 그 여자는 약간 지나친 자신감에 차 있단 말이야.'

마틸드는 창백한 얼굴로 조용히 소파에 앉아 있었는데, 꼼짝도 할 수 없는 것 같았다. 마틸드는 손을 내밀면서 말했다.

"나 정말 당신에게 버릇없는 짓을 했죠? 화내시는 것도 당연해요."

쥘리앵은 그녀가 이렇게 온순한 태도로 나오리라고는 예상도 못했다. 하마터면 본심을 털어놓을 뻔했다.

"보장이 필요하신 거죠?"

기대를 어기고 쥘리앵이 아무 말도 하지 않자, 얼마간 침묵을 지킨 뒤 마틸드는 말을 이었다.

"당연해요. 나를 데리고 도망가 주세요. 같이 런던으로 떠나요…… 나는 완전히 파멸하고, 체면도 엉망이 되겠지만……"

마틸드는 용기를 내어 쥘리앵에게 맡겨 놓고 있던 손을 빼더니 그 손으로 눈을 가렸다. 모든 조심성과 정조에 대한 관념이 되살아난 것이다…… 이윽고 한숨을 한 번 쉬고는 마틸드는 단호히 말했다.

"상관없어요. 내 체면 같은 건 짓밟으세요. 그것도 '하나의 보장'인걸요."

'어제 나는 무척 행복했다. 그것은 내 자신을 엄하게 대할 용기가 있었기 때문이야'라고 쥘리앵은 생각했다. 짧은 침묵이 흐른 뒤, 이윽고 자기의 감정을 억누를 수 있게 된 그는 싸늘하게 입을 열었다.

"일단 런던으로 떠나서, 당신의 표현에 따르자면 체면을 더럽혔다고 합시다. 그래도 당신이 계속 나를 사랑해 주신다고 누가 보장하겠습니까? 우편마차에 앉아 있는 나에게 당신이 증오를 느끼지 않으리라고 어느 누가 보장해 주지요? 나도 사람입니다. 당신을 세상에서 매장시키게 되면, 나의 불행이 하나 불어날 뿐입니다. 지금 방해가 되는 것은 당신의 사회적 지위가 아닙니다. 애석한 일이지만 그것은 당신의 성격입니다. 하다못해 일주일 동안이나마 계속 나를 사랑하겠다고, 당신은 자신에게 맹세할 수 있습니까?"

'아아! 고작 일주일이라도 좋아. 일주일 동안이라도 나를 사랑해 주었으면.'

쥘리앵은 속으로 중얼거렸다.

'그렇게만 된다면 장래가 다 뭔가! 인생이 다 뭔가! 무엇과도 바꿀 수 없는 그 행복은 내가 맘만 먹으면 지금 당장이라도 손에 넣을 수 있어. 모두 나의 뜻대로!'

마틸드는 쥘리앵이 생각에 잠겨 있는 것을 보았다.

"그러면, 나 같은 것은 이제 당신의 사랑을 받을 가치가 전혀 없단 말예요?"

그녀는 쥘리앵의 손을 잡으면서 말했다.

쥘리앵은 그녀를 꽉 끌어안고 키스했다. 그러나 그 순간 강력한 의무감이 그의 마음을 제지했다.

'내가 얼마나 사랑하고 있는지 들켰다간, 나는 이 여자를 잃고 말 거야.'

이렇게 생각했으므로 그는 마틸드를 놓아 주기 전에 벌써 사나이다운 위엄을 완전히 회복하고 있었다.

그날과 그 후 며칠 동안, 쥘리앵은 다시없는 행복감을 교묘하게 숨길 수 있었다. 마틸드를 품에 안는 즐거움을 단념하는 일조차 가끔 있었을 정도다.

그런가 하면 또 행복에 취한 나머지 조심하라는 내면의 충고를 깨끗이 잊어버리는 일도 적지 않았다.

정원에는 사다리를 감추기 위해서 마련된 인동덩굴의 시렁이 있었다. 전에 쥘리앵은 그 부근에 숨어 멀리서 마틸드 방의 덧문을 바라보며 여자의 변심에 눈물을 흘리곤 했었다. 아름드리 떡갈나무가 바로 옆에 있어서 그 줄기가 호기심 많은 무리들의 눈으로부터 쥘리앵을 지켜 주었다.

이루 다 표현하기 힘든 불행을 생생하게 상기시켜 주는 그 장소를 마틸드와 나란히 지나가노라니, 전날의 절망과 현재의 행복이 빚어내는 대조가 너무나 강하게 느껴졌다. 그의 성격상 그럴 수밖에 없었다. 눈물이 넘쳤다. 애인의 손에 입술을 갖다 대고 그는 말했다.

"여기서 나는 당신을 생각하면서 시간을 보냈습니다. 여기서 저 덧문을 바라보고 있었습니다. 당신의 이 손으로 덧문을 여는 것이 보일지도 모른다고, 그 행운의 한순간을 몇 시간이고 몇 시간이고 기다리고 있었습니다……."

그는 한없이 마음이 약해졌다. 그 무렵의 이루 형용할 수 없는 절망 상태를, 지어낸 이야기라고는 도저히 상상도 못할 진실미를 담아 묘사해 보였다. 이따금 흘러나오는 짧은 감탄의 말이, 그 무서운 괴로움에 드디어 종지부를 찍어 준 현재의 행복을 여실히 나타내고 있었다……

'아니, 지금 내가 뭐하는 거지? 바보 같으니!'

쥘리앵은 퍼뜩 제정신이 들었다.

'전부 끝장났구나!'

그는 완전히 당황했다. 벌써 마틸드의 눈 속에서 사랑의 빛이 사라져 가는 듯한 느낌이 들었다. 그것은 착각이었다. 그러나 쥘리앵의 안색은 일변하여 송장처럼 파랗게 질려 버렸다. 눈의 반짝임도 한순간에 사라지고, 진실이 넘치는 애절한 애정을 나타내는 표정 대신 곧 악의마저 섞인 거만한 표정이 나타났다.

"어머, 왜 그러세요?"

마틸드는 애정이 깃든 불안스러운 어조로 말했다.

"거짓말을 했습니다" 하고 쥘리앵은 불쾌한 듯 말했다.

"당신에게 거짓말을 해 버렸습니다. 죄송하게 생각합니다. 그러나 끝내 거짓말을 할 수 없을 만큼 내가 당신을 존경하고 있다는 것은 하느님도 아십니다. 당신은 나를 사랑해 주십니다. 마음도 몸도 다 바쳐 주십니다. 그러니까 당신 마음에 들려고 듣기 좋은 말을 늘어놓을 필요는 없었던 것입니다."

"어머나! 그것이 듣기 좋은 거짓말이었다고요, 아까부터 들려주신 그 꿈 같은 말이 다?"

"그래서 여간 죄송하지 않습니다. 그것은 옛날 어떤 여자를 위해서 생각해 낸 문구입니다. 나를 사랑해 주기는 했습니다만, 나로서는 질색인 여자였지요…… 이것은 내 성격의 결함입니다. 나빴다는 것은 나도 분명히 인정합니다. 제발 용서해 주십시오."

쓰디쓴 눈물이 마틸드의 뺨을 적셨다.

쥘리앵은 말을 계속했다.

"무언가 사소한 일이라도 마음에 걸리면, 그만 한참 동안 쓸데없는 생각에 잠겨 버리고 맙니다. 그렇게 되면 이 처치 곤란한 기억력이, 참으로 저주스러운 나의 기억력이 도와주기 때문에 그만 악용해 버리는 것입니다."

"그러면 내가 나도 모르게 당신 마음에 거슬리는 일을 해 버린 걸까요?"

마틸드는 가련하리만치 순순한 태도로 물었다.

"잘 기억하고 있습니다만, 언젠가 이 인동덩굴 곁을 지날 때 당신이 꽃을 한 송이 꺾으셨죠? 뤼즈 씨가 그것을 뺏었습니다만, 당신은 그대로 가만히 계셨습니다. 나는 바로 그 곁에 있었습니다."

"뤼즈 씨가요? 그럴 리 없어요. 내가 그러도록 내버려 둘 까닭이 없는걸요."

마틸드가 타고난 거만한 말투로 반박했다.

"아니, 분명히 그러셨습니다" 하고 쥘리앵도 기를 쓰고 대꾸했다.

"그래요? 그럼, 역시 그랬군요."

마틸드는 구슬픈 듯이 말하고는 눈을 내리깔았다. 그녀는 지난 몇 달 동안 절대로 뤼즈 씨에게 그런 짓을 하게 놔둔 적이 없음을 똑똑히 기억하고 있던 것이다.

쥘리앵은 형용할 수 없는 애정을 담은 눈으로 마틸드를 바라보았다.

'그래, 그녀는 역시 나를 사랑해 주고 있어.'

그날 밤 마틸드는 웃으면서 쥘리앵이 페르바크 부인에게 열심히 마음을 쏟는 것을 나무랐다.

'평민이 벼락출세한 사람을 사랑하다니! 그런 사람의 마음만은 아무리 나의 쥘리앵이라도 아마 흥분시킬 수는 없을 거야…….'

"그분, 당신을 진짜 멋쟁이로 만들어 버렸군요."

마틸드는 쥘리앵의 머리칼을 만지작거리면서 이런 말을 하는 것이었다.

마틸드에게 경멸당했다고 생각하고 있는 동안에, 쥘리앵은 파리에서도 일류 멋쟁이가 되어 있었다. 게다가 그는 그런 자들보다 뛰어난 장점을 하나 더 가지고 있었다. 일단 몸차림을 갖추고 나면, 이제 멋 따위는 일체 염두에 두지 않는다는 점이다.

다만 한 가지가 마틸드의 마음에 걸렸다. 쥘리앵은 여전히 러시아인이 만든 편지를 베껴 원수 부인에게 보내고 있었던 것이다.

제32장
호랑이

아아! 왜 다른 것도 아니고 이것이란 말인가?

보마르셰

어떤 영국인 여행가는 호랑이 한 마리와 친밀한 생활을 했다고 얘기하고 있다. 어렸을 적부터 길러서 귀여워한 호랑이지만, 언제나 테이블 위에 총알을 잰 권총을 놓아두는 것을 잊지 않았다고 한다.

쥘리앵도 다시없는 행복감에 잠길 때가 있었는데, 다만 그것은 마틸드가 그의 눈 속에 행복감이 서려 있는 것을 눈치채지 못할 때만 그랬다. 가끔 그녀에게 무엇인가 냉담한 말을 해야 한다는 의무는 정확하게 지키고 있었다.

놀랄 만한 마틸드의 다정함이라든가 몸도 마음도 온통 맡겨 버린 그녀의 헌신적인 태도를 보고 있으면, 자기도 모르게 모든 자제력을 잃어버릴 것 같기도 했다. 그럴 때 그는 용기를 내어 얼른 그 자리를 떠나 버렸다.

비로소 마틸드는 사랑을 알았다.

언제나 거북이 걸음처럼 느릿해서 견딜 수 없었던 하루하루가 지금은 허공을 날아가듯 빨랐다.

하지만 그녀의 자존심은 어떤 배출구를 찾아내지 않고는 배길 수 없었다. 그래서 마틸드는 이 사랑 때문에 일어나는 모든 위험에 자진하여 대담하게 몸을 내던지려고 했다. 신중한 사람은 오히려 쥘리앵 쪽이었고, 마틸드는 위험성이 문제가 될 때만큼은 그의 뜻을 따르려 하지 않았다. 쥘리앵에게는 순종하고 또 비굴하다고도 할 만한 태도를 보이고 있었지만, 가족이나 하인 등 집 안에서 자기와 접촉하는 다른 사람들에게는 더욱더 거만해졌다.

밤에 60명이나 되는 사람들이 살롱에 모여 있는 가운데서 마틸드는 쥘리앵을 불러 가까이 오게 한 뒤 오랫동안 둘이서만 얘기를 나누기도 했다.

어느 날 약삭빠른 탕보가 두 사람 곁에 와서 앉았다. 그러자 마틸드는 그에게, 도서실에 가서 1688년의 영국 명예혁명에 관한 스몰렛의 저서를 갖다 달라고 부탁했다. 탕보가 어물어물하자 마틸드는 "서두르실 것 없어요" 하고 쏘아붙였는데, 그 경멸이 서린 고압적인 태도에 쥘리앵도 속이 후련했다.

"그 악당의 눈을 보셨습니까?"라고 쥘리앵이 마틸드에게 말했다.

"그 사람의 백부님은 10년이 넘도록 이 살롱에 드나들고 있어요. 그렇지 않으면 저런 사람, 당장 내쫓아 버릴 텐데."

크루아즈누아나 뤼즈 등에 대한 마틸드의 태도는 겉으로는 완벽한 예의를 갖추었지만 실은 아주 도전적이었다. 마틸드는 전에 쥘리앵에게 여러 가지를 고백한 것을 속으로 깊이 후회하고 있었다. 귀족 청년들에게 호의를 보였다는 그 이야기는 단지 사소한 일을 과장해서 말했던 것인데, 그 사실을 이제 와서 솔직히 쥘리앵에게 고백할 수도 없는 노릇이라 후회는 더욱 깊었다.

아무리 결심은 해 봐도 여자로서의 긍지가 방해되어 쥘리앵에게 이렇게 말할 수는 없었다.

"크루아즈누아 씨가 대리석 테이블 위에 손을 놓으려다가 가볍게 내 손에 닿았을 때 내가 손을 치우지 않았다는 얘기, 신이 나서 자세히 얘기했지만 그것은 듣는 사람이 당신이었기 때문이에요."

요즘은 잠시 동안이라도 그 신사들 중 누군가가 얘기를 걸어오면, 그녀는 곧 쥘리앵에게 물어보아야겠다는 말을 꺼내곤 했는데, 이는 쥘리앵을 자기 곁에 붙잡아 두려는 핑계였다.

마틸드는 자기가 임신한 것을 알자 좋아서는 그 소식을 쥘리앵에게 알렸다.

"자, 이래도 나를 의심하시겠어요? 이것이야말로 확실한 보장 아녜요? 이제 나는 영원한 당신의 아내예요."

이 소식은 쥘리앵을 놀라게 했다. 행동 원칙까지 잊어버릴 정도였다.

'가엾게도 이 아가씨는 나 때문에 일생을 망치려 하고 있구나. 어찌 내가 일부러 싸늘하고 무례한 태도를 취할 수 있겠는가?'

마틸드가 조금이라도 번민하는 듯이 보일 때면, 분별이 제 아무리 무서운 소리로 그를 채찍질하더라도, 쥘리앵은 경험상 두 사람의 사랑을 영속시키기 위해서 필요 불가결한 그 잔혹한 말을 입에 담을 용기를 더 이상 내지 못했다.

"나, 아버지에게 편지를 쓸 생각예요."

어느 날 마틸드가 말했다.

"아버지는 내게는 아버지 이상의 존재예요. 오히려 친구라고 할 수 있죠. 그러니까 그분을 설령 잠깐 동안이라도 속인다는 것은, 우리가 취할 태도가 아니라고 생각해요."

"뭐라고요! 뭘 하시겠다는 겁니까?"

소스라치게 놀란 쥘리앵이 말했다.

"나의 의무를 다하는 거예요."

마틸드는 기쁨에 눈을 빛내면서 대답했다. 그녀 쪽이 애인보다 대담했다.

"그러면 나는 오명을 뒤집어쓰고 쫓겨납니다!"

"그것은 아버지의 권리니까 존중해 드리지 않으면 안 돼요. 우리는 팔짱을 끼고 대낮에 정정당당히 정문으로 나가는 거예요."

놀란 쥘리앵은 1주일만 연기해 달라고 부탁했다.

"안 돼요, 명예에 관한 문제인걸요. 의무라는 것을 안 이상 실행해야만 해요, 그것도 당장."

"좋습니다! 그렇다면, 내가 연기를 명령하겠습니다!"

마침내 쥘리앵은 이렇게 말했다.

"당신의 명예는 내가 책임을 지겠습니다. 나는 당신의 남편이니까요. 그러나 이번 일은 우리 두 사람의 입장을 엄청나게 바꿔버릴 중대한 일입니다. 내게도 내 나름의 권리가 있을 것입니다. 오늘은 화요일입니다. 다음 화요일은 레츠 공작의 초대일이지요. 그날 밤 라몰 후작께서 돌아오셨을 때 문지기가 그 운명의 편지를 전해 드리도록 합시다…… 아버님은 당신을 공작 부인으로 만들 생각만 하고 계십니다. 그것은 분명합니다. 아버님이 얼마나 낙담하실지 생각해 보십시오!"

"아버님이 어떤 복수를 하실지 생각해 보라는 말씀이시죠?"

"나도 은인에게 죄송스럽게 생각합니다. 그분에게 은혜를 원수로 갚는다고 생각하니 가슴이 아픕니다. 당연하지 않습니까. 다만 나는 아무도 무섭지 않고, 앞으로 상대가 누구든 절대로 무서워하지 않을 것입니다."

마틸드는 복종했다. 그녀가 임신했다는 말을 들은 이후 쥘리앵이 명령조로 말한 것은 이것이 처음이었다. 이때처럼 그녀를 사랑스럽게 여긴 적은 없었다. 쥘리앵은 사실 착한 일면이 있어서, 마틸드의 몸이 보통 상태가 아닌 것을 구실로 잔혹한 말을 삼가면서 실은 좀 안심하고 있었다. 그런데 라몰 후작에게 모든 것을 고백하는 일은 그를 크게 동요시켰다. 마틸드와 헤어지게 되지는 않을까? 그리고 자기가 떠날 때 마틸드가 아무리 괴로운 심정으로 배웅해 주었다고 하더라도, 과연 그로부터 한 달이 지난 뒤에도 자기를 생각해 줄 것인가?

또 라몰 후작에게 당연히 비난받을 것을 생각하니 이 역시 무서웠다.

그날 밤 쥘리앵은 마틸드에게 우선 이 두 번째 걱정을 털어놓았는데, 이윽고 사랑에 마음이 산란해져서 첫 번째 근심까지 고백해 버렸다.

마틸드의 표정이 변했다.

"정말 저와 반년을 헤어져 지낸다면 괴로우실 거라는 말씀이세요?"

"몹시 괴로울 것입니다. 내가 정말로 무서워하는 불행은 그것뿐입니다."

마틸드는 아주 행복했다. 쥘리앵은 지금까지 열심히 자기 역할을 연기해 온 결과, 두 사람 가운데서 보다 열렬히 사랑하고 있는 사람은 그녀 쪽이라고 마틸드로 하여금 생각하게 만들어 버린 것이었다.

운명의 화요일이 되었다. 한밤중에 집으로 돌아온 후작은 한 통의 편지를 받았다. 겉봉에 극비 친전(極秘親展)이라고 씌어 있었다.

아버님께. 아버님과 저 사이의 사회적인 인연은 모두 끊어지고 말았습니다. 남아 있는 인연은 이제 한핏줄이라는 것뿐입니다. 남편은 예외로 하고, 아버님이 지금도 앞으로도 저에게는 누구보다도 소중한 분이라는 것은 변함이 없습니다. 아버님을 얼마나 괴롭혀 드리게 될지 생각하니 지금도 눈물이 앞을 가려 보이지 않습니다. 그러나 저의 수치가 세상에 퍼지지 않게 하기 위해서도, 또 아버님께서 깊이 생각하신 뒤 일을 처리하실 여유를 드리기 위해서도, 이 고백을 이 이상 미룰 수는 없게 되었습니다. 언젠가는 말씀드리지 않으면 안 될 일이니까요. 아버님은 저에게 무한한 애정을 쏟아 주고 계십니다. 만약 그런 마음으로 약간의 연금을 주신다면 저는 남편과 함께 어디든지 분부하시는 곳으로, 가령 스위스쯤에라도 가서 자리 잡겠습니다. 남편의 이름은 전혀 세상에 알려져 있지 않으므로, 베리에르 목재상의 며느리 소렐 부인이 아버님의 딸이라고는 아무도 깨닫지 못할 것입니다. 정말 이 소렐이라는 이름은 쓰기가 무척 괴로웠습니다. 저는 쥘리앵을 위해서 아버님의 노여움을 두려워하고 있습니다. 물론 지당한 분노라고는 생각합니다만. 아버님, 저는 공작 부인이 될 수는 없습니다. 그것은 벌써 쥘리앵이 좋아졌을 때부터 알고 있었습니다. 제가 먼저 그를 좋아했고, 제가 유혹했습니다. 저는 아버님으로부터 너무나 고귀한 영혼을 이어받아서 비속한 것, 비속하게 보이는 것에는 아무래도 마음이 끌리지 않습니다. 아버님이 기뻐하실까 해서 크루아즈누아 씨에 대해서도 생각해 보았습니다만 결국 허사였습니다. 어째서 아버님은 제 앞에 그토록 참된 가치를 지닌 인물을 데리고 오셨나요? 제가 예르에서 돌아왔을 때, 아버님 스스로 이렇게 말씀하셨지요. "나를 즐겁게 해 주는 사람은 이 소렐이라는 청년뿐이다"라고요. 가엾게도 그 사람은 이 편지로 해서 아버님이 얼마나 슬퍼하실까 하고 저와 마찬가지로—이런 말을 쓸 수 있다면 말씀입니다만—괴로워하고 있습니다. 어버이로서 아버님이 분노하시는 것은 어쩔 수 없는 일입니다만, 친구로서 제발 언제까지나 저를 사랑해 주세요.

쥘리앵은 언제나 제게 경의를 표해 주었습니다. 가끔 제게 말을 걸어오는 수도 있었지만, 그것은 오로지 아버님에 대한 깊은 감사의 뜻에서 우러난 행동이었습니다. 대체로 그 사람은 선천적으로 자존심이 높은 성격이라서 자기보다 월등하게 신분이 높은 사람에게는 직무상 대답할 뿐입니다. 사회적인 신분의 차이에 대해서는 몹시 민감한 사람입니다. 부끄럽기 짝이 없지만, 저의 가장 친한 친구에게는 정직하게 말씀드리겠습니다. 이런 고백은 앞으로 누구에게도 하지 않을 작정입니다만, 어느 날 정원에서 그 사람의 팔을 잡은 것은 바로 저였습니다.

내일 이맘때가 되어도 아버님은 쥘리앵에게 화를 내고 계실까요? 설마 그렇지는 않으시겠지요. 제 과실은 이미 돌이키지 못합니다. 만일 아버님께서 원하신다면, 아버님에 대한 그 사람의 깊은 경의와, 마음을 상하게 해 드린 데 대한 괴로움을 제가 직접 전해 드리고 싶습니다. 이제 두 번 다시 그 사람을 만나시는 일도 없겠지요. 하지만 저는 그 사람이 가는 곳은 어디든지 따라가겠습니다. 그것은 그 사람의 권리이고, 저에게는 의무입니다. 그 사람은 태어날 아기의 아버지거든요. 만약 아버님께서 호의를 베푸시어 생활비로서 6000프랑을 주신다면 고맙게 받겠습니다. 그 뜻이 이루어지지 않는다면, 쥘리앵은 브장송에 가서 라틴어와 문학 교사 자리에 취직할 작정이라고 말하고 있습니다. 아무리 낮은 지위에서 몸을 일으키더라도 그 사람은 결국 남 위에 설 인물이 틀림없습니다. 그 사람과 함께 있는 한, 제 신세를 한탄할 걱정은 없을 줄 압니다. 만약 혁명이라도 일어나면 그 사람은 반드시 주인공 역할을 할 것입니다. 아버님은 지금까지 저에게 구혼한 사람들 중 누구 한 사람에게라도 그런 기대를 걸 수 있으시겠어요? 확실히 그분들은 훌륭한 영지를 가지고 있지요! 그러나 그것만으로는 조금도 경애할 마음이 우러나지 않습니다. 저의 쥘리앵은 현재의 체제 아래서도 머지않아 높은 지위에 앉으리라고 생각합니다. 만약 백만 프랑의 돈과 아버님의 원조만 있다면……

후작이 그 자리의 감정에 잘 움직이는 사람임을 알고 있는 마틸드는, 일부러 8페이지나 되는 긴 편지를 써 두었다.

라몰 후작이 이 편지를 읽고 있는 동안 쥘리앵은 자문자답하고 있었다.

'어떻게 할 것인가? 첫째, 나의 의무는 무엇인가. 둘째, 나의 권리, 그것은 어디에 있는가? 후작에게 입은 은혜는 헤아리기 어려울 정도야. 그분이 아니었다면 나는 하찮은 악당, 그것도 다른 녀석들에게 미움받고 박해당하는 소악당밖에는 되지 못했을 테지. 그분은 나를 상류사회 사람으로 만들어주셨어. 내가 악랄한 수단을 쓰는 것은 어쩔 수 없는 필요에 따른 것인데, 그분 덕택에 앞으로는 그런 짓을 덜해도 되고, 또 그만큼 추악한 죄는 저지르지 않아도 될 거야. 이것은 돈을 백만 프랑 주는 것보다도 더 큰 은혜야. 이 훈장이라든가 외교관 같은 외양으로 나는 보통 이상의 인간으로 보이고 있는데, 이것도 저것도 모두 그분 덕이지. 만약 그분이 펜을 들고 앞으로 내가 해야 할 일을 명령한다면, 무엇이라고 쓸까? ……'

쥘리앵의 생각은 갑자기 들어온 후작의 늙은 하인 때문에 중단되었다.

"후작님께서 곧 오시라는 분부십니다. 복장은 아무래도 좋다고 하십니다."

하인은 쥘리앵과 나란히 걸어가면서 조그만 소리로 덧붙였다.

"몹시 화가 나 계시니까 조심하십시오."

제33장
마음 약한 자의 지옥

그 다이아몬드를 자를 때, 서툰 보석 세공사는 원석의 가장 눈부신 광채를 얼마간 줄여 버렸다. 중세에는, 아니 심지어 리슐리외 시대에도, 프랑스인은 계속 의지의 힘을 가지고 있었는데.

미라보

쥘리앵이 가 보니 후작은 열화같이 화가 나 있었다. 아마 이 대귀족이 이토록 품위를 내던지고 천박해진 것도 처음이리라. 입에서 튀어나올 수 있는 한도껏 쥘리앵에게 욕설을 퍼부어 댔다. 우리 주인공은 놀라고 또 마음이 불편했지만, 그러나 감사의 마음은 조금도 흔들리지 않았다.

'딱하게도! 오랫동안 마음속 깊이 얼마나 화려한 계획을 꿈꿔 왔는지 모르는데, 그것이 단번에 허물어져 버렸으니! 어쨌든 후작님께 대답을 해 드려야지. 잠자코 있으면 점점 더 화를 내시게 될 테니.'

그는 타르튀프의 대사를 인용해 대답했다.

"저는 천사가 아닙니다…… 근무는 소홀함 없이 했다고 생각하며, 또한 과분한 대우도 받았습니다……늘 고맙게 여겨 왔습니다만, 뭐라고 하셔도 저는 스물두 살의 젊은 몸입니다…… 이 댁에서 저를 이해해 주신 것은, 후작님과 그리고 그 정다운 분뿐이었습니다……"

"짐승 같은 놈! 정다운 분이라니! 정답다니!" 하고 후작이 외쳤다.

"그 애가 정답게 대해 준다는 것을 깨달은 순간 너는 여기를 떠났어야 했다!"

"저도 그렇게 하려고 했습니다. 그래서 그때 랑그도크로 보내 주십사 부탁드렸던 것입니다."

분에 못 이겨서 왔다 갔다 하고 있던 후작도 마지막에는 지쳐 버렸다. 그는 무서운 고뇌로 기력마저 잃어 안락의자에 털썩 주저앉았다. 조그맣게 중얼거리는 소리가 쥘리앵에게도 들렸다.

"질이 나쁜 놈은 아닌데."

"그렇습니다. 저는 후작님께 질이 나쁜 짓은 하지 않았습니다."

쥘리앵은 이렇게 외치며 후작의 발아래 무릎을 꿇었다. 그러나 그런 동작이 몹시 창피해져서 이내 일어섰다.

후작은 극도로 흥분했다. 쥘리앵의 이런 동작을 보자마자 다시금 역마차 마부 뺨치는 듣기 괴로운 욕설을 퍼붓기 시작했다. 아마 지금까지 써 본 적도 없는 그러한 욕설을 퍼붓는 것이 분풀이가 되었는지도 모른다.

'이게 무슨 꼴인가! 내 딸이 소렐 부인이 된다고! 그 애는 이제 공작 부인이 될 수 없단 말인가!'

이 두 가지 생각이 뚜렷한 형태로 머릿속에 떠오를 때마다 후작은 가슴을 에는 듯한 기분이었고, 동요하는 마음을 스스로 억제할 수가 없었다. 쥘리앵은 이러다 얻어맞는 것이 아닐까 하고 생각했다.

이따금 제정신을 차리고 차츰 자기의 불행에 만성이 되어 간 후작은, 쥘리앵에게 제법 논리 정연한 비난을 퍼부었다.

"너는 여기를 떠났어야 했다…… 여기를 떠나는 것이 네 의무였어…… 너는 인간쓰레기다……"

쥘리앵은 테이블 앞에 다가가서 이렇게 썼다.

오래전부터 산다는 것이 저로서는 견딜 수 없게 되었습니다. 그만 인생에 종지부를 찍고 싶습니다. 후작 각하에게 한없는 감사의 뜻을 표현하는 동시에, 댁내에서 목숨을 끊음으로써 끼쳐 드릴지도 모를 해를 부디 용서해 주시기 바랍니다.

"후작님, 이것을 읽어 보시기 바랍니다…… 저를 죽여 주십시오. 아니면 하인더러 저를 죽이게 해 주십시오. 지금 꼭 오전 1시인데, 이제부터 정원 끝의 담장 쪽으로 슬슬 걸어가겠습니다."

"어디로든지 꺼져 버려라!"

후작은 나가는 쥘리앵의 등 뒤에서 소리쳤다.

'그래' 하고 쥘리앵은 생각했다.

'하인의 손도 거치지 않고 내가 죽는다면, 후작도 과히 기분이 나쁘지는 않겠지…… 손수 나를 죽일까? 그것도 괜찮을 거야. 그래서 속이 후련해지신다면 좋을 텐데…… 아니, 안 돼. 나는 인생을 사랑하고 있는걸…… 아이를 위해서도 살아야 해.'

아이에 대한 생각이 이처럼 뚜렷한 형태로 그의 머리에 떠오른 것은 이번이 처음이었다. 정원으로 나가서 처음 얼마 동안은 신변의 위험에 정신을 뺏기고 있었으나, 이윽고 완전히 이 생각에 사로잡히고 말았다.

이 새로운 관심사가 그를 신중한 인간으로 만들었다.

'저 성급한 후작을 어떻게 상대하면 좋을까. 의논 상대가 필요해…… 그분은 이미 이성을 잃고 있으니 무슨 짓을 할지 몰라. 푸케는 너무 멀리 있고, 또…… 그 친구는 후작 같은 인물의 마음을 알지 못할 테지 알타미라 백작은 어떨까…… 영원히 비밀을 지켜 주리라고 믿어도 좋을까? 그에게 의논했다는 사실이 공개적으로 드러나 나의 입장을 난처하게 만든다면 곤란해. 어쩌면 좋담! 남은 사람은 저 엄격한 피라르 사제뿐인데…… 그분의 머리는 장세니슴으로 아주 편협해졌단 말이야…… 오히려 예수회의 악당이라면, 상류사회 사정도 잘 알고 있어서 내게는 아주 도움이 될 텐데…… 피라르 사제는 죄를 털어놓기만 해도 날 때릴지 몰라.'

타르튀프의 정신이 쥘리앵을 도왔다.

'무슨 상관이야, 그분에게 고해하러 가자.'

이것이 2시간이나 정원을 거닌 끝에 쥘리앵이 마지막으로 굳힌 결심이었다. 총을 맞을지도 모른다는 두려움은 벌써 사라지고 없었다. 쏟아지는 잠이 그를 엄습했다.

다음 날 아침 일찍, 쥘리앵은 벌써 파리에서 몇 십 리 떨어진 그 엄격한 장세니스트의 저택 문을 두드리고 있었다. 그런데 뜻밖에도 사제는 그의 고백을 듣고도 별로 놀라지 않았다.

"아마 나에게도 책임이 있겠지."

사제는 화를 낸다기보다는 오히려 걱정스러운 듯 이렇게 중얼거렸다.

"이 연애 사건은 전부터 어렴풋이 깨닫고 있었다. 하지만 네가 가여운 나머지 후작에게 사정을 알릴 마음이 들지 않았던 거야!"

"후작께선 어떻게 하실까요?"

쥘리앵은 다급히 물었다.

(이때 쥘리앵은 사제를 사랑하고 있었다. 말다툼이라도 할 지경에 이르렀다면 얼마나 괴로웠을까?)

쥘리앵은 다시 말을 이었다.

"세 가지 가능성이 있다고 생각합니다. 첫째, 라몰 후작은 직접 저를 살해할지도 모릅니다."

이렇게 말하고 쥘리앵은 후작 앞에 놓고 온 유서에 대해서 이야기했다.

"둘째, 노르베르 백작더러 저에게 결투를 신청케 하여 저를 사살시키는 것입니다."

"그 결투를 승낙할 셈이냐?"라고 사제는 격앙되어 벌떡 일어섰다.

"아직 다 말씀드리지 않았습니다. 은인의 아들에게 총을 쏘는 짓은 절대로 하지 않을 것입니다. 셋째, 후작은 저를 멀리 보낼지도 모릅니다. 그분이 '에든버러로 가라, 뉴욕으로 가라'라고 말씀하시면 그대로 하겠습니다. 그러면 마틸드의 몸 상태는 숨길 수 있겠지요. 그러나 제 아이가 어둠 속에 매장당하는 일만은 참을 수가 없습니다."

"그 점인데, 아마 틀림없을 게다. 그 부도덕한 사람은 그런 대담한 생각부터 먼저 할 테니까……"

파리에서는 마틸드가 절망에 잠겨 있었다. 아침 7시께 벌써 아버지를 만나고 있었다. 아버지는 쥘리앵의 편지를 보여 주었다. 쥘리앵이 죽음을 택하는 편이 오히려 고결하다는 막다른 생각을 했나 싶어서 마틸드는 너무도 두려웠다.

'더구나 내게 말도 없이!'

이런 생각을 하니 괴로움과 분노가 그녀를 온통 휩쌌다.

"그 사람이 죽으면 저도 죽어 버리겠어요."

마틸드는 아버지에게 이렇게 말했다.

"그 사람이 죽으면 아버지 탓이에요…… 하기야 그렇게 되면 아마 기뻐하시겠지만…… 그렇지만, 전 그 사람의 영혼에 맹세코 이렇게 하겠어요…… 우선 복상(服喪)한 뒤에 공공연히 소렐의 미망인이라고 밝히고 여러분들에게 사망통고장을 내겠어요. 그러니 각오해 주세요…… 전 구질구질하게 나약한 짓은 절대로 하지 않을 테니까요."

그녀의 사랑은 이제 광기에 가까워지고 있었다. 이번에는 라몰 후작의 입이 딱 벌어졌다.

후작도 겨우 얼마간 이성적으로 사태를 바라보게 되었다. 점심때 마틸드는 모습을 나타내지 않았다. 마틸드가 어머니에게 아무 말도 하지 않았다는 사실을 알고 후작은 마음을 놓았다. 그리고 그것은 자존심을 약간 흐뭇하게 해주었다.

쥘리앵이 막 말에서 내리려고 하는데 마틸드의 심부름꾼이 부르러 달려왔다. 방에 들어가니 마틸드가 곧장 품속에 뛰어 들어왔다. 하마터면 심부름꾼에게 들킬 뻔했다. 쥘리앵은 이 미칠 듯한 흥분을 그다지 고맙게 생각지 않았다. 피라르 사제와 오랜 시간 협의한 결과, 외교관이 무색할 만큼 아주 타산적인 사람이 되어 돌아왔기 때문이다. 여러 가능성을 생각하는 동안에 머리가 완전히 냉정해진 것이다. 마틸드는 눈물을 글썽거리면서 유서를 보았다고 말했다.

"아버지가 고쳐 생각하실지도 몰라요. 부탁이니 지금 곧 빌르퀴에로 떠나주시겠어요? 모두 식탁에서 일어서기 전에, 다시 말을 타고 이 집을 나가 주세요."

쥘리앵이 언제까지나 이상해하는 듯 싸늘한 표정을 짓고 있었기 때문에 마틸드는 기어코 울기 시작했다.

"뒷일은 내게 맡기세요!"

이렇게 외치면서 그녀는 흥분하여 쥘리앵을 꼭 껴안았다.

"좋아서 당신과 헤어지려고 하는 것이 아니란 건 아시겠죠? 내 하녀 이름 앞으로 편지를 주세요, 네? 주소는 다른 사람에게 써 달라고 하세요. 나도 자주 쓸 테니까요. 그럼 안녕! 빨리 도망치세요."

이 마지막 말에 쥘리앵은 자존심이 상했으나 하여간 그 말에 따랐다.

'정말 어쩔 수 없는 일이로군' 하고 그는 생각했다.

'이 사람들은 가장 상냥할 때도 어느샌가 내 감정을 해치는 요령을 알고 있단 말이야.'

마틸드는 아버지가 말하는 현명한 해결책을 깡그리 뿌리쳤다. 그녀는 다음과 같은 조건이 없는 한 어떤 교섭에도 응하지 않겠다고 우겼다. 먼저 자신이 소렐 부인이 되는 것, 그리고 남편과 함께 스위스나 아버지의 집에서 조용히 사는 것이었다. 은밀히 아이를 낳자는 아버지의 제안엔 애당초 귀도 기울이지 않았다.

"그런 짓을 하면 오히려 중상당하거나 명예가 손상될 우려가 있어요. 결혼한 지 두 달 뒤에 저는 남편과 함께 여행을 떠나겠어요. 그렇게 하면 적당한 시기에 아이가 태어난 것처럼 보이게 하는 일쯤은 쉽겠지요."

마틸드의 단호한 태도에 후작은 처음에는 발끈 화를 냈으나 나중에는 자기 생각에 자신이 없어졌다. 결국 정 때문에 마음이 약해진 후작은 딸에게 말했다.

"자! 여기 1만 프랑의 연금 증서가 있다. 이것을 네 쥘리앵에게 부쳐 주어라. 어서 해라, 내가 도로 뺏기 전에."

마틸드의 명령적인 성격을 잘 알고 있는 쥘리앵은 그녀의 의향에 따를 수밖에 없었다. 그는 아무 목적도 없이 400리 길을 여행했다. 빌르퀴에에 와서 소작료 결산을 하고 있는 동안에 이 같은 후작의 온정 있는 조치가 내려져 파리로 돌아갈 수 있게 되었다. 그는 피라르 사제 집에 묵기로 했다. 사제는 그가 없는 동안 마틸드에게 가장 든든한 아군이 되어 있었다. 사제는 라몰 후작이 의견을 물을 때마다, 정식 결혼을 시키는 것 이외의 방법은 모두 신의 눈앞에 죄악이 된다고 조리 있게 설명했다.

"더구나 고맙게도 이번 경우에는 세상의 양식을 따르는 것이 하느님의 가르침과 일치합니다. 그처럼 성격이 강한 따님입니다. 본인이 별로 지킬 뜻이 없는 이 비밀이, 언제까지나 세상에 새어 나가지 않으리라고 믿으실 수 있겠습니까? 과감하게 정식 결혼을 허락하시지 않으면, 세상 사람들은 도무지 격이 맞지 않는 이 결합을 두고 오히려 더 오랫동안 이러쿵저러쿵하게 될 것입니다. 조금도 꺼림칙한 구석이 없는 것처럼 여겨지도록, 또 실제로도 그런 일이 없도록, 단번에 모든 것을 공표해 버릴 필요가 있습니다."

"흠" 하고 후작은 생각에 잠기면서 말했다.

"확실히 그런 방법을 택한다면, 사흘이 지난 뒤까지도 이 결혼을 이러쿵저러쿵하다가는 저능한 자의 부질없는 넋두리란 말을 듣게 되겠지요. 정부의 자코뱅파 탄압이라든가 뭐 그런 사건이 일어나면, 그 혼잡한 틈을 타 결혼을 공표해서 기정사실로 만드는 편이 좋을지도 모르겠군요."

라몰 후작의 몇몇 친구들도 피라르 사제와 같은 의견이었다. 이 사람들이 볼 때도 가장 큰 난점은 마틸드의 단호한 성격이었다. 그러나 이처럼 당연한 이치를 환히 납득한 뒤에도, 후작으로서는 딸을 공작 부인으로 삼고 싶은 소망을 좀처럼 버릴 수가 없었다.

후작의 기억력과 상상력은, 그의 청년시대에 아직 통용되던 온갖 술책과 속임수 따위로 가득 차 있었다. 어쩔 수 없는 사정 때문에 양보한다든가 법규를 두려워한다든가 하는 것은, 자기 같은 신분의 인간에게는 어리석고 불명예스러운 일로 생각됐다. 지난 10년 동안 귀여운 딸의 장래에 대해서 멋대로 즐거운 꿈을 그려 왔는데, 이제 와서는 그것이 오히려 후회스러웠다.

"누가 이런 일을 예측인들 할 수 있었겠는가?"

후작은 혼자서 중얼거렸다.

"그처럼 기품이 높고 그처럼 재능이 넘치며, 나 이상으로 우리 가문의 명성을 긍지로 삼던 그 애가! 오래전부터 프랑스에서도 손꼽히는 명문가에서 귀찮을 정도로 청혼이 들어오는 몸이었는데! 그래, 신중한 생각 따위는 죄다 헛것이야. 이 현대는 모든 것이 혼란되도록 생겨 먹었거든! 우리들은 혼돈을 향해서 나아가고 있을 뿐이지!"

제34장
재사(才士)

말을 타고 길을 가면서 지사(知事)는 생각하고 있었다. '나라고 대신이나, 총리나, 공작이 되지 말라는 법은 없지. 나라면 이렇게 전쟁을 하겠어…… 이런 방법으로 개혁가들을 감옥에 처넣어 버릴 거야…….'

〈글로브〉

.

어떤 논리도 10년 동안 마음을 지배해 온 즐거운 꿈을 부술 힘은 없었다. 후작도 화를 내 봤자 소용없다고 생각했으나 용서하겠다는 결심은 좀처럼 서지 않았다.

'쥘리앵이 사고로 죽어 버렸으면…….'

가끔 이런 생각이 들곤 했다. 이렇듯 어리석은 망상을 함으로써 후작의 비통한 마음은 다소나마 위안을 받았다. 이런 망상은 피라르 사제의 현명한 충고의 효력을 번번이 없애버렸다. 이리하여 협상은 전혀 진행되지 않은 채 한 달이 지났다.

이러한 가정 내의 문제에 대해서도 후작은 마치 정치 문제를 다루듯이, 놀라운 착상을 얻어 사흘 동안은 그 일에 몰두했다. 그런데 그 사이에 행동 방침이 점점 마음에 안 들게 된다. 방침이라는 것은 그럴듯한 이론에 의지하기 때문이다. 아무리 훌륭한 이론이라도 자기가 좋아하는 계획을 지지해 주지 않는 한, 후작의 마음에 들 수가 없었다. 사흘 동안 후작은 시인 뺨치는 열의와 흥분으로 어떻게든 사태를 해결하려고 노력한다. 그러나 그 다음 날에는 이미 잊어버리는 것이다. .

처음 쥘리앵은 후작의 완만한 태도에 어리둥절했다. 그러나 몇 주일이 지나는 동안 이번 사건에 대해 라몰 후작이 아무런 명확한 방침도 가지고 있지 않다는 것을 차차 깨달았다.

라몰 부인을 비롯한 집안 사람들은 쥘리앵이 토지 관리 때문에 지방을 여행하고 있는 줄 알고 있었다. 그런데 당사자는 피라르 사제의 사제관에 숨어서 거의 매일같이 마틸드와 만나고 있었다. 마틸드는 매일 아침 아버지를 찾아가 한 시간쯤 함께 시간을 보냈으나, 때로는 몇 주일 동안이나 골치 아픈 당면 문제에 대해서는 전혀 얘기를 나누지 않는 일도 있었다.

"나는 그자가 어디 있는지 알고 싶진 않구나."

어느 날 후작은 딸에게 이런 말을 했다.

"그렇지만, 이 편지를 전하렴."

마틸드는 편지를 읽었다.

랑그도크의 토지에서는 연 20600프랑의 수익이 나온다. 10600프랑은 딸에게, 10000프랑은 쥘리앵 소렐에게 증여한다. 당연히 토지 자체도 물려주겠다. 공증인에게 의뢰하여 2통의 증여 증서를 따로 만들어서 내일 나에게 가지고 오도록 지시할 것. 앞으로 우리 사이에는 아무런 관계도 없는 것으로 하겠다. 아아! 소렐 군, 사태가 이렇게 될 줄 내가 꿈엔들 생각했겠는가?

후작 라몰

"고맙습니다, 정말……" 하고 진심으로 마틸드는 말했다.

"우리는 아쟁과 마르망드 사이에 있는 에귀용의 별장에 자리 잡겠어요. 거긴 이탈리아만큼 경치 좋은 곳이라니까요."

이 재산 증여는 쥘리앵을 무척 놀라게 했다. 그는 이미 지금까지 우리가 알고 있던 가혹하고 냉정한 인간이 아니었다. 아이의 장래 일로 벌써부터 머리가 가득 차 있었다. 뜻밖에 굴러 들어온, 그처럼 가난한 자에게는 상당한 액수인 이 재산 때문에 그는 야심가가 되었다. 이제 아내와 자기는 연 36000프랑의 수입을 바라볼 수 있다고 생각했다. 한편 마틸드는 오로지 남편만을 사랑하느라고 정신이 없었다. 그녀는 자존심 때문에 언제나 쥘리앵을 '나의 남편'이라 부르고 있었다. 그녀의 유일하고도 가장 큰 야심은 자기의 결혼을 정식으로 인정받는 일이었다. 그녀의 생활 중 대부분의 시간은, 남보다 뛰어난 인물을 생애의 반려로 선택한 자기의 현명함을 과장하여 생각하는 데 투여되었다. 개인적인 재능을 중시하는 것이 그녀의 사고방식이었다.

거의 헤어져 지내는 데다 산더미처럼 쌓인 온갖 문제 때문에 사랑을 나눌 틈조차 변변히 없었다. 그리하여 전에 쥘리앵이 선택했던 현명한 전술의 긍정적인 효과는 한층 더 강해졌다.

마틸드는 겨우 자기가 진정으로 사랑하게 된 남자를 마음대로 만날 수 없다는 사실에 드디어 참을 수 없게 되었다.

속이 상해서 어느 날 그녀는 아버지에게 편지를 썼다. 첫머리는 마치《오셀로》같았다.*

제가 라몰 후작의 딸로서 세상에서 얻을 수 있는 온갖 즐거움보다도 쥘리앵을 더 소중하게 보았다는 것은, 저의 선택으로 충분히 증명되었다고 생각합니다. 세상의 존경을 받는다든가 조그만 허영심을 만족시킨다든가 하는 즐거움은 저에게 아무런 가치가 없습니다. 남편과 헤어져 지낸 지도 어느새 6주일이 되어 가고 있습니다. 이 정도면 아버님에 대한 경의를 충분히 표했다고 생각합니다. 이번 목요일에는 아버님 곁을 떠나려고 합니다. 아버님의 친절한 보살핌으로 저희들은 부자가 되었습니다. 저의 비밀은 존경하는 피라르 신부님 이외에 아무도 아는 사람이 없습니다. 그러니 그분에게로 가겠습니다. 그분의 주례로 결혼식을 올리고, 식이 끝나면 한 시간 뒤에 랑그도크로 떠나겠습니다. 아버님의 지시가 없는 한 다시는 파리에 돌아오지 않겠습니다. 단지 마음에 걸려서 견딜 수 없는 것은, 이번 일로 저나 아버님을 중상하는 심한 소문이 퍼지리라는 것입니다. 어리석은 세상의 신랄한 빈정거림 때문에 마음 착한 오빠 노르베르가 쥘리앵에게 결투를 청하지나 않을는지요? 저는 쥘리앵의 성질을 잘 알고 있습니다. 만약 그렇게 되면, 그 사람을 저는 도저히 억제할 수가 없습니다. 그의 영혼에 내재되어 있는 평민의 반항적인 기질이 틀림없이 머리를 쳐들 것입니다. 아버님! 무릎을 꿇고 빕니다. 이번 목요일, 피라르 사제님의 성당에 오셔서 결혼식에 참석하여 주십시오. 그러면 악의에 찬 소문도 끝

*《오셀로》제1막 제3장, 베네치아 원로원에서 데스데모나가 하는 말.

이 무디어질 것이고, 아버님의 외아들의 목숨도, 제 남편의 목숨도 무사해
질 것입니다. 운운.

이 편지를 읽고 후작은 참으로 난처한 기분을 느꼈다. 드디어 결단을 내릴
때가 온 것이다. 쓸데없는 인습이라든가, 가까운 친구 따위는 이제 아무런
힘도 될 수 없었다.

이렇듯 심상치 않은 사태에 이르자 젊은 시절의 온갖 사건을 통해서 후작
에게 깊이 아로새겨진 성격상의 특색이 되살아났다. 망명시대의 갖가지 불
행은 후작을 상상력이 풍부한 인간으로 만들어 놓았다. 2년 동안 막대한 재
산과 궁정에서의 영달을 마음껏 누린 뒤, 1790년에 이르러 후작은 너무도
비참한 망명 생활을 해야 했다. 그 가혹한 시련이 스물두 살 난 청년의 영혼
을 일변시켰다. 사실 현재 후작은 엄청난 부에 에워싸인 끄떡없는 신분이지
만, 그 재산에 지배당하고 있지는 않았다. 그러나 황금에 의한 타락으로부터
후작의 정신을 구해 준 그 상상력 자체가, 딸에게 훌륭한 칭호를 주고 싶다
는 꿈에서 그를 벗어나지 못하게 하고 말았다.

지난 6주일 동안 후작은 때때로 변덕을 일으켜 쥘리앵을 부자로 만들어
줄 생각을 하기도 했다. 가난이란 창피한 것, 명예롭지 못한 것이라고 라몰
후작은 여겼다. 그러니 자기 사위가 가난해서는 안 될 일이었다. 그래서 그
는 돈을 내던졌던 것이다. 다음 날 후작의 상상력은 다른 방향으로 움직이기
시작했다. 자기가 선뜻 돈을 내준 의미를 깨달은 쥘리앵이 이름을 바꾸고 아
메리카로 건너가, 이제 자기는 죽은 셈치고 체념해 달라는 편지를 마틸드에
게 보낸다…… 이런 생각이 든 것이다. 라몰 후작은 정말로 그 편지가 쓰였
다고 가상하고서, 딸의 성격으로 미루어 그것이 어떤 결과를 초래할까, 하고
앞으로 앞으로 생각을 계속해 나갔다……

이런 어린애 같은 공상은 마틸드의 현실적인 편지로 깨져 버렸다. 그날 후
작은 쥘리앵을 살해하거나 추방하는 일을 마음껏 생각한 끝에, 마침내 그를
훌륭한 신분으로 만들어 주겠다는 결심을 했다. 쥘리앵에게 자기 영지의 어
느 이름을 따서 쓰게 한다. 자기의 작위를 그에게 계승시켜도 좋지 않은가.
장인인 쇼느 공작은 외아들이 에스파냐에서 전사한 이래, 자기의 작위를 노
르베르에게 물려주고 싶다고 몇 번이나 말했다……

'쥘리앵이 보기 드문 사무적인 수완을 갖고 있다는 점은 부정할 수 없어. 대담하기도 하고, 기지가 있다고 해도 좋으리라…… 그러나 그자의 성격 깊숙한 곳에는 무언가 무서운 것이 숨어 있단 말이야. 이것은 누구나가 똑같이 받는 인상이니까, 실제로도 무언가 그런 점이 있는 게 틀림없어.'

그것이 실제로 무엇인지 파악하기가 어려워 노후작의 상상에 가득 찬 마음은 점점 공포를 느끼게 되었다. 그는 계속 생각했다.

'언젠가 딸이 그것을 참으로 요령 있게 말한 적이 있었지(그 편지는 여기에 소개하지 않겠다). 쥘리앵은 어느 살롱에도 어느 당파에도 가담하지 않았습니다, 그런 문구였어. 그 녀석은 나 이외엔 아무런 후원자도 얻으려 하지 않았지. 내가 돌보지 않으면 꼼짝달싹할 수 없게 되는 주제에…… 그런데 그것은 세상 물정에 어둡기 때문일까? 살롱에 끼는 것 이외에는 실제적이고 효과적인 출세 방법이 없다고, 두세 번 말해 준 일도 있는데…… 아니, 그는 검사처럼 한 치의 틈, 조그만 기회조차 놓치지 않고 이용할 줄 아는 교활한 재주는 가지고 있지 않아…… 그는 루이 11세 같은 권모술수에 능한 성격은 아니야. 그러나 한편으로는 아주 고결하지 못한 신조를 품고 있는 듯도 하고…… 도무지 모르겠군…… 자기의 격한 정열의 방파제로 삼기 위해서 그런 신조를 자신에게 주입하고 있는 것일까?'

후작은 생각을 계속하였다.

'그러나 하나만은 분명한 것이 있지. 그놈은 경멸당하면 참지 못하는 성격이야. 그건 틀림없어. 그놈은 문벌을 존경하지 않아. 확실히 본능적으로 우리를 존경하고 있지 않단 말이야…… 곤란하군. 아무튼 신학생으로서 무엇보다 괴로운 것은 대개 돈과 즐거움의 부족일 텐데. 그런데 그놈은 전혀 달라서 모욕을 당하는 것만은 절대로 참지 못해.'

딸의 편지로 재촉을 받은 라몰 후작은 태도를 결정할 때가 왔음을 깨달았다.

'그런데 중요한 문제점은 이거야. 쥘리앵이 대담하게도 내 딸에게 접근한 것은 내가 누구보다도 딸을 귀여워하고 있고, 또 나에게 10만 에퀴의 연수가 있기 때문인가 아닌가? 마틸드는 물론 그렇지 않다고 우기지만…… 천만에, 쥘리앵 선생. 이 점에 대해서만은 속지 않을 걸세. 과연 참된 사랑이 뜻밖에도 우러난 것일까? 아니면, 야비한 출세욕에서 비롯된 사랑인가? 마틸드는 앞을 내다볼 수 있는 아이지. 내가 이런 의문을 품으면, 쥘리앵의 신세가 파멸되리라고 처음부터 짐작했음에 틀림없어. 그래서 자기가 먼저 사랑에 빠졌다고 고백한 거야……'

생각은 계속 이어졌다.

'그처럼 도도한 애가 그렇게 자존심도 잊고 노골적인 유혹을 할까? …… 밤에 정원에서 쥘리앵의 팔을 잡았다고…… 당치 않은 소리! 생각만 해도 소름이 끼치는군! 호의를 나타내려면 좀더 얌전한 방법이 얼마든지 있었을 텐데. 핑계를 대는 것은 뒤가 켕기는 증거라고 하지 않는가. 마틸드의 말은 믿지 말아야지……'

이날 후작이 전개시킨 사고는 여느 때보다도 정연했다. 그러나 습관은 버리기 힘들어서 후작은 시간을 벌 작정으로 딸에게 편지를 썼다. 집 안에서도 편지를 주고받는 습관이 있었기 때문이다. 라몰 후작으로서는 마틸드와 논전을 벌여 정면으로 딸에게 반대할 용기가 없었다. 갑자기 양보할 마음이 생겨 만사가 끝장나 버릴까 봐 두려웠기 때문이다.

편지

이 이상 어리석은 짓은 하지 말아라. 여기 준남작 쥘리앵 소렐 드 라 베르네 씨 앞으로 보내는 경기병 중위 사령장을 동봉한다. 그 사람을 위해서 내가 얼마나 힘을 기울이고 있는가 잘 알 수 있을 것이다. 더는 나에게 거역하거나 질문하거나 하지 말아라. 쥘리앵은 24시간 이내에 출발하여 소속 연대의 주둔지 스트라스부르로 가서 입대 수속을 밟을 것. 거래 은행 수표도 동봉해 둔다. 만사 나를 따르라.

마틸드의 사랑과 기쁨은 이제 한이 없었다. 이 승리의 기세를 타고 그녀는 곧 회답을 썼다.

라 베르네 씨는 아버님이 그 사람을 위하여 얼마나 애쓰셨는가 알게 되면, 감사한 나머지 아버님의 발아래 무릎을 꿇으리라고 생각합니다. 하지만 그처럼 친절하게 대해 주시면서도, 아버님은 저의 일을 잊고 계십니다.

아버님 딸의 명예는 위험에 처해 있습니다. 조금이라도 비밀이 새어 나가 버리면 평생 사라지지 않을 오점이 남을지도 모르고, 그 피해는 20000에 퀴의 연수로도 메울 수 없을 것입니다. 다음 달 빌르퀴에서 정식 결혼식을 올려 주시겠다는 약속을 받지 않는 한, 이 사령장은 라 베르네 씨에게 보내지 않겠습니다. 이 시기를 놓쳐 버리면(절대로 그렇게 되지 않기를 간절히 바랍니다만), 이윽고 아버님의 딸은 라 베르네 부인이라는 이름이 아니면 남 앞에 나타나지 못하게 됩니다. 아버님, 소렐이라는 이름을 쓰지 않아도 되도록 힘써 주신 데에 진심으로 감사하고 있습니다. 운운.

회답 내용은 뜻밖이었다.

시키는 대로 하여라. 안 그러면 먼젓번 일을 전부 취소하겠다. 경솔한 짓도 정도껏 해야지. 나는 아직 쥘리앵의 정체를 모른다. 더구나 너는 나만큼도 모르고 있어. 쥘리앵을 스트라스부르로 보내어 내 지시에 따르도록 하여라. 내 생각은 2주일 안으로 알려 주겠다.

이 회답의 단호한 투에 마틸드는 놀랐다. '너는 쥘리앵을 모른다'—이 말이 그녀를 생각에 잠기도록 만들었다. 그 생각은 이윽고 한없이 즐거운 공상으로 끝나 버렸는데, 그 공상은 마치 사실처럼 여겨졌다.
'나의 쥘리앵의 정신은, 살롱에서 활개치는 그 하잘것없는 제복 따위를 입고 있지는 않아. 그래서 아버님은 그 사람의 위대함을 모르시는 거야. 그 위대함의 분명한 증거를 몰라보시는 거지…… 하지만 지금 아버지의 변덕에 따르지 않는다면 소동이 표면에 드러날 우려가 있어. 소문이 나면 사교계에서의 내 지위는 엉망이 될 테고, 나는 쥘리앵에게 지금처럼 매력 있는 여자가 못 될지도 몰라. 일단 소문이 나 버리면…… 10년 동안은 가난한 생활일거야. 그런데 재능 하나만으로 남편을 고른다는 엉뚱한 짓을 저지른 이상, 마음껏 호화로운 생활을 해 보이지 않으면 세상의 웃음거리가 되고 말겠지. 멀리 떨어져 살다 보면 차차 아버지도 나이가 드시면서 나 같은 것은 잊어버리실지도 몰라…… 오빠가 귀엽고 똑똑한 부인을 맞이한다고 해 봐. 루이 14세가 늙어서 부르고뉴 공작 부인*에게 농락당한 예도 있으니까……'

마틸드는 아버지에게 순종하기로 했으나, 아버지의 편지를 쥘리앵에게 보이지는 않았다. 그 격렬한 성격으로 보아 어떤 광기 어린 짓을 할는지 몰랐기 때문이다.

그날 밤 마틸드로부터 자기가 경기병 중위로 임명되었다는 말을 듣자 쥘리앵의 기쁨은 그칠 줄을 몰랐다. 그가 한평생 품어 온 야망과, 태어날 아이에게 현재 그가 기울이고 있는 지극한 애정을 생각하면, 그 기쁨도 상상할 수 있으리라. 자기 이름이 달라졌다는 사실이 그의 마음을 놀람으로 꽉 차게 만들었다.

'요컨대 이것으로 내 이야기도 완결이 난 셈이구나. 모든 것은 나 혼자 이루어 낸 공적이야. 나는 자존심의 화신 같은 이 여자가 나를 사랑하도록 만드는 데 성공했다고.'

이렇게 생각하면서 쥘리앵은 마틸드를 보았다.

'이 여자의 아버지는 딸 없이는 살아갈 수 없고, 이 여자는 나 없이는 살아갈 수 없어.'

---

* 손자인 부르고뉴 공작의 아내 아델라이드 드 사부아.

제35장
폭풍우

주여! 저를 평범한 인간으로 만들어 주소서.

미라보

쥘리앵은 자기 생각에 몰두하고 있었다. 마틸드가 아무리 애정을 보여도 무심하게 대할 뿐이었다. 묵묵히 침울한 표정만 짓고 있었다. 그러나 마틸드의 눈에 쥘리앵이 그처럼 훌륭하고 멋있게 보인 적은 없었다. 그저 쥘리앵의 자존심이 무엇인가 조그만 일에 발끈하여 이 좋은 기회를 물거품으로 만들지나 않을까, 그것만이 걱정이었다.

거의 매일 아침 마틸드는 피라르 사제가 집에 오는 모습을 보았다. 사제를 통해서 쥘리앵은 아버지의 뜻을 어느 정도 짐작하고 있는 것이 아닐까? 아니면 아버지가 변덕을 부려서 쥘리앵에게 직접 편지를 쓰기라도 한 걸까? 그도 아니라면 이처럼 큰 행복을 잡았는데도 쥘리앵이 저렇게 험악한 표정을 짓고 있는 것을 어떻게 설명해야 할까? 그러나 사정을 캐물어 볼 용기가 나지 않았다.

용기가 나지 않았다! 그렇다, 천하의 마틸드가 말이다! 이 순간부터 그녀의 쥘리앵에 대한 감정 속에는 어떤 막연한 것, 예측하기 어려운 것, 거의 공포에 가까운 것이 싹트게 되었다. 파리에서 존중되고 있는 지나친 문명 속에서 자라난 인간이 느낄 수 있는 가장 격한 정열이, 이 무정한 여자의 마음 속에도 싹이 튼 것이다.

다음 날 이른 아침, 쥘리앵은 피라르 사제의 사제관에 있었다. 이웃 역참에서 세낸 낡은 마차를 끌고 역마가 안마당에 들어왔다.

"이제 그런 마차는 네게 어울리지 않아"라고 까다로운 사제가 상을 찌푸리고 말했다.

"자, 여기 라몰 후작이 너에게 주신 20000프랑이 있다. 금년 안으로 모두 써 버리라고 하셨는데, 웃음거리가 될 짓은 되도록 피하라고 하시더구나."

이런 큰돈을 젊은 사람에게 주는 것은 죄를 범할 기회를 줄 뿐이라고 사제는 생각하고 있었다.

"후작께서는 이런 말씀도 하셨다. 쥘리앵 드 라 베르네 씨는 이 돈을 자기 아버지로부터 받은 것으로 해 두라고. 아버지 이름은 물론 라 베르네 씨야. 또 라 베르네 씨는 자기 아들을 어릴 적에 보살펴 준 베리에르의 목재상 소렐 씨에게 무언가 선물을 보내는 편이 좋지 않겠냐고 하시더구나. 선물하는 일은 내가 맡아서 해주마."

그리고 사제는 덧붙였다.

"그런데 나는 라몰 후작을 겨우 설득해서, 그 대단한 위선가 예수회원 프릴레르 사제와 화해할 마음이 생기게 만들었지. 그자의 세력은 분명히 우리들에겐 힘에 겹다. 그자는 브장송을 지배하는 인물이거든. 그자더러 네가 명문 출신임을 암암리에 인정시킬 것을, 이번 화해 때 조건으로 붙일 모양이더라."

쥘리앵은 감격을 억누르지 못해 피라르 사제에게 키스를 했다. 그리고 또 속마음을 드러내 버렸구나 하고 생각했다.

"이게 무슨 짓이냐!"

피라르 사제는 쥘리앵을 밀어내면서 말했다.

"대체 이게 무슨 짓이냐, 이 세속적인 경박한 짓은? …… 어쨌든 소렐과 그 아들들에 대한 일이라면, 그들에게는 내 명의로 한 해에 500프랑씩 연금을 보내 주기로 했다. 그들이 얌전히 지내는 한 각자에게 그만큼씩 송금해 주기로 하마."

쥘리앵은 이미 냉정하고 오만한 태도로 되돌아가 있었다. 감사하다는 인사를 하면서도 애매한 말투로 말꼬리를 잡히지 않도록 했다.

'나는 무서운 나폴레옹에 의해서 산골로 추방된 어느 대귀족의 사생아라는데, 과연 그런 일이 있을 수 있을까?'

곧 아예 불가능한 일은 아닌 것 같다는 생각이 들었다……

'내가 아버지를 미워하는 마음이 그 증거인지도 몰라…… 그렇다면 나도 짐승 같은 놈은 아닌 셈이야!'

이런 말을 중얼거린 날부터 며칠 뒤, 육군에서도 정예로 명성이 드높은 제 14 경기병 연대는 스트라스부르의 연병장에서 전투대형을 짜고 있었다. 준남작 라 베르네 씨가 탄 말은 6000프랑을 주고 산 알자스의 으뜸가는 명마였다. 그는 중위로 입대했으나, 소위였던 적은 일찍이 없다. 하기야 명부상으로는 본인도 들은 적 없는 모 연대에서 소위로 근무했다고 되어 있지만.

그의 태연한 태도, 너무 엄하여 거의 험악해 보이는 눈초리, 창백한 안색, 조금도 흔들리지 않는 냉정한 표정 등은 첫날부터 소문이 났다. 게다가 그는 완벽하고도 절도 있는 예절을 알고 있었고, 사격 솜씨나 검술도 뛰어난 데다 그것을 일부러 자랑스럽게 내보이지도 않았다. 그리하여 이윽고 그를 공공연히 조롱하는 기색은 싹 자취를 감추었다. 대엿새 지나자 연대 안의 여론은 쥘리앵에게 호의적으로 변해 있었다.

"그 젊은 놈에겐 무엇 하나 모자라는 게 없단 말이야."

야유를 잘하는 고참 장교들도 이렇게 말했다.

"젊음만은 모자라지만."

스트라스부르에서 쥘리앵은 셸랑 사제 앞으로 편지를 보냈다. 이 베리에르의 전 사제는 여생이 얼마 남지 않은 나이였다.

저의 가문 덕분에 제가 부자가 된 경위는 들으셨으리라고 생각하며, 그에 기뻐해 주시리라고 확신합니다. 여기 500프랑을 동봉합니다. 저의 이름을 밝히지 마시고, 또 소문이 나지 않도록 하셔서 예전의 저처럼 가난으로 고생하는 사람들에게 나눠 주시기 바랍니다. 물론 전에 저를 도와주셨듯이, 지금도 사제님은 그런 사람들에게 구조의 손길을 뻗고 계시겠지요.

쥘리앵은 야심에 취해 있었으나 허영심에 들떠 있지는 않았다. 그러나 외관을 꾸미는 데 크게 마음을 쓴 것만은 사실이었다. 말, 군복, 하인의 제복 따위를 갖추는 데는 영국의 대귀족에 뒤지지 않을 만큼 면밀했다. 특별한 은전으로 겨우 이틀 전에 중위가 되었는데도, 벌써부터 쥘리앵은 역사상 모든 대장군의 예에 따라 늦어도 서른 살에 한 군(軍)을 지휘하려면 스물세 살에 중위 이상은 되어야 한다고 계산하고 있었다. 그의 머릿속에는 일신상의 영예와 태어날 아이에 대한 일밖에 없었다.

이렇듯 한창 광기 어린 야심의 꿈에 취해 있는데 갑자기 라몰 저택에서 젊은 하인이 편지를 가지고 왔다. 편지를 보낸 사람은 마틸드였다.

만사 끝장입니다. 될 수 있는 대로 속히 돌아와 주세요. 모든 것을 버리고, 경우에 따라서는 탈영을 해서라도. 도착하자마자 저택의 정원 뒷문 근처인 ××가 ××번지에 마차를 세우고 그 안에서 기다려 주세요. 제가 가서 말씀드리겠어요. 아마 정원 안으로 들어가시게 할 수는 있을 거예요. 이미 모든 일은 끝장이 나서, 이제 강구할 수단도 없을까 봐 걱정입니다. 그러나 저만은 믿으세요. 역경 속에서도 언제까지나 당신만을 따를 각오로 있으니까요. 사랑하고 있어요.

몇 분 뒤에 쥘리앵은 연대장의 허가를 받아 스트라스부르를 떠나 전속력으로 말을 몰았다. 그러나 견딜 수 없는 불안 때문에 메스까지 와서는 더 이상 그런 방법으로는 달릴 수가 없었다. 마차를 붙잡아 탄 그는 믿을 수 없을 만큼 빠른 속도로 라몰 댁 정원 뒷문 곁의 지정된 장소에 도착했다. 문이 열렸다. 곧이어 마틸드가 남의 이목도 잊은 듯이 그의 품속에 뛰어들었다. 다행히 아침 5시라 거리에 사람 그림자는 보이지 않았다.

"이제 모든 일이 다 끝났어요. 아버님은 내가 우는 모습이 보기 싫어 목요일 밤에 나가셨어요. 어디로 가셨는진 아무도 몰라요. 이것이 아버님 편지예요, 읽어 보세요."

말을 마치고 마틸드는 쥘리앵과 함께 마차에 올라탔다.

나는 뭐든지 용서할 생각이었다. 하지만 그 사람이 처음부터 돈을 목적으로 너를 유혹할 계획이었다면 얘기가 달라진다. 너에게는 딱한 일이다만, 그것이 무서운 사실이었다. 분명히 말해 두겠는데 그 사람과의 결혼은 절대로 허락할 수 없다. 그 사람이 멀리 프랑스 국경 밖에서 살기로 한다면, 그에게 10000프랑의 연금을 보장해 주겠다. 어디 아메리카 같은 곳으로 가 준다면 제일 좋겠지. 내가 그의 신원을 문의한 데 대한 회답으로 편지가 왔는데 그것을 읽어 보아라. 그 뻔뻔스러운 자는 레날 부인이라는 여자에게 편지로 알아 보라고 직접 나에게 권했다. 어쨌든 그 사람에 관해서

네가 무엇이라고 편지를 쓰든 나는 한 줄도 읽지 않을 것이다. 파리도, 너도 진정 싫어졌다. 머지않아 일어날 일에 대해서는 엄중하게 비밀을 지킬 것을 명령한다. 그런 천하고 비열한 남자 따위 '단호히' 체념해라. 그러면 나는 다시 너의 아버지가 되어 주마.

"레날 부인의 편지는 어디 있소?" 하고 쥘리앵은 싸늘하게 물었다.
"여기 있어요. 당신이 마음의 준비가 된 다음에 보여 드릴 작정이었어요."

　숭고한 신앙과 도덕을 생각하기 때문에 저는 각하 앞에서 이렇게 괴로운 임무를 다하려는 것입니다. 절대로 과오가 없으신 하느님의 법도에 따라서 저는 지금 제 이웃을 해치려 하는 것입니다만, 이는 바로 더 큰 화를 막기 위해서입니다. 제가 겪고 있는 괴로움 따위는, 의무를 생각하는 마음으로 눌러 버려야 할 것입니다. 그분에 대해서 있는 그대로의 사실을 남김없이 아시고 싶다는 말씀이셨습니다만, 그분의 행동이 혹은 이해할 수 없게 혹은 훌륭하게까지 보였다는 말씀은 정말 지당하다고 생각합니다. 진실의 일부를 숨기거나 꾸며 내는 편이 좋겠다고 생각하기도 했습니다. 분별 있는 마음도, 종교의 가르침도 하나같이 그렇게 하라고 명하고 있습니다. 그러나 각하께서 아시고 싶다는 그분의 품행은, 사실 무서우리만큼 죄가 많아서 저의 입으로는 말씀드릴 수도 없을 정도입니다. 가난하고 탐욕스러운 그분은 교묘하기 짝이 없는 위선의 힘을 빌려, 또 연약하고 불행한 여인을 유혹하는 수단에 의하여, 일신의 지위를 쌓고 출세하려고 기도했습니다. 괴롭지만 저의 의무에 따라 덧붙여 말씀드린다면 J…… 씨는 한 조각의 신앙심도 갖고 있지 않은 것 같습니다. 정직하게 말씀드리면 그분이 어떤 집에 들어가서 성공하려고 할 경우, 그 집에서 가장 신망이 있는 여성을 유혹하는 것이 상투 수단이라고 생각하지 않을 수 없습니다. 욕심이 없는 체하고 소설에나 나올 법한 말투를 구사하지만, 그분의 단 하나이며 제일 큰 목적은 바로 집주인의 마음을 사로잡아 그 재산을 뜻대로 하는 데 있습니다. 그분은 떠날 때 불행과 영원한 후회만을 남기고 가는 사람입니다……

반쯤 눈물로 얼룩진 이 엄청나게 긴 편지는, 틀림없이 레날 부인의 손으로 쓰인 것이었다. 심지어 평소보다 훨씬 정성을 들여서 쓴 것 같았다.

"라몰 후작님을 원망할 수는 없소."

다 읽고 나서 쥘리앵은 말했다.

"그렇게 말씀하시는 것이 당연하고, 또 사려 깊은 일이오. 대체 어느 아버지가 여기 씌어 있는 이런 사나이에게 귀여운 딸을 주겠소! 그럼 잘 있어요, 안녕!"

쥘리앵은 마차에서 뛰어내려 거리 한쪽 구석에 멈춰 서 있는 우편 마차로 정신없이 달려갔다. 뒤에 남은 마틸드는 몇 걸음 따라갔으나, 안면이 있는 이웃 장사꾼들이 가게 앞에 나와 있었으므로 황급히 정원 안으로 뛰어 들어가지 않을 수 없었다.

쥘리앵은 베리에르로 향했다. 쏜살같이 달리는 마차 안에서 마틸드에게 편지를 쓸 작정이었으나, 아무래도 쓸 수가 없었다. 손은 종이 위에서 글자가 되지 않는 선만을 그을 뿐이었다.

베리에르에 닿은 것은 일요일 아침이었다. 지방의 무기 상점에 들어가니, 주인은 최근 그의 출세에 대해서 침이 마르도록 칭찬했다. 그것은 이 지방의 큰 화젯거리가 되어 있었다.

쥘리앵은 무척 애를 쓴 끝에, 권총 두 자루를 사고 싶다는 것을 상대에게 이해시켰다. 무기 상인은 그의 요구대로 권총에 탄환을 재어 주었다.

종소리가 세 번 울렸다. 이는 프랑스의 시골에서는 잘 알려진 신호로, 아침에 여러 가지 종소리가 울린 뒤 드디어 미사가 시작된다는 사실을 알리기 위한 것이다.

쥘리앵은 베리에르의 새로 지은 성당 안으로 들어갔다. 성당의 높은 창문은 모두 붉은 휘장으로 가려져 있었다. 쥘리앵은 레날 부인이 앉아 있는 자리의 몇 걸음 뒤까지 다가갔다. 부인은 열심히 기도를 드리고 있는 모양이었다. 자기를 그처럼 사랑해 준 여인의 모습을 눈앞에 보니 쥘리앵의 팔은 덜덜 떨리기 시작했다. 계획을 실행할 수 없을 정도였다.

'나는 할 수 없어.'

쥘리앵은 속으로 중얼거렸다.

'몸이 말을 듣지 않아.'

이때 미사 집행을 맡아 보는 젊은 성직자가 거양성체(擧揚聖體)의 종을 울렸다. 레날 부인이 고개를 푹 숙여 한순간 그녀의 얼굴이 숄의 주름 속에 거의 묻혔다. 쥘리앵은 이제 그녀를 레날 부인으로 의식하지 않게 되었다. 한 방을 겨누어 쏘았다. 탄환이 빗나갔다. 다시 한 방, 부인은 쓰러졌다.

제36장
슬픈 사실

내가 겁먹으리라 생각지 마오. 이미 원수는 갚은 몸, 사형을 당해 마땅하오.
도망치지도 숨지도 않겠소. 그저 내 명복이나 빌어 주오.

실러

쥘리앵은 꼼짝도 하지 않았다. 이제 아무것도 보이지 않았다. 약간 정신을
차리고 보니 신도들이 죄다 성당 밖으로 달아나고 있는 모습이 보였다. 사제
의 모습도 벌써 제단에서 사라지고 없었다. 쥘리앵은 비명을 지르면서 도망
치는 몇몇 여자들 뒤에서 천천히 걷기 시작했다. 다른 사람을 밀치고 먼저
도망치려던 한 여자에게 심하게 부딪혀서 쥘리앵은 넘어졌다. 군중이 뒤집
어엎은 의자에 발이 걸려 버린 것이다. 일어나려고 하는데 누가 목덜미를 잡
는 느낌이 들었다. 정복을 입은 헌병에게 붙잡힌 것이다. 반사적으로 소형
권총에 손이 갔으나, 또 한 사람의 헌병에게 두 팔을 잡혔다.

쥘리앵은 감옥으로 연행되었다. 한 감방에 들어가니 곧 수갑이 채워지고,
혼자만 남았다. 문에는 자물쇠가 이중으로 단단히 채워졌다. 모든 일이 아주
신속하게 진행되어 쥘리앵은 전혀 의식도 하지 못했다.

"그래, 이것으로 만사 끝장이구나."

정신을 차린 그는 소리 내어 중얼거렸다……

'그렇지, 2주일 있으면 단두대에 오르겠군…… 아니면 그 전에 자살할까.'

그 이상 생각이 나아가지 않았다. 머리가 엄청난 힘으로 죄어드는 것 같았
다. 누가 짓누르고 있지 않나 하고 주위를 둘러보았을 정도다. 이윽고 그는
깊은 잠에 빠졌다.

레날 부인은 치명상을 입지 않았다. 첫 번째 탄환은 모자를 뚫었고, 뒤돌
아보는 순간 두 번째 탄환이 발사되었다. 그 탄환은 어깨에 맞았는데, 기적

적으로 어깨뼈를 부수었을 뿐 옆으로 빗나가, 고딕식 기둥에 맞아 큰 돌조각을 퉁겼던 것이다.

오랜 시간에 걸친 고통스러운 치료가 끝났을 때 근엄한 외과의사는 레날 부인에게 말했다.

"부인의 생명은 제 목숨처럼 보장하겠습니다."

이 말을 듣고 부인은 오히려 깊은 슬픔에 젖었다.

벌써 오래전부터 부인은 진심으로 죽기를 바라고 있었다. 현재의 고해 신부에게 강요당하여 할 수 없이 라몰 후작 앞으로 쓴 그 편지는, 끊임없는 불행을 견디느라 몸과 마음이 지칠 대로 지친 부인에게는 최후의 일격이나 마찬가지였다. 그 불행이란 쥘리앵이 옆에 없다는 사실이었다. 그러나 그녀는 그것을 양심의 가책이라고 불렀다. 최근에 디종에서 막 부임해 온 고해 신부는 덕이 높고 신심이 강한 젊은 신부였는데, 그러한 사정을 정확하게 꿰뚫어 보고 있었다.

'이대로 죽어 버린다면 자살한 것도 아니니 아무런 죄악도 되지 않아. 하느님께서도 죽음을 기뻐하는 내 마음을 충분히 이해해 주실 거야.'

이렇게 레날 부인은 생각했다. 다만 '쥘리앵의 손에 죽는다면 그보다 더한 기쁨은 없다'는 생각은, 차마 못할 소리 같아서 스스로 억눌렀다.

외과의사와 문병하러 몰려든 친지들로부터 해방되자, 부인은 곧 하녀 엘리자를 불러 얼굴을 새빨갛게 붉히며 말했다.

"간수는 지독한 사람이야. 반드시 그 사람을 학대할 거야. 그렇게 해서 내 환심을 사려고 말이지…… 그 생각을 하니 견딜 수 없구나. 이 조그만 꾸러미에 몇 루이 들어 있으니까, 네가 주는 척하면서 간수에게 주고 오지 않겠니? 인간을 학대하는 것은 하느님의 뜻에 어긋난다고 말해 주렴…… 그리고 이 돈을 받았다는 사실을 입 밖에 내지 않도록 못을 박아 놓고."

쥘리앵이 베리에르 감옥의 간수로부터 인간적인 대우를 받을 수 있었던 것은, 이런 사정이 있었기 때문이다. 그 간수는 언젠가 아페르가 방문했을 때에 그처럼 겁을 집어먹었던 그 전형적인 어용관리 느와르였다.

판사가 감옥에 찾아왔다. 쥘리앵의 진술은 이러했다.

"계획적인 살인입니다. 나는 아무개 무기상에서 권총을 사고, 탄환을 재게 했습니다. 형법 제1342조에 명시된 대로, 나는 사형을 당해 마땅합니다.

이미 각오는 하고 있습니다."

이 대답에는 판사도 놀라서 이것저것 질문을 거듭하여 피고의 답변에서 모순을 밝히려고 애썼다.

쥘리앵은 웃으며 말했다.

"이해 못하시겠습니까? 나는 판사님이 바라는 대로 내가 유죄라고 말하고 있는 것입니다. 염려 마십시오. 판사님이 쫓고 있는 사냥감은 도망치지 않습니다. 뜻대로 유죄 선고를 내리실 수 있을 것입니다. 그러니 이만 돌아가 주시지 않겠습니까?"

그러고 나서 그는 생각했다.

'골치 아픈 일이 하나 남아 있구나. 마지막으로 마틸드에게 편지를 써야겠지.'

복수했습니다. 유감스럽지만 내 이름은 신문에 나겠지요. 이것으로 이 세상에서 살며시 사라질 수도 없게 되었습니다. 두 달 뒤에는 죽게 되겠지요. 복수는 당신과 헤어져 있는 괴로움 못지않게 쓰라린 일이었습니다. 앞으로 당신 이름을 쓰거나 입에 올리는 일은 일체 하지 않겠습니다. 당신도 절대로 내 일을 입 밖에 내지 마십시오. 태어날 아이에게도 말하면 안 됩니다. 침묵만이 나의 명예를 지키는 단 하나의 방법입니다. 속인들의 눈에는 내가 흔해 빠진 살인자로밖에 보이지 않겠지요…… 이번이 마지막이니 진실을 말하게 해 주십시오. 그것은 당신이 나를 잊게 되리란 것입니다. 이 엄청난 파국에 대해서는 절대로 아무에게도 말하지 않도록 충고해 둡니다만, 이번 사건으로 당신의 성격 속에 있는 공상적이고 너무나 모험을 좋아하는 경향은 몇 해 동안 자취를 감추게 되겠지요. 본디 당신은 중세의 영웅호걸들과 사는 게 어울리는 사람입니다. 그러므로 그 영웅다운 굳셈을 보여 주십시오. 머지않아 일어날 일에 대해서는, 당신의 명예를 손상시키지 않도록 은밀히 처리해 주시기 바랍니다. 가명을 쓸 것, 그리고 아무에게도 실토하지 말아야 합니다. 꼭 친지의 도움이 필요할 때는 피라르 신부님에게 부탁하십시오.

그 밖의 사람, 특히 당신과 같은 계급에 속하는 뤼즈나 케일뤼스 같은 사람들에게는 아무것도 밝히지 말아야 합니다.

내가 죽고 1년이 지나거든 크루아즈누아 씨와 결혼해 주십시오. 부탁합니다. 아니 남편으로서 명령합니다. 편지는 보내지 마십시오. 나도 회답을 하지 않을 것입니다. 이아고 같은 악당은 아닙니다만, 이아고를 본떠서 이렇게 말하겠습니다. From this time forth I never will speak word.*

앞으로는 말도 하지 않을 뿐더러 편지도 내지 않겠습니다. 이것이 당신에게 전하는 나의 마지막 말이고, 또 마지막 사랑의 표시가 될 줄 압니다.

이 편지를 띄우고 쥘리앵은 얼마쯤 정신을 차리게 되자, 비로소 아주 비참한 기분이 들었다.

'나는 곧 죽는다.'

이 중대한 말 앞에서는 야심에서 생겨난 갖가지 꿈도 하나하나 허물어져 가지 않을 수 없었다. 죽음 그 자체는 그에게 무서운 것이 아니었다. 그의 온 생애는 결국 불행에 대한 긴 준비 기간에 지나지 않았다. 특히 불행 중에서도 가장 크다고 하는 죽음을 그가 잊을 리 없었다.

'뭐야 이건! 이게 만일 두 달 뒤에 검술의 명인과 결투를 해야 하는 일이라면, 나는 줄곧 그 일만 조마조마하게 생각하며 번민하고 두려워할까? 내가 그런 나약한 남자란 말인가!'

이런 관점에서 자기 마음을 정확히 규명해 보려고 그는 한 시간 이상 소비하였다.

자기 마음이 분명해지고, 사건의 진상이 눈앞의 감옥 기둥처럼 명확한 형태로 나타나자, 이번에는 후회에 대해 생각하게 되었다.

'무엇 때문에 후회하는가? 나는 지독한 모욕을 당했어. 그래서 상대를 살해했고, 사형을 당하게 됐지. 그뿐 아닌가. 나는 인류 전체에 대해 대차 관계(貸借關係)를 청산하고 죽는 셈이야. 다하지 못하고 남겨 둔 의무는 하나도 없고, 누구에게 진 빚도 없어. 내 죽음을 인도하는 도구가 단두대라는 사실만 제외하면, 나의 죽음에 부끄러울 점은 아무것도 없어. 하기야 베리에르 시민들의 눈으로 볼 때는 그것만으로도 충분히 나의 수치가 되겠지만, 이성적으로 보면 그것은 아무 문제도 되지 않아! 그들 눈에 훌륭하게 보일 방법

---

* "앞으로는 한마디 말도 하지 않겠다." 《오셸로》 제5막 제2장.

은 아직도 남아 있어. 형장으로 끌려가는 도중에 군중을 향해서 금화를 뿌리면 돼. 황금이라는 관념과 맺어지는 한, 나에 대한 기억은 언제까지나 빛나는 모습으로 그들의 머릿속에 남아 있을 테니까.'

1분쯤 지나니 이 생각은 의심할 여지 없이 올바른 것으로 여겨졌다.

'내가 이 세상에서 해야 할 일은 이제 없어.'

이렇게 속으로 중얼거리고 쥘리앵은 깊이 잠들었다.

밤 9시께에 간수가 밤참을 가지고 들어와 그를 깨웠다.

"베리에르에서는 어떤 소문이 돌고 있소?"

"쥘리앵 씨, 나는 이 자리를 맡을 때 법원의 십자가 앞에서 맹세를 했습니다. 그러니 아무 말도 할 수가 없습니다."

간수는 입을 다물었으나 나가려고는 하지 않았다. 이 야비한 위선적 태도를 보고 쥘리앵은 재미가 났다.

'이놈, 내게 양심을 파는 데 5프랑이 필요하다 이거군. 실컷 기다리게 해 줘야지.'

식사가 끝나 가는데도 자기를 매수할 기색이 안 보이자 간수는 상냥한 목소리로 말을 꺼냈다.

"쥘리앵 씨, 당신에게 호의를 가지고 있으니 아무래도 말하지 않을 수 없군요. 이런 말을 하면 당신의 변호에 도움이 될지도 모르니까 재판 결과에 관계된다는 이야기는 들었지만…… 쥘리앵 씨는 착한 분이니까, 이 소식을 알려 드리면 기뻐하실 것 같아서…… 실은 레날 부인의 경과는 순조롭습니다."

"뭐요! 그 사람이 죽지 않았단 말이오!"

쥘리앵은 정신없이 외쳤다.

"아니! 전혀 모르고 계셨습니까?"

간수는 어이없다는 표정으로 대답했는데, 이윽고 돈이 생기겠거니 생각하자 얼굴에 탐욕스런 웃음이 환하게 피어올랐다.

"그 의사에게 얼마쯤 주시는 게 좋을 것입니다. 법규상 의사는 아무런 말도 해서는 안 됩니다만, 당신이 기뻐하실 것 같아서 내가 가 보았더니 사정을 다 얘기해 주대요……"

"좌우간, 상처는 치명상이 아니었군?"

쥘리앵은 초조한 마음에 따지듯이 물었다.

"그 점에 대해서는 장담하겠지, 당신 목숨을 걸고?"

키가 6척이나 되는 간수도 이 기세에 겁을 먹고 문간으로 뒷걸음질쳤다. 쥘리앵은 자신이 진상을 알아내는 데 오히려 방해되는 짓을 했음을 깨닫고, 그 자리에 고쳐 앉아 나폴레옹 금화를 한 닢 느와르 씨에게 던져 주었다.

그의 얘기로 레날 부인의 상처가 치명상이 아니었다는 사실이 확실해지자 쥘리앵은 눈물이 날 것만 같았다.

"나가 주시오!"

그는 갑자기 말했다.

간수는 명령에 따랐다. 문이 닫히기가 무섭게 쥘리앵은 외쳤다.

"아아! 부인은 죽지 않았구나!"

무릎을 꿇으니 그저 뜨거운 눈물이 솟아날 뿐이었다.

이 순간 쥘리앵은 신을 믿었다.

'성직자들의 위선이 다 뭔가? 그런 것으로 신이라는 관념의 진실함, 숭고함이 조금이라도 손상될 수 있단 말인가?'

여기에 이르러 비로소 쥘리앵은 자기가 저지른 죄를 후회하기 시작했다. 때마침, 파리를 떠나 베리에르로 향한 이래 줄곧 계속되었던 육체적 흥분과 정신적 광기가 겨우 가라앉은 뒤였다. 이 우연의 일치가 그를 절망에서 구해 주었다.

그의 눈물은 고결한 마음에서 나온 것이었다. 자기를 기다리고 있는 단죄 (斷罪)에 대해서는 조금도 의심하지 않았다.

'그러면 그 사람은 살아 있게 된다! …… 계속 살아서 나를 용서하고, 나를 사랑해 주겠지……'

다음 날 아침 늦게 간수가 그를 깨웠다. 간수는 말했다.

"쥘리앵 씨, 당신은 아주 대담한 분 같군요. 아침에 두 번이나 와 보았는데 아무래도 깨울 수가 없었습니다. 자, 최고급 포도주 두 병입니다. 이곳 마슬롱 사제님이 차입하신 겁니다."

"뭐요! 그 악당이 아직도 이곳에 있소?"

"그렇습니다" 하고 대답하면서 간수는 소리를 낮추어 덧붙였다.

"하지만 그렇게 큰 소리는 내지 않는 편이 좋을 겁니다. 지독한 욕을 보게 될는지도 모르니까요."

쥘리앵은 정말로 우스워져서 웃었다.

"지금 내게 지독한 욕을 보일 수 있는 사람은 당신뿐이오. 정답고 친절한 태도를 버리기만 하면 되니까……."

여기서 쥘리앵은 무슨 말을 꺼내려다 말고 거만한 태도로 돌아가 말했다.

"사례는 듬뿍 해 드리지."

그리고 이거면 되겠냐는 식으로 즉시 금화 한 닢을 던졌다.

느와르 씨는 아주 상세하게 레날 부인에 대해서 알고 있는 얘기를 다 해 주었는데, 엘리자가 찾아왔다는 얘기는 한마디도 하지 않았다.

이 사나이의 야비함과 비굴함은 이루 형용할 수도 없었다. 한 가지 생각이 쥘리앵의 머리를 스쳤다.

'이 보기 흉한 거인의 수입은 기껏해야 300~400프랑이겠지. 워낙 이 감옥에는 손님이 적거든. 이놈에게 1000프랑을 주겠다면서, 나와 함께 스위스로 도망치자고 하면 어떨까…… 다만 내가 진짜로 약속을 지키리란 것을 믿게 하려면 꽤나 애를 먹겠지.'

이런 비열한 인간을 상대로 오랫동안 담판을 벌여야 한다고 생각하니 역겨움이 치솟아 쥘리앵은 생각을 다른 곳으로 돌렸다.

밤이 되니, 모든 것이 늦어 버렸다. 한밤중에 역마차가 와서 그를 데리고 가 버린 것이다. 여행의 길동무가 된 헌병들에게 쥘리앵은 아주 만족했다. 아침에 브장송의 감옥에 도착한 쥘리앵은, 그쪽의 친절로 고딕식 탑의 맨 꼭대기 감방에 들어가게 되었다. 쥘리앵은 그것을 14세기 초의 건축으로 보았으며, 그 우아하고 경쾌한 매력에 감탄했다. 안마당 깊숙한 구석에 있는 벽과 벽 사이의 좁은 틈으로 멋진 경치를 내다볼 수 있었다.

다음 날 심문이 있었고, 그 뒤 며칠 동안은 조용히 홀로 지냈다. 쥘리앵의 마음은 평온했다. 참으로 단순한 사건이라는 생각만 들었다.

'나는 죽이려고 했다. 그래서 나는 죽어야 한다.'

그는 더 이상 깊이 생각하지 않았다. 재판, 대중 앞에 나가는 불쾌감, 변호. 그런 것은 모두 하찮고 성가신 일들이며, 그날 그 자리에서 생각해도 좋은 따분한 의식(儀式)처럼 여겨졌다. 죽을 때의 일도 그다지 마음에 걸리지 않았다.

'판결이 끝나거든 생각하기로 하자.'

지금의 생활은 전혀 지루하지 않았다. 모든 것이 새로운 각도에서 보이기 시작했다. 이제 이미 야심은 없었다. 마틸드를 생각하는 일도 드물었다. 후회를 느낄 때가 많았고, 레날 부인의 모습이 자주 눈앞에 떠올랐다. 밤의 정적에 싸일 때 특히 그랬다. 이 높은 탑 위에서는 흰꼬리수리의 울음소리만이 그 정적을 깨곤 하였다!

쥘리앵은 레날 부인에게 치명상을 입히지 않은 것을 하늘에 감사했다.

'참 이상한 일이야! 그녀가 라몰 후작에게 편지를 보내는 바람에 내 장래의 행복은 모조리 파괴되어 버렸다고 생각하고 있었지. 그런데 그 편지를 본 날부터 2주일도 지나지 않았는데, 지금 나는 그 당시에 열심히 추구하고 있던 것들을 깨끗이 잊어버리고 있어…… 2000~3000프랑의 연금이 있고, 베르지 같은 산골짝에서 조용히 살 수 있었으면…… 그때 나는 행복했는데…… 나는 내 행복을 깨닫지 못했던 거야!'

또 어떤 때는 깜짝 놀라 자기도 모르게 의자에서 벌떡 일어나는 일도 있었다.

'만약 레날 부인에게 치명상을 입혔더라면, 나는 벌써 자살했을 거야…… 그렇게 믿을 수밖에 없어. 안 그러면 자기 혐오에 빠지고 말 테니까. 자살이라! 이건 큰 문제지. 판사라는 인간들은 형식에만 매달려 가엾은 피고들을 가차 없이 몰아대고, 훈장을 손에 넣기 위해서라면 아무리 훌륭한 시민이라도 예사로 교수형에 처하고도 남을 작자들이야…… 자살을 하면 그자들이 으스대는 꼴을 보지 않고, 그자들의 그 지독한 프랑스어 욕설을 듣지 않아도 되겠지. 하기야 시골 신문 따위는 그런 것을 웅변이니 뭐니 말하겠지만……'

며칠이 지나자 쥘리앵은 생각을 바꿨다.

'아니, 앞으로 오륙 주일은 더 살 수 있어…… 자살해? 어리석은 소리! 나폴레옹도 끝까지 살지 않았던가…….'

"게다가 이곳 생활은 꽤 즐거운걸. 여기는 조용한 데다 보기 싫은 자도 없으니까."

쥘리앵은 웃으면서 중얼거렸다. 그리고 파리에 주문하고 싶은 책의 목록을 적기 시작했다.

제37장
탑

친구의 무덤

스턴

복도에서 큰 소리가 들렸다. 감방에 사람이 올라올 시간이 아니었다. 흰꼬리수리가 날카로운 소리를 지르면서 날아올랐다. 문이 열리더니, 존경하는 셸랑 사제가 몸을 부르르 떨면서 손에 지팡이를 든 채 쥘리앵의 가슴속으로 뛰어 들어왔다.

"아아! 이 무슨 일이냐! 이런 일이 있을 수 있단 말이냐, 내 아들아…… 아니, 이 짐승 같은 놈! 이렇게 불러야 하나."

여기서 선량한 노인은 말이 막혀 버렸다. 쥘리앵은 늙은 사제가 쓰러지지 않을까 하고 생각했다. 의자로 부축해 가야 했다. 전에는 그처럼 건강했던 그도 세월의 힘에는 이길 수 없었던 모양이다. 늙은 사제에게서 과거의 모습은 전혀 찾아볼 수 없었다.

겨우 한숨 쉬고 나서 노인은 말했다.

"네가 스트라스부르에서 부친 편지를 받은 것은 바로 그저께였다. 베리에르의 가난한 사람들에게 나눠 달라는 500프랑과 함께 말이야. 나는 지금 리브리의 산속에 사는 조카 장의 집에 은거하고 있는데, 편지가 그쪽으로 왔더라. 그래서 어제야 겨우 이 엄청난 사건을 듣지 않았겠느냐…… 아아, 정말! 이런 일이 있을 수 있단 말이냐!"

노인은 이제 울고 있지는 않았으나, 아무 생각도 떠오르지 않는 듯 그저 기계적으로 이렇게 덧붙일 뿐이었다.

"그 500프랑이 필요하지 않느냐, 여기 가져왔다만."

"필요한 것은 당신을 뵙는 일뿐입니다!" 하고 쥘리앵은 벅찬 감정으로 외쳤다.

"돈은 아직 남아 있습니다."

그러나 이미 조리 있는 대답을 듣기는 불가능했다. 가끔 셸랑 사제의 눈에 눈물이 넘쳐 조용히 뺨을 타고 흘렀다. 그런가 하면 쥘리앵을 물끄러미 바라보았다. 쥘리앵이 자기의 손을 잡고 입술로 가져가는 것도 멍청히 바라보고만 있었다. 전에는 그처럼 생기가 넘쳐흐르고 숭고한 감정을 나타내던 그 얼굴에, 이제는 무감각한 표정만 떠올라 있을 뿐이었다. 한참 뒤에 농부 같은 사나이가 노사제를 맞으러 왔다.

"너무 피로하시면 안 되니까요."

그 말을 듣고서 쥘리앵은 그가 조카임을 깨달았다. 이 방문으로 쥘리앵은 아주 비참한 심정이 되었다. 너무 비참하여 눈물도 나오지 않았다. 모든 것이 슬프고 구제될 길도 없는 것처럼 여겨졌다. 가슴속 심장이 얼어붙는 느낌이었다.

이 한순간이야말로 범행 뒤 쥘리앵이 겪은 가장 잔혹한 순간이었다. 그는 지금 죽음의 추한 모습을 눈앞에서 보았다. 영혼의 위대함이라든가 고결함에 대한 환상은 모조리 폭풍 앞의 구름처럼 흩날려 버리고 말았다.

이 견딜 수 없는 상태는 몇 시간이나 계속되었다. 이렇듯 정신적으로 독에 중독된 뒤에는 육체적 치료법으로 샴페인이 필요하다. 그러나 쥘리앵이 그런 방법을 썼다면 스스로 비겁하다고 비웃었을 것이다. 오로지 좁은 감방 안을 왔다 갔다 하면서 보낸 그 무시무시한 하루도 다 저물어 갈 무렵, 그는 자기도 모르게 외쳤다.

"어쩌면 난 이렇게도 바보일까! 남들과 같이 늙어서 죽을 판이면, 저 딱한 노인의 모습을 보고 견딜 수 없는 우울에 사로잡혀도 당연해. 그러나 한창 젊을 때 죽는 이상, 나는 그런 비참한 노쇠를 겪을 염려가 없잖은가."

이런 식으로 아무리 이유를 갖다 붙여 봐도, 역시 쥘리앵은 노사제의 방문으로 마음이 약해져 완전히 울적해지고 말았다.

그의 정신이 지녔던 모든 의연함과 굳셈은 사라져 버렸다. 고대 로마인 같은 용기는 이제 그림자도 보이지 않았다. 죽음이 지금까지 생각했던 것보다 훨씬 높은 곳에 있는 것처럼 여겨져, 전처럼 손쉬운 것으로는 생각되지 않았다.

'이것을 나의 온도계로 삼자'라고 쥘리앵은 생각했다.

'태연한 마음으로 단두대에 올라가는 데 필요한 용기를 기준으로 할 때, 오늘 밤 나는 영하 10도로 내려와 있는 셈이야. 오늘 아침에는 그 용기가 있었는데. 그러나 좋아, 무슨 상관이람! 필요할 때 그 용기를 되찾기만 하면 돼.'

이 온도계라는 착상은 스스로도 마음에 들어서 결국 그는 이것으로 기분을 풀 수가 있었다.

다음 날 아침에 눈을 뜨니 어제의 자기 자신이 부끄러워졌다.

'나의 행복, 내 마음의 평정이 흔들릴 위기로구나.'

검찰 총장에게 편지를 써서 면회를 사절하도록 부탁할까 하고 결심했을 정도였다.

'그러나 푸케가 오면 어떻게 하지? 그 친구가 브장송까지 온다면, 이 면회 사절이 얼마나 그를 서운하게 만들까!'

그리고 보니 벌써 거의 두 달 동안이나 푸케를 생각조차 해 보지 않았다.

'스트라스부르에 있을 때 나는 정말 바보였어. 내 옷의 깃밖에 생각지 않았으니까.'

푸케의 생각으로 머리가 가득 차서 점점 감상적인 기분이 되어 갔다. 안절부절못하면서 주위를 서성거렸다.

'지금의 난 암만 해도 죽음의 표준에서 영하 20도로는 내려가 있겠는걸…… 이렇게 자꾸 약해질 거면 자살해 버리는 편이 차라리 낫겠어. 내가 꼴사납게 죽는다면, 마슬롱이나 발르노 같은 놈들이 얼마나 기뻐할까!'

푸케가 왔다. 이 소박하고 선량한 사나이는 슬픔이 지나쳐 얼이 빠져 있을 정도였다. 그가 지금 할 수 있는 유일한 생각은, 전 재산을 팔아서 간수를 매수하여 쥘리앵을 구출한다는 것뿐이었다. 그는 쥘리앵에게 라발레트가 탈옥한 이야기를 장황하게 들려주었다.*

그러자 쥘리앵은 말했다.

"너한테 그런 말을 들으면 괴로워. 라발레트 씨는 무죄였지만 나는 죄를 지었단 말이야. 너는 그런 의도가 아니겠지만, 나는 그런 얘기를 들으면 그

---

* 라발레트 남작은 나폴레옹의 백일천하에 가담했다가 사형을 선고받았는데, 아내가 그를 대신함으로써 탈옥에 성공했다.

차이점을 생각하게 돼······"

그러다 쥘리앵은 갑자기 상대의 뱃속을 들여다보는 듯한, 비판적이고 의심스러워하는 태도로 돌아가서 물었다.

"게다가 그게 정말이야? 정말로 전 재산을 팔 참이야?"

푸케는 자기 머리를 지배하고 있는 생각에 친구가 겨우 반응을 보여 주자 아주 기뻐하며, 자기의 토지 하나하나가 대충 얼마에 팔릴지 자세히 설명해 주었다.

'시골의 지주치고는 이 얼마나 숭고한 노력일까!' 하고 쥘리앵은 생각했다.

'이 친구는 볼 때마다 내 얼굴이 다 붉어질 정도로 절약했고, 인색하다고 할 만큼 검소했지. 그런데 그렇게 해서 모은 재산을 나를 위해 내던지겠다니! 라몰 댁에서 만난, 《르네》*를 애독하는 청년 신사들은 이런 어리석은 짓은 절대로 하지 않아. 나이가 아주 어린데 유산상속으로 벼락부자가 되어 돈의 가치를 모르는 자라면 또 몰라도, 저 훌륭한 파리 신사들 가운데 어느 누가 이만한 희생을 치를 수 있겠는가!'

푸케의 엉터리 프랑스어며 그 품위 없는 거동도 이젠 안중에 없었다. 그는 푸케의 품에 안겼다. 파리 사람과 비교하여 시골 사람이 이처럼 존경을 받은 일은 없을 것이다. 푸케는 친구의 눈 속에 한순간 타오른 감동의 빛을 보고 아주 기뻐하였다. 그는 쥘리앵이 탈옥에 동의한 것이라고 지레짐작했다.

이 숭고한 것과의 만남 덕분에 쥘리앵은, 셸랑 사제의 출현으로 잃어버렸던 기력을 완전히 되찾았다. 쥘리앵은 아직 나이 어린 청년이다. 내가 보기에 그는 쑥쑥 자라날 좋은 묘목과 같았다. 상냥함을 잃고 점차 간교해지는 대다수 인간들과는 달리, 그는 나이가 들수록 감동하기 쉬운 선량함을 점점 더 몸에 지니게 됐을지도 모른다. 유난히 남을 의심하는 마음도 어느 땐가는 고쳐졌을 것이다······ 그러나 이러한 헛된 예언을 해 보아야 이제 와서 무슨 소용 있겠는가?

쥘리앵의 순순한 태도에도 불구하고 심문은 날이 갈수록 더욱 빈번해졌다. 쥘리앵은 답변할 때마다 사건을 간단하게 끝내려고만 했다.

---

* 낭만파의 선구를 이룬 샤토브리앙의 소설.

"저는 살인을 했습니다. 적어도 살해할 작정이었습니다. 더구나 계획적이었습니다."

그는 매일 이렇게 되풀이했다. 그러나 판사는 무엇보다도 형식을 중시했다. 쥘리앵의 분명한 대답도 심문을 단축시키지는 못했다. 오히려 판사의 자존심을 자극했을 뿐이다. 쥘리앵은 몰랐지만 그를 무서운 지하 감방으로 옮기려는 움직임마저 있었다. 그가 180계단 위에 있는 기분 좋은 감방에 머물러 있을 수 있었던 것은 푸케가 뛰어다닌 덕택이었다.

푸케가 난방용 장작을 납품하고 있는 유력자 가운데 저 프릴레르 사제가 있었다. 선량한 장작장수는 이 나는 새도 떨어뜨린다는 부주교를 면회할 수 있었다. 그 프릴레르 사제가, 쥘리앵의 뛰어난 재질과 그가 전에 신학교에서 보인 공적에 감명하고 있으니 판사들에게 청을 넣어 주마고 말했을 때, 푸케는 말문이 막힐 정도로 기뻤다. 푸케는 친구를 구제할 희망이 있다고 생각하고, 돌아갈 때 부주교에게 머리가 땅에 닿도록 절을 했다. 그러면서 친구의 사면을 기원하기 위해 부디 미사에 이 돈을 써 달라며 10루이를 건넸다.

푸케는 엄청난 착각을 하고 있었다. 프릴레르 사제는 발르노 같은 인물이 아니었다. 사제는 기부를 거절했을 뿐 아니라 사람 좋은 시골뜨기에게, 그 돈은 넣어 두는 편이 좋을 것이라고 암시했다. 상대가 시원스럽게 말해 주지 않는 한 말귀를 못 알아듣는 사람임을 알자, 사제는 그 돈을 가여운 죄수들에게 기증하면 어떻겠냐며 그들은 모든 것에 부자유를 느끼고 있다고 말했다.

'쥘리앵은 정말 이상한 놈이야. 그의 행동은 이해할 수가 없거든' 하고 프릴레르 사제는 생각했다.

'그러나 내가 이해할 수 없는 일이 있을 수 있나…… 어쩌면 쥘리앵을 순교자로 만들 수 있을지도 모르겠구나…… 하여간 언젠가는 이 사건의 요점을 파악하고 말겠어. 그러면 레날 부인을 두려움으로 떨게 만들 방법도 발견되겠지. 그 여자는 도무지 우리들을 존경하지 않고, 마음속으로 나를 싫어하는 것 같거든…… 그리고 어쩌면 이 사건을 이용해서 라몰 후작과 유리한 조건으로 화해할 수 있을지도 몰라. 후작은 그 젊은 신학생을 총애하는 모양이니까.'

지난번 소송 사건에 대한 화해 문서는 몇 주일 전에 조인이 끝났으며, 피라르 사제는 쥘리앵의 수수께끼 같은 출생에 대해서 여러 가지 얘기를 뿌려 놓고는 브장송을 떠났다. 그런데 딱하게도 바로 그날 쥘리앵은 베리에르의 성당에서 레날 부인을 죽이려고 했던 것이다.

쥘리앵이 죽는 날까지 일어날 것으로 예상되는 불쾌한 일은 꼭 한 가지 남아 있었다. 그것은 아버지의 방문이었다. 그는 검찰 총장에게 편지를 써서 모든 면회를 사절시켜 달라고 부탁하면 어떨까 하고 푸케와 의논했다. 이런 형편에 있는데도 아버지와 만나기 싫어하는 모습을 보자, 고지식한 부르주아인 장작장수는 심한 충격을 받았다.

푸케는 친구가 왜 그처럼 많은 사람들로부터 심한 미움을 사고 있는지 알 것 같은 느낌이 들었다. 그러나 이내 친구의 불행한 처지를 생각하고 자신의 마음을 감춘 채 무뚝뚝하게 대답했다.

"설사 면회 금지 명령이 내려진다 해도, 자네 아버지에게는 적용되지 않을걸."

제38장
세도가

그 여자의 거동은 도무지 이해할 수가 없다. 그 자태는 얼마나 우아한지! 대체
그 여자는 누군가?

실러

다음 날 이른 아침에 탑의 문이 벌컥 열렸다. 쥘리앵은 깜짝 놀라서 눈을
떴다.

'제기랄! 아버지가 왔구나. 불쾌한 꼴을 당하겠군!'

그 순간, 시골뜨기 차림을 한 여자가 그의 품속에 뛰어들었다.

누군지 당장에는 분간할 수 없었다.

마틸드였다.

"야속한 사람! 당신 편지를 받을 때까지는 정말 어디 계신지도 몰랐어요.
당신은 죄를 지었다고 했지만, 실은 훌륭한 복수잖아요. 당신 스스로 이 가
슴속에 뛰고 있는 심장의 높은 기품을 내게 증명해 주신 거나 마찬가지예요.
하기야 자세한 사정은 베리에르에 와서야 비로소 알았지만……."

분명히 의식하지는 못했을망정 쥘리앵은 지금까지 마틸드에게 묘한 반감
을 품고 있었다. 그러나 이때만은 그녀가 그저 매우 아름답게만 보였다. 이
런 언행을 보고서도 어찌 그녀의 그 이해를 초월한 고귀한 감정을 인정하지
않을 수 있겠는가? 그것은 야비하고 저속한 영혼의 소유자로서는 도저히 흉
내 낼 수 없는 행동이다. 쥘리앵은 다시금 여왕을 사랑하고 있는 것 같은 기
분이 들었다.

잠시 후 쥘리앵은 말투와 내용에 보기 드문 고상한 기품을 담아 그녀에게
말했다.

"얼마 전부터 장차 일어날 일이 정말 뚜렷하게 내 눈에 드러났습니다. 내

가 죽은 뒤, 당신은 크루아즈누아 씨와 재혼해 주시겠지요. 그 사람은 상대가 미망인이라도 결혼할 것입니다. 그 아름다운 미망인은 기품이 높고 얼마간 공상적인 취미가 있는 영혼의 소유자지만, 이번에 겪은 비극적이고도 묘한 사건은 그 사람에게는 심각하고 중대한 것이어서 그 때문에 큰 타격을 받아, 마침내 마음을 돌이키고 세상의 지혜를 존중하게 될 것입니다. 그렇게 되면 틀림없이 젊은 후작의 현실적인 가치도 이해하게 되겠지요. 당신도 언젠가는 체념하고, 명성이나 재산이나 높은 신분 같은 평범한 행복을 행복으로 여기며 살아가게 될 것입니다…… 그런데 사랑하는 마틸드, 당신이 브장송에 왔다는 사실이 알려지면 라몰 후작에게는 치명상이 됩니다. 그렇게 되면 나는 나 자신을 용서할 수 없을 것입니다. 지금까지도 그분이 무척 마음 아파하실 일을 숱하게 저질러 버렸으니까요! 그 아카데미 회원은, 후작이 기르던 개에 물렸다고 떠들어 대겠지요."

그러자 마틸드는 약간 성난 기색으로 대꾸했다.

"바로 말씀드려서, 그런 냉정한 이치나 장래를 염려하는 말을 듣게 될 줄을 몰랐군요. 내 하녀는 당신만큼이나 조심성 있는 성격이라 자기 이름의 여권을 주었어요. 그래서 나는 그 미슐레 부인이라는 이름으로 마차를 타고 달려온 거예요."

"그런데 그 미슐레 부인은 어떻게 해서 쉽사리 여기로 올 수 있었지요?"

"아아! 당신은 역시 대단한 분이군요. 내가 사랑할 만한 가치가 있어요. 우선 판사의 비서에게 100프랑을 주었죠. 그가 탑에는 못 들여보낸다고 고집을 부렸거든요. 그런데 돈을 받고 나서도 그 사람은 남을 기다리게 하면서 이러쿵저러쿵 군소리만 늘어놓는 거예요. 돈을 더 우려낼 모양이로구나 하고 생각했어요……."

여기서 마틸드는 입을 다물었다.

"그래서?" 하고 쥘리앵이 재촉했다.

"화내시면 안 돼요, 나의 쥘리앵" 하면서 그녀는 쥘리앵에게 키스했다.

"할 수 없어서 내 본명을 그 비서에게 말해 버렸어요. 글쎄 그 사람은 내가 잘생긴 쥘리앵에게 반한 파리의 침모인 줄 알더라니까요…… 정말로 그런 말을 했어요. 그래서 나는 당신의 아내라고 분명하게 말해 놨으니까, 이제 매일 만날 수 있는 허가가 나올 거예요."

쥘리앵은 생각에 잠겼다.

'정말이지 미친 짓이군! 이런 형편이니 말릴 도리가 없지. 그러나 뭐니 뭐니 해도 라몰 후작은 대귀족이야. 젊은 대령이 이 아름다운 미망인과 결혼하게 되더라도 세상 사람들은 너그럽게 봐주겠지. 머지않아 내가 죽으면 모든 것이 보상될 거야.'

이렇게 생각하니 그는 자기 자신을 잊고 마틸드의 사랑에 몸을 맡길 수가 있었다. 거기에는 광기가 있고, 영혼의 위대함이 있고, 매우 상궤를 벗어난 것이 있었다. 마틸드는 진심으로 함께 자살하자고 졸랐다.

처음의 흥분이 가라앉고 쥘리앵과 만나는 행복을 충분히 맛보고 나니, 갑자기 마틸드는 강렬한 호기심에 사로잡혔다. 연인의 모습을 보면 볼수록 생각한 것보다 그가 훨씬 훌륭한 인물로 여겨졌다. 보니파스 드 라몰의 재현(再現), 아니 그보다 훨씬 영웅적인 인물로 보였다.

마틸드는 이 지방의 일류 변호사들을 만나 보았다. 너무 노골적으로 돈을 제공하겠다고 자청하는 바람에 상대는 기분이 좀 상한 것 같았다. 그러나 결국 다들 응낙했다.

이윽고 마틸드는, 이 브장송에서는 다소나마 의심스러운 구석이 있는 큰 사건은 프릴레르 사제의 의향에 따라 모든 것이 결정된다는 사실을 깨달았다.

미슐레 부인이라는 남이 알지 못하는 보잘것없는 이름으로 권세가 등등한 수도회원을 만나기란 몹시 어려운 일이었다. 그러나 사랑에 미쳐서 쥘리앵 소렐을 위로하려고 파리에서 브장송까지 달려온 아름다운 잡화 가게 아가씨의 소문은 이윽고 온 시내에 퍼졌다.

마틸드는 혼자서 마차도 타지 않고 브장송의 거리를 분주히 돌아다녔다. 정체는 드러나지 않으리라고 생각하고 있었다. 어쨌거나 시민들에게 강한 인상을 심어 주는 것은 자기에게 무의미한 일은 아닐 터였다. 미친 듯이 공상에 빠지면, 형장으로 끌려가는 쥘리앵을 구출하기 위해 시민들에게 폭동을 일으키게 하는 공상까지 하는 형편이었다. 마틸드는 자신이 번민에 싸인 여인답게 소박한 차림을 하고 있다고 믿었지만, 사실 그녀의 옷차림은 여러 사람의 주목을 끌고 있었다.

마침내 1주일에 걸친 탄원 끝에 프릴레르 사제를 만날 수 있게 되었을 때,

그녀는 이미 브장송에서 모든 사람들의 주목거리가 되어 있었다.

마틸드가 제아무리 대담하더라도 세력 있는 수도회원이라는 관념은, 그녀의 머릿속에서 빈틈없이 악랄하다는 관념과 굳게 맺어져 있었기 때문에, 주교관의 초인종을 울리던 순간에는 그녀도 별 수 없이 몸이 떨렸다. 드디어 수석 부주교의 거실로 통하는 계단을 올라가게 되었을 때는 발이 안 떨어질 정도였다. 주교관의 정적에 잠긴 쓸쓸함이 그녀를 오싹하게 만들었다.

'내가 안락의자에 앉는다. 그러면 그 의자가 내 팔을 꽉 잡을지도 몰라. 나는 순식간에 이 세상에서 사라져 버리겠지. 그렇게 되면 하녀는 누구에게 내 행방을 물어야 할까? 헌병 대장도 선불리 움직이려 하지 않을 테고…… 나는 이 커다란 도시에서 완전히 외톨이인 거야!'

부주교의 거실을 보고 마틸드는 첫눈에 안심했다. 우선 문을 열어 준 사람이 아주 얌전한 제복을 입은 시종이었다. 살롱도 천박한 호화로움과는 거리가 먼, 고상하고 세련된 화려함을 갖춘 곳이었다. 이런 살롱은 파리에서도 일류 저택이 아니면 볼 수 없을 것 같았다.

온화한 표정을 띤 프릴레르 사제가 다가오자, 흉악한 범죄에 대한 망상은 이내 사라지고 말았다. 그 단정한 얼굴에는 파리 사교계에서 그토록 싫어하는 억세고 무무한 기질이 조금도 나타나 있지 않았다. 브장송을 뜻대로 움직이는 이 성직자의 얼굴에 떠오르는 미소는, 이 사나이가 상류사회 사람이고 교양 있는 성직자이며 민완한 행정가임을 나타내고 있었다. 마틸드는 파리에 있는 것 같은 기분이 들었다.

프릴레르 사제로서는 마틸드를 조종하여 자기의 강적 라몰 후작의 딸이라고 고백시키는 것쯤 그다지 어려운 일이 아니었다.

"사실 저는 미슐레 부인이 아니에요."

마틸드는 타고난 도도한 태도로 돌아가서 입을 열었다.

"그러나 이것을 말씀드려도 별로 난처할 것은 없어요. 저는 라 베르네 씨를 탈주시킬 수 있는가 없는가 의논 드리러 왔으니까요. 우선 첫째, 그 사람에게 죄가 있더라도 그것은 한때의 흥분으로 저질러졌을 뿐이며, 또한 피격당한 부인도 무사하십니다. 둘째, 하급 관리들을 매수하기 위해서 저는 당장 5만 프랑을 내놓을 수 있고, 그 배라도 약속 드릴 수 있습니다. 마지막으로 한 가지 더 말씀드리면, 저와 우리 집안 사람들은 라 베르네 씨를 구해 주시는 분에게 감사의 표시로 무슨 일이라도 해 드릴 수 있어요."

프릴레르 사제는 라 베르네라는 이름에 어리둥절해진 모양이었다. 마틸드는 쥘리앵 소렐 드 라 베르네 씨 앞으로 온 육군 대신의 편지를 몇 통인가 꺼내 보였다.

"이제 아시리라고 생각합니다만 그 사람의 출세에는 아버님이 힘이 돼 주시고 계세요. 저희들은 은밀히 결혼했어요. 다만 라몰 집안의 딸로서는 조금 이색적인 결혼이라, 아버님께선 결혼을 공표하기 전에 그 사람이 고급 장교가 되길 바라신 거예요."

중대한 사실이 드러남에 따라 프릴레르 사제의 얼굴에서 선량하고 온화한 표정이 사라지는 것을 마틸드는 보았다. 그 대신 한없이 음흉하고 교활한 표정이 뚜렷이 나타났다.

프릴레르 사제는 의혹을 품은 채 천천히 공문서를 되풀이해서 읽었다.

'이 기묘한 고백을 어떻게 이용할까? 나는 지금 저 유명한 페르바크 원수 부인의 벗과 갑자기 밀접한 관계를 갖게 되었다. 페르바크 부인이라면 ×××주교의 조카딸로 뭐든지 마음먹은 대로 할 수 있는 유력자지. 그리고 프랑스 안에서 주교가 되고 안 되고는 그 주교의 마음 하나에 달려 있어. 아득한 먼 훗날의 일이라고 생각하고 있던 것이 갑자기 실현될 판이군. 이제 큰 소원을 성취하게 되는지도 몰라.'

마틸드는 권위 있는 남자와 이런 구석진 방에 단둘이 있는 데다가 상대의 표정이 확 달라지자 그만 두려움을 느꼈다. 그러나 이윽고 생각을 달리했다.

'뭐, 대수로울 것 없어. 최악의 경우에는 세도가의 냉정한 이기주의에 부딪혀서 아무 효과도 거두지 못했다고 생각하면 되니까. 상대는 권력과 향락을 한껏 즐긴 사제잖아.'

프릴레르 사제는 뜻밖에도 눈앞에 확 열린 주교 직으로의 길에 눈이 멀었고, 또한 마틸드의 재기에 혀를 내두르고 있었기 때문에 일순간 조심성을 잃었다. 마틸드는 그가 자기 발밑에 무릎을 꿇다시피 하면서 야심에 불타올라 몸을 떨고 있는 것을 보았다.

'아, 알겠다'라고 그녀는 생각했다.

'페르바크 부인의 친구인 이상, 이 지방에서 불가능한 일은 아무것도 없어.'

질투의 고통은 아직도 대단했으나 그녀는 그것을 억누르고 용기를 내어, 쥘리앵이 원수 부인과 친한 사이로 부인의 집에서 매일처럼 ×××주교를 만났다는 사실을 얘기했다.

"이 지방에 살고 있는 명사 중에서 36명의 배심원을 뽑기 위해서는 네댓 번 추첨이 이루어지겠지요."

부주교는 야심에 타오르는 눈을 빛내며 한마디 한마디 힘을 주면서 말했다.

"그런데 그 배심원 명부에 나의 가장 총명한 친구들이 10명 정도밖에 올라 있지 않다면, 그것은 몹시 내가 운이 나쁜 경우라고 생각해야 할 것입니다. 그러나 대개 나는 과반수를 장악하게 되겠지요. 유죄로 만들려고 할 때는 더 많은 수를 확보할 수 있겠지만. 두고 보십시오, 라몰 양. 내가 얼마나 간단하게 이 사건을 무죄로 만들 수 있는가를……"

프릴레르 사제는 자기 말소리에 놀랐는지 갑자기 입을 다물었다. 속세의 인간에게 절대로 해서는 안 될 말을 그만 해 버린 것이다.

그러나 이번에는 사제가 마틸드에게 타격을 줄 차례였다. 요즈음 쥘리앵이 일으킨 이상한 사건에 관해 브장송 사교계가 무엇보다도 놀라고 흥미로워하는 점은, 쥘리앵이 전에 레날 부인의 열렬한 사랑을 받았고, 또 그 자신도 열정적으로 부인을 사랑한 일이 있다는 사실이라고 얘기해 주었다. 프릴레르 사제는 자기의 말에 상대가 크게 동요했음을 쉽사리 알아차렸다. 그는 이렇게 생각했다.

'복수했다! 이제 겨우 이 대담무쌍한 아가씨를 다룰 방법이 생겼군. 잘되지 않을까 봐 걱정했는데……'

프릴레르 사제가 보기에 마틸드의 기품과 만만치 않은 태도는 이 절세미인의 매력을 더욱 돋보이게 했다. 그런데 그런 여성이 지금 자기 앞에서 애원하다시피 하고 있는 것이다. 사제는 완전히 냉정을 되찾고 사정없이 상대의 가슴에 비수를 꽂았다.

"뭐, 어쨌든 전에 그처럼 정신없이 사랑했던 부인이니까요."

사제는 태연스럽게 말문을 열었다.

"소렐 씨가 질투에 눈이 멀어서 권총으로 두 발이나 쏘았다고 판명된들 나로선 별로 놀랍지도 않습니다. 그 부인은 재미를 보고 있었거든요. 최근에는 디종의 마르키노라는 신부와 늘 만나고 있었지요. 그자는 장세니스트인

데, 그런 자들이 다 그렇듯이 품행이 좋지 못한 자지요."

상대의 약점을 쥔 프릴레르 사제는 짜릿한 쾌감을 느끼면서 마음껏 이 아름다운 여자의 마음을 괴롭혔다.

"왜 소렐 씨는 성당이라는 장소를 택했을까요?"

사제는 타는 듯한 시선으로 마틸드를 응시하면서 말을 이었다.

"마침 그때 연적이 그곳에서 미사를 보고 있었기 때문일 것입니다. 당신이 감싸 주시는 그 행복한 사람이, 뛰어나게 머리가 좋고 무엇보다도 매우 신중한 성격이라는 것은 누구나 한결같이 인정하고 있습니다. 상황을 잘 아는 레날 집안의 정원에 숨어 들어가는 일쯤이야 아주 손쉬웠을 테지요. 그곳에 숨어 기다렸다면 거의 틀림없이 남에게 들키지도 붙잡히지도 않고, 자기가 질투하는 부인을 살해할 수 있었을 것입니다."

겉보기에 아주 그럴듯한 이 이론은 마틸드의 마음의 평정을 완전히 빼앗아 버렸다. 그녀는 도도하기는 했지만, 상류사회에서 인간의 올바른 마음가짐이라 간주되고 있는 저 메마른 분별을 넘칠 만큼 지니고 있었기 때문에, 모든 분별을 무시하고 행동하는 행복을 순순히 이해할 수가 없었다. 그런데 이런 행동이야말로 정열적인 마음을 가진 자에게는 더없이 강렬한 행복이 될 수 있는 것이다.

마틸드가 자라 온 파리의 상류사회에서는 정열에 휩싸여 분별을 버리는 일은 극히 드물다. 창문에서 투신자살하는 것은 6층에 사는 인간들로 정해져 있었다.*

프릴레르 사제는 자기의 지배력에 자신을 가지게 되었다. 그는 쥘리앵의 고소를 담당한 검찰관 따위는 마음대로 움직일 수 있다고 (허세를 부려) 마틸드에게 암시했다.

추첨으로 36명의 배심원이 선정되면 적어도 그중 30명과는 직접 개인적인 교섭을 해 보겠다고 했다.

만일 마틸드가 프릴레르 사제의 눈에 그처럼 미녀로 보이지 않았더라면, 아마 대여섯 번 만난 뒤가 아니고서는 이렇게까지 분명한 대답을 받진 못했을 것이다.

---

*그 시대 파리에서 상류계급은 아래층에 살았다.

제39장
책략

카스트르, 1676년—옆집에서 오빠가 누이를 죽였다. 그는 귀족으로 전에도
살인죄를 지은 일이 있다. 부친은 은밀히 500에퀴를 재판관들에게 뿌려 아들
의 목숨을 구했다.

로크 《프랑스 기행》

주교관에서 나온 마틸드는 주저하지 않고 페르바크 부인에게 편지를 보냈
다. 자기의 명예에 대한 걱정 따위는 한순간도 하지 않았다. 그녀는 연적인
부인에게, ××× 주교께서 프릴레르 사제 앞으로 전문(全文)을 친필로 쓴
편지를 부치도록 해 달라고 부탁했다. 또 부인이 몸소 브장송에 달려와 주셨
으면 하는 간청까지도 했다. 질투로 괴로워하고 있는 긍지 높은 여자로서는
정말 용감한 행위였다.

푸케의 충고에 따라 마틸드는 자신이 이렇게 뛰어다니고 있다는 사실이
쥘리앵의 귀에 들어가지 않도록 조심하고 있었다. 이는 현명한 처신이었다.
그렇지 않아도 마틸드가 곁에 있어서 쥘리앵은 이만저만 마음이 산란한 게
아니었다. 죽음이 가까워짐에 따라 전보다 한층 성실해진 쥘리앵은, 라몰 후
작에 대해서뿐만 아니라 마틸드에 대해서도 양심의 가책을 느끼고 있었다.

'이게 무슨 짓인가! 그녀가 곁에 있는데도 마음은 다른 곳으로 날아가 버
릴 때가 있다니. 아니, 따분할 때조차 있다니! 마틸드는 나 때문에 일생을
망치려고 하는데 내 보답은 고작 이건가! 난 그토록 악인이란 말인가?'

야심에 불타고 있을 때라면 이런 의문은 거의 마음속에 일어나지도 않으
리라. 그 무렵에는 성공하지 못하는 것만이 단 하나의 치욕으로 여겨졌다.

마틸드와 함께 있을 때 느끼는 괴로움은, 현재 그녀가 자기에게 정도를 벗
어난 미친 듯한 애정을 느끼고 있는 만큼 한층 더 심해지고 있었다. 마틸드

는 쥘리앵을 구출하기 위해서라면 어떤 엄청난 희생이라도 치를 작정이라는 말을 되풀이했다.

스스로 자랑스럽게 생각하고 있는 애정, 타고난 자존심까지도 뛰어넘어 버린 이 애정에 들떠 있는 마틸드로서는, 무엇인가 엄청난 행동을 취하지 않고는 견딜 수 없었는지도 모른다. 그녀는 가장 당돌하고 자기에게 가장 위험한 계획을 쥘리앵에게 열심히 들려주었다.

간수들은 돈을 듬뿍 받았기 때문에 감옥 안에서 마틸드가 멋대로 하도록 내버려 두었다. 마틸드는 자신의 명성을 희생하는 정도로는 만족하지 않았다. 현재의 자기 처지를 온 세상이 다 안다 해도 전혀 상관하지 않았다. 쥘리앵의 사면을 청하기 위해 달리는 국왕의 마차 앞에 몸을 던져서 몇 번씩 깔려 죽을 뻔한 위험을 무릅쓰고라도 국왕의 주의를 끈다든가 하는 것 따위는, 흥분으로 대담해진 그녀의 머릿속에 떠오르는 공상 중에서도 아주 온건한 축에 끼었다. 국왕을 가까이서 모시는 친구들의 도움을 빌리면 생 클루 별궁의 출입 금지 구역까지도 들어갈 수 있을 것이라고 확신하고 있었다.

쥘리앵은 자기가 그렇게까지 마틸드의 헌신적인 봉사를 받을 가치가 있다고 생각지 않았다. 사실은 이제 영웅주의에 싫증나 있었다. 지금 쥘리앵에게는 단순하고 소박하고 내성적인 애정 표시가 오히려 크나큰 감동으로 다가왔을 것이다. 그러나 마틸드의 교만한 영혼에는 그와 반대로 항상 세상이라든가 남이라든가 하는 관념이 필요했다.

연인의 위태로운 목숨을 염려하여 몹시 괴로워하고 그가 죽으면 자기도 죽으리라 생각하면서도, 마틸드는 속으로 은근히 자기의 뜨거운 사랑과 숭고한 행동으로 세상을 한번 놀라게 해 주고 싶다는 욕구를 품고 있었다.

쥘리앵은 이러한 영웅적인 태도에 조금도 감동되지 않는 자신에게 화가 났다. 마틸드는 여러 가지 광적인 행동을 함으로써, 헌신적이기는 하나 무엇보다도 분별이 있고 시야가 좁은 착한 푸케를 괴롭히고 있었는데, 만약 쥘리앵이 그 광기 어린 사태의 전모를 알았다면 어떤 기분이 들었을까?

푸케는 마틸드의 헌신적인 태도를 나무랄 수 없었다. 그 자신도 쥘리앵을 구하기 위해서라면 전 재산을 내던지고 모든 위험을 무릅써도 좋다고 생각하고 있었기 때문이다. 마틸드가 뿌리는 돈의 액수에는 푸케도 가슴이 철렁 내려앉았다. 돈에 대해서 시골뜨기다운 존경심을 품고 있던 푸케는 이렇듯 서슴지 않고 돈을 쓰는 모습을 보고 애초부터 그녀에게 압도당해 버렸다.

이윽고 푸케는 마틸드의 계획이 자주 바뀐다는 것을 깨달았으며, 자기로서는 아주 피곤한 그런 성격을 비난하는 데 적당한 말을 발견하고 겨우 마음이 좀 가라앉았다. 그녀를 '변덕쟁이'라고 생각한 것이다. 이 말과, 시골에서는 가장 큰 비난인 '삐뚤어진 놈'이라는 말 사이에는 종이 한 장 차이밖에 없다.

어느 날 마틸드가 감방에서 나간 뒤 쥘리앵은 생각했다.

'정말 이상해. 이처럼 열렬히 나에게 쏟아지는 그녀의 애정에 도무지 감동할 수가 없으니! 두 달 전에는 그토록 정신없이 사랑하고 있었는데! 죽음을 눈앞에 둔 사람은 만사에 무관심해진다고 전에 책에서 읽었지만, 스스로 배은망덕한 줄 알면서도 태도를 고치지 못한다는 것은 괴로운 일이로구나. 역시 나는 이기주의자인 걸까?'

이렇게 그는 한껏 자신을 나무랐다.

그의 마음속에서 이미 야심은 죽고, 그 재 속에서 새로운 다른 정열이 솟아나고 있었다. 그는 그것을 레날 부인을 죽이려 한 데 대한 후회라고 불렀다.

사실 쥘리앵은 미치도록 레날 부인을 사랑하고 있었다. 완전히 혼자가 되어 아무도 방해할 염려가 없을 때면, 그는 지난날 베리에르와 베르지에서 보낸 행복한 나날들의 추억에 마음껏 취하면서 이상하리만큼 행복감을 맛보았다. 너무나 빨리 지나가 버린 그 시절의 아주 사소한 일까지 그로서는 거역하기 힘든 매력과 신선함을 가지고 다가오는 것이었다. 파리에서 얻은 성공 따위는 한 번도 생각하지 않았다. 그런 일에는 싫증이 나 있었다.

이런 마음은 빠르게 고조되어 갔고, 또 이 사실을 마틸드의 질투심은 어느 정도 눈치채고 있었다. 쥘리앵의 고독을 즐기는 경향이야말로 자기가 싸워야 할 상대라는 것을 그녀는 매우 명확하게 꿰뚫어 보고 있었다. 때때로 몹시 조심스레 레날 부인의 이름을 꺼내 보았다. 그럴 때마다 몸을 부르르 떠는 쥘리앵을 볼 수 있었다. 마틸드의 정열은 이제 한계도 조심성도 없었다.

'이 사람이 죽으면 나도 뒤따라 죽어야지.'

그녀는 진심으로 이렇게 생각했다.

'나 같은 신분의 여자가 사형선고를 받은 연인을 이렇게까지 사랑한다는 것을 알면, 파리의 살롱 사람들은 무엇이라고 말할까? 이런 애정을 발견하려면 영웅들의 시대에까지 거슬러 올라가야 해. 샤를 9세나 앙리 3세 시대 사람들의 가슴을 두근거리게 한 것은 바로 이런 사랑이었을 거야.'

쥘리앵의 머리를 가슴에 안고 한껏 감정에 도취되어 있는 동안에도, 불쑥 이런 생각이 머리를 스쳐 자기도 모르게 몸을 떨었다.

'아아, 이 사랑스러운 머리가 머지않아 떨어져 버릴 운명이라니!'

그러나 이럴 때도 곧 영웅적인 감정에 불타면서 생각했다.

'그래도 좋아! 이 아름다운 머리카락에 대고 있는 입술도 그때는 24시간이 지나기 전에 싸늘해질 테니깐.'

이 기분에 행복감이 섞여 있었던 것은 부인할 수 없다.

영웅적인 감정과 처참하리만큼 쾌감에 찬 이러한 순간의 기억은 마틸드를 사로잡고 놓아주질 않았다. 자살이라는 생각은 그 자체가 사람의 마음을 깊이 사로잡는 것이지만 긍지 높은 마틸드와는 지금까지 전혀 관계없는 상념이었다. 그것이 이제는 그녀의 마음속 깊이 파고들어 이윽고 절대적인 지배력을 휘두르게 된 것이다.

'틀림없이 내 조상의 피는 조금도 식지 않은 채 내 속에 전해 내려오고 있어.'

마틸드는 자랑스럽게 생각하였다.

그러던 어느 날 연인이 이런 말을 꺼냈다.

"한 가지 부탁이 있소. 태어날 아이는 베리에르에 맡겨서 길러 주오. 레날 부인이 유모를 알선해 줄 거요."

"그 말씀은 정말 너무나 심한 말씀이에요⋯⋯"

마틸드의 안색이 파랗게 질렸다.

"과연, 틀림없이 그렇군. 미안하오. 부디 용서해 주시오."

끝없는 몽상에서 깨어난 쥘리앵은 자기도 모르게 이렇게 외치고 마틸드를 끌어안았다.

마틸드의 눈물을 닦아 준 뒤 그는 다시 아까 했던 그 생각에 대해 얘기했다. 이번에는 마틸드의 비위를 거스르지 않도록 슬쩍 돌려서, 구슬프고 철학적인 어조를 섞어 가며 말했다. 그의 미래는 곧 종말을 고할 처지였다.

"알겠소? 정열이라는 것은 사실 인생에서의 한 돌발 사고 같은 것이오.

다만 그런 사고는 남달리 뛰어난 영혼의 소유자에게서만 일어나는 법이지…… 내 아이 같은 것은, 실은 죽는 편이 당신 가문의 명예에 도움이 될 거요. 하인들조차 그렇게 생각할 테고. 그러니 버림받고 보살핌을 받을 수 없는 것이, 불행과 치욕 속에 태어난 그 아이의 운명이겠지…… 당신도 언젠가는 나의 마지막 권고를 따를 줄 아오. 언제라고 분명히 말하기는 곤란하지만, 그런 날이 분명히 오리라 믿소. 당신은 아마 크루아즈누아 후작과 결혼하게 될 것이오.”

"뭐라고요, 이미 명예를 잃은 내가요!"

"당신처럼 문벌이 좋은 사람은 결코 명예를 잃지 않아요. 당신은 미망인이 됩니다. 미친 사나이의 미망인 말이오. 그뿐이오. 좀더 말하자면, 내 범행은 금전이 동기가 아니기 때문에 조금도 불명예가 되지는 않소. 아마 그때쯤은 누군가 철학적인 입법가가 나타나서 같은 시대 사람들의 편견에도 아랑곳없이 사형 폐지에 성공할 수도 있겠지. 그때는 동정적인 사람이 나타나서, 내 일을 예로 들어 이런 말을 할지도 모르오. '글쎄, 생각해 보시오. 라몰 씨의 첫 사위는 미친 사람이었소. 그러나 그리 짐승 같은 자도 아니었고 악당도 아니었소. 그런 사람의 목을 자르다니 어리석은 노릇이었지요.' 그렇게 되면 나 같은 인간에 대한 추억도 그리 불명예스럽지는 않을 거요. 적어도 시간이 좀 지나면…… 사교계에서 당신이 차지하는 지위, 당신의 재산, 그리고 감히 말한다면 당신의 뛰어난 재능, 그런 것의 도움이 있으면, 당신의 남편이 된 크루아즈누아 씨도 자기 혼자서는 도저히 꿈도 못 꿀 중요한 역할을 해내게 될 것이오. 그 사람이 가진 것은 문벌과 혈기에 찬 용기뿐이오. 1729년에는 그것만으로도 훌륭한 사나이라는 말을 들었겠지만, 백 년이 지난 지금은 이미 시대에 뒤떨어진 미덕이라서 기껏해야 자기 자랑거리밖에는 되지 못하오. 프랑스 청년의 앞장을 서기 위해서는 좀더 다른 것이 필요해요. 당신 남편을 정당에 가입시키고, 당신의 야무지고 적극적인 성격으로 그 정당에 크게 공헌하게끔 하시오. 당신은 프롱드의 난이 일어났을 때의 슈브뢰즈 부인이나 롱그빌 부인의 뒤를 잇는 사람이 될지도 모르오……* 그 무렵에는 지금 그 마음에 타오르고 있는 숭고한 정열은 다소 식어 있겠지

---

* 17세기에 리슐리외 및 마자랭이 추진한 국왕 중심의 전제정치에 대항해서 귀족들이 반란을 일으켰다. 이때 슈브뢰즈 공작 부인, 롱그빌 공작 부인은 반란 측에 가담해 이름을 떨쳤다.

만."

그러고 나서도 다시 여러 가지 장황한 말을 늘어놓은 후 쥘리앵은 이렇게 덧붙였다.

"미안하지만 한마디 더하게 해 주오. 15년쯤 지나면 당신은 전에 나를 사랑한 일을 미친 짓이었다고 생각하게 될 거요. 아무리 너그럽게 보려고 해도 결국 미친 짓이었다고 말이오……"

여기서 쥘리앵은 말을 끊고 생각에 잠겼다. 마틸드에게는 극히 불쾌할 이 생각에 다시 직면하지 않을 수 없었다.

'15년이 지나도 레날 부인은 내 아이를 진심으로 사랑해 주겠지만, 당신은 아마 깨끗이 잊어버리고 있을 거야……'

제40장
평정

내가 오늘날 현명한 것은 그 무렵엔 미쳐 있었기 때문이다. 아아, 순간적인 것밖에 보지 않는 철학자여, 그대는 어쩌면 그리도 근시안인가! 그대의 눈은 정열의 은밀한 작용을 관찰하는 데는 적합지 않다.

괴테 부인

이 대화는 심문 때문에 끊어졌다. 이어서 담당 변호사와의 협의가 있었다. 멍하니 달콤한 몽상에 잠겨 지낼 수 있는 현재의 생활 가운데서, 이 순간만은 아주 불쾌했다.

"살인입니다. 더구나 계획적인 살인입니다."

쥘리앵은 판사에게도 변호사에게도 똑같은 말을 되풀이했다. 그리고 미소를 띠면서 덧붙였다.

"죄송합니다. 이것으로는 여러분의 일이 너무 간단해지지요?"

겨우 두 사람에게서 해방되자 쥘리앵은 속으로 중얼거렸다.

'아무래도 나는 상당히 용기 있는 사나이인 모양이야. 저 두 사람보다는 확실히 배짱이 있어. 저자들은 질 것이 뻔한 이 싸움을 끔찍한 불행이자 공포의 극치라고 생각하는가 본데, 내가 그날이 올 때까지 그런 것을 구질구질하게 생각이나 할 줄 아나! 내가 이러는 것도 아마 보다 큰 불행을 알고 있기 때문이겠지.'

쥘리앵은 혼자서 이유를 늘어놓았다.

'마틸드에게 버림받은 줄 알고 번뇌하면서 처음 스트라스부르로 여행했을 때는 지금보다 훨씬 괴로웠어…… 그런데 전에는 그처럼 정신없이 바랐지만, 요즈음에는 그녀에게 사랑을 받고 있어도 아무것도 느끼지를 못하니…… 지금은 그 아름다운 아가씨가 나의 고독을 위로해 주러 오는 것보다 혼자

있는 편이 훨씬 즐거울 정도니 말이야……'

법과 형식으로만 머릿속이 꽉 찬 변호사는 쥘리앵이 미쳤다고 생각하고, 일반 사람들과 같이 그가 질투에 사로잡혀 권총을 쥐게 된 거라고 생각했다. 어느 날 변호사는 쥘리앵에게, 진위야 어떻든 그런 식으로 사건이 일어났다고 말한다면 변호할 때 아주 편리하다는 말을 큰맘 먹고 해 보았다. 그러자 피고는 이내 발끈하여 덤벼들 듯한 태도가 되었다.

쥘리앵은 이성을 잃고 외쳤다.

"아시겠습니까? 목숨이 아까우면, 그런 비열한 거짓말은 두 번 다시 입에 담지 않도록 조심하십시오."

소심한 변호사는 순간 살해당하지나 않을까 하고 겁이 났다.

변호사는 변론 준비를 갖추었다. 운명의 순간이 시시각각 다가오고 있었다. 브장송을 비롯해 현 전체가 이 소송 사건의 소문으로 들끓었다. 쥘리앵은 그런 사정을 전혀 알지 못했다. 그런 이야기는 자기에게 절대 알리지 말아 달라고 미리 부탁해 두었기 때문이다.

그날도 푸케와 마틸드는 세상에 떠도는 소문을 쥘리앵에게 전하려고 했다. 그들의 말에 따르면 크게 희망을 걸 만한 소문이었다. 쥘리앵은 다짜고짜 두 사람을 가로막았다.

"날 그냥 내버려둬. 나는 지금 이상적인 생활을 즐기고 있단 말이야. 자네들의 세세한 걱정거리나 쩨쩨한 현실 생활에 관한 얘기는 모두 나로선 흥미가 없는 이야기야. 그저 나를 천국에서 끌어내릴 뿐이지. 누구나 자기 그릇에 맞는 방식으로 죽는 법이야. 나도 내 나름대로 죽는 것만 생각하고 싶어. 남이 무슨 상관이야? 나와 남의 관계 같은 건 가까운 장래에 끊어질 운명이잖아. 제발 그런 인간들의 얘기는 하지 말아 줘. 판사와 변호사를 만나는 것만으로도 지긋지긋하단 말이야."

그리고 쥘리앵은 이렇게 자기에게 말했다.

'결국 공상에 잠겨서 죽는 것이 나의 운명인 모양이다. 나처럼 이름도 없는 인간은 2주일이 채 지나기 전에 기억에서 사라지고 말 테니, 연극을 한다는 것은 솔직히 말해서 어리석은 짓이야…… 그러나저러나 삶과 작별할 시간이 이렇게 다가오고 나서야 인생을 즐기는 방법을 알게 되다니, 묘한 얘기로군.'

그는 마틸드가 일부러 사람을 보내어 네덜란드에서 가지고 온 최고급 엽권련을 피우고 탑 위의 노대를 거닐면서 이 마지막 나날을 보냈다. 자기가 모습을 나타내는 것을 매일처럼 시내의 망원경들이 기다리고 있는 줄은 꿈에도 몰랐다. 쥘리앵의 생각은 베르지로 날아가 있었다. 푸케에게 레날 부인의 얘기를 꺼낸 적은 한 번도 없었으나, 친구는 부인이 하루하루 쾌유해 가고 있다는 소식을 두세 번 얘기해 주었다. 그 말은 그의 가슴속에 울려 퍼졌다.

쥘리앵의 영혼이 거의 언제나 관념의 세계에서 노닐고 있는 동안, 마틸드는 귀족적인 마음의 소유자답게 오로지 현실적인 일에 몰두했다. 그녀의 요령 있는 활동으로 페르바크 부인과 프릴레르 사제 사이에 직접 오가게 된 편지에는 이제 '주교 자리'라는 중대한 말까지 나오게 되었다.

성직자 임면권을 한 손에 쥐고 있는 그 고귀한 주교님은 조카딸의 편지에 다음과 같이 덧붙여 써 보냈다.

'저 가련한 소렐은 한낱 경솔한 인간에 불과한즉 우리에게 돌려보내 주실 수 있으리라 믿습니다.'

이 글귀를 읽었을 때 프릴레르 사제는 미칠 듯이 기뻤다. 어떻게든 쥘리앵을 구해내겠다고 마음먹었다.

공판에 입회하는 36명의 배심원을 추첨하기 전날, 프릴레르 사제는 마틸드에게 말했다.

"자코뱅파 때문에 이렇게 많은 배심원을 뽑는 법률이 제정되었습니다만, 그 진짜 목적은 오로지 문벌 좋은 사람들의 영향력을 뿌리째 뽑자는 데 있습니다. 이런 법률만 없다면 판결 내용은 장담해도 좋을 텐데 말입니다. 나는 저 N×××× 사제조차 보기 좋게 무죄로 만들어 주었으니까요……"

다음 날이 되었다. 추첨함에서 나온 이름 속에서 브장송의 수도회 회원 5명, 시내 거주자 이외의 사람으로 발르노, 무아로, 숄랭 등의 이름을 발견했을 때 프릴레르 사제는 크게 기뻐했다. 사제는 마틸드에게 말했다.

"우선 이 8명의 배심원에 대해서는 장담할 수 있습니다. 앞의 5명은 기계의 톱니바퀴와도 같습니다. 또 발르노는 내 심복이고, 무아로는 내 은혜를 많이 입은 자고, 숄랭은 만사에 겁먹는 바보니까요."

배심원의 이름이 신문에 실려 온 현에 알려졌다. 레날 부인이 브장송에 가겠다고 하자 남편은 이루 말할 수 없는 불안을 느꼈다. 레날 씨가 겨우 아내에게서 얻어 낸 약속은, 증인으로서 소환당하는 불쾌한 일을 피하기 위해 절대로 병상을 떠나지 않겠다는 한 가지뿐이었다. 전(前) 베리에르 시장은 이렇게 말했다.

"당신은 내 입장을 모르오. 놈들의 말에 따르면 현재 나는 배반한 자유주의자요.* 그 비열한 발르노나 프릴레르 사제라면 쉽게 검찰 총장과 판사들을 조종해서 나에게 온갖 불쾌한 짓을 할 것은 뻔하단 말이오."

레날 부인은 순순히 남편의 요구를 따랐다. 그녀는 이렇게 생각했다.

'내가 법정에 나가면 복수를 원하는 것처럼 보일지도 몰라.'

경솔한 짓은 하지 않겠다고 고해 신부와 남편에게 약속하고 왔는데도 레날 부인은 브장송에 닿기가 바쁘게 36명의 배심원 한 사람 한 사람에게 손수 펜을 들어 다음과 같은 편지를 보냈다.

공판 날, 저는 법정에 나가지 않을 작정입니다. 제가 나가면 소렐 씨가 불리해질지도 모르기 때문입니다. 제가 이 세상에서 마음속으로 바라고 있는 것은 단 하나, 그분의 목숨이 구제받는 것입니다. 부디 믿어 주십시오. 저 때문에 죄도 없는 분이 죽었다고 생각하게 된다면, 그 무서움에 저의 생애는 지옥으로 변해 버릴 것이며 반드시 목숨까지 단축되고 말 것입니다. 제가 이렇게 살아 있는데, 여러분께서 어떻게 그분을 사형에 처하실 수 있겠습니까? 아니, 분명히 사회는 인간의 생명을, 특히 쥘리앵 소렐 같은 사람의 생명을 빼앗을 권리를 가지고 있지 않습니다. 베리에르에서는 누구나 그 사람이 때때로 흥분해서 정신이 이상해지는 것을 알고 있습니다. 그 불쌍한 청년에게는 무서운 적이 많습니다. 그러나 그 적 중에도 (그 수가 어쩜 그렇게도 많을까요!) 그 사람의 뛰어난 재능과 깊은 학식을 의심하는 사람은 한 분도 없을 것입니다. 여러분이 이제부터 재판하려고 하시는 인물은 평범한 사람이 아닙니다. 1년 반 가까이나 되는 동안 우리들이 알아낸 한, 그분은 신앙심이 깊고 품행이 방정하며 일에 열성적인 분입니다. 다만 1년에 두세 번은 우울증 발작이 일어나고, 그것이 심해지

---

* 1827년 총선거 때 빌레르 내각에 불만을 품은 일부 왕당파는 빌레르에 대항하는 표를 던져, 결과적으로 자유파와 결탁하게 되었다.

면 정신이 이상해져 버립니다. 베리에르 시내 사람들은 두말할 것도 없고, 저희들이 여름이 되면 찾아가는 베르지 근처의 분들, 저희 집안 사람들과 군수님까지도 그분의 흠잡을 데 없는 신앙만큼은 인정해 주시리라 믿습니다. 그분은 성서를 전부 외고 있을 정도니까요. 독실한 신자가 아니라면 어찌 몇 해나 걸려서 성서를 전부 암기하겠습니까? 이 편지는 제 아들을 통해서 전하겠습니다. 아직 나이가 차지 않은 애들입니다만 제발 이 아이들에게 물어보아 주십시오. 그 가엾은 청년에 대해서 여러 가지로 자세한 말씀을 들려 드릴 것입니다. 그 이야기를 들으신다면, 아마 그 청년을 처형하는 것이 얼마나 잔혹한 일인가 납득하실 줄 압니다. 그분을 처형하시게 되면, 여러분은 저의 원한을 풀어 주기는커녕 저에게 사형선고를 내리시는 것과 같습니다.

그분의 적이라도 어찌 다음과 같은 사실을 반박할 수 있겠습니까? 물론 저는 상처를 입었습니다. 하지만 그 상처는 그분의 일시적인 정신 발작 때문에 입은 것일 뿐이며, 아이들까지도 자기들의 선생이 가끔 그런 발작을 일으킨다는 사실을 알고 있습니다. 그 상처는 조금도 심하지 않아서 그로부터 두 달도 채 안 되었는데, 저는 이렇게 마차를 타고 베리에르에서 브장송까지 왔을 정도입니다. 만일 여러분이 그처럼 죄 없는 사람을 가혹한 법의 규제에서 구하는 데에 조금이라도 주저하신다면, 저는 오로지 남편의 명령에 따라서 누워 있는 이 자리를 차고 일어나 여러분의 발아래 무릎 꿇고 빌겠습니다.

제발 부탁합니다. 계획적인 범행이라는 확증이 없다고 평결해 주십시오. 그러시면 죄 없는 자의 피를 흘리게 했다고, 장차 후회하시지 않아도 될 것입니다…… 운운.

제41장
공판

이 유명한 재판은 오랫동안 이 지방 사람들의 기억에 남으리라. 피고에 대한 관심은 참으로 커서 마침내 민심이 흔들리기 시작했다. 그 범행은 놀랍긴 해도 흉악하지는 않았기 때문이다. 또 설령 흉악했다 하더라도, 그 청년은 너무나 잘생긴 남자였다! 그의 눈부신 출셋길이 순식간에 막혀 버렸다는 사실 역시 사람들의 동정을 끌었다. "처형될까요?" 여자들은 저마다 아는 남자들에게 물었으며, 대답을 기다리는 그 얼굴은 창백했다.

생트뵈브

마침내 레날 부인과 마틸드가 그처럼 두려워하던 날이 왔다.

평소와 다른 거리의 분위기로 두 사람의 공포는 점점 더 깊어졌으며 침착한 푸케마저 얼마간 동요되고 말았다. 이 지방 사람 모두가 이 소설 같은 사건의 재판을 보려고 브장송에 몰려왔다.

며칠 전부터 여관이란 여관은 모두 만원이 되었다. 재판장은 쇄도하는 방청권 요청에 시달렸다. 시내의 귀부인들은 예외 없이 공판을 보고 싶어했고, 거리에는 쥘리앵의 초상화를 파는 장사치의 고함소리가 높게 울려 퍼지는 형편이었다.

마틸드는 이 결정적인 순간에 대비하여, ×××주교가 전문(全文)을 친필로 쓴 편지를 한 통 얻어 놓았다. 프랑스 교회를 지배하고 주교의 임면권을 쥔 이 고명한 성직자가 몸소 편지를 써서 쥘리앵의 석방을 바라고 있는 것이다. 공판 전날 마틸드는 이 편지를 가지고 절대 권력을 휘두르는 부주교를 찾아갔다.

면회가 끝나고 마틸드가 눈물에 젖어서 나가려고 하자 프릴레르 사제는 겨우 외교관 같은 신중함을 버리고 자기도 약간 흥분한 태도로 말했다.

"배심원의 평결에 대해서는 장담하겠습니다. 아가씨가 감싸 주시는 인물의 죄상이 확고한 것인지 아닌지, 또 특히 미리 계획된 범죄인지 아닌지를 조사하는 소임을 맡은 사람은 12명인데, 그 가운데 6명까지는 나의 행운을 진심으로 바라는 내 친구들입니다. 내가 주교 자리에 오르고 못 오르고는 오로지 그들 자신의 손에 달렸다고 그들에게 암암리에 말해 두었습니다. 발르노 남작은 내가 베리에르 시장으로 만들어 준 사람입니다만, 그는 자기 부하인 무아로 씨와 숄랭 씨를 마음대로 다룹니다. 하긴 솔직히 말해서, 추첨 결과 사상이 온건치 못한 배심원 2명이 이 사건에 낀 것은 사실입니다. 그러나 급진적인 자유주의자라고 해도 중대한 사태에서는 내 명령에 충실히 따르는 사람들입니다. 그들한테도 투표할 때 발르노 씨에게 동조하도록 부탁해 두었습니다. 여섯 번째 배심원은 부유한 실업가로 말이 많은 자유주의자인데, 소문에 따르면 육군의 조달 상인이 되고 싶어하는 모양이니까, 내 기분을 상하게 만드는 짓은 하지 않을 것입니다. 나의 결정적인 의견은 발르노 씨가 알고 있다고 그에게 전해 두었습니다."

"그런데 그 발르노라는 분은 어떤 사람이죠?"라고 마틸드는 불안스러운 듯이 물었다.

"당신이 그 사람의 인품을 안다면, 일이 잘되리라는 데 대해서 의심을 품지 않으실 것입니다. 배짱이 세고 뻔뻔스러운 변설가로서, 얼간이들을 조종하기에는 꼭 맞는 품위 없는 사람입니다. 1814년 이후 밑바닥에서 출세한 남자인데 언젠가 지사(知事)를 시켜 줄 생각입니다. 다른 배심원들이 자기 말대로 투표하지 않으려고 할 때는 때리는 일쯤 예사로 해낼 인물입니다."

마틸드는 조금 마음이 놓였다.

또 하나의 언쟁이 그날 밤 마틸드를 기다리고 있었다. 상대는 쥘리앵이었다. 어차피 결과는 뻔하니 불쾌한 상황을 오래 끌 이유가 없다며, 그는 스스로 변론하지 않겠다고 애당초부터 결심하고 있었던 것이다.

쥘리앵은 마틸드에게 말했다.

"변호사가 대신 말해 줄 테지. 그것으로 충분하오. 오랫동안 적의 눈앞에서 구경거리가 되는 일 따위 사양하고 싶소. 그 시골뜨기들은 내가 당신 덕분에 빨리 출세한 데에 속이 뒤틀려 있소. 단언해도 좋지만, 나의 처형을 바라지 않을 자는 그 가운데에 하나도 없을 거요. 하기야 내가 형장으로 끌려

갈 때는 바보처럼 눈물을 흘리겠지만."

"그 사람들은 당신이 수모를 당하는 장면을 보고 싶어하겠죠. 그건 분명히 그래요. 하지만 그들이 그렇게까지 잔혹한 사람들이라고는 생각지 않아요. 내가 브장송까지 달려와서 슬퍼하는 모습이 완전히 여자들의 동정을 산것 같아요. 게다가 당신의 고운 얼굴이 효과가 있을 거예요. 판사들 앞에서무언가 한마디 하시면, 방청석은 당신 편이 될 것이며……"

마틸드의 말은 그칠 줄 몰랐다.

다음 날 아침 9시, 쥘리앵이 법원의 대법정에 나가려고 감방에서 내려가니, 안마당은 사람의 물결로 가득 차 있었다. 그래서 헌병들은 군중을 뚫고나가는 데 무던히 애를 먹었다. 한편 쥘리앵은 실컷 자서 아주 편안한 기분이었으므로, 무자비한 심정에서 이러는 것은 아니겠지만 어쨌든 자신의 사형선고에 갈채를 보내려고 몰려든 시샘 많은 군중에 대해서도 철학자나 된듯한 연민의 정을 느꼈을 정도였다. 군중에 에워싸여 15분 이상이나 꼼짝도못하는 동안, 자기의 모습이 사람들에게 상냥한 동정을 불러일으키고 있음을 깨닫고 쥘리앵은 크게 놀랐다. 단 한마디도 불쾌한 말은 귀에 들려오지않았다. 쥘리앵은 생각했다.

'이 시골뜨기들은 생각했던 것보다 못되지 않구나.'

법정에 들어서자 쥘리앵은 그 우아한 건물에 감동했다. 순수한 고딕식 건물로, 정성껏 돌을 다듬어 만든 아름답고 조그만 둥근 기둥이 여러 개 늘어서 있었다. 쥘리앵은 영국에라도 와 있는 느낌이었다.

이윽고 그의 주의력은 피고석 맞은편, 판사와 배심원들의 자리 바로 위에있는 3개의 발코니를 메운 열네댓 명의 아름다운 여자들에게 완전히 끌려갔다. 일반 청중 쪽을 돌아보니, 계단석 위에 삥 둘러 만들어진 원형 방청석은여자들로 가득했다. 대부분 젊은 여자들이었으며 쥘리앵에게는 전부 미인으로 보였다. 모두 동정심이 가득 찬 눈을 빛내고 있었다. 법정 안의 다른 곳도 대단히 혼잡했다. 문간에서는 옥신각신 소동이 벌어지는 형편이어서, 수위가 아무리 애를 써도 조용해지지 않았다.

모두의 눈이 쥘리앵을 찾고 있었다. 약간 높이 만들어진 피고석에 앉으려는 그의 모습이 눈에 띄었을 때, 일제히 놀람과 동정의 소리가 흘러나왔다.

이날 쥘리앵은 스무 살도 안 되어 보였다. 옷은 아주 수수했으나 더없이 세련되게 입었고, 머리와 이마 언저리가 매력적이었다. 마틸드가 그의 옷차림을 세심하게 배려한 것이다. 얼굴은 몹시 창백했다. 그가 피고석에 앉기 무섭게 이곳저곳에서 수군거리는 소리가 들렸다. "어머! 아주 젊어요! ……" "마치 어린애 같아요……" "초상화보다 훨씬 잘생겼네……."

"피고" 하고 오른쪽에 앉은 헌병이 말했다.

"저쪽 발코니에 부인들이 여섯 분 계시지?"

헌병은 배심원이 있는 계단식 좌석 위로 쑥 나온 조그만 좌석을 가리켰다.

"저분이 지사 부인, 그 옆이 N×××후작 부인. 저 부인은 자네가 마음에 드신 모양이야. 예심 판사에게 하는 말을 우연히 들었지. 그리고 저분이 데르빌르 부인……"

"데르빌르 부인!"

저도 모르게 쥘리앵은 소리 내어 말했다. 이마가 확 붉어졌다.

'여기서 나가면, 저 사람은 레날 부인에게 편지를 쓰겠지.'

그는 이렇게 생각했다. 레날 부인이 브장송에 와 있는 줄은 꿈에도 몰랐다.

여러 증인의 공술 청취는 잠깐 사이에 끝났다. 차석 검사의 논고가 시작되는가 싶더니, 쥘리앵의 바로 맞은편 조그만 발코니에 있는 부인 중 두 사람이 벌써 울기 시작했다. '데르빌르 부인은 저렇게 감상적이진 않겠지'라고 쥘리앵은 생각했다. 그런데 그 데르빌르 부인도 몹시 얼굴이 붉어져 있었다.

차석 검사는 범행의 흉악함에 대해서 저속한 프랑스어로 열변을 토하고 있었다. 데르빌르 부인 옆에 앉은 부인들은 그것이 몹시 불만스러운 모양이었다. 아는 사이인 듯한 배심원 몇 명이 그 부인들에게 연방 말을 걸어 안심시키고 있는 것 같았다. '하여간 좋은 징조 같군' 하고 쥘리앵은 생각했다.

그때까지 쥘리앵은 재판소에 와 있는 모든 사람들에게 마음속 깊이 경멸을 느끼고 있었다. 차석 검사의 저속한 웅변이 그 혐오감을 더하게 했다. 그러나 분명히 자기에게 보내지고 있는 동정의 표시를 보자, 냉정한 쥘리앵의 마음도 차차 풀리기 시작했다.

변호사의 확고한 표정이 믿음직스럽게 여겨졌다.

"미사여구는 사양해 주십시오."

쥘리앵은 변론을 하러 막 일어서는 변호사에게 나지막이 속삭였다.

"적이 당신을 공격하는 데 사용한 과장된 문구는 모두 보쉬에의 표절입니다. 이것으로 당신 입장은 오히려 유리해졌어요" 하고 변호사는 말했다. 실제로 변호사가 떠들기 시작한 지 5분도 못 되어 대부분의 여자들은 손수건을 꺼내 들었다. 변호사는 이에 힘을 얻어 배심원들을 향해 무척 대담한 말을 했다. 쥘리앵은 저도 모르게 몸을 떨었다. 당장 눈물이 쏟아질 것만 같다.

'이거 큰일 났구나! 적들이 뭐라고 떠들어 댈지 몰라!'

치밀어 오르는 감동에 압도될 뻔했을 때, 다행히도 문득 발르노 남작의 거만한 눈초리를 깨달았다.

'저 야만스런 놈의 눈이 불타고 있군. 저 야비한 놈은 아주 고소하겠지. 이런 지경이 되고 보니, 나의 범행이 저주스럽구나! 대체 저놈은 나에 대해서 레날 부인에게 뭐라고 이야기할까?'

이런 생각을 하니 다른 생각은 모조리 사라졌다. 잠시 후 청중의 찬의를 나타내는 모습에 쥘리앵은 문득 정신을 차렸다. 변호사가 막 변론을 끝낸 참이었다. 쥘리앵은 변호사에게 악수를 청하는 것이 예의임을 기억해 냈다. 시간은 순식간에 흘러갔다.

변호사와 피고에게 시원한 음료수가 나왔다. 이때 비로소 쥘리앵은 어떤 사실을 깨닫고 감동했다. 방청석의 여자들이 한 사람도 자리를 떠나 식사를 하러 가지 않는 것이었다.

"이거 정말 시장한데요. 당신은 어때요?" 하고 변호사가 물었다.

"나도 그렇습니다."

"저거 보십시오. 지사 부인도 식사를 자기 자리로 가져오게 하고 있습니다."

변호사가 조그만 발코니를 가리키면서 말했다.

"힘을 내십시오. 만사가 잘돼 가고 있습니다."

공판이 다시 열렸다.

재판장이 사건의 요약을 진술하고 있는 동안 밤 12시를 알리는 종이 울렸다. 재판장은 할 수 없이 말을 중단해야만 했다. 불안에 찬 정적 속에서 종소리가 법정 안에 우렁차게 울려 퍼졌다.

'드디어 마지막 날이 시작되는구나'라고 쥘리앵은 생각했다. 곧 그는 의무

감이 가슴속에서 타오르는 것을 느꼈다. 지금까지 그는 감동하려는 마음을 꾹 누르고 입을 열지 않으려는 결심을 지켜 왔다. 그러나 지금 재판장에게 무엇인가 보충할 말이 없느냐는 질문을 받자, 쥘리앵은 벌떡 일어났다. 정면으로 데르빌르 부인이 보였다. 그 눈이 불빛을 받아 유난히 반짝이는 것 같았다. '혹시 울고 있나?' 하고 쥘리앵은 생각했다.

"배심원 여러분. 죽음에 임하면 그러한 것은 무시할 수 있으리라 생각하고 있었습니다만, 역시 경멸을 받는 것은 견딜 수 없기 때문에 이렇게 한 말씀 드리겠습니다. 여러분, 불행히도 저는 여러분의 계급에 속하는 영광을 입지 못했습니다. 여러분이 볼 때 저는 저의 비천한 신분에 반항한 한낱 농민에 지나지 않습니다."

쥘리앵은 한층 목소리를 높여서 다시 말을 계속했다.

"저는 여러분의 온정을 구할 생각이 없습니다. 저는 결코 환상을 품고 있지 않습니다. 제 앞엔 죽음만이 있을 뿐이고 이는 또 당연한 것입니다. 저는 모든 존경, 모든 경의를 받기에 부족함이 없는 어느 부인의 생명을 빼앗으려고 했습니다. 레날 부인은 저에게 어머니와도 같은 분이었습니다. 저의 범죄는 흉악하고 더구나 계획적이었습니다. 배심원 여러분, 따라서 저는 사형을 받아 마땅합니다. 그러나 설령 저의 죄가 가벼웠을지라도 동정의 여지가 있는 제 사장 따위는 일체 고려하지 않고, 저에게 죄를 씌우고 싶어하는 사람들이 있음을 저는 잘 알고 있습니다. 하층계급에서 태어나 빈곤이란 탄압을 받으면서도 다행히 훌륭한 교육을 받고, 오만한 부자들이 '사회'라고 부르는 저 사교계로 자기 분수도 모르고 들어가려는 청년들을, 그 사람들은 저를 통해서 벌주고 또 앞으로 언제까지나 그런 의지를 꺾어 버리려 하는 것입니다. 여러분, 이상이 저의 죄입니다. 그리고 이러한 죄가 현재 저와 같은 계급의 사람들에 의해서 재판을 받고 있지 않는 이상, 저는 더 엄중한 벌을 받게 되겠지요. 배심원석을 보아도 농민에서 입신하여 유복한 신분이 됐다고 여겨지는 분은 한 분도 안 계시며, 모두 분개를 못 참겠다는 표정을 한 부르주아 분들뿐 아닙니까……"

20분에 걸쳐서 쥘리앵은 이렇게 지껄여 댔다. 가슴에 가득 차 있었던 것을 시원하게 토해 버린 것이다. 귀족계급의 총애를 갈망하고 있는 차석 검사는 의자에서 펄쩍 뛰어오를 지경이었다. 그러나 쥘리앵의 말이 약간 추상적이었는데도 여자들은 모두 울고 있었다. 데르빌르 부인조차 손수건을 눈에 대고 있을 정도였다. 발언을 끝마치기 전에 쥘리앵은 다시 한 번 범행이 계획적이었으며 자기가 후회하고 있음을 밝히고, 또 지난날 행복했던 시절에 레날 부인을 존경했으며 마치 아들이 어머니에게 그러듯 그녀에게 한없는 경애를 품고 있었다고 진술했다…… 데르빌르 부인은 외마디 소리를 지르고 정신을 잃었다.

배심원들이 대기실로 물러가려 할 때 1시가 울렸다. 여자들은 한 사람도 자리를 뜨지 않았다. 남자들 중에도 눈물을 글썽거리는 사람이 더러 있었다. 처음에는 활기를 띠던 대화도 배심원들의 평결이 좀처럼 나오지 않자, 모두들 지쳐서 차차 좌중은 조용해졌다. 참으로 엄숙한 한때였다. 조명도 희미해졌다. 몹시 지친 쥘리앵은 이렇게 판결에 시간이 걸리는 것은 길조인가 흉조인가 하고 수군대는 주위의 소리에 귀를 기울이고 있었다. 목소리마다 자기를 위해 좋은 판결이 내리기를 바라고 있음을 알고 기뻤다. 배심원들은 아직 돌아오지 않았지만, 법정을 나가는 여자는 하나도 없었다.

2시가 울리고 얼마 되지 않아 갑자기 시끄러운 소리가 났다. 배심원 대기실의 조그만 문이 열렸다. 발르노 남작이 엄숙하고 비장한 걸음으로 나왔고 배심원 일동이 그 뒤를 따랐다. 발르노 씨는 헛기침을 하고 나서, 영혼과 양심을 건 배심원 전원의 만장일치에 의해 쥘리앵 소렐은 살인, 더구나 계획적 살인을 기도했기 때문에 유죄라는 결론을 내렸다고 선언했다. 이 평결은 사형을 의미했다. 즉각 사형이 선고되었다. 쥘리앵은 회중시계를 들여다보았다. 라발레트 씨가 생각났다.*¹ 오전 2시 15분이었다. '오늘은 금요일이구나' 하고 그는 생각했다.

'그렇구나. 하지만 나에게 사형을 선고한 발르노에게는 오늘이 좋은 날이 겠지…… 내 경우는 감시의 눈이 너무 삼엄해서, 마틸드도 라발레트 부인처럼 나를 구해 낼 수는 없을 거야…… 이제 사흘 뒤 지금쯤은 나도 저 영원한 의문*²에 대한 확실한 답을 얻겠군.'

이때 비명 소리가 나서 그는 현실 세계로 되돌아왔다. 주위에서 여자들이

---

*1 신문 시가에 따르면, 앞서 언급한 라발레트는 사형선고를 받았을 때 침착하게 회중시계를 들여다봤다고 한다.
*2 사후 세계의 존재에 대한 의문. 라블레가 임종 때 입에 올린 말이라고 전해진다.

홀쩍이고 있었다. 가만 보니 모두들 한결같이 고딕식 기둥 위에 만들어 놓은 조그만 특별석 쪽을 바라보고 있었다. 나중에야 쥘리앵은 그곳에 마틸드가 숨어 있었다는 것을 알았다. 비명은 더 이상 들려오지 않아 사람들의 눈은 다시 쥘리앵에게로 쏠렸다. 헌병들이 군중을 헤치며 쥘리앵을 끌고 나가려 했다.

쥘리앵은 생각했다.

'저 악당 발르노의 웃음거리는 되지 말자. 사형에 해당하는 평결을 낭독했을 때 그 아주 가슴 아픈 듯 시치미를 떼는 꼬락서니라니! 그에 비해서 저 재판장은 오랫동안 재판을 맡아 왔는데도, 선고를 내리면서 눈물을 흘리지 않았나. 레날 부인을 사이에 두고 우리는 전에 연적 관계에 있었지. 이제 그 복수를 했으니 발르노란 놈, 오죽 기쁘겠는가…… 이로써 나는 두 번 다시 부인을 못 만나게 되었구나! 모든 것이 끝장이야…… 마지막 작별도 못하게 될 것 같군…… 내가 내 죄를 얼마나 후회하고 있는지 전할 수 있다면 기쁘련만! 아니, 다만 이 말만 할 수 있어도 된다—당연한 판결을 받았다고 생각합니다.'

제42장

감옥에 다시 끌려온 쥘리앵은 사형수용 독방으로 이감되었다. 다른 때 같으면 아무리 조그만 일이라도 신경을 쓰는 쥘리앵이었지만, 지금은 탑으로 다시 올라가지 못한다는 것조차 전혀 깨닫지 못했다. 만약 죽기 전에 다행히 레날 부인을 만난다면 어떤 말을 할까, 이런 생각만 하고 있었던 것이다. 부인은 자기 말을 가로막을 테니 맨 처음 한마디로써, 자신이 얼마나 후회하고 있는가 완전히 말해 버려야지 하고 생각했다.

'그런 짓을 했으니, 지금 와서 그녀만을 사랑하고 있다는 것을 어떻게 말하면 그녀가 믿어 줄까? 야심 때문이든 마틸드를 사랑하고 있었기 때문이든 간에 나는 그 사람을 죽이려 하지 않았는가.'

침대에 누워 보니, 시트는 억센 천이었다. 쥘리앵은 비로소 깨달았다.

'그렇구나! 나는 지하 감방에 와 있구나. 사형수로서…… 당연한 일이야. 알타미라 백작이 얘기해 주었지. 사형 전날 밤 당통은 그 굵고 탁한 목소리로 이런 말을 했다고. "묘하구나. 목을 자르다(quillotiner)라는 동사는 모든 시제로 변화시킬 수가 없어. 나는 목을 잘릴 것이다, 너는 목을 잘릴 것이다 하고 미래형으로 말할 수는 있지만, 나는 목을 잘렸다 하고 과거형으로 말할 수는 없거든……." 하지만 정말로 그럴까? 만약 내세(來世)라는 것이 있다면?'

쥘리앵은 계속 생각했다.

'그러나 그리스도의 신을 만나는 날에는 내세고 뭐고 없어. 나는 끝장이야. 그 신은 폭군이고, 폭군답게 복수심으로 가득 차 있거든. 성서에 씌어 있는 것은 무서운 천벌 얘기뿐이잖아. 나는 그 신을 사랑한 적이 한 번도 없어. 그 신을 진심으로 사랑하는 자가 있다는 생각조차 하고 싶지 않았을 정도지. 그야 무자비하기 짝이 없는 신이니까.'

이렇게 생각하면서 그는 성서의 몇 구절을 상기했다.

'나는 지독한 벌을 받겠구나. 그러나 혹시 페늘롱*이 말하는 신을 만난다면! 아마 그 신은 말하겠지. 그대는 크게 용서받으리라, 그대는 크게 사랑했으니……'

생각은 계속 이어졌다.

'나는 크게 사랑했을까? 물론 레날 부인을 사랑한 것은 사실이야. 하지만 나의 행동은 무자비했지. 그때도 다른 때와 같이, 나는 찬란한 것에 눈이 멀어서 소박하고 조촐한 가치를 버렸어……. 하지만 얼마나 화려한 미래가 열리고 있었던가! …… 전쟁이라도 일어나면 경기병 대령, 평화 시대라면 공사관 서기관, 나아가서는 대사…… 일 같은 것은 즉시 익혀 버렸을 테니까…… 그리고 설령 무능하더라도 라몰 후작의 사위쯤 되면, 경쟁 상대로 누가 두렵겠는가! 내가 아무리 얼빠진 짓을 하더라도 다들 용서해 줄 것이고, 오히려 장래성이 있다며 칭찬해 줄지도 모르지. 수완가라는 이름 아래, 비엔나나 런던 등지에서 호화로운 생활을 할지도 모르고……'

"말이 될 말인가, 사흘이 지나면 단두대라네."

이거 정말 멋지군, 하면서 쥘리앵은 유쾌하게 웃었다.

'정말 사람의 마음속에는 두 인간이 숨어 있구나. 이런 짓궂은 말을 생각해 낸 건 또 어디 사는 악마람?'

"옳소, 옳은 말씀이오. 사흘이 지나면 단두대야."

그는 마음속의 익살꾼에게 대답했다.

'숄랭 씨가 마슬롱 사제와 반반씩 부담해서 처형 관람용 창문을 하나 빌린다 치자. 그런데 그 창문을 빌리는 삯을 가지고 이 두 훌륭한 인물 중 어느 편이 상대를 속일까?'

문득 로트루의 《방세슬라스》 중 한 구절이 생각났다.

라디슬라스
—마음의 준비는 이제 다 되었습니다.
왕(라디슬라스의 아버지)
—오냐, 단두대의 준비도 다 되었다. 가서 목이나 내밀어라.

＊ 17세기 고위 성직자이자 작가. 계몽사상의 선구자.

'멋있는 대답이다!'라고 쥘리앵은 생각했다. 이윽고 그는 잠들어 버렸다. 다음 날 아침, 누가 꽉 끌어안는 바람에 눈을 떴다.

"아니, 벌써 하나!"

눈을 부릅뜨면서 쥘리앵은 저도 모르게 소리쳤다. 사형 집행인이 누르는 줄 안 것이다.

마틸드였다.

'다행히 내가 한 말을 알아듣진 못한 모양이구나.'

이런 생각이 들자 그는 완전히 냉정을 되찾았다. 마틸드는 반년 동안이나 앓은 사람처럼 수척해져 있었다. 정말로 몰라볼 정도였다.

"그 뻔뻔스러운 프릴레르가 배반했어요."

이렇게 말하면서 마틸드는 손을 부르르 떨었다. 너무 화가 난 나머지 눈물마저 나오지 않았다.

"어제 내가 한 진술은 제법 훌륭했지?"라고 쥘리앵은 말했다.

"즉흥으로 얘기한 거요. 그런 일은 생전 처음이었소! 하긴 그것이 또한 마지막이 되겠지만."

이제 쥘리앵은 능숙한 피아니스트가 피아노 앞에 앉았을 때와 같이 침착한 마음으로 마틸드의 성격을 희롱하고 있었다. 그는 말을 이었다.

"확실히 나에겐 훌륭한 가문 출신이라는 장점은 없소. 그러나 마틸드의 고귀한 영혼이 연인인 나를 똑같은 높이로 끌어올려 준 것이오. 보니파스 드 라몰이라 할지라도, 재판관 앞에서 그 이상 훌륭할 수 있었다고 생각하오?"

이날 마틸드는 6층에 세든 가난한 처녀처럼 아무런 가식 없는 다정함을 보였지만, 쥘리앵에게서 좀더 부드럽고 온순한 말을 끌어내지는 못했다. 쥘리앵은 무의식중에 지난날 마틸드에게서 자주 받은 괴로움의 앙갚음을 하고 있었던 것이다.

나일강의 원류(源流)는 아무도 모른다고, 쥘리앵은 생각했다.

'이 대하(大河)의 제왕이 한낱 실개천으로서 존재하는 모습을 본다는 것은 인간의 눈에 허용되지 않는 일이야. 그와 마찬가지로 약한 쥘리앵의 모습은 어느 누구의 눈에도 보일 수 없어. 애초에 쥘리앵은 약하지 않기 때문이지. 그러나 내 마음은 감동하기 쉬워. 아무리 평범한 말이라도 거기에 진실이 담겨 있다면, 그만 내 목소리는 울먹이게 되고 눈물까지 흘러 버리기도 해. 이런 결점 때문에 무정한 자들로부터 얼마나 경멸당했는지! 그들은 내가 동정을 바라고 있는 줄 알 거야. 이것만은 도저히 참을 수 없어. 당통은 단두대 아래까지 갔을 때, 아내를 생각하고 마음이 흔들렸다고 하던데. 그러나 당통은 무기력한 국민 전체에 활기를 불어넣고, 적이 파리로 육박해 오는 것을 막은 사나이였어…… 나도 분명히 많은 일들을 해낼 수 있었겠지만, 그것은 나만이 알고 있지…… 남이 볼 때 나는 기껏해야 그럴 가능성이 있었던 사나이에 지나지 않아. 그런데 만약 이 지하 감방에 온 사람이 마틸드가 아니고 레날 부인이었다면, 나는 나 자신을 억제할 수 있었을까? 내가 지나치게 절망하거나 후회한다면, 그것은 발르노 같은 무리들이나 이 지방 귀족들의 눈에는, 죽음에 대한 보기 흉한 공포로 보일지도 몰라. 놈들은 본디 겁쟁이들이지만 두둑한 주머니 덕분에 유혹에 빠지지 않고 살아가므로 그처럼 오만스러운 표정을 짓고 있을 수 있는 거야! 나에게 사형선고를 내린 무아로라든가 솔랭 같은 무리들은 틀림없이 이렇게 말할 테지. "글쎄, 보십시오. 목재상의 자식으로 태어나면 저런 것입니다. 학문을 익히거나 재주 있는 인간은 될 수 있지만, 근성은 말이죠! ……근성만은 타고난지라 배워서 익힐 수가 없단 말입니다." 가여운 마틸드도 지금은 이렇게 울고 있지만…… 아니, 이제 울 기운도 없나 본데.'

쥘리앵은 울어서 새빨갛게 부은 그녀의 눈을 바라보면서 생각했다…… 두 팔로 마틸드를 끌어안았다. 참된 탄식을 보고 평소의 3단논법을 잊은 것이다……

'아마 어젯밤은 내내 울면서 지샜겠지. 그러나 언젠가는 마틸드도 이 일을 회상하고 얼마나 부끄러워할지 몰라! 철없는 젊은 시절에 평민 출신 남자의 천한 사고방식에 홀려 버렸던 것이라고 생각하겠지…… 크루아즈누아는 아주 쓸개 빠진 얼간이니까, 어차피 마틸드와 결혼할 테지. 또 확실히 그게 영리한 처신이야. 마틸드라면 그가 제 구실을 해내도록 만들어 줄 거야……'

> 원대한 계획을 품은 굳센 정신이
> 평범한 자들의 속된 정신에 대해 갖는 권리에 의해서……*

---

* 볼테르 《마호메트》 제2막 제5장.

'이거 참 우스운 일이군! 죽을 운명으로 정해지니까, 지금까지 왼 시구가 모조리 떠오르니 말이야. 내가 쇠약해졌다는 증거겠지…….'

마틸드는 아까부터 힘없이, "그 사람이 옆방에 와 있어요"라고 되풀이하고 있었다. 쥘리앵은 겨우 그 말을 깨달았다. '목소리가 약해졌구나'라고 그는 생각했다.

'그런데 말투에는 아직도 그 거만한 성격이 뚜렷이 나타나 있군. 화를 내지 않으려고 되도록 소리를 낮추고 있는 거야.'

"누가 와 있소?"라고 쥘리앵은 정답게 물었다.

"변호사요. 항소장에 당신의 서명을 받으려고 왔어요."

"항소는 안 해."

"뭐라고요! 항소를 안 하겠다고요?"

마틸드는 분노로 눈을 번뜩이며 벌떡 일어나 말했다.

"왜요? 이유가 뭐죠?"

"왜냐고? 지금 같으면 그다지 웃음거리가 되지 않고 죽을 용기가 있을 것 같거든. 그런데 앞으로 두 달이나 이곳에 있어 봐요. 이 축축한 지하 감방에 오랫동안 갇혀 지낸 뒤에도, 이렇게 태연히 있을 수 있을 것 같소? 사제들이며 아버지가 만나러 올 것을 생각하니…… 그 이상 우울할 수가 없소. 죽는 편이 낫소."

이 뜻밖의 반대에 부딪히자, 마틸드의 타고난 오만함이 완전히 눈을 떴다. 브장송 지하 감옥의 문이 열릴 때까지 프릴레르 사제와의 만남은 미뤄 둘 수밖에 없었는데, 그 울분이 쥘리앵을 상대로 터졌다. 마틸드는 쥘리앵을 열렬히 사랑하고 있었다. 그런데도 꼬박 15분 동안 쥘리앵의 성격을 저주하고, 이런 인간을 사랑하게 된 것을 후회한다고 퍼부어 댔다. 그런 말을 들으니, 쥘리앵은 전에 라몰 댁 도서실에서 그처럼 통렬한 비난을 자기에게 퍼붓던 그 거만한 마틸드의 모습을 그대로 보는 느낌이었다.

"하늘은 당신 가문의 명예를 위해서, 당신을 남자로 태어나게 했어야 옳았어"라고 쥘리앵은 말했다. 그리고 이어 생각했다.

'그러나 만일 내가 이 역겨운 장소에서 앞으로 두 달을 더 산다면, 나도 이만저만 바보가 아니지. 특권 계급 패거리들이 멋대로 퍼붓는 갖가지 비열하고 굴욕적인 비난의 희생물이 될 테고, 더구나 위로라는 이 사랑에 미친 여자의 저주뿐이잖아…… 뭐, 좋아. 모레 아침이 되면, 그 냉정하고 훌륭한 솜씨가 천하에 이름난 상대와 결투를 하게 될 테니까…… 정말 훌륭한 솜씨지.'

문득 마음속의 메피스토펠레스가 중얼거렸다.

'절대로 실수하는 일이 없으니까.'

그의 생각은 계속 이어졌다.

'그래, 그거 참 잘됐군. (마틸드는 여전히 지껄여 대고 있었다.) 항소는 절대로 안 할 거야.' 이렇게 결심하고 난 그는 깊은 몽상에 빠져 들어갔다……

'아침 6시, 여느 때처럼 우체부가 지나가면서 신문을 놓고 간다. 8시에 레날 씨가 다 읽고 나면, 엘리자가 조용조용히 그 사람의 침대 위에 신문을 갖다 놓고 간다. 잠시 후 그 사람이 눈을 뜬다. 읽어 나가다가 갑자기 소스라치게 놀란다. 그 아름다운 손이 떨린다. 마지막으로 이런 글자가 눈에 들어온다—"10시 5분, 드디어 그는 절명(絕命)……." 그 사람은 뜨거운 눈물을 흘리면서 울겠지. 그런 사람이거든, 그 여자는. 나는 그 사람을 살해하려고 했지만, 그것도 아무 상관없겠지. 그 사람은 틀림없이 그런 일은 잊어버릴 거야. 내가 목숨을 뺏으려고 한 그 여자야말로, 내 죽음에 진심으로 눈물을 흘려 줄 단 한 사람이야. 아아! 모순도 이런 모순이 있나.'

이렇듯 쥘리앵은, 여전히 화가 난 마틸드가 15분 동안이나 떠들어 대는 동안 레날 부인밖에 생각하고 있지 않았다. 마틸드의 말에 끊임없이 대답은 하고 있었으나, 저도 모르게 베리에르의 침실 정경이 떠올라 그곳에서 마음을 돌릴 수가 없었다. 오렌지빛 호박단 이불 위에 펼쳐진 〈브장송 신문〉이 눈에 떠오른다. 하얀 손이 그 신문을 후들후들 떨면서 쥐고 있다. 쥘리앵은 흐느껴 우는 레날 부인의 모습을 눈앞에 보았다…… 그 아름다운 얼굴을 타고 흐르는 몇 줄기 눈물을 그는 하나하나 좇았다.

마틸드는 쥘리앵을 전혀 설득하지 못한 채 변호사를 방 안에 불러들였다. 기쁘게도 그는 1796년의 이탈리아 원정에 종군한 예비역 대위로, 전쟁 때 저 마누엘*과는 전우 사이였다.

---

* 이탈리아 원정군에 자원했으며, 왕정복고 시대에는 자유파의 지도자적 존재가 된 대의원.

변호사는 사형수의 결의를 듣더니 일단 그 결심을 번복시키려고 했다. 쥘리앵은 정중히 응대하며 자세하게 이유를 설명했다.

"확실히 그렇게도 생각할 수 있겠군요."

펠릭스 바노 씨는 결국 뜻을 굽히며 말했다. 이것이 그 변호사의 이름이었다.

"그러나 항소 기간은 아직 사흘이 남았고, 그동안 매일 이곳을 방문하는 것이 나의 의무입니다. 앞으로 두 달 안에 이 감방 밑에서 화산이라도 폭발한다면, 당신은 살아날지 모릅니다. 아니면 병으로 죽을 수도 있고요."

이렇게 말하고 변호사는 쥘리앵의 얼굴을 가만히 바라보았다.

쥘리앵은 변호사의 손을 쥐었다.

"고맙습니다. 당신은 좋은 분입니다. 이 일은 잊지 않겠습니다."

마침내 마틸드가 변호사와 함께 감방에서 나갔을 때, 쥘리앵은 오히려 변호사에게 훨씬 더 강한 정을 느끼고 있었다.

제43장

한 시간이 지났다. 깊은 잠에 빠져 있던 쥘리앵은 손등에 눈물이 떨어져서 흐르는 것을 느끼고 눈을 떴다. '아, 또 마틸드구나!'라고 반쯤 잠에서 깨어난 머리로 생각했다.

'정석대로 눈물로 내 결의를 번복시키려고 왔구나.'

이번에는 한바탕 한탄이 시작되는가 싶어 우울해져서 눈도 뜨지 않았다. 아내를 버리고 도망치는 벨페고르*의 시구가 생각났다.

귀에 익지 않은 한숨 소리가 들렸다. 눈을 떠 보니 레날 부인이 눈앞에 있었다.

"아아! 죽기 전에 다시 한 번 만나다니! 꿈이 아닐까?"

이렇게 외치면서 쥘리앵은 부인의 발아래 쓰러졌다. 그러나 곧 제정신을 차리고 말했다.

"용서해 주십시오. 당신에게 나는 한낱 살인범에 지나지 않습니다."

"저…… 나는 당신에게 부디 항소해 달라고 부탁하러 왔어요. 그럴 마음이 없으시다는 것을 알고 있지만……"

흐느낌으로 목이 메어, 그녀는 말을 할 수 없었다.

"제발 용서해 주십시오."

"만일 용서받고 싶으시면, 당장 사형 판결에 항소해 주세요."

이렇게 말하면서 부인은 일어나 쥘리앵의 품속으로 뛰어들었다.

쥘리앵은 키스로 레날 부인을 덮었다.

"앞으로 두 달 동안, 매일 만나러 와 주시겠습니까?"

"맹세하겠어요, 매일이라도. 남편이 안 된다고 말리지 않는 한."

---

*《벨페고르》는 라 퐁텐의 시에 따른 소설이다. 사탄에게 결혼 생활을 조사하란 명령을 받은 주인공은, 결혼의 현실을 깨닫고 허둥지둥 지옥으로 도망가 버린다.

"서명하겠습니다!" 하고 쥘리앵은 외쳤다.

"아아! 당신이 용서해 주시다니! 정말 용서해 주시는 겁니까!"

쥘리앵은 부인을 두 팔로 꽉 껴안았다. 정신이 날아가 버릴 만큼 행복했다. 부인이 가벼운 비명을 질렀다.

"괜찮아요. 조금 아팠을 뿐이에요."

"어깨가 아픈 건가요?"

쥘리앵은 목소리를 쥐어짜 외치고는 흐느꼈다. 약간 물러앉아 부인의 손에 열렬한 키스를 퍼부었다.

"베리에르의 당신 방에서 마지막으로 만났을 때, 누가 이런 일을 예측할 수 있었겠습니까?"

"나도 라몰 씨에게 그런 잔인한 편지를 쓰게 될 줄은……"

"나는 언제나 당신을 사랑했습니다. 당신만을 사랑하고 있었습니다."

"어머! 정말?"

이번에는 레날 부인이 기쁨에 넘쳐 소리를 질렀다. 부인은 꿇어앉은 쥘리앵에게 몸을 기대었다. 두 사람은 오랫동안 소리도 없이 울었다.

지금까지 한평생 쥘리앵은 이처럼 달콤한 순간을 가져 보지 못했다.

꽤 오랜 시간이 흘러 간신히 말을 할 수 있게 되자 레날 부인이 말했다.

"그 젊은 미슐레 부인, 아니 라몰 씨 댁 따님은 어찌 된 건가요? 나는 사실 그 기묘한 사랑 얘기를 진정으로 믿기 시작하고 있어요!"

그러자 쥘리앵이 대답했다.

"겉보기에 진정으로 보일 뿐입니다. 그 사람은 저의 아내지, 연인은 아닙니다……"

몇 번씩 서로 상대의 말을 가로막으면서, 겨우 두 사람은 서로가 지금까지 모르고 있던 일을 전할 수 있었다. 라몰 후작 앞으로 온 편지는 레날 부인의 젊은 고해 신부가 만든 글로서 레날 부인은 그것을 옮겨 썼을 뿐이었다. 부인은 쥘리앵에게 말했다.

"신앙 때문이라고는 하지만, 어쩌면 그런 무서운 짓을 했을까요! 그래도 그 편지 가운데 아주 심한 대목은 제가 고쳐 썼지만요……"

쥘리앵이 넋을 잃고 좋아하는 모습은 그가 부인을 용서하고 있음을 분명히 말해 주고 있었다. 그가 이처럼 깊은 사랑에 도취한 적은 일찍이 없었다.

이야기 도중에 레날 부인은 말했다.

"하지만 저는 제 자신이 신앙심을 잃지는 않았다고 생각해요. 진심으로 하느님을 믿고 있는걸요. 동시에 무서운 죄를 지었다고도 생각해요. 정말 지독할 정도로 그렇게 느끼고 있어요. 그런데도 한 번 당신의 얼굴을 보고 나니, 당신이 권총으로 나를 두 번씩이나 쏘았는데도……"

여기까지 부인이 말하자, 쥘리앵은 그녀가 저항하는데도 아랑곳없이 키스의 소나기를 퍼부었다.

"잠깐요, 잊어버리기 전에 당신과 함께 진지하게 생각해 보고 싶어요…… 당신 얼굴을 보면 내 의무 같은 것은 모조리 어둠에 묻히고 말아요. 당신을 사랑하는 마음뿐, 다른 것은 모두 사라져 버려요. 아니, 사랑한다는 말은 너무 약해요. 하느님에게만 품어야 할 마음이 당신을 보면 일어나는걸요. 존경, 사랑, 복종심이 뒤섞인 마음이요…… 정말 당신을 만나면 어떤 마음이 일어날지 나도 모를 정도예요. 간수를 단도로 찔러 죽이라고 당신이 말씀하신다면, 생각할 겨를도 없이 그런 죄를 짓고 말 것만 같아요. 헤어지기 전에, 왜 그런 마음이 일어나게 되는지, 분명히 설명 좀 해 주시지 않겠어요? 내 마음을 확실히 알고 싶어요. 두 달만 지나면 헤어지게 되는걸요……"

레날 부인은 미소를 띠면서 말을 이었다.

"저기, 우리가 정말로 헤어지게 될까요?"

"아까 그 약속 취소합니다!"

쥘리앵은 일어서면서 외쳤다.

"독약이든 칼이든 권총이든 연탄이든, 혹은 그 밖의 어떤 방법으로든 당신이 자살하거나 스스로 목숨을 단축시키려 하면, 사형선고에 대한 항소는 하지 않겠습니다."

레날 부인의 표정이 싹 달라졌다. 넘쳐흐를 듯한 애정이 담겼던 그 얼굴이 순간 깊은 시름을 드러냈다.

"지금 함께 죽어 버리면?"

마침내 부인이 입을 열었다. 그러자 쥘리앵은 대답했다.

"저 세상에 무엇이 있는지 누가 압니까? 지옥의 문책이 기다리고 있을지도 모르고, 또 아무것도 없을지도 모릅니다. 차라리 앞으로 두 달 동안 함께 즐겁게 보내지 않겠습니까? 두 달이라면 무척 긴 세월입니다. 지금까진 없

었던 크나큰 행복을 누릴 수 있겠지요!"

"지금까진 없었던?"

"그렇습니다."

쥘리앵은 기쁨으로 흥분해서 말했다.

"나는 내 자신에게 말할 때처럼 솔직히 당신에게 말하고 있습니다. 과장해서 말하는 게 아닙니다."

"그렇게 말씀하시니, 더는 반대하지 못하겠어요."

부인은 수줍은 듯 쓸쓸한 미소를 띠고 대답했다.

"그렇습니까! 그렇다면 나에 대한 애정을 두고 맹세해 주십시오. 어떤 방법으로든 스스로 자기 목숨을 단축시키는 짓은 절대로 하지 마십시오. 더구나……"

여기서 쥘리앵은 잠시 말을 끊었다.

"내 아이를 위해서도, 당신은 오래 살아 주셔야 합니다. 마틸드는 일단 크루아즈누아 후작 부인이 돼 버리면 그만입니다. 아이는 하인에게 맡겨 버릴 테니까요."

그 말에 부인은 냉정하게 대답했다.

"맹세하겠어요. 하지만 당신 자신이 서명한 항소장을 가지고 돌아가고 싶어요. 내가 직접 검찰 총장님에게 가지고 가겠어요."

"조심하십시오. 당신의 명예가 위태로워집니다."

"이미 당신을 만나러 감옥에까지 왔는걸요. 이런 일을 한 이상, 나는 브장송뿐만 아니라 프랑슈콩테 일대에서 평생 소문난 여자로 살게 될 거예요."

이렇게 말하는 그녀는 매우 슬퍼 보였다.

"정숙한 부덕의 규범에서 벗어나 버렸으니…… 나는 이미 체면이고 뭐고 다 잃어버린 여자예요. 그것도 다 당신 때문이기는 하지만……"

그 말투가 너무나 슬프게 느껴져 쥘리앵은 자기도 모르게 부인을 끌어안았다. 거기에는 지금까지 몰랐던 새로운 행복이 있었다. 그것은 이미 사랑의 도취가 아니라 한없는 감사의 마음이었다. 자기를 위해서 부인이 얼마나 큰 희생을 치렀는지, 지금 비로소 깊이 깨달은 것이다.

어느 친절한 인간이 레날 씨에게, 부인이 옥중의 쥘리앵을 오랜 시간 방문하고 있다고 알려 준 모양이었다. 사흘이 지나자 당장 베리에르로 돌아오라는 엄명과 함께 마차가 그녀를 맞이하러 왔다.

이 괴로운 이별로 시작된 그날 하루는 쥘리앵에게는 아주 나쁜 날이었다. 두어 시간이 지났을 때, 어떤 성직자가 감옥 문 앞 큰길에 아침부터 앉아 있다는 말을 들었다. 모사인데도 브장송의 예수회원 사이에서는 도무지 햇빛을 보지 못하는 인물이었다. 밖에 소나기가 퍼붓고 있는데도 그는 여전히 순교자인 척 앉아 있다는 것이었다. 쥘리앵은 불쾌해져 있던 참이라 그런 바보 같은 행위에 몹시 짜증이 났다.

아침나절에 쥘리앵은 이미 이 성직자의 방문을 거절했었다. 그는 쥘리앵을 참회시키고 그에게 들었다는 여러 가지 고백을 퍼뜨려 브장송의 젊은 여자들에게 인기를 얻으려는 속셈이었다.

그 성직자는 낮이나 밤이나 감옥의 문 앞에서 지낼 작정이라고 외쳐 대고 있었다.

"저 배교자(背敎者)의 마음을 움직이기 위해 하느님이 저를 보내신 것입니다……"

언제나 구경거리를 좋아하는 천한 민중들이 그 주위에 하나 둘 몰려들기 시작했다.

사나이는 소리쳤다.

"그렇습니다, 여러분. 나는 오늘도, 오늘 밤도, 그리고 앞으로도 매일 낮과 밤을 여기서 지낼 작정입니다. 나는 성령의 계시를 받았습니다. 나는 하늘로부터 사명을 받았습니다. 나야말로 저 소렐 청년의 영혼을 구해야 할 사람입니다. 제발 여러분, 저와 함께 기도해 주십시오……"

쥘리앵은 이 같은 소동 자체가 싫었고, 세상의 주목을 끌고 싶지도 않았다. 기회를 보아 아무도 모르게 이 세상에서 도망치는 일도 생각해 보았다. 그러나 다시 한 번 레날 부인을 만날 수 있을지도 모른다는 희망이 남아 있었다. 그는 그녀를 미치도록 사랑하고 있었다.

감옥 문은 사람의 내왕이 가장 많은 번화한 거리를 향하고 있었다. 진흙투성이 성직자가 군중을 모아 놓고 소동을 일으키고 있다 생각하니 견딜 수가 없었다.

'녀석은 쉴 새 없이 내 이름을 외쳐 대고 있을 게 틀림없어.'

이렇게 생각하는 순간은 죽음보다도 괴로웠다.

쥘리앵은 자기 말을 잘 들어주는 감방 열쇠지기를 한 시간마다 두어 차례 불러서, 그 성직자가 아직도 감옥의 문 앞에 있는가 살피러 보냈다.

"아직도 진흙탕에 꿇어앉아 있습니다요."

열쇠지기는 그때마다 이렇게 대답했다.

"아주 커다란 소리로 나리의 영혼을 구하기 위해서 기도를 드리고 있습니다……"

'참 뻔뻔한 놈이군!' 하고 쥘리앵은 생각했다. 이때 웅성거리는 소리가 들려왔다. 거리에서 기도를 합송하는 민중의 소리였다. 기가 막히게도 열쇠지기까지 입술을 우물우물 움직이며 라틴어 문구를 되풀이하고 있었다. 사나이는 덧붙여서 말했다.

"저런 성스러운 분의 도움을 거절하시다니 나리도 지독한 고집통이라고, 모두들 수군대기 시작했습니다요."

"아아! 조국이여, 너는 아직도 어찌 그리 야만스러운가!"

쥘리앵은 분노로 이성을 잃고 외쳤다. 열쇠지기가 앞에 있다는 사실도 잊고 그는 자기 생각을 늘어놓았다.

"저자는 신문 기삿거리가 되고 싶은 거야. 그리고 아마 성공하겠지."

'아아, 시골뜨기들에겐 정말이지 진절머리가 나는구나! 파리에 있으면 이런 구역질 나는 변을 당하지 않아도 될 텐데. 사기꾼들도 파리에서는 좀더 교묘한 재주를 부리거든.'

"그 거룩하신 성직자를 이리 데려다 줘."

마침내 쥘리앵은 열쇠지기에게 말했다. 그의 이마에는 구슬 같은 땀이 흐르고 있었다. 열쇠지기는 성호를 긋고 기쁘게 달려 나갔다.

만나 보니 그 대단하신 성직자는 몹시 추악한 인물인 데다가 온몸이 진흙투성이였다. 밖엔 싸늘한 비가 계속 내려서 지하 감방은 평소보다도 어둡고 축축했다. 그 성직자는 쥘리앵을 끌어안으려 했고, 얘기하면서 눈물을 흘릴 듯이 감동을 나타냈다. 야비하기 짝이 없는 위선이 훤히 들여다 보였다. 쥘리앵은 평생에 이처럼 화가 난 적이 없었다.

그 성직자가 들어와서 15분이 지나자, 쥘리앵은 완전히 기력이 죽고 말았다. 처음으로 죽음이 무섭게 여겨지기 시작했다. 사형 집행 이틀 뒤부터 자기 시체가 썩어 들어가는 모양이 눈앞에 선하게 떠올랐다.

자칫하면 그런 심약함을 드러내거나, 아니면 그 성직자에게 덤벼들어 쇠사슬로 목을 졸라 죽이거나 할 판이었다. 그때 문득 무언가를 깨닫고 쥘리앵은 그에게 부탁했다. 이날 당장 자기를 위해 40프랑으로 훌륭한 미사를 올려 달라고.

이미 정오가 다 된 시각이었다. 성직자는 황급히 물러갔다.

제44장

　성직자가 나가자마자 쥘리앵은 몹시 울었다. 죽음을 슬퍼하며 울었다. 만일 레날 부인이 브장송에 있었다면 자신의 약한 마음을 전부 털어놓았을 것이다…… 차츰 그런 생각이 들었다.

　사랑하는 사람이 곁에 없는 것이 괴로워서 견딜 수 없었다. 그런데 그때 마틸드의 발소리가 들려왔다.

　'감옥에서 가장 서글픈 것은, 자기 감방을 잠그지 못한다는 점이구나'라고 쥘리앵은 생각했다. 마틸드의 말은 순전히 그를 짜증스럽게 만들 뿐이었다.

　마틸드의 설명은 이러했다. 판결이 있던 날 발르노 씨는 지사의 사령장을 품에 지니고 있었기 때문에 감히 프릴레르 사제의 뜻을 거역하고 멋대로 쥘리앵에게 사형선고를 내릴 수 있었다는 것이다.

　"아까도 프릴레르 사제는 이렇게 말하는 거예요. '당신의 소중한 분은, 대체 무슨 생각으로 그 벼락출세한 귀족들의 좀스런 허영심을 들쑤셔서 아프게 만든 걸까요! 왜 계급 얘기를 꺼내야 한단 말입니까? 마치 그들이 자기들의 정치적 이익을 지키려면 어떻게 해야 하는가, 그들에게 일부러 가르쳐 준 거나 다름이 없습니다. 그 바보들은 그런 일은 생각도 못하고 그저 당장에라도 눈물을 흘릴 것 같은 상태에 있었단 말입니다. 그런데 계급의 이해(利害) 문제가 나왔기 때문에, 사형을 선고하는 무서움도 눈에 들어오지 않게 되고 만 것입니다. 솔직히 소렐 씨는 세상사에 어둡다고밖에 말할 도리가 없군요. 그러니까 만약 우리가 특사 청원이라도 해서 그 사람을 구하지 못하는 한, 그의 죽음은 자살과 같습니다'……라고 말이에요."

　마틸드는 자기 자신도 아직 깨닫지 못한 일까지 쥘리앵에게 말할 순 없었다. 사실 프릴레르 사제는 이미 쥘리앵을 구원할 길이 없음을 깨닫고는, 그의 뒷자리를 차지하는 편이 오히려 자기 야심을 실현하는 데 도움이 된다고 생각하고 있었다.

자신의 무기력함에 대한 분노와 초조함으로 자제력을 잃어 가고 있던 쥘리앵은 마틸드에게 말했다.

"나를 위해서 미사라도 드리러 가 주시오. 조금은 조용하게 내버려 두기 바라오."

마틸드는 거듭되는 레날 부인의 방문으로 이미 몹시 질투에 사로잡혀 있었고, 또 부인이 베리에르로 떠났다는 말을 막 듣고 온 참이라 쥘리앵이 울적해하는 이유를 깨닫고는 흐느껴 울었다.

그녀는 진심으로 슬퍼했다. 쥘리앵도 그것을 알고 있으나, 오히려 더 화가 날 뿐이었다. 아무래도 혼자 있고 싶었다. 그러려면 대체 어떻게 해야 하는가?

마틸드는 연인의 마음을 움직이려고 온갖 이치를 들먹여 보다가 결국 쥘리앵을 혼자 남겨 놓고 나가 버렸다. 그러나 그와 때를 같이하여 푸케가 나타났다.

"지금은 혼자 있고 싶어."

쥘리앵은 이 충실한 친구에게 말했다……푸케가 어물어물하고 있자 쥘리앵은 다시 말을 이었다.

"지금 특사 청원을 위한 청원서를 쓰고 있는 중이야…… 아니, 하여간에 …… 제발 부탁이니 사형에 대한 얘기는 꺼내지 말아 줘! 만약 그날이 돼서 무언가 특별히 부탁하고 싶은 일이 있으면 내가 말을 할 테니까."

겨우 혼자 남게 된 쥘리앵은, 자기가 전보다 한층 더 의기소침하여 무기력해진 것을 깨달았다. 약해질 대로 약해진 영혼에 남아 있던 약간의 기력마저 마틸드와 푸케 앞에서 자기 마음을 숨기느라고 다 소비해 버렸던 것이다.

저녁때가 다 될 무렵 갑자기 이런 생각이 떠올랐다. 덕분에 마음의 위로를 받을 수 있었다.

'만일 오늘 아침, 죽음이 그처럼 무시무시하게 여겨진 그 순간에 사형 집행을 언도받았다 해도, 틀림없이 군중의 시선이 내 명예심을 자극해 북돋워 주었을 거야. 하기야 분명히 내 발걸음은, 겁도 많으면서 으스대기만 하는 사나이가 살롱에 들어갈 때처럼 어딘가 부자연스러웠을 테지. 가령 이곳 시골뜨기 중에 영리한 놈이 있다면, 그는 나의 떨리는 마음을 눈치챘을지도 몰라…… 그러나 누구도 그것을 정확히 관찰하지는 못했겠지.'

이런 생각이 들자 얼마간 비참한 기분에서 구제된 느낌이었다. "지금의 나는 겁쟁이" 하고 쥘리앵은 노래하듯 몇 번이나 되풀이했다.

"그러나 아무도 그걸 모르지."

그 다음 날에는 더 불쾌한 사건이 그를 기다리고 있었다. 그의 아버지는 오래전부터 면회를 신청하고 있었는데, 마침내 그날 쥘리앵이 눈을 뜨기도 전에 이 백발의 늙은 목재상이 지하 감방에 나타난 것이다.

쥘리앵은 완전히 기력을 잃고 말았다. 불쾌한 잔소리를 들으리라고 각오했다. 이 괴로운 마음에다 엎친 데 덮친 격으로, 그날 아침 쥘리앵은 아버지를 사랑하고 있지 않은 데 대해 심한 양심의 가책을 느끼고 있었다.

'운명의 장난으로 우리 두 사람은 이 땅에서 코를 맞대고 살게 되었지.'

열쇠지기가 지하 감방 안을 정리하고 있는 동안 쥘리앵은 생각했다.

'그리고 우리는 온갖 형태로 서로를 괴롭혀 왔고. 그 아버지가, 드디어 내가 죽게 되자 마지막 일격을 가하러 온 거로구나.'

주위에 사람이 없어지자, 이내 노인의 심한 꾸지람이 시작되었다.

쥘리앵은 흐르는 눈물을 억제할 수 없었다.

'어쩌면 이렇게도 마음이 약해졌나! 정말 부끄럽기 짝이 없군!'

쥘리앵은 스스로에게 몹시 화가 났다.

'아버지는 내가 겁쟁이가 되었다고 가는 곳마다 떠들어 대겠지! 그러면 발르노를 비롯하여 베리에르를 장악하고 있는 야비한 위선자들이 얼마나 좋아 날뛸까! 이 프랑스에서 그런 녀석들의 권세는 아주 대단해. 그들은 모든 사회적 특권을 독점하고 있으니까. 그러나 지금까지 나는 적어도 내 자신에게는 이렇게 말할 수 있었어. —확실히 그들은 많은 돈을 가졌고 모든 명예도 한몸에 지녔지만, 나에게는 고상한 마음이 있다고. 그런데 지금 여기에 누구나가 신용하는 증인이 있다. 아버지는 죽음을 앞에 놓고 내가 무서워하더라고, 한껏 과장하여 온 베리에르에 퍼뜨리고 다니겠지. 지금 내가 받고 있는 시련은 누구의 눈에나 분명한데, 이 시련에 즈음해서 나는 비겁자였다고 낙인찍히게 되는 거야!'

쥘리앵은 절망하기 시작했다. 어떻게 아버지를 돌려보내야 할지 몰랐다. 그리고 이처럼 눈치 빠른 노인을 연극으로 속이기란 지금의 그로서는 도저히 불가능했다.

그는 속으로 온갖 가능한 수단을 재빨리 생각해 보았다.

"저축한 돈이 좀 있는데 말입니다!"

갑자기 쥘리앵이 입을 열었다.

이 천재적인 한마디가 노인의 얼굴에 웃음이 떠오르게 하고, 쥘리앵의 처지를 순식간에 바꾸어 놓았다.

"어떻게 처분하면 좋을까요?" 하고 쥘리앵은 점점 더 냉정하게 말을 계속했다. 뚜렷하게 나타난 효과를 보자 상대에 대한 열등감이 사라져 버린 것이었다.

늙은 목재상은 그 돈을 놓쳐서야 될 말이냐는 듯이 불타는 욕망을 드러냈다. 쥘리앵이 그 일부를 형제들에게 줄 것으로 안 모양이었다. 노인은 오랫동안 열심히 지껄여 댔다. 쥘리앵은 그를 조롱할 마음이 들 만큼 여유가 생겼다.

"그럼 이렇게 합시다! 유언에 대해서는 하느님의 계시가 있었습니다. 형님들에게는 1000프랑씩, 나머지는 아버님께 드리기로 하지요."

그러자 노인은 말했다.

"좋아. 나머지는 당연히 내 것이지. 그런데 말이다. 이왕 하느님의 뜻을 따르게 된 김에 정말 훌륭한 기독교인으로서 죽고 싶으면, 나에 대한 빚은 청산하고 가는 편이 좋을 게다. 아직 너의 식대라든가 교육비라든가, 하여튼 여러 가지 빚이 있으니까 말이다. 너는 잊어버리고 있는 모양이다만……"

'이것이 아버지의 사랑이라는 건가!'

겨우 혼자 남았을 때 쥘리앵은 아픈 가슴으로 이렇게 되풀이했다. 이윽고 간수가 나타났다.

"감방의 수감자에게 집안의 연로하신 분이 면회를 오신 뒤에는 언제나 고급 샴페인을 갖다 드리기로 되어 있지요. 한 병에 6프랑이라 좀 비싸지만, 드시면 기분이 아주 즐거워질 겁니다."

"잔을 세 개 갖다 주오."

쥘리앵은 어린아이처럼 신이 나서 말했다.

"그리고 복도에서 왔다 갔다 하는 죄수 두 사람도 여기로 불러 주시오."

간수는 재범으로 체포되어 곧 유형장(流刑場)으로 호송될 전과범 2명을 데리고 왔다. 아주 명랑한 악당들로, 교활함이나 배짱이나 침착함은 그야말로 경지에 이른 듯한 인간들이었다.

그중 한 사람이 쥘리앵에게 말했다.

"20프랑을 주시면 제 신세 얘기를 자세히 해 드리죠. 아주 기구한 얘기입니다."

"어차피 엉터리겠지."

"천만에요. 여기 이 친구는 제가 20프랑을 받으면 샘이 날 테니까, 제가 거짓말을 하는 날에는 당장 불고 맙니다요."

그 얘기는 정말 속이 메슥거릴 정도였다. 오로지 돈에 대한 정열만 불태우는 배짱 좋은 남자의 모습이 그 이야기에 고스란히 드러나 있었다.

죄수들이 가 버린 뒤의 쥘리앵은 이미 그전과 같은 그가 아니었다. 자기 자신에 대한 분노는 벌써 사라지고 없었다. 레날 부인이 떠난 뒤로 완전히 기가 죽는 바람에 그의 심적 고통은 점점 심해지고 있었는데, 그 괴로움이 어느새 울적한 슬픔으로 바뀌어 있었다.

쥘리앵은 생각에 잠겼다.

'나도 차츰 겉모양에 속지 않게 되어, 파리의 살롱에도 아버지 같은 가짜 신사나 저 죄수들처럼 약은 악당이 득시글댄다는 사실을 알게 되겠지. 그 죄수들에게도 일리는 있어. 살롱의 인간들은 아침에 일어나서 오늘 저녁은 어떻게 먹는담, 하고 절박하게 근심해 본 적이 한 번도 없어. 그러면서 그들은 자기들의 성실함을 내세운다 이거지! 그리하여 배심원에 임명되면, 배가 고파 쓰러질 지경이 되어 그만 남의 은식기에 손을 댄 자를 의기양양하게 처벌한단 말이야…… 그런데 일단 궁정의 문제가 돼 보라지. 대신(大臣) 자리를 얻느냐 잃느냐 하는 판국이 돼 보란 말이야. 그 살롱의 신사님들도 틀림없이, 아까 그 두 죄수가 먹고살기 위해서 저지른 범행과 똑같은 죄를 범할 거야…… 자연법 따위는 존재하지 않는다. 그런 말은 지난번 나를 괴롭힌 차석 검사에게나 알맞은 낡아 빠진 잠꼬대에 불과해. 그놈의 조상은 루이 14세 시대에 몰수된 프로테스탄트의 재산 덕으로 부자가 되지 않았는가. 법이라는 것은 이러이러한 일을 해서는 안 된다고 형벌로써 금지하는 법규가 있을 때 비로소 성립되는 거야. 법규가 생기기 이전에 존재하는 자연적인 것은 사자(獅子)의 힘이라든가, 배가 고프거나 추위에 떠는 자의 욕구가 있을 뿐이지. 맞아, 한마디로 말해서 욕구야…… 그래. 세상에서 존경받고 있는 인

간들도, 운 좋게 현행범으로 잡히지 않은 악당들에 지나지 않아. 사회의 이름으로 나를 규탄한 자들도 실은 부정한 행위로 부자가 된 인간들이 아닌가…… 나는 살인죄를 범했고 당연한 형벌을 받고 있다. 그러나 이 행위 하나를 제외하면, 나에게 사형을 선고한 발르노 쪽이 사회에 백배나 더 해로운 인간 아닌가.'

"그래, 아무리 욕심이 많아도 우리 아버지가 그들보다는 나아."

쥘리앵은 우울한 기분으로 중얼거렸다. 그러나 화는 내지 않았다.

'아버지는 한 번도 나를 사랑해 준 적이 없어. 이렇게 말하는 나도, 명예롭지 못한 죽음으로 아버지를 부끄럽게 만드니까 무척 잔인한 얘기지. 그토록 돈이 궁할까 봐 두려워하는 마음, 나쁜 인간성을 과장해서 생각하는 성품, 세상에서 인색하다고 하는 바로 그런 성격 때문에, 우리 아버지에게는 내가 남겨 줄 수 있는 300~400루이의 돈이 다시없는 위로가 되고, 안심이 되는 거야. 일요일날 저녁을 먹고 나서 아버지는 자기를 부러워하는 베리에르의 인간들에게 그 돈을 보이겠지. 그리고 아버지의 눈은 여러 사람들에게 말할 거야. "이만한 돈이 생긴다면 아들을 단두대에 보내는 것도 나쁘지는 않군요, 모두들 그렇게 생각하시죠?"라고.'

이러한 철학적인 고찰은 분명 진실일지 몰라도, 확실히 사람을 죽고 싶게 하는 성질을 가지고 있다. 이리하여 긴 닷새가 지났다. 쥘리앵은 마틸드가 심한 질투로 안절부절못하는 것을 알고 정중하고도 상냥한 태도를 보였다. 그런 어느 날 밤, 쥘리앵은 정말로 자살하겠다는 생각을 했다. 레날 부인이 사라진 뒤로 불행에 빠져 버린 그의 영혼은 이미 기력이 다하고 말았다. 현실 생활에서나 공상 세계에서나 그의 마음을 즐겁게 해 주는 것은 하나도 없었다. 운동 부족으로 건강이 나빠지기 시작하여 그는 마치 젊은 독일인 학생처럼 흥분하기 쉽고 나약한 성격이 되어 가고 있었다. 불행한 영혼을 엄습하는 좋지 않은 생각을 단호히 물리치는 저 남성적인 기개를 잃어 가고 있었던 것이다.

'나는 진실을 사랑했는데…… 지금, 그 진실은 어디에 있는가? …… 어디를 보아도 위선뿐, 그게 아니면 사기투성이야. 아무리 덕이 높은 사람도 아무리 위대한 사람도 모두 그렇단 말이야.'

쥘리앵의 입술이 혐오로 이지러졌다……

'그래, 인간은 인간을 믿을 수 없어. ×××부인은 불쌍한 고아들을 위하여 기부금을 모을 때 어느 공작이 10루이를 내놓았다고 내게 말했지만, 그것도 거짓말임에 틀림없어. 어디 그뿐인가? 세인트헬레나의 나폴레옹을 보라…… 그도 어김없는 속임수가 아닌가, 로마왕을 위해서 낸 그 성명*은. 아아, 정말! 불행 때문에 더더욱 준엄하게 자신을 반성해야 할 시기에 그만한 인물마저 속임수를 쓸 정도로 영락해 버린다면, 다른 인간들에게야 무엇을 기대할 수 있겠는가? 어디에 진실이 있는가? 종교 속인가? …… 과연 그럴지도 모르지.'

생각을 계속하면서 쥘리앵은 극도의 경멸이 깃든 쓴웃음을 띠었다.

'마슬롱, 프릴레르, 카스타네드 같은 인간들의 혀끝에 있단 말인가…… 아니, 참다운 기독교 속엔 혹시 진실이 있을지도 몰라. 그 가르침을 받드는 신부들은 고대 사도들처럼 보수는 전혀 안 받을 터……그러나 성 바오로도 명령하고 얘기하고 남의 얘깃거리가 되는 즐거움으로 보수를 받고 있던 셈이야…… 아아! 만약에 참된 종교가 있다면…… 아니, 나도 참 바보 같군! 고딕식 대성당이나 장엄한 스테인드글라스를 생각하고 있는 형편이니. 마음이 약해서 그만 스테인드글라스 속의 거룩한 성직자를 상상하고 만단 말이야…… 그런 인물이라면 나도 이해할 수 있어. 그야말로 내 영혼이 찾는 인물이야…… 그런데 실제로 눈에 띄는 것은 머리칼이 지저분하고 자만에 빠진 인간들뿐…… 세련미를 제외한다면 보부아지 준남작과 똑같은 인간이야. 그러나 마시용이라든가 페늘롱 같은 참다운 성직자가 있다면…… 하기야 마시용은 뒤부아 추기경을 축성(祝聖)한 사람이고, 페늘롱도 생시몽의 《회고록》을 읽어 보니 형편이 없지만, 그러나 하여간 참다운 성직자가 있다면…… 그때야말로 상냥한 마음을 가진 사람들은 이 세상에서 서로가 모여 들 거점을 하나 가지게 되겠지…… 우리는 서로 고립되어 홀로 살지 않아도 되는 셈이야…… 그 훌륭한 성직자는 우리들에게 신(神)을 얘기해 주겠지. 그런데 그것은 어떤 신인가? 성서에 나오는 신은 아니야. 그 복수심에 불타는 잔인하고 옹졸한 폭군이 아니라고…… 그게 아니라 공평하고 선량하고 무한한 볼테르의 신이다……'

---

* 나폴레옹은 워털루에서 패배한 뒤 황제 자리에서 물러났으면서도 자기 아들인 로마왕을 나폴레옹 2세로 지명했다.

암기하고 있는 성서의 구절을 차례차례 되새겨 보자 쥘리앵의 마음은 어지러워졌다……

'그러나 사람이 셋만 모여도 벌써 일은 글러지고 말아. 성직자들이 그렇게 남용하면서 손때를 묻혀 버렸으니, 어찌 이 '신'이라는 위대한 이름을 믿을 수 있겠는가? 홀로 산다! ……이 얼마나 괴로운 형벌인가! …….'

그러다가 쥘리앵은 이마를 두드리며 중얼거렸다.

'아무래도 머리가 이상해졌나 보군. 근거도 없는 생각을 하고 있으니. 물론 나는 지금 이 지하 감방에서 외톨이 신세지. 그러나 속세에서 외톨이로 살아온 것은 아니야. 나는 강한 의무관념을 가지고 있었어. 내가 나에게 부과해 온 의무는, 그것이 옳든 그르든 간에 하나의 튼튼한 나무줄기 같은 것으로, 폭풍우가 불어닥칠 때면 그것에 몸을 의지할 수 있었지. 분명히 나는 비틀거리기도 하고 흔들리기도 했어. 결국 나 역시 평범한 인간이니까…… 그러나 바람에 날려가 버린 적은 한 번도 없었어. 내가 이렇게 고독을 생각하는 것은, 이 지하 감방의 습기 찬 공기 탓이야…… 아니, 아니지. 위선을 욕하면서 어찌 자기 마음을 계속 속이려 드는가? 내가 이토록 괴로워하는 것은 죽음 때문도, 지하 감방 때문도, 축축한 공기 때문도 아니야. 레날 부인이 여기에 없기 때문이지. 가령 베리에르에서 그 사람을 만나기 위해 할 수 없이 몇 주일 동안 그 사람 집의 지하실에 갇혀 살게 되었다면, 과연 나는 불평을 할까?'

"같은 시대 사람들의 영향이란 무서운 것이로구나."

쥘리앵은 소리 내어 중얼거리면서 쓸쓸하게 웃었다.

'죽음을 눈앞에 두고 내 자신에게 말하면서도 아직 위선에서 헤어나지 못하다니…… 아아! 이것이 19세기인가. ……사냥꾼이 숲 속에서 총을 쏜다. 맞은 놈이 떨어진다. 그것을 주우려고 사냥꾼이 뛰어간다. 그때 두 자나 되는 개미집에 장화가 걸려 개미집을 부수고, 개미와 알을 멀리 흩날려 버린다고 하자…… 그 개미들 가운데 제일가는 철학자 개미라도, 그 검고 거칠고 무서운 물체가 무엇인지는 결코 이해할 수 없을 거야. 빨간 불꽃에 이어 굉장한 소리가 났는가 싶더니 갑자기 믿을 수 없을 만큼 빨리 그들의 집 속에 뛰어든 그 사냥꾼의 장화를…….'

그는 계속 생각했다.

'……죽음도, 삶도, 영원도 이와 같아. 그것을 인식할 수 있을 만큼 커다란 기관(器官)을 가진 자에게는, 극히 단순한 일일 거야…… 하루살이는 한여름날 아침 9시에 태어나 저녁 5시에는 죽어 버리지. 그러니 이 벌레가 어찌 밤(夜)이라는 말을 이해할 수 있겠는가? 만약 이 벌레의 목숨을 다섯 시간만 더 연장해 준다면, 밤이라는 것을 실제로 보고 이해할 수 있을 터인데. 마찬가지로 나도 스물세 살에 죽을 처지야. 앞으로 5년의 생명을 더 얻을 수 있으면 좋으련만…… 레날 부인과 함께 살기 위해서…….'

갑자기 쥘리앵은 메피스토펠레스처럼 웃기 시작했다.

'이런 큰 문제를 논하다니, 정말 어떻게 된 모양이구나! 첫째, 나는 누구든지 듣는 사람이라도 있는 듯이 위선적으로 굴고 있어. 둘째, 나는 목숨이 얼마 남지 않은 이 마당에 살아서 사랑하는 것을 잊고 있어…… 슬프게도 레날 부인은 내 곁에 없어. 그 사람이 브장송에 돌아와서 또다시 명예를 더럽히는 것을 아마 남편은 용서하지 않겠지. 그러기에 나는 고독한 거야. 신의 부재(不在) 때문이 아니라고. 선량하고 공정하며 전능하시고, 악의를 모르고 복수심도 없는 신의 부재 때문이 아니야. 아아, 그런 신이 만약 있다면……나는 그 발치에 엎드려서 빌리라─저는 죽어 마땅한 죄를 지었습니다. 그러나 위대하시고 선하시며 너그러우신 신이여, 저에게 제 사랑하는 사람을 돌려주십시오, 하고!'

이미 밤은 상당히 깊었다. 한두 시간 조용히 자고 나니 푸케가 찾아왔다.

쥘리앵은 자기의 영혼을 명확하게 꿰뚫어 본 사람같이, 강하고 확고해진 자기 자신을 느꼈다.

제45장

쥘리앵은 푸케에게 말했다.

"나는 그 가여운 샤 베르나르 사제를 이곳까지 부르는 죄 많은 짓은 하고 싶지 않아. 그랬다간 그 사람은 사흘이나 음식이 목에 안 넘어갈지도 몰라. 그보다 누구 장세니스트를 한 사람 구해 줘. 피라르 신부의 친구나 누구 중에, 나쁜 속셈과는 거리가 먼 사람을 말이야."

푸케는 이런 속을 터놓은 얘기가 나오기를 애타게 기다리고 있었다. 쥘리앵은 이 지방에서 대외적인 체면상 필요한 모든 수속을 빈틈없이 밟았다. 고해 신부의 선택이 좀 잘못되긴 했어도, 프릴레르 사제 덕분에 쥘리앵은 수도회의 손길로부터 보호를 받을 수 있었다. 만약 조금 더 약삭빠르게 굴 마음만 있었다면 탈옥할 수도 있었을지 모른다. 그러나 지하 감옥의 탁한 공기가 차츰 효과를 발휘하여 쥘리앵의 분별은 둔해져 갔다. 그러니만큼 레날 부인이 돌아왔을 때의 기쁨은 이만저만이 아니었다.

"나의 첫째 의무는, 당신에게 충실할 의무예요"라고 부인은 그를 끌어안으면서 말했다.

"실은 베리에르에서 몰래 빠져나왔어요……"

쥘리앵은 부인에 대해서만은 쓸데없는 자존심을 모두 버리고 있었으므로, 자기의 약한 마음을 죄다 숨김없이 털어놓았다. 부인은 상냥하고 친절하게 받아 줬다.

그날 밤 감옥에서 나온 레날 부인은 얼마 전부터 쥘리앵을 귀찮게 하던 그 성직자를 당장 백모 집으로 불렀다. 상대는 브장송 상류사회의 젊은 부인들 사이에서 신망을 얻기만 바라고 있는 사나이였으므로, 브레르오 수도원에 틀어박혀 9일 동안 기도를 올려 주도록 그를 설복하는 일쯤 문제도 아니었다.

쥘리앵의 미칠 듯한 연정의 격렬함은 어떤 말로도 표현할 수 없을 정도였다.

돈을 뿌리고, 또 신앙심 깊은 부자로 유명한 백모의 세력을 한껏 이용함으로써, 레날 부인은 쥘리앵을 매일 두 번씩 만날 수 있는 허가를 얻어 냈다.

이 말을 듣고 마틸드의 질투는 이성의 한계를 넘었다. 전에 프릴레르 사제가 그녀에게 실토하기를, 자기의 권세를 가지고도 도저히 모든 관습을 무시하고 하루에 한 번 이상 쥘리앵을 면회할 수 있도록 주선할 수는 없다고 했기 때문이다. 마틸드는 레날 부인의 행동을 낱낱이 파악하고자 사람을 시켜 부인의 뒤를 밟게 했다. 한편 프릴레르 사제는 쥘리앵이 마틸드에게 어울리지 않는 인간임을 증명하기 위해, 탁월한 간교함을 자랑하는 그 머리로 온갖 지혜를 쥐어짜고 있었다.

그런 괴로움 속에서도 마틸드의 사랑은 오히려 더해 갈 뿐이었다. 그래서 그녀는 거의 매일 쥘리앵과 심한 말다툼을 벌였다.

쥘리앵도 자기 때문에 엉뚱하게 괴로운 처지로 말려든 이 여자를 가엾이 여겨, 무슨 일이 있더라도 마지막까지 성실한 태도로 대해 주고 싶었다. 그러나 언제 어느 때고 레날 부인에 대한 미칠 듯한 연정을 억누르지는 못하는 것이었다. 레날 부인의 방문에 불순한 구석은 없다고 서툴게 변명해 봐야 마틸드를 설득할 수는 없었다. 그럴 때면 쥘리앵은 혼자 중얼거렸다.

'어쨌든 이 드라마의 종말도 가까워졌어. 그렇다면 내가 속마음을 이 이상 교묘히 숨기지 못하더라도 내 자신에 대한 변명은 되겠지.'

마틸드는 크루아즈누아 후작이 죽었다는 소식을 들었다. 그 거부 탈레르 백작이 마틸드의 행방불명에 대해서 무례한 이야기를 꺼낸 것이다. 크루아즈누아 후작은 취소를 요구하러 찾아갔다. 이때 탈레르 씨는 자기 앞으로 온 익명 편지를 몇 통 보여 주었는데, 그 편지가 여러 가지 자질구레한 사실을 참으로 교묘하게 이어 붙인 것이어서 가엾게도 후작은 진실을 어느 정도 인정하지 않을 수 없었다.

그래서 의기양양해진 탈레르 씨는 그만 분별없는 농담을 해 버렸다. 분노와 자기의 비참함 때문에 화가 난 크루아즈누아 씨는 대단히 강경한 어조로 사과를 요구했다. 그러자 백만장자는 결투를 선택해 버렸다. 참으로 어리석은 이야기다. 이리하여 온 파리에서 사랑을 가장 많이 받을 만한 남자 하나가 스물네 살도 되지 않는 젊은 나이에 죽고 말았다.

후작의 죽음은 약해질 대로 약해진 쥘리앵의 영혼에, 이상하리만큼 병적으로 깊은 인상을 주었다.

그는 마틸드에게 말했다.

"그 가엾은 크루아즈누아는 우리에게 정말로 사려 깊고 성실한 태도를 보여 준 신사요. 당신이 어머님의 살롱에서 경솔한 짓을 했을 때, 그 사람은 나를 미워하고 싸움을 걸어와도 좋았을 거요. 경멸이 변해서 생기는 증오는 걷잡을 수 없이 흉폭한 법이거든."

크루아즈누아 후작의 죽음은 마틸드의 장래에 관한 쥘리앵의 생각을 완전히 바꿔 버렸다. 며칠 동안 그는 뤼즈와 결혼하는 게 좋겠다고 그녀를 설득했다.

"그는 내성적인 사람이지만, 그리 심한 위선가는 아니오. 그리고 가까운 장래에 반드시 당신의 신랑 후보로 공공연히 나설 거요. 그는 가엾은 크루아즈누아보다도 더 어둡고 집념이 강한 야심가인데, 일족 중에 공작은 없으니까 쥘리앵 소렐 미망인과 결혼하기를 주저하지 않을 거요."

"더구나 그 미망인은 이제 격렬한 사랑 같은 것은 경멸하고 있고 말이죠."

마틸드는 싸늘하게 대꾸했다.

"그럴 수밖에요. 반년 동안 이런저런 경험을 한 끝에 연인이 다른 여자를, 그것도 두 사람의 불행의 근원이 된 여자를 사랑하고 있다는 걸 깨닫게 되었거든요."

"그것은 당치 않은 말이오. 레날 부인의 방문은, 내 항소를 담당하고 있는 파리의 변호사에게 훌륭한 변호 재료를 제공하게 될지도 몰라요. 변호사는 살인범이 피해자의 위문을 받고 있다는 사실을 요령 있게 늘어놓을 것이거든, 이는 효과가 있을지도 모르오. 그리고 어쩌면, 언젠가 나는 별수 없이 무슨 멜로드라마의 주인공이 돼 버릴지도 모르고. 운운, 운운."

미칠 것 같은 질투를 느끼면서 보복할 수단도 없는 상태, 희망도 없이 계속되는 불행(설령 쥘리앵의 목숨을 구하더라도 어떻게 다시 그의 마음을 되찾을 수 있겠는가?), 또 이 부실한 연인을 전에 없이 열렬히 사모하는 부끄러움과 괴로움—이러한 사정 때문에 마틸드는 음울한 침묵에 빠지고 말았다. 프릴레르 사제가 부지런히 친절한 마음씨를 보여도, 푸케가 서툴게나마 진심으로 걱정해 줘도, 그녀는 완강히 입을 열지 않았다.

한편 쥘리앵은 마틸드의 방문으로 방해받는 시간을 제외하면, 오로지 사랑에 살았고 앞일은 거의 생각조차 하지 않았다. 그리고 이런 정열이 극에 달하여 일체의 허식을 버렸을 때 생기는 기묘한 효과에 의해서 레날 부인까지도, 연인의 완전히 번뇌를 잊은 온화한 쾌활함을 그대로 함께 나누게 되었다.

쥘리앵은 말했다.

"전에 함께 베르지의 숲 속을 산책했을 무렵에도 저는 얼마든지 행복해질 수 있었을 것입니다. 그런데 타오르는 야심에 끌려서 저는 공상의 세계로 헤매어 들어가고 말았습니다. 그때 당신의 아름다운 팔은 내 입술 바로 앞에 있었는데도, 저는 그 팔을 가슴에 안지도 않고 오로지 장래만 생각하면서 당신을 잊고 있었던 것입니다. 보란 듯이 멋지게 출세하기 위해, 앞으로 치러야 할 수많은 싸움을 생각하고 있었습니다…… 그렇습니다. 만일 당신이 이 감옥에까지 만나러 와 주시지 않았더라면, 저는 행복이라는 것을 모르고 죽게 되었겠지요."

두 가지 사건이 일어나 이 조용한 생활이 깨졌다. 쥘리앵의 고해 신부는 장세니스트였으나, 역시 예수회의 음모에 말려들어 어느새 그들의 앞잡이가 되어 있었던 것이다.

하루는 고해 신부가 와서 쥘리앵에게 말했다—자살이라는 무서운 죄에 떨어지고 싶지 않다면 가능한 수단을 다 써서 특사를 청원해야 된다. 그런데 성직자계급은 파리의 사법부에 대해서 영향력을 행사할 수 있으므로 손쉬운 방법을 발견할 수 있다. 즉, 남의 눈에 띄게 회개하는 것이다.

"남의 눈에 띄게!" 하고 쥘리앵은 그대로 되뇌었다.

"그렇군요. 알았습니다. 당신도 전도사처럼 연극 같은 것을 하는 분이군요……"

장세니스트는 묵직한 말투로 대답했다.

"당신은 아직 젊은 데다 사람들의 관심을 끌 만한 용모도 하늘로부터 받았습니다. 또 범행 동기 자체도 여전히 분명치 않지요. 라몰 양은 당신을 위하여 노고를 아끼지 않고 뛰어다니고 있습니다. 더구나 피해자까지도 당신에게 놀랄 만한 호의를 베풀고 있습니다. 이처럼 이런저런 이유로 지금 당신은 온 브장송의 젊은 부인들 사이에서 영웅처럼 인기를 얻고 있습니다. 부인들은 당신 때문에 모든 것을, 심지어 정치까지도 깨끗이 잊어버리고 있습니다. 그러니까 당신이 회개한다면, 이 부인들은 틀림없이 크게 감동하여 깊은 감명을 받을 것입니다. 당신은 종교계를 위해서도 아주 유익한 인물이 될 수 있을 것입니다. 사정이 이러한데 예수회 사람들이 쓸 법한 방책이라는 하찮은 이유만으로 그런 수단을 멀리할 까닭이 있겠습니까! 지금 우리는 기적적으로 예수회의 마수를 벗어나 있는데, 이렇게 이것저것 따지며 꾸물거리다간 결국 그들의 방해를 받게 될 겁니다! 그런 일이 벌어져서는 안 됩니다……… 당신이 회개하는 것을 보고 사람들이 흘리는 눈물은, 볼테르의 불경스러운 책이 10번이나 재판되면서 세상에 퍼뜨린 해독을 깨끗이 상쇄시켜 버릴 것입니다."

"그러나 그런 짓을 해서 내 자신을 경멸하게 된다면, 내게 대체 무엇이 남지요?"

쥘리앙은 싸늘하게 반문했다.

"전에 나는 야심가였습니다. 그런 나를 자책하고 싶지는 않습니다. 그 무렵 나는 시대의 통념에 따라 행동하고 있었을 뿐이니까요. 지금은 그날그날 한도껏 살아가고 있습니다. 그러나 무언가 일단 비겁한 행동을 해 버리면, 매우 비참한 기분에 빠지고 말 것 같은 느낌이 듭니다……"

또 하나의 사건은 쥘리앙에게 더 큰 충격을 주었는데, 그것은 레날 부인 쪽에서 일어났다. 대체 어느 참견쟁이 친구가 설득했는지 몰라도, 단순하고 소심한 부인은 생 클루에 가서 국왕 샤를 10세의 발아래 무릎을 꿇고 탄원하는 것이 자기 의무라고 믿게 되고 말았다.

레날 부인은 어쩔 수 없이 쥘리앙 곁을 떠나야겠다고 생각했다. 그런 괴로운 희생을 치르는 이상, 세상의 구경거리가 되는 창피쯤은(다른 때라면 죽기보다 괴롭다고 생각했겠지만) 이제 문제가 아니었다.

"나는 국왕을 찾아뵙겠어요. 당신이 내 연인이라는 사실을 분명히 말씀드릴 생각이에요. 인간의 생명, 하물며 쥘리앙 같은 분의 생명을 구하기 위해서라면, 다른 것은 생각할 필요도 없어요. 당신이 나의 목숨을 노린 것은 질투 때문이라고 말씀드릴 작정이에요. 그런 경우에 배심원이나 국왕의 온정으로 목숨을 구한 청년이 얼마든지 있는걸요……"

그러자 쥘리앙은 소리쳤다.

"당신과 더는 만나지 않겠습니다. 당신 면회는 이제 사절할 겁니다. 그리고 그 다음 날, 나는 절망 끝에 자살해 버릴 것입니다. 우리 두 사람을 세상의 구경거리로 만드는 짓은 절대로 하지 않겠다고 당신이 맹세하시지 않으면 말입니다. 파리에 가신다는 생각은 당신에게서 나왔을 리 없습니다. 말씀해 보십시오. 그런 지혜를 불어넣어 준, 그 참견쟁이 부인의 이름을…… 이 짧은 일생도 불과 며칠밖에 남아 있지 않습니다. 그동안이나마 행복하게 지내도록 하십시오. 남의 눈을 피해서 삽시다. 안 그래도 나는 너무나 눈에 띄는 죄를 저질러 버렸는걸요. 라몰 양은 어느 누구보다도 파리에서 영향력이 있는 사람입니다. 그러니 인력으로 할 수 있는 모든 일을 다해 주고 있을 것입니다. 이 시골에서 부자나 유력자는 모두 나의 적입니다. 당신이 섣불리 움직이면, 오히려 그런 부유하고 온건한 인간들의 분노를 사고 말 것입니다. 그들에게 인생 따위는 아주 쉬운 것이니까요…… 마슬롱이나 발르노, 또 그보다는 나은 더 많은 사람들의 웃음거리가 되지 않도록 합시다."

지하 감옥의 탁한 공기는 차츰 쥘리앵이 견디기 힘든 것이 되어 가고 있었다. 다행히 사형 집행 당일은 화창한 햇빛 아래 모든 사물이 미소를 머금고 있는 것 같이 보였다. 쥘리앵은 용기를 느꼈다. 바깥 공기를 마시며 걷는 기분은, 마치 오랫동안 항해에 나가 있던 뱃사람이 육지를 산책할 때와 같은 상쾌한 감각이었다.

'좋아, 만사가 흡족하군. 용기도 충분하고.'

바야흐로 목이 잘리는 이 순간만큼 쥘리앵의 머리가 시적이였던 적은 일찍이 없었다. 지난날 베르지의 숲에서 보냈던 더없이 행복했던 순간의 추억들이, 일시에 더욱 강렬한 인상으로 그의 뇌리에 되살아났다.

모든 일이 간단하게 관례대로 진행되었다. 아울러 쥘리앵의 태도에는 과장스런 기미가 조금도 없었다.

그 전전날 쥘리앵은 푸케에게 말했다.

"마음이 냉정할지 어떨지는 장담할 수 없어. 이 지하 감방이 이처럼 더럽고 축축해서 그런지, 가끔 열이 나서 정신이 이상해질 때가 있거든. 그러나 절대로 무서워하지는 않을 거야. 얼굴빛 하나 바꾸지 않을 거야."

쥘리앵은 마지막 날 아침에 마틸드와 레날 부인을 멀리 다른 곳에 데려가도록 손을 써 달라고 푸케에게 미리 부탁해 두었다.

"두 사람을 한 마차에 태워서 데려가 줘. 말을 계속 전속력으로 몰아가도록 조치해 주었으면 좋겠어. 그러면 두 사람은 서로를 껴안거나, 아니면 서로 심한 적의를 나타내 보이겠지. 하지만 어쨌거나 두 사람의 무서운 고통은 얼마간 가시지 않겠나."

쥘리앵은 레날 부인에게 부탁하여, 계속 살아서 마틸드가 낳는 아이를 보살펴 주겠다는 맹세를 받아 냈다.

어느 날 쥘리앵은 푸케에게 말했었다.

"어쩌면 우리는 죽은 뒤에도 어떤 감각을 지니고 있는지도 몰라. 베리에르를 내려다보는 높은 산 속에 있는 조그만 동굴, 그곳에서 나는 잠들고 싶어. 그래, '잠든다'는 말이 가장 적절할 거야. 자네에게도 몇 번이나 얘기했듯이, 나는 밤에 그 동굴에 틀어박혀, 프랑스에서 으뜸가는 풍요한 지방을 아득히 내려다보면서 야심을 불태웠지. 그 무렵엔 그것이 내 정열이었는데…… 하여간 그 동굴이 그리워. 누구든 그 동굴이 사색가의 마음을 끄는 장소임은 부정할 수 없을 거야…… 그래! 브장송 수도회의 나리들은 무엇이든지 돈벌이 재료로 삼는 무리들이니까, 자네가 잘 교섭하면 내 시체를 팔아 줄지도 몰라……"

푸케는 이 우울한 흥정에 성공했다. 그날 밤, 그가 자기 방에서 친구의 유해 곁에 앉아 홀로 경야를 하고 있는데 갑자기 마틸드가 들어왔다. 그는 몹시 놀랐다. 불과 몇 시간 전에, 브장송에서 100리나 떨어진 곳에 분명히 그녀를 두고 왔기 때문이다. 마틸드의 눈도 눈길도 심상치가 않았다. 그녀는 푸케에게 말했다.

"그 사람을 보고 싶어요."

푸케는 입을 열 용기도, 일어설 기력도 없었다. 손가락으로 마룻바닥에 놓인 큼직한 푸른 외투를 가리켰을 뿐이다. 거기에 쥘리앵의 시체가 싸여 있었다.

마틸드는 무릎을 꿇었다. 분명 보니파스 드 라몰과 마르그리트 드 나바르에 얽힌 추억이 그녀에게 초인적인 용기를 주었으리라. 떨리는 손이 외투를 펼쳤다. 푸케는 눈을 돌렸다.

마틸드가 바쁘게 방 안을 왔다 갔다 하는 발소리가 들렸다. 그녀는 몇 자루의 초에 불을 밝혔다. 푸케가 겨우 기력을 되찾고 그녀를 쳐다보았을 때, 마틸드는 조그만 대리석 탁자 위에 자기를 마주 보게 쥘리앵의 머리를 올려

놓고서 그 이마에 입을 맞추고 있었다······

마틸드는 연인이 스스로 택한 묘지까지 따라갔다. 관은 많은 성직자들에게 둘러싸여 나아갔다. 마틸드는 몰래 혼자 검은 천으로 덮은 마차를 타고, 그처럼 사랑했던 남자의 머리를 무릎에 안고 운반했다.

그들은 깊은 밤 쥐라산맥의 한 높은 봉우리에 이르렀다. 20명의 성직자들이 무수한 초로 휘황하게 밝힌 그 조그만 동굴 안에서 죽은 자를 위해 기도했다. 장례 행렬이 지나친 산간의 여러 조그만 마을 사람들은 모두 이 기묘한 장례에 호기심이 나서 뒤를 따라왔다.

마틸드는 치렁치렁한 상복을 입고 그들 앞에 모습을 나타냈다. 그리고 기도가 끝날 무렵 5프랑짜리 동전 수천 개를 그들한테 뿌리게 했다.

푸케와 함께 단둘이 남은 마틸드는, 꼭 자기 손으로 연인의 머리를 묻고 싶다고 했다. 푸케는 너무나 슬퍼서 미칠 것만 같았다.

마틸드의 주선으로 이 황폐한 동굴은 대리석으로 치장되었다. 그녀가 막대한 비용을 들여 이탈리아에서 조각해 온 대리석이었다.

레날 부인은 약속에 충실했다. 어떤 방법으로든 스스로 목숨을 단축시키려고는 하지 않았다. 그러나 쥘리앵이 죽은 지 사흘 뒤, 그녀는 아이들을 품에 꼭 껴안고 이 세상을 떠났다.

TO THE HAPPY FEW(소수의 행복한 사람들에게).

여론의 지배는 한편으로는 자유를 가져다준다. 그러나 여론이 지배하는 세상의 문제점은 그것이 불필요한 일에까지, 이를테면 타인의 사생활에까지 간섭해 온다는 것이다. 미국이나 영국의 우울은 여기에 원인이 있다. 사생활을 건드리지 않기 위해서 작자는 가공의 소도시 '베리에르'를 만들었다. 또 주교, 배심원, 중죄 법원(重罪法院) 등을 서술할 필요가 있을 때는, 작가가 한 번도 가 본 적이 없는 브장송을 배경으로 삼았다.

스탕달의 생애 문학 사상

그르노블

스탕달(Stendhal)이란 필명으로, 본명은 마리 앙리 벨(Marie Henri Beyle)이다. 스탕달은 프랑스의 동남부에 스위스와 이탈리아의 국경 가까이에 위치한 산속 마을 그르노블 태생이다. 그르노블은 동북의 알프스에서 흘러오는 이제르 강과 남쪽의 피에몬테 산지에서 나오는 드라크 강이 만나는 곳에 형성된 작은 평지이다. 두 강은 그대로 이제르 강의 이름을 이어받아 서쪽으로 향하고 리옹 남쪽 발랑스에서 론 강과 만난다.

론 강은 스위스의 깊은 산 속에서 발원하여 레만 호를 거쳐 프랑스 영지로 흐르고, 동부 프랑스를 북에서 남으로 종단하여 마르세유 부근에서 지중해로 흘러오는 큰 강이다. 이 강에서 동쪽은 같은 프랑스라도 북쪽의 파리와 지중해 연안의 프로방스와는 꽤나 거리가 멀다. 오히려 시부아·피에몬테와 비슷해 스위스의 풍토와 비슷한 무릉도원이다. 오늘날에는 산악관광의 중심지이다.

그르노블 부근은 도피네 지방이라 불리는데, 이 이름은 프랑스 황태자의 별칭인 도핀(Dauphin)에서 유래한다. 즉 대대로 황태자 영지로 정해졌던 지방으로, 그만큼 통치하기 어려웠다는 말도 된다.

사실 이 지방은 이탈리아 영지이기도 했기에 에스파냐에게 지배당한 적도 있다. 루이 14세 시대에야 완전한 프랑스 영지가 되었다. 세느 강변에 위치한 파리를 수도로 둔 부르봉 왕가에게 있어서는 경계의 땅이었다.

스위스·이탈리아와 가까워 그로노블인은 같은 프랑스어일지라도 꽤나 사투리 섞인 말을 했다. 검은 머리카락, 검은 눈동자, 사각의 얼굴, 두꺼운 목, 땅딸막한 체형은 독자가 상상하는 전형적인 파리 남성과는 거리가 멀다.

이는 보통 알프스인종이라 하여 남프랑스의 갈리아인, 북방의 프랑크인과도 다르다. 스탕달은 파리에서는 이방인이었으므로 '유랑의 탑'이나 '시나인'

스탕달의 출생지 그르노블 근교의 목초지

같은 별명이 붙여졌다.

그르노블인은 대대로 파리를 절대적인 프랑스의 지배자라고 인정하지 않았다. 그르노블의 고등법원은 부르봉 왕가가 거듭 부과하는 징세안건을 부결하지만 그럼에도 혁명시대에는 왕정 편을 들기도 했다. 그러나 반(反)파리의 태도는 일관하고 있다. 항시 시대의 지배자에게 반항적인 것, 이는 스탕달 생애의 특징, 즉 그르노블의 특징이기도 했다.

스탕달의 생가
그르노블 시 루소 거리 14번지

산속 마을인 그르노블이 두 강의 합류점인 것은, 앞에서도 말한 바다와 평지를 세 개의 산지가 둘러싸고 있는 모습이다. 동쪽은 비조, 몬스니 등 이탈리아, 알프스와 이어지는 베라돈나 산지(백 킬로 채 안 되서 이탈리아 국경에 달한다), 북쪽은 샹브레, 부르제 호에 달하는 그랑 샤르트뢰즈(카르투지오 대수도원) 산괴(이 안에 있는 샤르트뢰즈에서는 포도에서 달콤한 증류술을 만들고, 스탕달은 1838년 6월 여행 중 이곳에서 하루를 묵었다), 그리고 서남쪽의 베르코르 산괴이다. 이곳은 제2차 세계대전 중 대규모의 레지스탕스가 조직된 곳으로, 레지스탕스 문학의 걸작 《바다의 침묵》의 저자는 베르코르를 필명으로 하고 있다. 그르노블에서 50킬로 정도 떨어져 해발 천 미터, 겨울은 눈이 3미터 쌓이는 오트랑이라는 마을이 스탕달의 부계(父系)인 벨 가문이 생긴 땅이다.

소년시대

일가는 농민, 나무꾼, 사냥꾼이었지만 17세기 중에 그르노블로 내려와 지

그르노블의 그르네트 광장(석판화, 1863) 안쪽 건물이 외가 앙리 가뇽 의사의 집.

스탕달의 외할아버지 앙리 가뇽 의사

주, 부르주아가 되었다. 1783년 1월 23일, 스탕달은 아버지 쉐르방과 어머니 앙리에트 사이에서 태어났다. 아버지 쉐르방은 학문을 배워 고등법원의 변호사가 되었다. 스탕달은 장남이었지만 일평생 아버지에게 혐오감을 품고 있었는데, 그의 자서전《앙리 브륄라르의 생애》에서 아버지를 인색하고 어두우며 나아가 귀족을 동경하는 속물 그 자체라 묘사하고 있다.

스탕달의 아버지에 대한 비판은 조금 감정적인 경향이 있다. 그것은 그가 어렸을 때 잃은 어머니 앙리에트에 대한 소아적인 애착이라 설명할 수 있다. 앙리에트는 1790년, 즉 스탕달이 일곱 살 때 세상을 떠난다. 막내 여동생 제나이드를 낳고 산욕열로 세상을 떠났는데, 그 때문에 그는 여동생을 살인자라 하며 증오했다. 이는 어머니에 대한 애착이 얼마나 강했는지를 말해준다. 그 애정은 후에 연인을 사랑할 때와 같았다고《앙리 브륄라르의 생애》에서 쓰고 있다. 여기에는 오이디푸스 콤플렉스라는 말이 없었던 시기임에도

스탕달(본명, 마리 앙리 벨)

'고자질쟁이' 누이동생 제나이드

드물게 솔직한 고백을 포함하고 있다.

어머니를 잃은 것이 소년생활을 바꾸는 계기가 된다. 스탕달은 자신의 정신생활은 그때부터 시작되었다 쓰고 있다. 사랑할 대상을 잃은 스탕달은 주위 사람과 사물을 비뚤게 바라보게 된다. 가정교사로서 집에 살던 예수회 수사인 라이얀과 어머니 대신 가정을 돌보던 숙모 세라피를 증오했다.

어머니를 잃기 1년 전, 1789년에는 프랑스 대혁명이 일어났다. 이는 후에 반세기, 혹은 그 이상에 걸쳐 프랑스뿐만 아니라 모든 유럽을 동요시킨

친한 누이동생 폴린
힘겨운 청춘 시절에 그의 벗이 되어 주었다.

대사건으로, 스탕달은 평생을 그 암흑기 속에서 보냈다 할 수 있다. 우선 거리의 동란과 수사의 추방, 로베스피에르가 강요한 이성의 나무 숭배, 루이 16세 처형의 통지가 소년에게도 전해진다. 루이 16세의 처형을 마땅하다 여긴 것은, 단지 아버지 쉐르방이 그 일을 슬퍼했기 때문이다.

스탕달은 평생 종교와 왕을 적대시했는데, 일곱 살 난 소년의 논리는 다음

과 같이 이루어졌다. 어머니가 죽었을 때 신부가 집으로 와서 "여러분, 하느님의 뜻입니다"라 한다. 소년은 생각하건대 그렇다면 하느님은 인간에게 불행을 안겨 주는 자이다. 그런 하느님에게 어째서 늘 감사해야 하는가. 또한 부르봉 왕가는 하느님과 그 사도인 수사를 보호하고 있다. 따라서 왕도 나쁜 자이다.

이러한 소년의 논리를 장황하게 쓰는 것을 독자는 이상하게 여길지 모르지만, 스탕달은 죽을 때까지 어렸을 때의 인상에 강하게 지배받은 사람이었다. 당연히 문학자라는 존재는 모두 그러할지도 모른다. 모든 위대한 문학자는 어린아이였거나 또는 그러한 자신을 소중히 지켜왔다고도 할 수 있다.

《파르마 수도원》은 그의 만년의 작품이지만, 여기에 어릴 때의 인상이 강하게 남아 있다. 그것은 차차 설명하겠지만, 예를 들면 주인공 파브리스도 아버지를 증오하고, 고모 산세베리나에게 근친상간의 애정을 품는다. 그리고 고모 곁에서 실제 어머니 이상의 희생적인 애정으로 보답받는다. 이러한 이야기 구성도 그 예라 할 수 있다.

이러한 이유로 부계를 싫어하던 스탕달은 외가인 가뇽 집안을 방문하며 위안을 삼는다. 외할아버지 앙리 가뇽은 부유한 의사로, 볼테르를 방문한 적도 있고 18세기 계몽사상의 애호가였다. 집은 그르노블 시의 중심지 구르네 광장에 면하고 있고, 뒤로는 아름다운 프로방스식의 노대(露臺)가 있었다. 그르노블은 앞서 말했듯 전체적으로는 알프스 산속 마을이지만 발랑스 방면, 혹은 남방의 드라크 강 상류에서 고개 하나를 넘으면 리비에라, 모나코의 이른바 코트 다쥐르로 나간다. 프로방스의 영향은 이 노대의 건축에서도 인정받아 애초에 가뇽 집안은 아비뇽 부근 출신이었다(스탕달은 이 집안이 이탈리아로부터 이주했다고 믿었지만, 뒷날의 연구 결과, 사실이 아님이 밝혀졌다).

어린 스탕달은 이 노대에서 아름다운 밤하늘을 바라보며 외할아버지에게 별자리와 유성궤도를 배웠다. 덧붙여 말하자면, 코페르니쿠스로부터 200년이 지난 그때에도 가정교사 라이얀 수사는 프톨레마이오스의 천동설을 가르치고 있었다. 스탕달이 스승에게 "어째서 잘못된 설을 가르칩니까?" 묻자, 스승은 "교회에 의해 승인되고 있으니까"라고 대답했다.

스탕달은 외할아버지의 책장에서 코르네유·라신·몰리에르의 고전과, 보르

▲ 빅토린 무니에
사랑을 느꼈으나 고백하지 못했다.

▶ 다뤼 집안의 피에르 다뤼 백작
외가 친척으로, 열일곱 살인 스탕달
을 용기병으로 입대하게 해 준다.

텔·디토르·루소·라크로 등 18세기에 유행한 책을 꺼내 읽은 다음 날 파리로
나갔다. 그곳에서 그는 외가의 도움으로, 몰리에르와 같은 극작시인을 지망
했다.

　1796년, 당시 프랑스에는 에콜 센트럴(중앙학교) 제도가 널리 퍼진다. 이
또한 대혁명의 산물로 각 주요 도시에 학교를 설립하고, 그리스도교의 편견
에서 벗어난 과학교육을 실시하고 파리 공학대학 진학의 길을 마련한다. 새
로운 시대에 도움이 될 군인과 기술사를 육성하기 위한 학교였다. 열세 살의
스탕달은 그 학교 설립위원이기도 한 외할아버지 앙리 가뇽의 추천으로 그
곳에 들어간다. 스탕달은 수학과 도면에서 두각을 나타내 2년 연속 상을 받
았다.

　1799년, 열여섯 살 때 파리의 이공과 대학에 들어가려고 그르노블을 떠난
다. 이때부터 스탕달은 고향에는 거의 돌아가지 않았고, 그마저도 오래 머물
지 않았다. 자유로운 여행은 수도원을 방문했을 때가 마지막으로(그것도 사
실 여행기 《한 만유자(漫遊者)의 메모》(1838)를 쓰기 위해서였지만), 나머
진 일 때문이었다. 1805년, 마르세유에 상점을 낼 자금조달을 위해, 1813년

은 나폴레옹의 라이프치히 대전 후 징병을 위해, 1818년은 아버지가 남긴 유산을 받기 위해서였다. 그러나 아버지는 면양 사육에 손댔다가 파산하여, 스탕달은 한 푼도 받지 못했다.

열여섯 살의 스탕달을 태운 승합마차가 그루네 광장을 떠날 때 아버지 쉐르방은 눈물을 흘렸다. 1799년 11월 9일 나폴레옹이 의회를 점령하여 종신 통령이 된 다음 날 스탕달은 파리에 도착했다. 그 뒤 1814년 나폴레옹의 실각까지 스탕달의 생활은 나폴레옹의 군사적 성공과 함께한다.

군인생활

스탕달이 파리로 나온 것은 이공과 대학에 입학하기 위해서였지만 수험장에서 그의 모습은 볼 수 없었다. 스탕달은 일부러 나가지 않았다 주장한다. 수험은 파리에 나올 구실에 불과했다지만 그다지 설득력 있는 변명은 아니다. 예나 지금이나 수험장에 나가지 않는 이유는 한 가지, 자신이 없기 때문이다.

중앙학교에서 그의 수학 실력은 두드러졌는데 외할아버지인 가뇽의 비호(庇護)가 있던 것이 분명하다(파브리스의 나폴리 신학 학교가 매수되는 대목을 기억해 보자). 게다가 당시 파리의 분위기는 이미 대혁명의 이상을 잃고 단순히 제멋대로의 풍속만이 남은 상태였다. 파리는 몰리에르와 같은 극작시인이 되어 여배우를 연인으로 삼는 큰 뜻을 품고 나온 열여섯 살 소년에게 너무나 강한 자극이었다. 세느 강 왼편 기슭에서의 하숙으로 고독했던 소년은 신경성 위장염을 일으키며 앓아눕는다.

이러한 상태의 소년을 저택에서 돌보며 나폴레옹의 용기병이 되게 해 준 것도 가뇽 집안의 친척이었다. 외할아버지 앙리 가뇽의 지인 도피네인 지주, 노엘 다뤼는 파리에 살며 두 자녀 피에르와 마르시알을 나폴레옹의 관사로서 출세시켰다. 피에르 다뤼는 후에 모스크바 원정군의 군정장관으로, 어느 정도 역사적인 인물이다. 그는 라틴학자이기도 하고 이미 호라티우스의 번역이 있었으므로, 시골뜨기 문학청년인 스탕달 따위는 상대해 주지 않았지만, 육군성에 고용하고, 이어 용기사 소년장교로 임명하며 나폴레옹의 이탈리아 원정군에 배속시켜 주었다.

여기서부터 스탕달의 나폴레옹 군인으로서의 짧은 경력이 시작된다. 1800년

생 베르나르 고개를 넘는 나폴레옹

나폴레옹의 제2차 이탈리아 원정군에 편입된 스탕달은 1800년 5월, 생 베르나르 고개를 넘었다. 이탈리아의 첫 번째 마을 이브레아에서 본 치마로사의 〈비밀 결혼〉과, 수개월 간 머물렀던 밀라노에서의 생활이, 음악의 매혹과 행복의 나라 이탈리아의 존재를 스탕달에게 알려 주었다.

밀라노의 두오모 광장

1386년에 공사가 시작된 두오모(밀라노 대성당)가 최종적으로 완성된 것은 19세기 초 나폴레옹이 지배하던 시대였다. 하얀 대리석으로 만들어지고 무수한 작은 첨탑으로 장식된 이 화려하고도 경쾌한 밀라노 대성당은 1800년에 처음 밀라노에 머무른 스탕달의 마음을 사로잡았으며, 이후 밀라노의 상징으로서 《로마·나폴리·피렌체》(1817)를 비롯한 그의 많은 작품에 등장하게 된다.

5월, 나폴레옹보다 이틀 늦게 성 베르나르 고개를 넘는다. 마렝고 전투 승리 후, 용기사 소위임관, 밀라노·브레시아·민치오 등에 주둔하며 자유로운 소년장교의 생활을 보낸다. 사무적 재능과 수완이 있는 피에르 다뤼는 스탕달의 나태한 근무 태도를 질책하지만, 그의 동생 마르시알에게 스탕달은 알맞은 놀이상대였다. 40년 후에 스탕달의 생명을 빼앗는 매독은 이때 밀라노에서 얻었을 가능성이 크다.

《파르마 수도원》 머리말의 훌륭한 밀라노 풍속 묘사는 이때의 견문을 바탕으로 쓴 것이 분명하다. 그러나 스탕달은 그 무렵엔 그럴 만큼 이탈리아에 매료되었던 것 같지는 않다. 그에게 있어 여전히 중요한 것은, 이탈리아 원정군이라는 직업이 아니라 파리에서 문학적인 성공을 거두는 것이었다.

스탕달은 10개월 동안의 근무 뒤 갑작스레 사표를 내고 그르노블로 돌아간다. 이때문에 앙리 가뇽은 다뤼 집안과 좋지 않은 상태에 놓이지만, 아버지 쉐르방은 스탕달의 행동을 비판하지 않았다. 아들에게 변호사 지위를 물려주고 귀족으로 만들려는 꿈을 버리지 않았기에(변호사를 2대가 이으면 귀족이 될 수 있었다), 나폴레옹군이라는 경력은 훌륭하지 않다고 생각했기 때문이다. 그러나 스탕달에게는 파리와 문학이 있을 뿐이었다. 부자가 서로 다툰 결과, 아버지는 아들에게 2년간의 파리진학을 허락한다.

문학청년
그 뒤 2년 동안 스탕달은 파리에 하숙하며 책을 읽고, 극장에 다니고, 당시 유명했던 배우의 집에서 낭독을 배운다. 이는 도피네 사투리를 없애고 연극사회와 개인적인 관계를 갖기 위해서였다. 클라리넷도 배우기 시작한다.

이때 그의 공부내용은 《일기》와 《명상록·신철학》으로부터 짐작할 수 있다. 이 책들은 연극을 보고 나서의 인상과 읽은 책의 감상 및 요점으로 이루어져 있고, 젊은 스탕달의 사상이 형성되는 과정을 손쉽게 거슬러 올라갈 수 있는 귀중한 문헌이다. 이 무렵 그가 읽은 책은 카바니스, 콩디악, 엘베시우스, 데스튀트 드 트라시 등 오늘날에는 스탕달을 연구하는 사람들 외에는 프랑스에서조차 읽히지 않는 책이다.

인간의 정신은 감각에 의한 외부의 인식으로부터 얻은 관념에 의해 형성된다고 보는 로크 이래의 이원론으로 현재로서는 어중간한 철학, 어중간한

'피라미드형으로 크게 번진' 모스크바 대화재 다뤼 백작의 주선으로 군정관이 되어 러시아로 떠나, 전화에 휩싸인 스몰렌스크에서 야영하고 모스크바 대화재를 목격했다.

퇴각하는 나폴레옹군의 베레지나 강 도강 모스크바로부터 프랑스군이 퇴각할 때 많은 공적을 쌓았다. 그는 지칠대로 지쳐서 겨우 파리로 돌아왔다.

과학일 뿐이다. 그러나 그만큼 문학자에게 알기 쉬운 면도 있다. 엘베시우스의 《정신론》은 오늘날의 헤겔 《정신현상학》 정도로 존중받았으며, 플로베르에서 랭보에 이르기까지 현실주의·상징주의의 기초가 되고 있었다. 그들 모두 이데올로그라 불렸다. 이는 나폴레옹이 붙인 일종의 멸칭(蔑稱)으로 '공상공론의 학생'의 의미이다. 그러나 데카르트 이래의 실증과 명석을 존중하는 프랑스철학의 전통은 역시 존재했었다.

《발자크에게 띄운 편지》에서 '명석하지 않으면 내 세계는 붕괴합니다'라 말하는데, 스탕달이 작품 속에서 우리에게 시사하는 것은 모든 애매함을 배제하는 엄격함이라 할 수 있다. 그것은 대혁명의 아들로서 그가 이 시기에 형성한 정신습관에서부터 오고 있다.

소설 쪽에서는 영국인 필딩의 번역과 라클로의 《위험한 관계》, 루소 《신엘로이즈》의 시대였다. 혁명시대는 무엇 하나 볼만한 문학을 내놓지 않았고, 나폴레옹의 취미는 모든 전제 군주와 마찬가지로 반세기는 뒤쳐져 있었다. 후에 발자크와 스탕달이 선구자가 된 근대소설은 아직 나타나지 않았다. 또한 극을 쓰지 않고서는 문학자로서 진정으로 성공했다고 생각지 않는 시대였다. 문학청년 스탕달이 라신 또는 몰리에르에게 배워 극작을 시작한 것은 극히 자연스러운 일이었다.

이 시기에 쓰인 연습작품 두 가지가 남아 있다. 그러나 스탕달은 운(韻)을 색달리하는 재능은 전혀 없었던 듯 그는 뒷날 경멸했던 라신을 모작하는 수준에 머물고 있다. 연극을 쓴다는 의미는 동시에 극장에 출입하고 관람석에서 미녀와 환담하며 여배우를 정부로 삼는 것이었다. 극작은 조금도 진척되지 않았지만 후에는 조금이나마 성공했다.

멜라니 길베르, 예명 루아종은 불행한 삼류 여배우로 이미 한 아이의 엄마였지만, 스탕달은 그녀를 성녀와 같이 우러르고 공작부인 대하듯 정성을 다하고 정중히 대한다. 연극의 성공을 포기한 그는 고향 친구와 공동 자산으로 (물론 자금은 아버지에게 받아냈다) 마르세유에서 식료품점을 내기로 결정한다. 멜라니도 마르세유의 극장과 출연계약을 맺는다. 두 사람은 마르세유에서 동거한다.

그러나 이 사랑도 장사와 마찬가지로 오래가지는 못했다. 아미앵 조약에 의해 유럽에는 초겨울의 따뜻한 날씨와 같은 평화가 찾아오지만, 그도 얼마

1830년 7월 혁명 당시 튈르리궁전 공격 장면

안 가 영국과 프랑스의 전쟁이 일어나고 식료품점의 장사는 불황을 맞는다. 동양으로부터 향료를 운반해 오는 배가 영국에 나포되었기 때문이다. 스탕달은 멜라니와 헤어지고 그르노블로 돌아간다. 외할아버지 가뇽이 다뤼 집안에 부탁하여 외손자를 다시 군직에 복직시켜 준다. 이번엔 군정관이 되어, 오스트리아 전역 종군으로 독일의 브라운슈바이크에 주둔한다. 스탕달이라는 필명은 브라운슈바이크 부근의 슈텐달에서 얻은 것이다.

이때가 스탕달의 일생 동안 사회적으로 가장 빛나던 시기였다. 파리에서는 오페라 여배우를 정부로 삼고 마차를 가지고 있었다. 1810년, 참사원 서기관으로 임명되었다. 황후인 마리 루이스의 편지를 모스크바로 가져가기도 했다. 1812년, 역사적인 모스크바 퇴각 도중 베레지나 강을 건너는 아침, 머리를 깎을 여유가 있던 단 한 명의 프랑스인이었다고 자랑하고 있다.

빛나는 스탕달의 경력은 1814년 나폴레옹의 퇴위와 함께 끝난다. 남은 것은 용기사 중위의 연금뿐이지만 이는 16년 뒤, 그가 치비타베키아의 영사가 되어서야 비로소 지불되었다.

창작활동

결국 저작 외에는 의지할 곳이 없어졌다. 그는 급히 이탈리아인이 쓴 《하이든 전기》와 독일인이 쓴 《모차르트 전기》를 번안하고, 《하이든· 모차르트· 메타스타시오 전기》(1814)를 출판한다. 그는 다음 해, '타인이 얼마나 위대했던가를 이야기하기 위해 평생을 바치는 것은 바보 같은 짓이다'라 썼지만 1827년, 소설 《아르망스》를 쓰기까지 그는 르네상스의 화가가 얼마나 위대했던가를(《이탈리아 회화사》, 1817), 로시니가 얼마나 활기가 넘치던 음악가였던가를(《로시니 전기》, 1823), 셰익스피어가 얼마나 라신보다 탁월했는지를(《라신과 셰익스피어》, 1823) 쓰는 것에 전념했다.

스탕달은 모든 것을 날카롭게 관찰하는 습관이 있었다. 항시 인습에 반하여 생각하고 타인이 말하지 않는 것을 말하는 저널리스트로서의 재능이 있었다. 저작권이 확립되지 않던 시기로 그가 쓴 것은 타인의 저작물로부터의 인용이 많았지만, 거기에 그의 뛰어난 명석한 문체의 각인을 찍고 반드시 두세 개의 독창적인 견해가 섞여 있었다.

모차르트의 우수에 대해 지적한 것은 스탕달이 최초였고 이탈리아의 회화에 관련하여 그가 세운 이론, 즉 예술은 기후·풍토·인권에 의해 변한다, 절대적인 아름다움의 규준이란 것은 없다는 견해는 텐느의 《예술철학》의 기초가 되었다.

그러나 사회적으로는 이 독창적인 전 나폴레옹 군인의 재능은 항시 시대와 조금씩 엇갈렸다. 《라신과 셰익스피어》는 프랑스 낭만주의의 선구였지만, 그는 이탈리아의 해방운동과 연결된 급진적인 낭만주의였으므로 프랑스 왕정 복고적 낭만주의와는 맞지 않아 성공은 위고·라마르틴에게 빼앗긴다.

오늘날 상식인 연애의 '결정작용'(《연애론》, 1822)도 애매하다는 말을 듣게 된다. 그는 '소설은 시대의 거울이다'라는 매우 정확한 이론을 주장했지만 《아르망스》(1827)·《적과 흑》(1830)의 거울은 뒤틀린 상을 비춘다고 당시의 프랑스인은 느꼈다. 우선 왕정 복고 시대의 프랑스는 소설 흉작의 시기로, 발자크도 시시한 암흑소설의 모조품인 싸구려 소설을 쓰던 시대였다. '소설에 의해서만 진실에 도달할 수 있다.' 이는 그가 그의 스승인 트라시의 살롱에서 들은 말이지만, 그것은 극우 왕당과 예수회의 지배하에 언론이 압박받고 있는 상황에서는 공상의 형태로밖에 진실을 묘사할 수 없다는 소극적인 의미일 뿐이었다.

▲ 〈보보리 정원〉(코로 작) 만년에 치비
타베키아 영사로 부임하여 피렌체를
자주 방문한다.

▶ 부엘몬티 저택의 살롱

▼ 영사 예복의 스탕달

영사생활

1830년, 7월 혁명은 부르봉의 지배를 뒤집고 스탕달은 태어난지 처음으로 파리인에게 경의를 표한다. 그러나 그 뒤에 온 것은 라피토 등 은행가의 지배였다. '프랑스 왕'이 아닌 '프랑스인의 왕'이라 칭한 부르주아적인 루이 필리프는—스탕달에 의하면—'왕 중에서 가장 교활한 왕'이었다. 그가 채용한 '중용정책'에 의해 전 나폴레옹의 관사에게도 트리에스테 영사직이 나눠진다. 그러나 《로마·나폴리·피렌체》(1817), 《로마 산책》(1829)으로 로마의 교황정부와 오스트리아의 이탈리아 지배를 비평한 전력이 화근이 되어 허가증은 메테르니히에게 거부당한다. 스탕달은 트리에스테에 비해 3분의 2에 불과한 봉급을 받는 치비타베키아로 돌아간다. 이곳은 교황의 도읍 로마의 서쪽에 있는 항구로, 그는 죽을 만큼 따분해하지만 이미 《적과 흑》을 쓰고 있음에도 문학적 명성이 따르지 않으니 멈출 수도 없었다.

쉰 살의 문학적 낙오자는 자서전 《에고티즘의 회상》《앙리 브륄라르의 생애》를 쓰며 울적함을 풀거나 《뤼시앙 뢰방》을 통해 루이 필리프 치하의 선거의 부패와 밀정정치, 은행가의 의회지배를 적발한다. 그러나 자신이 루이 필리프의 외교관인 이상 출판할 계획은 없었다.

그 뒤 나폴레옹 시대의 참사원 서기관이었던 몰레 백작이 나태한 동료였던 스탕달을 기억함에 따라 외무대신이 됨과 동시에 휴가를 얻는다. 그것은 몰레가 사직하기까지 3년간 계속되어, 스탕달은 휴가 중 반으로 줄어든 급여를 보충하기 위해 문필 활동을 한다. 이 사이에 문학적 명성을 얻어 이탈리아 시골 마을의 영사직으로부터 벗어나려 했을 수도 있다.

왕실문화재 보존국장이 된 어릴 적 친구인 메리메의 소개로, 프랑스 전국을 한가롭게 돌며 《한 만유자의 메모》(1838)를 쓰고(여기서 tourist를 최초로 관광객의 의미로서 사용한다), 단편 《첸치 일족》(1837), 《파리아노 공작부인》(1838), 《카스트로의 수녀원장》(1839) 등을 익명으로 〈양세계평론〉에 발표한다.

그러나 이탈리아 이야기를 쓰는 이상 그는 《적과 흑》과 《이탈리아 회화사》에 사용한 스탕달의 이름을 쓸 수 없었다. 《파르마 수도원》(1839)은 그가 마지막으로 문학 운(運)을 건 출판으로 만일 성공하면 사직할 생각이었지만, 르네상스를 제외하고는 누구도 이를 걸작이라고 인정하는 자는 없었다.

내각이 바뀌고 그는 다시 치비타베
키아에 돌아가야 했다. 한편으로 건
강은 악화될 뿐이었다. 《라미엘》은
미완성이고 후기의 《이탈리아 연대
기》에는 《카스트로의 수녀원장》과 같
은 활기가 없었다. 실어증 증세가 나
타나, 결국 이 부유하고 속필인 작가
도 집필을 할 수 없게 된다.

1842년 3월 22일 오후 7시, 누브
데 카푸신 거리(코마틴 거리와 마들
렌 길을 사이에 두고 향한 쪽)의 외
무성(당시) 문전에서 뇌졸중으로 쓰
러졌다. 다음 날인 23일 오전 2시,
의식을 회복하지 못한 채 사망했다.
쉰아홉 살, 몽마르트르 묘지에 매장
되었다. 묘지에 안장될 때 참석한 것
은 스탕달과 깊은 사이였던 메리메
외에 몇 명의 친구들뿐이었다. 그가
직접 고른 묘비명은 '살고, 쓰고, 사
랑했다'이다.

이것이 한 밀라노인의 생전의 전설
적인 무명과 사후의 경이적인 영광에
둘러싸이는 생애이다.

나폴레옹군, 식료품점 운영, 외교
관, 대여행자, 그리고 메리메에 의하
면 '일 년 내내 누군가를 사랑하고 있
었다, 적어도 그렇다고 믿었다'는 독
신자의 유작 주위에는 오늘날에도 헌
신적인 스탕달파의 무리가 모이고 평
론과 문헌비판과 전설을 겸하고 있다.

마지막 발작 뒤의 스탕달

스탕달의 묘비
파리, 몽마르트 묘지.

《적과 흑》

《쥘리앵》에서 《적과 흑》이 되기까지

스탕달의 저서 《로마 산책》에는 다음과 같이 씌어져 있다.

'1828년 10월 26일 무렵 밤, 마르세유에서 《쥘리앵》을 착상. 1830년 5월에는 제목이 《적과 흑》이 된다.'

이것이 《적과 흑》의 착상을 둘러싸고 남겨진 작자의 유일한 증언이다. (단 '1828년'은 '1829년'을 잘못 쓴 듯하지만). 즉 스탕달이 처음엔 주인공 쥘리앵 소렐의 이름을 그대로 제목으로 하려 했기 때문에 이 청년의 모습을 중심으로 작품이 구상되었던 것을 알 수 있다. 우선 원고가 완성되고, 출판계약이 이루어진 직후인 1830년 5월에 이르러 제목이 변경되었던 것이다. 7월 혁명을 거쳐 8, 9월 사이에 집필이 끝난다. 《적과 흑》은 1830년 11월 말 서점에 진열되었다.

착상하고서부터 거의 1년 만에 완성한 것이다. 그 사이에 집필이 어떻게 진행되었는지에 대해 확실한 기록은 남아 있지 않지만, 필시 스탕달은 1929년 겨울부터 다음해에 걸쳐 상당한 분량을 한꺼번에 집필했을 것이다. 그리고 출판계약이 이루어져 5월에 제1권 문장 안에 1830년 5, 6월의 신문기사를 그대로 쓴 것을 연구자는 지적하고 있고, 7월 혁명이 발발하자 식자공(植字工)들이 봉기에 참여하는 바람에 원고 인쇄가 일시적으로 정지되었다.

이와 같은 사항들을 고려해서 《적과 흑》의 성립에 대해 간단히 정리하자면, 우선 책머리에서 '이 원고는 1827년에 쓰인 것으로 보아도 무방하다'는 말은 거짓으로, 사실은 7월 혁명과의 직접적인 관계를 피하려 한 일종의 알리바이 공작이라 볼 수 있다. 그러나 그 직후에 '1830년 연대기'라고 기록되고 있으므로 결국 그다지 의미 없는 알리바이로, 이 작자만이 가능한, 사람의 시야를 가리는 수법이라고도 할 수 있다. 스탕달이 생각하던 것은 '19세기 연대기'이고, 더욱이 '1830년 연대기'를 덧붙인 것은 오히려 출판자 측의 요청이었던 듯하지만, 어쨌든 저자가 동시대의 현실성을 그대로 담은 작품이라고 인식했던 점은 분명하다. 《적과 흑》은 7월 혁명을 예언했던 작품으로도 유명한데, 물론 그러한 부분을 많이 포함하지만 작품이 완성된 정확한 시기는 7월 혁명 이후이다. 당장에라도 불이 일 듯한 급박한 시대 정세를 몸으

그르노블에 있는 스탕달 박물관

로 느끼며, 집필 중의 화젯거리를 작품 속에 탐욕스럽게 거두어들이면서 모든 사람이 혁명으로 몰려가는 사회 추세와 경쟁하듯이 집필된 작품이다.

재판기록에서 소설로

스탕달은 작품의 스토리를 무(無)로부터 창조하기보다는 다른 곳에서 소재를 빌려와 그로부터 상상력을 발휘하는 작가였다. 《적과 흑》의 경우도 주인공 쥘리앵의 모델이 된 인물이 존재한다.

'벨(=스탕달)은 이 소설의 주제를 도피네 지방에서 화제를 불러일으켰던 범죄의 소송에서 취해 왔다. 신학생 베르테가 질투에 눈이 멀어 결국 M부인에게 권총 두 발을 쐈다. 그 자체로서 극적인 이 사건에 벨은 흥미를 느꼈다 ······.'

스탕달의 외사촌으로 친한 친구이기도 했던 로망 코롱이라는 인물이 스탕달 사후에 쓴 《적과 흑》에 대한 기록이다. 1827년, 스탕달의 고향 그르노블에 가까운 프랑스 마을에서 앙투완 베르테라는 26세의 청년이 공중인 미슈드 라 트루의 아내를 저격한 후에 자살을 기도했다. 부인은 목숨은 건졌으나, 계획적 범행으로 베르테는 사형선고를 받고 다음해인 1828년에 처형되었다. 베르테는 가난한 대장장이의 아들이었으나 그의 뛰어난 재능을 눈여

겨본 사제의 호의로 교육을 받고 그르노블의 신학대학교에 입학했다. 그러나 몸이 약해 학업을 중단하고, 사제의 소개로 숙식 제공의 가정교사로서 미슈 가에 고용되었다. 이윽고 36세의 부인과 연애사건을 일으켜 해고되었다. 다시 신학교에 돌아가지만 성직에는 부적합하다는 판단을 받아 퇴학당한다. 그 뒤에 다시 다른 가정에 가정교사로서 고용되었으나 그곳에서도 해고라는 쓰라린 경험을 하고, 진퇴양난에 이른 끝에, 미슈 부인을 향해 원한을 품게 되어 악의에 가득 찬 흉악한 행위를 저지르기에 이른 것이다. 범행 장소는 한창 미사가 진행 중인 마을 교회였다.

스탕달은 진작부터 범죄사건에 강한 흥미를 품고 있어, 재판기록을 게재하는 〈법정신문〉의 애독자였다. 분노에 달한 범죄는 영혼이 말라 비틀어진 현대인의 마땅한 자세(마땅히 그러해야 할 상태)를 깨뜨리는, 흉폭하고도 고상한 정열의 모습이 있다는 것이 그의 생각이었다. 또한 범죄는 사회의 모순과 불공평을 그대로 나타낸다고도 생각하고 있었다.

신분 차이를 초월한 사랑이 사회라는 신성한 장소를 무대로 하는 끔찍한 연극으로 이어진다. 베르테 사건의 추문적인 성격이 작가의 상상력을 자극했음이 분명하다. 사실, 쥘리앵 소렐이라는 인물의 조형과 《적과 흑》 전체의 줄거리 구상 대부분에 이 사건이 밑바탕이 된 것은 확실하다.

더욱이 베르테 사건에 더해서 1829년에 남프랑스에서 일어났던 라파르그 사건도 작가에게 하나의 계시로서의 의미를 가진 듯하다. 가구 장인인 아드리앙 라파르그는 질투에 휩싸여 애인을 살해하고 자살을 시도하지만 실패로 끝났다. 잔혹한 이 사건에 스탕달은 완전히 매료되었다. 파리의 상류계급이 '무언가를 느끼는 힘'을 잃고 있는 현재에 '소시민 계급의 청년들', 특히 라파르그처럼 '훌륭한 교육을 받았음에도 가난하여 일을 해야 하고, 궁핍에 내몰리고 있는 청년들'에게야말로 '의지력'이 있다. "장차 위대한 인물은 모두 라파르그 씨가 속하는 계급으로부터 생길 것이다." 〈법정신문〉의 기사에 감동한 스탕달은 《로마 산책》에서 이렇게 열변하고 있다. 그러한 사고를 《적과 흑》의 마틸드는 그대로 계승하고 있다.

더욱이 이들 두 범죄사건에는 마틸드에 해당하는 파리 사교계 여성의 모습은 등장하지 않는다. 모델이 될 가능성이 있는 실재 인물로서는, 샤를 10세의 조카딸로 런던으로 사랑의 도피를 하여 세상을 떠들썩하게 한 마리 드

누빌이 있다. 1830년 1월에 일어난 사건이지만 스탕달은 '경애하는 미소녀' 마리의 성격을 끊임없이 떠올리면서 《적과 흑》의 결말을 썼다고 친구에게 보내는 편지에서 술회하고 있다.

물론 현실의 범죄와 사건은 어디까지나 스탕달에게 힌트를 부여하고 자극이 된 것뿐으로, 신문기사의 단조로움에 비해 소설은 비교할 수도 없는 두둑함을 갖추고 있다. 그러나 동시대의 범죄가 발상원이 되는 것으로 인해 《적과 흑》이 사회의 일그러짐과 거기서 생기는 인간의 정념(情念)과 직접적으로 이어지는 기이한 박력을 얻고 있는 것도 부정할 수 없다.

특이한 주인공

스탕달은 고향인 그르노블을 떠나 파리에 온 젊은 날부터 코르네유와 몰리에르 같은 극작가가 되기를 바라는, 문학에 뜻을 품은 청년이었다. 그러나 희곡 집필은 몇 번의 시도 끝에 좌절하고 극작가로서 명성을 이루는 것은 불가능했다. 그리고 40대 중반이 되었을 무렵에 첫 소설을 발표했다.

스탕달의 소설 《아르망스》, 《적과 흑》, 《파르마 수도원》 전부는 청년의 성장과 좌절을 묘사하는 것으로, 미남인 주인공이 미녀들에게 한결같은 사랑을 받는다는 내용이다. 그 작품들 모두는 평생 미혼으로 자식도 없었던 작자(더욱이 용모에 축복받았다고는 말하기 힘든, 여성에게 차이기만 했던 작자)에게 있어서의 '끔찍이 아끼는 자식'이고, 스탕달의 소설이란 '공상에 의한 자서전'으로 알려진다.

단지 자기 이상을 성대하게 내비치면서도 인생경험이 풍부한 중년의 작자는 결코 '끔찍이 아끼는 자식'을 애지중지하지 않고 성격의 약점과 정신의 협량을 묘사해 내려는 자세를 일관하고 있다. 특히 쥘리앵 소렐의 경우, 일종의 불가사의한 인물로서 묘사되고 있다. 냉정하다 생각하면 격정에 휩싸이고, 타산가인 주제에 눈물이 많고, 정의감 또한 강하다. 겁쟁이라 생각했더니 대담한 행동을 한다. 그러한 모순의 결정체인 것이 거꾸로 현대의 독자를 매료시키기에 마땅한 그의 매력이다.

《적과 흑》이 간행된 직후에는 주인공의 부도덕한 행동과 위험한 성격을 비난하는 목소리가 상당했던 듯하다. 인기비평가 자난은 '비참하고 시시한 청년'이라 말하며 조금도 공감을 표하지 않았고, 스탕달의 친우였던 작가 메리메조차 '몸서리쳐질 정도로 끔찍한 남자'라고 평할 정도였다. 성직자를 목표하고 있음에도 주인공이 사실은 종교심이 없는 불신자인 점도 많은 독자의 눈살을 찌푸리게 했을 것이다. 제2권 제43장에서 한 주교가 쥘리앵을 '배교자'라고 칭하며 성령의 계시를 받아 그의 영원을 구하겠다고 한다. '배교자 쥘리앵'이라 하면 프랑스어에서는 그리스도교를 버리고 이교신앙으로 뛰어간 고대 로마의 율리아누스 황제를 가리키는 표현이다. 스탕달은 그야말로 율리아누스 황제를 의식해서 스스로의 주인공을 '쥘리앵'이라 이름 붙였을지도 모른다.

스탕달은 본서 간행 후, 스스로 비평의 글을 써서 친구가 경영하는 이탈리아 문예지에 실어 달라 부탁했다. 그 안에서 그는 《적과 흑》에는 '몸종에게 알맞은 소설의 주인공', '항시 완전무결한 주인공은 필요 없다'고 서술하고 있다. 요컨대, 본인이 창조한 인물의 특이성은 충분히 이해하고 있다는 의미일 것이다.

특이한 것은, 작품 속에서 쥘리앵에게 '특이한' '별난'이라는 의미의 'singulier'라는 형용사가 반복되어 자주 사용되고 있다는 점이다. 레날 부인도 라몰 후작도 페르바크 부인도, 혹은 피라르 부주교도 쥘리앵을 '별난' 청년이라 보는 점에서는 일치한다. 쥘리앵이 마틸드에게 매료되는 이유는 그야말로 그같은 이유로, 그녀와 쥘리앵의 연애는 대부분 각자의 특이성을 겨루는 양상을 띠고 있다.

이 singulier라는 말은 보통 상태와 비교해서 이상한, 규격이 빗나간 모습을 나타냄과 동시에 '단독의' '유일한' 개성이라 하는 긍정적인 가치도 포함하는 단어이다. 쥘리앵 소렐은 명백히 그러한 이중 의미에 있어서 두드러지는, 양의적인 주인공으로 만들어지고 있다.

어쨌던 쥘리앵은 어디서나 주위로부터 주목받는 것이 운명인 개성 있는 주인공이다. 아버지와 형 모두 거칠고 몸집도 큰 데 비해 그는 가냘프고 약해서 어릴 적부터 가정폭력을 받으며 자란다. 프랑스에서 의무교육이 정비되기 시작한 것은 7월 혁명 이후이기 때문에, 쥘리앵이 학교에 가지 않아 가방끈이 짧은 것은 당연하다. 그러나 그는 기억력이 뛰어나고 풍부한 이해력을 갖추고 있기 때문에, 사제의 비호를 얻어 라틴어로 성서를 배우고 곧 어엿한 라틴어학자라는 평판을 얻게 된다. 그렇다고 신학교에 진학해 성직자로서의 출세 길을 더듬어 가는 것도 여의치 않다. 의외로 그보다는 훨씬 낮은 학력의 학생들은 본능적으로 쥘리앵이 이단자임을 눈치채고 '마틴 루터'라는, 당시로서는 불명예한 별명을 바치기까지 하니 사제직이 그의 천직이라고는 도저히 생각할 수 없다. 그럼 속세에서의 출세를 목표로 상류귀족들 앞에 나갔을 때의 그는 어떠한가? 천한 태생으로부터 오는 열등감과 특권계급에 대한 증오 때문에 모두를 불신하고, 마음을 터놓는 것이 불가능하다. 고립은 그의 운명으로, 성실한 시골뜨기 푸케 말고는 쥘리앵의 인생에서 친구는 없다.

《적과 흑》 삽화에서
'브장송의 커다란 카페에서 카운터를 담당하고 있는 처녀 아만다와 쥘리앵'

　그러나 쥘리앵의 자존심은 그러한 고독 때문에 한층 더 견고해져 야망 달성에 대한 결의는 흔들리지 않는다. 그런 쥘리앵에게 나폴레옹은 정신적 버팀목이 된다. 반역자 나폴레옹의 이름을 입에 올리는 것조차 금지되었던 시대, 석공들은 '그 사람'을 지명하려 하지 않는다, 전 황제를 예찬하는 것은 명백히 반체제적인 의미를 띤다. 그러나 쥘리앵의 경우 나폴레옹에 대한 심취는 명확한 정치상의 의사를 나타낸다기보다도, 자유와 평등이라는 프랑스 대혁명에서 세워진 가치를 한몸으로 구현한 영웅으로의 공감이 가득한 찬미인 듯하다. '이름도 알려지지 않았을 뿐더러 재산도 없는 중위'가 '검 한 자루로 세계의 왕이 되었다'는 사실이 쥘리앵의 동경을 한없이 돋우어, 시골 재목상의 셋째 아들에게는 터무니없을 정도의 큰 뜻을 품게 한다.

　그 큰 뜻의 알맹이는 사실 명확하진 않다. 레날로부터의 급여 증액의 신청을 비웃고 공동경영자가 되지 않겠냐는 푸케의 제안을 거절하는 것으로부터 알 수 있듯, 가난을 한탄하는 것에 비해 쥘리앵에게는 이익을 탐하지 않는 담담한 면이 있어 돈 벌기에 여념하지는 않는다. 그렇다면 쥘리앵은 사회적으로 높은 신분을 원했을까? 전란 시대라면 군대가 출세로 이어지는 길이고, 평화로울 때는 성직이 가장 좋다는 판단에 따라 파리에 나간다. 그러나 후작의 비서로 일하게 되면서 신학에는 게을러지는데, 분명 그것은 고위성직자를 목표하는 자다운 태도는 아니다.

자신의 '입신출세'를 위해서라면 전부를 희생해도 좋다는 격한 야심을 갖는 주제에 구체적인 방향이 정해져 있지 않다. 그러한 관념성, 추상성이야말로 쥘리앵의 기이함인 동시에 그만의 독특한 순수함인 것이다. 자신 또한 대단한 사람도 아니면서 재산 모으기에 여념이 없는 부르주아를 깔보고, 진심으로 바보취급하고 나태한 살롱에서 얼빠진 대화를 나누는 귀족들에게 깊은 연민을 느끼는 쥘리앵의 마음에는 두려움을 모르는 거만함과 자부심이 깃들어 있는 듯하다.

그러한 그의 마음이 소설의 특이한 주인공으로서의 보편성을 획득했다고 할 수 있다. 자유롭고 평화로운 사회의 실현은 왕정복고에 의해 일시적으로 굉장히 멀어졌다고는 하지만, 라몰 후작이 냉철하게 통찰하듯 유럽에서 왕과 귀족이 사라지는 날은 확실히 가까워지고 있었다. 가문과 태생에 의해 인생이 (적어도 외견상으로는) 좌우되지 않는 사회가 도래함으로써 사람은 제각기 스스로의 의지로 운명을 개척하고, 원하는 대로 현실에서 자기 목표를 이룩할 가능성을 얻게 된다. 쥘리앵은 억압적인 사회에 태어났음에도 그날을 예측한 인물이고, 현재 상황으로부터 탈피하려는 강한 의지는 다가올 수 많은 야심가들의 본보기가 될 만한 것이었다.

무명 저자의 힘이 사회를 뒤흔드는 시대가 이윽고 방문했을 때, '무기를 취하라!'고 자신을 질책하는 쥘리앵의 모습은 갑자기 명백한 영웅의 광채를 뿜기 시작한다. 작자 사후, 쥘리앵 소렐은 수십 년이 지나고 비로소 현실적인 주인공이 된 것이다.

연애 교육

그렇다 할지라도 야심에 타오르는 청년의 극히 개인주의이고 맹목적인 성격도 이 소설은 자세히 묘사하고 있다. 자존심은 강하지만 현실을 모르고, 타인과의 교섭 또한 없다. 그런 그가 인생에서는 '입신출세'와는 전혀 다른 기쁨과 의미 있는 것을 배워가는 과정이 《적과 흑》이라는 소설이라고도 할 수 있다. 그 과정에 있어서 열쇠를 쥐는 것이 여성의 존재이고 연애경험이다.

몰리에르의 《타르튀프》는 17세기, 이른바 고전주의 시대의 프랑스가 낳은 가장 유명한 희곡 중의 하나로 이 《타르튀프》가 《적과 흑》에 자주 등장한다. 부호의 가정에 들어간 사이비 종교가인 타르튀프는 집 주인을 감쪽같이 속이며 그의 신뢰를 획득해 아들을 내쫓고 딸과 혼약했을 뿐만 아니라, 일가의 재산상속인이 되어 주인의 후처에게까지 마수를 뻗는다. 가정교사 쥘리앵은 마치 타르튀프를 본보기로서 행동하는 듯한데, 예를 들어 1편 제9장의 어둑한 밤을 틈타 레날 부인의 손을 잡는 유명한 이 장면은 타르튀프가 주인의 후처를 유혹할 때의 장면('그 손으로 무엇을 하고 계시는지요')을 떠올리게 한다.

낭만주의 시대에 타르튀프는 파렴치한이라기보다도 종교적 권위를 조롱하고 부르주아 가정을 뒤엎는 혁신적인, 일종의 우상적 존재였다. 스탕달에게 있어 《타르튀프》의 인용도 그러한 시대추세에 따랐다 할 수 있다.

그렇다고 해도 타르튀프와 쥘리앵을 비교하면 그 차이는 명백하다. 타르튀프는 기름진 비만 체형의 중년남성이다. 언변이 뛰어나 어느 정도의 재주는 인정받지만 호색가라는 약점이 있다. 그 약점이 후에는 자기파멸을 불러온다.

한편으로 타르튀프와는 정반대의, 여자아이 같은 미남형인 쥘리앵은 청결, 청초하기까지 한 젊은이가 아닐까? 호색가도 아닐뿐더러 그는 마치 여성 불감증인 인물로서 등장한다. 레날 부인의 손을 잡는 장면에서도 쥘리앵에게 있어서는 '귀족에게 질까보냐'라는 의지를 보이기 위한 '의무'라고만 의식하기 때문에 그에게 로맨틱한, 혹은 관능적 흥분 따위는 전혀 없다. 의무를 다하면 그날 밤은 상쾌한 기분으로 푹 잠들고, 다음 날 아침에는 부인 따위 전혀 생각하지 않고 언제나 그렇듯 '나폴레옹군의 《전황보고서》'를 밤새워 읽을 것이다. 한편으로 레날 부인이 쥘리앵의 행동에 동요하는 것에 대해서 그의 불감증 증세는 두드러진다.

애초에 아버지와 형들의 폭력으로(어머니에 대해서는 전혀 다루어지지 않는다) 항시 '적'에게 둘러싸여 자란 쥘리앵에게는 감수성을 키우는 사치는 허락되지 않았다. 오로지 살아남기 위한, 그리고 자신이 처한 환경으로부터 탈출하기 위한, 전쟁에서 얼마큼의 승리를 거둘 수 있을지가 그의 관심거리였다. 그런 연유로 쥘리앵은 상처받는 것에 무섭도록 민감하고, 몸을 지키기 위해서 자기를 위장하려 한다. 그의 마음은 딱딱한 틀에 둘러싸였다 해도 과언이 아니다.

비호자로서 그 틀에서 꺼내주며, 애정이란 무엇인지를 가르침과 동시에 바깥세상에 관한 지식을 가르치는 것이 레날 부인의 역할이었다. '세상 물정을 모르는 여인에게 연애 교육을 받은 것은 행운이었다'라고 화자는 서술하고 있다(제1권 제17장). 오래 지속되는 못했지만 베르지의 아름다운 논밭과 아이들과 보내는 한가로운 시간, 그리고 무엇보다도 쥘리앵에게 일방적인 사랑을 쏟는 레날 부인의 상냥한 마음은 그의 완고한 마음을 열어가기에 충분했던 것이다.

레날 부인이라는 인물을 창조함으로써 이 소설이 성공할 수 있었던 건 무엇일까? 앞서 말한 '전원의 하룻밤'의 경치로 되돌아가 보자. 부인의 손을 잡는 것은 쥘리앵에게 있어서는 애정도 아닐뿐더러 관능도 아니다. 그러면 부인 쪽은 어떨까? 이미 첫 대면 때, 눈물 자국을 남긴 쥘리앵의 표정에 마치 여자아이가 변장한 것 같다고 느꼈을 때부터, 홀로 세상에 뛰어들려는 소년에게 부인의 마음이 심하게 동요하는 것은 분명하다. 남편을 포함해 자신의 주위에 있는 '모든 것을 돈으로 해결하려는 근육질 남자들'과는 전혀 다른 부류임을 부인은 쥘리앵에게서 발견한다. 그 쥘리앵이 밤에 정원에서 손을 잡아왔을 때, '레날 부인은 쥘리앵에게 손을 맡긴 채 멍하니 있었다. 다만 살아 있다는 기분이 들었다'라고 스탕달은 쓰고 있다.

'그 커다란 보리수 아래서 지낸 몇 시간은 그녀에겐 그야말로 행복의 시작이었다. 보리수의 무성한 잎을 훑고 지나가는 바람 소리, 잎에 드문드문 떨어지기 시작한 빗방울 소리를 그녀는 꿈결처럼 듣고 있었다.'

쥘리앵과의 만남은 부인에게 있어서 새로운 인생에 대한 각성을 의미한다. '이런 행복이 있는 줄은 꿈에도 몰랐어'라는 내용을 부인은 쥘리앵에게 띄우는 편지에 쓴다. 반대로 말하면, 부인이 나타내는 것은 여성의 인생에서 진정한 기쁨을 박탈하고 자유로운 행동을 억제하는 사회로, 그 사태에 대한 강한 비판을 작품에 담고 있다.

그리고 속박당하는 존재이기 때문에 오히려 속박을 깨부수려 하는 모습이 고상한 아름다움을 발하는 것이 아닐까? 사실 연애가 위험한 상황에 처하면 처할수록 부인은 의외의 행동력을 발휘하면서 드디어 여성으로서의 매력을

발산한다. 제1권 마지막 부분에 사
다리를 타고 올라온 쥘리앵을 방에
숨기고 무거운 사다리를 번쩍 들어
올려 옮기거나, 쥘리앵에게 주려고
앞치마 주머니에 빵을 채워 넣거나
하는 부인의 모습은 너무나도 활기
차서 안쓰러울 정도이다. '나는 어떤
위험도 겁나지 않아요. 눈 하나 깜
박 않겠어요. 무서운 것은 단 하나,
당신이 가 버린 뒤 홀로 남는 일이
에요.' 그리고 제2권의 마지막에 달
하면, 부인은 이미 세간의 평판도

'레날 부인은 약속을 지켰다. ……그녀는 아이
들을 품에 꼭 껴안고 이 세상을 떠났다.'

남편의 지시도 무시하고 스스로의
의지를 일관하려 한다. 쥘리앵의 야만적인 행동을 용서하고 드디어 '야심'의
환상을 버린 쥘리앵에게 인생에서 일찍이 없었던 최고의 행복을 부여함으로
써 부인은 '연애 교육'을 달성하는 것이다. 쥘리앵이 말하듯 '숭고한 영혼'을
가진 여인으로서 부인은 작품 전체를 그 빛으로 비추는 존재라 할 수 있다.

마틸드와의 사이에서 태어날 '아들'—그건 그렇고 태어나기 전부터 남자인
것을 어떻게 아는지가 의문이지만—을 쥘리앵은 레날 부인에게 맡기려 한
다. 더욱이 마틸드는 아들 따위 신경도 안 쓰겠지만 레날 부인은 15년 후에
도 그 아이를 예뻐해 줄 것이라는 망상까지 한다. 쥘리앵은 마치 사후에 레
날 부인의 귀여움을 받는 아이로 환생하기를 바라는 듯하다.

영웅적인 여성

쥘리앵 앞에 나타난 또 한 사람의 여성인 마틸드 또한 레날 부인과는 다른
자질을 가진 인물이라고는 하나, 여성의 잠재력을 보여 주는 점에서는 같다.
레날 부인은 시골 간부(姦夫)들의 거친 언동을 피해 정원에 틀어박혀 지내
는 것을 좋아했는데, 마틸드 또한 파리에서 손꼽히는 명가에서 태어나 최고
급 살롱에 출입하는 신분임에도 사교계의 말만 많고 시시한 사람들에게 짜
증나 견딜 수 없는, 즉 자기가 속한 환경에 어울리지 않을뿐더러 그에 대해

불만을 품는 여성이다. 활력이 없어 무엇 하나 실천하지 못한 채 새로운 혁명의 예감에 겁낼 뿐인 귀족들의 현재 상황에 분개하고 19세기라는 시대의 '권태'에 지겨워하는 이 거만한 아가씨 또한 마음속의 극단적인 이상의 구성에 의해 사회를 통렬히 비판하는 존재라 할 수 있다.

16세기, 프랑스가 아직 피비린내 진동하는 종교전쟁에 한창이었던 시대를 동경하고, 참수된 애인 보니파스 드 라몰(라몰 가의 먼 선조)의 머리를 껴안고 입맞춤한 여왕 마르그리트 드 나바르가 그녀의 이상인 것이다. 해마다 보니파스의 기일에는 상복을 입는 것을 관습으로 하는 마틸드에게, 예사롭지 않은 박력을 풍기는 젊은이 쥘리앵은 그야말로 보니파스 배역에 마땅한 남성으로서 나타난 것이었다.

마틸드의 현실과 동떨어진 공상은 쥘리앵이 대죄를 범해 재판장으로 끌려나감으로써 소설이 끝날 무렵에 실천하기에 이른다. 그렇지만 그때까지의 두 사람의 사랑의 도피는 스탕달 스스로가 '두뇌 연애'라고 칭했듯이 극히 부자연스럽고 딱딱하다. 마틸드의 관심을 끌기 위해서 아무 여성에게 반한 체하여 아무 편지나 그대로 베껴 보내는 쥘리앵의 방법도 정말이지 바보스럽고 속이 빤히 들여다보인다. 다른 한편으로 마틸드 쪽도 몸을 허락하는가 했더니 변심하여 냉담해지고, '당신의 종'이 되어 쥘리앵에게 '영원의 복종'을 맹세했을 터인데 다음 날에는 깔보는 태도를 취하며 다가오지 못하게 한다. 장난에 연극이 더해진 과장된 몸짓을 할 뿐 진심이 느껴지지 않는다. 두 사람의 어색한 대화는 무심코 웃게 만드는 익살스러운 맛도 있다.

천한 태생의 쥘리앵은 애초에 마틸드에게는 연애 상대로 적합하지 않은 인물이었으므로, 그의 아름다움을 인정하고 그녀 스스로 연애편지를 쓰는 것만으로도 마틸드가 쥘리앵과 비슷한 '특이'한 아가씨인 것은 분명하다. 그리고 쥘리앵의 아이를 가졌음을 알게 되서도 당황하거나 허둥대기는커녕, 이로서 의심 많은 쥘리앵도 자신의 사랑을 인정해 줄 터라고 기뻐하는 마틸드의 모습에는 이제 광기어린 기이함까지 풍기기 시작한다. 이름을 속이고 마차로 브장송 감옥까지 와서 연인의 구출 방도를 찾기 위해 홀로 낯선 마을을 걸어다니는 행동은 필시 명문귀족 따님답지 않다. 사교계를 깜짝 놀라게 하려는 과장된 측면도 있지만, 여하튼 그녀는 단순한 귀족이 아닌, 정열적인 사랑과 행동력으로 말미암아 진정으로 고상한 인간이 되기 위해 폭주하는 것이다. 그녀에 대해서 몇 번이고 '영웅적 행위'라는 말이 사용되는데, 이 말은 그녀를 상징한다 볼 수 있다. 마틸드의 행동은 그야말로 한 영웅으로서의 그녀의 모습이다.

시몬 드 보부아르는 《제2의 성》 결말부에서 문학에 있어서의 여성상에 대해서 논하고 있다. 그 안에서 보부아르가 고정문학에 있어서 여성을 '객체(客體)'가 아닌 '주체', '대등한 상대'로서 묘사한, 드문 예라 상찬했던 것은 스탕달이었음을 덧붙여 말해 둔다.

정치와 소설

마틸드와 쥘리앵의 답답한 사랑 이야기를 중단하는 듯이 스탕달은, 라몰 후작이 관여하는 정치적 음모의 한가운데로 주인공을(그리고 독자를) 이끈다. 제2권 제21장 '밀서'에서는 자유파에 밀리는 추세인 정부의 속을 끓이고, 특히 외국 군대의 후원으로 쿠데타를 일으키려 하는 과격왕당파의 집회 모습이 묘사된다. 쥘리앵은 일당의 밀사로서 스트라스부르의 유력자로 파견된다.

연구자의 고증에 의하면 이러한 음모는 스탕달이 《적과 흑》 집필에 몰두하고 있던 시기에 그야말로 신문을 떠들썩하게 장식한 것으로, 여기에도 대중매체적인 화제에 대해 민감한 반응을 보인다. 뿐만 아니라 급변화로 독자를 놀라게 하는 '밀서' 이하의 몇 장은 정치를 큰 주제로 삼는 《적과 흑》에 있어서 극히 중요한 부분을 구성하고 있다.

정치적인 사항을 소설 안에서 다루는 점에 대해서는 제2권 제22장에서 저자 스스로 변명하고 있다. 거기에는 '즐거운 상상력 속에 정치를 끌어들인다는 것은, 음악회가 한창일 때 권총을 쏘는 것'이라는 유명한 비유가 사용되고 있다. 스탕달의 자질만 보아도 결코 정치를 좋아하는 인간이 아니다. '프랑스 대혁명 이전과 같이 사람이 정치 이야기 등을 하지 않는 장소가 세계 한구석에 있다면 거기로 날아가고 싶다'(《이탈리아 기행》)이라든지, '정치는 항시 추한 것의 동료' 같은 노골적인 혐오를 자주 드러내고 있다. 스탕달은 본디 아름다움과 행복을 추구하는 호사가(好事家)였고, 훌륭한 음악에 황홀함을 느끼는 것이 더없는 낙이었다. 정치는 그 도취를 엉망으로 만드는 귀찮은 소음일 뿐이다.

그렇지만 '총'의 비유에 이어서 '이런 정치 얘기를 꺼내면 독자의 태반은 시뻘겋게 노하기 시작할 것이다'라 한탄하는 작가에게—상상 속의 대화 안에서—출판업자는 반박한다. —'그러나 당신의 작중 인물이 정치 얘기를 하지 않는다면, 그는 이미 1830년의 프랑스인이라고는 할 수 없는데요. 그러면 당신의 책은 당신이 자부하는 '거울'이 되지 못합니다……'

　　스탕달은 정치에 얽힌 추한 세상사에 다른 사람보다 훨씬 민감했던 만큼 대혁명 이후, 19세기 이후의 사회에서 정치를 피해 다니는 것이 불가능해졌음을 누구보다 절실히 이해하고 있었다. 지금에 와서는 여론과 선거, 교회와 당파의 역학이 모든 인간을 둘러싸고 있는 이상, 인간의 모습을 비추는 '거울'은 그러한 역학 구조에도 빛을 비출 수밖에 없다. 스탕달은 그것이 현대 문학의 조건임을 파악하고 있었고, 정치적인 힘이 닿는 곳을 묘사하는 뛰어난 기량도 보였다.

　　제1권, 시골마을 베리에르의 이야기에서 이미 스탕달은 대담하게도 실제 국왕 샤를 10세의 모습(물론 이름은 숨기며)을 등장시킨다. 종교적 장대함의 영광에 의해서 민심을 조작하려는 왕정복고정권의 술책이 확연히 드러나고 있다.

　　그리고 제2권에서는 과격왕당파의 음모를 둘러싸고도, 샤를 10세의 심복이고 막 수상에 취임한 폴리냐크를 연상시키는 인물까지 등장시킨다. '썩은 다리 하나를 잘라낼 필요가 생긴 사람이 외과의사에게……'처럼, 막다른 길의 타개를 향해 반동세력은 어떠한 구상을 품을 수 있었는지를 박력 있게, 생동감 있게 묘사하고 있다.

　　사정을 전혀 모르는 풋내기 쥘리앵의 눈을 통해서 이루어지므로, 모든 서술이 긴장감 넘치는 것은 두말할 필요도 없다. 주인공들의 내면에 자유로이 출입하고 그들 속에서 펼쳐지는 갈등을 샅샅이 파헤치는 묘사방법의 창출로 인해 《적과 흑》은 세상의 모든 심리소설의 본보기가 되었다. 그러나 작품이 주인공의 의식과 좁은 지각 틀에 갇히는 것을 의미하진 않는다. 오히려 그 틀을 뛰어넘은 사태의 존재를 생생하게 비춰내기 위한 유효한 방법이 되기도 한다는 것을 스탕달은 보여 주었던 것이다.

스탕달의 영광

마지막으로 작품의 처음과 마지막에 넣어진 '의문'에 대해 간단히 언급해보겠다. 즉 《적과 흑》이라는 표제, 그리고 'TO THE HAPPY FEW'라는 마지막에 쓰인 말을 살펴보자.

제목의 의미에 대해서는 여러 설이 주장되어 의론되어 왔다. 특히 제각기의 색에 무언가 정치적·역사적 상징을 보려하는 해석이 많다. 적색이 군복을, 흑색이 사제복을 나타낸다는 설이 그 대표적인 예이다. 그렇지만 나폴레옹 시대부터 왕정복고기에 걸쳐 적색이 군복을 상징하는 색이었다는 사실은 없다. 그럼에

영화 〈적과 흑〉
오탕라라 감독, 1954년 작품. 쥘리앵 소렐 역은 제라르 필립, 레날 부인 역은 다니엘 다리외가 맡았다.

도 불구하고 이 설이 일반적으로 정착된 것은 클로드 오탕라라(Claude Autant-Lara) 감독의 영화 〈적과 흑〉(1954) 때문일 것이다. 쥘리앵 배역의 제라르 필립은 베리에르 국왕을 방문할 때에 새빨간 제복을 몸에 두르고 말을 타고 다니고, 그 직후에 검정색의 사제복으로 갈아입는다. 그러나 이 장면을 원작에서 확인하면 쥘리앵이 입는 것은 적색 군복이기는커녕 '하늘색의 깨끗한 제복'이고, 제목과 일치하는 것은 관객의 이해를 돕는 영화 연출일 뿐이다.

그 밖에도 보다 막연한 설로 '군복'과 '교회'의 대비, '공화주의·자유주의'와 '종교'의 대비, 혹은 '정열'과 '죽음'의 대비라 하는 상징설은 얼마든지 가능하지만 모두 단순한 추측에 불과하다. 여러 설이 뒤섞인 상태 자체가 본디 이 제목은 중요한 의미를 가지지 않을뿐더러 오히려 독자를 교란시키는 제

목이라는 증거일 것이다. 스탕달과 동시대의 사람들 또한 사정은 다를 바 없어, '이번 소설의 제목은 《적과 흑》으로 하자'란 말을 들은 로망 코롱은 '기묘한 이름'이라고 눈살을 찌푸린 듯하고, 자난은 '적'과 '흑'이 각기 무엇을 의미하는지 전혀 모르겠다고 고개를 내저었다. 현대 스탕달학의 권위자인 미셸 크루제는, 이는 '수수께끼로서의, 함정으로서의, 도발로서의 제목'이고, 독자는 아무쪼록 두 색이 자아내는 '왠지 모르게 어우러지지 않는 위험'을 감각적으로 아는 것이 가능한 정도라 말하고 있다.

여하튼 《적과 흑》이라는 제목의 의미는 특정할 수는 없다 해도 독자의 마음에 무언가를 불러일으키는 힘을 가진 제목이고, 여전히 그 효과는 옅어지지 않았다는 것은 분명하지 않을까? 또한 그렇게 독자에게 직접적인 영향을 끼쳐 독자를 따돌리면서도 동시에 강하게 끌어들이려는 방법은 스탕달의 문학에 있어 근본적인 중요성을 가진다.

그것을 단적으로 나타내는 것이 작품 마지막에 보이는 'TO THE HAPPY FEW'라는 영어 문구이다. 대체 무엇을 의미하는지 의아했던 독자도 있을 지 모른다. 이것이야말로 스탕달이 독자에게 보내는 직접적인 호소이고, 거기에는 마지막까지 소설과 함께해 주신 당신은 '행복한 소수'인 것입니다, 라는 작가의 강렬한 자부심과 동시에 냉철한 인식이 담겨 있다.

표현 자체는 영국 18세기 작가인 골드 스미스의 《웨이크필드의 목사》(1766)라는 소설로부터 취해진 것이지만, 스탕달은 이를 《이탈리아 회화사》에서 인용한 뒤 《적과 흑》 및 《파르마 수도원》이라는 두 대작소설의 마지막에 이른바 결정적인 말로서 채용한 것이다.

발행 부수가 많은 신문과 잡지의 등장으로 대중매체 안에서 문학이 상품으로서 유통하게 된 데에 스탕달은 극히 차가운 태도를 보였다. 결코 유복하지는 않을지라도 먹고 살 연금을 가진 독신만이 가지는 귀족적 태도라고도 할 수 있지만, 그에게는 불특정다수 독자의 환심을 사는 글을 쓰려는 생각은 추호도 없었을 뿐더러 '비천한 문학 구성'(《에고티즘의 회상》)으로 자기 손을 더럽히는 일 따위는 질색이었던 것이다.

아름다운 문장으로 글을 엮어 짓는 등의 야비한 배려는 일체 버리고 정말로 쓰고 싶은 것을 시간도 잊은 채 쓴다는 것의 격한 기쁨. 그것이 스탕달에게 있어서 대부분이었다. '진실, 가혹한 진실'이라는 스탕달의 말대로—단,

《적과 흑》의 각 장에 내세워진 첫 머리글의 대부분이 그러하듯 이 또한 아무래도 당통(Danton, Georges Jaques, 1759~94)이 아닌 스탕달 자신이 만든 문구인 듯하지만―동시대의 가혹한 진실을 파악하려는 작품이 동시대 인간의 이해와 공감을 쉽게 얻을 수 있으리라고는 그는 생각지 않았다. 그러나 '행복한 소수'는 이해해 줄 것이라는 바람, 그리고 분명 장래, 예를 들어 '1880년'이 되면 자신이 남긴 작품은 독자에게 사랑받게 될 것이다(《앙리 브륄라르의 생애》)라는 희망이 그를 지탱해 주었던 것이다. 실제로 스탕달의 문학에 대한 평가가 확립되어 작품이 정식으로 논해지게 된 것은 1880년대가 되고부터였다.

'소수'는 스탕달의 상상 속에서 존재하고 있다. 스탕달이 애독했던 《젊은 베르테르의 슬픔》의 저자인 괴테는 죽기 전 해에 《적과 흑》을 읽고 일찍이 진가를 파악하고 있었다.

스탕달이 문학에 끼친 영향력은 무한하다. 근대소설의 선구로서 그 의의는 문학사에 집필되어 있는 그대로다.

그러나 마지막으로 덧붙이자면, 21세기 독자인 우리는 오히려 그러한 평가들을 전부 다 잊은 뒤에 미지의 작품으로서 《적과 흑》을 읽어야 하는 것은 아닐까? 180년 전인 옛날, 프랑스의 산속 시골마을을 무대로서 시작되는 이야기가 생생하고도 감미로운, 그리고 반체제적인 글로써 마음을 사로잡을 것이다. 그 사실에 우리들이 두려워함으로써 《적과 흑》의 새로운 역사가 시작될 것이다.

스탕달 연보

1783년   1월 23일 마리 앙리 벨(Marie Henri Beyle, 필명 : 스탕달)은
            고등법원 변호사인 아버지 쉐르방과 의사 앙리 가뇽의 딸인
            어머니 앙리에트 사이에서 태어남.

1789년(6세)   프랑스 대혁명.

1790년(7세)   어머니의 죽음.

1796년(13세)   그르노블 중앙학교에 입학하여 수학에 열중함.

1797년(14세)   소년 스탕달은 유랑 연극 여배우인 비르지니 퀴블리를 동경하
            게 되고, 학년 말에는 그림 및 수학으로 우등상을 타게 됨.

1799년(16세)   10월 말에 이공과 대학수험을 위해 그르노블을 떠나 11월
            10일, 파리에 도착함. 그러나 수험장에는 나가지 않음. 9일,
            나폴레옹이 쿠데타를 일으키며 종신 통령이 됨.

1800년(17세)   1월, 외가 친척 피에르 다뤼의 알선으로 육군성에 입대하고
            5월, 나폴레옹의 이탈리아 원정군을 따라 파리를 출발함. 6
            월, 성 베르나르 고개를 넘어 밀라노에 입성하고 9월, 소위
            에 가임관되며 10월, 용기병 제6연대에 편입함.

1801년(18세)   페르가모 지방에 주둔하며 6월, 정식으로 소위가 됨. 연말부
            터 휴가를 얻어 고향 그르노블에 돌아가 다음해인 2월까지
            머뭄.

1802년(19세)   4월, 파리로 돌아오며 7월, 육군성에 사표를 제출함. 몰리에
            르와 같은 극작시인을 목표로 극장에 다니며 외국어(영어·이
            탈리아어·그리스어) 공부와 이데올로그철학에 몰두함. 1805
            년에 걸쳐 단장 《명상록·신철학》을 씀. 같은 고향인 빅토린
            무니에와 아델 르뷔펠로에게 사랑을 품음.

1804년(21세)   《두 사람》, 《르텔리에》 등의 희곡을 시작하지만 미완성으로

끝남. 12월, 멜라니 길베르와 만남.

1805년(22세)   7월, 유랑 연극을 위해 떠난 멜라니와 함께 마르세유로 가서 식료품점을 운영함. 10월, 영국과 프랑스의 트라팔가 해전 일어남.

1806년(23세)   영국과 프랑스의 전쟁으로 장사할 수 없게 되고, 이에 따라 멜라니와의 동거생활은 끝남. 다시 군직에 복귀해 경리보좌관에 임하며 10월, 나폴레옹군을 따라 베를린에 입성하고 11월, 브라운슈바이크에 주둔함.

1807년(24세)   7월, 틸지트 조약이 맺어짐. 독일 장군 딸인 빌헬미나 폰 그리스하임을 사랑하게 됨.

1808년(25세)   브라운슈바이크에 거주하며 파리로 여행을 떠나기도 함. 12월, 매독성 증상이 나타나 수은요법을 받음.

1809년(26세)   프랑스 파리와 스트라스부르, 오스트리아 빈에 거주하며 병 재발로 빈에서 치료를 받음.

1810년(27세)   파리에서 생활하며 8월, 참사원서기관과 제실조도검사관에 임명됨.

1811년(28세)   오페라 여배우인 앙젤린 베레이테르를 애인으로 삼으며 5월, 다뤼 부인인 알렉상드린에게 구혼했으나 받아들여지지 않음. 8월 말, 이탈리아를 여행하고 1800년에 동경하던 안젤라 피에트라그루아의 정부가 됨. 12월, 《이탈리아 회화사》를 쓰기 시작해 다음해 7월까지 노트 2권을 씀.

1812년(29세)   나폴레옹의 모스크바 원정에 참가하였고 퇴각하는 프랑스군을 위해 식량을 징발함.

1813년(30세)   1월, 파리로 귀환하고 7~8월, 악성고열에 이은 다한증이 나타남. 요양 명목으로 가을에 밀라노로 여행을 떠나지만 실제로는 안젤라와 만나기 위해서라 여겨짐. 12월, 도피네지방 방비군편성의 보좌를 위해 그르노블로 향함.

1814년(31세)   3월, 파리가 함락되어 나폴레옹은 엘바 섬에 유형된다. 퇴직금으로 연 900프랑을 받음. 5~6월, 부르봉 왕조하에 취직해도 좋을 것이라 생각하지만 운동은 실패함. 물가가 싼 밀라노로 가서 영주(永住)를 생각함. 5～7월, 《하이든·모차르트·메타스타시오 전기》를 씀(연말 혹은 다음 해 초, 루이＝알렉산드루＝세자르＝봄베의 필명으로 간행).

1815년(32세) 밀라노에 거주함. 3월, 나폴레옹이 주앙 만(灣)에 상륙하나 안젤라의 충고로 귀국하지 않음. 6월, 워털루 전투가 일어남.

1816년(33세) 밀라노에서 사회생활을 하며 스칼라좌에서 페리코·바이론·몬티를 알게 됨.

1817년(34세) 7월 말, 《이탈리아 회화사》를 간행함(M·B·A·A의 필명으로 1천 부를 자비출판). 9월, 최초로 스탕달이라는 필명으로 《로마·나폴리·피렌체》 간행(504부). 11월 말, 《나폴레옹전》을 계획함(다음해 중단).

1818년(35세) 3월, 메칠드(마르티드 덴보스키)와 만남.

1819년(36세) 밀라노에 거주하며 메칠드에게 이루어지지 않을 사랑을 품음. 《연애론》의 착상에 들어감(다음 해 6월에 완필).

1820년(37세) 밀라노에 거주하며 여전히 메칠드를 사랑함. 프랑스 정부의 스파이라는 소문으로 밀라노 사교계로부터 따돌림을 받음. 9월, 친구 마레스트에게 《연애론》의 초고를 보냄.

1821년(38세) 오스트리아 정부로부터 국외퇴거를 권고받음. 6월, 밀라노를 떠나 파리로 돌아가지만 메칠드의 추억으로 인해 성적 불능에 빠진 것으로 추측됨. 9월, 런던에서 유희하며 킨의 《오셀로》와 《리처드 3세》를 봄.

1822년(39세) 파리에 거주하며 문필 생활을 시작함. 7월 말, 영국극단이 파리에서 《오셀로》 등을 상연하는데, 관중의 불명확함을 화내며 〈패리스 먼슬리 리뷰〉 10월호에 투고함(《라신과 셰익스피어》 제1부 제2장에 달함). 8월, 《연애론》을 간행함(1천 부). 이 해부터 1830년까지 영국과 프랑스 각 잡지에 서평, 시사평론, 미술평론 등을 발표함.

1823년(40세) 〈패리스 먼슬리 리뷰〉(1월호)에 《라신과 셰익스피어》 제1부 2장을 발표하고 3월, 《라신과 셰익스피어》 제1부를 간행함.

《로시니 전기》 완성함(다음해 간행). 10월부터 이탈리아 여
행을 떠남.

1824년(41세) 3월 말, 파리로 돌아와 4월에 《로시니 전기》 기행 증보판을
냄. 《라신과 셰익스피어》 제2부를 착상하여 5월 초까지 집필
함. 5월 말, 클레망틴 퀼리아르 백작부인의 애인이 되고, 같
은 해 뒤라스 부인이 손수 쓴 원고인 《올리비에》가 사교계에
서 이루어지는데, 이는 성적 불능자를 묘사한 작품임.

1825년(42세) 3월 초, 《라신과 셰익스피어》 제2부를 간행. 10월, 샤를 10
세가 즉위하고 극우반동정책이 강화됨. 클레망틴과의 사이가
나빠짐. 11월 말, 《실업자에 대한 새로운 음모에 대하여》를
쓰고, 연말(혹은 다음 해 초) 라투슈의 《올리비에》 간행. 뒤
라스 부인의 작품의 평판에 편승한 유행을 노린 작품임.

1826년(43세) 1월, 《아르망스》를 쓰기 시작함. 라투슈와 마찬가지로 유행
적 의도에서 비롯되었다 여겨짐. 2월, 그에게 있어 최초의
소설인 《르뷔 브리타니크》와 《이탈리아 귀족의 추억》을 발표.
5월, 메칠드가 죽음을 맞이하고 6월 말, 클레망틴과의 관계
는 파국을 맞이함. 영국여행을 떠남.

1827년(44세) 7월, 파리를 떠나 영국으로 가서 8월, 《아르망스》를 간행.
샤를 10세 통치하에 있던 사교계의 알맞은 풍속소설이 됨.
12월, 앙투완 베르테 사건의 공판이 이루어짐.

1828년(45세) 1월 1일, 밀라노에 도착하지만 12시간 안에 퇴거할 것을 명
받음. 7월부터 다음해 3월까지 《로마 산책》을 집필. 생활이
괴로워 자주 자살을 생각하며 유언장을 씀.

1829년(46세) 6월, 왕립도서관 사본부 차장직을 신청했으나 받아들여지지
않음. 9월, 《로마 산책》을 간행. 남프랑스와 에스파냐를 여행
함. 10월 말, 앙투완 베르테 사건을 지방지를 통해 알게 되
고 마르세유에서 《적과 흑》을 착상함. 12월, 《바니나 바니니》
를 〈파리평론〉에 발표.

1830년(47세) 1월, 《미나 드 방겔》을 씀(1853년에 발표). 2월 3일, 지월리
아 리니에리에게 사랑을 고백함. 4월, 《적과 흑》을 출판계약

하고 5월에는 《궤짝과 유령》, 6월에는 《미약》을 각각 〈파리 평론〉에 발표. 7월 혁명이 일어나 루이 필리프왕국이 세워짐. 9월, 트리에스테 주재 프랑스 영사에 임명되어 11월에 파리를 떠나 임지로 향함. 줄리아에게 구혼하지만 받아들여지지 않음. 11월 말, 《적과 흑》이 간행(1831). 12월, 오스트리아 정부는 영사 앙리 벨(스탕달)의 허가증을 거절함.

1831년(48세) 1월 중순, 《유대인》을 집필함(1855년 발표). 3월 말, 트리에스테 영사사무를 후임자에게 넘겨주고 새로운 임지인 치비타베키아로 향함. 9～10월, 《산 프란체스코 아 리파》의 집필·정정의 작업을 함(1853년 발표). 12월, 코르네토의 에토리아 고분을 발굴함.

1832년(49세) 치비타베키아와 로마 사이를 왕복하며 지냄. 6월 12일, 통풍 발작을 일으키고 6월 말～7월 초에 걸쳐 《에고티즘의 회상》을 집필하나 미완성으로 끝남(1892년 간행). 9월, 《사회적 지위》를 기고하나 이 또한 미완성으로 끝남(1905년에 1부, 1927년에 전문을 간행). 10월, 자서전 《앙리 브륄라르의 생애》를 착상하며 같은 해 4번의 유언장을 씀.

1833년(50세) 2월, 《앙리 브륄라르의 생애》의 머리말을 씀. 6월, 줄리아가 결혼하나 이후에도 관계를 가짐. 8월, 휴가를 얻어 파리로 돌아가 연말까지 머무르며 돌아오는 길인 리옹과 아비뇽 사이의 배 안에서 뮈세와 조르쥬 상드와 만남. 제네바에 들러 의사의 진찰을 받음.

1834년(51세) 5월, 《뤼시앙 뢰방》을 쓰기 시작해 다음해 3월 말까지 몰두하나 미완성으로 끝남. 신체쇠약이 현저해짐. 12월 말, 생트뵈브에게 이탈리아 16·17세기 연대기 필사 권리를 얻었음을 알림. 로마에서는 티니 백작부인에게 구애함.

1835년(52세) 1월 중순, 관리로서의 공적으로 레종 도뇌르 훈장을 수여받음. 2월, 직무태만의 이유로 질책을 받음. 5월, 발열과 동시에 통풍 발작을 일으킴. 11월, 《앙리 브륄라르의 생애》를 쓰기 시작하고, 같은 해에 13번의 유언장을 쓰기도 함.

1836년(53세) 연초,《앙리 브륄라르의 생애》를 집필함. 3월, 몰레 백작을 통해 외무대신이 되어 휴가를 허가받음으로써 《앙리 브륄라르의 생애》를 향한 열의가 식어 4월 초 중단함(1890년 간행). 5월 5일, 치비타베키아를 출발하여 23일 파리에 도착함. 이후 1839년 6월까지 휴가를 연장하며 11월,《나폴레옹의 메모》를 계획함. 다음해 4월까지 집필하나 끝내 중단함(1854년 간행). 12월, 주르 고티에 부인에게 구애하지만 받아들여지지 않음.

1837년(54세) 대부분을 파리에서 체재하고 3월, 〈양세계평론〉에 《비토리아 아코랑보니》를 익명으로 게재함. 4~5월,《분홍과 초록》을 집필하기 시작해 6월에도 낭트에서 가필하지만 결국 중단함(1928년 발표). 7월, 〈양세계평론〉에 《첸치 일족》을 익명으로 게재함. 동시에 《한 만유자의 메모》에 착수함.

1838년(55세) 3월, 〈파리평론〉에 《한 만유자의 메모》의 일부를 발표함. 3~7월, 남프랑스·스위스·독일·네덜란드·벨기에로 여행을 떠남. 6월 중순, 《한 만유자의 메모》의 일부를 〈크리에 프랑세〉에 게재하고 6월 말에는 《한 만유자의 메모》를 간행. 8월, 〈양세계평론〉에 《파리아노 공작부인》을 익명으로 발표. 16일, 《파르네제 가문의 위대함의 기원》란 외에 '이 소묘(素描)로부터 짧은 소설을 쓸 것'이라 기입한다. 27일, 단편 《젊은 날의 알렉산드로 파르네제》(추정), 9월 1~3일, 으제니 몬티호를 위해 워털루 전투를 기록함(추정). 마르지날리아에 의하면 스탕달은 9월 3일, 《파르마 수도원》의 착상을 얻음. 9월 중순, 《카스트로의 수녀원장》 제1부를 집필하고 11월 4일부터 12월 26일에 걸쳐서는 《파르마 수도원》을 씀.

1839년(56세) 1월 24일, 《파르마 수도원》 출판에 관하여 뒤퐁사와 계약하고 계약금으로 2500프랑을 받음. 2~3월, 워털루의 장을 〈콘스티튜셔넬〉에 발표. 4월에는 《파르마 수도원》이 간행(1, 2권). 4월, 《지나친 호의》를 집필(1912~13년에 발표). 6월, 3년 동안의 휴가를 끝내고 파리를 떠나 8월에 임지로 돌아옴. 이후 로마와 임지를 번갈아 가며 체류함. 11월 이래 약 1개월 동안 《라미엘》을 씀. 《카스트로의 수녀원장》 외 3편이 수록된 단행본 간행.

1840년(57세) 3월, 심한 편두통 증세를 보임. 5월까지 《라미엘》을 가필·정정함. 6~7월에는 피렌체로 여행을 떠나 줄리아와 만남. 9월, 발자크가 〈루뷰 파리지엥〉에 《앙리 벨 씨(프레데릭 스탕달)론》을 씀. 10월, 발자크에게 감사의 편지를 보냄. 수수께끼의 여인 '에를린'에게 사랑을 품음.

1841년(58세) 2월, 신경통 치료를 받음. 3월 중순, 《라미엘》의 가필·정정 작업을 함. 3월 15일, 뇌졸중 발작을 일으키며 실어증 증세까지 나타남. 6~7월, 여러 치료법을 받고 10월, 요양을 위해 휴가를 얻어 파리로 향함.

1842년(59세) 파리에 거주하며 3월 9일, 《라미엘》의 구상을 다시 짬(1889년 간행). 3월 22일, 《스콜라스티카 수녀》의 최종적 가필·정정작업에 착수함(1905년 1부, 1921년 완전한 형태로 발표). 같은 날 오후 7시, 누브 데 카푸신 거리에 위치한 외무성 문 앞에서 뇌졸중 발작에 의해 졸도한 뒤로 의식을 회복하지 못한 채 세상을 떠남. 3월 24일, 아송프시옹 성당에서 그리스도교 장례 의식을 거친 후 몽마르트르 묘지에 안장됨.

옮긴이 서정철(徐楨哲)

한국외국어대학교 불어과를 졸업하고 파리4대학에서 문학박사학위를 받았다. 한국외국어대학교 불어과 교수 및 서양어대학장·대학원장을 지내고, 한국불어불문학회 회장, 한국프랑스학회 회장을 역임했다. 지은책에 《표준불문법》《현대프랑스언어학》《현대불어학개론》《기호에서 텍스트로》《최신불문법》《인문학과 소설텍스트의 해석》 등이, 옮긴책에 미테랑 《불어어휘론》, 스탕달 《적과 흑》, 발자크 《고리오영감》, 카뮈 《행복한 죽음》, 생텍쥐페리 《성채》, 베르그송 《창조적 진화》, 레비스트로스 《역사와 문명》, 장송 《사르트르평전》 등이 있다.

세계문학전집015
Stendhal
LE ROUGE ET LE NOIR
적과 흑
스탕달/서정철 옮김
동서문화사창업60주년특별출판
1판 1쇄 발행/2016. 6. 9
발행인 고정일
발행처 동서문화사
창업 1956. 12. 12. 등록 16-3799
서울 중구 다산로 12길 6(신당동 4층)
☎ 546-0331~6 Fax. 545-0331
www.dongsuhbook.com
*
이 책의 출판권은 동서문화사가 소유합니다.
의장권 제호권 편집권은 저작권 법에 의해 보호를 받는 출판물이므로
무단전재와 무단복제를 금합니다.
사업자등록번호 211-87-75330
ISBN 978-89-497-1474-5 04800
ISBN 978-89-497-1459-2 (세트)